M. Sean Coleman

NETWARS – DER CODE

Thriller

Aus dem Englischen von
Kerstin Fricke

BASTEI LÜBBE
TASCHENBUCH

BASTEI LÜBBE TASCHENBUCH
Band 17 169

1. Auflage: Oktober 2014

Dieser Titel ist auch als Hörbuch und E-Book erschienen

FSC www.fsc.org
MIX
Papier aus verantwortungsvollen Quellen
FSC® C006701

Vollständige Taschenbuchausgabe
der bei Bastei Entertainment erschienenen E-Book-Reihe

Textredaktion: Wolfgang Neuhaus
Titelillustration: © thinkstock/Tashatuvango
Umschlaggestaltung: Guter Punkt, München
Satz: Urban SatzKonzept, Düsseldorf
Gesetzt aus der Garamond
Druck und Verarbeitung: CPI – Ebner & Spiegel, Ulm
Printed in Germany
ISBN 978-3-404-17169-9

Sie finden uns im Internet unter
www.luebbe.de
Bitte beachten Sie auch: www.lesejury.de

Der Code

Sie werden mich nie kennenlernen,
aber ich bringe Ihnen den Tod.
Ich weiß, was Sie getan haben,
denn ich sehe alles, was Sie tun.
Ich habe gehört, was Sie gesagt haben,
denn ich kenne jedes Ihrer Geheimnisse.
Ich weiß, wohin Sie gegangen sind,
denn ich folge Ihnen überallhin.
Sie werden geprüft, denn ich prüfe alles.
Sie stehen nicht über dem Gesetz,
denn ich bin das Gesetz.
Bitten Sie nicht um Vergebung oder Mitleid.
Seien Sie sich nur über eins im Klaren:
Wenn Sie nicht nach dem Code leben können,
müssen Sie nach dem Code sterben.

Strider

Erstes Buch

Regel Nr. 1: Mach dich bekannt

Ein Ziel sollte wissen, dass es angegriffen wurde und weshalb. Vor allem sollte es erkennen, dass sein Geheimnis ans Licht gekommen ist.

Er hasste Paris im Frühling. Es war so klischeehaft: Paare, die Hand in Hand über die Champs-Élysées schlendern und sich für gestellte Fotos unter dem Eiffelturm küssen oder sich überteuerte langstielige Rosen von Straßenverkäufern in Cafés andrehen lassen, nur weil die anderen Paare das auch tun. Natürlich war ihm klar, dass sie alle einem romantischen Stereotyp nacheiferten, schließlich waren sie deshalb hierhergekommen, aber diese Einfallslosigkeit ärgerte ihn maßlos. Letztendlich sorgte diese banale Zurschaustellung von Verliebtheit nur dafür, dass in der Stadt der Liebe der Tourismus boomte.

Strider, wie er online hieß, saß in seiner eleganten Wohnung in der Nähe der Rue de Sévigné und lauschte dem regen Treiben im 3. Arrondissement, während er sich wieder einmal fragte, weshalb er so zynisch geworden war. Was ging es ihn an, ob andere Leute ihr Liebesleben nach dem ausrichteten, was sie in Schnulzen zu sehen bekamen? Warum sollte er sich daran stören, wenn es sie glücklich machte?

Vielleicht ärgerte er sich über diesen Affenzirkus, weil er selbst kein Interesse an einer Beziehung hatte. Manchmal hatte er den Eindruck, ihn würde alles kaltlassen, was andere Menschen erstrebten. Und wenn es um Beziehungen oder auch nur um Freundschaften ging, erschien ihm vieles unlogisch. Aus welchem Grund sollte man einen anderen Menschen so nah an sich heranlassen? Oder zulassen, dass er einen von Grund auf kennenlernte? Wie konnte man jemanden so tief in die eigene Seele blicken lassen, dass der andere erkennen konnte, wer man wirklich war?

Ihn, Strider, jedenfalls hatte noch nie jemand so gut gekannt, nicht einmal die Leute, die sich als seine Freunde bezeichneten. Keiner von ihnen wusste, was er tat oder wer er war. Letzten Endes würde er immer alleine sein. Vielleicht war das der Grund, weshalb er Paris nicht allzu sehr mochte. Hier wurde ihm sein Alleinsein jedes Mal besonders deutlich bewusst. Aber das würde vorbei sein, sobald er im Hochgeschwindigkeitszug saß, auf dem Rückweg in die relative Normalität Londons.

Strider war nervös, wie jedes Mal, wenn ein Auftrag kurz vor dem Abschluss stand. Dann schien sich die Zeit zu verändern, schien ihr Tempo zu variieren. Zuerst schlich sie ermüdend langsam dahin, um dann, wenn der Augenblick der Wahrheit gekommen war, in Windeseile zu verstreichen, sodass man kaum etwas mitbekam.

Auch diesmal spürte Strider in der Magengrube, wie die Zeit immer schneller ablief, wie seine Unruhe wuchs. Und mit der Nervosität kam wie jedes Mal das beinahe spirituelle Gefühl, dass dies hier seine Bestimmung war, sein Schicksal.

Striders Wohnung, eines von mehreren Verstecken, die in ganz Europa verstreut lagen, war Labor und Büro zugleich. Er hatte die Wohnung umgebaut, um den Lärm der Stadt so gut wie möglich auszublenden. Heute genoss er die Stille mehr denn je, da er den Nachmittag damit verbracht hatte, seine Arbeit in Ruhe zu überprüfen und sicherzustellen, dass auch wirklich alles perfekt war. Nach der monatelangen Vorbereitung kam es nun vor allem auf diesen einen Augenblick absoluter Konzentration an.

Und er musste sich *sehr* konzentrieren.

Der Tod eines Mannes hing davon ab.

Anthony Prince verließ die kleine Privatlounge, trat hinaus auf die Startbahn des Flughafens Paris-Le Bourget und ging direkt zu seinem Privatjet, einer Cessna Citation Mustang. Sie war sein Ein und Alles. Wenn er sich zwischen seiner Frau und der Cessna entscheiden müsste, sagte er oft und gern im Scherz, würde die Cessna gewinnen.

Genau das war nun geschehen. An diesem Abend flog Prince unter anderem deshalb zurück nach London, weil er seiner Frau erklären wollte, warum er sie verlassen würde. Es war sinnlos, weiterhin eine Lüge zu leben, aber er wollte ihr zumindest eine Begründung liefern. Außerdem musste er in London noch einiges erledigen, bevor er endgültig untertauchte.

Prince zog den Kragen seines Designermantels bis zu den Ohren hoch und senkte den Kopf, um sich vor dem kalten Regen zu schützen. Eigentlich hatte er gehofft, längst in der Luft zu sein, bevor das Wetter schlechter wurde, doch er hatte noch ein paar Telefonate mit seinem Geschäftspartner in London führen müssen. Prince' Firma, die PrinceSec, ein auf Sicherheitssoftware spezialisiertes Unternehmen, das Regierungen und Firmen in ganz Europa mit hochmodernen Cybersicherheitssystemen belieferte, würde in Kürze

Upgrades ihrer Vorzeigesoftware Cryptos ausliefern. Prince hatte sein äußerst erfolgreiches Unternehmen auf ein paar Codezeilen aufgebaut und durch harte Arbeit und völlige Missachtung von Fair Play an die Spitze geführt. Im Laufe der Zeit hatte er sich eine Vielzahl von Großkunden im Vereinigten Königreich gesichert. Dank der neuen Version von Cryptos würde er sein Geschäftsfeld nun auf die EU erweitern.

Prince liebte es, die Zügel in der Hand zu halten und seine Macht auszudehnen, doch im Moment hatte er das Gefühl, jegliche Kontrolle verloren zu haben. Er musste zurück nach Großbritannien, damit er die Beweise beseitigen und so schnell wie möglich wieder von dort verschwinden konnte, bevor die Morgennachrichten die Leichen in seinem Keller publik machten.

Prince stieg alleine in den leeren Jet. Er saß gern selbst am Steuerknüppel, auch wenn das in der Firma nicht gern gesehen wurde. Aber für Prince waren diese Stunden kostbar, boten sie ihm doch die Möglichkeit, sich auf etwas anderes als auf die Führung seines Unternehmens zu konzentrieren. Dann gab es nur ihn, das Flugzeug und die Elemente. Keine Anrufe, keine Meetings, keine Termine. Es galt nur, den Vogel in der Luft zu halten und sicher zu landen. Und er war ein guter Pilot.

Mit einem grimmigen Lächeln stieg er in das kleine Cockpit und begann mit dem Preflight-Check. Sein Umfeld gefiel ihm: Paris-Le Bourget war ein Flughafen mit einer langen Geschichte. Der Höhepunkt seiner illustren Vergangenheit war die Landung von Charles Lindbergh am 21. Mai 1927, nachdem er in seinem einmotorigen Eindecker, der Spirit of St Louis, als erster Mensch alleine den Atlantik überquert hatte. Obwohl Prince' Cessna technisch sehr viel fortgeschrittener war, stellte er sich in den Minuten vor dem Start gern vor, er wäre einer der großen Helden der Luftfahrtgeschichte, der nun angeschnallt in seiner primitiven Maschine saß und nicht wusste, ob der bevorstehende Flug sein letzter sein würde.

Doch an diesem Tag war alles anders. Heute fühlte Prince sich ganz und gar nicht wie ein Held der Lüfte. Er hatte eher das Gefühl, auf ein Schlachtfeld zu fliegen.

Er schob seinen Laptop in den kleinen Safe neben dem Copilotensitz. Auch wenn er alleine flog, wusste er seinen Rechner gern gut gesichert, schließlich befanden sich Geheimnisse darauf, die nicht für die Augen anderer bestimmt waren. Doch selbst wenn sein Laptop jemandem in die Hände fallen sollte – seine Dateien waren bestens verschlüsselt, und sein nahezu unknackbares Passwortsystem würde es selbst einem erfahrenen Hacker nicht leicht machen, etwas Belastendes zu finden.

Trotzdem beruhigte es ihn, den Laptop im Safe zu wissen. Insbesondere jetzt. Er musste zurück nach Großbritannien, die Daten auf seinen sicheren Server laden und die Festplatte löschen. Die Prozedur nach diesen kleinen, außerplanmäßigen Reisen war immer dieselbe, aber nun, da sein Geheimnis gelüftet worden war, schien sie ihm noch viel wichtiger zu sein. Prince musste sämtliche Beweise vernichten, die ihn mit seinen Kontaktpersonen in Verbindung bringen konnten. Möglicherweise gelang es ihm, den britischen Behörden zu entkommen, wenn er vorsichtig war, aber falls einer seiner neuen Geschäftspartner belastet wurde, würde man ihn, Prince, zweifellos finden und töten. Er durfte keine Spuren hinterlassen.

»Tower, hier Citation Charlie Juliet Four, halte vor Piste zwei rechts«, meldete er dem Kontrollturm. Er merkte, dass seine Stimme schwankte, und räusperte sich.

»Bestätigt, Citation Charlie Juliet Four. Wind zweihundert Strich sieben, Piste zwei rechts, Starterlaubnis erteilt«, kam die Antwort mit starkem französischen Akzent.

Prince drückte den Steuerknüppel leicht nach vorn und spürte, wie das Triebwerk reagierte. Er lenkte das Flugzeug durch den strömenden Regen zu Startbahn zwei, während die Scheibenwischer über die Windschutzscheibe huschten. Obwohl Prince mehrere hundert Flugstunden auf dem Buckel hatte, wurde er immer noch nervös, wenn er im Dunkeln und bei Regen starten musste. Doch heute hatte er keine andere Wahl. Ihm blieb nicht mehr viel Zeit.

»Wenn Sie Zweifel haben, bleiben Sie am Boden«, hatte sein Fluglehrer ihm eingetrichtert. Prince war sich nicht sicher, ob der Ratschlag auch dann galt, wenn er Angst davor hatte, nach der Landung verhaftet zu werden, so wie diesmal.

»Vorwärts, Tony! Mit beiden Eiern!«, rief er über das Heulen des Triebwerks hinweg, um sich aufzuputschen. Diese seltsame Ermutigung war eine Art Familientradition. Mit diesen Worten hatte sein spanischer Vater ihn immer angetrieben, wenn er geschwächelt hatte. *»Vamos, Antonio! Con dos cojones!«*, hatte er dann fröhlich gerufen, und Anthony hatte seine Bemühungen tatsächlich verdoppelt. Eine einfache, aber effektive Methode der Motivation.

Als Prince den Steuerknüppel nach vorn drückte, rollte der kleine Jet auf die Startbahn und beschleunigte. Der Regen peitschte gegen die Windschutzscheibe, und die Scheinwerfer konnten die Finsternis kaum durchdringen.

»Paris im Frühling, was für eine Scheiße«, murmelte Prince, als die Cessna leicht schwankend vom Boden abhob. Nicht, dass er sich Sorgen gemacht hätte. Diesen Flug über den Kanal und den Süden Englands bis zu dem kleinen Flughafen in

Surrey, auf dem Roger, sein Chauffeur, auf ihn wartete, machte er regelmäßig. Selbst bei diesem Wetter war das keine große Sache.

Prince beendete den Steigflug. Er wünschte sich, in dem trüben Licht mehr erkennen zu können, doch er verließ sich auf die Instrumente. Sekunden später wies ihn ein Piepen von der Steuerkonsole darauf hin, dass er die gewünschte Flughöhe erreicht hatte.

»Leicht verdientes Geld«, sagte er laut. Das war eine seiner Lieblingsredewendungen.

Nachdem er sich beim Tower abgemeldet und alle Anzeigen überprüft hatte, aktivierte er den Autopiloten. Jetzt konnte die Cessna die Arbeit übernehmen. Er saß ganz still und blickte hinaus auf die vorüberhuschenden Nebelfetzen. Dabei dachte er an die Ereignisse der vergangenen Woche zurück und an die Transaktion, die er gerade erst abgeschlossen hatte. Er verzog das Gesicht, denn für einen Mann in seiner Position war es eine verabscheuungswürdige Tat. Der Skandal würde den Ruf von PrinceSec beschädigen und seinen Angestellten zusetzen, aber Prince interessierte sich nur für einen einzigen Menschen. Außerdem würde ihm selbst nichts passieren. Hoffte er zumindest.

Ich hätte mich da raushalten sollen, dachte er reumütig.

Das vergangene Jahr war das stressigste und aufregendste in Prince' Leben gewesen. Er hatte schon immer hart gearbeitet und gut verdient, und auf dem Weg an die Spitze war er ein paar Leuten auf die Füße getreten – aber wie sollte man sonst ganz nach oben kommen? Außerdem war er stets korrekt geblieben. Natürlich gab es da seine schmutzigen kleinen Geheimnisse, zum Beispiel seine Vorliebe für junge Mädchen und seine Privatsammlung anstößiger Bilder, die er unter dem Deckmantel der Anonymität von zwielichtigen

Zwischenhändlern erwarb. Er hatte nie begriffen, weshalb die Gesellschaft so etwas als verbrecherisch erachtete. Er schaute sich die Fotos doch nur an. Jedenfalls, bei seiner Suche nach Bildern war er auf ein Netzwerk von Leuten mit ähnlicher Veranlagung gestoßen, das sich »Teddybear's Picnic Network« nannte. Für Prince war es ein Ort gewesen, an dem er seine Gefühle erkunden und seine Vorlieben teilen konnte, und das völlig anonym. Es war sein kleines Geheimnis, und niemand würde je erfahren, wer er war.

Doch vor einem Jahr war alles anders geworden. Eines Abends – er arbeitete noch spät im Büro – bekam er einen Anruf auf seiner Direktleitung. Der Anrufer hatte sich mit dem ominösen Namen »Nightshade« gemeldet und Prince zu einem sicheren Server dirigiert, über den sie sich eine Stunde lang über einen Instant Messenger unterhalten hatten. Als das Gespräch beendet war, wusste Prince, dass nichts mehr so war wie früher. Der Anrufer wusste alles über ihn, seine Familie, sein Bankkonto, sein ganzes Leben. Das allein hätte Prince keine allzu großen Sorgen bereitet, da man ziemlich leicht an solche Informationen herankam; außerdem hatte er an dieser Front nichts zu verbergen. Aber der Anrufer besaß detaillierte Informationen über Prince' illegale Vorliebe, die Kinderpornografie. Als Nightshade dieses Wort getippt hatte, wäre Prince beinahe das Herz stehen geblieben. Woher wusste der Mann so gut Bescheid? Teddybärs Picknicknetzwerk garantierte doch Anonymität!

Nightshade hatte Prince in dieser Nacht ein Angebot unterbreitet: sein Schweigen als Gegenleistung für Daten und Zugriffsrechte. Widerstrebend hatte Prince sich einverstanden erklärt. Es widersprach all seinen Grundsätzen, aber Nightshade hatte ihn am Wickel. Sein Geheimnis durfte um keinen Preis bekannt werden.

Aber es war keine gewöhnliche Erpressung. Nightshade hatte ihm eine lukrative Partnerschaft angeboten. Einen Ausweg aus dem Leben, das Prince geführt hatte. Eine Chance, seine abartigsten Gelüste zu erkunden. Einen Weg, mehr Geld zu verdienen, als er sich je hätte erträumen können. Warum hätte er da nicht zugreifen sollen? War er es nicht sowieso leid, sich mit den Bürokraten in der Regierung anzulegen? Hatte er nicht ohnehin die Nase voll davon, dass die Umsätze von PrinceSec in den Keller gingen, weil die Politiker und millionenschwere Unternehmen zu geizig waren, ihre Sicherheitssysteme zu erneuern? Sie alle kannten das Risiko, aber sie warteten lieber, bis ihnen jemand bewies, wie anfällig sie waren.

Nightshade hatte Prince erklärt, er sei eine Art Repräsentant einer Untergrundorganisation namens Black Flag. Prince hatte schon von Black Flag gehört – eine elitäre Gruppe von Hackern, die auf dem kriminellen Markt des Deep Web agierte. Dabei handelte es sich um genau die Art von Hackern, denen Cryptos, die Sicherheitssoftware, in die Suppe spucken sollte. Doch am Ende seines Gesprächs mit Nightshade hatte auch Prince fast schon zu Black Flag gehört. So, wie Nightshade es ihm erklärte, war es das Logischste auf der Welt. Schließlich hatte Prince Regierungen und Großunternehmen über Jahre hinweg vor möglichen Cyberangriffen geschützt – und was hatte er jetzt davon? Wer waren diese Bonzen, dass sie darüber bestimmen konnten, was richtig und was falsch war, wo sie doch weitaus schlimmere Verbrechen gegen ihre eigenen Leute begangen hatten?

Allmählich gelangte Prince zu der Erkenntnis, dass er die Falschen beschützt hatte. Was Black Flag tat, war real und fand im Hier und Jetzt statt. Sie erzwangen Veränderungen – auf eine Art und Weise, die den Regierungen unangenehm war, und nun konnte Prince ein Teil davon sein. Überdies konnte er ein Vermögen verdienen und seinen Fantasien freien Lauf lassen.

Also hatten er und Nightshade einen Plan entworfen. Zunächst einmal sollte Prince dafür sorgen, dass die Cryptos-Software bei so vielen Firmen, Energieversorgungsunternehmen, Wasseraufbereitungsanlagen und anderen nationalen Infrastrukturbetrieben wie nur möglich installiert wurde. Cryptos sollte so schnell und weit verbreitet werden, wie es ging. Nightshade behauptete, Kontakte beim Militär und in städtischen Behörden zu haben, sodass der Vorgang sich hier und da durch Schmiergeldzahlungen beschleunigen ließ, aber die meisten Geschäfte mussten auf regulärem Weg abgeschlossen werden. PrinceSec war seit Jahren der Marktführer auf dem Gebiet der Sicherheitssoftware, und da ihre Programme bereits auf wichtigen Steuerungssystemen in ganz Europa liefen, hatten sie einen gewaltigen Vertrauensvorsprung. Daher dauerte es nicht lange, bis die Software dank reduzierter Preise flächendeckend eingeführt worden war.

Teil eins des Plans war erstaunlich gut aufgegangen. Eine preiswerte, zuverlässige Software, die für Sicherheit sorgte – wer konnte dazu schon Nein sagen? In Großbritannien waren bereits mehr als fünfzig Prozent der wichtigsten Infrastruktur- und Herstellungsprozesse mit Cryptos gesichert; bald darauf war die Software auch auf dem Kontinent zum Verkaufsschlager geworden. Über elf Millionen Geräte in Schulen, Krankenhäusern, Fabriken, Raffinerien und Transportnetzwerken waren damit ausgestattet. Aber das alles war nebensächlich. Im Grunde kam es nur auf ein ganz bestimmtes Steuerungssystem an, auf dem Cryptos seit dem letzten Monat ebenfalls installiert war.

Jetzt konnten Nightshade und Prince zu Phase zwei des

Plans übergehen. Und Prince wusste, dass er zu Hause sein musste, damit sie beginnen konnte. Außerdem wusste er, dass er dicht davorstand, mit alldem durchzukommen. Er musste nur noch den nächsten Tag überstehen, dann wäre seine Beteiligung an der ganzen schmutzigen Vereinbarung vorüber. Mit mehr Geld, als er je im Leben ausgeben konnte, würde er Großbritannien verlassen und im Paradies untertauchen. Zwar würde PrinceSec nicht mehr existieren, aber das war ihm inzwischen egal. Im vergangenen Jahr hatte er einen Weg gefunden, sich jeden seiner Wünsche zu erfüllen, ohne Angst haben zu müssen, erwischt zu werden – dank des Deep Webs mit seinen geheimen, anonymen Foren. Oh, was er da alles gesehen hatte! In welche Tiefen er vorgedrungen war!

Anscheinend konnte Geld alleine doch glücklich machen. Prince hatte bereits ein Vermögen für ein luxuriöses Haus in Thailand ausgegeben. Mithilfe neuer Papiere und seiner Freunde aus Teddybärs Picknicknetzwerk konnte er nun Pläne für eine kleine Einweihungsparty nach seiner Ankunft in Südostasien schmieden. Endlich konnte er seine Träume verwirklichen. Er hatte sich einen Palast gebaut, und schon bald würde er eine kleine Prinzessin gefunden haben, die sein Playboyleben mit ihm teilte. Nightshade und seine Arbeitgeber konnten den Rest haben. Prince wusste, dass er eigentlich Schuldgefühle hätte empfinden müssen, aber darüber war er längst hinweg. Nun konnte ihn nichts mehr aufhalten, und er genoss es, Teil einer illegalen Aktion zu sein.

Erneut gab die Steuerkonsole ein *Ping* von sich und riss ihn aus seinem Tagtraum.

»Dämliches Mistding!«, fluchte er. Der Höhenanzeiger spielte verrückt – wie schon auf dem Hinflug – und warnte ihn, obwohl alles in Ordnung war. Er hatte das Flugzeug während seines Aufenthalts in Paris überprüfen lassen, und der Mechaniker hatte ihm versichert, alles sei bestens. Prince tippte gegen das Lämpchen. Es leuchtete weiter, starrte ihn wie ein boshaftes Auge an. *Scheiß drauf.* Heute Nacht hatte er keine Zeit, dieses Problem beheben zu lassen.

Aber da war eine andere Sache, die Prince Sorgen machte – große Sorgen. »Das wurde für Sie abgegeben«, hatte der Mechaniker mit leiser Stimme zu ihm gesagt und ihm einen Umschlag in die Hand gedrückt. Prince hatte sich gewundert, dass jemand einen Privatbrief bei einem Mechaniker abgab, hatte der Sache aber keine weitere Beachtung geschenkt. Er hatte den Brief und das Wartungsbordbuch entgegengenommen, hatte dem Mechaniker dankend zugenickt und weitertelefoniert. Erst nach Öffnen des Umschlags, als er längst in der Businesslounge saß, war Prince bewusst geworden, dass er in höllischen Schwierigkeiten steckte.

Der Umschlag hatte ein einziges Blatt Papier enthalten, auf dem eine Reihe von Zahlen stand. Vier Zahlengruppen, genauer gesagt, durch drei Punkte getrennt. Prince erkannte sie sofort als numerische Webadresse. Noch in der Lounge des Flughafens hatte er einen sicheren Browser auf seinem Laptop geöffnet und die Zahlen eingegeben. Da er auf diese Weise häufig Informationen von seinen Kontaktleuten erhielt, hatte die ganze Sache ihn nicht allzu sehr verwundert.

Die Adresse führte ihn zu einem Verzeichnis mit mehreren Links. Neben dem ersten Link stand: »Lies mich.« Als Prince ihn anklickte, wurde die Seite aktualisiert, und eine ebenso rätselhafte wie bedrohliche Nachricht erschien:

Sie werden mich nie kennenlernen,
aber ich bringe Ihnen den Tod. Ich weiß,
was Sie getan haben, denn ich sehe alles, was Sie tun.
Ich habe gehört, was Sie gesagt haben,
denn ich kenne jedes Ihrer Geheimnisse.
Ich weiß, wohin Sie gegangen sind,
denn ich folge Ihnen überallhin.
Sie werden geprüft, denn ich prüfe alles.
Sie stehen nicht über dem Gesetz, denn ich bin das Gesetz.
Bitten Sie nicht um Vergebung oder Mitleid.
Seien Sie sich nur über eins im Klaren:
Wenn Sie nicht nach dem Code leben können, müssen Sie
nach dem Code sterben

Strider

Prince hatte noch nie von Strider gehört, aber diese Nachricht war beängstigend. Als er versuchte, das Fenster zu schließen, erschien eine Reihe neuer Pop-ups. In jedem wurde ein anderer Teil von Prince' Onlineleben dargestellt: seine Aktivitäten innerhalb von Teddybärs Picknicknetzwerk, seine geschäftlichen Transaktionen und Kopien der Fotos, die er geteilt hatte, sogar ein Foto seines neu erworbenen Hauses in Thailand – jede Minute, die er in den dunklen Winkeln des Internets verbracht hatte, war zum Vorschein gekommen. Aber nirgendwo waren Forderungen oder ein Ultimatum zu sehen gewesen.

Prince hatte sofort Nightshade angerufen und ihm die Nachricht vorgelesen. Nightshade war erschrocken gewesen, was Prince der Stimme des Hackers deutlich anhören konnte, aber er hatte ihm versichert, er werde sich um die Sache kümmern. Diese Rückendeckung war einer der Vorteile, die Prince dank seiner Arbeit für Black Flag zuteilwurde, und er war zuversichtlich, dass es Nightshade gelingen würde, jegliche Gefahr zu beseitigen, die von dieser neuen Quelle für ihre Pläne ausging. Trotzdem missfiel ihm der Gedanke, dass es da draußen noch eine Person gab, die seine Geheimnisse kannte. Er fragte sich, wie viel dieser Strider sonst noch wusste.

Und nun, in dem kleinen Jet, stieg erneut Panik in Prince auf. Er beschloss, zurückzufliegen und die Festplatten in seinem Büro zu vernichten. Wie dumm er gewesen war! Und wenn Strider bereits die Behörden informiert hatte? Vielleicht wartete die Polizei schon am Flughafen auf ihn. Dann wäre alles vorbei. Aber das machte ihm weniger Sorgen als die Vergeltungsmaßnahmen, die er von Black Flag zu erwarten hatte. Wenn ihr Plan jetzt aufflog, konnte die gesamte Organisation enttarnt werden, und das wäre allein seine Schuld. Er war unachtsam geworden. Und zu gierig. Wenn wegen seiner Dummheit auch nur ein Mitglied von Black Flag gefasst wurde, würde er einen schrecklichen Preis für sein Versagen zahlen müssen, das war Prince klar.

Ping. So langsam fing er an, dieses seltsame kleine Lämpchen zu hassen. Er deaktivierte den Autopiloten und versuchte, den Jet auszurichten. Dabei hatte er das Gefühl, als würde die Steuerung gegen ihn ankämpfen. Ihm drehte sich der Magen um, als die Cessna ins Schlingern geriet. *Verdammt, was ist hier los?* Die Steuerung, die zuvor nicht reagiert hatte, schien nun genau das Gegenteil von dem zu tun, was Prince wollte. Wie aus dem Nichts begann der Jet zu trudeln und jagte auf spiralförmigem Kurs in die Tiefe.

»Mayday!«, rief Prince über Funk. »Hier Charlie Juliet

Four, habe die Kontrolle über die Steuerung verloren! Ich stürze ab! Mayday, Mayday, Mayday!«

Er horchte, hörte aber nichts als statisches Rauschen. Prince hatte Ähnliches schon einmal erlebt, denn die Cessna war ein launisches Flugzeug; nun aber musste er schnell handeln. Er riss sich zusammen, ließ den Steuerknüppel los und drückte ihn dann wieder nach vorn. Sofort spürte er, wie die Maschine reagierte, wie sie ruhiger und bald darauf wieder gerade flog. *Du bist ein guter Pilot.* Erneut versuchte er, sich zu beruhigen, und atmete tief durch. Er hatte das Gefühl, die Cessna wieder unter Kontrolle zu haben. Ein Blick auf die Steuerkonsole bestätigte ihm, dass er an Höhe verloren hatte, also zog er den Steuerknüppel vorsichtig nach hinten, um die Abweichung zu korrigieren.

»Hier Citation Charlie Juliet Four. Alles okay, alles okay. Habe alles unter Kontrolle«, sagte er.

»Gute Nacht, kleiner Prinz«, kam die ironische Antwort.

Prince blickte gerade noch rechtzeitig von der Steuerkonsole auf, um die weißen Klippen von Dover direkt vor sich aufragen zu sehen. Die Cessna jagte dicht über der Wasseroberfläche dahin. Prince hatte nicht einmal Zeit zu schreien, bevor sein Jet gegen die weißen Felsen prallte und in einem Flammenball explodierte.

»Gute Nacht, kleiner Prinz«, wiederholte Strider und grinste. Das Radargerät auf seinem Schreibtisch zeigte ihm, dass die Cessna direkt an der britischen Küste abgestürzt war.

Anthony Prince hatte es nicht ganz bis auf heimatlichen Boden geschafft.

Strider gönnte sich einen Moment, um den Triumph auszukosten. Er liebte das Gefühl von Macht und Kontrolle, das er in Augenblicken wie diesem spürte, doch am heutigen Abend genoss er es nicht allzu lange. Er hatte eine anstrengende Woche hinter sich, und es gab noch viel zu tun, bis sein Job beendet war.

Schnell und effizient baute er die Geräte auf seinem Schreibtisch ab, zog vorsichtig die Kabel heraus und rollte sie präzise zusammen. Seine Ausrüstung war kostbar. Für diesen speziellen Auftrag hatte Strider einen genauen und funktionstüchtigen Nachbau des Flugsteuerungssystems konstruiert, das die französische und britische Flugüberwachung benutzte. Das war viel leichter gewesen, als man glauben sollte, denn Teile dieses Systems waren seit den 1970er-Jahren nicht erneuert worden, und viele Handbücher und Protokolle, sogar Ersatzteile ließen sich online beschaffen. Verdammt, einige der Teile hatte er direkt bei eBay ersteigert. Bei seinem Job war eine gute Vorbereitung das Wichtigste. Vorbereiten, zuschlagen, verschwinden. Jede Stufe der Mission war so wichtig wie die nächste.

Der eigentliche Angriff war meist das Einfachste. Deutlich schwieriger war es, sich seinem Ziel zu nähern und es gut genug kennenzulernen, bis man wusste, wie man es aufhalten konnte – und gleichzeitig den Schaden zu minimieren, den der Tod des Opfers anderen zufügte. Auch beim heutigen Angriff war es nicht anders abgelaufen. Strider war Anthony Prince im Geheimen mehr als drei Monate lang gefolgt. In dieser Zeit hatte er sehr viel über den Chef des angesehensten Herstellers von Sicherheitssoftware in Europa in Erfahrung gebracht. Er wusste, wovor Prince Angst hatte, wogegen er allergisch war und was er gut konnte. Er wusste sogar, was Prince seiner Frau zum letzten Geburtstag geschenkt hatte. Eigentlich hatte er, Strider, es ihm sogar vorgeschlagen – unterschwellig, versteht sich. Ihm gefiel der Gedanke, dass er sich so lange im System dieses Mannes aufgehalten hatte, ohne sichtbar zu werden.

Doch das Wichtigste war, dass er Prince' dunkelstes Geheimnis kannte. Strider hatte schon einige schlimme Dinge gesehen, und es gab nur wenig, das ihn nachts nicht schlafen ließ, aber Kinderschänder und Pädophile konnte er nicht ausstehen. Teddybärs Picknicknetzwerk – oder TPN, wie sie in ihren Chatrooms genannt wurden – bildete eine exklusive Gemeinde, die die Privatsphäre ihrer Mitglieder sehr ernst nahm. Strider hatte beobachtet, wie sie sich gegenseitig schützten. Tatsächlich hatte er Prince' Verfolgung erst aufgenommen, nachdem es diesem Kerl gelungen war, sich trotz der Ermittlungen gegen das TPN der Entdeckung zu entziehen. Strider gab der Gerechtigkeit immer gern eine Chance – aber er hatte mit angesehen, wie die Gruppe zusammenrückte, um ihre Mitglieder zu schützen, wie sie Beweise vernichtete und Server verbrannte, als die Behörden anrückten. Als Strider dann auch noch herausfand, dass Prince plante, seine Leidenschaft auf andere Art auszuleben, hatte er eingegriffen. Kinderhandel war in seinen Augen unverzeihlich. Prince hatte definitiv gegen den Code verstoßen.

So war Prince zu Striders nächstem Ziel geworden, und er hatte sich darangemacht, alles über diesen Mann in Erfahrung zu bringen. Es war ihm nicht schwergefallen, herauszufinden, dass Prince am liebsten selbst flog. Er wusste auch genau, wann Prince an diesem Abend von Paris-Le Bourget abfliegen wollte, wie sein Flugplan aussah und wie lange er in London zu bleiben gedachte. Prince' Aufenthalt in Großbritannien sollte nur kurz sein, und er hatte bereits einen gefälschten Flugplan für seine Abreise eingereicht. Strider wusste, dass es die richtige Nacht war, um zuzuschlagen. Zu seiner großen Freude hatte Prince in Paris dann auch noch um einen Check seines Flugzeugs gebeten, was Strider die Sache noch mehr erleichtert hatte.

Die soziale Überwachung war eine entscheidende Waffe in Striders Arsenal. Er konnte überzeugend in jede Verkleidung schlüpfen und problemlos beliebige Personen verkörpern. Die Leute glaubten immer, Hacker wären gesellschaftliche Außenseiter, blasse, introvertierte Freaks, die alleine in abgedunkelten Räumen saßen und zu keiner Interaktion mit der realen Welt fähig waren. Doch Strider war das genaue Gegenteil: jung, charmant und ziemlich attraktiv, von durchschnittlicher Größe und Statur, mit neutraler Stimme. Er fiel nicht weiter auf. Besonders stolz war er darauf, dass er sogar den am besten geschützten Menschen der Welt nahe gekommen war, ohne dass sie es bemerkt hatten. Wie paranoid die Leute in anderen Bereichen ihres Lebens auch sein mochten – aus irgendeinem Grund vergaßen sie, in der digitalen Welt ebenso aufmerksam über ihre Schulter zu schauen. Bisher hatte noch niemand das digitale Äquivalent zu einem Bodyguard gefunden.

Normalerweise verbrachte Strider jede Sekunde seiner Freizeit damit, Hintergrundinformationen über wichtige Personen zu sammeln, falls der Anruf kommen sollte. Er beobachtete sie alle, den ganzen seltsamen Zirkus, und notierte sich auch das kleinste Detail. Es waren immer die Details, in denen sich die wichtigsten Hinweise versteckten. Man musste vorbereitet sein. Manchmal waren seine Ziele Politiker, Abgeordnete oder Chefs großer Unternehmen. Was sie verband, war ihre arrogante Selbsteinschätzung, über dem Gesetz zu stehen. Tja, das mochte vielleicht sein, aber dem Code unterlagen sie dennoch.

Wenn man überlegte, dass Prince der Chef einer globalen Cybersicherheitsfirma gewesen war, fand Strider den Abgang dieses Mannes ziemlich enttäuschend. Es war bemerkenswert einfach gewesen, sich als Cessna-Mechaniker auszugeben. Um durch die Sicherheitskontrollen am Flughafen zu kommen, hatte er nur ein Firmenlogo und eine laminierte Mitarbeiterkarte benötigt, die er in seiner Wohnung angefertigt hatte. Natürlich benutzte er immer eine ausgesprochen professionelle Ausrüstung, um sicherzustellen, dass alles authentisch aussah, aber das war selten nötig, da nur wenige Leute genauer hinschauten. Und wer würde sich schon die Mühe machen und sich als Mechaniker für Privatjets ausgeben?

Strider hatte nicht lange gebraucht, um seinen Virus in das GPS-Steuerungssystem hochzuladen, das den Autopiloten der Cessna steuerte. Darüber hinaus hatte er Prince sogar persönlich die Dokumente zurückgegeben, hatte ihm in die Augen geschaut und ihm einen guten Flug gewünscht. Als Prince in der Luft war, hatte er nur noch warten müssen, bis der Mann sich bei der französischen Flugsicherung abgemeldet und den Autopiloten eingeschaltet hatte. Nach dessen Aktivierung konnte Strider die meisten Funktionen an Bord der Cessna steuern und Prince sogar daran hindern, den defekten Autopiloten wieder auszuschalten.

Als Prince den britischen Luftraum erreicht hatte, war es zu spät gewesen. Er hätte sich selbst dann nicht mehr retten können, wenn er bemerkt hätte, dass er keine Kontrolle mehr über sein Flugzeug besaß.

Er war gewarnt worden, und jetzt war er tot.

Strider fühlte sich niemals schuldig. Warum auch? Er tat der Gesellschaft einen Gefallen. Er überwachte diejenigen, die die Polizei nicht verhaften konnte, und zeigte jenen Leuten die Grenzen auf, die keine zu kennen schienen. Die Ironie war ihm durchaus bewusst. Letzten Endes tötete er jemanden und verabschiedete sich damit endgültig von seiner Menschlichkeit. Nach so einer Tat stand man abseits, betrachtete alles von außen und fand nicht mehr den Weg zurück in die normale Existenz. Aber Strider war schon seit so langer Zeit ein Außenseiter, dass er sich nicht mehr erinnern konnte, wie es war, dazuzugehören. Alles an ihm war nur Fassade.

Nachdem er alles deinstalliert hatte, brachte Strider die Teile seines behelfsmäßigen Labors in den mit Blei ummantelten Lagerraum, den er hinter einer falschen Wand im Eingangsbereich eingerichtet hatte. Jemand, der nicht darauf achtete, würde gar nicht bemerken, dass die Diele kleiner war als in den anderen Wohnungen in diesem Gebäude. Aber Strider bekam ohnehin nie Besuch, und die neugierigen Nachbarn hatten den Versuch, den gut aussehenden, aber scheuen jungen Mann in ein Gespräch zu verwickeln, längst aufgegeben. Selbst das Mädchen vom Stockwerk unter ihm kam nicht mehr mit irgendeinem fadenscheinigen Vorwand vorbei. Es hatte ein paar Monate gedauert, bis sie endlich begriffen hatte, dass er an keiner Beziehung interessiert war.

Er dachte an Anthony Prince und dessen arme, seit Langem leidende Ehefrau. Sie hatte mit der ganzen Sache nichts zu tun und war vollkommen schuldlos. Doch Strider wusste, dass sie in den nächsten vierundzwanzig Stunden ohnehin von ihrem nunmehr verblichenen Gemahl verlassen worden wäre. Immerhin würde sie jetzt nicht mehr erfahren, auf welche Perversitäten ihr Gatte abgefahren war. Für sie und den Rest der Welt war Anthony Prince' Tod ein tragischer Unfall, und seine Geheimnisse würden nie ans Licht kommen.

Es war die sauberste und sicherste Methode, eine Leiche zu entsorgen, indem man das Töten der Technik überließ.

Zuvor an diesem Abend hatte Strider dafür gesorgt, dass alle noch offenen Probleme gelöst worden waren. Er hatte auf Prince' Desktopcomputer im PrinceSec-Büro in London zugegriffen und einen verschlüsselten Bilderordner gelöscht, um ihn dann mit einem Ordner voller Dokumente ähnlicher Größe zu überschreiben: Familienfotos, die er von Prince' Laptop gezogen hatte. Sobald man von Anthony Prince' tragischem Unfall erfuhr, würde es zweifellos eine Untersuchung geben, und wenn man seine letzten Aktionen nachvollzog, sollte niemand auf den Gedanken kommen, irgendjemand hätte einen Grund gehabt, Prince ins Jenseits zu befördern. Es war unabdingbar, dass Prince unauffällig starb, wenn Striders Plan aufgehen sollte, Teddybärs Picknicknetzwerk auszuschalten.

Strider verließ seine Wohnung, ging hinaus in den Regen und öffnete seinen Schirm. Er war mit seiner Arbeit zufrieden. Vielleicht war Paris ja doch nicht so übel.

Es war noch nicht bestätigt worden, aber Nightshade wusste Bescheid. Prince hatte versprochen, sich sofort nach der Landung bei ihm zu melden. Inzwischen war es vier Uhr früh, und er hatte noch immer nichts gehört. Erst nachdem Nightshade den Bericht der Küstenwache über einen Privatjet erhalten hatte, der abgestürzt war, wusste er Bescheid. Anthony Prince war tot. Das war bedauerlich und kam zur denkbar ungünstigsten Zeit. Jetzt musste Nightshade sich um gründliche Aufräumarbeiten kümmern und dafür sorgen, dass Prince keine Spuren hinterlassen hatte, die zu ihm und seinem Team führten. Aber darum konnte er sich jetzt nicht kümmern, er hatte erst einmal ein weitaus größeres Problem. Mit Prince war auch ihre Informationsquelle und Zugriffsmöglichkeit verschwunden. Er musste einschreiten und so viel wie möglich sicherstellen, bevor irgendjemand in der Firma realisierte, dass der Boss gestorben war. Nightshade hatte sich in der Vergangenheit schon häufiger mit Prince' Anmeldedaten eingeloggt, aber durch Prince' Tod war das unmöglich geworden. Dennoch, er musste alles in Erfahrung bringen, was Prince wusste. Der ganze Plan hing davon ab.

»Denk nach, denk nach«, murmelte er und trommelte mit den Fingerspitzen auf seine Schläfen, als könne er auf diese Weise Befehle in sein Hirn eintippen. Er saß im Schneidersitz auf dem Fußboden, die nackten Füße unter die Knie geklemmt, den Laptop auf dem Schoß. Schließlich nahm er die Hände herunter, tippte vorsichtig auf der Tastatur und drückte die Enter-Taste. Ein Piepton war zu hören.

»Verdammt!«, fluchte er, als das Passwort vom Remote-Server auch jetzt nicht akzeptiert wurde. Er starrte auf den Anmeldebildschirm von Prince' Remote-Desktop. Wieso war das Passwort geändert worden? Prince konnte das nicht getan haben, es gehörte nicht zum Plan. Außerdem sicherte Nightshade sich für Notfälle stets doppelt ab. Auch wenn er überzeugt gewesen war, dass Prince seinen Teil des Plans wie angewiesen ausführen würde, hatte er nichts dem Zufall überlassen. Gleich zu Beginn ihrer Partnerschaft hatte er daher einen Keylogger, ein kleines Programm, das sämtliche Eingaben des Benutzers über die Tastatur aufzeichnete, auf allen Geräten installiert, die Prince besaß. Er war sicher, dass Prince darüber Bescheid wusste, schließlich war er Experte für Computersicherheit, aber er hatte nie versucht, Nightshade den Zugriff zu verweigern. Doch aus irgendeinem Grund war Prince' Passwort jetzt anders als beim letzten Mal. Was bedeutete, dass es von einem Gerät aus geändert worden war, das Nightshade nicht überwachte.

»Denk nach!«, trieb er sich selbst an und versuchte, klar und analytisch zu denken. War Prince wirklich tot? Vielleicht war er untergetaucht. Möglicherweise hatte er kalte Füße bekommen, weil er wusste, dass dieser Strider ihn über kurz oder lang bloßstellen würde. War ihm das Risiko doch zu groß geworden, und er hatte den Schwanz eingekniffen? Nein. Das ergab keinen Sinn. Prince musste gewusst haben, dass er zu diesem Zeitpunkt unmöglich noch aussteigen konnte. Nightshade ermahnte sich selbst, Ruhe zu bewahren. Er durfte sich jetzt nicht verrückt machen lassen.

»Denk nach, denk nach.« Dieses Mal trommelte er mit den Fingerspitzen seitlich gegen den Laptop. Und dann kam ihm eine Idee. Doppelte Absicherung. Er musste gar nicht auf Prince' Computer zugreifen. Mit etwas Glück konnte er sich direkt auf den Server einloggen. Nur drei Mitarbeiter des Unternehmens hatten umfassende Administratorrechte auf dem Firmenserver, und Prince war einer davon. Selbst wenn jemand das Passwort auf seinem Desktop geändert hatte, war es unwahrscheinlich, dass auch das Admin-Passwort auf dem Server geändert worden war. Nightshade würde auf die harte Art reingehen müssen.

Mit einem leisen Gefühl der Erregung rief Nightshade via Secure Shell den Server auf, suchte rasch in seinen Notizen nach dem richtigen Admin-Passwort und gab es ein. Ein beruhigendes *Ping* sagte ihm, dass es funktioniert hatte.

Er war drin.

Nightshade vergeudete keine Zeit und beschaffte sich sofort alles, was er brauchte: die komplette Cryptos-Kundendatenbank von PrinceSec zusammen mit allen Firewall-Informationen, Benutzer-IDs der Administratoren, IP-Adressen, Sicherheitslücken und aktuellen Softwareversionen. Alleine diese Daten wären dem richtigen Käufer Millionen wert gewesen. Aber Nightshade wollte sie gar nicht verkaufen. Diese Datenbank war der Schlüssel zu Phase zwei ihres Masterplans, und der war noch sehr viel mehr wert.

Nightshade entfernte sämtliche Beweise für seine Beziehung zu Prince. Sie waren sehr vorsichtig gewesen und hatten nie echte Namen oder Aufenthaltsorte benutzt, aber Nightshade wollte auf Nummer sicher gehen. Während er sorgsam seine Spuren verwischte, durchsuchte er den Server nach sämtlichen Hinweisen auf seine Verbindung zu Prince. Er war sicher, dass Prince ihn nie über seinen Firmencomputer kontaktiert hatte, überprüfte es aber dennoch. Nachdem Nightshade sich davon überzeugt hatte, dass es keine Hinweise auf ihre Partnerschaft gab, loggte er sich aus. Erleichtert reckte er die Arme über den Kopf. Es war eine lange, auf seltsame Weise aber auch unterhaltsame Nacht gewesen.

Seitdem Prince ihn angerufen und über die Drohung informiert hatte, war Nightshade den größten Teil des Abends auf der Suche nach Informationen über den Hacker gewesen, der sich Strider nannte. Während er im Deep Web unterwegs war, hatte sich nach und nach ein Bild geformt, und Nightshade war klar geworden, wozu dieser Strider imstande war. Er war gerissen, geheimnisvoll und offensichtlich gefährlich – ein Mann, der sich als würdiger Gegner erweisen konnte. Nightshade verspürte widerwilligen Respekt für die Fähigkeiten dieses Hackers. Obwohl Strider ihm heute Nacht dazwischengefunkt hatte, wünschte Nightshade sich beinahe, sie könnten zusammenarbeiten. Es kam extrem selten vor, dass man ein solches Talent in Verbindung mit einem offenkundig mörderischen Verstand entdeckte. Aber einen Hacker wie Strider durfte man nicht frei herumlaufen lassen. Erst recht nicht, wenn dieser Hacker um ein Haar Nightshades Pläne zunichtegemacht hätte. Und niemand, niemand tötete ein Mitglied von Black Flag und kam damit durch. Sie würden sich seiner entledigen.

Aber noch nicht, überlegte Nightshade und lächelte. In diesem Lächeln lag pure, verderbte Boshaftigkeit. Er würde sich noch eine Zeit lang mit Strider amüsieren. Die Arbeit dieses Hackers kam ihm auf irritierende Weise vertraut vor, und Nightshade wollte mehr über ihn wissen. Außerdem war es sinnlos, seinen Gegner auszuschalten, ohne ihn wissen zu lassen, dass er besiegt worden war. Wo blieb denn da der Spaß?

»Wie sieht's aus, Strider?«, murmelte er. »Machen wir ein Spielchen?«

Regel Nr. 2: Es ist nichts Persönliches

Es ist deine Aufgabe, dafür zu sorgen, dass niemand über dem Gesetz steht, aber du führst keine Rachefeldzüge.

Das Internet. Wunder des modernen Zeitalters. Förderer der freien Rede und des schöpferischen Ausdrucks. In den letzten zwanzig Jahren hat die menschliche Interaktion dank der nahezu globalen Ausbreitung webfähiger Computer eine tiefgreifende Verwandlung durchgemacht. Dank des World Wide Web ist die Welt viel kleiner geworden. Das Web ist ein Ort für soziale Netze, Google-Suchen, Musikstreams, Desktop-Proteste, Self-Publishing, Informationen in Nanosekunden, für das Teilen und Verbreiten, für Communitys und die Produktivität. Hier findet jeder, was er braucht. Für alles, was man sich denken kann, gibt es Seiten im Internet. Zumindest sieht es der Großteil der surfenden Bevölkerung so. Nur sehr wenige von uns denken darüber nach, wie viele unserer alltäglichen Aktivitäten heutzutage online stattfinden. Ja, wir wissen von Identitätsdiebstahl, Spamming, Phishing, Viren und Würmern, aber nur wenige von uns betrachten das Web, das entwickelt wurde, um unser Leben zu erleichtern, als potenzielle Waffe.

Im Grunde kann alles, was eine elektronische Komponente besitzt, gehackt werden und verheerenden Schaden anrichten. Ein automatisches Infusionssystem in einer Klinik beispielsweise lässt sich so umprogrammieren, dass der Tropf eine tödliche Dosis abgibt, um dann von selbst auf die Ausgangseinstellung zurückgesetzt zu werden, bevor das Krankenhauspersonal etwas bemerkt. Ein simples Sicherheits-update der Computer im Kontrollraum eines Kraftwerks könnte Hackern Zugriff auf das gesamte System des AKWs verschaffen. Mithilfe Ihres Smartphones und der WLAN-Verbindung an Ihrer Arbeitsstelle könnten Sie der Konkurrenz sämtliche Firmengeheimnisse zuspielen. Ihr Handy, Ihr Haus, Ihr Herzschrittmacher, sogar Ihre Autoschlüssel lassen sich gegen Sie einsetzen, falls jemand diesen Wunsch verspürt.

Warum erleben wir dann nicht tagtäglich mehr solcher Angriffe? Das tun wir, es wird nur nicht ausgiebig darüber berichtet. Vielleicht lassen sich viele solcher Vorfälle auch auf technische Fehler zurückführen. Und verständlicherweise geben Unternehmen und Regierungen nicht gern zu, dass sie angreifbar sind – schließlich würde sich das schlecht auf ihre Aktienkurse oder Wiederwahlchancen auswirken.

Vermutlich liegt der Grund dafür, dass wir nichts über die große Zahl an persönlichen Cyberangriffen auf ganz normale Menschen hören, aber auch darin, dass diejenigen, denen der Sinn danach steht, zu töten oder zu verstümmeln, einfach zu einem Messer oder einer Pistole greifen, weil das viel schneller und leichter geht.

Im Allgemeinen sehen wir uns nicht als potenzielle Opfer eines Onlineangriffs, weil wir das Gefühl haben, zu unwichtig zu sein, oder weil wir glauben, dass jemand auf uns aufpasst. Selbst wenn man sich die Zeit nehmen würde, darüber nachzudenken, wie so ein elektronischer Angriff aussehen mag oder woher er kommen könnte, müsste man über das hinausschauen, was wir als das Internet kennen. Unter der sozialen, unterhaltsamen, informativen und praktischen Oberfläche, auf der wir uns jeden Tag bewegen, schlummert die dunkle, unheilvolle Seite des Internets, die umgangssprachlich »Deep Web« genannt wird. Hier ist die Anonymität so gut wie garantiert, wenn man sich vorsieht. Im Deep Web kann man Drogen, Pornografie, Waffen, sogar den Tod suchen und kaufen. Auf zahlreichen Online-Schwarzmarktseiten lässt sich eine Lieferung Methamphetamin ebenso problemlos bestellen, wie Sie eine Pizza ordern. Mithilfe von Tor, einer kostenlosen Open-Source-Software, die den Internet-Traffic durch ein weltweites Netzwerk von Freiwilligen mit über dreitausend Relais umleitet, ist alles möglich. Man könnte anonym jemanden anheuern, der für einen stiehlt, entführt, vergewaltigt, oder man könnte ein Kind kaufen oder verkaufen. Alles wird mit einer anonymen digitalen Währung bezahlt. Es gibt keine Fragen. Jeder von uns wäre theoretisch dazu in der Lage. Jeder mit einem Computer und der richtigen Einstellung könnte auf das Deep Web zugreifen.

Nicht alles im Deep Web ist illegal. Tatsächlich ist vieles eine Art Rebellion gegen den sogenannten Überwachungsstaat. Vor allem aber ist das Deep Web ein Schwarzmarkt. Und wie bei jedem Schwarzmarkt gibt es auch hier unterschiedliche Levels der Gefährlichkeit und Verderbtheit. Deshalb muss man sehr genau wissen, wonach man sucht und wo man es finden kann. Aber es gibt leicht zugängliche Wikis und Listen, die einem dabei helfen. Je mehr man über den Markt weiß, desto besser findet man sich darin zurecht. Sie würden ja auch keinem x-Beliebigen auf der Straße Waffen, Drogen oder Dienstleistungen abkaufen. Doch man sollte wissen, worauf man sich einlässt, wenn man sich ins Deep Web begibt, denn es ist ein gefährlicher Ort. Es existiert nicht einfach in einer anonymen Blase. Es ist und bleibt ein Schwarzmarkt, und wie auf jedem Schwarzmarkt gibt es auch hier Menschen, die jeden Tag um die Vorherrschaft kämpfen.

Menschen wie Scott Mitchell, Sonderberater der National Cyber Crime Unit. Als Abteilung der National Crime Agency, des »britischen FBI«, hatte die NCCU sich mit der ehemaligen Serious Organized Crime Agency zusammengeschlossen, um gemeinsam mit anderen Behörden eine vereinte Streitmacht im Kampf gegen das organisierte Verbrechen zu bilden. Die Mitarbeiter der NCA konnten einen Einfluss ausüben, der weit über den eines gewöhnlichen Polizisten hinausging. Jeder von ihnen besaß die Befugnisse eines Polizei-, Zoll- und Einwanderungsbeamten. Scott Mitchell war kein Agent, arbeitete aber seit drei Jahren als Berater für die NCCU. Das Team, mit dem er zusammenarbeitete, respektierte ihn, kannte ihn allerdings nicht besonders gut. Mitchell wusste, dass einige NCCU-Agenten ihn noch immer als ehemaligen kriminellen Hacker betrachteten, den man zu ihrer Unterstützung geholt hatte. Manchmal hatte er sogar das Gefühl, dass sie ihn deswegen verabscheuten.

Doch Mitchell war hochtalentiert und erfahren, obwohl er noch nicht einmal dreißig war. Sein größter Fehler bestand darin, dass er sich zu sehr in bestimmte Verbrechen oder Verbrecher verbiss. Dann konnte er sich tagelang auf der Online-Suche nach Hinweisen und Spuren verlieren – mit der Folge, dass er nicht am normalen Büroalltag teilnahm oder nach Feierabend mit den Kollegen mal in die Kneipe ging.

Mitchell war dennoch zufrieden mit seinem Job. Schließlich hatte er die Beraterstelle nicht angenommen, um Freunde zu finden. Er zog es vor, sich in der digitalen Welt aufzuhalten, zu lauern, zu suchen, sich anzupirschen. Erst dann fühlte er sich richtig lebendig.

In den letzten sechs Monaten hatten Mitchell und sein Team bei der NCCU gemeinsam daran gearbeitet, einen besonders aktiven Kinderpornografiering auszuschalten, der sich »Teddybärs Picknicknetzwerk« nannte. Die Sache widerte Mitchell an – nicht nur, was dort gepostet wurde, oder der dreiste Name. Es war vor allem der Mangel an Ressourcen der NCCU bei der Bekämpfung derartiger anonymer Verbrechen, der Mitchell zu schaffen machte.

Immerhin hatten sie vor einem Monat eine Textnachricht abgefangen, die es ihnen nach sehr viel Arbeit ermöglicht hatte, auf einen Server in Brighton zuzugreifen, der als Hoster für die Bilder von Teddybärs Picknicknetzwerk genutzt wurde. Daraufhin waren sie in der Lage gewesen, eine beachtliche Zahl an Mitgliedern aufzuspüren. Sie hatten eine Hand voll verhaftet und die Server beschlagnahmt. Mitchell hatte häufig das Gefühl, nur Geduld haben zu müssen, um erfolgreich zu sein. Wenn man Verdächtige lange genug beobachtete, machten sie irgendwann einen Fehler. Oft wurden die cleversten Verbrecher durch einen winzigen Fehltritt zu Fall gebracht. Steuerschulden, defekte Bremslichter oder nicht bezahlte Fernsehgebühren – irgendeine Kleinigkeit, die oft nicht einmal mit ihrem Verbrechen zu tun hatte, führte mitunter dazu, dass die Behörden an die Tür klopften und die Gelegenheit bekamen, sich im Keller dieser Leute umzusehen.

Genau das hatte Mitchells Team bei Teddybärs Picknicknetzwerk getan. Für die Außenwelt war es eine Erfolgsstory der NCCU gewesen, die wieder einmal eine Horde Perverser aus dem Verkehr gezogen und die Unschuldigen beschützt hatte. Für Mitchell jedoch hatte es vor allem harte Arbeit, ein Quäntchen Glück und viel Frust bedeutet. Das Pädophilen-Netzwerk war nach wenigen Tagen auf neuen Servern wieder aktiviert worden. Die meisten Rädelsführer hatten sich der Verhaftung oder Identifikation entziehen können. Beweise waren über Nacht verschwunden, sogar nachdem Mitchell sie mit eigenen Augen gesehen hatte. Er wusste, dass das Netzwerk jemanden bei der NCCU bezahlt haben musste, um das belastende Material verschwinden zu lassen. Er hatte geschworen, die Verantwortlichen zur Rechenschaft zu ziehen, hatte bisher aber nicht die leiseste Ahnung, um wen es sich handelte.

In der Zwischenzeit hatte die Abteilung sich anderen Fällen zugewandt, denen sie ihre Zeit und ihre Ressourcen opferte. Doch Mitchell mochte keine halben Sachen und setzte die Jagd auf das Pädophilen-Netzwerk fort. Er hatte ein einfaches Programm geschrieben, das die Foren, von denen er wusste, durchstöberte und nach den Benutzernamen Ausschau hielt, deren Besitzer er zur Strecke bringen wollte. Wenn sie wieder online waren, weil sie glaubten, die Luft wäre rein, würde Mitchell davon erfahren. Er hatte geschworen, jedes Mitglied von Teddybärs Picknicknetzwerk zu erwischen, und wenn es das Letzte war, was er tat.

Am Sonntagmorgen um 8 Uhr saß Mitchell vor seinem Laptop und wartete ungeduldig darauf, dass die Seite aktualisiert wurde. Seine Suchsoftware hatte einen Hinweis gefunden und ihn alarmiert. Ein Mitglied, das sich Brown Bear nannte und das Mitchell nur zu gut kannte, hatte Freitagnacht eine Nachricht in einem der allgemeinen Foren gepostet. Mitchell blickte auf den Text.

Brown Bear: Geht heute nicht in den Wald.

»Faszinierend«, murmelte Mitchell.

Diese Nachricht hatte er schon unzählige Male gesehen. Es war eine Warnung an das restliche Netzwerk, dass man ein Mitglied ihres Teams entweder erwischt hatte, oder dass es sich bedroht fühlte. Das Pädophilen-Netzwerk war engmaschig, und die Mitglieder passten aufeinander auf. Schließlich wussten sie nur zu gut, dass sie alle auffliegen konnten, wenn auch nur ein Mitglied enttarnt wurde.

Mitchells Telefon klingelte, aber er beachtete es gar nicht. Er war auf Bärenjagd.

Rebecca MacDonald betrachtete sich in dem Ganzkörperspiegel. Sie wollte die perfekte Kombination aus Weiblichkeit und Professionalität erreichen, war sich aber nicht sicher, ob ihr das jemals gelingen würde. Ihr schottischer Vater hatte eine stolze Kenianerin geheiratet; das lockige, dunkelbraune Haar war ein Erbe ihrer Mutter, ebenso Rebeccas Eigenwilligkeit, ihre überdurchschnittliche Intelligenz und ihre dreckige Lache. Als einziges dunkelhäutiges Mädchen im schottischen Dorf Glenfinnan war sie schon als Kind die Zielscheibe von Spott und Herablassung gewesen, und ihre Eltern hatten ihr stets bewusst gemacht, dass sie es im Leben nicht leicht haben würde. Rebecca gab sich alle Mühe, stets freundlich und rücksichtsvoll zu sein. Es fiel ihr nicht immer leicht, zumal sie ein aufbrausendes Temperament und eine spitze Zunge besaß, doch sie bemühte sich redlich um die Selbstbeherrschung, die ihre Mutter ihr immer eingetrichtert hatte. »Wenn du Erfolg haben willst, musst du lernen, dir auf die Zunge zu beißen«, hatte sie jedes Mal gesagt, wenn sie Rebecca nach einer rassistischen Beschimpfung trösten musste. Obwohl sie groß, attraktiv und intelligent war, wusste Rebecca nur zu gut, dass sie auch heute noch um ihren Platz im Leben kämpfen musste.

»Du schaffst das schon«, sagte sie zu ihrem Spiegelbild.

Rebecca kam gerade aus dem Bad, als das Telefon klingelte. Sie zuckte zusammen. Wer um alles in der Welt rief so früh an einem Sonntagmorgen an? Sie wickelte sich in ein Handtuch und nahm den Hörer ab.

»Hallo?«, fragte sie mit nervöser Stimme.

»Rebecca? Hier ist Jack. Entschuldigen Sie, dass ich so früh anrufe. Ich habe Sie doch nicht geweckt?« Jack Taylor war ihr Chef bei PrinceSec. Er hatte sie direkt von der Uni in die Firma geholt und war in ihrem ersten Jahr gewissermaßen zu ihrem Mentor geworden. Aber bisher hatte er sie noch nie zu Hause angerufen.

»Natürlich nicht. Ich stand nur gerade unter der Dusche.« Sie legte sich das Handtuch um die Schultern. »Ist alles in Ordnung?«

»Nein.« Jack zögerte. »Das heißt, ich weiß es nicht. Es geht um Tony Prince.«

Rebecca hatte nicht viel mit dem Firmenchef zu tun, aber sie hielt Prince für einen anständigen Kerl, und er war immer freundlich zu ihr gewesen.

»Was ist mit ihm?«

»Er ist verschwunden.«

»Was soll das heißen?«

»Sein Flugzeug ist Freitagnacht in Paris gestartet, aber er ist nie am Biggin-Hill-Flughafen angekommen.«

»Großer Gott!«

»Es kommt noch schlimmer.«

Rebecca runzelte die Stirn. »Reden Sie weiter.«

»Offenbar hatte Tony vor, sich abzusetzen. Er hat seine

Anteile an der Firma schon vor etwa einem Monat verkauft. Angeblich war er in finanziellen Schwierigkeiten, aber das Geld ist auf keinem seiner bekannten Konten zu finden. Seine Frau Barbara weiß nichts von Geldproblemen, aber sie sagt, er wäre in letzter Zeit sehr beschäftigt und geheimnistuerisch gewesen. Er war viel unterwegs, bekam seltsame Anrufe und dergleichen. Sie ging davon aus, dass er eine Affäre hatte. Doch heute Morgen hat sie einen Brief von seinen Anwälten mit den Scheidungspapieren erhalten. Sie hatte keine Ahnung, dass Tony sich von ihr scheiden lassen wollte.«

Rebecca versuchte zu begreifen, was sie da gerade hörte. »Und er hat Ihnen nichts gesagt?«, fragte sie schließlich.

Jack war Prince' rechte Hand und hätte eigentlich davon wissen müssen, wenn Prince seine Frau verlassen wollte. Auf jeden Fall hätte er gewusst, dass der Firmenchef die Absicht hatte, seine Anteile zu veräußern.

»Nein, er hat nichts gesagt. Aber als er am Donnerstag das Büro verließ, wollte er mit mir etwas trinken gehen. Leider hatte ich noch mit den Cryptos-Updates zu tun. Vielleicht wollte er mir bei einem Drink alles erzählen.«

»Sie glauben doch nicht wirklich, dass er sich aus dem Staub gemacht hat?«

»Ich weiß nicht, was ich glauben soll. Die Polizei hat mich informiert, dass ein Privatjet an der Küste abgestürzt ist, in der Nähe von Dover. Bisher ist es ihnen noch nicht gelungen, Teile der Maschine zu bergen, aber wir sollten davon ausgehen, dass es Prince' Cessna gewesen ist.«

»Haben Sie die Polizei schon über die Scheidungspapiere und den Verkauf der Anteile informiert?«

»Nein.«

»Was hat das alles zu bedeuten, Jack? Glauben Sie, Prince steckte in Schwierigkeiten?« Rebecca fragte sich, warum

Jack Taylor ausgerechnet sie anrief und ihr diese Mitteilungen machte. Er war offensichtlich erschüttert, aber eine eher unbedeutende Sicherheitsexpertin wie sie war kaum die richtige Ansprechpartnerin, wenn er nach Hinweisen suchte.

»Vor etwa fünf Minuten hat Günther Klein mich angerufen und mir erzählt, dass jemand sich am frühen Samstagmorgen per Remote-Zugriff in den Server eingewählt hat.« Jack Taylor klang nervös. Er zögerte. Rebecca konnte ihn atmen hören. Schließlich fuhr er fort: »Man hat Prince' Admin-Passwort verwendet, um auf den Datenbankserver zuzugreifen.«

Jetzt begriff Rebecca, warum Jack sich bei ihr gemeldet hatte. Die Datenbank war das Herzstück der Cryptos-Software. Darin stand alles über ihre Klienten, auf welchen Computern sie Cryptos installiert hatten, welches Betriebssystem sie benutzten, welche Updates installiert waren und welche Patches sie aufgespielt hatten. Außerdem waren Zugangsdaten darin eintragen, beispielsweise Benutzernamen und die IP-Adressen aller Geräte, auf denen Cryptos installiert war. Es wäre fatal für PrinceSec, wenn die Datenbank auf irgendeine Weise kompromittiert worden war.

Rebecca schwieg verblüfft und hörte Jack weiter zu.

»Der Unfall soll sich Freitagabend gegen zweiundzwanzig Uhr ereignet haben«, fuhr er fort. »Wenn wir davon ausgehen, dass es Prince' Flugzeug war, das abgestürzt ist, bedeutet das entweder, dass er gar nicht im Flieger gesessen und selbst auf die Datenbank zugegriffen hat, oder ...« Wieder machte er eine Pause. »Oder jemand anders hat sich mit seinen Daten angemeldet. So oder so – wir haben ein Problem.«

Rebecca wusste, dass sie wenigstens eine Stunde brauchen würde, um quer durch London zur Zentrale von PrinceSec zu fahren, einem viktorianischen Gebäude. Jack hatte sie gebeten, sich zu beeilen. Er wollte, dass sie sich die Serverdaten ansah, da es ihr Spezialgebiet war, und ihr dabei über die Schulter schauen. Günther Klein, der Sicherheitschef von PrinceSec, hatte nicht herausfinden können, von wo der Zugriff erfolgt war oder wie lange der Eindringling sich auf dem Server umgesehen hatte, und setzte seine Hoffnungen nun auf Rebecca. Außerdem sollte die NCCU eingeschaltet werden, allerdings erst, nachdem Rebecca sich ein Bild davon gemacht hatte, wie schlimm der Schaden war.

Rebecca versuchte noch immer zu begreifen, welches Ausmaß das Chaos haben würde, falls wirklich jemand in die Datenbank eingedrungen war. Sie wollte gar nicht daran denken, was passieren konnte, wenn die Daten in die falschen Hände gerieten. In den meisten Systemen, in denen Cryptos eingesetzt wurde, lief das Programm hinter den Standard-Sicherheitsprotokollen wie Firewalls oder VPNs, daher würde ein Angriff auf Cryptos bedeuten, dass man diese Abwehrmechanismen bereits ausgeschaltet hatte. Rebecca dachte daran, wie unzureichend die meisten dieser Standardmaßnahmen waren. Vor allem aus diesem Grund hatte man die Behörden und Unternehmen davon überzeugen können, Cryptos zu installieren. Das Programm war sozusagen der zweite Rettungsring, wenn der erste versagte. Falls die Kundendatenbank von PrinceSec kopiert worden war, besaßen die Hacker alle Informationen, die sie brauchten, um sich Zugriff auf sämtliche Systeme auf der Liste zu verschaffen – Wasseraufbereitungsanlagen, Streckennetze, Verkehrssteuerung und -überwachung, das Überlandleitungsnetz und zahlreiche Großunternehmen. Und der Angriff konnte überall erfolgen.

Wo sollten sie mit der Suche beginnen? Rebecca war überzeugt, dass die Antwort auf Prince' Computer und in den Serverdaten zu finden sein musste.

Sie konnte nur hoffen, dass sie fündig wurde, bevor etwas Schreckliches geschah.

Ohne den Code wäre Strider nur einer von vielen kleinen Crackern gewesen – ein krimineller Hacker, der sich gegen einen gesichtslosen, namenlosen Feind stellte. Seine Angriffe wären ebenso wild wie nutzlos gewesen. Er hatte schon früh begriffen, dass er für seine Arbeit Richtlinien brauchte. Jeder Mensch brauchte Regeln, selbst wenn es sich dabei um einen einfachen Verhaltens-Code handelte. Mit den vom Staat erlassenen Gesetzen hatte Strider allerdings nicht viel am Hut. Nur weil etwas legal war, musste es noch lange nicht richtig sein. Im Umkehrschluss war etwas Illegales noch lange nicht falsch. Strider wandelte auf dieser dünnen Linie zwischen Richtig und Falsch, zwischen Gut und Böse wie ein Seiltänzer, der unbeachtet hoch oben zwischen zwei Wolkenkratzern balancierte. Und um im Bild zu bleiben: Er hielt sich schon so lange dort oben auf, dass er sich an seine besondere Sicht der Welt gewöhnt hatte.

Strider gefiel das Wort »Attentäter«. Es klang unverfänglicher, neutraler als das blutrünstige »Killer« oder »Mörder«, und nicht so offiziell und sanktioniert wie »Henker«, auch wenn alle diese Bezeichnungen genauso zutreffend waren. Ein Attentäter war per Definition jemand, der einen Überraschungsangriff auf eine wichtige Person plante und ausführte. Kein Wort konnte das, was Strider tat, besser beschreiben.

Die meisten Attentäter hatten eine Art Code in Bezug darauf, wen sie töteten und wen nicht. Jeder hat irgendwo eine Schmerzgrenze, selbst wenn es um Mord geht. Keine Frauen oder Kinder, lautete bei vielen die Standardregel. Strider teilte diese Ansicht nicht. Frauen und Minderjährige waren genauso wie jeder erwachsene Mann in der Lage, schreckliche Verbrechen zu begehen. Und seiner Ansicht nach musste *jeder* mit den Konsequenzen leben, wenn er ein Verbrechen verübte. Man mochte über den Gesetzen des Landes stehen, aber Strider hatte sein eigenes Gesetz, den Code.

Er hatte den Code in einer sehr frühen Version durch einen Kontaktmann kennengelernt, den er in einem der Foren im Deep Web getroffen hatte. Bevor er sich den Namen Strider zugelegt hatte, verbrachte er viel Zeit im Deep Web, schärfte seine Fähigkeiten und prahlte mit seinen Talenten. Jemand, der sich »Salesman« nannte – Strider ging davon aus, dass es sich um einen Mann handelte –, hatte ihn damit aufgezogen, und sie waren ins Plaudern gekommen. Zu jener Zeit war Strider ein zorniger junger Mann mit einer tiefen Abneigung gegen Autoritäten gewesen – ein Rebell, der kein echtes Ziel gehabt hatte, an dem er seine Aggressionen auslassen konnte. Schon als Heranwachsender hatte er Probleme mit der Polizei gehabt und eine schwere und schmerzhafte Kindheit durchlitten, aber er war extrem clever und besaß all die Eigenschaften und das Wissen, das man bei einem kriminellen Hacker erwartete.

Erst der Salesman hatte ihm gezeigt, wie er seine Wut kanalisieren und die Behörden an den Stellen treffen konnte, an denen es wehtat. Der Salesman hatte ihm demonstriert, dass er in zu kleinen Dimensionen dachte, wenn er versuchte,

Großunternehmen mit wiederholten DDoS-Attacken oder Malware-Einschleusungen – den Standard-Cyberangriffen – zuzusetzen. Sicher, die Firmen waren genervt, und die Produktionsabläufe wurden gestört – vielleicht konnte sogar das Vertrauen in die Marke untergraben werden –, aber im Endeffekt mussten vor allem die Arbeiter und mittlere Führungskräfte darunter leiden. Sie waren diejenigen, die die Kürzungen und Entlassungen zu spüren bekamen, während die Bonzen immer fetter wurden. Und das konnte ja wohl nicht richtig sein.

Außerdem hatte der Salesman ihn gelehrt, dass er mit einem breit gefächerten Angriff auf sensible Daten weder Regierungen stürzen noch die Verantwortlichen für ihre Handlungen und Entscheidungen zur Rechenschaft ziehen konnte. Der Salesman arbeitete im Namen seiner Kunden auf einer viel persönlicheren Ebene. Im Verlauf mehrerer Monate wurde Strider sein Mitarbeiter und übernahm seine Art zu denken, sodass aus dem zornigen jungen Cracker ein kalter, berechnender Attentäter wurde. Ein Profi.

Zu Beginn hatte der Salesman ihm einfache Aufgaben übertragen, die dem Potenzial des jungen Hackers entsprachen, doch Strider wuchs rasch darüber hinaus. So drang er beispielsweise in den Hauptrechner des britischen Geheimdienstes ein und änderte Top-Secret-Informationen über die letzten Überwachungsziele, ohne entdeckt zu werden. Bei einer anderen Gelegenheit hackte er sich in das Steuerungssystem des Privathauses eines Ölmultis und schickte ihm »Geister« auf den Hals.

Der Salesman war beeindruckt. Strider hatte bewiesen, dass er überall hinkommen, alles herausfinden und unentdeckt wieder verschwinden konnte. Überdies besaß er eine gute Menschenkenntnis und begriff, wie andere tickten, sodass er wusste, wie er an genau die Informationen herankommen konnte, die er brauchte, um bestimmte Aufgaben zu erfüllen. Er war lernfähig, engagiert und erfinderisch – genau das, was ein Mentor sich von einem Schützling wünschte.

Irgendwann hatte der Schüler den Lehrer überflügelt. Striders Ruf als »Wizard«, die höchste Hackerstufe, verbreitete sich rasch im Internet. Er wurde in den richtigen Kreisen als der Beste in seiner Branche bekannt, besonders wenn es darum ging, an die am besten geschützten Menschen der Welt heranzukommen und dafür zu sorgen, dass ihr Tod wie ein Unfall aussah. Strider hatte Jobs für beide Seiten des Gesetzes erledigt, für Regierungen, Warlords und Verbrecher, und er nahm die bezahlten Aufträge noch immer ausschließlich über den Salesman an.

Doch als Strider eigene Ansichten entwickelte, entzweiten sich die beiden. Der Code war für Strider zur Besessenheit geworden. Während der Salesman jeden Job erledigte, wertfrei und ohne Fragen zu stellen, führte Strider einen Auftrag nur dann bis zum bitteren Ende aus, wenn er sich völlig sicher war, dass das Ziel gegen den Code verstoßen hatte. Der Salesman blieb zu allen Zielpersonen, mit denen er zu tun hatte, auf Abstand, traf sich nie mit ihnen oder tauschte Namen und Details aus, während Strider so nahe an die Leute herankam, dass er sie berühren konnte, ohne dass sie wussten, wen sie vor sich hatten. Wenn seine Ziele bemerkten, dass er ihnen auf den Fersen war, hatte er sie oft schon monatelang beschattet – als Geist in der Maschine, der wartete und beobachtete, bis die Zeit gekommen war. Strider drehte jeden Stein um, ließ nichts außer Acht. Er wollte begreifen, wie jemand sich zu dem Menschen entwickelt hatte, der er war. Und er musste wissen, was diesen

Menschen dazu bewogen hatte, der Gesellschaft den Rücken zuzukehren.

Außerdem legte Strider Wert darauf, dass seine Ziele wussten, dass sie sterben würden, und den Grund dafür kannten. Und er fand immer einen Weg, seine Zielperson wissen zu lassen, dass er darüber informiert war, was sie getan hatte, und dass sie nicht damit durchkommen würde.

Als Strider seinen Code ausgearbeitet hatte, war er erneut ein einsamer Wolf. Er hatte immer gewusst, wie tief die Korruption innerhalb der Regierungen, der Geschäfts- und Finanzwelt reichte, doch als er herausfand, dass er diese Korruption von innen heraus bekämpfen konnte, hatte er endlich seine Berufung gefunden: Er war der Racheengel, der auf seine eigene, einzigartige Weise jene zur Rechenschaft zog, die die Welt als persönlichen Selbstbedienungsladen missbrauchten oder als Spielwiese, auf der sie ihre perversen Triebe ausleben konnten.

Dieser Racheengelkomplex hatte den Salesman zur Verzweiflung getrieben. Aber er hatte Strider, dieses Monster, schließlich selbst erschaffen. Außerdem fanden sich jedes Mal andere, die jene Aufgabe übernahmen, die Strider verweigerte. Nur waren sie nicht ansatzweise so gut wie er. Deshalb vereinbarten der Lehrer und sein Meisterschüler, die Zusammenarbeit fortzuführen, so gut es ging, und einander zu respektieren. Strider wusste, dass er die beste Ausrüstung brauchte, den besten Zugang und die höchste Sicherheitsfreigabe, die verfügbar war, und nur der Salesman konnte ihm dies alles garantieren, während gleichzeitig seine Anonymität gewahrt blieb.

Zu dieser Zeit hatte Strider damit begonnen, Daten über Menschen in Machtpositionen zu sammeln – Menschen, deren Tun seiner Meinung nach im Auge behalten werden musste. All diese Politiker und Firmenbosse schienen der Meinung zu sein, über dem Gesetz zu stehen. Es deprimierte Strider, dass es so wenige aufrichtige, gute Menschen in derart hohen Positionen zu geben schien. Aber so war es im Grunde immer gewesen. Schon als Kind hatte er die meisten Menschen schnell durchschaut und sie bloßgestellt, wenn er es darauf anlegte.

Erst im Alter von neun Jahren hatte Strider die Welt der Computer entdeckt, denn seine Grundschule hatte ziemlich spät beschlossen, sich an der digitalen Revolution zu beteiligen. Für den Neunjährigen wurde der Computer rasch zum Inbegriff von Freiheit und Abenteuer. Zwar waren auf dem einfachen Gerät keine besonderen Programme installiert, keine Spiele außer Solitär, aber genau das gefiel ihm. Für ihn war der Computer ein rein mechanisches Gerät. Entweder er funktionierte, oder er funktionierte nicht. Wenn er nicht funktionierte – oder nicht tat, was er tun sollte –, lag es ausschließlich daran, dass er, Strider, etwas falsch gemacht hatte. Nicht etwa daran, dass der Computer ihn nicht mochte. Nicht daran, dass er ihn für seltsam hielt. Nicht daran, dass er sich von seiner Intelligenz bedroht fühlte. Und auch nicht daran, dass er sich an seiner Anwesenheit störte. Es war eine simple Transaktion: Das, was man eingab, beeinflusste das, was herauskam. Es gab keine Emotionen. Nur Schwarz oder Weiß, keine Graustufen.

Natürlich war selbst dieser erste, einfache Computer durch Jugendschutzbarrieren gesichert gewesen, aber das stellte kein Problem für den jungen Strider dar. Er kannte seine Lehrer bereits ziemlich gut, da er mehr als genug Zeit in ihren Büros verbracht und ihre Enttäuschung zu spüren bekommen hatte. Schnell begriff er, dass die Torwächter dieses Gelobten Landes dieselben Erwachsenen waren, die Schwierigkeiten hatten, ihren Fernseher zu programmieren oder sich an den Code zu erinnern, den man zum Betreten der Turnhalle eingeben musste. Strider brauchte nur einen ruhigen Nachmittag, den er mit dem Benutzerhandbuch in der Bibliothek verbrachte, um zu lernen, wie er die Kontrolle über den Computer übernehmen konnte. Nach einer zehnminütigen Unterhaltung mit der Bibliothekarin kannte er auch das Passwort, das ihm alles Weitere ermöglichte. Wie alle anderen hatte auch sie Strider unterschätzt; schließlich war er erst neun Jahre alt. Das war ihr erster Fehler.

Ihr zweiter Fehler war, den Computer an das Netzwerk anzuschließen, an dem auch die anderen Schul-PCs hingen. Nach nicht einmal einem Monat hatte Strider auf die Akten jedes Schülers der Schule und auf die der meisten Lehrer zugegriffen und sie heruntergeladen. Adressen, Gehaltsabrechnungen, Familienstand, psychologische Gutachten, Urlaubszeiten – Strider konnte alles herausfinden. Diese Art von Macht war berauschend. Allein das Wissen, dass er alle Informationen über sie hatte, ohne dass sie davon wussten, füllte eine innere Leere, die ihm zuvor schmerzhaft bewusst gewesen war. Indem er mehr über die anderen erfuhr, lernte Strider, sich in ihrer Gegenwart so zu verhalten, dass sie ihm vertrauten, ihn sogar mochten.

Es dauerte noch Jahre, bis Strider erkannte, dass Erfahrung vor allem eine Sache der Perspektive und der Maßstäbe ist: Wenn einem nie etwas Schlimmes zugestoßen ist, kann schon die kleinste Erschütterung die Welt auf den Kopf stellen, da man nicht die emotionale Erfahrung besitzt, damit umzugehen. Etwas Schrecklicheres, als die eigenen Eltern in einem brennenden Haus sterben zu sehen, kann man sich kaum vorstellen, aber sind die darauffolgenden Jahre voller Trauer und Einsamkeit nicht noch schlimmer? Es ist alles eine Frage der Perspektive und der Größenordnung. Als Junge hatte Strider einfach weitergemacht, selbst wenn man ihm Steine in den Weg warf. Er hatte gar nicht gewusst, dass andere Kinder anders lebten oder es einfacher hatten. Das war sein Leben, und er nahm sich, was ihm gegeben wurde.

Vor allem war ihm ein unstillbarer Wissensdurst in die Wiege gelegt worden. Für ihn bedeutete Wissen Macht. Vor dem Tod seiner Eltern war Strider der Liebling seines Vaters gewesen, ein wundervoller Mann, der die logisch-mathematische Begabung seines Sohnes von frühester Kindheit an förderte und ihm half, Lösungen für Probleme zu finden, die zu begreifen die Fähigkeiten anderer Kinder seiner Altersgruppe weit überstieg. Strider hatte die Unterstützung seines Vaters genossen und war daran gewachsen. Sie war das Einzige, was ihm den Weg wies.

Sein Vater hatte ihn auch zu der Einsicht gebracht, dass er sich in der Schule anpassen musste. Er gehörte zwar nie zu irgendeiner Clique, fiel aber auch nicht als extremer Außenseiter auf. Hätte sein Vater länger gelebt, wäre Strider vielleicht ein anderer Mensch geworden.

Als er nach dem Tod seiner Eltern von einem gütigen Geschäftsmann und seiner neurotischen Frau adoptiert wurde, war er dankbar, dem staatlichen Pflegesystem zu entrinnen, und genoss den Wohlstand und die Großzügigkeit seiner neuen Familie, aber trotz allem war irgendetwas in ihm gestorben. Im Alter von vierzehn war ihm klar, dass er zwar bei seiner neuen Familie wohnte, aber im Grunde genommen immer alleine sein würde.

Während seiner gesamten Kindheit war Strider ein leichtes Mobbingopfer gewesen. Er war klein, drahtig und intelligent und damit genau die Art von Kind, die jeder gern hasste, um sich selbst besser zu fühlen. Aber irgendwie war es Strider dank des Computers und der Informationen, die er sich damit beschaffen konnte, gelungen, das Mobbing zu beenden. Wissen ist Macht.

Als er sich seinen Platz in der gesellschaftlichen Hackordnung gesichert hatte, kam Strider auf den Gedanken, den Computer gegen jene einzusetzen, die Macht über ihn besaßen. Damit entdeckte er seine wahre Berufung. Strider hatte zwei seiner Lehrer des systematischen Kindesmissbrauchs überführt und sie angezeigt, auch wenn sie es nie erfahren hatten. Sie würden nie wieder in einer Schule arbeiten, und dank einiger Informationen, die Strider gezielt lanciert hatte, würde einer von ihnen auch nie wieder gehen können. Aber das war Vergangenheit, und Strider dachte nicht gern daran zurück, da es viel zu viele Dinge gab, mit denen er sich in der Gegenwart befassen musste.

Er zitterte, als die Kälte in seiner Wohnung ihm wieder bis in die Knochen drang. Am Wochenende war es merklich kühler geworden, und er hatte vergessen, die Heizung anzustellen. Außerdem brauchte das alte Gebäude im Winter immer einige Zeit, bis es sich erwärmt hatte. Trotzdem mochte er seine kleine Wohnung in einem der besseren Wohngebiete Londons sehr. Er hatte dafür gesorgt, dass jede seiner Wohnungen, wo immer auf der Welt sie sich befanden, mit denselben Dingen und auf genau dieselbe Weise ausgestattet waren. Strider mochte keine Veränderungen, deshalb waren seine Wohnungen nahezu identisch, was die Aufteilung, die Einrichtung und die Technologie betraf. Außerdem war es ihm wichtig, dass es in keiner seiner Wohnungen auch nur den winzigsten Hinweis auf seine wahre Identität gab, und dass seine Wohnsituation überall ganz normal wirkte. An den Wänden hingen die Fotos einer Familie, die gar nicht existierte, und in den Küchenschränken stapelten sich Lebensmittel. Er wollte keinen Verdacht erregen, falls einer seiner Nachbarn hereinschneite, um sich Zucker auszuborgen, auch wenn Strider versuchte, dafür zu sorgen, dass sie gar nicht erst auf den Gedanken kamen.

Die Londoner Wohnung jedoch war insofern anders, als dass sie die erste war, die Strider gekauft hatte. Deshalb lag sie ihm besonders am Herzen. In einer kleinen Holztruhe im Keller bewahrte er die einzigen Erinnerungen an sein altes Leben auf. Er ging nie dorthinunter, aber es beruhigte ihn zu wissen, dass die Truhe dort unten stand und auf seine Andenken aufpasste. Irgendwie fühlte er sich fast wie zu Hause, wenn er sich hier aufhielt.

Sein Handy piepte erneut, sodass er den Blick vom Bildschirm nahm. Strider bevorzugte ein schlichtes Handy, kein Smartphone, weil die Wahrscheinlichkeit geringer war, dass normale Mobiltelefone gehackt wurden. Er blickte auf das Display. Offenbar hatte er vier Anrufe verpasst, alle von derselben Nummer. Er rief die Mailbox an und wartete geduldig, bis die Nachrichten abgespielt wurden. Dabei zitterte er wieder.

Die erste Nachricht war kurz, ließ jedoch sein Blut gefrieren. PrinceSec war Samstagfrüh gehackt worden. Jemand hatte auf den Netzwerkserver zugegriffen. Strider wusste genau, was das im Hinblick auf die nationale Sicherheit bedeuten konnte; zugleich war ihm klar, welche Auswirkungen es auf ihn selbst haben würde.

Sein Herz schlug schneller, als er sich fragte, was er übersehen hatte. Der Hackerangriff hatte stattgefunden, nachdem er Paris verlassen und in den Zug nach London gestiegen war. Das konnte kein Zufall sein.

Seine Gedanken rasten. Hatte er Mist gebaut?

Strider rief die Nummer zurück.

»Wo sind Sie gewesen? Ich rufe seit einer Stunde an.«

Während Strider versuchte, sich nichts anmerken zu lassen, log er: »Ich habe geschlafen und Ihre Nachricht gerade erst abgehört. Was ist los?«

»Wie schnell können Sie hier sein?«

Mitchell stieg von seinem Motorrad und beugte sich hinunter, um es an die Kette anzuschließen, die er am Boden des NCCU-Parkplatzes befestigt hatte. Er liebte sein Motorrad ebenso wie die Freiheit, die es ihm in der Stadt gewährte. Ein PS-starkes Superbike war nicht gerade Standard bei seinen Kollegen, die ihn deswegen häufig aufzogen. Vor ungefähr einem Jahr hatten sie ihm den Spitznamen »TT« verpasst, nach dem ebenso berühmten wie gefährlichen Motorradrennen auf der Isle of Man. Kein besonders origineller Einfall, aber es hatte ihm nichts ausgemacht. Außerdem nannten ihn inzwischen alle wieder Mitchell.

Als er den Parkplatz überquerte, winkte er Sheila Davies zu, der Einsatzleiterin der NCCU, die gleichzeitig Dreh- und Angelpunkt der Abteilung war. Mitchell schätzte sie auf Anfang fünfzig, hätte aber nicht darauf gewettet. Außerdem würde sie ihn vermutlich umbringen, wenn er es laut aussprach. Jedenfalls geschah hier nichts, von dem Davies nicht über kurz oder lang Wind bekam. Intern wurde sie »Selma« genannt, nach einer der kettenrauchenden Schwestern aus den *Simpsons.*

Typischerweise stand sie gerade vor der Tür und qualmte. Als Mitchell näher kam, bedachte sie ihn mit einem düsteren Lächeln, während sie die Zigarette in dem Metallbehälter an der Wand ausdrückte. Selma war zäh wie Leder, schien Mitchell aber ins Herz geschlossen zu haben, und er mochte ihre direkte Art. Außerdem gehörte sie zu den wenigen Menschen, die ihn nicht wie ein Kind behandelten. Sie waren sich zum ersten Mal begegnet, als er als Mitglied eines Tiger-Teams zur NCCU gebracht worden war. Ein Tiger-Team war eine Gruppe ehemaliger krimineller jugendlicher Hacker, die sich von der dunklen Seite abgewandt hatten – meist, nachdem sie begriffen hatten, wie viel Geld man verdienen konnte, indem man Firmen und Regierungsbehörden vor ihren ehemaligen Hackerkollegen schützte. Mitchell war als Einziger aus dem Team geblieben, nachdem sein Auftrag abgeschlossen war, und hatte der Abteilung weiterhin geholfen – was vor allem darauf beruhte, dass Selma ihre Vorgesetzten überredet hatte, Mitchell zu behalten.

»Du siehst furchtbar aus«, sagte sie nun mit einem Anflug von Sorge in der Stimme, als Mitchell den Helm abnahm und sich den Schweiß von der Stirn wischte.

»Ich fühle mich auch so«, erwiderte er. »Ich hab nicht viel geschlafen.«

»Hast du wieder Unsinn in den Weiten des Webs getrieben?«, fragte sie leichthin, auch wenn ihr Blick ihm verriet, dass sie nicht so locker drauf war, wie es den Anschein hatte. Selma wusste, dass Mitchell nachts noch immer als Hacker unterwegs war, aber genau wie alle anderen hatte sie keine Ahnung, dass man ihn online unter dem Namen Strider kannte. Er hoffte, dass heute nicht der Tag war, an dem Selma oder jemand anders es herausfand.

»Ist einer davon für mich?« Er deutete auf einen der Kaffeebecher, die Selma in der Hand hielt.

»Nimm dir ruhig einen«, antwortete sie und lächelte. »Das ist das Mindeste, was dir zusteht, wenn wir dich schon an einem Sonntag hierher bestellen. Komm, wir müssen los.«

Mitchell folgte ihr durch die Seitentür auf die Gänge im NCCU-Gebäude, in denen das Deckenlicht einen grünlichen Schimmer verbreitete. Mitchell würde sich erst noch an dieses neue Gebäude gewöhnen müssen. Es war als »intelligentes Gebäude« konzipiert, in dem alles von einem Kontrollzentrum aus gesteuert werden konnte, von der Beleuchtung über die Temperatur, die Fahrstühle und die Sicherheitssysteme bis hin zu den Toilettenspülungen. Mitchell war klar, dass eine derart zentralisierte Kontrolle einen praktischen Nutzen hatte, aber es beunruhigte ihn. Er hatte zu lange auf der dunklen Seite solch verbundener Netzwerke gearbeitet, um zu wissen, wie sich ein solches Echtzeitmanagement in den falschen Händen auswirken konnte.

»Was ist denn los?«, fragte er.

»Jack Taylor von PrinceSec hat angerufen. Er sagte, er wolle keine Panik verbreiten, aber ihm sind am Samstagmorgen verdächtige Aktivitäten auf ihren Servern aufgefallen.«

In Mitchell stieg Panik auf. »Und da informieren sie uns erst am Sonntag? Dann ist es wohl nichts Ernstes.«

»Ich fürchte doch«, erwiderte Selma. »Sonst hätten wir dich nicht hergeholt.«

PrinceSec hatte im letzten Jahr immer größere Erfolge erzielt. Nachdem die Preise für Cryptos, die bekannteste Software des Unternehmens, gesenkt worden waren, hatte sich das Programm zum Verkaufsschlager entwickelt. Inzwischen war Cryptos die beliebteste Sicherheitssoftware; sie schützte die Steuerungssysteme in den meisten wichtigen Infrastrukturanlagen Großbritanniens. Die vier Millionen Zeilen Programmcode von Cryptos ermöglichten es, aus der Ferne auf Steuerungssysteme zuzugreifen und diese zu bedienen, ohne dass die Sicherheit gefährdet war. Wenn es bei PrinceSec auch nur andeutungsweise Ärger gab, wurde sofort die NCCU alarmiert, um sich der Sache anzunehmen. Und Selmas Gesichtsausdruck nach zu urteilen war die Lage ernst.

»Um kurz nach vier Samstagnacht hat sich jemand in das Netzwerk von PrinceSec eingeloggt«, erklärte Selma. »Das ist das eine Problem, da der Serverzugang auf nur wenige Mitarbeiter beschränkt ist.«

»Also hat sich jemand eine kleine Hintertür eingebaut, von der die IT nichts wusste. Und was ist Problem Nummer zwei?«, fragte Mitchell, der verzweifelt versuchte, sich nichts anmerken zu lassen.

»Der ungebetene Gast hat sich mit Prince' Sysadmin-Passwort Zugriff auf ihren Server verschafft.«

Selma schaute ihn an, als er ihr die nächste Tür aufhielt. Obwohl Mitchell sich alle Mühe gab, ruhig zu erscheinen, hatte er das Gefühl, dass sie ihn durchschaute. Wahrscheinlich sah sie ihm an, dass er bereits wusste, was als Nächstes kam.

»Außerdem haben wir einen Anruf vom Verkehrsministerium erhalten«, fuhr Selma fort. »Ein Team zur Untersuchung von Flugzeugunfällen hat bestätigt, dass Freitagnacht ein Privatjet gegen die guten alten weißen Klippen von Dover geprallt ist. Das Flugzeug gehörte keinem Geringeren als Anthony Prince. Er ist alleine geflogen, es gab keine Passagiere. Man hat eine Leiche geborgen, die noch offiziell identifiziert werden muss, aber es handelt sich mit ziemlicher Sicherheit um Prince.«

»Großer Gott.« Mitchell wurden die Knie weich. Hastig nippte er an seinem Kaffee und verbrannte sich die Lippe.

»Tja«, meinte Selma mit finsterer Miene, »die französische

Flugüberwachung behauptet, die Maschine hätte einwandfrei funktioniert. Sie war noch in der Luft, als sie den französischen Luftraum verließ. Sie haben sogar noch die Tonaufnahme der Stimme des Piloten, wie er sich bei ihnen bedankt. Doch er hat sich nie bei der britischen Flugüberwachung gemeldet.«

»Gehen sie etwa von Fremdeinwirkung aus?«, fragte Mitchell. Wieder erfasste ihn Panik.

»Entweder das, oder der frisch verblichene Mr Prince hat sich am Samstagmorgen aus dem Grab heraus auf seinem eigenen Server eingeloggt.«

»Ich glaube, das können wir ausschließen«, kommentierte Mitchell trocken, obwohl seine Beklommenheit wuchs.

»Die Logdatei beweist, dass derjenige, der auf das Netzwerk zugegriffen hat, zuvor bereits versucht hat, sich mit Prince' Benutzernamen anzumelden. Aber er wurde nach dem dritten gescheiterten Versuch ausgesperrt. Der IT-Beauftragte des Unternehmens sagte mir, Prince habe vom Flughafen in Paris auf sein Konto zugegriffen, bevor er losgeflogen ist. Offenbar hat er ein paar E-Mails verschickt, ein bisschen aufgeräumt und vor dem Abmelden sein Passwort geändert. Einige Stunden später hat jemand anders versucht, sich anzumelden. Anscheinend sollte es so aussehen, als würde Prince aus dem Ausland auf den Server zugreifen. Ich schätze, der Betreffende ist in Panik geraten, als ihm der Zugriff verweigert wurde, sodass er sich den Zugang auf direktem Weg erzwungen hat und so auf dem Radar von PrinceSec aufgetaucht ist.«

»Das spricht für die Sicherheitsmaßnahmen bei PrinceSec«, meinte Mitchell, der immer noch zu kämpfen hatte, nach außen hin ruhig zu erscheinen.

»Verständlicherweise ist der Vorstand in Aufruhr. Man

spricht von Industriespionage, Terroristen, was weiß ich. Sie sind in Panik«, stellte Selma fest.

Da sind sie nicht die Einzigen, dachte Mitchell. Er hatte noch nie Mist gebaut. Die Nachricht, dass noch jemand versucht hatte, sich in Prince' Benutzerkonto anzumelden, nachdem Strider höchstpersönlich das Passwort geändert hatte, bestätigte seine schlimmsten Befürchtungen: Prince war in mehr als nur in Teddybärs Picknicknetzwerk verwickelt gewesen, und Strider hatte es übersehen. Er konnte nur hoffen, dass er sie durch Prince' Tod in Zugzwang gebracht hatte. Wenn sie in Panik geraten waren, hatten sie vielleicht etwas zurückgelassen, das ihm half, sie zu finden, bevor sie ihn aufspüren konnten.

Mitchell schlug das Herz bis zum Hals. Er holte tief Luft und atmete langsam aus. Zum Glück war Selma tief in ihre eigenen Gedanken versunken, sodass sie nicht sah, wie heftig seine Hand zitterte, als er einen Schluck Kaffee trank.

»Worauf haben sie zugegriffen? Fehlt irgendetwas? Haben sie etwas zurückgelassen?« Strider musste endlich verschwinden, damit Mitchell wieder seinen Platz einnehmen konnte. Er hatte sich noch nie so schizophren gefühlt.

Selma blieb stehen und blickte ihn an.

»Aus diesem Grund bist du hier. Du sollst es herausfinden. Die Kundenliste ist nicht wirklich ein Geheimnis, aber es stehen einige verdammt große Namen darauf. Jeder einzelne wäre ein mögliches Ziel. Bis jetzt weiß ich noch nicht, wie viele Informationen auf diesem Server gespeichert waren, aber Taylors Reaktion zufolge gehe ich davon aus, dass diese Daten nicht an die Öffentlichkeit gelangen sollen. Vorerst geht es vor allem um Schadensbegrenzung. Im besten Fall muss jeder Computer, auf dem Cryptos läuft, gepatcht werden. Im schlimmsten Fall haben wir es mit einer präventiven Abschaltung zu tun.«

»Das gilt auch für uns?«, fragte Mitchell, denn das intelligente Gebäude, in dem die NCCU untergebracht war, verdankte seine »Intelligenz« vor allem der Cryptos-Software.

»Ja. Wir müssen eine Risikoanalyse machen, angefangen mit unserem eigenen Netzwerk, und schnellstens eine Lösung finden. Franklin richtet ein Notbüro im Schweinestall ein, weil der nicht an das Gebäudenetzwerk angeschlossen ist. Bis wir wissen, was gestohlen wurde und warum, führen wir unsere Untersuchung außerhalb der Cryptos-Umgebung durch. PrinceSec schickt uns eine ihrer besten Mitarbeiterinnen als Beraterin. Eine der leitenden Technikerinnen, die Cryptos in- und auswendig kennt. Sie müsste noch vor dem Mittagessen hier sein. Sie bringt alles mit, was wir brauchen.«

»Gut.« Mitchell nickte und wandte sich zum Gehen. Das hatte ihm gerade noch gefehlt – eine junge, kluge Angestellte, die der Firma treu ergeben war und in Prince' Computer herumschnüffelte. Er war sicher, keine Spuren auf Prince' Rechner hinterlassen zu haben, aber nun, da sie alle wussten, dass Prince' Anmeldedaten in die falschen Hände geraten waren, würden sie nach Hinweisen suchen, wie die Hacker ins System kommen konnten. Mitchell konnte nur hoffen, dass er bei seiner Reinigungsaktion gründlich genug gewesen war.

Jetzt musste er erst einmal nachdenken. Er brauchte Platz zum Atmen. Strider war sein am besten gehütetes Geheimnis. Noch nie hatte es für Mitchell Grund zu der Sorge gegeben, sein Alter Ego könne auffliegen. Er war immer extrem vorsichtig gewesen. Nachdem er sich vom Salesman abgewandt hatte, musste er seine Ziele auf andere Art und Weise finden. Seine Rolle als Berater der NCCU hatte ihm genau das ermöglicht. Viel zu oft kamen miese Typen mit noch mieseren Verbrechen durch, weil den Behörden aufgrund gesetzlicher Bestimmungen die Hände gebunden waren. Strider verkörperte gewissermaßen Mitchells Gerechtigkeitssinn, der dafür sorgte, dass Verbrecher, die vom Arm des Gesetzes verschont geblieben waren, über kurz oder lang doch bestraft wurden. Im Gegenzug war Mitchell Striders Deckmantel. Er verbarg sich mitten unter ihnen – als normaler, ein bisschen schräger Computerexperte, der dank seiner untergeordneten Rolle Zugang zu geheimen Informationen hatte, aber dennoch nie im Rampenlicht stand. Es war eine perfekte Kombination, und Mitchell war nicht bereit, sie aufzugeben.

Mitchell näherte sich dem »Schweinestall«. Es war die liebevolle Bezeichnung für den kleinen Konferenzraum, in dem die Besprechungen der Abteilungsleiter der NCCU stattfanden. Der Raum wurde häufig genutzt, wenn eine Task-Force aus mehreren Abteilungen zusammengestellt wurde.

Mitchell stieß die Tür des Schweinestalls mit dem Fuß auf und ging hinein. Die meisten Mitglieder des NCCU-Teams sowie mehrere Mitarbeiter aus anderen Abteilungen waren bereits erschienen, und das Summen der Computer hing in der Luft. Normalerweise herrschte im Büro immer eine gewisse Geräuschkulisse aufgrund der zahlreichen Unterhaltungen, aber an diesem Morgen waren alle verstummt. Er konnte spüren, dass sie gestresst waren. Wie gut, dass er jetzt keine höfliche Unterhaltung führen musste.

»Sie haben sich aber ganz schön Zeit gelassen. Wo haben Sie gesteckt?« Oscar Franklin war der technische Leiter der NCCU, ein hervorragender Softwarespezialist und Sicherheitsexperte. Im Allgemeinen leitete er die Operationen, die Auswirkungen auf die nationale Sicherheit haben konnten.

Mitchell verzog das Gesicht. Er konnte Franklin nicht ausstehen. Die Abneigung beruhte jedoch auf Gegenseitigkeit: Franklin ließ bei jeder Gelegenheit durchblicken, dass er Mitchell nicht über den Weg traute. Aber er würde sich wegen Mitchells Beraterstatus niemals mit Selma anlegen. Niemand legte sich mit Selma an. Stattdessen versuchte Franklin auf jede nur erdenkliche Weise, Mitchell schlechtzumachen. Mitchell überkam das schreckliche Gefühl, heute könnte der Tag sein, an dem Franklin herausfand, dass er die ganze Zeit recht gehabt hatte.

»Es ist Sonntag. Ich habe geschlafen«, antwortete Mitchell und versuchte, herablassend zu klingen. Er setzte sich neben Franklin und gab seinen Zugangscode in das Terminal ein, das vor ihm stand. Eine melodische Tonfolge bestätigte ihm, dass er angemeldet war.

»Was wissen wir bisher?«, erkundigte er sich.

»So gut wie nichts«, antwortete Franklin. »Ich habe eine Analyse des Systems anhand des letzten Cryptos-Updates durchgeführt. Es ist riesig. Offenbar hat fast jeder das letzte Angebot genutzt. Außerdem habe ich die Kundenliste sortiert, nach dem Risiko für die öffentliche Sicherheit, falls diese Leute aufgrund des Vorfalls gefährdet sein sollten. Das Ganze ergibt ein ziemlich freudloses Bild, aber wir werden erst etwas Genaues wissen, wenn diese Tussi von PrinceSec aufgetaucht ist.«

»Ich würde behaupten, das Bild ist mehr als bloß freudlos«, sagte eine Frauenstimme.

Mitchell und Franklin drehten sich gleichzeitig um. Eine große, dunkelhäutige Frau stand in der offenen Tür. Sie trug einen Hosenanzug mit Nadelstreifen und eine weiße Bluse.

Ihre üppige Lockenpracht, die ihr bis auf die Schultern fiel, passte in Mitchells Augen nicht zum Image der Geschäftsfrau, das sie erkennbar verkörpern wollte. Sie hielt ein Notebook in beiden Händen und sah erhitzt aus.

»Ich suche Oscar Franklin«, sagte sie.

»Sie haben ihn gefunden.« Franklin lächelte sie strahlend an.

»Ich bin Rebecca MacDonald.« Die Frau betrat den Raum, das Notebook noch immer in den Händen. Über eine Schulter hatte sie eine große, schwer aussehende Kuriertasche gehängt. »Die Tussi von PrinceSec.«

Franklin grinste wie ein Honigkuchenpferd. Mitchell verzog das Gesicht, als er sah, wie Franklin jene Verhaltensmuster annahm, die er bei Frauen, die er nicht kannte, an den Tag legte – vor allem bei gut aussehenden. *Was bist du doch für ein Blödmann*, dachte er abfällig.

Rebecca kam auf die beiden Männer zu, wobei sie unter ihrer Last zu schwanken schien. »Ich bin eine der Entwicklerinnen von Cryptos«, sagte sie. »Man hat mich hergeschickt, um das Problem gemeinsam mit Ihnen zu lösen.«

Franklin nahm Rebecca das Notebook aus der Hand. Sie schien zu zögern, bevor sie es losließ. Mitchell sah, dass sie versuchte, stark und selbstbewusst aufzutreten, doch ein verräterisches Zucken in ihren Mund- und Augenwinkeln verriet ihm, dass das Gegenteil der Fall war.

»Ich habe mir bereits einen ersten Überblick verschafft«, erklärte sie. »Meiner Meinung nach müssen wir schnell handeln.«

»Das werden wir«, sagte Franklin. »Das werden wir. Ich hatte nicht damit gerechnet, dass Sie so früh hier sind.« Er räumte den Schreibtisch neben Mitchell leer und stellte den Rechner dort ab. »Das ist Mitchell, unser böser Geist. Er wird Ihnen alles zeigen, was Sie wissen müssen. Er ist in jeder Hinsicht Ihr Ansprechpartner.«

»Hi.« Mitchell nickte ihr zu.

»Hi.« Rebecca lächelte ihn an. Sie schien die Einzige zu sein, die nicht mitbekam, welche Wirkung sie auf alle Anwesenden ausübte.

Nachdem sie neben Mitchell Platz genommen hatte, packte sie ihre Tasche aus. Mitchell sah Festplatten, USB-Sticks, SD-Karten, einen Laptop, Kabel und ein zerfleddertes Notizbuch, das mit einer winzigen, spinnenartigen Schrift vollgekritzelt war. Er mochte diese Frau schon jetzt. Sie war eine Hackerin, das konnte er spüren.

»Wie schlimm ist es aus der Sicht von PrinceSec?«, fragte er.

»Viel schlimmer, als wir uns vorstellen konnten«, antwortete Rebecca. »Ich weiß nicht einmal genau, wo ich anfangen soll.«

Mitchell hörte die Anspannung in ihrer Stimme und spürte erneut, wie sich in seinem Magen ein Knoten bildete.

Das würde ein langer Tag werden.

Regel Nr. 3: Unfälle passieren

Niemand darf je erfahren, dass das Ziel absichtlich eliminiert wurde. Unbeantwortete Fragen können die Illusion eines tragischen Unfalls zerstören.

Rebecca hatte sich als Erstes angeschaut, was Prince bei seinem Remote-Login vor dem Ändern des Passworts getan hatte. Sie hatte gehofft, dadurch einen Hinweis darauf zu bekommen, wie die Hacker an sein Admin-Passwort gekommen waren. Dabei war sie auf einen Ordner gestoßen, der dupliziert worden war, aber nur alte Dokumente enthielt. Es kam ihr merkwürdig vor, dass Prince sich die Mühe gemacht hatte, eine Kopie derart alter Dateien anzulegen, also verglich sie den Verzeichnisbaum mit dem Wochenarchiv von Prince' Rechner.

Von diesem Moment an war die Welt in sich zusammengestürzt. Als Rebecca sich darauf vorbereitete, den Anwesenden zu präsentieren, was sie gefunden hatte, empfand sie denselben Ekel und die gleiche Verwirrung wie bei der Entdeckung des Bilderordners an diesem Morgen. Sie hasste die Vorstellung, Prince könnte ein Pädophiler gewesen sein. Noch schlimmer war, dass ausgerechnet sie dem NCCU jetzt diese Neuigkeit mitteilen musste. Obwohl der Gedanke sie anwiderte, hatte Rebecca noch immer eine gewisse Loyalität zu Prince oder zumindest zur Firma verspürt, doch je tiefer sie grub, desto deutlicher erkannte sie, dass die Fotos nur die Spitze eines Eisbergs aus Verkommenheit darstellten, und sie wusste, dass Prince ihre Loyalität nicht mehr verdient hatte.

»Ich weiß noch nicht, wie das alles zusammenpasst. Es ist schrecklich. Ich kann mir gar nicht vorstellen, dass Mr Prince irgendetwas tun würde, um der Firma zu schaden, aber es sieht ganz so aus, als hätte er schon seit einiger Zeit vorgehabt, uns zu verlassen. Heute Morgen habe ich herausgefunden, dass er seine Anteile an PrinceSec an die Firma verkauft hat und die Absicht hatte, sich von seiner Frau scheiden zu lassen. Die Scheidungspapiere wurden ihr bereits zugestellt. Sie sagt, das Geld vom Anteilsverkauf sei nicht auf ihrem gemeinsamen Konto, also muss Mr Prince irgendwo noch ein anderes Konto haben. Ich kann die ganze Geschichte nicht glauben, aber wenn man sich die Fakten und diese Bilder anschaut, stinkt die ganze Sache zum Himmel.«

»Dieser kranke Bastard«, murmelte Franklin und starrte auf die Fotos, die Rebecca aufgerufen hatte.

Rebecca sagte nichts. Hätte sie Jack Taylor zuerst davon berichten sollen, was sie gefunden hatte? Aber die Fotos hatten sie so tief erschüttert, dass sie bei Taylor nicht sicher sein konnte. Schließlich war er seit Langem mit Prince befreundet. Hatte Prince seine perverse Neigung vor ihm geheim gehalten?

»Und diese Bilder waren auf seinem Desktop?«, fragte Franklin.

»Nein. Der Ordner war gelöscht worden, allerdings nicht sehr gründlich. Nachdem sich Prince eingeloggt hatte, um sein Passwort zu ändern, hat er noch einiges mehr getan, was in der Logdatei auftauchte. Das Löschen des Ordners gehört dazu, aber da sind auch noch einige Browserverläufe, die ich mir ansehen muss. Er hat offensichtlich vermutet, dass irgendjemand sich in nächster Zeit seinen Computer anschauen würde«, erwiderte Rebecca verbittert.

Franklin wandte sich ab und setzte sich neben die Tastatur auf den Schreibtisch. Er wollte sich die Fotos offensichtlich nicht länger anschauen müssen, als unbedingt nötig. Er schüttelte den Kopf und fragte: »Es kommt Ihnen nicht merkwürdig vor, dass so etwas auf einem öffentlichen Computer gespeichert war?«

»Doch, natürlich«, erwiderte Rebecca, »aber Prince ist offenbar davon ausgegangen, dass es niemandem auffällt. Er war sehr darauf bedacht, niemanden auch nur in die Nähe seines Büros und seines PCs zu lassen. Ich schätze, jetzt kennen wir den Grund dafür. Nur ...« Sie stockte.

»Nur was?«, fragte Mitchell.

»Nur passt das alles nicht zu ihm.«

Mitchell schnaubte abfällig. »Vielleicht haben Sie ihn doch nicht so gut gekannt, wie Sie dachten!«, stieß er hervor.

Rebecca fragte sich, warum er so wütend war. Wahrscheinlich, weil es hier um Kinderpornografie ging. Außerdem hatte sie das Gefühl, dass man ihr die Schuld an Prince' Verhalten gab. Sie hasste Jack Taylor dafür, dass er sie alleine in die Höhle des Löwen geschickt hatte. Die NCCU war keinesfalls der Feind, aber PrinceSec hatte so viele Verträge mit verschiedenen staatlichen Stellen abgeschlossen, dass das Unternehmen fast schon der Regierung und damit der NCCU gehörte. Der Schutz sensitiver Daten war von entscheidender Bedeutung, und Rebecca war von dem, was sie auf ihrem Server gefunden hatte, tief erschüttert. Nichts davon war ihre Schuld, aber sie wollte auch nicht diejenige sein, die alles an die NCCU weitergab. Es wäre Jack Taylors Aufgabe gewesen, hier zu stehen. Und dass Prince ein Perverser war, stellte noch die geringste ihrer Sorgen dar – die *wirklich* schlechten Nachrichten kamen erst noch.

Nachdem Taylor sie an diesem Morgen angerufen hatte, war Rebecca direkt ins Büro gefahren und hatte sich von Günther Klein, dem Sicherheitschef, auf den neuesten Stand bringen lassen. Klein hatte sie nicht darauf hinweisen müssen, wie dringend ihre Aufgabe war. Praktisch jeder Prozess innerhalb der nationalen Infrastruktur – von Kraftwerken und Wasseraufbereitungsanlagen über Öl- und Gaspipelines bis hin zu den Flughafen-, Schifffahrts- und Verkehrssteuerungssystemen – lief auf einem SCADA-System. Die Abkürzung stand für Supervisory Control and Data Acquisition. Einfach ausgedrückt: Die industriellen Steuerungssysteme ermöglichten es, dass diese wichtigen Anlagen von einem einzigen Administrator aus der Ferne bedient werden konnten. Dieser Administrator konnte Alarmsignale deaktivieren und Prozesse überwachen, ohne dass Techniker vor Ort sein mussten. Auf diese Weise konnte alles effizienter und kostengünstiger erledigt werden. Dummerweise waren diese Systeme jedoch hinsichtlich ihrer Effizienz und nicht ihrer Sicherheit entwickelt worden. Die Leute sagten oft, sie seien in einer Zeit entstanden, in der es noch keine Terroristen gab. Das war natürlich Blödsinn, aber die SCADA-Systeme waren definitiv in einer Zeit installiert worden, in der man noch nicht davon ausgegangen war, irgendeine böswillige Macht könne versuchen, aus einem Abwassersystem eine Waffe zu machen.

Der globale Trend zu standardisierten Lösungen hatte in Kombination mit einer erhöhten Anzahl an Verbindungen zwischen den einzelnen SCADA-Systemen, Büronetzwerken und sogar Handys dafür gesorgt, dass diese Systeme deutlich anfälliger für Cyberangriffe geworden waren. Cryptos war die Lösung für dieses Sicherheitsproblem geworden – eine robuste Software, die auf den existierenden SCADA-Systemen installiert werden konnte und die eine zusätzliche

Sicherheitsbarriere um jeden Bediener und jeden Computer innerhalb des Systems bildete. Das Programm war Anthony Prince' Schöpfung gewesen; er hatte dessen Verbreitung beinahe schon zu einem Kreuzzug gemacht. Prince war durchs ganze Land gereist und hatte sich mit zahlreichen Firmenchefs, Politikern und Geldgebern getroffen. PrinceSecs guter Ruf als Hersteller außergewöhnlich zuverlässiger Sicherheitssoftware hatte dafür gesorgt, dass die Regierungsbehörden, die Angst vor einem Terroranschlag auf die nationale Infrastruktur hatten, rasch zugriffen, und das hatte sich auf dem privaten Sektor fortgesetzt. Letzten Endes war es deutlich billiger, die Software zu installieren, als die Steuerungssysteme von Grund auf neu zu entwerfen. Cryptos war überall, und die Sicherheit dieses Programms beruhte darauf, dass jedes Gerät innerhalb des Systems individuell geschützt wurde.

»Das ist aber noch nicht das Schlimmste«, fuhr Rebecca fort, gab einen Befehl ein und rief ein Dokument auf. »Das hier ist das Serverlog von Samstagmorgen. Wir sind gerade dabei, die letzten Updates der Cryptos-Software zu installieren. Dazu gehört, dass wir per Remote-Zugriff auf die Computer unserer Kunden zugreifen. Um sicherzustellen, dass jedes System das richtige Update erhält, verwenden wir eine Datenbank, die aufzeichnet, welche Prozesse Cryptos verwendet, auf welchen Computern das Programm installiert ist und welche Version jeweils läuft. Die Datenbank ist normalerweise außerhalb jeglicher Netzwerke gespeichert, aber während der vierundzwanzig Stunden, in denen das Update aufgespielt wird, befand sich die Datenbank auf dem Netzwerkserver.« Rebecca blickte Franklin an.

»Verstehe«, meinte er. »Erzählen Sie weiter.«

»Daher war die Datenbank auf dem Netzwerkserver, als

die Hacker auf unser Netzwerk zugegriffen haben. Falls der Zugriff erfolgreich war, besitzen sie sämtliche Informationen über die einzelnen Computer, was bedeutet, dass sie durch eine Hintertür Zugang zu praktisch jedem System haben, das sie ausschalten wollen.«

»Großer Gott!« Franklin war fassungslos, und das aus gutem Grund. Rebecca hatte eine Kopie der Datenbank aufgerufen, die jetzt alle sehen konnten. Es war ein riesiges, sehr ausführliches Dokument, das nur für interne Firmenzwecke gedacht war. Darin stand jedes Detail über jeden Computer innerhalb der Systeme ihrer Kunden.

»Das ist die einzige Möglichkeit, dafür zu sorgen, dass wir jede Installation und jedes Update korrekt ausführen«, erklärte Rebecca. »Im Grunde ist es ein Kundenbetreuungsdokument. Wir initiieren die Updates zentral, und die Datenbank ermöglicht es uns, die Fortschritte zu überwachen.«

»Das ist mir klar«, sagte Franklin. »Aber dass Sie all diese Daten in einem Dokument auf einem offenen Server speichern, ist doch verrückt!«

»Es war kein offener Server. Gut, man konnte über das Netzwerk darauf zugreifen. Aber dazu musste man schon genau wissen, wo man suchen muss. Die Datenbank war nur übers Wochenende auf dem Server verfügbar, und es wussten gerade mal vier Leute innerhalb der Firma davon.« Es war keine überzeugende Argumentation, aber PrinceSec hatte tatsächlich alles getan, um das Risiko zu minimieren, das das Vorhandensein der Datenbank auf dem Server darstellte.

»Namen«, sagte Franklin barsch.

»Wie bitte?«

»Namen«, wiederholte er. »Wer wusste, dass die Datenbank dort war?«

Rebecca hatte das Gefühl, verhört zu werden.

»Anthony Prince, Jack Taylor, Günther Klein, der für das Aufspielen des Updates verantwortlich war, und ich. Prince, Taylor und ich waren die Einzigen mit einem Admin-Zugang.«

»Wo waren Sie am Samstagmorgen?«

Rebecca wirbelte auf ihrem Stuhl herum und funkelte ihn an. Sein Tonfall gefiel ihr ganz und gar nicht.

»Mr Franklin, ist Ihnen bewusst, dass ich jederzeit auf die Datenbank zugreifen kann? Das ist schließlich mein Job. Wir hatten einen gravierenden Sicherheitsverstoß, über dessen Konsequenzen ich gar nicht erst nachdenken möchte. An diesem Wochenende hat es zu viele zufällige Vorfälle gegeben, daher müssen wir schlicht und einfach davon ausgehen, dass wir angegriffen wurden. Und jetzt müssen wir schnell handeln und das Loch stopfen, sonst könnte es zu einer nationalen Katastrophe kommen. Ich bin hier, um genau das zu versuchen, aber nicht, um mir von Ihnen Schuldzuweisungen anzuhören.«

»Sie haben recht«, lenkte Franklin ein. »Tut mir leid. Fahren Sie bitte fort.«

»Wir wissen nicht mit Sicherheit, auf welche Daten die Hacker tatsächlich Zugriff hatten. Wir hatten gehofft, dass Ihr Team uns helfen kann, das herauszufinden. Auf jeden Fall müssen wir dafür sorgen, dass jeder, auf dessen Systemen Cryptos läuft, über die Gefahr in Kenntnis gesetzt wird, um Sicherungsmaßnahmen einleiten zu können. Falls es ein Leck gegeben hat, müssen wir es eindämmen, ohne dass es zu einer landesweiten Panik kommt.«

Franklin wandte sich seinem Team zu.

»Miller, Squires – gehen Sie die Kundenliste durch. Jedes dieser Systeme muss gesichert werden. Reden Sie mit den Administratoren. Der erste Schritt sollte sein, dass sie alle ihre Passwörter ändern. Sie müssen eine weitere Firewall installieren. Und erstellen Sie eine separate Liste mit sämtlichen Anlagen, in denen es in den letzten vierundzwanzig Stunden zu seltsamen Vorfällen gekommen ist. Selbst ein flackerndes Licht in der Kantine reicht schon aus, um Alarm zu schlagen.«

Rebecca sah, wie sich zwei Agenten, bei denen es sich um Miller und Squires handeln musste, abwandten und sich an die Arbeit machten.

»Sharpe, Roche, Patel – Sie arbeiten mit Mrs MacDonald an einem Patch, den wir diesen Organisationen in der Zwischenzeit bereitstellen können.« Er drehte sich zu Rebecca um und zog eine Augenbraue hoch. »Ich gehe davon aus, dass Sie in Anbetracht des Risikos mit dieser Vorgehensweise einverstanden sind.«

Rebecca nickte. Sie fühlte sich ganz klein.

»Mitchell, nehmen Sie die Laufwerke und Rechner, die Mrs MacDonald mitgebracht hat, und beginnen Sie mit der Suche. Ich will wissen, wer diese Daten geklaut hat und warum.«

Rebecca fiel auf, wie Mitchell lächelte, als er diese Worte hörte. Er hatte die ganze Zeit einen nervösen Eindruck gemacht. Jetzt entspannte er sich sichtlich.

»Ich möchte bei der Analyse dabei sein«, erklärte Rebecca. »Es handelt sich schließlich um sensible Firmendaten, daher ...«

Franklin schnitt ihr grob das Wort ab. »Bei allem Respekt, aber Ihr Fachgebiet ist Cryptos, und Mitchell ist auf Angriffserkennung spezialisiert. Er wird Ihnen sagen können, wie diese Leute hereingekommen sind und was sie alles angestellt haben. Falls Prince in diesen Angriff verwickelt war, und sei es nur durch Nachlässigkeit, findet Mitchell das ebenfalls heraus. Außerdem kann ich mich darauf verlassen, dass er mir sofort alles meldet.«

Rebecca wusste, dass sie diesen scharfen Tonfall verdient hatte, nachdem sie zuvor Franklins Autorität untergraben hatte. Dennoch gefiel es ihr nicht, dass Mitchell Prince' Rechner in die Hände bekommen sollte. Der Mann hatte irgendetwas Merkwürdiges an sich – und da war eine Wildheit in seinen Augen, die sie beunruhigte.

Ihr wurde bewusst, dass Franklin sie noch immer erwartungsvoll anschaute.

»Ist das okay für Sie, Mrs MacDonald?«, fragte er.

»Natürlich«, erwiderte sie angespannt.

Sie sah, wie Mitchell auf seltsame Weise lächelte, als er fragte: »Haben Sie Prince' Anmeldedaten oder Ihre eigenen verwendet, als Sie diesen Computer heute Morgen überprüft haben?«

Rebecca hörte zum ersten Mal seine Stimme. Sie war tiefer, als sie gedacht hatte. Sanft und beruhigend.

»Ich habe mich mit meinem eigenen Admin-Login angemeldet, auf diese Weise haben wir ein sauberes Protokoll«, antwortete sie.

»Perfekt«, sagte Mitchell.

Rebecca hatte das Gefühl, dass er es auch so meinte.

Wieder stieg Panik in Mitchell auf. Noch nie hatte er sich so klaustrophobisch, gefangen und entblößt zugleich gefühlt. Ihm war, als würde jeder im »Schweinestall« ihn anstarren, und er hatte das beklemmende Gefühl, dass ihn alle als den erkannten, der er tatsächlich war. Strider war schon immer ein gesonderter Teil seines Lebens gewesen, der in den Schatten lauerte und den Abschaum beseitigte, wenn Mitchell die Hände gebunden waren. Es beunruhigte ihn, dass Strider nun an seinem Arbeitsplatz, vor seinen Kollegen und insbesondere dieser Frau von PrinceSec auftauchte. Sie spürte irgendetwas, das hatte er in ihren Augen gesehen. Sie schaute ihn auf eine Art und Weise an, als wüsste sie, dass er etwas verbarg.

Mitchell wollte nur noch hier raus, zurück in die Sicherheit seiner Wohnung. Er musste einen Weg finden, Strider bei diesem ganzen Schlamassel außen vor zu halten. Er wusste, er hätte mehr Zeit darauf verwenden sollen, die gelöschten Daten auf Prince' Festplatte zu überschreiben, damit keine Spuren zurückblieben, aber er war nicht davon ausgegangen, dass jemand nach gelöschten Daten suchen würde. Mitchells Pläne gingen nur deshalb auf, weil niemand die Unfälle, die er arrangierte, je untersuchte. Normalerweise wurde der Tod seiner Zielpersonen als Unfall akzeptiert. Technische Geräte versagten, Flugzeuge stürzten ab – so was passierte nun mal. Es hatte nie einen Zwischenfall gegeben, der die Illusion störte, und auch keine Schuldzuweisungen. Das war sein Markenzeichen.

Aber bei Prince lief es völlig anders. Das konnte doch nicht wahr sein! War es einfach nur Pech, dass sein Ziel zu genau derselben Zeit Opfer eines weiteren Angriffs geworden war? Es waren einfach zu viele Zufälle: Die Tatsache, dass Prince seine Anteile verkauft hatte. Dass er seine Frau verlassen hatte. Dass sein eigenes Passwort verwendet wurde, um sich Zugriff auf den Server zu verschaffen und die Datenbank genau zu der Zeit zu stehlen, als die Küstenwache seine Leiche entdeckt hatte. In Anbetracht all dieser Vorfälle würde nun jeder davon ausgehen, dass Prince ermordet worden war – und das wiederum bedeutete, dass man nach ihm suchen würde.

Mitchell war von den Enthüllungen dieses Vormittags so durcheinander, dass ihm übel wurde. Sein Magen verkrampfte sich. Er schmeckte Galle und schluckte sie herunter. Seine Finger trommelten auf der Schreibtischplatte, als könne er sich durch eingebildete Tasteneingaben einen Ausweg aus diesem Schlamassel erzwingen, so wie er es bisher jedes Mal getan hatte. Er war jedem, der ihm zu nahe kam, stets ein paar Schritte voraus gewesen.

Sicher, in seiner Anfangszeit war er unbeholfen gewesen und hatte Fehler gemacht. Dennoch war es ihm immer wieder gelungen, in den digitalen Schatten zu verschwinden, bevor er auffliegen konnte. Er hatte einhundert Wege gefunden, sich zu verstecken oder zu tarnen, sich vor den Augen seiner Verfolger in Luft aufzulösen. In den ersten Jahren wäre er ein paar Mal um ein Haar erwischt worden, doch seitdem Strider Teil seines Lebens geworden war, hatte er stets die Kontrolle gehabt. Er war ein Schatten. Ein Attentäter. Ein Profi. Wieso war ihm dieses Mal so viel entgangen?

Er hatte geglaubt, alles zu wissen, was es über Prince' geheimes Doppelleben zu wissen gab. War er so besessen von Prince' Rolle in Teddybärs Picknicknetzwerk gewesen, dass er blind für alles andere geworden war? Oder hatte Prince sein Doppelleben so geschickt geführt, dass es ihm gelungen war, ein noch größeres Geheimnis zu verbergen? Mitchell konnte es nicht glauben. Aber falls es stimmte, musste Prince Hilfe gehabt haben.

Er hatte Prince monatelang beobachtet. Wieso hatte er dann nicht gewusst, dass der Mann sich scheiden lassen wollte? Warum war ihm der Verkauf der Firmenanteile nicht aufgefallen?

Jetzt, wo Mitchell darüber nachdachte, ergab das alles Sinn. Er hatte gesehen, wie große Geldsummen auf Prince' Geheimkonto geflossen waren, war aber davon ausgegangen, dass das Geld von jemandem aus Teddybärs Picknicknetzwerk kam. Schließlich waren schon ähnliche Summen auf das Konto eingezahlt worden, seitdem es zwei Monate zuvor eröffnet worden war. Er hatte gewusst, dass Prince Großbritannien in dieser Woche verlassen und nach Thailand reisen wollte, aber dass der Mann vorgehabt hatte, für immer unterzutauchen, war Mitchell entgangen.

Am meisten irritierte Mitchell die nahezu völlige Gewissheit, dass es noch jemanden geben musste, der jetzt über Strider Bescheid wusste. Jemanden, der gewusst hatte, dass Prince tot war, bevor der Flugzeugabsturz gemeldet worden war. Was wiederum bedeutete, dass dieser Jemand Prince ebenso genau beobachtet hatte wie Strider. Dieser Jemand war noch am Leben, und er hatte momentan die Oberhand, da Strider nicht die leiseste Ahnung hatte, um wen es sich handelte.

Doch er hatte einen entscheidenden Vorteil: Er war derjenige, der hier und jetzt uneingeschränkten Zugang zu dem Rechner hatte, der ihn belasten konnte. Wenn er clever war, konnte er dies ausnutzen und gleichzeitig den geheimnisvollen Hacker enttarnen. Vielleicht war das Glück ja doch auf seiner Seite. Mitchell wusste, dass Strider ihm aus dem Code entgegenblicken würde, sobald er den Computer eingeschaltet hatte. Aber er hoffte, auch seinen geheimen Feind sehen zu können.

Bei dieser Aussicht erfasste ihn Jagdfieber. Der verborgene Hacker hatte ihn einmal übertölpelt, aber da hatte Strider noch nicht gewusst, dass noch jemand mit im Spiel war. Dieser Jemand war ein Könner, aber das war er selbst auch.

Zum ersten Mal an diesem Tag lächelte Mitchell.

Du weißt vielleicht von Strider, dachte er, aber von mir weißt du nichts.

Er dehnte seine Hände mit ineinander verschränkten Fingern und beugte sich über die Tastatur. Als der Rechner hochgefahren war, huschten seine Finger über die Tasten.

Die Jagd war eröffnet.

Nightshade lag auf seinem Bett und schaute sich die Nachrichten über Anthony Prince' tragischen Unfalltod im Fernsehen an. Hubschrauber flogen über das Wrack der Cessna hinweg, das auf dem schmalen Strand am Fuß der Klippen lag. Ein sehr poetischer Ort zum Sterben, schoss es Nightshade durch den Kopf. Sehr malerisch. Das Flugzeug war noch bemerkenswert intakt. Es lag halb im Wasser, halb auf dem Strand. Einer der Flügel war abgerissen, und die Nase hatte sich beim Aufprall verformt, aber der Rumpf war noch größtenteils an einem Stück. Ausgebrannt und hohl, aber nicht auseinandergefallen. An der Küste lagen Trümmer, und auf dem Wasser schillerte regenbogenartig der ausgelaufene Treibstoff.

Nightshade stellte den Fernseher lauter, um sich den Bericht anzuhören.

»Der Pilot, die einzige Person an Bord der Maschine, wurde als Anthony Prince identifiziert, Gründer des britischen Softwareunternehmens PrinceSec. Ein Firmensprecher ließ heute Morgen verlauten, das Unternehmen sei schockiert und tief bestürzt über den Tod von Mr Prince, dessen Kreativität und lenkende Hand der Firma fehlen werde. Es ist noch nicht bekannt, aus welchem Grund der Jet abgestürzt ist, doch fest steht, dass aufgrund heftigen Regens schlechte Sichtverhältnisse herrschten. Das könnte den Piloten behindert haben. Die Flugüberwachung hat hinsichtlich seiner Route allerdings nichts Ungewöhnliches entdecken können. Man hofft, aus dem Flugschreiber weitere Informationen sichern zu können. Mr Prince hinterlässt eine Frau und zwei erwachsene Söhne.«

Nightshade hätte zu gern gewusst, wie Strider diesen Hack bewerkstelligt hatte. Es schien ein Meisterwerk zu sein. Aus dem Bericht ging eindeutig hervor, dass der Pilot etwas anderes gesehen haben musste als die Flugüberwachung.

Auf der Konferenz der »Black Hat Hacker« – so werden jugendliche Hacker genannt, die kriminelle Absichten verfolgen, etwa, indem sie Daten stehlen oder das Zielsystem beschädigen – hatte Nightshade im letzten Jahr die Demonstration eines ähnlichen Hacks gesehen. Aber es war nur eine theoretische, nicht mal ansatzweise so komplizierte Simulation gewesen. Wieder einmal war Nightshade beeindruckt von Striders Fähigkeiten. Er beschloss, ihn zu fragen, wie er das bewerkstelligt hatte, bevor er ihn endgültig beseitigte.

Er wollte den Fernseher gerade ausschalten, als der Reporter fortfuhr: »Außerdem haben wir aus Quellen, die dem Unternehmen nahestehen, erfahren, dass PrinceSec an diesem Wochenende Opfer eines Cyberangriffs geworden ist. Zwar ist über das Ausmaß und die Absichten dieser Attacke noch nichts bekannt, aber das Unternehmen bittet jeden, der die Cryptos-Software benutzt, umgehend die Passwörter zu ändern und sich mit dem Notfall-Support in Verbindung zu setzen, um die Systemsicherheit zu gewährleisten. Die Cryptos-Software bildet das Fundament der Sicherheitsmaßnahmen in vielen Unternehmen und Einrichtungen im ganzen Land. PrinceSec hat uns versichert, dass die Software völlig sicher ist, aber bis sie mehr wissen, bitten sie ihre Kunden, sich mit ihnen in Verbindung zu setzen.«

»Das ist nicht gut«, murmelte Nightshade. »Das ist gar nicht gut.«

Im nächsten Augenblick klingelte auch schon sein Telefon. Er seufzte und nahm das Gespräch an.

»Ja, Chef?«

»Gibt es etwas, das ich wissen sollte?«

Die Stimme am anderen Ende klang leicht verzerrt. Nightshade hatte sich inzwischen an die digitalisierten Töne gewöhnt, da er seit über einem Jahr auf diese Weise mit seinem Auftraggeber kommunizierte. Doch trotz der Modulation hörte er, dass sein Boss unzufrieden war.

»Die Umstände haben sich geändert. Ich musste improvisieren. Mir ist bewusst, dass das nicht ideal ist, aber das Resultat ist dasselbe.«

»Niemand sollte von unserem Eindringen erfahren. Was ist passiert?«

»Prince wurde ermordet.«

Die Information wurde am anderen Ende mit Schweigen zur Kenntnis genommen.

»Sein Jet wurde absichtlich zum Absturz gebracht. Als ich wie geplant versucht habe, mich einzuloggen, waren seine Passwörter bereits geändert worden. Wie gesagt, ich musste improvisieren, bevor sich das Zeitfenster wieder schloss. Aber Sie können mir vertrauen. Der Plan wird wie abgesprochen ausgeführt.«

»Wer hat Prince ermordet? Wissen Sie das schon?«

»Ich arbeite daran. Es war eine Einzelperson, soweit ich es erkennen kann. Ich bin noch dabei, herauszufinden, ob er dafür bezahlt wurde.«

»Können Sie an ihn rankommen?«

»Überlassen Sie das nur mir, Boss«, entgegnete Nightshade. Er war bereits sehr viel weiter.

»Sind Sie sicher, dass wir weitermachen können wie geplant?«

»Ja, das kann ich garantieren. Vertrauen Sie mir, wir sind noch auf Kurs.«

Nightshade hörte ein Seufzen am anderen Ende und wusste, dass er den Anrufer besänftigt hatte.

»Sie hätten mich sofort informieren müssen.«

»Ich wollte Sie nicht beunruhigen, Chef.«

»Finden Sie heraus, wer Prince ermordet hat, und beseitigen Sie diese Person. Und rufen Sie mich beim nächsten Mal sofort an, falls sich irgendetwas ändert.«

»Ja, Chef«, sagte Nightshade mit eisiger Stimme.

»Und suchen Sie mir einen neuen Käufer. Die Waren im Zulauf müssen an den Mann gebracht werden.«

Der Anrufer legte auf.

Nightshade starrte auf sein Telefon und schüttelte den Kopf.

»Vielen Dank für Ihre harte Arbeit und das schnelle Umdenken. Ich weiß nicht, was wir ohne Sie gemacht hätten«, murmelte er sarkastisch und warf das Telefon neben sich aufs Bett. »Keine Manieren, diese Leute.«

Regel Nr. 4: Bleib in den Schatten

Nur aus dem Verborgenen kannst du effektiv arbeiten.
Wenn deine Deckung auffliegt, ändere deine Position.

Mitchell war noch nie jemandem begegnet, der sich besser darauf verstand, dem ungenutzten Platz zwischen den Daten Informationen zu entlocken. Er hatte den ganzen Tag die Nadel im Heuhaufen gesucht, aber das liebte er. Insbesondere, wenn die Strohhalme digitaler Natur waren. Er mochte es, immer tiefer vorzudringen, bis er endlich fand, wonach er suchte. Oft hatte er dabei das Gefühl, alles und jeden sehen zu können. Wenn er mit einer simplen Suche begann und beispielsweise die Koordinaten des Arbeitsplatzes einer Person eingab, konnte er alles über den Betreffenden herausfinden. Ein Tweet von jemandem, der in sein Netzwerk eingeloggt war, und die Kette hatte einen Anfang. Sobald er erst einmal drin war, konnte er alles herausfinden: den Namen der Person, ihre E-Mail-Adresse, die Sozialversicherungsnummer, das Alter – sowohl das echte als auch das online angegebene –, das Autokennzeichen, unbezahlte Strafzettel wegen Geschwindigkeitsübertretungen, Bußgelder wegen Falschparkens, die Lieblingsmusik, ob die Person Geschwister hatte, die Seriennummer ihres Smartphones sowie PIN-Nummer und die Passwörter für alles Mögliche, vom Bankkonto bis hin zum Online-Datingprofil. Das alles konnte er in Erfahrung bringen und dazu benutzen, die Person zu manipulieren und dahin zu bringen, wo er sie haben wollte.

So jedenfalls funktionierte es bei einem normalen Ziel, aber das, was er an diesem Tag tat, war deutlich komplizierter.

Mitchell streckte sich und drückte den Nacken und die Schultern gegen die Rückenlehne seines Stuhls. Er war verspannt, und seine Augen brannten. Über fünf Stunden lang hatte er sich in Prince' Computer und die zusätzlichen Serverdaten, die Rebecca mitgebracht hatte, vertieft, ohne auch nur aufzusehen. Es geschah häufig, dass er völlig in der Arbeit aufging und in einen eigenartigen Geisteszustand verfiel, in dem er das Verstreichen der Zeit nicht mitbekam. Vor den Fenstern des NCCU-Gebäudes dämmerte es bereits. Mitchell stellte fest, dass es schon 18 Uhr war. Rings um ihn her machten sich seine letzten Kollegen, die noch im Schweinestall waren, zum Aufbruch bereit.

Mitchell bemerkte, dass Rebecca MacDonald noch immer über ihren Laptop gebeugt dasaß. Ihre Finger huschten über die Tastatur. Sie drückte heftig auf die Enter-, aber nur leicht auf die Leertaste; er konnte es deutlich hören.

Mitchell stand auf und streckte sich erneut. Irgendwann im Laufe des Tages hatte jemand Pizza bestellt, und die kalten Überreste lagen noch immer in einer offenen Schachtel neben einer Kanne Kaffee. Er bemerkte, dass er Hunger hatte, und ging durch den Raum, um sich ein Stück kalte Pizza zu holen. Als er sich gerade einen Käsefaden in den Mund schob, sah er, dass Rebecca ihn lächelnd beobachtete. Er lächelte zurück.

»Bin am Verhungern«, sagte er mit vollem Mund.

»Ich hatte mich schon gefragt, wann Sie mal vom Bildschirm weggucken«, erwiderte sie.

Jetzt, wo er nicht mehr so nervös war, fiel Mitchell ihr starker schottischer Akzent erst richtig auf. In den letzten Stunden hatte er sich ein wenig entspannt, obwohl er noch immer irritiert war, dass man ihn so gründlich überlistet hatte. Außerdem machte er sich Sorgen, dass jetzt noch jemand von Strider wusste und deshalb auch von Prince' Ermordung Wind bekommen hatte, aber er war zuversichtlich, dass er bald herausfinden würde, wer diese Person war.

Mittlerweile hatte Mitchell genau das gefunden, worauf er gehofft hatte: ein kleines Programm, das im Programmcode genug Hinweise enthielt, sodass er es zur Quelle zurückverfolgen konnte. Jeder Coder hatte seinen eigenen Stil, der fast wie eine Unterschrift war. In manchen Fällen reichte eine einzige Codezeile, um den Autor zu erkennen. In der Welt der Programmierer war der Originalcoder der König. Mitchell wusste, dass derjenige, mit dem er es zu tun hatte, zu gut war, um die Tools und Scripte eines anderen zu benutzen, und es gab nur vier oder fünf Hacker auf der Welt, von denen er wusste, dass sie sich im selben System aufhalten konnten, ohne von Strider entdeckt zu werden. Er hatte sie alle studiert und kannte ihre Arbeiten, als wären sie Partituren. Doch es war nur ein Teilerfolg: Zwar hatte er genug Hinweise gefunden, um zu wissen, mit welchem Hacker er es aufnehmen musste, aber er wusste noch lange nicht, wer der Betreffende im wirklichen Leben war. Aber das würde er auch noch herausfinden.

»Was sagen Ihnen Ihre Instinkte in Bezug auf Prince?«, fragte er nun.

»Ich bin mir nicht sicher, ob meine Instinkte überhaupt noch funktionieren«, antwortete Rebecca. »Eigentlich weiß ich nicht mehr, was ich überhaupt noch denken soll. Mr Prince war zwar mein Chef, aber ich habe ihn kaum gekannt. Er war nur selten im Büro.«

»Glauben Sie, er hätte jemandem gestattet, auf seine Daten zuzugreifen? Wie vorsichtig war er in solchen Dingen?«

»Extrem vorsichtig. Ich bin mir ziemlich sicher, dass er

niemanden versehentlich ins System gelassen hat. Außerdem hat er ständig alles überprüft. Das mussten wir alle. Daher sagt mir mein Instinkt, wenn jemand reingekommen ist, dann nur, weil Mr Prince ihn reingelassen hat. Aber ich habe keine Ahnung, warum er so etwas tun sollte. Er hätte wissen müssen, dass es auffällt und letzten Endes zu ihm zurückverfolgt werden kann.«

Mitchell nahm sich noch ein Stück Pizza und ging zurück zum Computer.

»Ja«, meinte er mit vollem Mund. »Aber es ist nur aufgefallen, weil jemand versucht hat, sich mit Prince' Daten anzumelden, nachdem Prince die Passwörter geändert hatte und nachdem das Flugzeug abgestürzt war. Ich habe mir die Logdatei angesehen. Prince hat das Passwort geändert, kurz bevor er Paris verlassen hat. Warum sollte er so etwas tun? Es sei denn, er hatte erkannt, dass er in Schwierigkeiten steckte, und wollte die ganze Sache verhindern.«

Mitchell grinste, als er sich setzte, machte aber wieder ein ernstes Gesicht, ehe er sich zu Rebecca umdrehte, da sie seine wachsende Zuversicht nicht mitbekommen sollte. Allmählich wurde es zu seinem Vorteil, dass sie hergekommen war.

»Was denken Sie?«, fragte Rebecca. »Prince hat herausgefunden, dass er gehackt worden war, und hat die Passwörter geändert, damit man nicht mehr auf sein Konto zugreifen konnte. Warum hat er uns nicht angerufen und gewarnt?«

»Vielleicht aus Stolz«, vermutete Mitchell.

Rebecca zuckte mit den Achseln. »Gut möglich, aber die Sicherheit war ihm stets wichtiger als alles andere. Deshalb wäre es eine Katastrophe für ihn gewesen.«

»Das habe ich mir auch gedacht. Aus diesem Grund habe ich etwas tiefer gegraben. Schauen Sie sich an, was ich gefunden habe.«

Mitchell deutete auf den Stuhl neben sich, damit sie zu ihm kam. Rebecca ließ es sich nicht zweimal sagen, setzte sich und beugte sich zu ihm hinüber. Er roch den blumigen Duft ihres Shampoos, als er den Monitor drehte, um ihr zu zeigen, was er entdeckt hatte.

»Ich habe mir die Header einiger Bilddateien angesehen«, erklärte er, »weil ich mir dachte, dass die Fotos seine Achillesferse sein müssten. Wenn jemand einen Trojaner programmiert, auf den ein Mann wie Prince reinfällt, muss er ihn erst dazu bringen, ihm zu vertrauen. Nun, es gibt da ein Netzwerk, das wir bereits seit über einem Jahr beobachten – Teddybärs Picknicknetzwerk. Dort findet man Fotos, wie Prince sie auf seinem Rechner gespeichert hat. Ich habe die Header der Bilddateien überprüft. Zwei Dateien stammen von einem Mitglied dieser Bande. Wenn man bedenkt, dass man nur auf das Netzwerk zugreifen kann, wenn man Mitglied ist, muss ich davon ausgehen, dass Ihr Chef ebenfalls diesem Netzwerk angehört hat.«

»O Gott«, murmelte Rebecca. »Das wird ja immer schlimmer.«

»Also habe ich noch ein bisschen tiefer gegraben und überprüft, ob an diese Bilder nicht noch etwas anderes angehängt war. Und da habe ich einen netten kleinen Keylogger entdeckt, der im Hintergrund lief. Das ist ein unauffälliges Mittel zum Zweck. Vermutlich haben sie Prince auf diese Weise beobachtet.«

Keylogger gehörten zu den einfachsten Methoden im Arsenal eines Hackers, um sich aus der Ferne Zugang zu Daten zu verschaffen. Sie zeichneten sämtliche Tastatureingaben des Benutzers auf und waren daher besonders bei Kreditkartenbetrügern und Identitätsdieben beliebt. Doch Mitchell hatte noch nie einen Keylogger gesehen, der so elegant und knapp programmiert worden war. Jetzt wusste er, warum er ihn zuvor nie bemerkt hatte.

»Ein Keylogger«, wiederholte Rebecca ungläubig. »Aber Mr Prince war beinahe schon besessen, wenn es um die Sicherheit ging. Er war einer dieser Programmierer, die spüren können, ob jemand zusammen mit ihm auf demselben System eingeloggt ist. Es war wie ein sechster Sinn. Ich kann mir nicht vorstellen, dass Prince auf einen Keylogger hereingefallen wäre.«

»Ich glaube eher, dass er von dem Keylogger gewusst hat. Ich habe irgendwie das Gefühl, er wurde erpresst, um an die Informationen über Cryptos und seine Kunden ranzukommen.«

»Sie glauben, Prince hätte alles riskiert, nur damit seine Vorliebe nicht ans Tageslicht kam? Wir reden hier schließlich über schwerwiegende Industriespionage. Dabei geht es um die nationale Sicherheit.« Rebecca schüttelte den Kopf. »Nein, das kann ich mir wirklich nicht vorstellen.«

Mitchell rief ein weiteres Dokument auf. Da er genau wusste, wonach er suchte, hatte er Prince' Computer nur gründlich durchkämmen müssen, um dafür zu sorgen, dass einerseits sämtliche Hinweise auf seine eigene Überwachung verschwunden waren, dass sich andererseits aber die Verbindungen zwischen Prince und Teddybärs Picknicknetzwerk nicht leugnen ließen. Zuerst hatte Mitchell sich verflucht, dass er alte Dateien verwendet hatte, um den gelöschten Ordner zu überschreiben, aber er hatte auch nicht damit gerechnet, dass man Prince' Rechner genauer unter die Lupe nehmen würde. Das wäre gar nicht nötig gewesen. Doch inzwischen war er der Meinung, dass es hilfreich sein würde, wenn jeder wusste, was Prince getan hatte. So ließ sich die Geschichte von der Erpressung besser verkaufen, und er konnte den Hackern die Schuld an Prince' Tod in die Schuhe schieben.

»Tja, hier gibt es so einiges, das einem seltsam vorkommt«, sagte er. »Ich könnte mir vorstellen, dass der Keylogger ihn daran erinnern sollte, dass er unter Beobachtung stand. Außerdem ist es weitaus schwieriger, die von einem Keylogger aufgezeichneten Informationen nachzuverfolgen, als eine E-Mail aufzuspüren. Diese Leute waren Könner. Meiner Ansicht nach hatte er keine andere Wahl.«

Das war der perfekte Weg, wie Prince Informationen mit den Hackern austauschen konnte, ohne dass es jemand mitbekam. Schließlich konnte man davon ausgehen, dass alles, was Prince seit der Aktivierung des Keyloggers eingegeben hatte, in Echtzeit an die Hacker weitergeleitet worden war.

»Haben Sie schon mal von Bacchus Enterprises gehört?«, fragte Mitchell.

Rebecca schüttelte den Kopf.

»Das E-Mail-Konto, von dem all diese Bilder empfangen wurden, gehört zu einer Domain, die auf Bacchus Enterprises registriert ist. Dabei handelt es sich offenbar um ein Speditionsunternehmen aus Humberside. Das E-Mail-Konto ist das einzige, das für diese Domain existiert. Offenbar wurde es von Prince genutzt, um diese schmutzigen Fotos empfangen zu können. Der Posteingang war ebenso leer wie der Papierkorb, aber ich konnte eine Reihe von E-Mails mit ähnlichen Anhängen problemlos wiederherstellen, ebenso wie einen Verlauf mit derselben IP-Adresse. Vielleicht kann ich so auch das Konto aufspüren, auf dem er sein Geld deponiert hat.«

Mitchell hatte schon vor längerer Zeit von Bacchus Enterprises erfahren, als Strider Prince' Verfolgung aufgenommen hatte, aber zum damaligen Zeitpunkt war es seiner Meinung nach nur eine Briefkastenfirma gewesen, die Prince benutzte, um Teddybärs Picknicknetzwerk zu kontaktieren. Aber das hatte sich in den letzten beiden Wochen geändert, und wieder war es ihm nicht aufgefallen. Die Verbindung, die er jetzt kannte, erklärte auch, warum ihm so viel entgangen war. Er hatte den Tag in den geisterhaften Schatten von Bits und Bytes gelöschter Daten verbracht, dem digitalen Äquivalent von Fasern und Fingerabdrücken. Hier gab es zwar keine Blutspritzer, dennoch ließen sich jede Menge Beweise finden. Mitchells Arbeit war genauso forensisch wie die des CSI. Je mehr er über Prince' geheimes Leben und Bacchus Enterprises in Erfahrung brachte, desto mehr war er davon überzeugt, dass Prince Teil einer deutlich größeren Organisation gewesen war.

»Bacchus Enterprises ist im letzten Monat stark gewachsen. Bei meiner Suche nach weiteren Hinweisen auf dieses Unternehmen bin ich auf Verbindungen zu zwei weiteren uns bekannten Namen gestoßen: KL Shipping, eine Firma, die nicht mehr existiert, und Prime Logistics, die es noch gibt. Beide Unternehmen sind uns bekannt, weil wir davon ausgehen, dass sie mit einer berüchtigten gewalttätigen Verbrecherorganisation in Verbindung stehen, die sich Black Flag nennt. Bestimmt haben Sie schon mal davon gehört.«

Rebecca nickte mit ernster Miene. »Ja, habe ich.«

»Es sieht also ganz danach aus, als hätte Ihr Boss freiwillig oder gezwungenermaßen mit einigen der schlimmsten Cyberverbrecher, die wir kennen, unter einer Decke gesteckt«, sagte Mitchell.

Rebecca stützte den Kopf in die Hände und rieb sich müde die Augen. Mitchell ließ ihr einen Moment Zeit, um zu verdauen, was sie soeben erfahren hatte. Black Flag stand ganz weit oben auf der Fahndungsliste der NCCU. Die Organisation hatte bereits die Verantwortung für einige der schlimmsten Angriffe übernommen, in denen die NCCU ermittelte. Alle Hinweise auf Black Flag wurden erbittert verfolgt – wenn schon nicht von der NCCU, dann zumindest von Strider.

»Was ist mit der Datenbank?«, fragte Rebecca. »Wenn es ihnen gelungen ist, darauf zuzugreifen oder sie zu kopieren, weiß niemand, welches Ziel sie als Erstes angreifen werden.«

Zum ersten Mal, seit Rebecca im Schweinestall erschienen war, tat sie Mitchell leid.

»Zuerst dachte ich, sie hätten sich nur umgesehen«, sagte er. »Doch als ich mir die Serverdaten angeschaut habe, fiel mir auf, dass sie im Grunde gar nichts gemacht haben.«

»Das ist doch gut, oder?«, fragte Rebecca hoffnungsvoll.

»Nein. Die Sache ist die, dass die Hacker im wahrsten Sinne des Wortes *nichts* getan haben. Die Verbindung war hergestellt, und sie haben das Passwort benutzt, um auf die Datenbank zuzugreifen, und dann geschah nichts mehr. Keine weitere Aktion. Sie haben sich nicht mal in der Datenbank umgesehen. Das lässt nur zwei Schlussfolgerungen zu: Entweder haben sie sich die ganze Mühe gemacht, um da reinzukommen, und haben dann beim Zugriff auf die Datenbank sofort gesehen, was sie wissen wollten. Oder – was sehr viel wahrscheinlicher ist – sie haben auf die Datenbank zugegriffen, getan, was immer sie vorhatten, und dann einige Zeit damit verbracht, ihre Spuren zu verwischen. Das völlige Fehlen von Beweisen lässt eher darauf schließen, dass sie beseitigt worden sind, anstatt dass nichts getan wurde.«

»Glauben Sie, Prince wusste, was sie vorhatten?«

»Ich nehme es an. Vielleicht hat er im letzten Moment kalte Füße bekommen und seine Passwörter geändert, aber

Sie müssen auf jeden Fall davon ausgehen, dass auf die Datenbank zugegriffen wurde. Außerdem könnte ich mir vorstellen, dass Prince aus diesem Grund ermordet worden ist.«

»Von den Hackern?«

»Oder von demjenigen, in dessen Auftrag sie arbeiten. Auf mich macht es den Eindruck, als hätte man ursprünglich vorgehabt, unauffällig auf die Datenbank zuzugreifen. Prince ändert kurz vor seinem Tod seine Passwörter, und wenige Stunden später versucht ein anderer Benutzer, sich mit den alten Daten anzumelden. Das klingt für mich so, als hätte Prince herausgefunden, dass sie ihn so oder so umbringen wollten, und noch versucht, zu verhindern, dass sie die Datenbank bekommen. Vielleicht hat er gedacht, er könne sich so etwas Zeit verschaffen und seinen Wert steigern. Ich kann mir nicht vorstellen, dass diese Leute sich so leicht aufs Kreuz legen lassen.«

»Aber so schnell? Glauben Sie wirklich, sie konnten so schnell reagieren?«

Mitchell wusste, dass dies der entscheidende Fehler in seiner Darlegung war, aber er hatte auch dafür eine Ausrede. »Vielleicht hat er sie vor dem Abflug noch angerufen. Wir nehmen uns ohnehin seinen Verbindungsnachweis vor, auch wenn ich bezweifle, dass er uns weiterbringen wird. Jedenfalls gehe ich davon aus, dass diese Leute ihn ständig überwacht haben. Wenn Prince wirklich mit Black Flag in Verbindung stand, wären sie über jeden seiner Schritte informiert. Sie haben ein gigantisches Netzwerk und kommen an jeden auf der Welt heran. Wir kennen die Absturzursache noch nicht, aber ich bezweifle, dass es ein Unfall gewesen ist.«

»Können Sie die Leute dann nicht einfach verhaften? Ist das nicht Ihre Aufgabe?«

»Wenn wir wüssten, wer sie im wirklichen Leben sind, hätten wir das längst getan.«

Er sah Rebecca an, dass sie ihm diese Erklärung abkaufte. Sie war auf seiner Seite und würde nach jemand anderem Ausschau halten, dem sie den Mord an Prince anhängen konnte.

»Wir müssen jedes Beweisstück gründlich durchgehen«, sagte er. »Wir dürfen nichts übersehen. Wenn diese Leute die Datenbank so dringend haben wollten, dass sie dafür über Leichen gehen, müssen wir herausfinden, was sie damit vorhaben. Prince war vielleicht nicht der Mann, für den Sie ihn gehalten haben, aber wenn er sein Passwort nicht geändert hätte, wäre Ihnen der Sicherheitsverstoß niemals aufgefallen. Er hat uns die Möglichkeit gegeben, seine Fehler wiedergutzumachen, und wenn wir schnell handeln, könnte uns das sogar gelingen.«

Die dunkelste Stunde ist die vor Anbruch der Dämmerung

Der Hafen von Newcastle war in den frühen Morgenstunden am ruhigsten, vor allem an einem Montagmorgen. Die beiden Männer beobachteten, wie der Kran die ersten Container von dem Schiff ablud, auf das sie seit Mitternacht gewartet hatten. Der kleine, gedrungene Mann mit dem rasierten Schädel, der hinter dem Lenkrad saß, hatte schließlich den Motor angelassen und die Heizung höher gedreht. Es war kalt hier draußen, und sie warteten schon verdammt lange im Dunkeln. Aber der Boss bestand darauf, dass sie jedes Mal vor Ort waren, wenn ein Schiff eintraf, für den Fall, dass es Ärger gab.

Diesmal bestand die Lieferung aus Tausenden von Computerbauteilen, die in Osteuropa hergestellt worden waren. Sie sollten nach Newcastle gebracht werden, bevor sie in Steuerungseinheiten von Klimaanlagen und Heizungssystemen im ganzen Land installiert wurden. Die meisten Container wurden von ihren Besitzern abgeholt, aber auf dem Schiff befand sich auch einer, für den sich die beiden Männer im Wagen interessierten. Schweigend schauten sie zu, wie Container BCH U 7098524 vom Schiff gehoben und langsam auf den wartenden Hubwagen abgelassen wurde. Als sie sahen, wie der Hubwagen dann langsam davonfuhr, legte der kleine Mann einen Gang ein und fuhr zum

Hafeneingang. Es war Zeit, ihre kostbare Fracht abzuholen.

Als der Container endlich auf dem Sattelzug stand, winkte der kleine Mann seinem Begleiter kurz zu und verließ die Werft.

Der Container war schalldicht, sodass niemand die gedämpften Schreie hören konnte, die aus seinem Inneren kamen.

Zweites Buch

Regel Nr. 5: Nichts übereilen

Jeder Mord sollte der Menschheit dienen, und jeder Tod muss minutiös geplant werden.
Warte stets auf den richtigen Augenblick.

»Waren Sie beide etwa die ganze Nacht hier?«, fragte Oscar Franklin erstaunt. Der technische Leiter der National Cyber Crime Unit, kurz NCCA, ließ seine Laptoptasche auf den Tisch fallen und zog sich den Mantel aus. »Das hätte ich Ihnen gar nicht zugetraut, Mitchell.«

Rebecca entging nicht, dass Scott Mitchell seinen Intimfeind zornig anstarrte.

»Wir hatten viel zu tun«, antwortete er mit bemüht gleichgültiger Stimme.

»Dann hoffe ich, dass Sie bereit sind. Teambesprechung in fünf Minuten. Hopp, hopp.«

Rebecca MacDonald, Sicherheitsexpertin bei PrinceSec, runzelte die Stirn und kniff die Augen zu. Sie war erschöpft, und alles tat ihr weh. Es war verdammt lange her, dass sie eine Nacht durchgearbeitet und dabei nichts Stärkeres als Kaffee zu sich genommen hatte.

Sie beobachtete, wie Franklin mehrere andere NCCA-Agenten begrüßte, die den Besprechungsraum betraten, in dem sie den aktuellen Fall bearbeiteten. Rebecca wusste nicht, was sie von Franklin halten sollte. Er hatte etwas Schmieriges an sich und kam offensichtlich besser mit Männern als mit Frauen zurecht. Scott Mitchell, das hatte sie inzwischen bemerkt, konnte er allem Anschein nach nicht leiden – eine

Abneigung, die auf Gegenseitigkeit beruhte –, aber den Rest seines Teams behandelte er mit Respekt, und er konnte durchaus charmant sein. Rebecca stellte überrascht fest, dass sie ihn trotz seines unverhohlenen Chauvinismus mochte. Mitchell war der einzige NCCA-Mitarbeiter, dem Franklin die kalte Schulter zeigte. Rebecca hätte zu gern den Grund dafür gewusst.

Sie hatte die ganze Nacht mit Mitchell zusammengearbeitet und war beeindruckt von ihm. Offensichtlich hatte sie ihn am Tag zuvor vorschnell beurteilt, denn er war ein echter Profi, der konzentriert arbeitete und auf jedes Detail achtete.

Sie und Mitchell hatten eindeutige Beweise dafür gefunden, dass der tödlich verunglückte Chef des Software-Unternehmens PrinceSec, Anthony Prince, potenziell gefährliche Firmengeheimnisse an eine Gruppe krimineller Hacker weitergegeben hatte, und das schon seit Monaten. Das war ein schwerer Schlag für das Unternehmen und möglicherweise eine Katastrophe für das Land, aber wenigstens hatten sie jetzt eine Ahnung, worauf die Hacker aus gewesen waren.

»Na los, Leute«, rief Franklin. »Setzt euch. Es gibt viel zu tun.«

Die Gespräche im Raum wurden allmählich leiser, als die Anwesenden am Konferenztisch Platz nahmen. Mitchell ging zu den anderen hinüber, während Rebecca an ihrem Schreibtisch sitzen blieb, beobachtete und versuchte, sich über die Gruppendynamik im Team der NCCA klar zu werden. Sheila Davies, genannt »Selma«, die Einsatzleiterin der NCCA, hatte bereits am Kopfende des Tisches Platz genommen. Rebecca kannte Davies' Ruf, war ihr aber nie persönlich begegnet. Doch Jack Taylor, Rebeccas Chef, hatte ihr vorgeschwärmt, was für eine selbstbewusste, kompetente

Frau Selma Davies sei. Diese Einschätzung konnte Rebecca nach dem ersten Blick bestätigen.

»Kommen Sie zu uns, Mrs MacDonald?« Franklin deutete auf einen leeren Stuhl am Konferenztisch.

Rebecca sah überrascht auf. Sie hatte nicht damit gerechnet, mit einbezogen zu werden, da sie nicht zur NCCA, geschweige denn zum Team gehörte, aber Franklin sah das offenbar anders.

Rasch ging Rebecca hinüber und setzte sich, wobei sie aller Augen auf sich spürte, was ihr gar nicht gefiel. Sie saß ungern an diesem Tisch; schließlich hatte ihr tödlich verunglückter Chef, Anthony Prince, sie alle auf das Schändlichste betrogen. Am liebsten wäre sie woanders gewesen. Sie versuchte, darauf zu achten, was die anderen sagten, doch wegen ihrer Müdigkeit und Befangenheit konnte sie sich kaum konzentrieren.

Franklin hielt zu Beginn der Besprechung eine schwungvolle Rede, um sie alle für die kommenden Stunden zu motivieren. Doch keiner der Anwesenden konzentrierte sich wirklich auf ihn. Rebecca vermutete, dass Franklin schon öfters solche flammenden Reden gehalten hatte. Mitchell hielt sich im Hintergrund. Er wirkte nervös und schien nur darauf zu warten, dass Franklin zum Ende kam.

»Scott wird uns jetzt berichten, was er und Mrs MacDonald letzte Nacht herausgefunden haben, wie ich hoffe«, sagte Franklin schließlich und nickte Mitchell auffordernd zu.

Da war er wieder, dieser herablassende Tonfall. Rebecca war froh, dass dieses Mal Mitchell und nicht sie im Mittelpunkt stand.

Franklin bezog Position vor dem Whiteboard, auf dem sich bisher nur ein Foto von Prince mit seinem Namen sowie

Informationen über das Flugzeug des verunglückten Firmenchefs befanden. Die restlichen Details würde Franklin nach und nach hinzufügen.

»Okay«, begann Mitchell und ließ den Blick über die Versammelten schweifen. »Wir haben eine Menge zu besprechen, deshalb werde ich nicht zu sehr ins Detail gehen. Fragt mich bitte, wenn ihr etwas nicht verstanden habt.«

Er breitete seine Unterlagen vor sich auf dem Tisch aus und berichtete den anderen, was er und Rebecca herausgefunden hatten. Die Enthüllungen über Anthony Prince und seine Vorliebe für Kinderpornografie kamen erneut zur Sprache. Während sie Mitchell beobachtete, wie er ruhig die Beweise zusammenfasste, die sie in der Nacht zuvor zusammengetragen hatten, fiel Rebecca auf, dass alle im Raum konzentriert zuhörten – anders als zuvor bei Franklin.

Langsam und methodisch erklärte Mitchell, wie er und Rebecca auf die Beweise gestoßen waren, obwohl die Hacker sämtliche Spuren ihrer Aktivitäten auf dem Datenbankserver verwischt hatten. Allein schon aus der Tatsache, dass die Hacker auf die höchste Ebene zugegriffen hatten, hatten er und Rebecca schließen können, dass ihnen der Zugriff gelungen war. Anschließend berichtete er von dem Keylogger und ihrem Verdacht, dass Prince davon gewusst haben musste und ihn zugelassen hatte, um den Forderungen der Hacker nach einer Zugangsmöglichkeit und Informationen nachzukommen.

Alle Anwesenden begannen sich Notizen zu machen, sogar Franklin. Auch er hatte sich verändert, seit Mitchell seine Erkenntnisse darlegte. Rebecca bewunderte den jungen, blassen Hacker für seine Fähigkeit, einen ganzen Raum in Bann zu ziehen. Das hätte sie ihm gar nicht zugetraut.

»Dann hat Prince ihnen alles verraten?«

Mitchell, der seine Erläuterungen Punkt für Punkt auf die Tafel schrieb, schien für einen Moment aus dem Konzept zu geraten. Er sah auf und stellte fest, dass die Frage von Sheila Davies gekommen war.

»Darauf wollte ich gerade zu sprechen kommen«, erwiderte er ein wenig gereizt. Offensichtlich wollte er nicht in seinem Redefluss gestört werden. Rebecca bemerkte, dass sich die Haut um seine Augen ein wenig verspannte. Nicht zum ersten Mal schien ihn eine dunkle Aura zu umgeben.

Mitchell berichtete vom Server von Bacchus Enterprises, mit dem jedes der pornografischen Bilder aus Prince' schändlicher Sammlung verlinkt war, und von der Verbindung zwischen Bacchus Enterprises und der Firma Prime Logistics.

»Prime Logistics?«, wiederholte Sheila Davies. »Sind Sie da absolut sicher?«

»Ja«, antwortete Mitchell kurz und knapp. »Was wiederum bedeutete, dass Prince der Black Flag oder zumindest jemandem, der mit dieser Bande zu tun hat, Informationen zugespielt hat.«

Als die Worte »Black Flag« fielen, breitete sich im Raum Stille aus. Black Flag war eine berüchtigte Verbrecherorganisation, die bekannt war für ihre Gewalttätigkeit.

»Scheiße«, murmelte Franklin.

»Wir konnten bisher noch nicht herausfinden, womit Bacchus Enterprises handelt, aber wir können getrost davon ausgehen, dass es nichts Legales ist. Die Aktivitäten auf dem Firmenserver nahmen in derselben Woche zu, in der die Hafenbehörden in Southampton und Port of Tyne auf Anthony Prince' Cryptos-Sicherheitssoftware umgestiegen sind. Das war vor drei Wochen. Genau zu der Zeit hat Prince sich aus der Firma und seiner Ehe zurückgezogen. Es sieht ganz so aus, als hätte er versucht, seine Verluste zu minimieren. Vorerst müssen wir davon ausgehen, dass er durch das Ändern seiner Passwörter auf diskretem Weg versucht hat, in letzter Minute aus dem Deal auszusteigen, und darauf hoffte, noch genug Zeit zur Flucht zu haben. Aber wie es aussieht, war Black Flag ihm stets einen Schritt voraus.«

Auf Mitchells Worte folgte rege Geschäftigkeit. Franklin wies den Teammitgliedern die verschiedensten Aufgaben zu, worauf sie sich sofort an die Arbeit machten. Nur Sheila Davies war sitzen geblieben. Rebecca bemerkte, dass das Gesicht der Frau wie erstarrt wirkte, während um sie herum ein Sturm hektischer Aktivitäten tobte.

»Noch etwas, Leute«, rief Franklin. »Da es ganz so aussieht, als hätten wir es jetzt mit einer Mordermittlung zu tun, werden wir unsere Freunde von Scotland Yard einschalten, aber es bleibt weiterhin unsere Ermittlung. Vorerst sollten wir Prince' Tod als Teil eines Angriffs mit größerem Potenzial betrachten, damit wir die Kontrolle behalten über alles, was passiert. Die Leute vom Yard können die Laufarbeit erledigen und die Mordermittlungen leiten. Wir unterstützen sie bei allen technischen Dingen, die zu einer Verhaftung führen können. Aber behaltet im Auge, dass es um Verbrecher mit möglicherweise terroristischen Absichten geht, die Daten in ihren Besitz gebracht haben und diese vermutlich auch nutzen werden. Wir müssen bereit sein, schnell zu handeln und alle potenziellen Gefahren einzudämmen. Verstanden?«

Franklin wurde jedes Mal laut, wenn er Anweisungen erteilte. Rebecca hatte den Eindruck, dass er sich gern wichtigmachte. Auch wenn er seinen Job gut machte – er schien sich am wohlsten zu fühlen, wenn er seine Truppe herumkommandieren konnte.

Miller und Squires, zwei NCCA-Agenten, hatten sich am Vortag bereits durch die Liste der Cryptos-Kunden gearbeitet und jeden einzelnen angerufen, um sicherzugehen, dass keiner von ihnen etwas Ungewöhnliches erlebt hatte, das auf ein unerwünschtes Eindringen in die Datenbanken hinweisen konnte. Außerdem hatten sie den Kunden geraten, die Sicherheitseinstellungen jedes betroffenen Computers zu ändern.

Rebecca selbst hatte getan, was sie konnte, um dem Team beim Erstellen eines Patches zu helfen, der am Tag zuvor auf den meisten Rechnern installiert worden war; bis Mittag würde er auf alle Systeme aufgespielt sein. Die große Frage war jetzt, ob Black Flag bereits in die anvisierten Prozesse eingegriffen hatte.

Sheila Davies stand auf und ging zur Tür.

»Gute Arbeit«, sagte sie im Vorbeigehen zu Mitchell. Rebecca gönnte sie keinen Blick.

Rebecca war deprimiert, dass es so weit gekommen war. Sie hatte gern für PrinceSec gearbeitet, und jetzt wurde alles in den Schmutz gezogen. Es wollte ihr einfach nicht in den Kopf, wie Prince sie alle so schändlich hatte betrügen können, nur um seine kranke Perversion zu verbergen.

Miller und Squires wollten zum Hafen von Southampton fahren und das dortige SCADA-System unter die Lupe nehmen – ein Steuerungssystem, das von einem einzigen Administrator aus der Ferne bedient werden konnte. Ein weiterer NCCA-Agent, Roche, fuhr mit demselben Auftrag nach Newcastle. Anschließend sollten sich alle wieder im Hauptquartier melden.

»Sie sollten mal eine Pause machen, Mitchell, bis das Forensikerteam mit dem Laptop hier ist, der aus Prince' abgestürztem Jet geborgen wurde. Sie sehen beschissen aus«, sagte Franklin.

»Sollten wir nicht der Spur zu Teddybärs Pick...«, begann Mitchell.

Franklin schnitt ihm unwirsch das Wort ab. »Können Sie Ihre verdammte Obsession denn nicht einmal in den Hintergrund stellen?«

»Sie könnten jeden Moment enttarnt werden. Das wäre der perfekte Augenblick, um sie zu fassen – wenn sie in Panik geraten«, widersprach Mitchell.

»Was ist Ihr Problem?« Franklin baute sich herausfordernd vor Mitchell auf, aber der junge Hacker zuckte nicht mit der Wimper. »Black Flag plant offensichtlich einen Angriff auf britischem Boden. Hier geht es um die nationale Sicherheit und nicht um Kinderpornografie. Lassen Sie's gut sein. Sie haben Mist gebaut, und diese Leute sind uns entwischt. Danach mussten wir uns mit anderen Dingen beschäftigen. Es ist unwichtig, ob Prince dazugehört hat oder nicht. Jetzt ist nicht der richtige Zeitpunkt, um Ihre Fehler wiedergutzumachen. Holen Sie sich einen Kaffee, und machen Sie sich ein bisschen frisch. Ich will Sie in Topform sehen, wenn der Laptop hier eintrifft.«

Schweigend standen die beiden Männer sich gegenüber. Alle anderen im Raum hatten die Arbeit eingestellt, als Franklin plötzlich laut geworden war. Rebecca merkte sofort, dass Franklin und Mitchell nicht zum ersten Mal wegen Teddybärs Picknicknetzwerk aneinandergerieten. Sie fragte sich, inwiefern Mitchell »Mist gebaut« hatte, wie Franklin es nannte. Vielleicht war das der Grund, warum er und Mitchell einander nicht ausstehen konnten.

Nach und nach machten sich alle wieder an die Arbeit, aber Mitchell schien Franklins Aufforderung nicht Folge leisten zu wollen.

»Wie kann ich mich nützlich machen?«, erkundigte

Rebecca sich vorsichtig, um die beiden Männer abzulenken.

Franklin drehte sich zu ihr um. Rebecca sah, wie sein Zorn verrauchte.

»Sie überlegen mit mir gemeinsam, welche Konsequenzen daraus entstehen können, dass Black Flag als Sysadmin in Prozesse von nationaler Größenordnung eingreifen kann«, antwortete er. »Angefangen mit den Häfen. Ich möchte wissen, wie diese Leute es schaffen konnten, das System der Hafenbehörde zu knacken, und was sie dort getan haben. Anschließend gehen wir zu den Firmen auf Squires' und Millers Liste über, die außergewöhnliche Vorfälle gemeldet haben.«

Im Nachhinein wünschte sich Rebecca, Franklin ihre Hilfe nicht angeboten zu haben. Sie gehörte schließlich nicht zum Team der NCCA. Aber sie wollte auch nicht von den Ermittlungen ausgeschlossen werden. Außerdem hatte sie das Gefühl, dass PrinceSec einiges wiedergutzumachen hatte.

Sie dachte an Jack Taylor, ihren Chef. Bestimmt wollte er wissen, was hier vor sich ging und was sie, Rebecca, herausgefunden hatte. Rebecca beschloss, ihn anzurufen. Doch als sie ihr Handy aus der Tasche zog, stellte sie fest, dass sie im Gebäude keinen Empfang hatte. Wahrscheinlich hatte Taylor längst versucht, sie zu erreichen, und wartete nun verzweifelt darauf, dass sie sich bei ihm meldete.

»Ich muss mal kurz im Büro anrufen und meine Kollegen auf den neuesten Stand bringen, okay?«, sagte sie zu Franklin. »Schließlich müssen sie sich den ganzen Tag mit aufgebrachten Kunden und der Presse herumschlagen.«

Sie stand auf und wedelte zur Betonung ihrer Worte mit dem Handy in der Luft.

DRÖSCHLER
HEIMWERKERMARKT

Schlüsseldienst Dröschler
Johannisstraße 19 / 07743 Jena
03641-449324 / heimwerker@droeschler-jena.de
Steuernummer: 162/214/05564
UstID: DE257970185

Barverkauf

BelegNr.: 404452
Datum: 21.02.2023 Zeit: 16:09:35

1	Fischer DuoPower 8x65 K (8)		
	1,00	4,09 EUR	4,09 EUR

Netto:	3,44 EUR
19,00 % MwSt:	0,65 EUR
Endbetrag:	**4,09 EUR**
Betrag erhalten	4,09 EUR

Rechnungsdatum=Liefer-/Leistungsdatum
Beleg gilt als Garantienachweis.
Umtausch nur mit Beleg.

Vielen Dank für Ihren Einkauf!

-- Technische Sicherheitseinrichtung --

V0;X39A048191;Kassenbeleg-V1;Beleg^4.09_0.00_0.00_0.00_0.00^4.09:Bar;86889;348277;2023-02-21T15:09:33.000Z;2023-02-21T15:09:33.000Z;ecdsa-plain-SHA384;utcTimeWithSeconds;
KPLfRy3o6q7RhOvcs2GDhVZ+
nr7ozofYC6ET6iL3QEUo1ZvsIDJrauXWbqMXc8E6C0ZjiJh1ZDisA
ujS0YXjMKohgEhrKqFwk3ntpRYC+LkXbq8+
dS4Oj5TuGXzESz1K;BFCWpFQXOjCUX9ivm+
rrAbn56hjr16zcy0sL8is9bW3MrvgtwKRUq7zqHT9C33uXLq11XH
Sq3WD4pgV9Ig4uB/
B2eo7jJhj8iPHAaVDPaSWFjm5uBP9oeJg8An5PHoig==

-- Technische Sicherheitseinrichtung --

Franklin nickte. »Ja, sicher.«

Rebecca ging auf den Parkplatz und genoss einen Moment die frische, kühle Luft. Dann wählte sie Taylors Nummer und drückte sich das Handy ans Ohr. Taylor meldete sich nach dem zweiten Klingeln.

»Wo, zum Teufel, haben Sie gesteckt? Ich habe Sie bestimmt schon tausend Mal angerufen.« Er klang angespannt und erschöpft.

»Tut mir leid, Jack. Ich weiß, ich hätte mich eher melden sollen. Ich bin noch immer bei der NCCA. Wir haben die Nacht durchgearbeitet. Ich rufe an, um Ihnen ein kurzes Update zu geben. Es sieht ziemlich übel aus.«

Sie ging vor dem Gebäude auf und ab, während sie ihren Chef ins Bild setzte, der ihr schweigend zuhörte. Als sie den Kopf hob, bemerkte sie, dass Roche, der NCCA-Agent, im Wagen saß und sie beobachtete. Sie drehte ihm den Rücken zu und konzentrierte sich darauf, Taylor alle wichtigen Fakten mitzuteilen. Als sie fertig war, schwieg er.

»Jack?«, fragte sie. »Sind Sie noch dran?«

Sie hörte ihn seufzen. Dann sagte er leise: »Großer Gott.«

»Sie haben nichts davon gewusst, oder? Von den Kindern, meine ich? Von all den anderen Dingen?«, fragte Rebecca, für die es unbegreiflich war, dass niemand Prince gut genug gekannt zu haben schien, um zu wissen, wie gefährlich dieser Mann gewesen war.

»Natürlich nicht. Hätte ich sonst weiter mit ihm zusammengearbeitet? Oder ihn auch nur in die Nähe des Gebäudes gelassen? Wenn ich das gewusst hätte – ich hätte ihn umgebracht.« Taylor war unüberhörbar wütend.

»Das sollten Sie in Anbetracht der Umstände vielleicht nicht zu laut sagen, finden Sie nicht auch?«, meinte Rebecca.

Taylor schwieg.

»Tut mir leid, Jack«, sagte sie. »Auch für mich war es ein Schock. Ich kann mir gar nicht vorstellen, wie *Sie* sich fühlen müssen. Sie und Prince waren schließlich seit fünfzehn Jahren enge Freunde, nicht wahr?«

»Zu Anfang schon. Aber wenn man so lange zusammenarbeitet, leidet die beste Freundschaft darunter, und so eng war sie bei uns nie. Aber wir waren Partner, und ich kann immer noch nicht fassen, dass er mir so etwas angetan hat – mir und der Firma. Wurde er möglicherweise erpresst?«

Jack Taylor tat genau das, was Rebecca am Vortag getan hatte: Er versuchte, die neuen Informationen mit dem Mann in Einklang zu bringen, den er zu kennen geglaubt hatte.

»Das habe ich zuerst auch vermutet, aber es sieht nicht danach aus. Vielleicht zu Anfang, aber die letzten Beweise lassen vermuten, dass er freiwillig mit ihnen zusammengearbeitet hat und dafür einen Haufen Geld bekam. Ich wollte zuerst auch nicht glauben, dass er sich in einen so schlechten Menschen verwandelt hat, aber offenbar hat er uns alle hereingelegt. Wussten Sie, dass er sich ein luxuriöses Haus in Thailand gekauft hat? Wir haben auch sein anderes Bankkonto gefunden, auf dem er mehrere Millionen gebunkert hat. Ich glaube, er hat ihnen die Informationen verkauft und wusste, dass er für immer verschwinden musste, bevor jemand es herausfand.«

»Das sollten Sie für sich behalten, Rebecca. Es ist schlimm genug, wenn unsere Kunden wissen, dass Cryptos gehackt werden kann. Da müssen sie nicht auch noch erfahren, dass der Firmenchef ihre vertraulichen Daten an Verbrecher verscherbelt hat.«

»Was haben Sie jetzt vor?«, fragte Rebecca.

»Ich werde mich mit Sheila Davies unterhalten. Vielleicht kann sie uns helfen, das Schlimmste aus der Presse herauszuhalten. Versuchen Sie, ein gutes Wort für uns einzulegen, solange Sie dort sind. Wir müssen versuchen, den Schaden möglichst gering zu halten. In der Zwischenzeit werden wir eine Presseerklärung herausgeben. Aber ich werde die Spekulationen über Prince' Tod nach Möglichkeit unterbinden. Nach diesem Dilemma muss unsere PR-Abteilung ganze Arbeit leisten. Was ist mit Ihnen, Rebecca? Wann kommen Sie zu uns zurück?«

»Ich habe mit dem Team hier an einem Patch gearbeitet. Man hat mich gebeten, noch eine Weile zu bleiben, um herauszufinden, was die Hacker anstellen könnten, wenn sie bereits in die Systeme eingedrungen sind. Ich hoffe, das ist okay für Sie, Jack. Irgendwie habe ich das Gefühl, das sind wir der Öffentlichkeit schuldig.«

»Okay, aber halten Sie mich auf dem Laufenden. Wir können hier nur aus dem Bauch heraus handeln, und ich denke, dass wir uns neu aufstellen müssen.«

»Klar, ich melde mich. Wiederhören.«

Sie beendete das Gespräch.

Als sie sich umdrehte, stand Roche direkt hinter ihr. Sie zuckte zusammen, als sie das seltsame Grinsen des Mannes sah.

»Offenbar ist in Ihrer Firma die Hölle los«, sagte er mit nasaler Stimme. »Oder täusche ich mich da?«

Rebecca musterte ihn kalt. »Sie sollten keine privaten Telefongespräche belauschen.«

»So etwas tun wir hier nun mal, schon von Berufs wegen. Seltsam, dass Prince so lange damit durchgekommen ist, finden Sie nicht? Ohne dass es jemand herausgefunden hat ...«

»Was wollen Sie damit sagen?«

»Ach, nichts. Es ist mir nur aufgefallen. Was war schlimmer für Sie? Herauszufinden, dass er auf Kinder steht, oder dass er das Familiensilber verscherbelt hat?«

Rebecca wollte ihm gerade eine heftige Antwort geben, als die Tür aufging. Mitchell kam heraus. Er blickte erst Rebecca an, dann Roche.

»Sind Sie immer noch hier, Roche?«

Roche sah aus, als hätte man ihn auf frischer Tat bei irgendeiner Peinlichkeit ertappt.

»Äh ... mein Wagen springt nicht an«, sagte er. »Ich muss warten, bis die Batterie wieder ein bisschen Saft hat.«

»Das hat man davon, wenn man sich einen Prius kauft«, entgegnete Mitchell ironisch.

»Hybridautos sind die Zukunft. Ich leiste nur meinen Beitrag zum Umweltschutz«, protestierte Roche.

»Ich glaube, Sie versuchen eher, sich bei Selma einzuschleimen«, sagte Mitchell kalt. »Sie wird Ihnen das Fell über die Ohren ziehen, wenn sie herausfindet, dass Sie ihren Wagen vom Netz genommen haben.«

»Sie müssen es ihr ja nicht erzählen«, erwiderte Roche, aber Mitchell hatte sich bereits zu Rebecca umgedreht.

»Ich wollte gerade zum Frühstück. Kommen Sie mit?«

»Gerne.«

Nachdem sie ein paar Schritte gegangen waren, blickte Rebecca zu Roche zurück. Er starrte ihnen wütend hinterher.

»Was hat der Kerl zu Ihnen gesagt?«, wollte Mitchell wissen.

»Ach, nichts Besonderes. Er wollte mir nur wegen Prince auf die Nerven gehen.«

»Roche kann ziemlich taktlos sein, ist im Allgemeinen aber ganz okay. Lassen Sie sich nicht beirren.«

»Taktlos« war Rebeccas Meinung nach zwar eine Untertreibung, aber sie ließ das Thema fallen. Sie war einfach nur froh, Roche los zu sein.

Jeder Mensch lügt irgendwann einmal, wenn es um seine Größe oder sein Alter geht oder um seine sexuellen Vorlieben. Wir alle zeigen der Welt eine Version von uns, mit der wir einigermaßen zufrieden sind. Größtenteils sehen die anderen, was wir sie sehen lassen.

Mitchell hatte das Gefühl, dass er im Umgang mit anderen Menschen die meiste Zeit log. Er verstand sich darauf. Es war Teil seines Jobs geworden.

Eigentlich hatte er vorgehabt, eine Zeit lang alleine zu sein, um nachzudenken. Außerdem hatte er den »Schweinestall«, wie man den kleinen Konferenzraum nannte, in dem die Besprechungen der Abteilungsleiter der NCCA stattfanden, unbedingt verlassen müssen, weil er Verbindung zum Salesman aufnehmen musste. Er wollte herausfinden, was sein früherer Mentor über den Angriff auf die Datenbank von PrinceSec wusste. Außerdem wollte er in Erfahrung bringen, ob es bereits Gerüchte gab, dass Strider mit Prince' Tod zu tun hatte. Der Salesman würde es wissen.

Mitchells Selbsterhaltungstrieb war aktiviert worden, nachdem er von Prince' Verbindung zur Verbrecherorganisation Black Flag erfahren hatte. Als Erstes hatte er überprüft, ob Prince seine Kontakte über Striders Drohung informiert hatte. Anhand der in der Log-Datei gesicherten IP-Adressen, die er

Prince übermittelt hatte, konnte er erkennen, dass innerhalb weniger Augenblicke zweimal von verschiedenen IPs darauf zugegriffen worden war. Mitchell wusste, dass Prince die Seite über das Flughafen-WLAN in Paris-Le Bourget aufgerufen hatte; der zweite Zugriff jedoch ließ sich nicht zurückverfolgen. Vermutlich war er über Hunderte von Proxies umgeleitet worden. Aber im Grunde war es bedeutungslos, von wo aus auf die Seite zugegriffen worden war – wichtig war nur, dass noch jemand die nur für Prince bestimmte Nachricht gesehen hatte.

Im Allgemeinen genoss Mitchell/Strider das schizophrene Leben, das er sich aufgebaut hatte. Als Strider wollte er zurück in seine Wohnung und all das überprüfen, was er herausgefunden hatte; als Mitchell jedoch musste er seine Alltagsrolle spielen. Immerhin hatte Franklin ihm den perfekten Vorwand verschafft, sich für eine Stunde zu verabschieden und sich um eigene Dinge zu kümmern.

Dummerweise war ihm in dem Moment, als er nach draußen gekommen war und Rebeccas Gesicht gesehen hatte, klar geworden, dass er ihr helfen musste. Dieser verdammte Roche! Er benahm sich in der Gegenwart von Leuten, die er nicht kannte, insbesondere Frauen, oft merkwürdig, was häufig damit endete, dass er andere durch seine Direktheit beleidigte. Manche Leute bezeichneten ihn sogar als unheimlich und beängstigend. Mitchell hielt ihn eher für harmlos. Sie arbeiteten jetzt seit zwei Jahren zusammen. Obwohl Roche die Ermittlungen im Fall »Teddybärs Picknicknetzwerk« geleitet hatte, hatte er Mitchell nie Vorwürfe gemacht, als die Beweise verschwunden waren. Er war sogar einer der wenigen gewesen, die Mitchells Theorie unterstützt hatten, dass die Beweise absichtlich gelöscht worden waren. Deshalb hielt Mitchell den Mann im

Grunde für in Ordnung, man musste ihn nur besser kennenlernen.

Als er neben Rebecca in dem kleinen Café saß, von dem aus man auf die Themse blicken konnte, wurde Mitchell bewusst, dass er seit Jahren mit keiner Frau mehr frühstücken oder essen gewesen war. Sah man von Familienmitgliedern ab, hatte er sich eigentlich noch nie mit einer Frau zum Essen getroffen, und doch saß er jetzt mit Rebecca hier und fühlte sich rundum wohl. Vielleicht lag es daran, dass er bei ihr eine gewisse Distanziertheit spürte. Sie war nicht wie die anderen jungen Frauen, die er kennengelernt hatte – nicht, dass es viele gewesen wären. Er erkannte in ihr einen Schmerz, von dem sie glaubte, er wäre gut verborgen, doch er spürte ihn deutlich. Und irgendetwas sagte ihm, dass sie ebenso zurückgezogen lebte wie er selbst.

Er fragte sich, was sie in ihrer Freizeit trieb. Hatte auch sie zwei Gesichter, so wie er selbst? Eines, das niemand zu sehen bekam, und ein anderes, das sie der Öffentlichkeit zeigte?

Erst jetzt wurde Mitchell bewusst, dass sie ihm gerade eine Frage gestellt hatte.

»Wie bitte?«

»Was ist eigentlich zwischen Ihnen und Franklin? Er scheint Sie nicht besonders zu mögen.«

Es gefiel ihm, dass sie so offen war.

»Stimmt, er ist nicht gerade mein bester Kumpel. Er wollte nicht einmal, dass Selma mich einstellt«, antwortete er ehrlich.

»Selma?«, hakte sie nach.

»Sheila Davies.«

»Ach ja.« Rebecca erinnerte sich. »Sie wird Selma genannt, weil sie raucht wie die Selma aus den *Simpsons*.«

Mitchell lächelte. »So ist es. Sie hat mir einen Vollzeitjob gegeben, nachdem ich die NCCA beraten hatte. Allerdings war diese Beraterstelle eher Teil meiner Bewährungsauflagen. Ich gehörte damals zu einer Gruppe überführter Hacker. Im Gegensatz zu Selma wollte Franklin nicht mit uns zusammenarbeiten. Einmal Verbrecher, immer Verbrecher, lautet seine Devise.«

Rebecca schaute ihn besorgt an. »Was genau haben Sie getan? Weswegen wurden Sie verurteilt?«

»Ach, das war eigentlich nur eine Lappalie. Ein paar Zugriffe auf unterster Ebene. Wir sind in die Sicherheitssysteme verschiedener Firmen eingedrungen und haben ihnen ironische Mitteilungen hinterlassen, damit sie wussten, dass wir da waren. Aber wir haben nie etwas Schlimmes angestellt. Wir waren Kinder. Wir wollten bloß gegen das System aufbegehren. Im Grunde war es ziemlich naiv.«

»Und Franklin?«, fragte Rebecca.

»Franklin arbeitete zu der Zeit, als ich verhaftet wurde, bei der Computer Crime Unit der Londoner Polizei. Ich glaube, er gehörte dem Team an, das mich aufgespürt hat, aber er hat es nie erwähnt. Wir reden nicht viel miteinander.«

»Das habe ich schon bemerkt«, sagte Rebecca. »Und wie gefällt Ihnen das Leben auf der richtigen Seite des Gesetzes?«

»Ich bin mir nicht immer sicher, ob es wirklich die richtige Seite ist, aber es ist auf jeden Fall besser, als ständig auf der Hut sein zu müssen.« Obwohl er jetzt viel mehr auf der Hut sein musste als früher, kam ihm die Lüge leicht über die Lippen.

Als ihr Frühstück serviert wurde, aßen beide schweigend. Mitchell mochte Rebecca. Er lächelte, als er von seinem mit Butter bestrichenen Toast abbiss. Er hatte das Gefühl, langsam wieder Oberwasser zu bekommen. Als er und Rebecca im Laufe der Nacht immer mehr Beweise gefunden hatten, war eine gewisse Routine aufgekommen, doch die Dinge, die sie über Prince' letzte Tage und seine Verbindung zu Black Flag in Erfahrung gebracht hatten, waren beunruhigend. Mitchell hatte beispielsweise herausgefunden, dass sein Angriff auf Prince' Privatflugzeug die Hacker ebenso überrascht hatte wie ihn ihr Zugriff auf den Server von PrinceSec. Er war derjenige, der Prince' Passwort geändert hatte, um den Bilderordner auf Prince' Rechner zu löschen, aber das musste jetzt niemand mehr wissen. In der neuen Version der Geschichte ergab es durchaus Sinn, dass Prince sein Passwort selbst geändert hatte.

Inzwischen ärgerte er sich auch nicht mehr darüber, dass er seine Spuren beim Löschen des Bilderordners nicht gut genug verwischt hatte, sodass Rebecca eine Anomalie aufgefallen war und sie den Ordner wiederhergestellt hatte. Jeder andere hätte etwas so Unauffälliges übersehen. Sie war sehr gut auf ihrem Gebiet. Er, Mitchell, hätte allerdings auch gründlicher sein müssen. So etwas durfte ihm nicht noch einmal passieren. Auf der anderen Seite war er froh, dass seine Maßnahme, die Spuren von Prince' Mörder zu verwischen, dazu geführt hatte, dass die Hacker sich hatten zeigen müssen. Also waren sie jetzt quitt. Sie wussten ein wenig über ihn, er aber wusste weitaus mehr über sie.

Da er jetzt besser darüber informiert war, was Prince in den letzten Tagen seines Lebens getan hatte, war Strider überzeugt, dass seine Anwesenheit bis zum letzten Moment unbemerkt geblieben war. Er fühlte sich sehr viel besser, da selbst die Hacker nicht gemerkt hatten, dass er die ganze Zeit in Prince' Computer herumspioniert hatte. Dummerweise hatte er sich den Hackern zu erkennen gegeben, als er Prince ermordet hatte. Die Erkenntnis, dass Prince eine – möglicherweise flüchtige – Verbindung zu Black Flag gehabt hatte, verriet ihm, wer seine Gegner waren. Wenn man schon ausgetrickst wurde, dann doch bitte von den besten Hackern mit hervorragenden Beziehungen und ordentlich Kohle! Und zu denen gehörte eindeutig auch Black Flag.

Strider wusste natürlich weitaus mehr über die Mitglieder von Black Flag, als er Rebecca oder seinen Kollegen bei der NCCA verraten konnte. Ja, sie waren Gesetzesbrecher und gewalttätig, aber es gab eine stillschweigende Gemeinschaft unter Hackern. Es war Mitchells Job, Kriminelle wie die Black-Flag-Mitglieder zu überführen, wohingegen es Striders Aufgabe war, dafür zu sorgen, dass diejenigen, die auf herkömmlichem Weg nicht dazu gezwungen werden konnten, für ihre Verbrechen zu büßen, dennoch dafür bezahlen mussten, und sei es mit dem Leben. Strider hatte kein Problem damit, dass sie Verbrechen verübten, nur durften sie nicht damit durchkommen. In Mitchells Welt kamen Verbrecher ständig damit durch, indem Geschworene gekauft, Zeugen eingeschüchtert, Beweise vernichtet und heimliche Einigungen erzielt wurden. Strider interessierte sich lediglich für richtig oder falsch, und er brauchte gerade mal so viele Beweise, bis er selbst – und er allein – von der Schuld eines Menschen überzeugt war.

Was Black Flag tat, war illegal. Sie waren Kriminelle, die zu ihren Taten standen und sogar stolz darauf waren. Eines Tages würden sie einen Fehler machen, und dann konnte Mitchell mithilfe des Gesetzes dafür sorgen, dass sie bestraft wurden. Strider konzentrierte sich stattdessen auf jene, die stets Mittel und Wege fanden, sich der Verhaftung zu entziehen, während sie gleichzeitig anderen schadeten – jene Menschen, die vorgaben, rechtschaffen zu sein, hinter geschlossenen Türen jedoch schlimme Dinge taten. Die Welt war voller Verbrecher, und Strider würde dafür sorgen, dass sie alle den Preis für ihre Taten bezahlten.

Vor fast fünf Jahren, lange bevor Strider auf der Bildfläche erschienen war, hatte der junge Scott Mitchell, damals noch ein frustrierter Teenager, unter dem Namen »Mandroid« gehackt. Seine Adoptiveltern waren nette, fürsorgliche Menschen gewesen; trotzdem hatte Mitchell das Gefühl gehabt, dass sich eine immer größere Kluft zwischen ihnen auftat. Sie hatten ihn und seine kleine Schwester bei sich aufgenommen; weil das Mädchen sich gut bei ihnen einlebte, gab Mitchell sich die größte Mühe, sich ebenfalls mit ihnen zu arrangieren. Seine neuen Eltern, die von den beiden Kindern nur zu gern akzeptiert werden wollten, förderten Mitchells Interesse an Computern und kauften ihm die neuesten Rechner.

Er war fasziniert von der Welt aus Bits und Bytes, und obwohl erkennbar wütend auf die Welt – was er bei seinen Hackerfreunden oft genug online zum Ausdruck brachte –, wurde er schon bald für seine intelligenten Programmcodes bekannt. Es hatte nicht lange gedauert, bis er von einer Gruppe kontaktiert worden war, die sich Black Flag nannte. Sie war erst vor Kurzem gegründet worden und wollte sich als Ansprechpartner in Sachen Hacks für das organisierte Verbrechen einen Namen machen.

Die Wirtschaftskrise in Europa sorgte global für einen Rückgang der Investitions- und Ausgabebereitschaft, sodass sich die auf das organisierte Verbrechen spezialisierten Gangs alternative Einnahmequellen suchen mussten. Die traditionellen Banden verdienten auf der Straße kein Geld mehr, da die Leute sich keine Drogen, Waffen und Prostituierten mehr leisten konnten oder wollten, und der Markt für Personenschützer lag ebenfalls brach. Die organisierten Verbrecherbanden erkannten, dass ihnen das Internet eine sichere und lukrative Alternative bot, aber es mangelte ihnen an Erfahrung. Black Flag jedoch verfügte über hoch qualifizierte Hacker, die sich Zugriff auf jedes Firmen- oder Regierungsnetzwerk verschaffen konnten, ebenso wie über zahlreiche zwielichtige Charaktere, die im Deep Web bereits als Onlinevermittler von Drogen, Pornografie und Waffen eingesetzt wurden. Daher war es nur eine Frage der Zeit, bis sie sich online als Zentrum des organisierten Verbrechens etabliert hatten.

Als Mitchell zum ersten Mal online von Black-Flag-Mitgliedern kontaktiert wurde, erkannte er sofort, dass er es mit ähnlich Denkenden zu tun hatte – ein Hoffnungsschimmer in seiner ansonsten einsamen, jugendlichen Existenz. Er konnte kaum glauben, dass es noch andere gab, die genauso über die Welt dachten wie er und die, was noch viel besser war, sogar etwas dagegen unternahmen. Viele der Gründer von Black Flag waren ebenso wie Mitchell vom Salesman rekrutiert worden und hatten bereits eine kriminelle Karriere vorzuweisen. Der Salesman hatte sie einander vorgestellt und bildete den Mittelpunkt dieser virtuellen Welt junger Hacker.

Mitchell hatte mit einigen Mitgliedern von Black Flag zusammengearbeitet in der Hoffnung, dass sie ihn irgendwann bitten würden, sich ihnen anzuschließen. Doch im darauf folgenden Jahr, nach vielen Diskussionen und mehreren gemeinsamen Einsätzen, war Mitchell klar geworden, dass er sich Black Flag gar nicht anschließen wollte. Die Gruppe handelte nach dem Grundsatz »Auge um Auge« und verfolgte das Ziel, es anderen heimzuzahlen – was Mitchell durchaus gefiel –, aber das Chaos und die Anarchie, die in der Gruppe herrschten, beunruhigten ihn. Die Mitglieder von Black Flag schienen sich nicht für die Konsequenzen ihres Tuns zu interessieren; es schien eher so, als wäre für sie alles ein großes Spiel. Für sie war nur wichtig, dass sie die Obrigkeit störten und als Gefahr betrachtet wurden; wie ihre Taten sich auf normale Menschen auswirkten, war ihnen egal.

Mitchell war von ihren virtuellen Angriffen fasziniert gewesen, doch wenn er sich die Ergebnisse genauer anschaute, hatte er mehr als einmal feststellen müssen, dass Einzelpersonen oder Familien darunter leiden mussten, während die Großunternehmen, denen die Angriffe gegolten hatten, sich einfach neu aufstellten und so weitermachten wie zuvor. So durfte es Mitchells Meinung nach nicht laufen.

In vieler Hinsicht hatte diese frühe Beziehung zu den Mitgliedern von Black Flag ihm dabei geholfen, den Code zu entwickeln und Strider zu dem Alter Ego zu machen, das er letzten Endes ins Leben rief. Als Junge hatte er Comics verschlungen. Bei einer Unterhaltung mit einem der Gründungsmitglieder von Black Flag, einem Hacker, der sich Nightshade nannte, brachte Mitchell den Gedanken ins Spiel, sie alle sollten sich als moderne Superhelden betrachten. Schließlich besaßen sie die Macht, dem Chaos Einhalt zu gebieten und die Bösen zu jagen. Doch Nightshade hatte erwidert, er wolle lieber ein Erzschurke sein. In diesem Augenblick war Mitchell klar geworden, was er an der Vorgehensweise der Black-Flag-Mitglieder nicht mochte.

Er war zum Hacker geworden, um sich gegen die Obrigkeit zur Wehr zu setzen, die seiner Meinung nach die Massen unterdrückte, ohne dafür zur Rechenschaft gezogen zu werden. Doch je mehr er hackte, desto deutlicher wurde ihm, dass die Obrigkeit immer gewinnen würde – so wie die Kasinos in Las Vegas letztlich immer gewannen, selbst wenn man zwischendurch große Gewinne einstrich. Auf lange Sicht zog man den Kürzeren.

Mitchell begriff, dass er die Obrigkeit von innen heraus ändern musste, wollte er etwas bewirken. Indem er nach und nach jeden faulen Apfel beseitigte, konnte er die Welt zu einem besseren Ort machen.

Nach dieser Diskussion gab Mitchell seinen »Mandroid«-Alias auf und brach jeden Kontakt zu Black Flag ab. Er wollte unter einem neuen Namen wieder auftauchen, und seine einstigen Verbündeten sollten ihn nicht identifizieren können. So wurde Strider geboren, und Strider nahm sich eines fest vor: Er würde seine sogenannten Superkräfte nur für das Gute einsetzen, nie für das Böse. Strider sollte so sein wie sein Namensgeber in *Herr der Ringe*: ein geheimnisvoller Waldläufer, der im Dunkeln lauerte, alles beobachtete, alleine unterwegs war, die Unschuldigen bewachte, das Böse bekämpfte und das Gute beschützte, ohne dass man ihn je sah oder mehr über ihn wusste. Er würde die Welt zu einem besseren Ort machen. Dieser Gedanke war für den jungen Scott Mitchell von damals ebenso wichtig wie für den Strider von heute.

Genau dieser Strider musste nun bis zum Abend warten, wenn Mitchell sich in seiner Wohnung aufhielt und alles, was er bisher herausgefunden hatte, in Ruhe unter die Lupe nehmen konnte. Er würde es mit harten Gegnern zu tun bekommen und durfte niemandem trauen. Strider war an Mitchells Arbeitsplatz aufgetaucht – eine sehr gefährliche Verbindung zwischen den beiden so völlig unterschiedlichen Leben, die er führte. Auch wenn er zuversichtlich war, dass er nicht mehr mit Prince' Tod in Verbindung gebracht werden konnte, bestand dennoch die Gefahr, dass er aufflog.

Wenn Mitchells Vermutung stimmte, dass Beweise gegen Teddybärs Picknicknetzwerk gelöscht worden waren, bedeutete dies, dass einer seiner Kollegen – jemand aus der NCCA – Prince beschützte, und somit auch Black Flag. Da Mitchell davon ausgehen musste, dass Prince sich an ein Mitglied von Black Flag gewandt hatte, nachdem er Striders Drohung erhalten hatte, würde Black Flag jetzt Strider im Visier haben, und dabei wurden sie von irgendjemandem aus der NCCA unterstützt.

Selbst wenn Black Flag noch nicht genau wusste, wer er war, kannten sie seinen Namen und hatten seine Arbeit gesehen. Er fragte sich, ob Nightshade noch immer bei Black Flag aktiv war und ob er zu der Art von Hacker geworden war, der Strider anhand seines Programmiercodes erkennen konnte. Mitchells Programmierkünste hatten sich seit seiner Zeit als »Mandroid« verbessert und verfeinert, aber er wusste, dass die verräterischen Kniffe noch immer erkennbar waren und seine eigene Note, seine unverkennbare Handschrift darstellten. Man konnte ihn anhand dieser Tricks ebenso leicht enttarnen, wie er selbst die Signatur eines anderen Coders erkannte.

Mitchell hatte gehofft, der Maulwurf würde sich irgendwie zu erkennen geben, wenn er dem NCCA-Team von der Verbindung zu Black Flag erzählte, aber Franklin hatte als Einziger darauf reagiert. Und obwohl Mitchell den Mann nicht ausstehen konnte, war er überzeugt, dass gerade Franklin *nicht* der Maulwurf war.

Wer war es dann? Er musste es herausfinden, und zwar schnell. Seine größte Hoffnung war der Laptop, den man aus dem Wrack von Prince' Jet geborgen hatte und den die

Forensiker an diesem Morgen zur NCCA bringen würden. Vielleicht fand er dort das letzte Puzzleteil, das ihm noch fehlte.

»Ich wüsste zu gern, was Sie gerade denken«, riss Rebecca ihn aus seinen Gedanken.

»Sie sind aber ganz schön neugierig.« Er trank einen Schluck Kaffee.

»Sie haben so zufrieden gelächelt, das hat mich neugierig gemacht.«

»Das liegt bloß an dem guten Frühstück«, log er.

Mädchen 219

Sofiya schreckte hoch und war schlagartig wach. Sie hatte Angst, und das Herz schlug ihr bis zum Hals. In der Ferne konnte sie ein leises Läuten hören. Es klang wie eine Fahrradklingel. Sie wusste nicht, wo sie war, aber es war dunkel und kalt, und es roch wie auf einer Tankstelle.

Wenigstens war sie nicht mehr in der seltsamen Kiste gefangen. Als sie zum ersten Mal aufgewacht war, hatte sie sich in der bedrückenden Enge kaum bewegen können. Diesmal lag sie auf einer weichen Matratze und konnte frei atmen. Sie fühlte sich besser. Vielleicht war sie ja doch noch in der Wohnung und hatte nur schlecht geträumt. Sie hatte oft schlimme Träume.

Sofiya versuchte, den Arm zu bewegen, und stellte erleichtert fest, dass es ihr diesmal gelang. Sie war nicht mehr gefesselt. Aber es ging ihr noch lange nicht gut. Ihre Arme fühlten sich eigenartig an, seltsam schwer und taub. Außerdem war ihr schummrig, und vom vielen Schreien tat ihr die Kehle weh.

Sofiya erinnerte sich, wie ihre Mutter sie und ihre kleine Schwester Anja gestern Abend in der Wohnung ins Bett gebracht hatte. Sie hatte ihnen eine Geschichte vorgelesen; dann hatte sie gesagt, Sofiya solle ein braves Mädchen sein und auf ihre Schwester aufpassen, denn sie, Mom, würde zum Essen nach unten zu Onkel Louie und Tante Renata gehen. Sofiya müsse nur rufen, dann käme sie sofort zu ihr hinauf.

Und Sofiya *hatte* gerufen – in dem Moment, als sie in der Kiste aufgewacht war. Aber ihre Mutter war nicht gekommen. Sofiya hatte geschrien, bis sie heiser war. Irgendwann war ein hässlicher, glatzköpfiger Mann aufgetaucht und hatte den Deckel der Kiste angehoben. Das Licht hinter ihm war hell gewesen und hatte Sofiya in den Augen gebrannt. Wieder hatte sie zu schreien angefangen.

»Sei still!«, hatte der Mann sie angebrüllt. Vor Angst hatte Sofiya gehorcht. Der Mann hatte sie losgebunden, aus der Kiste gehoben und sie in einer Ecke des Raumes auf einen kalten Metallstuhl gesetzt. Sie befanden sich in einem fensterlosen Zimmer, aber vor der Tür konnte Sofiya Stimmen hören. Sie fragte sich, ob ihre Mutter da draußen war. Vielleicht war ihr im Schlaf irgendetwas passiert, und sie war wieder im Krankenhaus. Sofiya fand, dass der Raum tatsächlich wie ein Krankenzimmer aussah; sie fühlte sich sogar wie damals, als sie wegen einer Operation im Hospital gewesen war. Damals hatte Mom ihr gesagt, sie müsse ein tapferes Mädchen sein, und hatte ihr die Hand gehalten, bis sie eingeschlafen war.

Nach dem Aufwachen war Sofiya schwindlig gewesen. Sie erinnerte sich, dass sie eine Nadel im Arm gehabt hatte. Ein Arzt war bei ihr gewesen und hatte gesagt, sie könne Wackelpudding und Eis zum Abendessen haben. Sofiya wünschte sich, sie könnte jetzt auch Pudding und Eis bekommen. Zwar hatte der hässliche Mann ihr zuvor schon etwas Süßes gegeben, aber das hatte gegen ihren Hunger nichts ausrichten können. Sofiya fragte sich, ob er ihr jetzt wieder eine Süßigkeit geben würde. Aber noch viel mehr wünschte sie sich, ihre Mutter würde kommen.

Langsam streckte sie die Hand aus und berührte ihr Gesicht. Sie spürte, dass ihr Haar nass war von Tränen. Sie hätte nicht weinen sollen. Ihre Mutter sagte immer, große Mädchen weinen nicht. Doch Sofiya spürte, dass ihr schon wieder die Tränen kamen.

Langsam und vorsichtig setzte sie sich auf. Sofort wurde ihr wieder schwindlig, deshalb blieb sie ganz still sitzen und riss die Augen auf, wie die Ärzte es ihr beigebracht hatten, bis sie sich wieder ein wenig besser fühlte. Sie atmete tief durch die Nase, aber der Geruch in diesem Raum war scheußlich. Er erinnerte Sofiya daran, wie ihr einmal im Auto schlecht geworden war; als sie dann zum Tanken anhielten, hatte sie sich auf ihren Schoß erbrochen. Ihre kleine Schwester Anja hatte sie ausgelacht.

Anja, schoss es Sofiya durch den Kopf. Hoffentlich ist sie nicht auch hier. Dann hätte sie schreckliche Angst, noch mehr als ich.

Sofiya rutschte vorsichtig vom Bett und versuchte, stehen zu bleiben, während sie sich an der Bettkante festhielt. Sie hörte ein Klingeln draußen vor der Tür. Es klang wie von einem Fahrrad. War das möglich? Das hier wäre ein seltsamer Ort, um Fahrrad zu fahren.

Der Boden unter ihren nackten Füßen war kalt, sodass sie noch heftiger zitterte. Sie wollte ihre Kleidung suchen, weil sie fror und nicht gerne nur im Slip schlief. Vorsichtig machte sie ein paar Schritte über den kalten Boden und streckte die Arme vor sich in der Dunkelheit aus, um nach etwas zu tasten, woran sie sich festhalten konnte. Als sie hörte, wie ein Schlüssel im Schloss gedreht wurde, erstarrte sie. Hoffnung keimte in ihr auf. Vielleicht war ihre Mutter endlich da.

Die Tür wurde geöffnet, und Licht fiel ins Zimmer. Sofiya hob eine Hand, um die Augen abzuschirmen.

»Mom …«, setzte sie an, verstummte dann aber. Enttäuschung überfiel sie. Es war nicht ihre Mutter. Es war wieder der hässliche Mann. Er hielt ein Tablett in den Händen, auf dem eine Schüssel und ein Saftpäckchen standen.

Miguel ging zurück zum Kontrollraum. Das neue Mädchen war wieder wach, aber wenigstens schrie es nicht mehr. Als es zum zweiten Mal bewusstlos gewesen war, hatte er es untersucht. Es hatte eine kleine, saubere Narbe an einer Seite des Brustkorbes, die jedoch nicht frisch zu sein schien. Ansonsten machte es einen gesunden Eindruck. Der Boss würde zufrieden sein.

Miguel inspizierte alle Kinder, die sie einsammelten, mit derselben Leidenschaftslosigkeit. Sie waren für ihn eine Ware. Wie Vieh. Natürlich musste man sie gut behandeln, sonst gab es Ärger mit dem Boss, aber sie brauchten auch keine Sonderbehandlung. Gleich zu Beginn hatte er klargestellt, dass er weder Babysitter noch Arzt war. Es interessierte ihn nicht, ob die Kinder unglücklich oder verängstigt waren oder ob sie Heimweh hatten. Welchem Rinderzüchter machte es schon etwas aus, ob seine Kühe sich vor dem Schlachthof fürchteten oder nicht?

In dem Raum, den Miguel als Büro benutzte, hatte er einen Schreibtisch vor einer Reihe von Monitoren aufgebaut, die Bilder aus jeder Arrestzelle zeigten. Es war spät, und die meisten Kinder schliefen. Er achtete darauf, ihre Medizin so zu dosieren, dass sie alle zur gleichen Zeit schliefen, dann kam er besser mit ihnen klar und hatte nicht so viel Arbeit.

Hier wurden zwar nie mehr als sechs Kinder gleichzeitig festgehalten, aber selbst das war Miguel fast schon zu viel. Mit den Neuzugängen von heute waren es wieder sechs, aber er wusste, dass zwei dieser Kinder nächste Woche verschwinden würden.

Er lehnte sich zurück und beobachtete eines der neuen Mädchen. Die Kleine saß in der Dunkelheit auf ihrem Bett. Das Leuchten auf Miguels Monitoren stammte von den Nachtsichtkameras, mit denen er die Kinder überwachte. Sie sollten nichts sehen, weil die Älteren häufig Ärger machten, wenn das Licht brannte. Miguel hatte das Gefühl, dass das Mädchen, das er nun beobachtete, auch zu denen gehören würde, mit denen er kein leichtes Spiel hatte. Die kleine Nervensäge hatte ihn bereits mit ihrem Geschrei wütend gemacht, als er sie hergebracht hatte. Zum Glück gab es hier in der Nähe niemanden, der sie hören konnte, also brauchte er sich deswegen keine Sorgen zu machen. Er war hier draußen alleine – von den Kindern abgesehen.

Miguel war es völlig egal, was mit den Bälgern geschah. Er wusste, dass sie für Sex, unbezahlte Arbeit oder beides gedacht waren. Manchmal kamen sie auch direkt in die Klinik, wo man ihnen ein oder mehrere Organe entnahm, die einem anderen Kind eingesetzt wurden. Ein Kind, das geliebt wurde, um das sich jemand kümmerte. Das Eltern hatte, die verzweifelt und vernarrt genug waren, dass sie nicht mehr warten konnten, sondern für eine Niere, eine Leber oder ein anderes, schwer zu beschaffendes Organ, das dann ihrem eigenen kostbaren Sprössling implantiert wurde, ein Vermögen bezahlten.

Aber das interessierte Miguel nicht. Letzten Endes waren sie alle Tiere. Einige überlebten, andere nicht. Na und? Die Kinder in den Arrestzellen weckten keinerlei Gefühle in ihm. Eines Tages würden sie alle verschwunden sein. Wohin, spielte für Miguel keine Rolle.

Mädchen 219, wie sie genannt wurde, solange sie hier war, saß auf ihrem Bett und schaufelte stupide das Fleisch, den Reis und das Gemüse aus der Schüssel auf ihrem Schoß in ihren Mund. Es gefiel Miguel, dass sie so gründlich vorging. Sie ließ nicht ein Reiskorn fallen. Er wusste, dass ihr das Essen Kraft gab, da es perfekt darauf abgestimmt war, ein Kind ihres Alters mit Nährstoffen zu versorgen, aber er wusste auch, dass sie dank des Schlafmittels, das er in ihren Saft gemischt hatte, bald wieder einnicken würde. Das war Teil seines Jobs. Er sorgte dafür, dass die neuen Kinder ständig ruhiggestellt waren. Dem Boss gefiel das nicht, aber der musste ja auch nicht hier sein, wenn sämtliche Bälger wach waren. Auch wenn es nur sechs waren, ging Miguel der Lärm, ihr ständiges Schreien und Weinen gehörig auf die Nerven.

Innerhalb weniger Tage gewöhnten die meisten Kinder sich an den Gedanken, dass niemand kam, um sie zu retten, und entspannten sich so weit, dass Miguel die Schlafmitteldosis verringern konnte. Danach ging es nur noch darum, ihnen jede Erinnerung an Familie oder Liebe zu nehmen. Bei denen, die ohnehin in die Klinik kamen, musste man keine Zeit für die Umprogrammierung einplanen. Die anderen bekamen regelmäßig Besuch von einem Mann – ein unheimlicher Typ, der sogar Miguel Angst einjagte. Dieser Mann verbrachte viel Zeit mit den Kindern, die er im Verlauf der nächsten Wochen in kleine Roboter verwandelte. Miguel wusste nicht, was der Mann zu ihnen sagte; er saß da, sprach ruhig auf sie ein und hielt ihre Hände in dem schwach beleuchteten Raum, den er »Spielzimmer« nannte, auch wenn es dort kein Spielzeug gab und auch niemand dort spielte.

Nach einigen Wochen teilte der Mann Miguel mit, die

Kinder seien bereit und könnten verlegt werden. Dann überließ er sie der Eskorte, die der Boss schickte. Es wurden keine Fragen gestellt.

Der Boss kam nie hierher. Miguel war ihr – ja, der Boss war eine Frau – auch erst einmal begegnet. Es hatte ihn überrascht, dass es eine Frau war, aber das hatte sich schnell gelegt. Sie schien kein Herz zu haben, und Miguel war froh, dass er nicht viel mit ihr zu tun hatte. Sie hatte ihm klargemacht, dass er sich keinen anderen Job suchen musste, wenn er seine Pflichten vernachlässigte, sondern direkt in einem Sarg landete.

Zum Glück wusste Miguel genau, worin seine Pflichten bestanden, und er hatte in den drei Jahren, die er jetzt hier arbeitete, kein einziges Mal versagt. Die Frau überließ es ihm, alles so zu regeln, wie er es für richtig hielt – Hauptsache, er lieferte die Ware, wann und wie sie es verlangte.

Jedes Kind bekam eine Nummer zugewiesen, damit alles seine Ordnung hatte. Als Miguel die Zahl des neuen Mädchens, 219, auf ein Stück Klebeband schrieb, das er über dem Monitor befestigte, versuchte er, sich an die Kinder zu erinnern, für die er bereits gesorgt hatte. Sein erstes Kind war ein Junge gewesen, Nummer 32. Die Kinder waren in einem schlechten Zustand gewesen, als Miguel hier angefangen hatte – sein Vorgänger hatte sie vernachlässigt, nachdem eins von ihnen krank geworden war. Damals waren sie alle zusammen untergebracht, sodass ansteckende Krankheiten sich schnell ausbreiten konnten. Keines der Kinder hatte damals überlebt.

Miguel wusste nicht mehr, wie sie ausgesehen hatten, erinnerte sich aber noch genau daran, wie er die erste Nummer aufgeschrieben hatte, als der neue Junge hergekommen war.

Aber das spielte keine Rolle. Letzten Endes waren sie alle dasselbe: Sie waren Vieh.

Regel Nr. 6: Halte deine Feinde nahe bei dir

Man kann sein Herz so wenig ändern wie seine Handschrift. Deshalb kannst du deine Feinde an ihrer Handschrift erkennen.

Franklin blickte wütend auf, als Mitchell und Rebecca fast eine Stunde später zusammen in den Schweinestall zurückkamen.

»Ich dachte, Sie wollten nur kurz telefonieren«, fauchte er Rebecca an, während er Mitchell völlig ignorierte.

Alle Anwesenden drehten sich neugierig zu ihnen um.

»Hören Sie, Mister, ich war die ganze Nacht hier und habe weder geschlafen noch gegessen«, erwiderte Rebecca und starrte Franklin zornig an. »Ich musste frühstücken, und Mitchell hat mich mitgenommen. Ist das so weit angekommen?«

»Nun, da Sie mit dem Frühstück offenbar fertig sind, könnte ich Ihre Hilfe gebrauchen«, erwiderte Franklin.

»Tatsächlich? Und was darf ich für Sie tun?«, fragte sie spitz.

Franklin deutete auf den Schreibtisch neben dem seinen. »Nehmen Sie bitte dort Platz.«

Rebecca zuckte die Achseln, ging hinüber und setzte sich.

Franklin wandte sich Mitchell zu. »Die Herren dort warten auf Sie«, sagte er und deutete zum Konferenztisch.

Zwei uniformierte Polizisten standen dort und beugten

sich über eine Ansammlung von Gegenständen, in denen Mitchell jene Habseligkeiten erkannte, die man aus Prince' Flugzeug geborgen hatte. Alles war ordentlich aufgereiht – Beweismittelbeutel aus Plastik lagen neben den beschrifteten Objekten aus Prince' Besitz. Der Tresor, aus dem sie stammten, war aufgebohrt worden. Prince' Laptop lag daneben, ebenso die Überreste seines Aktenkoffers, der teilweise verbrannt und vom Wasser beschädigt war. Alles andere sah überraschend unversehrt aus.

Mitchells Herz setzte einen Schlag aus, als er ein weiteres Objekt in der Tischmitte entdeckte. In einem durchsichtigen Plastikbeutel war der Umschlag zu sehen, den er – besser gesagt, Strider – Prince am Flughafen in Paris in die Hand gedrückt hatte. Der Umschlag, der die URL enthalten hatte. Ein Grund zur Sorge war das allerdings nicht, denn selbst wenn sie die Zahlen gefunden hatten, konnten sie nichts damit anfangen, da die Webseite nicht mehr existierte und die Adresse nicht zu ihm, Mitchell, zurückverfolgt werden konnte. Dennoch war es seltsam, den Umschlag dort zu sehen, in schützendes Plastik eingewickelt, denn er war die einzige physische Verbindung zwischen Strider und Prince. Es kam ihm fast wie ein Sakrileg vor, dass der Umschlag zur NCCA gebracht worden war. Er schien ihn zu rufen, als würde Prince ihn noch aus dem Grab heraus verspotten: *Du hast mich bloßgestellt, jetzt mache ich dasselbe mit dir.*

Beinahe unbewusst streckte Mitchell die Hand aus, um den Umschlag zu berühren, hielt jedoch mitten in der Bewegung inne, als eine Stimme sagte:

»Sie müssen Scott Mitchell sein.«

Mitchell zuckte zusammen, zog die Hand zurück und musterte den stämmigen, breitschultrigen Mann mit dem rasierten Schädel, der neben den beiden Polizisten stand. Der

Mann ergriff Mitchells Hand und schüttelte sie kräftig. Er hatte einen festen Griff, der Mitchell zusammenzucken ließ, da seine Finger beinahe zerquetscht wurden.

»Jack Willis, Forensiker«, stellte der Mann sich vor. »Lassen Sie sich von ihm nichts vormachen.« Er nickte in Franklins Richtung. »So lange warten wir noch gar nicht. Man muss schließlich auch mal essen, nicht wahr?«

Mitchell zwang sich zu einem Lächeln. Das also ist der Mann, der den Killer fassen soll, ging es ihm durch den Kopf. Jack Willis. Kannst du mich wirklich aufhalten, Jack?

»Franklin sagte, Sie wären die ganze Nacht auf gewesen und hätten all diese Informationen aus Prince' Computer geholt«, fuhr Willis fort. »Das war sehr gute Arbeit. Ich hoffe, Sie haben noch Gehirnschmalz übrig, denn das werden wir brauchen. Wir haben hier seinen Laptop und sein Handy. Wir wollen herausfinden, was diesem Mann in seinen letzten Stunden passiert ist. Ich weiß, dass Sie eine größere Untersuchung laufen haben, aber mich interessiert auch nur, wer Prince ermordet hat und aus welchem Grund. Falls wir Hinweise auf diese anderen Hacker finden – und auf das, worauf sie aus waren –, ist das okay, aber sie interessieren mich weniger, da ich ausschließlich hinter dem Killer her bin. Sind Sie dieser Aufgabe gewachsen?«

»Ich werde mein Bestes geben«, antwortete Mitchell. Er musste diese Sache sehr vorsichtig angehen. Männer wie Willis hatten einen sechsten Sinn, wenn es um Verbrecher ging. Mitchell war sicher, dass ein falsches Wort, ein beiläufiger Blick ihn verraten konnte. Schließlich war er der Killer, den sie suchten, und er schüttelte gerade dem Mann die Hand, der ihn finden wollte.

Willis war kräftig und robust und strahlte Mut aus, womit er so gar nicht dem Bild entsprach, das sich Mitchell von einem Forensiker gemacht hatte. Andererseits entsprach sein raues Äußeres seinem Job; schließlich waren Leute wie er wie Bluthunde hinter Beweisen her.

»Wir haben alle Vorbereitungen getroffen«, erklärte Willis. »Ich bin ziemlich sicher, dass wir in diesem alten Computer noch einige Hinweise finden können. Die Jungs im Labor haben versucht, ihn einzuschalten, als wir den Laptop aus dem Tresor geholt hatten, aber er ist passwortgeschützt, deshalb hielt ich es für besser, ihn den Experten zu überlassen.«

Mitchell spürte, dass Franklin hinter ihm stand. Er war sicher, dass der Kerl sein laut pochendes Herz hören konnte.

»Sie hätten den Laptop nicht anrühren dürfen«, sagte Franklin mit angespannter Miene. »Möglicherweise haben Sie eine Systemlöschung aktiviert. Jeder, der so viel zu verbergen hat, schützt seinen Computer, damit das Laufwerk ›verbrennt‹, falls jemand das Passwort knackt. Sie hätten ihn uns überlassen sollen.«

Mitchell erkannte, dass Franklin Boden gutmachen wollte.

»Bleiben Sie locker, Mr Franklin«, sagte Willis. »Wir haben den Laptop aufgeklappt, haben festgestellt, dass er passwortgeschützt ist, und haben ihn wieder zugeklappt. Wir mussten sowieso Fingerabdrücke nehmen. Jetzt gehört er ganz Ihnen.« Willis hielt offensichtlich nicht viel von Franklin.

Mitchell musterte Prince' Habseligkeiten. Es juckte ihn in den Fingern, sich an den Laptop zu setzen, aber er wartete höflich, als Willis weitersprach.

»Im Aktenkoffer befand sich nichts Außergewöhnliches, nur ein paar Dokumente, Quittungen von seiner Parisreise und seine Brieftasche. Wir werden uns das alles noch gründlich ansehen, nur um ganz sicher zu sein. Sein Handy war im Koffer, aber es hat ein bisschen Wasser abbekommen. Trotzdem bin ich überzeugt, dass wir es reparieren können. Außerdem haben wir die Einzelverbindungsnachweise aus dem letzten Jahr. Und schließlich war da noch dieser Umschlag, in dem ein Blatt Papier mit einer handgeschriebenen Zahlenreihe steckte. Meinen Leuten zufolge handelt es sich dabei um eine Webadresse, aber sie führt ins Leere, also werde ich Ihnen diese Sache ebenfalls überlassen. Mein Team hat die Arbeit an diesen Gegenständen abgeschlossen, aber es wird noch ein paar Tage dauern, bis erste Ergebnisse vorliegen. Wir haben nach Fingerabdrücken und DNA gesucht – nach allem, was uns Hinweise darauf geben könnte, mit wem Prince zu tun hatte. Aber es ist unwahrscheinlich, dass wir etwas finden, da diese Gegenstände einige Zeit im Meerwasser gelegen hatten, als wir sie aus dem Wrack bergen konnten.«

Mitchell starrte auf den Umschlag, den er Prince übergeben hatte. Er war überzeugt, dass keine Fingerabdrücke darauf zu finden waren, jedenfalls nicht seine eigenen. Er hatte Handschuhe getragen, als er die Nachricht geschrieben und Prince den Umschlag überreicht hatte. Er kannte sich aus, wie solche Dinge liefen.

»Wir wissen noch immer nicht genau, wie Mr Prince ermordet wurde«, fuhr Willis fort, »aber wir hoffen, dass die Flugdaten uns weitere Hinweise geben können. Natürlich könnte es ein Unfall gewesen sein, aber Prince war ein guter Pilot mit vielen Flugstunden. Trotzdem schließen wir technisches Versagen nicht aus, auch wenn wir eher auf Manipulation tippen, vor allem, wenn man bedenkt, was Sie hier über seine Machenschaften herausgefunden haben. Ich vermute, jemand hat sich an seinem Flugzeug zu schaffen gemacht.«

»Gerade bei diesen kleinen Maschinen kann eine Menge schiefgehen«, sagte Mitchell mit finsterer Miene.

Franklin musterte ihn kritisch. »Was wissen Sie denn schon darüber?«, fragte er herausfordernd.

Mitchell hob eine Augenbraue und erwiderte: »Ich habe Flugangst. Deshalb informiere ich mich immer über die Risiken.«

»Verstehe.« Franklin starrte ihn weiterhin an. »Wie gesagt, wir schließen nicht aus, dass es ein Unfall war, aber wir sind der Ansicht, dass Prince aufgrund seiner Perversionen mit einigen ziemlich üblen Verbrechern in Kontakt gekommen ist. Vielleicht ist ihm die Sache über den Kopf gewachsen, und er wollte aussteigen. Aber wenn Sie mit seiner Verbindung zu Black Flag recht haben, wusste er vielleicht nicht, wie weit diese Leute zu gehen bereit sind. Nur weil sie ihre Geschäfte online machen, bedeutet das noch lange nicht, dass sie einen nicht eiskalt umlegen. Wir teilen Ihre Einschätzung, dass Prince sein Passwort im letzten Moment geändert hat, weil er wusste, dass er auffliegen würde, und dass er infolgedessen umgebracht wurde. Von allen möglichen Erklärungen erscheint mir diese am plausibelsten. Der Mann aus der Bar in der Flughafenlounge sagte mir, Prince habe in der Stunde vor seinem Abflug telefoniert und am Laptop gearbeitet. Dabei habe er zeitweilig sehr aufgeregt gewirkt. Deshalb suchen wir nach Hinweisen, mit wem Prince gesprochen hat. Weder seine Frau noch sein Geschäftspartner haben nach eigener Aussage während seiner Abwesenheit mit ihm telefoniert, aber das können wir überprüfen, wenn wir die Verbindungsnachweise durchgegangen sind. Ich schätze, dass wir nur herausfinden müssen, mit wem er gesprochen hat, um eine Spur zum Killer zu haben. Falls es sich dabei um die Black-Flag-Leute handelt, umso besser.«

Mitchell lächelte. Er war zuversichtlicher als je zuvor, dass man den wahren Mörder niemals finden würde. Es gab keine

Anhaltspunkte. Die Flugdaten würden nichts verraten; schließlich war der Flugschreiber mit dem GPS verbunden und hatte aufgezeichnet, was Prince auf seiner Konsole gesehen hatte, nicht aber das, was wirklich passiert war. Offensichtlich hatte er, Mitchell, schon genug getan, um sie davon zu überzeugen, dass Prince von genau den Hackern ausgeschaltet worden war, die auch die Server von PrinceSec angegriffen hatten. Ebenso hatte er ihnen ein überzeugendes Motiv präsentiert, weshalb die Hacker Prince tot sehen wollten. Zog man noch dazu in Betracht, dass Prince sich für Teddybärs Picknicknetzwerk interessiert hatte, stand er weit genug auf der falschen Seite des Gesetzes, dass sein Tod den Behörden nicht viel ausmachte. Strider war so gut wie vom Haken.

»Hören Sie«, meinte Willis. »Wir wollen Ihnen nicht noch mehr Arbeit machen, und mir ist klar, dass der Mordfall nur ein kleiner Teil des ganzen Puzzles ist. Sie machen hier die wirklich wichtige Arbeit und verhindern Angriffe. Aber da wir uns ziemlich sicher sind, dass die beiden Ereignisse miteinander zu tun haben, wissen wir jede Hilfe Ihrerseits sehr zu schätzen.«

Gut argumentiert, dachte Mitchell. Willis war Profi. Er schmeichelte Franklins Ego und gab ihm das Gefühl, die Oberhand zu haben.

»Ja«, erwiderte Franklin selbstbewusst. »Das Wichtigste ist, dass wir herausfinden, wer die Datenbank gestohlen hat und was damit geplant ist. Wenn wir diesen Leuten auch einen Mord anlasten können, ist die ganze Sache vor Gericht noch wasserdichter, falls wir einen von ihnen verhaften können. Aber das Wichtigste ist, dass wir herausfinden, was diese Mistkerle vorhaben, um sie aufzuhalten.«

Mitchell teilte im Grunde Franklins Meinung, aber zuerst

wollte er wissen, wer aus der NCCA Prince und Teddybärs Picknicknetzwerk beschützt hatte. Er musste diese Person beseitigen, bevor sie noch mehr Schaden anrichten konnte. Er war überzeugt, dass er auch diese Information auf Prince' Laptop finden konnte.

Mitchell hatte mal gelesen, dass ein Schachgroßmeister zwanzig Züge im Voraus denken konnte. Zugleich wusste er, dass nicht einmal dies ausreichen würde, um sich einen Vorteil vor Black Flag zu verschaffen. Er war überzeugt, dass weit mehr als nur die Sicherheit der Mitglieder von Teddybärs Picknicknetzwerk auf dem Spiel stand, wenn sie wirklich in die Sache verwickelt waren. Beim Frühstück hatten Rebecca und er über einige Konsequenzen diskutiert, die sich daraus ergaben, wenn Black Flag die Häfen angriff, und er wusste, dass Rebecca das Problem jetzt weiter verfolgen würde. Es bestand die unwahrscheinliche Möglichkeit, dass Black Flag den Zugriff nur wollte, um Lieferungen zu verbergen, die im Hafen ankamen oder ihn verließen – oder etwas ähnlich Simples –, aber das Stehlen einer Datenbank war ein riskantes Unterfangen, wenn man sich lediglich Zugriff auf die Computer der Hafenbehörde verschaffen wollte. An diese Daten kam man sehr viel leichter heran. Diese Leute hatten ihre Finger in vielen Geschäften, wobei der Handel mit Waffen und Drogen zu ihren stabilsten Einnahmequellen gehörte.

Mitchell wusste, dass sich auf dem Laptop, den man aus Prince' abgestürztem Flugzeug geborgen hatte, weitere Informationen befinden mussten. Als er ihn aufklappte, kribbelten seine Finger vor gespannter Erwartung. Jemand hatte einen Keylogger auf Prince' Desktop installiert; Mitchell rechnete damit, denselben Code auf Prince' Laptop vorzufinden. Außerdem hoffte er, später eine kleine Falle aufstellen zu können, denn er war überzeugt, dass der Gegner ebenso gespannt darauf war, was die NCCA aus Prince' Laptop herausholen konnte. Er wartete bestimmt schon auf Aktivitäten. Wenn er Glück hatte, konnte er den Hacker lange genug aus den Schatten locken, um ihn zu identifizieren.

Aber zuerst musste er einen Maulwurf fangen. Wenn es sich bei diesem Maulwurf um einen seiner Kollegen handelte, wie Mitchell vermutete, würde er den Laptop nicht aus den Augen lassen. Doch bei seiner Suche nach diesem Unbekannten durfte ihm nichts in die Quere kommen.

Während er seine Kollegen aufmerksam beobachtete, bereitete er alles vor. Es dauerte nicht lange, bis er alle Sicherheitsmaßnahmen auf Prince' Laptop deaktiviert hatte – schließlich sollte der Rechner ja nicht alle Daten löschen, sobald ein nicht autorisierter Benutzer darauf zugriff. Danach schloss er Prince' Laptop an seinen eigenen an und griff auf die Festplatte zu, als handelte es sich um einen externen Datenträger. Wenn er sich als Prince anmeldete, würde er den Keylogger aktivieren, aber durch direkten Zugriff auf die Festplatte ließ sich das Login umgehen. Er würde Prince' Tastatur erst benutzen, wenn er bereit war, den Köder zu aktivieren. Bis dahin sollte der Keylogger keine seiner Aktivitäten mitbekommen.

Erleichtert stellte er fest, dass es sich um einen Laptop handelte, auf dem nur ein Browser und ein Betriebssystem installiert waren. Es war ein Gerät, wie viele Unternehmen es ihren leitenden Angestellten auf Geschäftsreisen mitgaben, um die Geschäftsgeheimnisse zu schützen. Der Laptop sah aber so aus, als hätte Prince ihn auch privat genutzt.

Nun gab das Gerät seine Geheimnisse preis, nachdem Mitchell auf die Festplatte zugegriffen hatte und sich umsah. Es waren interessante Daten, die er Prince' Computer entlockte. Insbesondere zwei Informationen waren bedeutsam.

Bei der ersten handelte es sich um Details über Prince' geheimes Bankkonto, die für die Ermittlungen von unschätzbarem Wert waren. Mitchell kopierte die Daten sofort auf die Festplatte, auf die alle Ermittler zugreifen konnten, und informierte Franklin und Rebecca über seinen Fund. Rebecca konnte sich daranmachen, ihre Neukunden-Datenbank auf jene Tage hin zu überprüfen, an denen Prince große Zahlungen erhalten hatte, und versuchen, Übereinstimmungen zu finden.

Die zweite Enthüllung war genau das, was Mitchell erwartet hatte. Ein Keylogger wie der auf Prince' Desktopcomputer lief im Hintergrund und erstellte eine Logdatei von allem, was der Benutzer auf seinem Computer tat. Mitchell stellte erfreut fest, dass die Logdateien auf Prince' Laptop die Daten auf dem Bildschirm ebenso wie die Tastenanschläge festgehalten hatten. Ausgefeiltere Keylogger konnten sogar die Kamera und das Mikrofon aktivieren und den Computer auf diese Weise als Wanze benutzen – selbst dann, wenn niemand daran arbeitete. Doch so ausgereift war der Keylogger auf Prince' Laptop nicht. Weshalb auch? Schließlich hatte er mit seinen Programmierern zusammengearbeitet.

Jedenfalls hatte Mitchell nun eine Schatztruhe an Informationen vor sich, und dieses Mal wollte er alles für sich behalten. Chatroom-Unterhaltungen zwischen Mitgliedern von Teddybärs Picknicknetzwerk, E-Mails, Bilder, Messenger-Fenster – das alles lag offen vor ihm. Er war besonders glücklich über eine Chatunterhaltung, die er vor einigen Monaten schon einmal kurze Zeit vor Augen gehabt hatte.

Seit den Verhaftungen, die die NCCA sechs Monate zuvor vorgenommen hatte, wusste Mitchell, dass jemand aus der nächsten Umgebung, vielleicht sogar ein Mitarbeiter der National Crime Agency, auf ihrer Seite war. Natürlich war ihm bewusst, dass Teddybärs Picknicknetzwerk vermutlich mit einem größeren Netzwerk des organisierten Verbrechens in Verbindung stand, das über hervorragende Hacker und Sicherheitsspezialisten verfügte, um dafür zu sorgen, dass ihre Geschäfte anonym blieben. Nachdem sie die Server von Teddybärs Picknicknetzwerk beschlagnahmt hatten, war Mitchell auf Beweissuche gegangen: Er hatte ihre Foren gelesen und ihre Chats analysiert. Außerdem hatte er persönlich dafür gesorgt, dass jedes Beweisstück gesichert und kopiert wurde.

Dann, eines Tages, kurz nachdem Mitchell ein großer Durchbruch gelungen war, waren die Beweise verschwunden. Es war ihm gelungen, mehrere Logdateien von Chatroom-Unterhaltungen zu entschlüsseln, sodass sie Zugriff auf Benutzernamen, Threads und sogar einige IP-Adressen bekamen. Diese Entdeckung war genau das, was sie gebraucht hatten, aber er hatte sie spätabends gemacht, daher wollten die meisten Teammitglieder sich erst am nächsten Tag damit beschäftigen. Also hatte Mitchell die letzten Dateien über Nacht entschlüsseln lassen und gemeinsam mit dem Rest des Teams das Büro verlassen. Sheila Davies hatte sie noch zu einem Drink eingeladen, um den Durchbruch zu feiern, und darauf bestanden, dass Mitchell sie begleitete, da sie den Erfolg ihm zu verdanken hatten.

Als sie am nächsten Morgen ins Büro kamen, stellten sie fest, dass die beschlagnahmten Server bei einer Fehlfunktion des Sprinklersystems in der Nacht zerstört worden waren. Als sie die Back-up-Dateien aufriefen, die Mitchell auf die NCCA-Server geladen hatte, erwiesen sie sich als Ansammlung leerer Dateiheader. Mitchell wusste sofort, dass man die Beweise absichtlich gelöscht hatte, und das konnte nur ein Insider getan haben. Die Art, wie die Beweise verschwunden waren, und die Tatsache, dass man ihre eigenen Server verändert hatte, ließen nur einen Schluss zu: Die Gruppe hatte Hilfe von innerhalb der NCCA. Die Chatroom-Logdateien waren absichtlich gelöscht worden – vermutlich, weil sie der Schlüssel zu etwas Bedeutsamem waren.

Natürlich hatte Franklin sofort Mitchell die Schuld gegeben, da er an der Extraktion der Daten gearbeitet hatte. Er war sogar so weit gegangen, Mitchell offen zu beschuldigen, die Server selbst zerstört zu haben, hatte diese Behauptung aber nicht untermauern können. Schließlich war Sheila Davies eingeschritten und hatte Mitchell verteidigt.

Seitdem wusste Mitchell, dass sie einen Maulwurf in den eigenen Reihen hatten. Es war nur noch eine Frage der Zeit, bis er herausgefunden hatte, um wen es sich dabei handelte. Mit den Chatroom-Unterhaltungen, die er jetzt auf Prince' Laptop entdeckt hatte, besaß er genau das, was er brauchte. Warum? Weil man jede Art von Daten nur schwer wieder loswird. Digitale Geräte haben Speicher, und wie ein Hypnotiseur, der bei seinen Patienten unterdrückte Erinnerungen wieder ans Licht holt, kann ein guter Computerforensiker in die Tiefen eines Datenspeichers eindringen und Dateien hervorholen, von denen man glaubte, sie wären längst gelöscht worden.

Nun saß Mitchell inmitten des geschäftigen Treibens im Schweinestall vor seinem Computer und ging mehrere Stunden lang die anderen Daten auf Prince' Festplatte durch, bis er sich ganz sicher war. Er holte weitere Daten aus den leeren Räumen auf Prince' Festplatte zurück, die seine Vermutung bestätigten. Diese Logdateien der Chatroom-Unterhaltungen waren der große Preis, der ihm aus der Hand gerissen worden war, als die Beweise verschwunden waren. Er spürte dieselbe Aufregung wie beim ersten Mal, als er sie nun wiederfand. An dem Tag, an dem sie die Verschlüsselung geknackt hatten, war Mitchell hinter einem Mitglied mit dem Alias »PrinceCharming« her gewesen. Nachdem die Beweise verschwunden waren, hatte Mitchell sich auf diesen Mann konzentriert. Nach vielen Nachtschichten hatte er schließlich herausgefunden, wer sich hinter dem Namen PrinceCharming verbarg: niemand anders als Anthony Prince. Von diesem Moment an war Strider auf der Bildfläche erschienen und hatte die Sache in die Hand genommen.

Mitchell hatte den Verdacht, dass Prince das Netzwerk gewarnt hatte, nachdem er aufgeflogen war. Aber Striders Nachricht hatte Prince offenbar so sehr eingeschüchtert, dass er es nicht selbst gepostet hatte. Stattdessen war die Warnung an die Gruppe, die Mitchell an Prince' Todestag gesehen hatte, von einem Mitglied namens »Brown Bear« gekommen. Brown Bear warnte die Gruppe jedes Mal, wenn Wachsamkeit geboten war. Vermutlich sorgte er auch dafür, dass Beweise vernichtet wurden. Deshalb machte es Sinn, dass Prince sich an Brown Bear gewandt hatte, damit dieser die Warnung weitergab. Tatsächlich hatte Prince zehn Minuten in einem privaten Chat mit Brown Bear verbracht. Die Transkription war in einer Datei gespeichert, die der Keylogger aufgezeichnet hatte. Sie zeigte Mitchell genau, wo das Leck war und wie tief der Verrat reichte.

Mitchell triumphierte. Er hatte den Maulwurf gefunden und war Black Flag jetzt ein paar Schritte voraus. Mit einem Mal ergab alles Sinn.

Nun durfte er nicht überstürzt handeln. Er musste sich seinen nächsten Zug genau überlegen.

Es war allgemein bekannt, dass kriminelle Organisationen nützliche Insider schmierten. Normalerweise waren es Leute, die unauffällige Posten unterhalb der Führungsebene besaßen und die benutzt werden konnten, um Malware auf dem Firmenserver einzuschleusen oder an interne Daten zu gelangen. Hochbezahlte Topmanager waren nur selten dabei. Im Allgemeinen waren Mitarbeiter ohne Privilegien die besten Verbündeten der Verbrecherorganisationen, da sie sich gern eine Stange Geld dazuverdienten. Teddybärs Picknicknetzwerk hatte Black Flag eine perfekte Möglichkeit geboten, Prince zu rekrutieren. Er war von seiner Gier getrieben worden, und sobald er erst einmal im Netzwerk war, hatte er gemerkt, wie weit er gehen konnte. Brown Bear hatte Prince dabei unterstützt, und in mehreren Unterhaltungen hatte er Nightshade als Kollegen erwähnt. So kam eines zum anderen.

Der logische Schluss: Brown Bear war ebenfalls Mitglied von Black Flag.

»Das also ist sein Laptop? Was haben Sie bisher gefunden?«, riss Sheila Davies' Stimme Mitchell aus seinen Gedanken.

Mitchell hob den Blick, überrascht, sie zu sehen. »Äh ... noch nicht viel«, log er. »Sie wissen ja, so was dauert seine Zeit.«

Vertraue niemandem, rief er sich ins Gedächtnis.

»Allerdings«, erwiderte Davies und hielt ihre Zigarettenschachtel hoch. »Ich wollte gerade eine Pause machen. Möchten Sie sich auch mal die Beine vertreten?«

Mitchell lächelte so unbefangen, wie er konnte. »Damit ich schön passiv rauchen kann? Nein, lieber nicht. Ich mache hier weiter. Der Chef will Resultate sehen.«

Offensichtlich wollte Davies draußen vor dem Gebäude unter vier Augen mit ihm reden, aber darauf legte Mitchell nun wirklich keinen Wert. Er wollte den Laptop keine Sekunde aus den Augen lassen.

Aber Sheila Davies ließ sich nicht so leicht abwimmeln. Sie blieb stehen und schaute ihn an. »Würden Sie mit allem

Wichtigen erst zu mir kommen, bevor Sie es dem Team mitteilen?«, fragte sie leise. »Ich möchte nicht, dass uns noch einmal etwas Entscheidendes entgeht.«

Mitchell nickte. »Versprochen.«

»Gut.« Sie lächelte und verließ den Raum.

Mitchell schaute ihr nachdenklich hinterher. Er hatte das Leck gefunden und würde Sheila davon erzählen, wenn er bereit dazu war, aber noch war er es nicht.

Er verbrachte einige Zeit damit, die Brown-Bear-Beweise auf Prince' Laptop zu löschen. Brown Bear würde einen schrecklichen Unfall erleiden, aber es würde keine Verbindung zwischen ihm und Prince geben, die jemandem ins Auge stechen konnte. Die wenigen Logdateien der Black-Flag-Unterhaltungen würde er Franklin und Rebecca übergeben, ehe er sich um Brown Bear kümmerte. Inzwischen war es für ihn zu einer persönlichen Angelegenheit geworden, Brown Bear zu beseitigen und Black Flag einen weiteren Schlag zu versetzen.

Mitchell kopierte sämtliche Logdateien auf die von den Ermittlern gemeinsam genutzte Festplatte und teilte Franklin mit, dass er sie dort finden könne.

Es war bereits Nachmittag, und Mitchell wollte den Schweinestall endlich verlassen. Bevor er zuschlagen konnte, musste er sich unbedingt ausruhen. Ihm war klar, dass es noch zu früh für einen weiteren Mord war, aber ihm waren die Hände gebunden. Er musste schneller handeln, als ihm lieb war, um Brown Bear auszuschalten.

Wenigstens wusste er schon, wie er es anstellen würde.

Rebecca hatte den größten Teil des Tages damit verbracht, potenzielle Angriffsstrategien durchzugehen, die Mitchell und sie beim Frühstück besprochen hatten. Der Mann besaß einen beeindruckenden Verstand; Rebecca war erstaunt gewesen, wie schnell er einige Optionen ausgeschlossen und andere vorgeschlagen hatte. Er hatte ihr sogar von seiner kriminellen Vergangenheit erzählt und davon, wie er zur NCCA gestoßen war.

Offenbar besaß er mehr Informationen über Black Flag, als er zugeben wollte. Aber auch Rebecca wusste genug über die Hackergruppe, um zu wissen, dass sie nicht nur PrinceSec, sondern das ganze Land in größte Schwierigkeiten bringen konnte, falls diese Gruppe die Datenbank in ihrem Besitz hatte. Black Flag schmuggelte Waffen und Drogen ins Land, war aber auch bekannt dafür, im Auftrag von Terroristengruppen zu arbeiten, deshalb musste man mit dem Schlimmsten rechnen, beispielsweise mit dem Angriff auf ein Kernkraftwerk oder ein landesweites Netz.

Rebecca hatte an diesem Morgen die Liste der Kunden, die im Verlauf der letzten drei Monate zu Cryptos gewechselt waren, mit den Einzahlungen auf Prince' geheimes Bankkonto verglichen und einige Übereinstimmungen entdeckt. Ausgehend von Mitchells Vermutung, dass Black Flag ein paar Monate lang für den Zugriff auf die Kundendaten gezahlt hatte, musste sie in einem nächsten Schritt herausfinden, welche Prozesse und Installationen Prince verkauft hatte. Zum Glück erleichterten ihr diese beiden Datensätze die Arbeit, sodass sie rasch Ergebnisse erzielen konnte.

Wie vermutet, waren die Hafenbehörden von Southampton und Newcastle erst eine Woche, bevor die Datenbank gehackt worden war, auf Cryptos umgestiegen, und Prince hatte wenige Tage, nachdem die Software installiert worden war, eine große Summe erhalten. Rebecca und ihre Mitstreiter hatten drei Szenarien für mögliche Angriffe skizziert und sie an Miller und Squires nach Southampton und an Roche nach Newcastle geschickt. Miller und Squires hatten sich bereits gemeldet und versichert, dass in Southampton alles gründlich überprüft worden sei; es gab keine Hinweise auf irgendwelche Fremdeingriffe, nicht einmal eine Verzögerung in der Serververbindungsgeschwindigkeit, was auf den Zugriff eines externen Benutzers hingedeutet hätte. Das System lief einwandfrei, und es war kein Alarm ausgelöst worden. Da der Patch installiert worden war, hatten Miller und Squires alles zum Schutz des Hafens getan, was in ihrer Macht stand. Sie wollten am nächsten Tag wieder ins Büro kommen. Jetzt wartete Rebecca darauf, dass Roche sich aus Newcastle meldete.

Sie hatte noch drei weitere Kunden entdeckt, deren Upgrade-Daten zu größeren Einzahlungen auf Prince' Konto passten. Der erste war eine kleine Softwarefirma, die Spiele für Smartphones herstellte und sehr verschwiegen war, was deren Entwicklung betraf. Rebecca schloss diese Firma jedoch als Ziel aus, weil sie nicht die nationale Bedeutung hatte, um für eine Gruppe wie Black Flag von Interesse zu sein. Der zweite Kunde war die Shoppingcentergruppe Westfield, der Rebecca ebenfalls eine niedrige Priorität zuwies, da es sich um eine Reihe von Einzelunternehmen handelte, die das Land nicht als Ganzes, mit geballter Macht, beeinflussen konnten. Der dritte Neukunde schließlich, der Rebecca an diesem Morgen am längsten beschäftigt hatte, war die Drax Group, der das Kraftwerk Drax gehörte – das größte Kohle- und Biomassekraftwerk in Großbritannien, das etwa drei Millionen Haushalte mit Strom versorgte. Rebeccas Meinung nach war Drax das vielversprechendste Ziel.

Ihre Berechnungen hatten ergeben, dass ein Angriff auf Drax das Land mehrere Milliarden Pfund kosten und Millionen von Haushalten und Firmen vom Stromnetz nehmen konnte, was insbesondere auf Krankenhäuser, Banken und den Verkehr in der Region verheerende Auswirkungen hätte. Sie erinnerte sich noch gut an die altmodischen Steuerungssysteme, die sie bei Drax vorgefunden hatten. Viele der älteren Anlagen, Drax eingeschlossen, arbeiteten noch mit Einzweckcomputern, die Anfang der Neunzigerjahre installiert worden waren. Sie waren völlig veraltet und nutzten uralte Softwareversionen, sodass man sie kaum schützen konnte. Sie waren nicht dafür entwickelt worden, Angriffen zu widerstehen, wie moderne Hacker sie führen konnten – und da kam Cryptos ins Spiel. Sicher, das Programm war teuer, aber die potenziellen Risiken, vor denen es schützte, waren die Investition wert.

Außerdem hatte Rebecca herausgefunden, dass Drax einen Vertrag mit Prime Logistics über Kohlelieferungen abgeschlossen hatte – dem Unternehmen also, das Mitchell zufolge mit Black Flag in Verbindung stand.

Zu Rebeccas Überraschung kam Franklin mit zwei Tassen Kaffee an ihren Schreibtisch. »Ich dachte, Sie könnten eine kleine Aufmunterung gebrauchen«, sagte er. »Das ist das Stärkste, was wir haben.«

Sie nahm Franklin eine Tasse ab und lächelte ihn an. Das Friedensangebot war zwar dürftig, aber sie war dankbar für die Geste. Männer wie Franklin gaben nicht gern zu, dass sie sich geirrt hatten. Aber Rebecca hatte sich schon mit arroganteren Typen als ihm abgeben müssen und hielt es ihm zugute, dass er ihr die Friedenspfeife reichte. Außerdem konnte sie das Koffein gut gebrauchen.

»Gibt es Neuigkeiten von Roche?«, erkundigte sie sich.

»Er hat vor einer halben Stunde angerufen und Bescheid gegeben, dass er angekommen ist. Offenbar hatte er Probleme mit dem Wagen. Ihm stehen noch ein paar Stunden Arbeit bevor.«

»Ich glaube, ich habe ein mögliches Ziel gefunden.« Rebecca drehte ihren Monitor so, dass Franklin, der neben ihr Platz genommen hatte, einen ungehinderten Blick darauf hatte.

»Das Kraftwerk Drax hat im Februar den Vertrag unterzeichnet und Cryptos installiert«, fuhr Rebecca fort. »Kurz darauf wurde Prince eine große Summe auf sein Konto überwiesen, erneut von Bacchus Enterprises.« Sie deutete auf zwei offene Dokumente.

»Ja, ich sehe schon.« Franklin nickte.

»Da ist noch etwas anderes. Sowohl die Installation in Drax als auch im Port of Tyne wurde von Prince persönlich überwacht.«

»Glauben Sie, es gibt da eine Verbindung?«, fragte Franklin.

»Ich weiß es nicht. Aber es gibt noch andere Übereinstimmungen. Der Port of Tyne hat 2009 einen Zehnjahresvertrag unterzeichnet, um Holz für die Biomasselieferung von Drax zu verschiffen und zu lagern. Die Biomasse wird von Drax mit dem Zug zum Port of Tyne gebracht und von dort in die ganze Welt verschifft. Raten Sie mal, welches Unternehmen mit der Lagerung und dem Transport beauftragt wurde.«

»Keine Ahnung.«

»Prime Logistics.«

»Verdammt!«, platzte es aus Franklin heraus.

»Ich bin mir nicht sicher, ob sie das Kraftwerk wirklich angreifen wollen, weil ich nicht weiß, was sie dadurch erreichen würden, aber das alles kann kein Zufall sein. Die größten Sorgen macht mir allerdings eine andere Sache.«

Franklin schaute sie neugierig an. »Und welche?«

»Dass das Kraftwerk Drax zu den Einrichtungen gehört, die Prince selbst überwacht hat.«

»Was bedeutet das?«

»Ich würde mir gern weiterhin einreden, dass er keine vertraulichen Firmendaten an Terroristen verkauft hat, aber wenn er es doch getan hat, müssen wir davon ausgehen, dass er ihnen bei einem seiner Besuche geholfen hat, das Kraftwerk zu manipulieren. Anfangs hat Prince immer eine Backdoor in einen oder mehrere Steuerungscomputer programmiert, damit er sie insgeheim überwachen und dafür sorgen konnte, dass die Benutzer nichts unternahmen, was die Sicherheit gefährden konnte. Er hat immer gesagt, das gehöre zum Service dazu. Was, wenn er auch auf einem der Steuerungsrechner in Drax eine Backdoor installiert hat? Dann könnte er Black Flag praktisch den Zugriff auf alle Server ermöglichen.«

»Wenn das stimmt, wozu brauchen sie dann noch die Datenbank?«, wollte Franklin wissen.

»Diese Rechner wurden noch nicht installiert. Das Kraftwerk nutzt noch die alten SCADA-Computer, daher brauchen sie nach Prince' Tod die Datenbank, um an alle Authentifizierungspasswörter, die individuellen IP-Adressen und die Computerspezifikationen heranzukommen, die sie benötigen, um auf die Steuerungssysteme in Drax zugreifen und diese kontrollieren zu können. Von allen möglichen Zielen auf der Liste ist das Kraftwerk das wehrloseste Opfer.«

»Das sehe ich genauso. Dann müssen wir jetzt die anderen Behörden informieren. Wir könnten es mit einer potenziellen Terrorgefahr zu tun haben. Wie lange würde es dauern, bis sie sich schützen können?«

»Sie haben bereits unsere Standardnotfallprotokolle übernommen, aber es könnte zu Problemen kommen, falls sie bereits betroffen sind. Möglicherweise gibt es einen verborgenen Teil der Software, der erst aktiviert wird, wenn eine bestimmte Codesequenz ausgelöst wird. Selbst wenn wir jetzt alle Verteidigungsmaßnahmen hochfahren, lässt sich ein Angriff später möglicherweise nicht vermeiden.«

»Könnten Sie oder jemand aus Ihrer Firma dorthin fahren und die Leute dazu bringen, alles aufzufahren, was sie haben, um sich zu schützen?«

»Natürlich«, sagte Rebecca.

»Ich kann Roche dorthin schicken, wenn er im Port of Tyne fertig ist. Es wäre gut, wenn Sie jemanden zur Seite haben, falls es zum Angriff kommt.« Er nickte Rebecca anerkennend zu. »Das war hervorragende Arbeit. Wirklich.«

Rebecca lächelte. Sie war stolz, dass sie das Ziel gefunden hatte, und sie konnte Franklin ansehen, dass er beeindruckt war. *Daran könnte ich mich gewöhnen*, dachte sie.

»Eigentlich hat Mitchell mich auf die Idee gebracht. Sie sollten lieber ihm danken.«

Sie trank einen Schluck Kaffee. Dabei spürte sie, dass Franklin sie irritiert anschaute. Ihre Bemerkung über Mitchell hatte ihm offenbar nicht gefallen.

»Sie haben die ganze Arbeit geleistet, also danke ich Ihnen«, sagte er schließlich. »Mitchell braucht keine Ermutigung.«

Rebecca schaute hinüber zu der Stelle, an der Mitchell den ganzen Nachmittag gesessen hatte. Er war nicht da. Merkwürdigerweise war sie enttäuscht.

»Er ist vor ein paar Stunden nach Hause gegangen«, sagte

Franklin, der ihren Blick bemerkt hatte. »Er hat für die Mordermittlung getan, was er konnte, und musste Schlaf nachholen.« Franklin trank seinen Kaffee aus und stand auf. »Ich nehme an, Sie könnten auch eine Mütze Schlaf vertragen.« Er lächelte. Zum ersten Mal fielen Rebecca die Fältchen an seinen Augen auf. Er war älter, als er aussah.

»Ich schlafe im Zug«, erwiderte sie. »Ich fahre lieber gleich zu Drax und bringe die Sache in Ordnung.«

»Okay«, sagte Franklin. »Soll mir recht sein.«

Regel Nr. 7: Kümmere dich ums Geschäft

Völlige Anonymität ist unerlässlich. Wer sich nach deiner Identität erkundigt, will dir schaden. Schlage zuerst zu.

Strider ging gern nachts durch die Stadt, am liebsten in den frühen Morgenstunden, wenn die Betrunkenen nach Hause getorkelt waren und alles schlief. Dann glich die City einer Geisterstadt; man konnte kaum glauben, dass man sich mitten in London befand.

Für Strider war das ein einzigartiger Teil dieser Stadt – voller Geschichte und voller Geheimnisse, aber auch seltsam seelenlos. Er war schon häufig durch die Häuserschluchten geschlendert, wenn in den Büros über ihm die Nachtschicht arbeitete, während die Stadt dunkel und leer war. Er kannte jede gewundene Straße auf der Karte und jede kleine Gasse, die es ihm erlaubte, schnell und unbemerkt in den Schatten zu verschwinden. Das Leben schien sich zu dieser Zeit abseits der Straßen abzuspielen, was Strider sehr gelegen kam, denn hier gab es vor allem Geschäfte und Firmen; die Wohnungen lagen viel höher in riesigen Wohngebäuden oder über den Läden und Restaurants. Er hasste es, an den Alltag seiner Zielpersonen erinnert zu werden, und die City lenkte ihn davon ab.

Diesmal war Strider diese Ablenkung besonders willkommen. Er wollte auf gar keinen Fall an den Menschen erinnert werden, den er schon seit Jahren kannte und der jetzt seine Zielperson war – Brown Bear. Strider nannte seine Ziele nicht »Opfer«; dieses Wort implizierte Unschuld und Ungerechtigkeit. Die Menschen, die er tötete, waren schlicht und einfach Zielpersonen.

Sollte man ihn je erwischen, würde man ihn als Soziopathen einstufen. Vielleicht stimmte das sogar. In diesem Fall war er immer schon ein Soziopath gewesen. Man konnte nicht so lange Zeit einem solchen Job nachgehen, ohne auf irgendeine Weise soziopathisch zu sein. Aber Strider hatte das Gefühl, dass noch mehr in ihm steckte. Oder besser gesagt, weniger. Bisweilen gab es in seinem Inneren eine Leere, die darauf wartete, gefüllt zu werden. So auch jetzt wieder.

Wenn Strider seinem Job nachging, fühlte er sich für kurze Zeit, als wäre diese Leere gefüllt, doch nach wenigen Tagen kehrte sie zurück, und ihn überkam erneut das Verlangen, auf die Jagd zu gehen. Die Jagd war das Beste an der ganzen Sache. Meist genoss er es, sich langsam an seine Beute heranzupirschen, bevor er zuschlug. Er sammelte in Ruhe Informationen, brachte in Erfahrung, wie seine Zielperson dachte, wie sie sich bewegte. Es war erstaunlich, wie viel er allein anhand des Suchverlaufs über einen Menschen herausfinden konnte.

Er genoss es auch, sich zu überlegen, auf welche Art die Zielperson sterben sollte und wie er am besten den Anschein erwecken konnte, als wäre sie einen tragischen Unfalltod gestorben – durch einen Flugzeugabsturz, eine Drogenüberdosis, einen Elektroschock, durch Ersticken, einen Autounfall, einen Herzinfarkt. Es gab viele Möglichkeiten, und alle waren endgültig. Wenn man es richtig anstellte, ließ sich alles Nötige aus der Ferne bewerkstelligen, mithilfe moderner Technik. Und es musste fast immer aus der Ferne geschehen.

Normalerweise kannte Strider seine Zielpersonen nur online. Wahrscheinlich kannte er diese Leute besser als die meisten Menschen, die ihnen nahestanden. Aber er wahrte stets eine gewisse Distanz. Gut, es war Teil seines Rituals geworden, ihnen kurz vor ihrem Tod einmal persönlich zu begegnen, aber das bedeutete noch lange nicht, dass er die Leute deswegen kannte.

Bei seiner heutigen Zielperson war das allerdings anders. Sie hatten schon zusammen Kaffee getrunken, hatten gemeinsam gelacht, und der eine hatte den anderen getäuscht. Irgendwie beruhigte es Strider, dass sie sich gegenseitig etwas vorgespielt hatten.

Eigentlich musste er gar nicht so nah an seine Zielperson heran. Man nannte es »direkter Zugang«, wenn ein Hacker körperlich anwesend sein musste, um den Hack zu beenden. Aber das war heutzutage kaum erforderlich. Strider jedenfalls zog es vor, sich hinter der schützenden Technologie zu verstecken, wenn er tötete. Das lag vor allem daran, dass er das Blut und die anderen Körperflüssigkeiten nicht sehen wollte. Darauf konnte er gut verzichten. Das war ihm zu persönlich und ließ ihn schlecht schlafen.

Es war bereits nach halb fünf, und er war fast am Ziel. In gewisser Weise freute es ihn, dass der Morgen so kalt war, denn so verbarg sein langer schwarzer Mantel seine Bikerjacke, und er schwitzte nicht zu heftig unter der Kurzhaarperücke. Schließlich musste er sich verkleiden, falls er seiner Zielperson vorzeitig begegnen sollte. Sein Motorrad hatte er in einem der vielen unterirdischen Parkhäuser Londons abgestellt, für das er eine Zugangskarte besaß, die auf einen anderen Namen ausgestellt war. Den Rest des Weges wollte er zu Fuß zurücklegen. Er ließ sein Motorrad nicht gerne auf der Straße stehen, das war zu verdächtig. Die schwere Maschine fiel auf.

Vom Parkplatz gelangte Strider nach kurzem Fußweg

durch mehrere enge Straßen zur Wohnung seiner Zielperson. Er musste sich nicht beeilen, da er ihre Wege beim Betreten und Verlassen des Hauses dank einer frei zugänglichen digitalen Aufzeichnung der Schlüsselkartenaktivierungen kannte. Die Bewohner konnten die Lobby und den Fahrstuhl nur mithilfe ihrer persönlichen Schlüsselkarte betreten; dank der laschen Sicherheitsmaßnahmen hatte Strider auf das WLAN-Netz des Gebäudes zugreifen und herausfinden können, wann seine Zielperson im letzten Monat das Haus betreten und verlassen hatte. Strider wusste überdies, dass die Zielperson bereits wach war und in einer halben Stunde aus dem Haus gehen würde. Die Zeit war knapp, aber er würde es schaffen.

Dennoch fühlte er sich ein wenig unter Zeitdruck, und das hasste er. Man fiel immer auf, wenn man sich beeilte, besonders zu dieser Tageszeit. Also ging er bewusst langsam, setzte einen Fuß vor den anderen und schaute über die Schulter. Die Straße war menschenleer, wie er es geahnt hatte. Trotzdem war er angespannt.

Sein Atem ließ kleine weiße Wölkchen vor seinem Gesicht kondensieren. Hätte jemand ihn beobachtet, hätte er ihn für einen Mann gehalten, der früh zur Arbeit ging, den Mantelkragen gegen die Kälte hochgeschlagen hatte und sein Gesicht dahinter verbarg. An ihm war nichts Besonderes. Es erstaunte Strider immer wieder, dass man in aller Öffentlichkeit nahezu unsichtbar werden konnte, indem man sich einfach nur normal benahm. Er war ein ganz normaler Mann, der an einem kalten Frühlingsmorgen zur Arbeit ging.

Strider hatte seine Kleidung so gewählt, dass er aussah wie jeder andere, der zu dieser frühen Stunde unterwegs war. Seine Zielperson lebte in der City, da war es nicht ungewöhnlich, dass die Banker schon früh ins Büro gingen. Er wollte so aussehen wie alle anderen Passanten. Er musste unsichtbar sein, konnte sich keinen Fehler erlauben. Niemand durfte ihn hier sehen, niemand durfte wissen, dass seine Zielperson ermordet worden war. Die ganze Sache durfte auf gar keinen Fall mit der Prince-Ermittlung in Verbindung gebracht werden.

Es gab noch viel zu tun, und die Uhr tickte.

Strider wusste, dass seine Besessenheit, was Teddybärs Picknicknetzwerk betraf, gefährlich war. Er befürchtete sogar, dass er deswegen unnötige Risiken einging, aber er konnte es nicht ändern. Seit er mit der Arbeit an diesem Fall begonnen hatte, konnte er nicht mehr aufhören. Das war seine Art, einen Gegner zur Rechenschaft zu ziehen, ihn bezahlen zu lassen für das, was er getan hatte. Er musste Brown Bear beseitigen. Dann würde er eine Zeit lang den Ball flach halten und sich darauf konzentrieren, der NCCA zu helfen, Black Flag auszuschalten. Diese Verbrechertruppe hatte seine Aufmerksamkeit ebenfalls verdient.

Sein Ziel tauchte vor ihm auf, war in der Dunkelheit aber noch nicht richtig zu erkennen. In den oberen Etagen brannten ein paar Lichter, sodass die Fenster aussahen wie Zahnlücken. Als Strider das Gebäude aus den Schatten heraus beobachtete, spürte er das vertraute Kribbeln. Es war fast so weit. Nachdem er ein paar Stunden geschlafen hatte, war er kurz vor Mitternacht als Motorradkurier verkleidet zu dem Gebäude gefahren. Er hatte die Lobby betreten, ohne den Helm abzunehmen, hatte dabei eine abgenutzte, von Londoner Dreck verschmutzte Kurierjacke getragen und dem Wachmann ein Päckchen gegeben, das an seine Zielperson adressiert war. Mit einem leicht osteuropäisch angehauchten Akzent hatte er erklärt, es sei keine dringende Lieferung. Er wusste, dass seine Zielperson sich bereits im Penthouse aufhielt, da er gesehen hatte, wie das Licht aufflammte, aber ihm war auch klar, dass der Wachmann häufig Post entgegennahm und dass er es nicht wagen würde, einen Bewohner nach Mitternacht zu stören, sofern es nicht sehr wichtig war.

Als Strider an den hohen Fenstern der Lobby vorbeiging, stellte er zufrieden fest, dass das Päckchen noch immer auf dem Tresen lag, wo er es zurückgelassen hatte. Er ging um das Gebäude herum, überzeugte sich, dass die Luft rein war, und öffnete dann die Tür des Notausgangs, durch die er in das unterirdische Parkhaus gelangte. Er hatte an diesem Abend ein paar Stunden gebraucht, bis er die Baupläne des Gebäudes gefunden hatte und wusste, was er deaktivieren musste, um unbemerkt hineinzukommen. Anders als in manchen Filmen, in denen Hacker als digitale Safeknacker dargestellt wurden, die in Netzwerke einbrachen, brauchte man für einen erfolgreichen Angriff oft eine Täuschung und die unwissentliche Unterstützung des Opfers, was Strider natürlich wusste. Wenn das Opfer nicht bereitwillig von dem leckeren Apfel abbiss, den man ihm reichte, musste man die Frucht jemandem in dessen Nähe anbieten.

Ein schneller Scan der Onlineaktivitäten aus dem Gebäude hatte ihn auf den gelangweilten Wachmann gebracht, dessen Namen er dank der Auslieferung des Päckchens kannte. Der Mann twitterte fröhlich über sein Smartphone, das natürlich im WLAN-Netz angemeldet war. Binnen weniger Sekunden hatte Strider die E-Mail-Adresse des Mannes ermittelt und ihm eine Mail geschickt. Der Wachmann, das wusste Strider, würde sie unbedingt lesen wollen, nur ließ die Mail sich nicht auf seinem Smartphone öffnen, sodass er seine Webmail über seinen Arbeitscomputer abrufen musste.

Der Trick funktionierte, so wie jedes Mal. Strider lächelte. Es führten immer mehrere Wege zum Ziel.

Die E-Mail, die der Wachmann geöffnet hatte, enthielt scheinbar Fotos von seinen Freunden. Strider hatte die Bilder aus der Freundesliste des Mannes bei Facebook entliehen und die Mail vorsichtshalber so aussehen lassen, als käme sie vom Freund eines Freundes und nicht von einem direkten Kontakt. Wie leicht die Leute sich manipulieren ließen! Sobald der Wachmann das erste Foto anklickte, übergab er die Kontrolle über das Gebäude unwissentlich an Strider. Noch während er die anderen Bilder betrachtete, machte Strider sich bereits an die Arbeit.

Da der Alarm am Notausgang deaktiviert worden war und die Überwachungskameras immer wieder dieselbe Aufnahme des leeren Parkplatzes abspielten, konnte Strider ungestört ins Gebäude, seinen Job erledigen und wieder verschwinden. Er überprüfte kurz, ob sich die Kameras bewegten oder ein kleiner roter Punkt anzeigte, dass der stille Alarm ausgelöst worden war, aber dem war nicht so.

Jetzt konnte es losgehen. Er schaute auf die Uhr. Er hatte noch ungefähr fünfzehn Minuten, also Zeit genug, um zu tun, was er tun musste, und wieder zu seinem Motorrad zurückzukehren, bevor die Jagd begann.

Seine Zielperson war verlockend nahe. Als er die Beifahrertür ihres Wagens öffnete, erhaschte er einen Hauch des Chanel-Parfums, das sie immer benutzte. Coco. Sie war ständig bemüht, gleichzeitig mächtig und sexy zu wirken, zumindest hatte dieser Duft ihm das immer vermittelt. Sie war nie sexy, machte auf andere jedoch den Eindruck, mächtig zu sein.

Ja, sie hatte alles richtig gemacht, aber Strider hatte sie durchschaut. Und jetzt hasste er sie. Hasste sie so sehr, dass …

Hör auf damit, rief er sich zur Ordnung.

Er durfte sich nicht ablenken lassen. Schließlich ging es in die entscheidende Phase. Er liebte diese letzten Augenblicke, bevor er zuschlug. Bevor die Zielperson begriff, dass es zu spät war, um wegzulaufen oder sich zu verstecken. Die Augenblicke vor jenem glorreichen Moment, wenn die Zielperson begriff, dass ihr schmutziges kleines Geheimnis ans Licht gekommen war und dass sie die Nacht nicht überleben würde.

Strider beugte sich in den Prius und öffnete die Plastikabdeckung, hinter der sich der OBD-Anschluss des Wagens befand.

Die Frau in dem engen schwarzen Hosenanzug ging durch das Foyer ihres Apartmenthauses. Ihre Absätze klackten auf dem gebohnerten Marmorfußboden. Sie wohnte gerne hier, da die Umgebung sie stets an das erinnerte, was sie im Leben erreicht hatte. Alle anderen, die hier wohnten, hatten äußerst gut bezahlte Jobs in der City und waren jedes Mal aufs Neue entrüstet, dass jemand wie sie die Penthousesuite bewohnte. Sie tat ihr Möglichstes, den Eindruck zu erwecken, als würde sie nicht hierher gehören, und spürte jedes Mal eine gewisse Zufriedenheit, wenn einer ihrer Mitbewohner die Nase rümpfte, weil er sie rauchend vor der Lobby stehen sah. Natürlich konnte sie auch in ihrer Wohnung rauchen, aber wo blieb da der Spaß?

Ihr war klar, dass es Spekulationen darüber gab, woher sie so viel Geld hatte, aber bisher hatte sie noch niemand gefragt, und es würde auch nie jemand erfahren. Sollten die anderen doch neidisch sein – umso besser.

Sie begrüßte Martin, der in der Lobby hinter seinem Tresen saß, mit einem kurzen Winken. Er war wie immer am Telefon. Martin winkte zurück und versuchte vergeblich, sein Smartphone zu verstecken. Ihr war es egal, da sein Job bestimmt ziemlich langweilig war, insbesondere in einem Haus wie diesem, in dem nichts Schlimmeres passierte, als dass ein paar Bewohner des Nachts betrunken aus einem Klub kamen.

Sie umklammerte die Thermoskaffeetasse und drückte mit dem Fingerknöchel auf die Ruftaste, um mit dem Fahrstuhl ins Parkhaus zu fahren. Ohne ihren Morgenkaffee konnte sie nicht aus dem Haus, und an diesem Morgen war ihr Bedürfnis nach Kaffee besonders stark, da sie einen harten Tag und eine lange Nacht hinter sich hatte. Sie hatte telefoniert, hatte nervöse Spekulanten beruhigt und ihre Kontakte besänftigt. Prince' Tod hatte viele Leute beunruhigt. Ihr Kontaktmann hatte ihr versichert, alles sei unter Kontrolle; außerdem hätten sie bereits einen Namen, dem sie nachgehen konnten.

Das war alles, was sie interessierte. Prince' Tod hatte ihnen ziemlich viel Sand ins Getriebe gestreut, und sie wollte, dass jemand dafür bezahlte. So lief das nun mal.

Sie zuckte zusammen, als hinter ihr Martins Stimme ertönte.

»Ach ja … Ma'am!«, rief er. Er hielt einen mittelgroßen gepolsterten Umschlag in die Höhe. »Das hier ist letzte Nacht für Sie gekommen. Per Kurier. Es war nach Mitternacht, und der Mann sagte, es sei nicht wichtig, deshalb wollte ich Sie nicht stören und hab lieber gewartet, bis Sie heute früh bei mir vorbeikommen.«

Sie ging zurück zum Tresen, nahm Martin das Päckchen ab und betrachtete es mit gefurchter Stirn.

»Danke«, sagte sie, als der Fahrstuhl sich mit einem *Ping* ankündigte.

Sie begutachtete den Umschlag und betrat die Kabine. Er war von Hand adressiert, nur ihr Name stand darauf. Eigentlich erwartete sie nichts, aber sie bekam häufiger Päckchen aus dem ganzen Land. Das gehörte dazu. Sie drehte den Umschlag um, weil sie sich einen Hinweis auf den Absender erhoffte, aber es stand nichts darauf. Als sie vorsichtig auf den Umschlag drückte, stellte sie fest, dass sich etwas Weiches darin befand.

In dem Moment, als sie aus dem Fahrstuhl in das unterirdische Parkhaus trat, sah sie, dass die Tür des Notausgangs einen Spalt offen stand. Zorn erfasste sie. Wieso zahlte man für einen Wachmann und einen gesicherten Parkplatz, wenn die Hintertür nicht abgesperrt war? Darüber musste sie mal ein ernstes Wörtchen mit Martin reden. Vielleicht würde sie sogar die anderen Hausbewohner informieren.

Sie schob sich das Päckchen unter den Arm, knallte die Tür mit der freien Hand zu und legte den Riegel vor, damit sie wieder fest verschlossen war. Dann ging sie zu ihrem Prius und öffnete die Tür mit dem Funkautoschlüssel. Das Warnblinklicht leuchtete in der Dunkelheit auf, und der Wagen piepte zweimal. Sie zog das Kabel aus der Ladestation, stieg ein und warf ihre Handtasche auf den Beifahrersitz. Ein Hybridauto war eigentlich nicht ihre erste Wahl, aber es gehörte zu ihrer Ablenkungstaktik: Menschen, die einen Prius fuhren, gingen nach allgemeiner Einschätzung kein Risiko ein. Der Wagen war sicher, aber langweilig, und genauso wollte sie es haben: Man sollte auch sie für sicherheitsbewusst, aber langweilig halten.

Sie steckte den Kaffeebecher in den Halter auf der Mittelkonsole und hielt das Päckchen mit beiden Händen fest. Noch einmal drückte sie vorsichtig darauf. Es war zu weich und nachgiebig, als dass Sprengstoff darin sein konnte. Kurz entschlossen riss sie es auf und schaute hinein.

Als sie den Inhalt sah, stockte ihr das Herz.

Sie griff hinein und holte einen kleinen braunen Teddybären heraus. In der Dunkelheit des Parkhauses starrte sie das Spielzeug an und drehte es langsam in den Händen, um nach Hinweisen zu suchen. Das war die wohl deutlichste Nachricht, die sie je erhalten hatte.

Jemand wusste, wer sie war.

Sie drehte den Umschlag um und schaute sich noch einmal die Handschrift an. Ihr Name stand in sauberen Blockbuchstaben da. Nichts weiter. Kein Hinweis. Sie warf den Bären wieder in den Umschlag und kramte in ihrer Handtasche nach dem Handy. Als sie es herauszog, stellte sie fest, dass sie im Untergeschoss kein Signal hatte. Sie würde unterwegs telefonieren müssen. Wer immer sie bedrohte, wusste nicht, mit wem er sich anlegte!

Der Motor war kalt, sprang aber sofort an. Sie legte den Rückwärtsgang ein und blickte über die Schulter, als sie zurücksetzte. Dann fuhr sie aus dem Parkhaus und bog nach rechts ab. Es war noch sehr früh, deshalb herrschte wenig Verkehr. Sie wusste, wo auf dem Weg zur Arbeit sich die Radarfallen befanden, und achtete immer darauf, genau mit der richtigen Geschwindigkeit daran vorbeizufahren. Die Digitalanzeige auf dem Armaturenbrett ließ sie erkennen, dass sie sich genau innerhalb der gesetzlich vorgeschriebenen Grenzen bewegte. Manchmal musste man sich eben an die Regeln halten.

Als sie an der ersten roten Ampel stehen blieb, versuchte sie es noch einmal mit ihrem Mobiltelefon, hatte aber noch immer keinen Empfang. Sie stellte die Heizung ein, damit es im Wagen etwas wärmer wurde, und trank noch einen Schluck Kaffee, während sie darauf wartete, dass die Ampel auf Grün schaltete. Es ärgerte sie jedes Mal, dass das Intervall der Ampeln rund um die Uhr gleich war, obwohl nachts deutlich weniger Verkehr herrschte als tagsüber.

Sie seufzte wohlig, als warme Luft aus dem Gebläse kam. Für einen Frühlingsmorgen war es bitterkalt, aber sie war sich ziemlich sicher, dass ihre Hände unter den gegebenen Umständen auch im Hochsommer gezittert hätten.

Sie stippte eine Zigarette aus der Schachtel, die auf der Mittelkonsole lag, schob sie sich zwischen die Lippen und wartete, dass der Zigarettenanzünder heraussprang.

Hinter ihr hielt ein Motorrad, dessen Scheinwerfer sie blendete, sodass sie den Innenspiegel verstellte. Als die Ampel auf Grün sprang, zündete sie sich die Zigarette an und fuhr los. Dann drückte sie den Knopf, um das Fenster auf der Fahrerseite herunterzulassen, aber es tat sich nichts. Sie versuchte es noch einmal. Immer noch nichts.

»Scheißding«, murmelte sie. Nacheinander drückte sie sämtliche Fenstertasten, aber keines ließ sich öffnen. »In dieser blöden Kiste funktioniert aber auch gar nichts«, schimpfte sie und legte die Zigarette im offenen Aschenbecher unter dem Armaturenbrett ab.

Gereizt fuhr sie über die nächsten Kreuzungen, kurz bevor die Ampeln auf Rot umsprangen. Ihr fiel auf, dass das Motorrad dasselbe tat. Das Dröhnen des Motors blieb ständig hinter ihr.

Seltsam, dachte sie. Warum überholst du nicht einfach?

Sie schüttelte den Kopf. Wieso blieb der Biker hinter ihr? Sie fuhr auf der rechten Spur einer zweispurigen Straße. Sonst nutzten die Motorradfahrer die morgendliche Ruhe, um mit Höchstgeschwindigkeit durch die Stadt zu brettern.

Ihr Magen verkrampfte sich, als ihr ein Gedanke kam. Folgte der Biker ihr etwa?

Als sie das Tempo absichtlich verlangsamte, überholte er

immer noch nicht. Sie beschleunigte ein wenig – er tat es ihr nach. Schließlich klappte sie den Innenspiegel zurück, um den Biker in Augenschein zu nehmen. Es war ein großes, schweres Motorrad, also war der Fahrer kein Kurier, aber mehr konnte sie nicht erkennen, das Licht blendete zu sehr.

»Arschloch«, murmelte sie genervt.

Als sie zu der langen Unterführung kamen, die unter der City hindurch verlief, fuhr das Motorrad auf die äußere Spur und verschwand in der Dunkelheit des Tunnels. Sie sah ihm nach, als es an ihr vorbeiraste, aber es fuhr viel zu schnell, sodass sie auch diesmal keine Einzelheiten erkennen konnte. Sie wusste, dass es in der Unterführung eine Radarfalle gab, und hoffte, dass das Motorrad hineintappte, aber sie sah keinen Lichtblitz.

»Schade«, sagte sie grimmig, schaute auf den digitalen Tachometer und stellte fest, dass auch sie ein wenig zu schnell fuhr. Doch als sie den Fuß vom Gas nahm, reagierte der Wagen nicht. Stattdessen wurde er schneller. Die Tachonadel stand inzwischen bei achtzig Stundenkilometern und stieg weiter.

Um Himmels willen, was ist das?

Als sie in den dunklen Tunnel raste, wurde das Licht automatisch eingeschaltet, und ganz kurz sah sie das Motorrad auf dem Mittelstreifen stehen, während sie vorüberhuschte. Inzwischen fuhr sie neunzig Stundenkilometer und wurde immer schneller.

Sie trat so fest auf die Bremse, wie sie konnte. Nichts. Als sie an der Radarfalle vorbeikam, zeigte der Tacho 100 Sachen. Die Kamera blitzte. Wieder trat sie auf die Bremse und zog gleichzeitig die Handbremse, aber der Wagen reagierte noch immer nicht. Panik erfasste sie. Sie beschloss, aus dem fahrenden Auto zu springen, auch wenn sie dabei das Risiko einging, sich sämtliche Knochen zu brechen. Sie schnallte sich ab und wollte die Tür öffnen, aber die Zentralverriegelung war aktiviert.

Verdammt, die Tür geht nicht auf!

Mit 120 Stundenkilometern näherte sie sich der Biegung im Tunnel. Als sie das Lenkrad packte und versuchte, den Wagen um die Kurve zu manövrieren, reagierte die Steuerung nicht mehr.

Ihr war klar, dass sie gegen die Tunnelwand rasen würde, konnte aber nichts dagegen unternehmen. Verzweifelt riss sie das Lenkrad nach links – und genau in diesem Moment hatte sie wieder die Kontrolle über das Fahrzeug, was dazu führte, dass der Wagen sich wild in der Mitte des Tunnels drehte. Verzweifelt trat sie auf die Bremse, die dieses Mal funktionierte, sodass der Wagen auf die Seite geschleudert wurde. Das Fenster auf der Fahrerseite zerbrach mit einem lauten Knall. Sie schrie auf.

Der Wagen drehte sich wie ein Kreisel. Metall kreischte, Funken sprühten. Dann knallte das Fahrzeug mit schrecklicher Wucht gegen die Tunnelwand, wobei sich die Karosserie verzog und das Sicherheitsglas zerbarst. Da sie sich bereits abgeschnallt hatte, wurde sie wie eine Stoffpuppe im Wageninneren herumgeschleudert. Sie spürte, wie ihre Rippen brachen, als sie gegen das Lenkrad stieß, aber der Schrei blieb ihr im Hals stecken, als etwas Spitzes ihre Lunge durchbohrte. Der Wagen prallte von der Tunnelwand ab und kam auf den Reifen zu stehen, wodurch sie aus dem Fahrersitz geschleudert und zur Seite geworfen wurde, sodass ihr Kopf aus dem zertrümmerten Fenster auf der Fahrerseite ragte. Sie spürte die kalte Morgenluft auf ihrem glühenden Gesicht. Aus ihrer Nase und dem Mund liefen Ströme von Blut, das bei jedem Atemzug, zu dem ihre gerissene Lunge noch fähig war, scheußlich blubberte.

Als sie ihre letzten Atemzüge tat, hörte sie, wie das Motorrad langsam näher kam und hielt. Der Motor tuckerte im Leerlauf.

Sie versuchte, die Augen zu öffnen – vielleicht waren sie schon offen –, aber sie konnte nichts erkennen außer undurchdringlicher Dunkelheit. Ihr Atem ging flach.

Dann hörte sie eine Männerstimme direkt neben ihrem Ohr: »Ich weiß, was Sie getan haben. Ich weiß alles. Sie mussten sterben. Der Code verlangt es so.«

Sie erkannte die Stimme auf Anhieb. Die Wut, die wie heiße Lava in ihr hochschoss, war stärker als der allmählich nachlassende Schmerz. Sie spürte, wie der Mann sich abwandte.

»Mitchell«, krächzte sie, während das Blut in ihrer Lunge blubberte. »Dafür wirst du bezahlen. Du wirst ...«

Sie verstummte, denn sie hatte keine Luft mehr in den Lungenflügeln. Mitchell sah, wie sie vergeblich zu atmen versuchte. Sekunden später war es vorbei.

Sheila Davies war tot.

Strider beobachtete, wie das Licht in Davies' Augen erlosch. Sein aufflackerndes Mitleid wurde verdrängt, als er sich in Erinnerung rief, wer diese Frau wirklich war und was sie getan hatte. Sie hatte pornografische Bilder von Kindern an Leute wie Prince verkauft. Sie hatte ihre Position missbraucht, um wichtige Beweise zu vernichten. Außerdem hätte sie in Kürze herausgefunden, wer Strider wirklich war. Und da sich das Netz um ihn herum zuzog, hatte er keine andere Wahl gehabt, als sie zu beseitigen.

Nun fühlte er sich schmutzig. Sheila Davies hatte ihn Mitchell genannt – aber nicht Mitchell hatte sie getötet, sondern Strider. Und Strider wusste, dass sie es nicht besser verdient hatte.

Jetzt musste er sich beeilen, da es noch einiges zu tun gab, bevor er vom Tatort verschwinden konnte. Schließlich befand er sich in London, und obwohl es noch sehr früh war, konnte jede Sekunde jemand vorbeikommen. Bisher hatte er alles richtig gemacht. Nun war er kurz davor, wieder in den Schatten zu verschwinden.

Rasch ging Strider zur Beifahrertür und öffnete sie. Die zerbeulte Aufhängung quietschte laut im leeren Tunnel. Er kauerte sich hin und entfernte das Gerät, das er mit dem OBD-Anschluss verbunden hatte, um vorübergehend die Kontrolle über den Wagen zu erlangen. Es war eine einfache Vorrichtung, aber er musste sie überarbeiten, damit sie in Zukunft zuverlässiger reagierte. Noch konnte er sich höchstens dreihundert Meter von dem Fahrzeug entfernen, das er mittels dieser Vorrichtung kontrollierte. Deshalb war es riskant gewesen, sie im Tunnel einzusetzen, aber die Wände hatten die Genauigkeit sogar noch verbessert.

Strider steckte das Gerät in die Jackentasche und brachte die Plastikabdeckung wieder an. Er hatte keine Spuren hinterlassen.

Schließlich nahm er den Umschlag mit dem Teddybären vom Rücksitz und schob ihn ebenfalls in die Jacke. Er schloss die Beifahrertür und ging zu seinem Motorrad zurück. Der Motor tuckerte noch immer im Leerlauf, als er auf die schwere Maschine stieg. Langsam fuhr er an und entfernte sich von der Unfallstelle. Er hatte es geschafft.

Als er die Unterführung verließ, sah er ein Taxi, das in die andere Richtung fuhr. Vermutlich hatten die Insassen ihn nicht gesehen, aber sie würden den »Unfall« wahrscheinlich als Erste entdecken, da die Fahrbahnen im Tunnel nur durch Säulen und nicht durch Wände voneinander getrennt waren.

Strider fuhr in eine Seitenstraße und behielt ein paar Minuten lang eine normale Geschwindigkeit bei, bis er den Fluss erreichte. An der Blackfriars Bridge hielt er neben einem Gehweg und stieg ab.

Nachdem er sich vergewissert hatte, dass niemand in der Nähe war, duckte er sich, entfernte die aufgeklebten Nummernschilder von seinem Motorrad und knüllte sie zusammen. Anschließend zog er die Plastikabdeckung vom Tank, um aus dem blauen Motorrad wieder eine rote Maschine zu machen. Auch diese Plastikfolie knüllte er zusammen und warf sie in den Abfalleimer am Flussufer. Dann zog er den Reißverschluss seiner Jacke herunter, holte das Päckchen heraus und nahm den Teddybären aus dem Umschlag. Aufmerksam blickte er sich um. Niemand zu sehen. Er warf das Spielzeug in den Fluss. Er durfte nicht zu viele Hinweise hinterlassen.

Strider wickelte das Steuergerät, das er aus dem Prius ausgebaut hatte, in den Umschlag und schob es zurück in seine Jacke. Danach stieg er wieder auf seine Maschine, schaltete den Motor ein und lächelte unter dem Helm.

Das ist das Problem mit diesen intelligenten Autos, dachte er, als er losfuhr. Sie können ein Eigenleben entwickeln.

7 Uhr

Miguel starrte auf die Monitorbank vor ihm. Die meisten Kinder schliefen, aber Mädchen 219 warf sich noch immer unruhig auf dem Bett herum. Er hatte ihr an diesem Abend kein Schlafmittel geben können, denn sie erbrach sich immer wieder, und er wollte das Mittel nicht verschwenden. Mädchen 219 hatte nicht einmal das Wasser bei sich behalten können, das Miguel ihr eingeflößt hatte, und nichts mehr gegessen, seitdem ihr so übel war. Außerdem hatte sie über Bauchschmerzen geklagt.

In der letzten Stunde hatte Miguel mit einiger Besorgnis beobachtet, wie Mädchen 219 entweder flach auf dem Rücken lag oder sich in Embryonalstellung zusammenrollte. Selbst in dem dunklen Zimmer und mit den Nachtsichtkameras, die alles in grünes, geisterhaftes Licht tauchten, konnte er erkennen, dass sie krank aussah. Ihre Augen waren eingesunken und von dunklen Ringen umgeben.

Miguel fragte sich, ob er jemandem Bescheid sagen sollte. Er war es leid, immer darauf zu warten, dass die Frau – Verzeihung, der Boss – ihn zurückrief. Er hatte sie um kurz nach 5 Uhr angerufen und ihr gesagt, eines der Kinder sei krank. Bis jetzt war nur Mädchen 219 betroffen, aber so etwas breitete sich schnell aus, und Miguel hatte keine Lust, sich um die kranken Bälger zu kümmern. Sie waren auch so schon lästig genug.

Der Boss hatte versprochen, sich bis 6 Uhr mit weiteren Instruktionen zu melden. Jetzt war es sieben, und Miguel hatte noch immer nichts gehört.

Seltsam, dachte er. Es passt gar nicht zu ihr, dass sie nicht zurückruft.

Sie hatte ihren Laden fest im Griff, und alles wurde genau so gemacht, wie sie es wollte. In den drei Jahren, die Miguel jetzt für sie arbeitete, hatte sie nicht einen Termin verpasst. Und wenn es um etwas so Wichtiges ging, war sie sonst immer pünktlich. Also musste etwas passiert sein.

Miguel überlegte kurz, ob er sie noch einmal kontaktieren sollte, ließ es dann aber, da er wusste, dass sie sich darüber aufregen würde. Also beschloss er, eine andere Nummer anzurufen.

Er klemmte sich den Telefonhörer zwischen Schulter und Ohr, zog ein Notizbuch aus der Tasche und blätterte darin, bis er die Nummer gefunden hatte, die er suchte. Diese Nummer hatte er erst ein einziges Mal gebraucht.

Miguel wählte und wartete.

Ein Klicken. Dann klingelte es am anderen Ende. Eine computerverzerrte Stimme meldete sich.

»Sprechen Sie.«

»Ich glaube, wir haben ein Problem«, sagte Miguel.

Drittes Buch

Regel Nr. 8: Ich komme, ob du willst oder nicht

Der Trick beim Versteckspielen ist, in Bewegung zu bleiben. Geh weiter, sobald der Sucher dir den Rücken zudreht.

Nervös reichte der Tatortfotograf seine teure DSLR-Kamera zu Jack Willis hinauf. Der Forensiker balancierte auf der dritten Stufe einer Klappleiter, die auf dem Mittelstreifen im Straßentunnel stand, ungefähr zwanzig Meter von der Unfallstelle entfernt. Willis hielt den Kopf genau hinter die Radarfalle, die an die Wand montiert war.

»Vorsichtig«, sagte der Fotograf, als er widerstrebend den Halteriemen seiner Kamera losließ.

»Nun bleiben Sie mal locker, ich habe schon öfter Fotos gemacht«, erwiderte Willis barsch. Er sah sich einen Tatort immer gerne aus so vielen Blickwinkeln wie möglich an, und von hier oben hatte er genau den richtigen Überblick. Willis stützte sich mit dem Ellenbogen auf das Radargerät, um sicherer zu stehen, schoss ein paar Aufnahmen und reichte die DSLR-Kamera zum wartenden Fotografen hinunter. Danach zog er eine Taschenlampe aus der Brusttasche, knipste sie an, richtete den Strahl auf den Boden unter dem Unfallwagen und bewegte ihn langsam vom Tatort weg in verschiedene Richtungen. Zufrieden steckte er die Lampe wieder ein.

Von der Leiter aus betrachtete Willis das Wrack von Sheila Davies' Prius, wobei er überlegte, was genau in diesem Tunnel passiert sein könnte. Er hielt sich schon seit über einer

Stunde hier auf und kam langsam zum Ende seiner Tatortuntersuchung. Auf seiner mentalen Checkliste standen nur noch wenige Punkte, die er abhaken musste, bevor er den Tatort freigeben und die Straße wieder öffnen lassen konnte. Der Tunnel musste bald wieder befahrbar sein; er war eine wichtige Verkehrsader der Stadt, und die Rushhour war in vollem Gange. Willis konnte die frustrierten Fahrer, die um den Tunnel herum nach London hineingeleitet wurden, hupen und schimpfen hören. Trotzdem ließ er sich nicht hetzen. In diesem Job bekam man keine zweite Chance; wenn man die Beweise beim ersten Mal nicht sah, waren sie verloren. Jack Willis übersah selten etwas. Er hatte auch an diesem Morgen schon einige Dinge entdeckt, die nicht zusammenpassten.

Normalerweise war ein Verkehrsunfall eine klare Sache und hätte keinen so großen Zeitaufwand für die Beweissicherung erfordert, aber Willis ging in diesem Fall besonders gründlich vor – wie immer, wenn ein hochrangiges Mitglied der Truppe in einen Unfall verwickelt war.

Die Truppe war in diesem Fall die NCCU, die National Cyber Crime Unit, eine Unterabteilung der National Crime Agency, des »britischen FBI«, die sich dem Kampf gegen Computerkriminalität verschrieben hatte. Sheila Davies, genannt »Selma«, war Einsatzleiterin der NCCU gewesen, bis sie bei diesem rätselhaften Unfall ums Leben gekommen war. Ihre Leiche war vor einer halben Stunde weggebracht worden, nachdem man sie aus jedem nur möglichen Winkel fotografiert hatte. Der Wagen war bereits von Unfallspezialisten untersucht worden und sollte später im Labor von innen und außen genauestens unter die Lupe genommen werden.

Was hatte diesen Unfall verursacht? Mechanisches Versagen? Eine bislang unbekannte dritte Kraft? Oder war es einfach nur ein Fahrfehler gewesen?

Willis würde es herausfinden. Er hatte schon an genug Unfallorten gearbeitet und schnell erkannt, dass der Wagen aus irgendeinem Grund bei hoher Geschwindigkeit plötzlich ausgeschert war. Kleine gelbe Plastikmarkierungen rings um den Tatort und auf der Fahrbahn kennzeichneten wichtige Stellen, die fotografiert worden waren, da sie möglicherweise Rückschlüsse auf den Unfallhergang zuließen. Von seinem erhöhten Standpunkt auf der Leiter konnte Willis sehen, wo die Reifen des Wagens zum ersten Mal gedreht hatten, da sich an dieser Stelle Gummireste auf dem Asphalt abzeichneten. Dann hatten ein Stück weiter die Räder blockiert, als der Wagen sich gedreht hatte; dort bildete ein langer schwarzer Streifen aus abgeriebenem Gummi einen wie mit Zirkel gezogenen Halbkreis auf der Straße. Offensichtlich war das Auto dann ein Stück auf der Seite weitergerutscht, wie die tiefen Rillen im Blech auf der Fahrerseite erkennen ließen. Der Seitenspiegel lag in einiger Entfernung vom Wrack auf dem Boden. Außerdem war zu sehen, wo der Wagen gegen die Tunnelwand geprallt und zum Stillstand gekommen war – wieder auf allen vier Rädern, aber entgegen der Fahrtrichtung.

Unbeholfen stieg Willis die Leiter hinunter und ging erneut zu dem Wagen. Der Fotograf folgte ihm eilig; er wusste, dass noch mehr Arbeit auf ihn wartete, wenn Willis so zielstrebig losmarschierte.

Willis kauerte sich neben das Fenster auf der Fahrerseite und hielt sein Gesicht so dicht am Boden, wie sein beachtlicher Bauch es erlaubte.

»Sehen Sie sich das an«, sagte er zu dem Fotografen, der neben ihm kauerte, und deutete auf die Scherben neben ihren

Füßen. »Diese Glasstücke. Sehen Sie, wie die Blutstropfen darauf gelandet sind?«

Der Fotograf nickte.

»An dieser Stelle hat sich das Blut gesammelt, das dem Opfer aus Mund und Nase getropft ist.« Willis deutete auf die dünne Blutlinie am Fensterrahmen und der Tür.

»Soll ich das knipsen?«, fragte der Fotograf.

»Klar«, erwiderte Willis.

Er erhob sich, als das Blitzlicht aufflammte, und ging auf die andere Seite des Autowracks, wobei er darauf achtete, nicht die Trümmerteile und Splitter der Windschutzscheibe zu berühren, die verstreut auf der Straße lagen. Konzentriert untersuchte er das Muster, das Glas und Trümmer um den Wagen herum bildeten. Immer wieder blieb er stehen, um einen Bereich genauer in Augenschein zu nehmen. Als er die Beifahrerseite erreichte, beugte er sich wieder tief hinunter.

»Könnten Sie mal herkommen?«, rief er dem Fotografen zu. »Sehen Sie das? Auf diesen Glassplittern hier ist ebenfalls Blut, aber es sind keine Spritzer.« Er deutete auf eine Scherbe. Der Fotograf kam näher. Er machte zwei Nahaufnahmen und ein paar Fotos aus größerer Entfernung, damit man die Lage der Scherben der Position des Autowracks zuordnen konnte.

»Also müssen diese Splitter bewegt worden sein«, sagte Willis. Er schaute den Fotografen an. »Sie haben doch alles fotografiert, bevor die Leiche abgeholt wurde, nicht wahr?«

»Natürlich.«

»Machen Sie noch ein paar Fotos, damit wir sie miteinander vergleichen können. Auch ein paar Nahaufnahmen. Und halten Sie die Uhrzeit fest. Ich schätze, dass diese Glassplitter am Schuh von irgendjemandem hängen geblieben und so an diese Stelle gelangt sind. Heute Morgen haben hier sehr viele Leute gearbeitet, also könnte das jedem passiert sein, aber von der Leiter aus hatte ich den Eindruck, dass Fußspuren um den Wagen herumführen. Ich möchte herausfinden, ob das passiert ist, bevor wir hier eingetroffen sind. Der Zeuge, dieser Taxifahrer – er ist doch nicht aus seinem Wagen gestiegen, oder?«

»Nein. Behauptet er zumindest. Er hat aus seinem Taxi angerufen und gesagt, er könne sie von dort aus sehen. Vielleicht sind es die Rettungssanitäter gewesen«, meinte der Fotograf.

»Das habe ich auch vermutet, aber ich habe vorhin mit den beiden gesprochen. Sie haben mir beide versichert, dass sie das Opfer nur von der Fahrerseite aus untersucht haben. Nachdem sie den Tod festgestellt hatten, haben sie nichts mehr angerührt, bis wir aufgetaucht sind. Sie sagten auch, dass sie die Tote durch die Fahrertür aus dem Wrack geholt haben. Keiner von ihnen hat erwähnt, dass er auf der Beifahrerseite gewesen ist. Ich werde sie noch mal danach fragen, aber im Allgemeinen sind sie in der Hinsicht immer sehr genau. Aber wenn sie nicht hierhergekommen sind, wer war es dann?« Er rieb sich das Kinn. »Okay, kommen Sie mal hierher.«

Willis entfernte sich ein Stück vom Fahrzeugwrack und hockte sich etwa fünf Meter davon entfernt wieder auf den Boden. Er stützte eine Hand auf den Asphalt und beugte sich tief hinunter, wobei er den Fotografen ermutigte, es ihm gleichzutun. Erneut zog Willis seine Taschenlampe hervor und benutzte sie, um eine Stelle auszuleuchten.

»Sehen Sie das?«

»Was?«, wollte der Fotograf wissen.

»Hier, schauen Sie. Ein paar Splitter sind zerstoßen und in gerader Linie weggedrückt worden. Und diese Splitter«, er leuchtete darauf, »wurden hier, in dieser Linie, von den anderen getrennt. Könnte das eine Reifenspur sein?« Er zeichnete mit dem Lichtstrahl die Linie nach.

»Ich glaub schon«, murmelte der Fotograf.

»Aus diesem Grund arbeite ich so gern mit Ihnen zusammen, Dent«, sagte Willis mit spöttischem Unterton und stemmte sich hoch. »Sie haben ein gutes Auge und achten auf Details.«

Der Fotograf ignorierte den Kommentar und machte noch ein paar Fotos von dem Reifenabdruck, bevor er ebenfalls aufstand.

»Halten Sie auch diesen Ölfleck fest«, sagte Willis und deutete mit dem Fuß auf einen frischen Öltropfen in der Nähe des Reifenabdrucks. Während der Fotograf knipste, winkte Willis einem Officer zu, der einen Papieranzug trug.

»Parker, könnten Sie diese Glasscherben für mich eintüten? Und auch die auf beiden Seiten des Wagens? Markieren Sie deutlich, wo Sie jedes Stück gefunden haben, damit es keine Kreuzkontamination gibt. Nehmen Sie auch eine Probe von diesem Ölfleck, und versuchen Sie, einen Abdruck von der Reifenspur anzufertigen.« Er erteilte die Anweisungen präzise, aber nicht im Befehlston.

Parker nickte und machte sich daran, alles zu erledigen.

Willis drehte sich zur Leiter um, klappte sie zusammen und marschierte auf den Tunneleingang zu. Abrupt blieb er stehen, lehnte die Leiter an die Wand und hockte sich wieder hin. Zu seinen Füßen befand sich ein weiterer Ölfleck, der im schwachen Sonnenlicht schimmerte, das in den Tunnel fiel.

»He, Parker«, rief er über die Schulter, »nehmen Sie bitte auch eine Probe von dem Fleck hier, ja?«

Parker winkte zur Bestätigung. Willis platzierte eine Plastikmarkierung neben dem Fleck. Dann verließ er den Tunnel und ging auf einen der uniformierten Beamten zu, die am Absperrband standen.

»Ich bin hier fertig«, informierte er den Mann. »Wenn die anderen beiden rauskommen, können Sie das Team hineinschicken und aufräumen.«

Der Polizist, der von den genervten Auto- und Fahrradfahrern offensichtlich genug Beschimpfungen zu hören bekommen hatte, nickte erleichtert. Bald konnte der Verkehr wieder durch den Tunnel geleitet werden.

Willis sah, dass sich mehrere Reporter und Pressefotografen in der Nähe der Leitplanke auf der anderen Straßenseite versammelt hatten, wo sie rauchend und Witze reißend zusammenstanden.

Diese Geier, dachte Willis, aber da hatte einer der Reporter ihn auch schon entdeckt und kam auf ihn zu.

»Können Sie uns etwas über den Unfall erzählen? Wurde das Opfer schon identifiziert?«, fragte der Mann.

»Ich kann nichts dazu sagen«, antwortete Willis mit ausdrucksloser Stimme.

»Wie viele Fahrzeuge waren in den Unfall verwickelt?«, fragte der Mann unbeirrt weiter. »Können Sie uns wenigstens verraten, warum die Straße so lange gesperrt war?«

Willis blieb stehen, blickte den Journalisten an und erklärte: »Weil ich gearbeitet habe.« Grinsend ging er weiter. Er hasste die Presse, besonders die Reporter, die sich an Unfallstellen wie Hyänen herumtrieben und ihr Geld mit Blut verdienten. Schon die normalen Reporter mochte Willis nicht besonders, aber diese Sorte konnte er nicht ausstehen.

Er bemerkte, dass sich die anderen Zeitungsleute nicht einmal die Mühe machten, ihre Position zu verlassen. Einer von ihnen, ein großer, blonder Mann in einem dicken Dufflecoat, starrte Willis an, als er vorbeiging. Willis fand, dass der

Bursche für einen der meist übernächtigt aussehenden, unrasierten Journalisten viel zu gesund aussah. Wahrscheinlich machte er diesen Job noch nicht lange. Der verdrießliche Blick des Mannes folgte Willis, als dieser an der Gruppe vorbeiging und die Leiter in den Einsatzwagen lud.

Als Willis auf dem Beifahrersitz Platz nahm, merkte er, dass der große blonde Mann zur Tunneleinfahrt blickte. Willis beobachtete ihn durch die leicht getönte Autoscheibe. Der Mann wandte den Blick nicht vom Tunnel ab.

Als Parker und der Fotograf schließlich zu Willis kamen, fuhr auch der Abschleppwagen mit dem Wrack von Sheila Davies' Wagen aus dem Tunnel. Willis blickte noch einmal zu den Journalisten hinüber, die alle versuchten, das Wrack genauer in Augenschein zu nehmen. Nur der große blonde Mann in dem Dufflecoat hatte sich abgewandt und ging davon.

Nightshade kehrte der Unfallszene den Rücken zu und machte sich auf den Weg, als der Abschleppwagen mit dem Autowrack aus dem Tunnel kam. Die Kriminaltechniker waren endlich aufgebrochen. Da Nightshade den Mann schon von anderen Fällen kannte, wusste er, dass es möglich war, an die Fallakten und weitere Einzelheiten heranzukommen, wenn er wollte. Er bezweifelte allerdings, dass es nötig sein würde, da er eine sehr genaue Ahnung hatte, was passiert war. Beim Anblick des Autowracks war ihm übel geworden, aber das lag eher an seiner Wut, denn er hatte Sheila im Stich gelassen. Das würde er wiedergutmachen müssen.

Direkt nach Miguels Anruf hatte er mit der Suche nach ihr begonnen. Die Privatnummer, auf der Miguel ihn erreicht hatte, gehörte zu einem Internet-Telefonservice, den sie nur im Notfall nutzten. Daher wusste er, dass es etwas Ernstes war, als er die Nummer auf dem Bildschirm sah. Miguel hatte Sheila – Brown Bear – nicht erreichen können und war in Panik geraten, da einer der Neuankömmlinge krank war. Doch er, Nightshade, hatte ihm befohlen, nichts zu unternehmen, solange es nicht schlimmer wurde. Sie hatten einen Arzt, dem sie vertrauen konnten, aber Nightshade wollte den Mann nicht unnötig aufscheuchen.

Miguel hatte sich zu Recht Sorgen gemacht, dass der Boss nicht zurückrief. Erst nachdem Nightshade ein Signal an Brown Bears Privathandy geschickt hatte, konnte er ihre Position bestimmen und war hierhergekommen. Zuerst war er davon ausgegangen, dass sie früher zur Arbeit gerufen worden war, doch ihm war schnell klar geworden, dass es sich nicht um eine NCCU-Angelegenheit handelte.

Nun war Brown Bear tot. Das musste er allen anderen mitteilen. So schnell wie möglich.

Er bog nach links auf einen schmalen Gehweg ein und ging rasch auf die Hauptstraße zu, da er sich unangenehm exponiert fühlte, für alle deutlich sichtbar, und wieder in der Menge der morgendlichen Passanten untertauchen wollte. Aber er hatte sich einen Überblick verschaffen müssen, damit er sich immer daran erinnern konnte, wenn er einen Ansporn brauchte, um seine Aufgaben nach besten Kräften zu erledigen. Der Anblick des Autowracks, des Blutes und des Körpers im Leichensack auf der Krankenhaustrage hatte ihm zu schaffen gemacht. Er glaubte nicht eine Sekunde lang, dass es ein Unfall gewesen war. Brown Bear – Sheila – hatte nie etwas dem Zufall überlassen. Sie hatte jeden Schachzug genau geplant, hatte Risiko und Wirkung kalkuliert. Sie war der ultimative Kontrollfreak gewesen. Der Gedanke, sie könnte diese Kontrolle verloren haben, war völlig abwegig.

Irgendwie erschien es ihm unnatürlich, dass Sheila/Brown Bear jetzt nur noch totes Fleisch war. Sie war eine Naturgewalt gewesen, ein Genie, das Black Flag völlig neue Möglichkeiten eröffnet hatte.

Was sollte ohne Sheila aus ihnen werden?

Sicher, sie war ein Risiko eingegangen, als sie ihn am Vortag kontaktiert hatte. Doch die Ermittlungen hatten in den vorangegangenen vierundzwanzig Stunden gewaltige Fortschritte gemacht. Deshalb hatte sie ihn warnen wollen. Die NCCU war ungewöhnlich schnell und geschickt vorgegangen und hatte Nightshades harmlosen kleinen Keylogger auf Prince' Rechner entdeckt. Sheila hatte ihm berichtet, dass zwei ihrer Leute die Nacht durchgearbeitet und Dateien gefunden hatten, die Prince' Verbindung zu Black Flag bestätigten. Auch wenn Sheila nicht genau gesagt hatte, welche Verbindung aufgeflogen war, hatte sie seinen Code dafür verantwortlich gemacht, dass man jetzt Bescheid wusste. Inzwischen waren Agenten unterwegs zum Hafen, und es wurde längst vermutet, dass Black Flag die Datenbank an sich gebracht hatte.

Nightshade begriff nicht, wie die NCCU ihnen so schnell auf die Schliche kommen konnte, aber noch machte er sich keine allzu großen Sorgen. Er hatte Sheila versichert, man hätte längst einige Leute verhaftet; sie würde nicht mehr auf ihrem bequemen Bürostuhl sitzen, hätte man handfeste Beweise gefunden. Und am Hafen war auch nichts gefunden worden. Sheila war in der besten Position, die Operationen von Black Flag zu schützen, was er ihr auch noch einmal ins Gedächtnis gerufen hatte. Schließlich hatte sie ein Team bei der NCCU, das ihr vertraute. Nightshade hatte ihr ein kleines

Programm übermittelt, das sie ins Netzwerk der NCCU einspielen sollte und das alle Smartphones der Agenten aktualisieren würde, sodass er deren Anrufe mithören und die E-Mails lesen konnte. Sheila, hatte er ihr mitgeteilt, müsse vor allem dafür sorgen, dass die Ermittlungen in andere Bahnen gelenkt wurden. Das war ihr früher schon gelungen.

Nightshade fragte sich, ob er Sheila von Prince' Anruf in der Nacht, in der Prince gestorben war, hätte erzählen sollen. Hätte er sie vor Strider gewarnt und ihr von den Drohungen und Beweisen berichtet, die Prince ihm gezeigt hatte, hätte sie ihm vielleicht helfen können, herauszufinden, wer der Hacker war. Doch er hatte es ihr verschwiegen, weil er Strider alleine aufspüren wollte.

Jetzt war Sheila tot.

Und Nightshade war überzeugt, dass Strider damit zu tun hatte.

Es war eine Kriegserklärung. Nightshade wusste, dass er darauf reagieren musste. Er wollte dem Boss die Neuigkeiten nicht überbringen, aber er hatte keine andere Wahl – jetzt stand einfach zu viel auf dem Spiel. Und es war zu riskant, diesen Kampf allein zu bestreiten. Jetzt mussten größere Geschütze aufgefahren werden.

Nightshade betrat das preiswerte Internetcafé, das er angesteuert hatte, und bezahlte für eine Stunde. Nachdem er sich für einen Computer in der hintersten Reihe entschieden hatte, damit niemand auf seinen Bildschirm blicken konnte, setzte er sich in die Kabine und loggte sich ein. Als Erstes musste er im allgemeinen Chat von Sheilas Tod berichten. Damit würde er gleichzeitig alle anderen Mitglieder von Teddybärs Picknicknetzwerk warnen, ihnen raten, sich nicht auf den Servern einzuloggen und nicht miteinander zu kommunizieren, bis die Luft wieder rein war.

Er wählte ein öffentliches Hacker-Newsforum im Deep Web und schrieb schlicht und einfach:

R. I. P. Brown Bear

Das würde reichen.

Dann gab er ein paar Zahlen ein, die ihm eine direkte Unterhaltung mit dem Boss ermöglichten.

Regel Nr. 9: Schlaf ist dein einziger Freund

Wenn du Zeit findest, dich auszuruhen, dann nutze sie.
Deine Wachsamkeit leidet, wenn du müde bist.

Um kurz vor zehn erwachte Scott Mitchell. Er hatte wieder nur wenige Stunden geschlafen, doch zum ersten Mal seit Tagen war es ein tiefer, friedlicher Schlaf gewesen, sodass er erfrischt und ausgeruht erwachte. Brown Bear war tot, und er hatte mehr Informationen denn je über die restlichen Mitglieder von Teddybärs Picknicknetzwerk. Jetzt bestand kein Grund zur Eile mehr, da er sie alle ausfindig machen konnte. Keiner von ihnen würde davonkommen. Er würde aufräumen – langsam, aber sicher.

Bei diesem Gedanken fühlte Mitchell sich lebendig. Er lag entspannt auf dem Rücken, spürte das weiche, warme Bettzeug auf der Haut und genoss das wohlige Gefühl. Er wusste, dass man ihn bei der NCCU brauchte, bei der er als Sonderberater arbeitete, aber er beschloss, sie warten zu lassen. Er wollte nicht da sein, wenn sie von Sheila Davies' »Unfall« erfuhren.

Er dachte daran, was er im Tunnel erlebt hatte.

Augenblicke vor ihrem Tod hatte Sheila Davies erkennen müssen, dass er sie durchschaut hatte. Sie hatte gewusst, dass er, Mitchell, sie töten würde. Aber sie würde nie erfahren, wie gut er wirklich war, und irgendwie ärgerte ihn das. Sie hatte ihn in ihren letzten Augenblicken »Mitchell« genannt. Indem sie seinen Namen aussprach, hatte sie die Illusion zerstört, dass es sich bei Mitchell und Strider um zwei verschiedene Personen handelte. Selbst wenn sie in Mitchells Augen weiterhin unterschiedlich waren, so waren seine beiden Persönlichkeiten durch Sheilas Tod vereint worden. Ihm war, als würden die Regeln erneut geändert, und das beunruhigte ihn.

Es war dasselbe Gefühl der Veränderung, das er bereits beim letzten Mal gespürt hatte, als er aus der Nähe einen Menschen hatte sterben sehen – bei seinem ersten Mord. Auch damals hatte er die Zielperson seit langer Zeit persönlich gekannt, was den schmerzhaften Eindruck, verraten worden zu sein, für den Betreffenden noch gesteigert hatte. Bei beiden Opfern hatte Mitchell dasselbe empfunden; es war zu etwas Persönlichem geworden, weil es diesen Menschen gelungen war, ihn zu täuschen. Beide Male hatte er ihnen in die Augen geschaut, ohne zu finden, wonach er gesucht hatte. Das hatte ihm seine eigene Fehlbarkeit bewiesen. Mitchell durfte sich Schwächen gestatten, Strider nicht.

Beim ersten Mord war er noch kein so erfahrener Hacker gewesen wie jetzt. Der Tod seiner Zielperson war gar nicht beabsichtigt gewesen. Er hatte den Mann nur warnen wollen – ihm zeigen, dass er, Mitchell, wusste, was passiert war, und dass er ihn bloßstellen würde. Doch als er den Mann vor sich sah, der seine Eltern getötet hatte und der jetzt seinen letzten, qualvollen Atemzug tat, war ihm klar geworden, dass nur der Tod dieses Mannes seinen Zorn besänftigen konnte. Hätte er den Mann laufen lassen, hätte er nicht diese unglaubliche Macht gespürt wie in diesem Augenblick. Mitchell musste ihn sterben sehen, um sich selbst neu zu erschaffen.

So war Strider entstanden, Mitchells anderes Ich.

Damals war er siebzehn Jahre alt gewesen. Die Fähigkeiten, die er als Hacker entwickelt hatte, und seine unablässige

Suche nach Informationen über die Nacht, in der seine Eltern gestorben waren, hatten es ihm ermöglicht, sich genauestens über den Brand zu informieren, bei dem sie ums Leben gekommen waren. Polizeiberichte, Zeugenaussagen, E-Mails, Telefonmitschnitte – er kannte jedes Detail über die letzte Nacht seiner Eltern und die Ereignisse, die vorangegangen waren. Der Gerichtsmediziner hatte eine »unbekannte Todesursache« festgestellt, obwohl im Bericht eines Feuerwehrmannes eindeutig stand, dass das Feuer im Wohnzimmer gelegt worden war – gezielt und mit Absicht. Die Lage der Leichen, die Aussagen von Nachbarn und Kollegen über Spannungen in der Ehe und dass sie sich vor dem Brand gestritten hätten – und natürlich die Petroleumspuren, die ebenfalls im Polizeibericht erwähnt wurden –, dies alles deutete darauf hin, dass Mitchells Vater das Feuer absichtlich gelegt und seine Frau während eines Streits versehentlich getötet hatte.

Für die Außenwelt war das eine tragische, aber plausible Erklärung, doch für den jungen Scott Mitchell passten einige wichtige Details nicht ins Bild. Da war die Tatsache, dass er bei einem Freund übernachten sollte, weil seine Eltern zum Essen ausgehen wollten. Außerdem hatten sie sich in den Wochen vor dem Brand nie gestritten. Und dann war da noch die schlichte Tatsache, dass Scott Mitchell wusste, sein Vater würde *niemals* Selbstmord begehen und erst recht nicht die Liebe seines Lebens umbringen.

Doch Scotts Einwände wurden ignoriert. Schließlich war er ein Kind, das um seine Eltern trauerte und nach Antworten suchte. Aber er hatte von Anfang an gewusst, dass in dieser Nacht noch mehr passiert sein musste – und er hatte recht behalten, auch wenn es Jahre gedauert hatte, bis er die Wahrheit herausfand. Mithilfe verschiedener Datenpakete hatte er erfahren, dass das kleine, aber erfolgreiche Familienunternehmen, in dem sein Vater arbeitete, in große finanzielle Probleme geraten war. Mitchells Vater hatte herausgefunden, dass sein Geschäftspartner Gelder unterschlagen hatte, gewaltige Summen. Es war zu Streitigkeiten zwischen beiden Männern gekommen. Die Auseinandersetzung war eskaliert – bis hin zum Mord an Mitchells Eltern.

Es gab allerdings keine Zeugen, die den Mörder beim Betreten oder Verlassen des Hauses gesehen hatten, und niemand außer Mitchell junior glaubte, dass sich das Ganze so abgespielt hatte. Ein Nachbar hatte das Feuer schließlich gemeldet. Doch als eine halbe Stunde später die Polizei erschienen war und der Sache nachgehen wollte, brannte das Haus bereits lichterloh. Man hatte niemanden mehr aus dem Gebäude retten können.

Doch Scott Mitchell wusste, dass seine Eltern zu diesem Zeitpunkt längst tot gewesen waren. In den darauffolgenden Wochen war es dem Geschäftspartner seines Vaters nicht nur gelungen, sich als völlig unschuldig hinzustellen – er hatte es sogar geschafft, Mitchell senior dessen eigene Verfehlungen anzuhängen.

Scott hatte immer schon geahnt, dass auch sein alter Herr keine weiße Weste hatte. Dennoch ärgerte er sich, dass es dem Geschäftspartner seines Vaters gelungen war, ihn zu täuschen. Und die freundlichen Worte bei der Beerdigung, die Hilfsangebote, die Geburtstagsgeschenke jedes Jahr bei Scotts verschiedenen Pflegeeltern – dies alles sprach für die Schuldgefühle des Mannes. Doch Mitchell hatte das erst Jahre später begriffen.

Als er schließlich die Wahrheit herausfand, hatte er den Mann zur Rede stellen wollen. Er hatte sich dem geheimnisvollen Salesman anvertraut, den er damals gerade erst kennengelernt hatte – sein Mentor und Mittelpunkt der virtuellen Welt junger, talentierter Hacker. Der Salesman hatte ihm geraten, zu warten und sich angemessen zu rächen. Schließlich verfügte er über die entsprechenden Mittel. Also hatte Mitchell gewartet und Informationen über seine Zielperson gesammelt, bis er alles wusste, was es zu wissen gab.

Eine Routineoperation, bei der ein Gallenstein entfernt werden sollte, war die perfekte Gelegenheit. Da Mitchell wusste, dass das Thiopental, das als Narkosemittel verwendet wurde, auch als sogenanntes »Wahrheitsserum« eingesetzt werden konnte, schmiedete er entsprechende Pläne. Es war sein erster »direkter Zugang«, und wegen des hohen Risikos hatte er alles genau geplant. Die Technologie würde sein Schutz und seine Waffe sein.

Und es war alles glattgegangen. Kurz nachdem die Krankenschwester die erste Injektion gesetzt hatte, war sie wegen eines akuten Notfalls aus dem Zimmer gerufen worden, sodass eine jüngere Aushilfskrankenschwester unbemerkt ins Zimmer kommen und dem Mann noch etwas von dem Mittel injizieren konnte. Mitchell war in diese Rolle geschlüpft und hatte sich entsprechend verkleidet, um keine Aufmerksamkeit zu erregen. Den »akuten Notfall« hatte er vorprogrammiert; der Alarm war durch einen einfachen Hack der Überwachungsgeräte ausgelöst worden.

Mitchell hatte sich durch Onlinerecherchen vergewissert, dass die Dosis ausreichte, dass ihn der Mann nicht anlügen konnte. Endlich würde er die Wahrheit erfahren.

Und er hatte recht behalten – sowohl in Bezug auf die Dosis als auch im Hinblick auf den Tod seiner Eltern. Allerdings hatte er nicht erwartet, dass der Mann an der zweiten Injektion starb, doch er hatte auch nichts dagegen unternommen. Bevor die Monitore die Flatline anzeigten – die letzte, flache Linie des Todes – und ein weiterer Alarm auf der Station ertönte, hatte der Mörder seiner Eltern gewusst, dass er sterben musste, und den Grund dafür gekannt. Mitchell war entkommen, bevor das Krankenhauspersonal mitbekommen hatte, was geschehen war. Das war sein erster Mord gewesen und zugleich das letzte Mal, dass jemand, der im Sterben lag, seinen richtigen Namen aussprach.

Bis zu diesem Morgen.

Als er jetzt im Bett lag und das blasse Frühlingslicht durch die Vorhänge schimmern sah, fragte er sich, ob man sich auch so fühlte, wenn man herausfand, dass einen der Partner betrog. Er kam sich schmutzig vor, als wäre das Vertrauen, das er Sheila Davies geschenkt hatte, missbraucht worden. Er erinnerte sich an viele Unterhaltungen, die sie vor seiner Rekrutierung geführt hatten, und an Gespräche während ihrer gemeinsamen Zeit bei der NCCU. Er dachte an die langen Nächte zurück, in denen er mit dem Code gekämpft hatte, bis ihm ein Durchbruch gelungen war – und das alles nur, um Sheilas Vertrauen in ihn zu rechtfertigen. Er ging jede Auseinandersetzung, die sie zu seiner Verteidigung mit Franklin geführt hatte, noch einmal durch.

Ob Franklin gutheißen würde, was er getan hatte, wenn er wüsste, wer Sheila in Wirklichkeit gewesen war? Oder würde er sie beide als faule Äpfel ansehen?

Mitchell dachte lange an die Nacht zurück, als die Beweise über Teddybärs Picknicknetzwerk verloren gegangen waren. Sheila hatte den Pub zusammen mit ihm verlassen, hatte ihm zu seinem Durchbruch gratuliert. Sie hatten darüber gewitzelt, dass es nur die Spitze des Eisbergs sei, und sich damit getröstet, dass sie beide die Party früher verließen.

Mitchell hatte geglaubt, Sheila wäre sehr zufrieden mit ihm gewesen. Doch offensichtlich hatte sie das alles nur gespielt, um ihn von den Servern fernzuhalten, bevor er die Beweise finden konnte, die sie, Sheila, mit Teddybärs Picknicknetzwerk in Verbindung brachten. Sie hatte ihn zum Narren gehalten, und er war darauf hereingefallen.

Doch es ärgerte ihn nicht so sehr, dass sie ihn belogen hatte, sondern vielmehr, dass es ihm so lange nicht aufgefallen war. Er hatte sich jeden im Team der NCCU angeschaut und nach Hinweisen gesucht, um den Verräter zu entlarven, doch irgendwie hatte er Sheila Davies dabei übergangen. Er würde noch lange darüber nachgrübeln, wie ihr das gelungen war. Sie musste gewusst haben, dass er Teddybärs Picknicknetzwerk weiter im Auge behielt; vermutlich war ihr deshalb klar gewesen, dass er zuerst auf Prince' Laptop nach Hinweisen auf dieses Netzwerk suchen würde. Er erinnerte sich noch genau, wie sie erst am gestrigen Nachmittag neben ihm gestanden und ihn gefragt hatte, ob er etwas gefunden habe. Bei der Gelegenheit hatte sie ihn auch an sein vorheriges Versagen erinnert.

Er hätte zu gern gewusst, wie Sheila Black Flag in der Vergangenheit geholfen hatte. Wie oft hatte sie den Verbrechern geholfen? Wie sehr? Gab es noch mehr Beweise, die sie dieser brutalen Kriminellen wegen hatte verschwinden lassen? Hatte sie Informationen über die Fälle, die Black Flag betrafen, weitergegeben? Hatte sie je mit Prince darüber gesprochen?

All diese Details hätte Mitchell normalerweise über eine Zielperson in Erfahrung gebracht, bevor er sie ermordete, aber dieses Mal hatte er einfach zu schnell handeln müssen.

Vielleicht hatte Sheila nicht geglaubt, dass er, Mitchell, es als Nächstes auf sie abgesehen haben würde. Sie musste gewusst haben, dass es Beweise auf Prince' Laptop gab, hatte aber möglicherweise geglaubt, sie wäre klug genug und würde nicht auffliegen. Oder hatte sie gewusst, dass Mitchell es auf sie abgesehen hatte, und andere gewarnt? Dieser Gedanke erfüllte ihn mit Besorgnis. Hatte er zu früh zugeschlagen? War er zu voreilig gewesen?

Und noch etwas: Hatte Prince den Namen »Strider« gegenüber Sheila erwähnt? Kannte sonst jemand diesen Namen?

Aber das war eigentlich unwichtig. Mitchell war überzeugt, dass niemand diesen Namen mit ihm in Verbindung bringen konnte.

Er war sich nicht sicher, ob der Rest des Netzwerks bereits wusste, was geschehen war. Wie würden sie darauf reagieren, dass zwei ihrer Mitglieder innerhalb einer Woche ums Leben gekommen waren? Würden sie wissen, dass man es auf sie abgesehen hatte, oder würden sie Sheila Davies' Tod für einen Unfall halten? Abgesehen vom Timing hatte Mitchell dafür gesorgt, dass nichts daran verdächtig wirkte. Selbst wenn man herausfand, dass Sheila ermordet worden war – was konnte man deswegen schon unternehmen? Sie konnten schließlich nicht zur Polizei gehen – jedenfalls nicht, ohne sich selbst zu belasten. Also würde ihm auch nichts passieren. Oder?

Mitchell schlug die Bettdecke zurück und stand auf. Wenn er noch länger hier herumlag und sich das Hirn zermarterte, drehte er durch.

Das Arbeitszimmer in seiner Wohnung war viel besser ausgestattet als sein Arbeitsplatz bei der NCCU. Er hatte alles genau auf seine Ansprüche abgestimmt und fühlte sich beim Anmelden häufig so, als würde er in eine andere Realität eintauchen, in der er und der Rechner Teil desselben Wesens waren. In dieser Welt erwachte Strider zum Leben. Mitchell bedauerte, dass es keine Möglichkeit gegeben hatte, Brown Bear zu beseitigen, ohne dass Sheila Davies sterben musste. Aber damit würde er jetzt leben müssen. Er durfte einfach nicht mehr an das blubbernde Blut in ihrem Mund und an ihre ersterbende, krächzende Stimme denken, als sie ihn gewarnt hatte: »Dafür wirst du bezahlen.«

Nun – was das anging, hatte er seine Zweifel. Schließlich wussten sie nicht, wer er war. Er war in Sicherheit. Hier würde ihn niemand finden.

Nun musste er unbedingt online nachsehen, was letzte Nacht geschrieben worden war, das seine Überwachungsprogramme übersehen hatten. Vorher aber duschte er, rasierte sich und zog sich an. Während er einen Schluck Kaffee trank, fuhr er den Computer hoch. Seine Finger schwebten bereits über den Tasten. Sobald das Fenster geöffnet war, begann er mit seiner Suche. Er hatte recht: Die Foren waren in den Stunden nach Brown Bears Tod regelrecht überflutet worden.

Die Reaktionen waren schnell gekommen. Die erste Ankündigung war zwei Stunden, nachdem er sich von Sheila Davies' Leiche entfernt hatte, erschienen. Die Ankündigung war in einem allgemeinen Forum im Deep Web veröffentlicht worden, einem Community-Forum, in dem Tipps und Hacks ausgetauscht und allgemeine Fragen gestellt und beantwortet wurden. Hier erschienen auch immer zuerst die Neuigkeiten über Todesfälle und Verhaftungen in der Hacker-Community. Die Nachricht stammte von einem anonymen User und lautete schlicht:

R. I. P. Brown Bear

Der darauf folgende Aufschrei setzte sich in Foren und Chatrooms des Deep Web fort, aber keines der Mitglieder von Teddybärs Picknicknetzwerk hatte sich zu Wort gemeldet – offensichtlich wussten sie, wie unklug es war, zu diesem Zeitpunkt etwas zu kommentieren. Die Reaktion auf einen gefallenen Kameraden war stets interessant, und Mitchell war jedes Mal amüsiert, wenn Leute, die keine Ahnung hatten, wer ein Hacker war, seinen Untergang lautstark bedauerten, sobald sie von seinem Tod erfuhren. Wurden sie auf diese Weise daran erinnert, dass jeder fehlbar war? Oder lag es an ihrem verzweifelten Wunsch, zum Klub dazuzugehören? Es kam häufig vor, dass die Leute sich nach einem solchen Ereignis bemühten, eine Verbindung zu der bedeutenden Person herzustellen. Nach der Verhaftung eines Hackers sah es jedoch anders aus – da plauderte man online darüber, welche Fehler er gemacht hatte oder was für eine Enttäuschung er war. Mit einem Hacker, den man erwischt hatte, wollte niemand in einem Atemzug genannt werden.

In der halben Stunde, die Mitchell die Kommentare und Nachrichten durchsuchte, stellte er zu seiner Beruhigung fest, dass nirgendwo von Mord oder Manipulation die Rede war. Natürlich wusste er, dass die Hacker-Öffentlichkeit nicht die öffentliche Meinung repräsentierte, aber selbst in den exklusiveren Foren gab es keinerlei Verdächtigungen. Doch er fand zahlreiche Leute, die behaupteten, Brown Bear persönlich gekannt zu haben, und die ihn als »netten Kerl« bezeichneten. Mitchell grinste – darüber hätte Sheila Davies sich garantiert schwarzgeärgert.

Er griff auf die Daten des Notrufs aus den letzten sechs Stunden zu, entdeckte aber nur den Bericht über einen »Verkehrsunfall mit einem weiblichen Todesopfer«. Die Geschwindigkeit beim Aufprall auf die Wand wurde ebenfalls erwähnt. Die Tote war in die Leichenhalle eines nahen Krankenhauses gebracht worden, wo auch der Alkohol im Blut untersucht werden sollte. Ein Verkehrsbericht bestätigte, dass der Tunnel zwei Stunden lang geschlossen gewesen war, damit die Unfallstelle untersucht werden konnte. Nirgendwo war die Rede von zweifelhaften Umständen. Und was noch viel wichtiger war: In keinem der Berichte wurde ein Motorrad erwähnt. Der Unfall war von einem Taxifahrer gemeldet worden, der ihn – wie von Strider vorhergesagt – von der anderen Straßenseite aus entdeckt hatte.

Nachdem Mitchell sich vergewissert hatte, dass für ihn keine unmittelbare Gefahr bestand, konnte er sich in Kürze ausloggen und zur Arbeit fahren. Vorher musste er allerdings noch eine Unterhaltung führen – mit seinem ehemaligen Mentor, dem Salesman.

In all den Jahren, die sie jetzt schon miteinander kommunizierten, hatte er nie die Stimme des Salesman gehört. Sie hatten sich immer online unterhalten. Anfangs hatten sie sich in Foren getroffen und ausgetauscht, später in privaten Chats. Normalerweise initiierte der Salesman den Chat und schickte eine Nachricht, die stark verschlüsselt im Äther hing, bis Strider sich anmeldete und sie fand. Strider war der Einzige, der sie entschlüsseln konnte; außerdem hatte niemand anders die Möglichkeit, sie überhaupt zu finden. Es bestand nie das Risiko, dass sie einander identifizieren konnten. Wenn jemand im Deep Web davon wusste, dass Strider in Brown Bears Unfall oder Prince' Tod verwickelt war, dann der Salesman. Er achtete grundsätzlich auf sein Team. Wenn der Salesman etwas nicht wusste, dann wusste es niemand.

Als Mitchell die direkte URL für den privaten Chat eingab, den sie häufig benutzten, wartete bereits eine Nachricht auf ihn:

Rede mit mir.

Ein wenig beklommen begann er zu tippen.

Strider: Ich bin da.

Er wartete eine gefühlte Ewigkeit, starrte auf den Bildschirm, trank einen Schluck Kaffee und hoffte, dass der Salesman noch online war.

Endlich war ein Piepton zu hören, als die Antwort kam.

Salesman: Bist du alleine?

Strider: Ja.

So fingen ihre Gespräche meist an, wenn der Salesman herausfinden wollte, ob Strider für einen Auftrag verfügbar war.

Salesman: Ich suche Informationen. Vielleicht kannst du mir helfen.

Strider: Schieß los.

Salesman: Anthony Prince' Flugzeugabsturz. Das warst du, nicht wahr?

Der Salesman hatte sich noch nie so direkt nach Striders Aktivitäten erkundigt. Prince war ein privates Ziel gewesen, auf das Strider es abgesehen hatte. Woher wusste der Salesman davon? Natürlich, von der Webseite. Von dem Link, den er Prince geschickt hatte. Er hatte mit »Strider« unterschrieben, und zwei Personen hatten darauf zugegriffen.

Bevor Mitchell etwas schreiben konnte, kam schon die nächste Nachricht.

Salesman: Wir hatten vereinbart, dass deine privaten Aktionen mir nie in die Quere kommen.

Was meinte er damit? Der Salesman konnte doch unmöglich mit etwas so Abscheulichem wie Kinderpornografie zu tun haben, dazu war er zu anständig.

Strider: Das war nicht beabsichtigt.

Salesman: Ich habe dich rekrutiert. Ich habe dich zu dem gemacht, der du bist. Du bist mein Mann. Deshalb könntest du mir wenigstens mitteilen, wenn du vorhast, einen meiner Männer zu liquidieren.

Mitchell starrte die Worte auf dem Bildschirm an, und in seiner Magengrube zog sich alles zusammen. Ihre Nachrichten waren im Allgemeinen von einer verspielten, kryptischen Art, als wollten sie sich gegenseitig von ihrer Intelligenz und Überlegenheit überzeugen. Dieses Spielchen spielte der Salesman eigentlich gerne, aber heute war ihm nicht danach. Offensichtlich war ihm überhaupt nicht nach Spielen zumute.

Strider: Tut mir leid, wenn ich dir in die Quere gekommen bin.

Salesman: Zwei meiner besten Leute wurden in den letzten achtundvierzig Stunden ausgeschaltet, und ich weiß, dass du in wenigstens einem der Fälle der Verantwortliche bist. Verärgerung beschreibt nicht mal ansatzweise das, was ich fühle.

Mitchell erstarrte und las die Worte immer wieder. Zwei seiner Leute? *Zwei?* Das ergab keinen Sinn.

Salesman: Prince hättest du haben können. Das Timing war schlecht, aber ich hätte es verkraftet.

Strider: Hast du die Datenbank geklaut?

Salesman: Du solltest so etwas nicht fragen. Aber da wir gerade bei Enthüllungen sind: Ja, meine Leute haben auf die Datenbank zugegriffen.

Strider hatte häufig den Eindruck, dass der Salesman während ihrer Unterhaltungen eine Stimmerkennungssoftware benutzte, statt zu tippen. Jetzt glaubte er beinahe, die Stimme dieses rätselhaften Mannes hören zu können.

Strider: Warum? Was hast du vor?

Salesman: Auch das solltest du lieber nicht fragen.

Strider saß in der Klemme. Wenn er weiter nachhakte, ging er das Risiko ein, Mitchell zu enttarnen, aber wenn er nicht fragte, würde er die Antwort wohl nie erfahren. Doch er bekam nicht die Gelegenheit, da schon die nächste Frage auf dem Bildschirm auftauchte.

Salesman: Hast du mit dem Unfall letzte Nacht zu tun?

Strider: Ich weiß nicht, was du meinst.

Salesman: Lüg mich nicht an, Strider. Für wen arbeitest du? Wer hat dich dafür bezahlt, sie umzubringen?

Strider: Mich hat niemand bezahlt. Es war etwas Persönliches. Ich habe Informationen erhalten, die mich zu den Teddybären führten, und habe entsprechend gehandelt. Ich habe keinen Grund gesehen, das erst mit dir zu besprechen.

Salesman: Dummerweise hättest du das aber tun sollen. Hättest du mir gesagt, was du beabsichtigst, hätte ich dich davor gewarnt. Aber das hast du nicht getan. Es war eine Menge Arbeit, mein Team zusammenzustellen, und ich kann leider nicht zulassen, dass zwei meiner besten Leute ausgeschaltet werden, auch nicht von einem meiner Lieblinge. Du hast mich verraten, Strider. Das war deine letzte Tat.

Strider: Ich kann dir nicht folgen.

Seine Hände zitterten leicht. Er musste an Sheila Davies' letzte Worte denken: »Dafür wirst du bezahlen.« Hatte sie *das* damit gemeint?

Salesman: Wenn man der Hydra einen Kopf abschlägt, wachsen zwei neue nach. Ich habe dich immer gewarnt und dir gesagt, du sollst das Ganze nicht aus den Augen lassen, aber du konzentrierst dich weiterhin auf Details. TPN ist viel größer, als du glaubst. Du hast Prince getötet, aber der war nur lästig. Durch den Mord an Brown Bear jedoch bist du zu meinem Feind und zum Feind von Black Flag geworden. Und glaub ja nicht, dass du dich vor uns verstecken kannst.

TPN – Teddybärs Picknicknetzwerk. Mitchell überlief es eiskalt. Der Salesman war der mächtigste Mann, den er in der geheimen Welt des Deep Web je kennengelernt hatte. Seine Macht und seine Verbindungen überspannten Kontinente.

Strider: Du gehörst zu Black Flag?

Salesman: Deine Naivität enttäuscht mich. Was hast du denn gedacht? Habe ich dir nicht immer gesagt, du sollst das Ganze sehen? Ich werde dir meine besten Leute auf den Hals hetzen. Bis eben warst du der Beste, deshalb dürfte das ein interessanter Kampf werden. Aber ich bezweifle, dass du ihn gewinnen wirst. Ich kann dich nicht retten, selbst wenn ich es wollte. Was für ein Beispiel würde ich damit setzen?

Strider: Was hat Brown Bear dir bedeutet?

Salesman: Sie war mein bester Lieutenant. Und jetzt leb wohl, Strider. Hat Spaß gemacht mit dir. Schade, dass es so enden muss, aber gute Lieutenants sind nun mal schwer zu finden.

Mitchell starrte noch lange, nachdem der Salesman sich abgemeldet hatte, auf den Bildschirm. Seine Welt war soeben auseinandergebrochen. Reglos, wie erstarrt saß er auf seinem selbst gebauten Stuhl. Am liebsten wäre er davongelaufen, aber wohin? Hier war seine Zuflucht.

Würden sie ihn hier finden können? Wusste irgendjemand, dass er Strider war? Er war davon überzeugt, dass nicht einmal Sheila Davies es gewusst hatte. Aber das spielte keine Rolle mehr – jetzt, wo er wusste, dass sein Mentor zu Black Flag gehörte.

Alles andere war ohne Belang.

Rebecca MacDonald erschauderte, als sie sich in dem Kontrollraum des Materialumschlagbereichs des Drax-Kraftwerks über den Computer beugte. Es war gerade mal zehn Uhr, und sie war schon seit drei Stunden hier. Sie wusste, dass ihr die Kälte so zu schaffen machte, weil sie noch immer müde war. Aber es war auch nicht gerade hilfreich, dass sie sich für einen Arbeitstag in einem schönen warmen Büro in London angezogen hatte und nicht für einen Kontrollraum in einem Kraftwerk in Yorkshire. In der Nacht zuvor hatte sie den letzten Direktzug von London nach Selby erwischt und war zu spät hier angekommen, um sich mit einem der leitenden Ingenieure des Kraftwerks treffen zu können. Daher hatte sie sich ein Zimmer in einem Hotel in der Nähe genommen und ein paar Stunden geschlafen. Sie war seit jeher stolz darauf, mit wenig Schlaf auszukommen, spürte nun aber die Nachwirkungen der durchgearbeiteten Nacht.

Das Kraftwerk war riesig, ja überwältigend mit seinen insgesamt elf SCADA-Systemen, die auf dem Gelände verteilt waren. Sechs davon steuerten die ebenfalls sechs Dampfturbinengeneratoren, zwei weitere die Wasserversorgung, die anderen drei die restlichen Anlagen innerhalb der Materialversorgung. Die einzigen SCADA-Systeme, auf denen bereits die Sicherheitssoftware Cryptos installiert war – der Stolz von PrinceSec, die Firma, bei der Rebecca als Sicherheitsexpertin arbeitete –, befanden sich in der Materialversorgung. Auf diese drei konzentrierte Rebecca sich als Erstes. Es war eine Erleichterung gewesen, dass die Prozesse, die am meisten gefährdet waren, nicht als kritisch eingestuft werden mussten. Zwar wäre jede Störung des Kraftwerks, die eine geringere Produktion zur Folge hatte, eine ziemliche Katastrophe, aber ein Angriff auf einen oder mehrere Turbinengeneratoren hätte eine viel verheerendere Wirkung. Die SCADA-Systeme, die die Generatoren steuerten, waren zwar noch nicht außer Gefahr, weil sie noch nicht aktualisiert worden waren, aber man konnte davon ausgehen, dass sie nicht das Hauptziel der Hacker darstellten, die die Datenbank an sich gebracht hatten.

Bisher hatte Rebecca die Ingenieure und Softwarespezialisten des Kraftwerks als hilfsbereit erlebt. Einer von ihnen hatte ihr eine große fluoreszierende Jacke gebracht, die sie bei der Arbeit tragen konnte. Außerdem hatte man ihr mitgeteilt, dass sämtliche Vorgänge gründlich überwacht wurden, seitdem sie von PrinceSec die Warnung hinsichtlich der Datenbanksicherheit erhalten hatten. Man hatte sogar die Schichten verstärkt, damit keines der Systeme unbeaufsichtigt blieb. Sämtliche Angestellten waren über eingetroffene E-Mails befragt worden, auch die von Freunden und Familienangehörigen. Außerdem waren alle Softwareupdates bereits installiert. Rebecca hatte als erste Amtshandlung dafür gesorgt, dass die installierte Cryptos-Version auf den neuesten Stand gebracht und dass der von ihr mitgeschriebene Patch installiert wurde.

Roche, der NCCU-Agent, hatte sie vor einiger Zeit angerufen und ihr mitgeteilt, dass er von Newcastle zu ihr fahren und ihr helfen würde, herauszufinden, ob es bereits einen Zugriff gegeben hatte. Häufig wurde ein Wurm über ein harmlos aussehendes Softwareupdate oder einen Link in einer E-Mail in ein System eingeschleust, wo er dann unentdeckt lauerte, bis er aktiviert wurde. Rebecca rätselte noch immer, was Black Flag dadurch gewinnen würde, das Kraftwerk abzuschalten, aber sie wusste auch, dass diese Gruppe eine Vorliebe für schlichte, altmodische Störmanöver hatte.

In der Vergangenheit waren viele ihrer Angriffe rein anarchischer Natur gewesen, und häufig gingen sie gegen große Unternehmen oder nationale Einrichtungen vor, nur um zu beweisen, dass die Gruppe deren Sicherheitssysteme knacken konnte. Doch bei manchen Angriffen war es ihnen darum gegangen, sich politische oder finanzielle Vorteile zu verschaffen, und dann zeigten sie, was sie *wirklich* konnten.

Erst im letzten Jahr hatten sie erfolgreich eine Großbank infiltriert und langsam und diskret mehr als fünfundvierzig Millionen Pfund von Geschäftskonten im ganzen Land abgezweigt. Erst nach fast sechs Monaten war das Leck entdeckt worden, und die Auswirkungen für die Bank waren sowohl in finanzieller Hinsicht als auch in Bezug auf das Vertrauen ihrer Kunden katastrophal gewesen.

Rebecca war froh, dass Roche sie unterstützen würde. Er war zwar ein seltsamer Kerl, aber ein effizienter Agent; das hatte sie an ihrem ersten Tag im »Schweinestall« gesehen, wie man den kleinen Konferenzraum nannte, in dem die Besprechungen der Abteilungsleiter der NCCU stattfanden. Natürlich konnte man ihn nicht mit Mitchell vergleichen. Rebecca bezweifelte, dass sie je einen zweiten Coder wie Mitchell kennenlernen würde. Dafür hatte Roche schon einmal mit Black Flag zu tun gehabt, sodass sie es nicht alleine mit dieser Gruppe aufnehmen musste.

Als die letzten Updates installiert waren, ließ Rebecca ein spezielles Diagnoseprogramm laufen, das sie geschrieben hatte, um herauszufinden, ob auf dem Rechner irgendwelche unbekannten oder unerwünschten Programme installiert waren. Das Programm arbeitete im Prinzip wie eine Virenschutzsoftware und fertigte einen detaillierten Scan des Rechners an, wobei es nach Codefragmenten suchte, die es entweder nicht erkannte oder die bereits als schädlich bekannt waren. Es würde etwa eine halbe Stunde dauern, bis die Suche abgeschlossen war, also beschloss Rebecca, in dieser Zeit nach draußen zu gehen und frische Luft zu schnappen.

Nun stand sie auf dem Treppenabsatz und wollte gerade die Tür hinter sich schließen, als sie einen kleinen gelben Wagen auf der Straße sah, der sich dem Kraftwerk näherte.

Der Farbtupfer sah in der grauen Industrielandschaft irgendwie deplatziert aus, und sie musste unwillkürlich lächeln. Dann beobachtete sie, wie der Wagen an einer Schranke hielt, wo der mürrische alte Wachmann aus seinem Häuschen geschlurft kam, um mit dem Fahrer zu reden. Der Wachmann reichte ein Klemmbrett durch das Fenster auf der Fahrerseite und stand dann wartend da, während der Papierkram erledigt wurde. Als er das Klemmbrett wieder in der Hand hielt, deutete der Wachmann auf die andere Seite des Parkplatzes zu jener Stelle, an der Rebecca stand.

Nachdem der Wachmann wieder in sein Häuschen marschiert war und die Schranke hochgelassen hatte, machte das kleine Fahrzeug einen Satz nach vorn und blieb stehen, da der Fahrer offenbar von der Kupplung abgerutscht war. Schon jetzt hatte Rebecca die ganze Sache sehr amüsant gefunden, aber es wurde noch viel witziger, als sie sah, dass es sich bei dem Fahrer, der aus dem schief geparkten gelben Wagen stieg, um Roche handelte.

Er sah auf, bemerkte, dass Rebecca ihn beobachtete, und winkte ihr zu. Sie lächelte und winkte zurück. Roche nahm seine Taschen aus dem Kofferraum und kam über den Parkplatz auf sie zu.

»Wie läuft's?«, rief er.

»Was fahren Sie da für einen Wagen?«, fragte sie lachend.

»Ich musste mir einen Mietwagen nehmen. Meiner ist gestern auf dem Weg nach Newcastle liegen geblieben. Diese DS war alles, was sie noch dahatten«, erwiderte Roche und kam die Treppe hinauf zu ihr. Ohne Umschweife reichte er ihr einen Laptopkoffer und eine der Taschen.

»DS?«, hakte sie nach.

»Dreckschleuder«, erklärte er, als wäre sie begriffsstutzig. »Hier rein?«

Rebecca ging hinter ihm durch die Tür zurück in den Kontrollraum.

»Was haben Sie in Newcastle herausgefunden?«, wollte sie wissen, nachdem er sich Platz verschafft und seinen Laptop aus dem Koffer genommen hatte.

»Eine Menge«, antwortete er ausweichend.

»War es dann gut, dass Sie so schnell wieder wegmussten?« Wenn er kritische Angriffe auf eines der Systeme am Hafen gefunden hatte, war es möglicherweise verkehrt gewesen, ihn zu bitten, sie hier zu unterstützen.

»Nun ja, ich hab eine Menge einfacher Viren und diesen dämlichen Mikrowurm aus dem letzten Jahr gefunden«, antwortete Roche. »Aber es war nichts dabei, was die Sicherheit gefährden könnte – sofern man die Tatsache außer Acht lässt, dass sie dort anscheinend kaum mal eine Virenprüfung durchführen. Aber Sie hatten vollkommen recht, es gibt viele Verbindungen zu diesem Kraftwerk. Mir ist das Ganze noch nicht richtig klar, deshalb dachte ich mir, wir könnten es uns mal zusammen ansehen, wenn wir hier fertig sind. Wie weit sind Sie?«

Rebecca wurde noch immer nicht schlau aus diesem Mann. Er wirkte freundlicher und weniger unheimlich als in London, war aber weiterhin ziemlich kühl, beinahe schroff. Vielleicht hatte sie ja ihren Wert bewiesen, indem sie die Verbindung zum Kraftwerk gefunden hatte.

»Gibt es hier irgendwo Kaffee?«, erkundigte er sich, bevor sie seine Frage beantworten konnte. »Ich habe eine verdammt lange Fahrt hinter mir.«

»Auf dem Flur steht ein Automat, aber der Kaffee schmeckt wie Spülwasser«, entgegnete sie.

»Großartig. Und?«

»Was – und?«

»Wie weit sind Sie hier?«

»Ach so.« Rebecca klärte ihn über ihre Fortschritte auf. Er war sichtlich erfreut, dass sie einen Großteil der Software bereits aktualisiert hatte. Ihr war bereits am ersten Tag aufgefallen, dass Roche nicht die Geduld hatte, Versionen zu überprüfen und Software zu installieren; er schien erst dann richtig lebendig zu werden, wenn es an die Ermittlungsarbeit ging. Sie konnte es ihm nicht verdenken, da sie selbst in den vergangenen Tagen Spaß an den Ermittlungen gehabt hatte.

»Haben Sie am Hafen irgendwas Besonderes gefunden, das uns einen Hinweis geben könnte, wo wir anfangen sollten?«, erkundigte sie sich. »Es gibt hier ziemlich viele Computer, und ich weiß nicht, ob wir genug Zeit haben werden, um sie alle unter die Lupe zu nehmen.«

Roche zog die Augenbrauen hoch und grinste, als hätte er eine Überraschung auf Lager.

»Tja, da Ihr Instinkt Sie hierher geführt hat, sollten wir auch genauso weitermachen«, sagte er. »Ich habe eine Liste mit allen bekannten Verbindungen zwischen den Prozessen hier, denen im Port of Tyne und den Informationen erstellt, die wir über Black Flag haben. Zu unserem Glück beginnen und enden die meisten dieser Verbindungen hier in der Materialversorgung. Da hatten Sie einen guten Riecher, aber ich bezweifle, dass dieser Ort überhaupt ein Ziel für die Gruppe ist. Das soll aber nicht heißen, dass hier alles in Butter ist. Wir sollten auf jeden Fall gründlich vorgehen. Es sind viele Möglichkeiten aufgetaucht, die nicht alle wichtig sein müssen – aber es ist eine Liste, und ich mag Listen.«

»Ich auch. Ich kann ohne Listen nicht leben.«

Roche ließ sich seufzend auf einen Plastikstuhl vor seinem Laptop sinken und schaute zu Rebecca hoch. Überrascht stellte sie fest, wie jung er aussah. Die Brille mit dem dunklen

Rahmen, die formlose Strickjacke und das ungekämmte Haar verschleierten sein Alter ziemlich gut, aber er hatte glatte Haut, und der Flaum auf seinen Wangen deutete darauf hin, dass er sich nicht oft rasieren musste. Er grinste sie verschwörerisch an.

»Und? Was sind die wichtigsten Punkte?«, fragte sie, da sie spürte, wie gern er seine Erkenntnisse mit ihr teilen wollte.

»Meiner Ansicht nach«, sagte Roche und zeigte ihr eine handgeschriebene Liste in seinem Notizbuch, »ist das Hauptziel Prime Logistics – das Unternehmen, das für den Frachtverkehr zwischen dem Kraftwerk und dem Hafen zuständig ist und das einen neuen Vertrag mit Bacchus Enterprises abgeschlossen hat, dem Spediteur. Sie holen die Frachtcontainer von den Schiffen und bringen sie zum Lagerhaus von Bacchus in Humberside. Daran ist nichts Seltsames, ich weiß, aber es war ihre Containerregistrierung bei der Hafenbehörde, die bei mir die Alarmglocken schrillen ließ. Augenblick, ich habe Kopien.«

Er schloss das Trackpad an seine Tastatur an und rief ein Fenster mit einer Liste von Ordnern auf. Nach einigen weiteren Klicks hatte er mehrere Seiten einer Datenbank geöffnet.

»Jeder Container auf jedem Schiff, das den Hafen ansteuert oder verlässt, hat eine einzigartige Trackingnummer, nicht wahr? Man meldet sie an und wieder ab. Schauen Sie sich die Liste mit den letzten drei Lieferungen für Bacchus Enterprises an. Alle wurden ordentlich an- und abgemeldet, jeweils gesammelt pro Lieferung.«

»Okay«, meinte Rebecca. »Und was hat das zu bedeuten?«

»Darauf kommen wir gleich.« Mit einem weiteren Klick rief Roche einen Scan handgeschriebener Unterlagen auf.

»Zum Glück hat der Hafen noch nicht alle Prozesse automatisiert. Das hier sind die Abmeldeberichte für jede Lieferung. Sie werden entweder von den Torwächtern abgezeichnet, wenn sie per Lkw rausgehen, oder vom Controller, wenn sie mit dem Zug transportiert werden. Und jetzt kommt das Interessante.« Er streckte den Arm aus und deutete auf die Scans. »Es hat sich herausgestellt, dass bei jeder der Lieferungen für Bacchus ein Container noch in der Nacht, in der die Lieferung eintrifft, mit einem Lkw abgeholt wird, während der Rest später mit dem Zug über dasselbe Nebengleis transportiert wird, das auch hierher führt.«

»Was ist daran so interessant?« Rebecca begriff noch immer nicht, worauf er hinauswollte, doch für ihn schien es offenbar Sinn zu ergeben.

»Tja, die Container, die am Tor abgezeichnet werden – was man hier auf den Unterlagen gut erkennen kann –, scheinen nie in der Containerdatenbank der Hafenbehörde aufzutauchen. Da es unmöglich ist, dass ein Container in den Hafen kommt oder ihn verlässt, ohne auf dieser Liste zu stehen, müssen wir davon ausgehen, dass diese Container von der Liste entfernt werden, nachdem sie abgeholt wurden.«

»Augenblick mal, müsste das nicht auffallen, wenn jedes Mal ein Teil der Lieferung fehlt?«

»Ja, aber nur, wenn man es auch sehen will. Verstehen Sie? Wenn man jedes Mal einen Container verschwinden lassen will, wäre es doch sehr praktisch, ein geheimes Hintertürchen in der Datenbank zu haben, um das zu vertuschen.«

»Äußerst interessant«, meinte sie. »Aber was hat das mit unserem Problem zu tun? Das Kraftwerk wird nicht per Lkw beliefert.«

»Nein, aber denken Sie daran, dass der Zug, der die Biomasse hierher bringt, automatisch gesteuert wird, sodass er dank der SCADA-Systeme nur aus der Ferne überprüft werden muss, und«, fügte er triumphierend hinzu, »dass der Zug von Prime Logistics geladen und gesteuert wird. Es hat sich herausgestellt, dass das Nebengleis an einem Lagerhaus vorbeiführt, das Prime gehört. Der Zug hält häufig dort, um weitere Container aufzunehmen, die zum Hafen müssen. Diese Phantomcontainer von Bacchus Enterprises, die den Hafen per Lkw verlassen, werden immer wieder mit dem Zug zurück in den Hafen gebracht, wo sie erneut in den Kreislauf kommen, wie man hier in den Unterlagen sieht. Ich vermute, dass wir mehr als Biomasse finden würden, wenn wir diesem Lagerhaus einen Besuch abstatten.«

Roche sah sehr zufrieden aus. Rebecca konnte es ihm nicht verdenken. Seitdem er gestern nach Newcastle gefahren war, hatte er offensichtlich ganze Arbeit geleistet.

»Haben Sie Franklin schon informiert?«

»Noch nicht. Ich konnte ihn bisher nicht erreichen. Was meinen Sie?«

»Das klingt faszinierend. Es wäre auf jeden Fall ein Grund, die Datenbank zu stehlen. Ich denke, wir sollten hier dennoch alles durchgehen. Der letzte Materialverarbeitungsprozess wurde vor zwei Wochen mit Cryptos aktualisiert. Wenn jemand zusätzliche Ladung rein- oder rausschmuggelt, müsste er auf jede Verbindung in der Kette zugreifen, um keinen Alarm auszulösen. Nach Prince' Tod hätte man mit der Datenbank alle dafür erforderlichen Details.«

»Dann sollten wir uns das Lagerhaus mal ansehen, oder?« Roche klang aufgeregt.

»Ich bin Softwareingenieurin«, erwiderte Rebecca. »Ich gehe nirgendwohin.« Sie hatte nicht vorgehabt, ihm einen Dämpfer zu verpassen, aber es ließ sich nicht ändern. Auch wenn sie zu gerne herausgefunden hätte, was in dem Lagerhaus vor sich ging, und Roche eine ziemlich plausible Theorie hatte, konnten sie beide nicht einfach dort auftauchen. Falls Black Flag die Prime Logistics und die Werkseisenbahn des Kraftwerks nutzte, um Schmuggelware ins Land oder außer Landes zu schaffen, wollte Rebecca nicht diejenige sein, die in das Lagerhaus marschierte und sie dieses Vergehens beschuldigte.

»Ich bin Agent der NCCU und kann gehen, wohin ich will, sobald ein Tatverdacht besteht«, erwiderte er trotzig.

»Sie sollten es Franklin erzählen«, beharrte sie. »Wir können da nicht einfach reinstürmen. Wir könnten da mehr Schaden als Nutzen bewirken.«

»Ach, kommen Sie. Ich will doch bloß wissen, was da los ist. Wir könnten auf dem Rückweg daran vorbeifahren. Wir müssen ja nichts unternehmen. Aber es wäre gut, mal zu sehen, wie es da überhaupt aussieht.«

»Lassen Sie uns erst hier unsere Arbeit machen«, wiegelte Rebecca ab, da ihr klar war, dass Roche sich das Lagerhaus auf jeden Fall anschauen würde, ob sie nun mitkam oder nicht.

Regel Nr. 10: Zu viel Vertraulichkeit schadet nur

Wenn man zu viel Zeit an einem Ort verbringt, wird man sorglos und geht das Risiko ein, entdeckt zu werden. Geh weiter. Bleib in Bewegung.

Strider, sein geliebtes Alter Ego. Sie hatten so viel zusammen durchgestanden. Mitchell konnte den Gedanken kaum ertragen, dass das alles jetzt zu Ende sein sollte. Er hatte die Superheldenidee nie wirklich umgesetzt, aber jetzt, wo er Zeit hatte, darüber nachzudenken, wurde ihm bewusst, dass er tatsächlich vieles mit seinen Comichelden gemein hatte: die schwierige Kindheit, die tragische Jugend, interessante Superkräfte, geheime Identitäten, dass er Unschuldigen half, die Bösen ausschaltete und die Welt rettete, ohne dafür Dank zu erwarten. Und jetzt hatte er sogar noch einen Erzfeind. Der Salesman hatte ihn angelogen. Der einzige Mensch, der wirklich wusste, zu was er fähig war, hatte ihn verraten.

Die ganze Zeit hatte Strider den Code entwickelt. Er hatte die Regeln geschliffen, die der Salesman ihm nahegelegt hatte, hatte seinen moralischen Rahmen angepasst und seine Methoden entsprechend der vom Salesman definierten Parameter entwickelt. Und nun musste er erkennen, dass der Salesman der Schlimmste von allen war – der Anführer von Black Flag. Bedeutete das etwa, dass Strider unwillentlich für diese Bande gearbeitet hatte? War der Code nichts als eine Lüge? War er wirklich nur ein Zahnrad in der finsteren Organisation des Salesman gewesen?

Ihm wurde ganz anders. Er weigerte sich, das zu glauben.

Er war Strider. Er besaß Macht und Wissen. Er machte die Welt zu einem besseren Ort, und jetzt wollten sie ihn aufhalten. Der Salesman hatte den Code gebrochen. Das würde Strider ihm niemals vergeben.

Er ging auf dem Flur seiner Wohnung auf und ab und spürte den alten Holzfußboden unter seinen nackten Füßen. Er brauchte dieses Gefühl. Er durfte die Bodenhaftung nicht verlieren. Es gab noch sehr viel zu tun. Sie würden ihn jagen, aber sie wussten nicht, wer er war, noch wo er wohnte. Dafür war er viel zu clever.

Bereute er es, Sheila Davies ermordet zu haben? Nein. Die gute alte »Selma« hatte es nicht anders verdient. Er hätte nur gern mehr Zeit gehabt, um ihr zu folgen, insbesondere nach dem, was er jetzt wusste, aber er war sich nicht sicher, ob er je alles über sie herausgefunden hätte. Hätte er ihre Verbindung zum Salesman entdeckt? Und wenn ja – hätte das irgendetwas geändert?

Eines war sicher: Sheila Davies' Aktivitäten hatten sich nicht auf die Leitung von Teddybärs Picknicknetzwerk beschränkt. Sie und Prince hatten Black Flag geholfen – und er, Mitchell, hatte es nicht erkannt. Er hatte es nicht gesehen, weil er von seinem früheren Mentor geblendet gewesen war. Nun fragte er sich, ob noch mehr Menschen, die er kannte, mit denen er zusammenarbeitete oder die er beobachtete, zum Netzwerk des Salesman gehörten. Gab es da draußen noch mehr sogenannte Freunde, die in Wahrheit zu Black Flag gehörten und ihn beobachteten?

Mitchell stand am hohen Fenster am Ende des Flurs und blickte hinunter auf die Straße. Dort waren zahllose Menschen unterwegs, die ihren Geschäften nachgingen und nicht auf ihn achteten. Oder sollte er das nur denken? Wollte man ihn nur in trügerischer Sicherheit wiegen?

Er bemerkte einen unscheinbaren weißen Van, der auf der anderen Straßenseite parkte. Der Fahrer lehnte sich an die Motorhaube und telefonierte. Wartete der Mann auf ihn, Strider? Er versuchte, das Nummernschild zu erkennen, aber es war zu schmutzig. Seltsam. Wer hatte mitten in der Stadt ein total verdrecktes Nummernschild?

Dann fiel ihm ein Mann auf, der von Tür zu Tür ging und etwas in jeden Briefkasten steckte. Und da war eine Frau, die mit ihrem Hund Gassi ging. Sie blieb stehen und schaute zu ihm hinauf. Mitchell trat rasch vom Fenster weg und presste sich mit dem Rücken an die Wand. Die Frau beobachtete ihn.

Zum ersten Mal im Leben hatte Mitchell das Bedürfnis, sämtliche elektronischen Geräte loszuwerden. Aber er wusste auch, dass er ohne sie nicht leben konnte. Und wenn er um sein Leben kämpfen wollte, konnte er es nur in der Arena tun, die ihm vertraut war: online. Dort war er als Strider in Sicherheit, aber wenn er als Mitchell durch die Tür nach draußen ging, war er nur ein ganz normaler Mann.

Würden sie wissen, wer er war? Musste Mitchell den Preis für Striders Taten bezahlen? Er hatte es immer genossen, sein sogenanntes normales Leben mit seinem virtuellen Leben auszugleichen. Vielleicht musste er das normale Leben opfern, um im virtuellen Raum zu überleben. Würde jemand bemerken, wenn Mitchell einfach verschwand?

Als er die Antwort auf diese Frage fand, traf es ihn wie ein Blitzschlag. Der Salesman hatte gesagt, Strider sei jetzt ganz alleine, aber das stimmte so nicht: Er hatte noch Mitchell – ein Mann, der Teil eines Teams war. Und dieses Team jagte Black Flag. *Natürlich* würde man bemerken, wenn Mitchell verschwand. Seine Kollegen bei der NCCU hatten gerade erst Sheila Davies verloren und waren dabei, einen potenziellen Angriff durch Terroristen abzuwehren, daher brauchten sie jede Hilfe, die sie bekommen konnten.

Nein, Mitchell konnte nicht einfach verschwinden. Wenn er nicht zur Arbeit ging, noch dazu mitten in einer solchen Krise und an dem Tag, an dem Sheila Davies gestorben war, würde er alle Blicke auf sich ziehen. Und das dufte nicht geschehen. Sie mussten Black Flag im Auge behalten.

Er holte sein Arbeitshandy heraus und schaute nach, ob er Anrufe verpasst hatte. Doch es wurde nur die Nummer der NCCU-Zentrale angezeigt, über die um kurz nach neun jemand angerufen hatte. Wer hatte versucht, ihn zu erreichen? Sheila Davies war die Einzige, die ihn je außerhalb der Arbeitszeit angerufen hatte, um ihm mitzuteilen, was in der Abteilung los war.

Wieder kochte die Enttäuschung über ihren Verrat in ihm hoch. Sie hatte ihn benutzt. Sie hatte ihm das Gefühl vermittelt, auf seiner Seite zu stehen, hatte ihm Rückendeckung gegeben und ihn vor Franklins Misstrauen verteidigt, damit er mit jeder Information immer zuerst zu ihr kam. Er dachte daran, wie oft er ihr Daten über die Mitglieder von Black Flag oder deren Aktivitäten vorgelegt hatte, die jedoch nie wirklich schlüssig gewesen waren. Sie musste sich innerlich totgelacht haben, wenn er wieder mit neuen Beweisen vor ihr stand.

Tja, jetzt lachte sie nicht mehr.

Vielleicht war es gut, dass Sheila gewusst hatte, wer ihr Mörder war. In ihren letzten Minuten hatte sie definitiv *nicht* gelacht. »Dafür wirst du bezahlen«, hatte sie gesagt und würde möglicherweise recht behalten: Sie waren hinter ihm her, doch er würde bereit sein. Er musste seine Stärken ausspielen, und seine größte Stärke war Mitchell. Sein Mann vor Ort. Mitchell würde eine Reihe von Fortschritten im Kampf gegen Black Flag erzielen – und mit ein wenig Hilfe konnte die NCCU dieses Mal vielleicht sogar siegen.

Er drückte die Rückruftaste. Als die Rezeptionistin der NCCU in der Zentrale sich meldete, war er bereit, seine Rolle zu spielen.

»Sheila Davies bitte, hier spricht Mitchell«, sagte er.

»Warten Sie bitte«, erwiderte die Rezeptionistin mit erstickter Stimme.

Mitchell verbrachte ein paar Sekunden in der Warteschleife und hörte Digitalmusik, bis er ein Klicken vernahm.

»Mitchell?« Es war Franklin.

»Ja.«

»Hier Franklin. Wo stecken Sie? Wir rufen Sie seit Stunden an.«

»Tut mir leid, aber ich bin Spuren in der Prince-Sache nachgegangen und habe darüber offenbar die Zeit vergessen. Ich wollte Selma gerade Bescheid sagen, dass ich unterwegs bin. Ich habe einiges herausgefunden, das Sie sich ansehen müssen.« Er gab sich größte Mühe, sich nichts anmerken zu lassen und wegen seines »Durchbruchs« ein wenig Erregung in seine Stimme zu legen.

»Mitchell«, sagte Franklin betrübt. »Es gab einen Autounfall. Sheila Davies ... sie ist tot. Sie müssen sofort herkommen.«

»Sheila ist tot?« Mitchell klang ungläubig. »Wie? Ich meine ...«

»Ein Autounfall. Heute Morgen.«

Mitchell wusste, dass er darauf nur mit Schweigen reagieren konnte. Er wartete, bis Franklin wieder etwas sagte.

»Wie schnell können Sie hier sein?«, wollte er wissen.

»Ich ... bin schon unterwegs«, erwiderte Mitchell mit verstörter Stimme.

Franklin legte auf, ohne noch etwas zu sagen.

Mitchell stellte sich vor, wie es gerade im Büro der NCCU zuging. Er malte sich die schockierte Stille aus, während Sheilas Freunde und Kollegen versuchten, die Nachricht von ihrem Tod zu verarbeiten. Er stellte sich ihre Kommentare hinsichtlich des Zeitpunkts vor, und die vielen Fragen. Sie würden nicht begreifen, wieso es passiert war – das taten die Leute nie.

Mitchell wusste, dass er von dem Moment an, in dem er das Büro betrat, auf der Hut sein musste. Er musste den Schock und die Fassungslosigkeit der anderen teilen, zugleich aber zu demjenigen werden, der ihnen die Augen öffnete, wer Sheila Davies wirklich gewesen war.

Es wird Zeit, dass die NCCU alles über Black Flag herausfindet, überlegte er. *Na ja, fast alles.*

Rebecca und Roche waren zufrieden. In der kurzen Zeit im Kraftwerk hatten sie getan, was sie konnten, um sicherzustellen, dass keine direkte Gefahr durch einen Cyberangriff mehr drohte. Um die Mittagszeit fuhren sie in Roches kleinem Mietwagen los. Rebecca hatte ihren Sitz so weit wie möglich nach hinten geschoben, aber ihre Knie drückten noch immer gegen das Handschuhfach. Sie musste lächeln, als Roche mit dem Schaltknüppel kämpfte und vom zweiten in den dritten Gang wechselte, woraufhin der Wagen einen Satz machte, als Roche von der Kupplung ging.

»Und bist du nicht willig, so brauch ich Gewalt«, zog sie ihn auf.

»Sehr witzig. Ich fahre sonst Automatik«, erwiderte er, schien ihr die Stichelei aber nicht übel zu nehmen.

»Das ist nicht Ihr Ernst«, entgegnete sie.

An diesem Morgen war ihr klar geworden, dass man mit Roche tatsächlich Spaß haben konnte, wenn man ebenso taktlos war wie er. Inzwischen musste sie Mitchell beipflichten: Roche war okay, wenn man ihn erst besser kennengelernt hatte.

Wieso dachte sie schon wieder an Mitchell? Seit sie am Vorabend in den Zug nach Selby gestiegen war, hatte sie öfters an ihn denken müssen. Nun bereute sie es, ihn nicht nach seiner Telefonnummer gefragt zu haben. Sie hätte zu gern gewusst, welche Beweise er auf Prince' Laptop gefunden hatte und was die NCCU inzwischen über Prince' Verbindung zu Black Flag herausgefunden hatte.

»Haben Sie Franklin noch erreicht?«, erkundigte sie sich in beiläufigem Tonfall.

»Ich hab's nicht noch mal versucht«, antwortete Roche. »Ich hab ihm eine Nachricht hinterlassen. Wenn er was von mir will, soll er mich anrufen.«

»Finden Sie nicht, wir sollten ihm sagen, was wir herausgefunden haben?« Rebecca wurde bewusst, dass sie sich wie ein Kind anhörte, das keinen Ärger mit seinem Lehrer haben wollte, aber sie wusste nicht, wie die Hierarchie bei der NCCU funktionierte. Roche musste das Team doch bestimmt über die neuen Erkenntnisse informieren, oder? Sie war überzeugt, dass die Verbindung zwischen Bacchus Enterprises, den verschwundenen Containern, dem Nebengleis und dem Lagerhaus von Prime Logistics für einen Durchsuchungsbefehl reichte.

»Wir haben nichts herausgefunden«, stellte Roche klar. »Noch nicht.«

»Ich bin immer noch der Ansicht, dass wir nicht zu dem Lagerhaus fahren sollten«, beharrte Rebecca. »Jedenfalls nicht alleine. Was ist, wenn wir sie auf frischer Tat ertappen? Das sind Verbrecher. Diese Leute könnten uns umbringen.«

»Sie schauen sich zu viele Gangsterfilme an.« Roche grinste. »Außerdem werden wir das Lagerhaus ja nicht betreten, wir fahren nur daran vorbei. Okay, kann sein, dass ich ein bisschen langsamer fahre, oder wir fahren sogar ran und vertreten uns am Straßenrand ein wenig die Beine. Leute, die lange unterwegs sind, tun das nun mal. Besonders, wenn sie in einem so kleinen Karren sitzen wie dem hier.«

Er setzte den Blinker, worauf es im Wagen laut klickte, und fuhr von der doppelspurigen Schnellstraße auf eine Bundesstraße.

»Okay. Aber ich bleibe im Wagen. Und um es noch mal zu sagen: Ich halte das für eine dumme Idee«, betonte sie. Doch insgeheim war sie gespannt darauf, ob sie nicht doch etwas fanden, das der NCCU helfen konnte, diese Leute festzunageln. So etwas kannte Rebecca sonst nicht. Sie kam sich ein bisschen so vor wie im Film, als wären sie unterwegs, um sich die Bösen zu schnappen, ohne Verstärkung und unbewaffnet. Ohne Verstärkung und unbewaffnet … war das in Filmen nicht immer der klassische Fehler?

Die ganze Sache war völlig verrückt. Was dachten sie sich nur dabei?

»Ich finde, wir sollten Franklin wenigstens informieren, dass wir auf dem Rückweg sind«, sagte sie. »Wir könnten erwähnen, dass wir etwas Verdächtiges in Bezug auf das Gleis herausgefunden haben und dort vorbeifahren, um es uns anzuschauen.« Rebecca versuchte, nüchtern und praktisch zu argumentieren, fragte sich aber, ob sie nicht eher naiv wirkte.

»Wenn es Sie glücklich macht«, erwiderte Roche, fischte sein Handy aus der Hosentasche und reichte es ihr. »Franklin ist unter ›Boss‹ gespeichert. Stellen Sie auf Lautsprecher, okay?«

Rebecca nahm das Handy, fand die Nummer und wählte.

»Roche?« Franklins Stimme klang müde.

»Sir, wir wollten Sie nur kurz über unsere Lage hier informieren.«

»Ich hoffe, Sie haben gute Neuigkeiten.«

»Es ist nicht so schlimm, wie wir dachten, falls es Sie beruhigt«, meinte Roche fröhlich.

»Lassen Sie hören.«

»Wir sind bald im Kraftwerk fertig.« Roche zwinkerte Rebecca zu und bezog sie damit in die Lüge ein. »Sie sind dort so sicher, wie es nur geht, bis sie alle Systeme aktualisiert haben. Zumindest ist die Gefahr jetzt nicht mehr größer als vor dem Diebstahl der Datenbank.«

»Ist das Ihre Version einer guten Neuigkeit?«, fragte Franklin spitz.

»Wir konnten mehrere Verbindungen aufdecken, Sir, die unserer Meinung nach weitere Nachforschungen erfordern.«

Rebecca hielt ihm das Handy unter das Kinn, während er den Wagen lenkte.

»Ist es etwas Dringendes?«, erkundigte Franklin sich angespannt. »Mir stehen hier momentan nicht gerade viele Ressourcen zur Verfügung.«

»Nein, das kann warten. Wir wollten Sie nur darüber informieren, dass wir eine Verbindung zwischen einigen Containern am Hafen und einem Lagerhaus entdeckt haben. Wir dachten, wir sehen uns das mal an, da wir ohnehin in der Nähe sind.«

»Ich brauche Sie hier, Roche.«

»Wir fahren da wirklich nur vorbei, Sir, und sehen uns die Sache mal an«, erwiderte er abwehrend.

»Jetzt halten Sie mal den Mund, und hören Sie zu!«, fauchte Franklin.

Rebecca zog die Augenbrauen hoch, doch Roche schwieg.

»Sheila Davies hatte heute Morgen auf dem Weg zur Arbeit einen Autounfall«, fuhr Franklin fort. »Sie ist tot, Roche. Ich brauche meine Leute hier.«

»Großer Gott! Sind Sie sicher?«

Als Reaktion auf Roches dumme Frage herrschte Schweigen. Rebecca starrte ihn mit weit aufgerissenen Augen an. Sheila Davies war tot?

»Ja, Roche, überraschenderweise bin ich mir sicher.«

»Tut mir leid, Sir. Aber ... du meine Güte.«

»Wir sind hier unterbesetzt, Roche. Ich brauche Sie hier, also gondeln Sie nicht in der Gegend herum. Führen Sie Ihre Arbeit im Kraftwerk zu Ende, und schwingen Sie Ihren Hintern wieder hierher. Haben Sie verstanden?«

»Ja, Sir. Wir sind morgen früh wieder im Büro.«

Franklin verabschiedete sich nicht, sondern legte einfach auf. Rebecca blickte Roche an und versuchte einzuschätzen, wie sehr ihn die Nachricht von Sheila Davies' Tod getroffen hatte.

»Großer Gott«, sagte er erneut, dieses Mal deutlich leiser.

Sie reichte ihm das Handy zurück. »Standen Sie sich nahe?«

»Nein, natürlich nicht«, erwiderte er. »Selma war eine Hexe. Aber trotzdem ... Sie war noch da, als wir losgefahren sind, und jetzt ist sie tot. Das ist ganz schön krass.«

Sie fuhren einige Zeit, ohne dass einer von ihnen etwas sagte. Rebecca war erleichtert, dass sie Roche nicht trösten musste; sie hätte nicht gewusst, wie sie es anstellen sollte. Sie überlegte, ob sie das Radio einschalten sollte, um die gedrückte Stimmung ein wenig zu heben. Stille machte sie stets nervös, besonders in der Gegenwart Fremder.

»Das muss es sein«, sagte Roche plötzlich aufgeregt.

Rebecca schaute in die Richtung, in die er blickte. Ein Stück von der Straße entfernt stand ein großes, mit Metallplatten verkleidetes Lagerhaus einsam auf den grünen Feldern von Yorkshire. Doch es war kein Schild zu sehen, das einen Hinweis auf den Eigentümer des Lagerhauses gab.

Roche setzte den Blinker. Offenbar wollte er auf die Straße abbiegen, die zum Lagerhaus führte.

»Ist das nicht zu offensichtlich?«, erkundigte sich Rebecca.

Roche ignorierte sie und bog ab.

»Sie können doch nicht bis vor die Tür fahren«, protestierte Rebecca. »Das ist doch verrückt.«

»Wieso? Heutzutage leiten einen die Navis über die merkwürdigsten Strecken.«

»Sie haben kein Navi.«

»Das wissen die aber nicht.«

Er fuhr jetzt sehr langsam. Rebecca befürchtete, dass sie dadurch noch auffälliger wurden. Ungefähr zwanzig Meter vom Tor des Lagerhauses entfernt verringerte Roche die Geschwindigkeit noch mehr, fuhr an den Straßenrand und stellte den Motor ab.

»Was tun Sie?«, fragte Rebecca verwirrt.

»Vertrauen Sie mir einfach, okay? Ich habe so etwas schon mal gemacht.« Er lehnte sich nach hinten, hob seinen Laptopkoffer hoch und nahm seinen Ausweis heraus.

»Wirklich?«

»Nein«, erwiderte er mit frechem Grinsen. »Aber ich wollte es schon immer mal tun. Sie bleiben hier.«

Er öffnete die Tür und stieg aus, bevor sie einen Ton herausgebracht hatte.

»Roche!«, protestierte sie. »Wir wollten doch nur am Lagerhaus vorbeifahren!« Doch er hatte die Tür schon zugeknallt. Rebecca schäumte vor Wut. *Was für ein Idiot*, ging es ihr durch den Kopf.

Roche drehte sich noch einmal zu ihr um, reckte den Daumen in die Luft und marschierte dann auf das Tor zu. Rebecca fragte sich beunruhigt, was er vorhatte. Sie sah, wie er dem Wachmann, der ans Tor gekommen war, seinen NCCU-Ausweis zeigte. Dann unterhielten sich die beiden. Rebecca hätte zu gerne gewusst, was Roche erzählte. Er hielt seinen Ausweis noch immer auf Augenhöhe.

Sie konnte durch die Windschutzscheibe erkennen, dass vor dem Lagerhaus und auf der asphaltierten Fläche dahinter Container gestapelt waren. An einem Ende waren zwei gelbe Kräne zu sehen. Rebecca vermutete, dass dort auch die Bahngleise verliefen.

Nach kurzer Diskussion öffnete der Wachmann das kleinere Tor, das in das größere eingelassen war, und ließ Roche hinein. Die beiden Männer wechselten noch ein paar Worte, dann folgte Roche dem Wächter, bis sie nicht mehr zu sehen waren. Kurz bevor sie aus ihrem Blickfeld verschwanden, drehte Roche sich zu Rebecca um und nickte entschlossen.

War das ein Signal? Wollte er ihr damit zu verstehen geben, dass sie die Gelegenheit nutzen und sich umsehen sollte? Wo, zum Teufel, ging er hin?

Rebecca wartete kurz, aber dann gewann ihre Neugier die Oberhand.

»Ach, verdammt«, murmelte sie, stieg aus und ging langsam auf das Tor zu. Das Herz schlug ihr bis zum Hals.

Das ist lächerlich, sagte sie sich. *Warum hast du Angst? Das ist doch nur ein Lagerhaus.*

Oder nicht?

Sie eilte zum Tor und ging durch den schmalen Durchlass, während sie sich nach Roche und dem Wachmann umsah. Die beiden Männer näherten sich gerade zwei Standard-Containern, die neben dem Lagerhaus standen, und drehten sich nicht um.

Rebecca betrat den Platz vor dem Lagerhaus und schaute zu der Glastür hinüber, die in die Wellblechwand eingelassen war. Auf einem kleinen weißen Sticker auf der Innenseite war das Logo von Prime Logistics zu sehen. Also waren sie wenigstens am richtigen Ort. Rebecca ging auf die Tür zu und schaute ins Innere des Lagerhauses, konnte aber nur einen verlassenen Schreibtisch sehen. Offensichtlich empfing man hier keine Kunden. Rasch lief sie um die Seite des Gebäudes herum zu der Stelle, an der sie die Kräne gesehen hatte.

Als sie um die Ecke bog, stellte sie fest, dass hier reges Treiben herrschte. Ein Hubwagen lud Container von drei Lkws auf einen wartenden Zug, und die riesigen Ladetüren in der Rückwand des Lagerhauses standen offen. Rebecca konnte von der Stelle, an der sie stand, nicht richtig hineinschauen und ging ein Stück weiter vor. Sie drückte den Rücken flach an die Wand, damit man sie vom Hubwagen aus nicht sehen konnte. Nach zwei weiteren Schritten konnte sie direkt ins Lagerhaus blicken, musste jedoch enttäuscht feststellen, dass es nur voller Container war. Sie wusste selber nicht, was sie erwartet hatte.

Am anderen Ende der Verladerampe war eine Tür zu sehen, die in einen anderen Bereich führte, aber Rebecca wollte das Lagerhaus auf keinen Fall betreten. Irgendwo tief im Inneren des riesigen Gebäudes konnte sie ein Läuten wie von einer Fahrradklingel hören. Von dem, was jenseits der Rampe passierte, war nichts zu sehen. Rebecca zog ihr Smartphone hervor und schoss rasch ein paar Fotos vom Zug, den aufgeladenen Containern, dem Inneren der Verladerampe und der kleinen Tür dahinter.

Ein lautes, metallisches Geräusch ließ sie zusammenfahren. Der Hubwagen hatte einen Container angehoben, der sich jetzt direkt über ihrem Kopf befand. Das gefiel ihr gar nicht. Sie sollte überhaupt nicht hier sein. Rasch drehte sie sich um und hoffte, unbemerkt wieder nach draußen schlüpfen zu können, aber es war zu spät. Ein Mann in einer gelben Sicherheitsweste kam auf sie zu.

»Kann ich Ihnen helfen?«, fragte er mit abweisender Stimme.

Rebecca hielt die Hände hoch, als würde er mit einer Waffe auf sie zielen.

Aus und vorbei, schoss es ihr durch den Kopf. Sie war beim Herumschnüffeln erwischt worden und hatte es vermasselt.

»Ich suche ... äh, meinen Partner«, antwortete sie ausweichend.

»Sie dürften gar nicht hier sein«, sagte der Mann ungehalten, nahm ihren Arm und führte sie um die Gebäudeecke. Als Rebecca das Tor und ihren kleinen gelben Wagen sah, wäre sie am liebsten losgerannt, aber sie riss sich zusammen.

In diesem Moment kam ein kleiner, hässlicher Kerl mit Glatze durch die Glastür nach draußen gerannt.

»He, Sie!«, rief er und kam auf sie zu.

Rebecca zuckte zusammen. Der Glatzkopf kam schnell näher. Er sah wütend aus. Ohne nachzudenken, riss Rebecca den Arm aus dem Griff des Wachmannes und rannte los.

Sofort hörte sie die Schritte der Männer hinter sich, als sie die Verfolgung aufnahmen. Eigentlich war Rebecca eine gute Läuferin, aber sie hatte die falschen Schuhe an. Sie würde es nicht schaffen. Als sie einen gehetzten Blick über die Schulter warf, hatte der Glatzkopf sie fast schon erreicht. Er stürzte sich auf sie, und sie ging schreiend zu Boden.

Der Mann überwältigte sie, hielt ihre Arme hinter ihrem Rücken fest und zerrte sie auf die Beine. Ein stechender Schmerz zuckte ihr durch einen Arm.

»Lassen Sie mich los!«, rief sie und wehrte sich gegen seinen festen Griff. Aber der Mann war viel zu kräftig. Rebecca schrie vor Schmerz, als er ihre Hand noch weiter nach oben drückte. Er würde ihr den Arm brechen.

»Bewegung«, sagte der Glatzkopf barsch und schob sie auf die schmale Glastür zu.

»Das können Sie nicht machen«, protestierte Rebecca. Ihr Herz raste, und ihr stieg das Blut ins Gesicht. Sie hatte Angst. Der Mann drückte sie mit seinem Körper gegen die Wand, während er seinen Ausweis durch das Lesegerät neben der Tür zog. Ein mechanisches Summen gab ihm zu verstehen, dass die Tür offen war. Er stieß sie mit dem Fuß auf und schob Rebecca rücksichtslos hindurch. An der nächsten Tür tat er dasselbe, nur dass er dort einen Code über ein silbernes Tastenfeld eingeben musste.

Er führte Rebecca in einen dunklen Korridor aus Fertigbauwänden, der sich über die gesamte Länge des Lagerhauses erstreckte. Auf beiden Seiten befanden sich identische Türen. Wieder, ganz leise, konnte Rebecca eine Fahrradklingel hören. Was für ein seltsames Geräusch für ein industriell genutztes Gebäude. In den Jahren, die sie für PrinceSec arbeitete, hatte sie viele Lagerhäuser und Fabriken von innen gesehen. Ihr Job erforderte häufig, dass sie herumgeführt wurde, damit sie dafür sorgen konnte, dass die elektronischen Systeme effektiv arbeiteten. Viele Gebäude, die sie gesehen hatte, enthielten zur Hälfte Büros, während die andere Hälfte als Lager genutzt wurde.

Doch als sie nun den Gang betraten, spürte Rebecca den Unterschied. Hier, im hinteren Teil der Halle, hatte sie nicht mehr das Gefühl, sich in einem Lagerhaus für Container zu befinden. Stattdessen hatte der Gang mit den vielen identischen, nicht gekennzeichneten Türen etwas Bedrückendes an sich. Rebecca bereute, dass sie aus dem Auto ausgestiegen war. Warum hatte Roche auch darauf bestanden, dass sie hierher fuhren?

Der Geruch, der hier vorherrschte, erinnerte sie an die Jugendherbergen, in denen sie während ihrer Kindheit so oft gewesen war: muffig und leicht süßlich. Ein Geruch nach vielen Menschen, die auf engem Raum zusammenlebten. Rebecca vermutete, dass einige Arbeiter hier untergebracht waren, vielleicht die, die offiziell gar nicht hier arbeiteten. Illegale. So etwas hatte sie früher schon gesehen.

Was würde der Glatzköpfige hier drin mit ihr anstellen? Panik erfasst Rebecca. Sie versuchte, die Absätze in den Boden zu stemmen und sich mit aller Macht gegen ihn zu wehren, als er sie durch den Korridor schob, aber sie war ihm nicht gewachsen. Unbarmherzig drängte er sie weiter. Sein Atem, der nach kaltem Rauch roch, wehte feucht und heiß gegen ihre Wange.

Endlich hatten sie die letzte Tür auf dem Gang erreicht. Wieder drückte der Mann Rebecca gegen die Wand, als er aufschloss. Kaum war die Tür offen, schnappte Rebecca vor Schreck nach Luft. In dem Raum saß Roche zusammengesunken auf zwei Stühlen, die Hände gefesselt. Er schien bewusstlos zu sein, und sein Gesicht war voller Blut.

Wieder schrie Rebecca, auch wenn sie wusste, dass es sie nicht retten würde.

Willis ließ sich auf das Sofa in Franklins Büro sinken. Es war bereits Nachmittag, und er hatte seit der Beweissicherung an der Unfallstelle an diesem Morgen durchgearbeitet. Schließlich wollte er Franklin möglichst bald Antworten liefern, damit sein Team weiterarbeiten konnte. Aber Willis war immer nur auf neue Fragen gestoßen.

Seufzend zog er seinen Aktenkoffer auf den Schoß, nahm mehrere Ordner heraus und stapelte sie neben sich. »Wie geht es Ihnen, Oscar?«, fragte er dabei. Er wusste nur zu gut, wie der Tod eines Teammitglieds die Moral beeinflussen konnte, insbesondere, wenn das Team ohnehin schon unter Stress stand.

»Ehrlich gesagt erscheint mir das alles ziemlich unwirklich«, antwortete Franklin. »Ich glaube, die meisten von uns haben es noch gar nicht richtig begriffen. Nicht mal das halbe Team ist heute hier, deshalb kommt es mir hier ohnehin schon wie auf einem Geisterschiff vor. Was haben Sie für uns?« Ohne sein sonstiges Gehabe wirkte Franklin viel kleiner, unscheinbarer.

Willis hob den ersten Ordner hoch und hielt ihn kurz auf seinem Schoß fest. »Ich möchte etwas mit Ihnen besprechen, Oscar«, begann er. »Aber es könnte nicht ganz einfach für Sie werden.«

Franklin setzte sich ihm gegenüber und strich sich mit den Händen übers Gesicht. Er wirkte verstört. »Inwiefern?«, wollte er wissen.

»Ich habe einige Probleme mit der Unfallstelle, die ich mit Ihnen durchgehen wollte, bevor ich Ihnen sage, was ich denke«, antwortete Willis. »Ist das okay für Sie?« Er schaute Franklin fragend an. Als dieser nickte, legte Willis die Fotos vom Tatort auf den niedrigen Tisch zwischen ihnen. Franklin schaute sich jedes Bild an. Die Fotos waren aufgenommen worden, nachdem man die Leiche abtransportiert hatte; Willis wollte Franklin die Sache nicht noch schwerer machen, als sie ohnehin schon war.

»Mein erstes Problem ist das Timing«, erklärte Willis. »Und damit meine ich nicht, dass Sheila keine zwei Tage nach Prince' Flugzeugabsturz einen tödlichen Autounfall hatte. Solche Zufälle gibt es, das ist mir klar. Aber das hier geschah heute Morgen vor sechs Uhr.« Er blickte Franklin an, der noch immer stirnrunzelnd auf die Fotos starrte.

»Es war so gut wie kein Verkehr, und eilig wird sie es auch nicht gehabt haben«, fuhr Willis fort und legte ein körniges Schwarz-Weiß-Foto zu den anderen Bildern. »Die Radarfalle hat sie mit fünfundsechzig Meilen pro Stunde geblitzt. In einer Dreißigerzone. Warum sollte sie um sechs Uhr früh so schnell fahren?«

»Vielleicht, weil sie es konnte.«

»Tja, Sie kannten Sheila besser als ich«, erwiderte Willis. »Aber ich bin häufiger mit ihr mitgefahren. Sie hat auf mich nie den Eindruck einer Raserin gemacht.« Er zog weitere Fotos aus dem Ordner neben sich und drehte sich wieder zum Tisch um.

»Okay, lassen wir das mal außen vor und konzentrieren wir uns auf etwas anderes.« Er unterstrich jedes seiner nächsten Worte, indem er ein kleines eckiges Bild nach dem anderen auf den Tisch legte, immer schön nebeneinander. »Bei einer Geschwindigkeit von über fünfundsechzig Sachen schert der Wagen auf einmal nach links aus. Sehen Sie das? Als hätte etwas im Weg gestanden. Aber sie tritt erst zwei oder drei Sekunden später auf die Bremse. Das ist doch seltsam, finden Sie nicht? So etwas bekommen wir nicht allzu häufig zu sehen. Wenn einem etwas vor den Wagen läuft, tritt man eigentlich sofort auf die Bremse und reißt das Lenkrad herum. Aber hier kommt erst der Schlenker und später das Bremsen. Können Sie mir so weit folgen?«

»Ich glaube schon. Nur weiter«, sagte Franklin.

»Dann wäre noch das hier.« Willis reichte ihm ein Foto von den Blutspritzern auf den Glasscherben unter dem Fenster auf der Fahrerseite. »Blutstropfen auf dem Glas unterm Fenster. Genau, wie zu erwarten war. Größe und Form der Tropfen deuten auf eine schwächer werdende Blutung hin, daher können wir davon ausgehen, dass ihr Herz stehen geblieben ist, kurz nachdem der Wagen zum Stillstand gekommen war. Aber jetzt kommt das Seltsame. Wenn man sich den Tatort von oben ansieht, kann man deutlich Spuren in den Glassplittern rings um das Fahrzeug erkennen. Ich würde sagen, es handelt sich um Fußspuren. Hier ist eine Draufsicht.« Er legte drei weitere Bilder vor Franklin auf den Tisch: die Szene von oben und zwei Nahaufnahmen der Glassplitter.

»Sehen Sie das?« Willis deutete auf drei einzelne, kaum erkennbare Punkte rings um den Wagen. Franklin starrte mit zusammengekniffenen Augen auf die Fotos.

»Weder mein Team noch der erste Zeuge oder die Rettungssanitäter sind um den Wagen herumgegangen. Aber wie kommen die drei einzelnen Glassplitter mit dem Blut darauf auf die Beifahrerseite? Ich bin der Ansicht, dass sie unbeabsichtigt an einem Schuh dorthin getragen wurden.«

»An wessen Schuh?«

»Das weiß ich nicht, aber sehen Sie sich das an«, fuhr Willis fort. »Diese beiden Bilder zeigen etwas, das eine Reifenspur am Rand der Glassplitter sein könnte. Wir wissen mit Sicherheit, dass keine Fahrzeuge in den Tunnel gefahren sind, nachdem der Taxifahrer uns benachrichtigt hatte. Er hat den Tunnel mit seinem Wagen blockiert, bis der Einsatzwagen vor Ort war, und der ist nicht bis an die Unfallstelle herangefahren.«

Willis lehnte sich zurück und beobachtete Franklin, der eines der Fotos aufnahm, um es sich genauer anzuschauen.

»Was hat das zu bedeuten, Jack?«, fragte er.

»Nun, es gibt zwei Möglichkeiten. Entweder ist noch jemand vor dem Taxi an der Unfallstelle gewesen und hat sich dort umgesehen, hatte aber keine Lust, es zu melden. Das würde bedeuten, dass es einen möglichen Zeugen gibt. Oder, was ich für wahrscheinlicher halte, es war zur Unfallzeit noch jemand auf dieser Straße. Möglicherweise hat diese Person irgendetwas getan, das den Wagen überhaupt erst ins Schleudern gebracht hat. Als der Betreffende sah, was er angerichtet hatte, kam er möglicherweise zurück und wollte seine Hilfe anbieten, ist dann aber abgehauen, als ihm klar wurde, dass Sheila tot war. Parker hat sich gefragt, ob sie vielleicht jemanden verfolgt hat. Das würde die hohe Geschwindigkeit erklären.«

Willis blickte Franklin an und wartete auf eine Reaktion.

Franklin zuckte mit den Achseln. »Das ist durchaus möglich, wenn Sie mich fragen«, sagte er. »Aber es passt eigentlich nicht zu Sheila. Sie war keine Frau, die sich mit jemandem eine Verfolgungsjagd liefert. Sie hätte sich eher die Autonummer aufgeschrieben und den Fahrer angezeigt.«

»Und das alles erklärt noch nicht, wie die Glassplitter auf die Beifahrerseite kommen.« Willis nickte. »Aber wir müssen davon ausgehen, dass sich zur Unfallzeit noch jemand im

Tunnel aufgehalten hat. Wir haben die Aufnahmen aller Überwachungskameras von den Straßen angefordert, die von beiden Seiten in den Tunnel führen. Die meisten Gebäude und Läden in der Nähe werden kameraüberwacht. Mindestens die Hälfte dieser Kameras war aktiviert. Deshalb sollte es kein großes Problem sein, die geheimnisvolle Person ausfindig zu machen. In der Zwischenzeit würde ich mir gerne Sheilas Telefonverbindungen ansehen und mich mit den Leuten in ihrem Apartmenthaus unterhalten. Vielleicht bekomme ich so ein besseres Bild davon, was ihr heute Morgen durch den Kopf gegangen ist. Irgendetwas passt bei der ganzen Sache nicht zusammen. Vielleicht ist es nur das Timing, aber ich bin misstrauisch geworden.« Willis versuchte, vorsichtig vorzugehen, aber irgendetwas machte ihm zu schaffen.

»Dann glauben Sie nicht, dass es ein Unfall war?«, fragte Franklin.

»Ich will jedenfalls nichts ausschließen. Aber im Grunde suche ich nur nach Antworten. Selbst wenn es ein Unfall war, müssen wir herausfinden, wie es dazu gekommen ist. Wenn sich zu diesem Zeitpunkt noch jemand im Tunnel aufgehalten hat, wie ich glaube, gibt es einige Fragen, auf die ich gerne Antworten hätte. Es ist mein Job, immer nach dem Ungewöhnlichen zu suchen. Vermutlich kommt dabei nichts heraus, aber wir sind es Sheila Davies schuldig, diese Untersuchung mit Sorgfalt vorzunehmen. Finden Sie nicht auch?«

»Natürlich. Genauso hätte sie es selbst gehandhabt.«

Regel Nr. 11: Ein Tag nach dem anderen

In vierundzwanzig Stunden kann viel passieren.
Mach das Beste aus jeder Stunde, die du hast.

Miguel öffnete die Tür und ließ den Arzt herein. Er war dem Mann in all den Jahren, die er diesen Job jetzt machte, erst ein paar Mal begegnet. Normalerweise war der Boss hier, wenn der Arzt gebraucht wurde, und regelte alles. Wie schade, dass es jetzt nicht auch so war. Miguel hatte das Gefühl, dass er sich um Dinge kümmern musste, die nicht in seinen Zuständigkeitsbereich fielen, und er wusste nicht, was er deswegen unternehmen sollte.

Er hatte seinem Notfallkontakt gemeldet, dass Mädchen 219 krank war. Der Kontakt hatte ihm gesagt, er habe den Arzt gerufen; die Situation habe sich geändert, und das Mädchen würde einem anderen Zweck zugeführt. Letzteres war sehr zeitaufwendig. Miguel wusste, dass der Arzt vor allem aus diesem Grund hier war – er sollte herausfinden, ob das Mädchen für einen seiner Patienten geeignet war. Das bedeutete, dass Miguel sie länger hierbehalten musste, als ursprünglich geplant, und dafür sorgen musste, dass sie gesund blieb und keinen Ärger machte. *Verdammt!* Schon in dem Moment, in dem die Kleine hier angekommen war, hatte er gewusst, dass er Schwierigkeiten mit ihr haben würde, und so war es auch gekommen. Allerdings stellte das Mädchen momentan nicht sein größtes Problem dar.

Der Arzt war ein großer, dünner Mann mit hagerem

Gesicht und tief eingesunkenen Augen. Er wirkte kränklich und schludrig. Dünne, weiße Haare bedeckten seinen ledrigen Kopf, und er trug eine rahmenlose Brille. Er war immer mit demselben grauen Anzug bekleidet, der ihm viel zu weit war, als hätte er stark abgenommen. Miguel bemerkte, dass der Arzt leicht nach Lavendel und altem Essen roch. Er trug keinen Ehering und sprach nie über etwas anderes als seinen Beruf. Wenn Miguel genau darüber nachdachte, hatte er bei ihren Treffen vielleicht zwei Dutzend Worte mit diesem Mann gewechselt.

»Seit wann erbricht sie sich schon?«, fragte der Arzt.

»Es hat vor zwei Tagen angefangen. Am ersten Tag hat sie normal gegessen und sich dann plötzlich übergeben.«

»Dasselbe Essen wie die anderen?«

»Ja.«

»Medikamente?«

»Diazepam, wie die anderen. Aber ich habe gestern damit aufgehört. Sie hat sich sowieso kaum noch bewegt.«

»Ich werde sie mir mal ansehen.«

Miguel führte den Arzt durch den Flur und an mehreren identischen Türen vorbei, bis er in der Mitte des Flures stehen blieb. Er schloss die Tür auf und öffnete sie.

»Warten Sie draußen. Es wird nicht lange dauern«, sagte der Arzt, ging durch die Tür und schloss sie leise hinter sich.

Miguel hörte, wie er das Mädchen mit tiefer, ernster Stimme begrüßte, als er die Tür zuzog. Dann fing das Mädchen wieder zu weinen an. Miguel ballte die Fäuste. Er konnte es nicht mehr hören. Merkte das Gör denn nicht, dass sie ihm Ärger machte?

Außerdem war Miguel unruhig. Sein Notfallkontakt hatte ihm mitgeteilt, dass der Boss einen Autounfall gehabt habe; er, Miguel, solle sich darauf einstellen, die Kinder jederzeit wegbringen zu müssen. Zwei Stunden später hatte er Miguel noch einmal angerufen und ihm aufgetragen, sich um die beiden Personen zu kümmern, die bald eintreffen mussten. Das gehörte eindeutig nicht zu Miguels Aufgaben, aber der Kontaktmann hatte ihm gesagt, beide wären von der Polizei. Kurz darauf waren sie auch schon erschienen, und Miguel hatte schnell handeln müssen. Er hoffte, das Richtige getan zu haben; ihm war auf die Schnelle nichts anderes eingefallen.

Roberto muss gehen, dachte er nun verbittert. Er hatte den Wachmann nie gemocht, und das war nun schon das zweite Mal, dass er Personen auf das Gelände gelassen hatte, die nicht die Erlaubnis dazu hatten. Wenn sie die ganze Operation in ein anderes Lagerhaus verlegen mussten, konnten sie sich gleich einen neuen Wachmann suchen.

Miguel hasste es, die Kinder zu verlegen. Das Risiko, dabei aufzufliegen, war viel zu groß. Es wäre nun schon das dritte Mal, dass er mit ihnen umziehen musste; das letzte Mal lag gerade sechs Monate zurück. Damals hatte die Polizei die Namen mehrerer Käufer in Erfahrung gebracht, und einige von ihnen waren verhaftet worden. Da die Gefahr bestand, dass einer von ihnen etwas ausplauderte, hatte man die gesamte Operation an einen anderen Ort verlagert. Der Boss hatte dafür gesorgt, dass es keine Hinweise gab, die zu Miguel und zur Einheit zurückverfolgt werden konnten, aber sie war stinksauer gewesen. Es war auch das einzige Mal gewesen, dass Miguel Angst um seinen Job bekommen hatte.

Und jetzt hieß es, der Boss wäre fort. Miguel fühlte sich ohne sie völlig verloren. Wer würde jetzt dafür sorgen, dass alles seinen gewohnten Gang nahm? Im Laufe der Jahre hatte er eine Übereinkunft mit dem Boss getroffen: Sie ließ ihn die Einheit leiten, wie er wollte, und sorgte dafür, dass er alles bekam, was er brauchte.

Miguel wusste nie, wohin die Kinder kamen, und er fragte auch nie danach. Er sorgte nur dafür, dass sie sauber, gesund und bereit waren, wenn der Boss ihm mitteilte, dass es losging. Nun fragte er sich, ob es mit einem neuen Boss genauso laufen würde. Vielleicht war es Zeit, sich einen anderen Job zu suchen.

Miguel hoffte, dass die Untersuchung des Arztes nicht zu lange dauern würde. Wenn sie Mädchen 219 schnell loswurden, konnte Miguel sich auf die anderen Kinder konzentrieren. Die beiden Jungen waren bereit und sollten Ende der Woche abgeholt werden. Miguel hoffte, dass das Problem mit dem Boss nicht zur Folge hatte, dass er alle Kinder länger dabehalten musste, wie beim letzten Mal. Je länger die Bälger in der Einheit blieben, desto mehr Probleme gab es mit ihnen.

Miguel lehnte sich an die Wand. Im Lagerhaus war es jetzt ganz still. Die Arbeiter waren über Nacht nach Hause gegangen. Heute würden keine Züge mehr ankommen, die be- oder entladen werden mussten. Draußen hörte er das vertraute Klirren der Metallketten an den Kränen. Aus den anderen Räumen kam kein Mucks. Nur hinter der Tür, vor der er wartete, hörte er die leise Stimme des Arztes und die noch leiseren Antworten des Mädchens.

Vorsichtig ging Miguel zur nächsten Tür weiter und lauschte. Als aus dem Inneren keine Geräusche kamen, öffnete er sie einen Spalt weit und schaute hinein. Nichts rührte sich. Erfreut schloss Miguel die Tür und ging zurück zum Zimmer von Mädchen 219.

Nach ungefähr zehn Minuten kam der Arzt wieder heraus.

»In Ordnung«, sagte er. »Folgen Sie mir.«

Miguel ging hinter ihm durch den Korridor und in das kleine Büro, in dem seine Monitore schweigend über seine

Schützlinge wachten. Der Arzt stellte seine Tasche auf den Schreibtisch und nahm zwei Tablettenschachteln heraus.

»Sie braucht dreimal täglich eine hiervon, die sie mit viel Flüssigkeit einnehmen muss. Sie wird keinen Hunger haben, aber Sie müssen dafür sorgen, dass sie etwas isst. Sie hat Gastroenteritis, aber sie wird es überleben. Außerdem ist sie stark dehydriert. Sorgen Sie dafür, dass sie genug trinkt. Es wird noch etwa einen Tag dauern, bis ihr Erbrechen aufhört, deshalb müssen Sie wachsam bleiben. Wenn sie nicht endlich etwas trinkt, bekommen Sie ein weitaus größeres Problem.«

Der Arzt ließ die Tabletten, mehrere Spritzen und ein paar Fläschchen mit einer durchsichtigen Flüssigkeit auf dem Schreibtisch zurück.

»Ich habe ihr Blut abgenommen und werde nach Übereinstimmungen suchen. Wenn ich sie nehmen kann, rufe ich Sie in zwei Tagen an. Aber sie muss gesund sein. Momentan ist sie sehr bekümmert, deshalb sollten Sie ihr heute Abend eine Dosis verabreichen, damit sie sich beruhigt. Können Sie das übernehmen, oder soll ich es machen, bevor ich gehe?«

»Das schaffe ich schon«, erwiderte Miguel. Er hatte im Laufe der Jahre schon einige Injektionen verabreicht.

Der Arzt klappte seine Tasche zu und starrte Miguel mit stählernem Blick an.

»Die nächsten vierundzwanzig Stunden sind die wichtigsten. Rufen Sie mich sofort an, wenn sich ihr Zustand verschlechtert.«

»Ist gut.« Miguel nickte.

Der Arzt ging ohne ein Wort des Abschieds.

Es kam Mitchell seltsam vor, von seinem Motorrad zu steigen und zum NCCU-Gebäude zu gehen. Er hatte das Gefühl, sich in die Höhle des Löwen zu begeben, wusste aber auch, dass es keinen anderen Weg gab, um Strider zu retten – Mitchell musste die Kontrolle über die Situation übernehmen. Black Flag wusste, dass er Sheila Davies und Anthony Prince getötet hatte, und man war hinter ihm her. Aber sie wussten nicht, dass Mitchell und Strider ein und derselbe waren, und auch nicht, dass Mitchell für die NCCU arbeitete. Die NCCU wiederum wusste nicht, dass Sheila Davies ermordet worden war. Man würde ihren Tod als Unfall betrachten, zumal es keinen Grund gab, etwas anderes anzunehmen.

Mitchell ging an der Ladestation vorbei, an der sich Davies und Roche immer um den Parkplatz gestritten hatten. Jetzt war er leer, also war Roche noch nicht zurück. Zumindest musste er jetzt nicht mehr um den Parkplatz kämpfen. Mitchell gestattete sich den Anflug eines Lächelns, als er daran dachte, wie er Davies' Toyota gehackt hatte. Er war stolz darauf. Zwar war der Hack bei Weitem nicht perfekt, aber er hatte sich enorm verbessert und hoffte, bald ein wenig Zeit zu haben, um ihn weiter zu modifizieren. Es hatte ihm nichts ausgemacht, dass er direkten Zugang zu Davies' Fahrzeug gebraucht hatte, um das Gerät zu installieren, aber eine softwarebasierte Lösung, bei der seine Anwesenheit nicht mehr erforderlich war, wäre ihm lieber. Der Einbau des Geräts kostete nur Zeit. Aber da alles seinen Zweck wie gewünscht erfüllt hatte, war er zufrieden.

Im Verlauf der nächsten Tage würde Mitchell langsam ernst machen und nach und nach enthüllen, was er über Black Flag wusste. Die NCCU war technisch lange nicht so gut ausgerüstet wie seine eigene Wohnung, aber sie war der beste Ort für

Mitchells weiteres Vorgehen. Denn eines wusste er mit Sicherheit: Innerhalb der NCCU würde Black Flag nicht nach Strider suchen. Schließlich wussten sie, dass ihnen die NCCU-Agenten auf der Spur waren; nach dem, was der Salesman ihm anvertraut hatte, war das für Mitchell offensichtlich. Aber Black Flag wusste nicht, wie dicht die NCCU ihnen tatsächlich auf den Fersen war.

Mitchell war bisher nicht klar gewesen, dass er die Aufregung dieser Jagd auch in seinem täglichen Leben spüren konnte. Er hatte immer geglaubt, dieses Privileg wäre Strider und seinem Leben im Zwielicht vorbehalten. Aber als er jetzt über den Parkplatz auf sein Büro zuging, fühlte Mitchell, wie das Adrenalin ihm durch die Adern schoss. Strider schlug zurück.

Er ging an dem an der Wand angebrachten Aschenbecher vorbei und musste daran denken, wie Sheilas Lippen sich immer um ihre Zigaretten geschlossen hatten. Dabei war jedes Mal eine harte Seite von ihr zutage getreten, die er erst jetzt richtig erkannte. Mitchell verdrängte den Zorn und die Abscheu; diese Empfindungen durfte er auf keinen Fall vor seinen Kollegen zeigen. Er zog seinen Ausweis durch das Lesegerät und drückte die Tür auf, als ein leiser Piepton zu hören war. Dann holte er tief Luft und ging hinein.

Auf geht's, dachte er. *Maske auf und los.*

Langsam ging er zum Schweinestall, da er feststellen wollte, ob das Gebäude sich ohne Sheila anders anfühlte. War es ohne sie vielleicht leerer, trister? Trauerte Sheilas wunderbares intelligentes Gebäude um ihren Verlust? Beinahe hätte er laut aufgelacht.

Im Schweinestall saßen die niedergeschlagenen Teammitglieder an ihren Schreibtischen und versuchten zu arbeiten. Die Agenten Squires und Miller waren zurück, hatten offenkundig aber nichts Produktives bewerkstelligen können. Sie nickten Mitchell zu und lächelten gequält. Die anderen tippten ohne jeden Elan auf ihren PC-Tastaturen. Der Raum wirkte öd und leer. Von Roche und Rebecca war nichts zu sehen. Mitchell fragte sich, ob sie in ihr eigenes Büro zurückgekehrt war. Auch Franklin konnte er nirgends entdecken.

Als Mitchell zum Whiteboard im hinteren Teil des Raumes schaute, bemerkte er, dass viele der potenziellen Ziele durchgestrichen waren und entweder Squires' oder Millers Initialen dahinter standen. Die beiden hatten offenbar viel geschafft. Hinter Newcastle stand ein Fragezeichen. Hatte Roche dort etwas herausgefunden, oder hatte er sich nur noch nicht zurückgemeldet? Mitchell sah auch eine neue Referenz: das Drax-Kraftwerk. Dahinter stand Rebeccas Name. *Da steckt sie also*, dachte er. *Cleveres Mädchen.*

»Wo ist Franklin?«, erkundigte er sich bei Miller.

»Der hockt schon den ganzen Nachmittag mit dem Forensiker Willis in seinem Büro. Ich glaube, Franklin ist ziemlich schockiert. Wie wir alle. Wo haben Sie gesteckt?« In Millers Frage lag der Hauch einer Anschuldigung, als wäre er der Ansicht, Mitchell hätte an diesem Morgen hier bei ihnen sein sollen.

»Ich habe am Prince-Fall gearbeitet. Das war mit …« Er machte eine Pause, um den gewünschten Effekt zu erzielen. »… Sheila abgesprochen.«

Er stellte die Tasche auf seinen Platz und ging hinüber zu den Kästen, in denen sie die Beweise aufbewahrten. Seit dem Desaster mit Teddybärs Picknicknetzwerk wurden sämtliche Beweise im Untersuchungsraum geschützt aufbewahrt, verschlossen in feuerfesten, wasserfesten, alles-Mögliche-festen Kästen, die ständig überwacht wurden. Zu Mitchells Freude hatte man diesen Fehlschlag ernst genug genommen und die Beweissicherung verbessert. Nun wollte er weiter an Prince' Laptop arbeiten, auf dem es mehr als genug Hinweise auf Black Flag gab, die er im Laufe des Tages nach und nach preisgeben konnte. Das würde ein Heidenspaß werden. Er wünschte nur, Sheila Davies wäre noch da und könnte alles mit ansehen. *Hör auf damit*, ermahnte er sich gleich darauf. *Maske auf.*

Er gab den Zugangscode ein, und der Käfig öffnete sich. Gerade als er den Laptop herausnehmen wollte, hörte er, wie die Tür des Schweinestalls geöffnet wurde und Franklin hereinkam.

»Da sind Sie, Mitchell«, sagte Franklin. »Kommen Sie in mein Büro, ja?«

Mitchell wurde mulmig. *Es ist alles okay*, sagte er sich. Vermutlich hatte Franklin heute mit jedem einzeln gesprochen. Das ist nun mal so, wenn ein Kollege stirbt. Man bietet den anderen Trost, Unterstützung oder einen freien Tag an.

Mitchell schloss den Käfig, hörte, wie das Schloss zuschnappte, und folgte Franklin über den Flur in sein Büro. Als er sah, dass Willis noch dort war, setzte sein Herz einen Schlag aus. Vor Willis lag eine ganze Sammlung an Fotos von der Unfallstelle im Tunnel. Mitchell fühlte sich auf morbide Weise davon angezogen. *Dann wissen sie es also*, dachte er. *Aber woher?*

Alles schien in Zeitlupe abzulaufen. Mitchell konnte spüren, wie sein Herz schlug, und hörte sein Blut durch die Adern fließen.

Willis schaute ihn an, als er hereinkam, und stand auf, als wollte er versuchen, die Fotos mit seinem Körper abzuschirmen.

»Setzen Sie sich, Mitchell«, forderte Franklin ihn auf und deutete auf das Sofa, das Willis gegenüberstand.

Mitchell nahm Platz. Er hatte das Gefühl, sich langsam und träge zu bewegen, als würde er durch Sirup waten. Er schaute Willis an und versuchte abzuschätzen, was der Mann wusste, bevor er auf die Fotos blickte, die ordentlich auf dem Tisch ausgebreitet lagen. Was hatten sie entdeckt?

Franklin ging mit langsamen Schritten vor seinem Schreibtisch auf und ab. »Mitchell«, sagte er, »wir haben ein kleines Problem.«

Mitchell schluckte schwer. Das war es also. Aus irgendeinem Grund wussten sie es. Seine Tarnung war aufgeflogen. Sein Plan, Strider zu retten, war gescheitert. Sie würden ihn ins Gefängnis werfen, und dort würde Black Flag ihn umbringen lassen.

»Was ist das alles?«, fragte er und starrte weiterhin auf die Fotos vor sich. Er wollte Willis nicht in die Augen blicken, denn er befürchtete, der Mann könnte ihn durchschauen.

Willis räusperte sich. »Ich glaube, dass hinter Sheila Davies' Unfall mehr steckt, als es den Anschein hat.«

Das hatte ich befürchtet, dachte Mitchell. »Wie kommen Sie darauf?«, fragte er und versuchte, möglichst verwirrt und unschuldig zu klingen. Vor allem unschuldig.

Willis erklärte ihm seine Theorie, dass noch eine weitere Person im Tunnel gewesen sein musste.

Also haben sie doch nicht so viel herausgefunden, dachte Mitchell erleichtert. Offenbar hatten sie nicht die leiseste Ahnung, dass er mit dem »Unfall« zu tun hatte. Er atmete auf, während Willis ihm alles erklärte. Pflichtbewusst schaute Mitchell sich die Beweise an. Er musste zugeben, dass Willis' Schlussfolgerungen ihn beeindruckten. Der Forensiker betrachtete einen Tatort, wie Mitchell einen Programmcode studierte: Sie beide konnten Dinge sehen, die anderen verborgen blieben. Willis hatte erkannt, dass Sheila Davies erst

Sekunden, nachdem der Wagen sich drehte, gebremst hatte, was Mitchell sehr beeindruckte, aber er war überzeugt, dass Willis nie auf die Idee käme, dass zum Unfallzeitpunkt jemand anders als Davies die Kontrolle über den Wagen übernommen hatte. Willis versuchte noch immer, Beweise mit den Methoden der alten Schule zu erklären, bevor es elektronische Steuergeräte gegeben hatte, mit denen man die Kontrolle über ein Fahrzeug an sich reißen konnte. Mitchell konnte es nur recht sein.

»Das Nächste haben wir Oscar zu verdanken«, sagte Willis, nachdem er seine Fundgrube größtenteils geleert hatte. »Seine Adleraugen haben den wahren Durchbruch ermöglicht.«

Mitchell blickte Franklin an, der ernst, aber entschlossen wirkte.

»Die Radarfalle hat ein perfektes Bild von Sheila Davies geschossen, als sie in den Tunnel gefahren ist«, fuhr Willis fort. »Aber mir fiel die Reflexion im Heckfenster erst auf, als er mich gefragt hat, um was es sich handeln könnte. Ich habe das Bild vergrößern lassen.« Willis nahm eines der Fotos vom Tisch und reichte es Mitchell, der es zögernd in die Hand nahm.

»Ist schon okay, Sie können nichts kaputt machen«, versicherte ihm Willis.

Da bin ich mir nicht so sicher, dachte Mitchell. Er schaute auf ein vergrößertes Foto von sich selbst, wie er mit dem Steuergerät in der Hand neben seinem Motorrad stand, wobei er sich offenbar in der Heckscheibe von Davies' Wagen gespiegelt hatte. Es war ein Schwarz-Weiß-Foto. Er trug einen Helm, und das Nummernschild des Motorrads war nicht zu entziffern. Doch selbst wenn man es hätte erkennen können, würde es zu keiner Nummer in der Datenbank passen. Trotzdem wurde Mitchell übel, als er das Foto betrachtete. Er hatte mehr Glück als Verstand gehabt. Der Salesman hatte recht: Er hatte vorschnell gehandelt und hätte sich besser vorbereiten müssen. Er hatte zugelassen, dass seine Besessenheit, was Teddybärs Picknicknetzwerk betraf, sein Urteilsvermögen beeinflusste, und sich wieder einmal in Gefahr gebracht. So langsam hatte er das Gefühl, seit dem Hacken von Prince' Privatflugzeug nichts als Fehler gemacht zu haben.

»Ich nehme an, Sie können mir nicht sagen, was für ein Motorrad das ist?«, fragte Willis.

Mitchell kniff die Augen zusammen. *Eine Ducati natürlich*, dachte er. »Das ist nicht so leicht«, erwiderte er. »Ein besseres Bild haben Sie nicht?«

»Das ist der vergrößerte Ausschnitt einer Radarfalle, was erwarten Sie da?«, entgegnete Franklin angespannt.

»Das ist auch nicht so wichtig«, schaltete Willis sich wieder ein. »Aber wir wissen jetzt mit Sicherheit, dass sich noch jemand im Tunnel aufgehalten hat, und diese Person hat sich die Unfallstelle offensichtlich einige Zeit angesehen, bevor sie beschlossen hat, zu verschwinden. Aber keine Sorge, wir werden den Betreffenden schon kriegen«, versicherte ihm Willis.

Das bezweifle ich, dachte Mitchell.

»Was wir von Ihnen wollen, Mitchell«, fuhr Willis fort, »ist, dass Sie sich heute Nachmittag die Zeit nehmen und Sheilas Telefonate und E-Mails der letzten Tage durchgehen. Wir möchten wissen, ob sie möglicherweise bedroht oder erpresst wurde.«

Mitchell war überrascht, dass sie ihn für diese Aufgabe ausgewählt hatten, und blickte Franklin erstaunt an.

»Sie wollen, dass ich das mache?«, fragte er.

»Kommen Sie nicht auf dumme Gedanken, Mitchell«, erwiderte Franklin. »Es liegt nicht daran, dass ich Sie auf einmal ins Herz geschlossen habe. Aber alle anderen hat Sheilas Tod zu sehr getroffen. Ich weiß, dass Sie Sheila respektiert haben, ebenso wie sie Sie respektiert hat, aber Sie standen sich nicht allzu nahe, daher halte ich das für eine gute Lösung. Aber wenn Sie der Meinung sind, Sie schaffen das nicht, dann sagen Sie es ruhig, und ich setze jemand anderen daran.«

»Nein, das kann ich schon machen«, meinte Mitchell. »Wenn Sie glauben, dass es uns weiterbringt.«

Franklin verdrehte die Augen.

»Ich muss nur noch einigen Hinweisen im Prince-Fall nachgehen, dann kann ich alles weitergeben«, sagte Mitchell.

»Sie müssen nichts weitergeben, und wir wollen auch nicht zu viel von Ihrer Zeit beanspruchen«, entgegnete Willis. »Wenn es etwas zu finden gibt, dürfte es ziemlich offensichtlich sein. Ansonsten kehren wir zu meiner Lieblingstheorie zurück, dass irgendein Arschloch Sheila im Tunnel erschreckt hat, sodass sie einen Unfall gebaut hat, und dass der Betreffende abgehauen ist, bevor man ihm die Schuld anhängen konnte.«

Mitchell grinste. *Das trifft es ziemlich genau*, dachte er.

»Lassen Sie sich Zeit, Mitchell«, erklärte Franklin. »Sie können Sheilas Büro benutzen. Ich möchte nicht, dass jemand erfährt, was genau Sie da tun, wenn es nicht unbedingt erforderlich ist, also sprechen Sie nicht darüber, okay?«

Mitchell stand auf. Er hätte sich keinen besseren Vorwand einfallen lassen können, um mehr darüber in Erfahrung zu bringen, was Sheila Davies ihren Kollegen bei Black Flag verraten hatte.

In der Dunkelheit

Es wurde bereits dunkel, als Nightshade vor dem Tor des Lagerhauses hielt. Er hatte sehr viel Zeit und Mühe investiert, um die beste Operation aufzubauen, aber offenbar war alles, was er in letzter Zeit versucht hatte, von Strider gestört worden. Eigentlich hatte er nichts dagegen, sich aus Spaß mit einem offensichtlich herausragenden Hacker zu messen, aber seine Geschäfte durften nicht in diesem Ausmaß darunter leiden. Er war jedes Detail durchgegangen, das der Salesman ihm über Striders Vergangenheit gegeben hatte, und freute sich darüber, für einen Job, den er ohnehin gemacht hätte, auch noch ausgesprochen gut bezahlt zu werden.

Er bedauerte nur, dass der Salesman auf eine schnelle Erledigung drängte. Er hätte sich lieber Zeit gelassen und herausgefunden, wie er Striders Ruf am besten ruinieren konnte, bevor er ihn ausschaltete. Wo blieb der Spaß, wenn der Gegner sich die ganze Zeit im Schatten versteckte? Man konnte einem Hacker am meisten schaden, indem man ihm bewies, dass man ihn in seinem eigenen Spiel besiegen konnte. Aber natürlich hatte der Salesman recht – sie durften nicht riskieren, dass Strider noch ein weiteres Mitglied von Black Flag ausschaltete. Zwei waren mehr als genug.

Strider musste verschwinden.

Der Salesman hatte ihm, Nightshade, alle Informationen

geschickt, die er über Strider besaß, inklusive einiger Codefragmente, die der Hacker für ihn angefertigt hatte. Nightshade hatte bereits selbst einige von Striders frühen Programmen gefunden, als er sich in der Nacht von Prince' Tod über ihn erkundigt hatte. Alles, was sein Boss ihm erzählte, bestätigte nur, was Nightshade seit dieser Nacht ahnte: Er hatte einen Geist aus der Vergangenheit vor sich. In der Nacht von Prince' Tod waren ihm Elemente im Code des Hackers bekannt vorgekommen. Er hatte über dem Link gebrütet, den man ihm geschickt hatte, und einen altbekannten Stil entdeckt. Der Hacker, der sich Strider nannte, war noch besser geworden, seitdem Nightshade ihn zuletzt aktiv gesehen hatte, doch sein Stil war noch immer erkennbar. Nightshade war überzeugt, dass es sich um denselben Hacker handelte, mit dem er auf einigen frühen Black-Flag-Missionen zusammengearbeitet hatte.

Mandroid, mein ehemaliger Komplize, dachte er. *Das also ist aus dir geworden.*

Nightshade hatte Mandroid während ihrer Zusammenarbeit immer ein wenig beneidet, denn der Junge war ein geborener Coder, der Nightshade stets in den Schatten gestellt hatte. Nun fragte er sich, welche Ressourcen Strider heute zur Verfügung standen. Na, egal. Sie würden kaum mit denen von Black Flag mithalten können. Jedenfalls konnte er nicht fassen, dass der Salesman Strider so lange geheim gehalten hatte, aber er wusste auch bei Weitem nicht alles über dessen Operationen. Umso mehr stachelte es Nightshades Ehrgeiz an, dass er es erneut mit Mandroid aufnehmen konnte, wenngleich er unter einem anderen Namen auftrat. In gewisser Weise freute sich Nightshade, dass der Junge sein Potenzial ausgeschöpft hatte, selbst wenn er sich heutzutage hinter einem zweifelhaften Moralkodex zu verstecken schien. Mandroid, der kleine

Freak, hatte schon immer von Superhelden geträumt. Nightshade würde ihn mit größtem Vergnügen ein für alle Mal ausschalten.

Dummerweise half ihm das Wissen, wer Strider früher gewesen war, nicht dabei, herauszufinden, wo er ihn heute aufspüren konnte, aber er hatte zumindest einen Ansatzpunkt. Er wusste sehr viel über den jungen Mandroid, und das verschaffte ihm einen Vorteil. Nightshade kam es so vor, als würden sie einen ausgeklügelten Tanz aufführen – jeder wusste, wozu der andere fähig war, und ihnen beiden war klar, dass die Jagd eröffnet worden war. Aber wer würde als Erster bluten?

Doch Nightshade hatte momentan zwei Probleme, und Strider war das weniger dringende. Die NCCU rückte ihnen immer mehr auf den Pelz und war der Wahrheit aus irgendeinem Grund deutlich näher, als ihr selbst bewusst war. Da sowohl Brown Bear als auch Prince tot waren, steckte Teddybärs Picknicknetzwerk in größeren Schwierigkeiten als vor sechs Monaten, als die NCCU ihre Server beschlagnahmt hatte, und dieses Mal hatte sie keine Hilfe von innen zu erwarten. Nightshade wusste, dass sie noch sechs Kinder in Gewahrsam hatten. Zwei von ihnen sollten bald vermittelt werden, aber dann blieb noch immer das Problem, die anderen vier zu verlegen.

Er wartete im Wagen bei laufendem Motor, während der Wachmann das Tor öffnete, dann rollte er langsam neben das Wachhäuschen. Teddybärs Picknicknetzwerk hatte mehrere Unterabteilungen. Der Verkauf an rekrutierte Kinderpornografen bildete das Hauptgeschäft. Angebot und Nachfrage an Bildern und Videos schienen einen konstanten Handel zu ermöglichen, und die Sicherheit und Anonymität, die das Netzwerk bot, reichten aus, um auch die richtig dicken

Fische anzulocken. So waren sie überhaupt erst an Prince herangekommen. Black Flag verstand sich ausgesprochen gut darauf, die Schwächen von Leuten in hohen Positionen auszunutzen, um sie auf die eigene Seite zu bringen. Diese Leute bekam man am besten an den Haken, indem man ihnen entweder das gab, was sie am meisten begehrten, oder das, was sie am meisten fürchteten. Teddybärs Picknicknetzwerk war eine der wenigen Unternehmungen, mit denen beides gleichzeitig möglich war. Sie hatten auch andere Geschäfte, die schwerreiche Unternehmer mit einer Schwäche für Designerdrogen anlockten, oder mächtige Politiker, die ihre Rivalen gern etwas genauer im Auge behielten, als das Gesetz es erlaubte. Jeder hatte eine Schwachstelle und ein Geheimnis. Sobald man dieses Geheimnis kannte und die Begierden der Leute befriedigte, hatte man einen Freund fürs Leben.

Ein Großteil ihrer Aktivitäten beruhte auf einer guten Überwachung. Dank des kleinen Programms, das Sheila Davies für ihn auf die Server der NCCU aufgespielt hatte, konnte Nightshade uneingeschränkt auf die meisten Handys, E-Mails und Firmenlaptops der Agenten zugreifen. Jetzt, nach Sheilas Tod, war es noch viel wichtiger, über die Fortschritte dieser Leute auf dem Laufenden zu bleiben. Nightshade fand es beinahe schon lachhaft, dass die NCCU so sorglos war. Er musste sich immer wieder daran erinnern, dass er sie nicht unterschätzen durfte – sie hatten bereits bewiesen, dass sie schnell handeln konnten. Es war ein Risiko gewesen, Prince mit einzubeziehen; der Mann war zu sorglos gewesen. Jetzt sah es ganz danach aus, als hätte er der NCCU eine saubere Spur direkt ins Herz ihres Verteilernetzwerks hinterlassen. Das war ärgerlich, ließ sich aber bereinigen. Agent Franklin mochte sich nicht dafür interessieren, wohin Roche und Rebecca MacDonald fahren wollten, aber Nightshade war sofort in Aktion getreten, als er den Anruf gehört hatte.

Miguel stand vor der Glastür und wartete auf ihn. Er sah nervös aus und sprach Nightshade an, als er näher kam. »Wir haben ein Problem mit den beiden Agenten.«

»Sie sind schon hier?« Nightshade hatte gehofft, noch etwas mehr Zeit zu haben. »Wo sind sie?«

»Sie waren schon hier, als Sie angerufen haben«, jammerte Miguel. »Ich musste sie einsperren.«

Nightshade wollte gar nicht wissen, was dieser Idiot jetzt schon wieder angestellt hatte. Miguel führte ihn ohne ein weiteres Wort in das Gebäude. Nightshade folgte ihm geduldig durch den finsteren Gang bis ins Büro. Dort blickte er auf die Monitore, mit denen die Zellen überwacht wurden. Die Kinder lagen friedlich in ihren Betten. An einem Monitor klebte keine Kennzeichnung. Auf dem Bildschirm war ein Zimmer mit einem Bett und einem Stuhl zu sehen. Die Frau lag rücklings auf dem Bett; der Mann war auf dem Stuhl zusammengesackt. Nightshade konnte erkennen, dass die Hände des Mannes gefesselt waren.

»Was haben Sie mit ihnen gemacht?«

»Ich wusste nicht, was ich tun sollte. Sie haben herumgeschnüffelt, deshalb hab ich sie außer Gefecht gesetzt. Sie sind nur betäubt. Der Kerl wollte auf mich losgehen, also hab ich ihn geschlagen, und er ging zu Boden. Ich wusste nicht, was ich sonst mit den beiden tun soll.«

Nightshade starrte kopfschüttelnd auf den Monitor. Wäre er selbst hier gewesen, hätte er den beiden irgendein Märchen erzählt und sie weggeschickt. Dann müsste er sich jetzt nicht um sie kümmern.

»Tja«, meinte er. »Wir können sie wohl kaum wieder laufen lassen. Sie würden sofort alle hierher führen.«

Er drehte sich zu Miguel um. Der Mann sah nervös aus. Nightshade genoss das Gefühl, hier die Macht zu haben. Jetzt hatte er das Sagen.

»Wir brauchen einen Plan«, fuhr er fort. »Ich möchte, dass Sie die Kinder für die Verlegung vorbereiten. Wir bringen sie noch heute Nacht weg. Wir hätten uns mit den beiden ein bisschen Zeit verschaffen können, wären Sie klug genug gewesen und hätten sie höflich abgewiesen. Na, egal, das ist jetzt unwichtig. Wie lange dauert es noch, bis die Wirkung des Mittels nachlässt?« Er deutete auf den Monitor.

»Das hängt immer vom Einzelfall ab«, antwortete Miguel, »aber sie müssten beide innerhalb der nächsten Stunde aufwachen. Der Mann vielleicht schon etwas früher.«

»Gut. Ich möchte, dass Sie die beiden hierbehalten und weiter unter Drogen setzen. Wir werden später entscheiden, was wir mit ihnen machen. Ich muss für ungefähr zwei Stunden weg. Wenn ich zurückkomme, sind Sie bereit, die Kinder zu verlegen. Ein Container. Der Lkw wird vor mir hier sein.«

Nightshade hatte einen Plan. Er wusste, dass er die NCCU ablenken musste, und Roche hatte ihm die Lösung verschafft. Es war zwar riskant, und er musste sich wieder einmal die Hände schmutzig machen, aber ihm gefiel die Vorstellung, dass man zuerst das Licht ausschalten musste, bevor es einen Szenenwechsel gab.

Es war ein arbeitsreicher Tag im Drax-Kraftwerk gewesen, da viele Besucher gekommen und gegangen waren. Brian, der Wachmann, saß in seinem kleinen Häuschen und schaute auf sein Klemmbrett. Er wusste immer, wenn etwas los war, weil dann alle möglichen Ingenieure und hohen Tiere auftauchten. Sie unterschieden sich von den normalen Besuchern vor allem darin, dass sie in der Regel unfreundlich zu ihm waren. Brian wusste, dass die Typen nur ihren Job machten, aber sie behandelten ihn, als wäre er nicht besser als ein Kaugummi unter ihrer Schuhsohle. Dabei hatte auch er einen wichtigen Job zu erledigen: Er war für die Sicherheit hier verantwortlich.

Auch der mürrische junge Bursche in dem schäbigen gelben Auto war unhöflich gewesen. Als er das erste Mal hier gewesen war, ging es noch, aber freundlich war er da auch nicht gerade. Er hatte seinen Namen genannt, gesagt, für wen er arbeitet, und sich auf dem Klemmbrett eingetragen, das Brian ihm gereicht hatte. Brian wusste, dass es altmodisch klang, aber der Junge hatte ausgesehen, als wäre er nicht mal alt genug für den Führerschein, geschweige denn, um Agent zu sein. Aber das konnte er wohl kaum infrage stellen.

Jedenfalls hatte der Typ die nette junge Frau gesucht, die schon den ganzen Morgen hier war. Brian hatte vor einer Weile gesehen, wie sie beide zusammen weggefahren waren. Sie hatte ihm zugewinkt. Nettes Mädchen.

Als der gelbe Wagen zum zweiten Mal hergekommen war, stieg der junge Mann nicht mal mehr aus. Er saß mit Jacke im Wagen und hatte die Kapuze aufgesetzt. *So ein Weichei*, war es Brian durch den Kopf gegangen. So kalt war es doch gar nicht – aber vermutlich hatte der Typ sogar die Heizung an.

»Wieder zurück?«, hatte Brian gefragt und versucht, freundlich zu sein. Der Junge hatte nur geknurrt und sich in die Besucherliste eingetragen. Eigentlich konnte Brian es ihm nicht verdenken, denn es war ziemlich spät, um zurück zur Arbeit zu kommen. Aber das war schließlich nicht

Brians Schuld, und ein paar freundliche Worte taten niemandem weh.

Er hatte den Burschen hereingelassen und zugeschaut, wie er den Wagen abstellte – genau an der Stelle, an der er schon vorher nicht parken sollte. Dann war er die Treppe hinaufgestiegen. Brian fand, dass er irgendwie anders aussah. Etwas stämmiger vielleicht. Aber das konnte an der Jacke liegen.

Nun fragte Brian sich, wann der Junge wieder fahren würde. Er war schon seit über einer Stunde da, und die meisten normalen Angestellten waren längst nach Hause gefahren. Brian beschloss, nach ihm zu sehen. Nicht dass der Typ irgendwo eingeschlafen war. Es war sowieso Zeit, dass Brian seine Runde drehte.

Als er nach draußen trat, legte er den Kopf schief, da er ein seltsames Geräusch hörte, das sogar bis in seine Hütte drang. Es hörte sich gar nicht gut an. Brian nahm seine Taschenlampe und ging in Richtung Turbine.

Die erste Explosion riss ihn von den Füßen. Die zweite zerstörte alles, was sich auf dem Parkplatz befand.

Brian sah eine Feuerwand und Trümmer, die aus dem Gebäude auf ihn zurasten, in dem sich Turbine zwei befunden hatte.

Dann gab es nur noch Schwärze.

Viertes Buch

Regel Nr. 12: Arzt, heile dich selbst

Wenn du dich selbst heilen willst, richte deinen ganzen Zorn auf die Person, die dich verletzt hat.

Die Schallwelle der Explosion im Kraftwerk raste wie Donnergrollen über die nächtlichen Felder von Yorkshire. Nightshade beobachtete, wie die Sprengung den Nachthimmel erhellte. Selbst aus dieser Entfernung sah das Lichterspiel wunderschön aus. Er war stolz auf sich. Die Idee, das Drax-Kraftwerk anzugreifen, war ihm dank einer Inspiration gekommen, die er binnen kurzer Zeit in die Tat umgesetzt hatte.

Wäre Miguel, dieser Blödmann, vorsichtiger gewesen, hätte er den NCCU-Agenten am Lagerhaus unter irgendeinem Vorwand weggeschickt. Schließlich war die National Cyber Crime Unit, die sich dem Kampf gegen Computerkriminalität verschrieben hatte, ein gefährlicher Gegner. Aber Miguel war nun mal ein Dummkopf und hatte überstürzt gehandelt. Deshalb hatten sie jetzt zwei neue Gefangene und mussten zwei weitere vermisste Personen vor der Welt verstecken. Erst der Anblick des NCCU-Agenten, der auf dem Stuhl zusammengesunken war, nachdem Miguel ihm das Betäubungsmittel verabreicht hatte, hatte Nightshade überhaupt auf diesen Gedanken gebracht. Die Tatsache, dass die NCCU bereits zum Lagerhaus gekommen war und dort herumschnüffelte, bedeutete, dass er schnell handeln musste. Offensichtlich wusste die NCCU bereits von der Operation.

Und da Roche, ihr Agent, und seine Begleiterin und Helferin Rebecca MacDonald, eine Computer-Sicherheitsexpertin, verschwunden waren, würde die NCCU bald misstrauisch werden.

Er, Nightshade, musste Black Flag mehr Zeit verschaffen. Ihm war klar, dass er die Aufmerksamkeit der NCCU vom Lagerhaus und den Kindern ablenken musste, und er wusste auch dank einer speziellen Spyware, dass Agent Roche im Kraftwerk versucht hatte, die Anlage gegen potenzielle Risiken zu schützen. Offensichtlich hatte Rebecca MacDonald ihm dabei geholfen.

Nun, da Miguel die beiden gefangen genommen hatte, sah Nightshade sich gezwungen, MacDonald und Roche verschwinden zu lassen. Eine verheerende Explosion bot eine gute Möglichkeit, die Sache zu verschleiern. Wenn er der Öffentlichkeit weismachen konnte, dass die beiden sich zum Zeitpunkt des Angriffs im Gebäude befunden hatten, würde es weniger Fragen geben.

Black Flag hatte nie vorgehabt, das Kraftwerk anzugreifen. Schließlich konnten sie dadurch nichts gewinnen. Allerdings verschaffte es einem stets Genugtuung, anderen zu beweisen, wie leicht man sich Zugriff verschaffen konnte, insbesondere, wenn man dadurch einen weiteren Nagel in den Sarg der NCCU schlagen konnte.

Diese Lösung hatte Nightshade einige Optionen eröffnet, und er hatte nicht lange gebraucht, um den Salesman, den rätselhaften Mentor vieler junger, talentierter Hacker, davon zu überzeugen, dass dies angesichts der Umstände die beste Vorgehensweise war. Die NCCU rechnete bereits mit einem Angriff auf das Kraftwerk, sonst hätte man keine Agenten dorthin geschickt, um den ganzen Tag Firewalls zu installieren und die Cryptos-Software auf den neuesten Stand zu bringen. Doch wie immer waren solche Verteidigungsmaßnahmen nur dann effizient, solange niemand aus dem Innern heraus versuchte, ebendiese Abwehr zu schwächen oder zu schädigen.

Normalerweise war der schwierigste Teil eines Hacks dieser Größenordnung der Zugang, aber in diesem Fall war es dank Miguels Unfähigkeit sehr einfach gewesen: Nightshade hatte sich Roches Kleidung verschafft, dazu seinen NCCU-Ausweis und seinen Wagen. Natürlich konnte der Wachmann trotz allem bemerken, dass er einen Anderen vor sich hatte, aber Nightshade bezweifelte es. Er und Roche ähnelte sich vom Körperbau und der Hautfarbe. Hinzu kam, dass Roches Kleidung deutlich auffälliger war als sein Gesicht. Außerdem war sein Auto unverkennbar. Solange niemand genauer hinsah und das Foto auf dem Ausweis näher in Augenschein nahm, müsste er sich leicht Einlass verschaffen können, insbesondere zu dieser späten Stunde.

Nightshade hatte sich die Baupläne des Kraftwerks besorgt, um sicherzustellen, dass er nach seiner Ankunft an den richtigen Ort gelangte. Außerdem musste er einen Weg wählen, auf dem er seinen geborgten Ausweis nicht allzu oft vorzeigen musste. Nun, so etwas konnten seine Kollegen problemlos herausfinden und auf sein Handy weiterleiten. Das war das Schöne daran, wenn man es mit Geräten und Maschinen zu tun hatte, die von SCADA-Systemen kontrolliert wurden, erst recht, wenn es sich um so alte Versionen handelte. Black Flag hatte schon mal einen ähnlichen Hack durchgeführt, um im Auftrag eines Klienten in Norwegen die Drehzahlbegrenzer eines Kraftwerks so zu manipulieren, dass die Turbinen sich immer schneller gedreht hatten, bis sie explodiert waren.

Nightshades Kollegen hatten ihm den Code geschickt,

den er im Drax-Kraftwerk eingeben musste, um die Kontrolle an sich reißen zu können. Sie hatten nicht genug Zeit, um sämtliche Turbinen auszuschalten, aber ein Angriff dieser Größenordnung war auch gar nicht geplant. Wenn sie nur einen oder zwei Generatoren zerstörten, wären die Auswirkungen auf die nationale Stromversorgung dramatisch genug.

Aber damit gab Nightshade sich nicht zufrieden. Die Öffentlichkeit sollte glauben, dass die NCCU versagt und die Explosion verursacht hätte. Auf diese Weise konnte er ihre Fähigkeiten infrage stellen und gleichzeitig den Terroralarm ansteigen lassen. Es war schlichtweg perfekt.

Nightshade war geradewegs in den Kontrollraum der NCCU marschiert, ohne den Mantel auszuziehen oder die Kapuze abzusetzen. Als er den Typen an den Schreibtischen seinen Ausweis gezeigt hatte, waren diese vor Ehrfurcht erstarrt.

»Da ist nicht mehr viel zu machen«, hatte er ihnen erklärt und dabei den leichten Süd-Londoner Akzent nachgeahmt, mit dem er Roche am Telefon hatte sprechen hören. Nightshade bezweifelte, dass Roche im Laufe des Tages den Turbinenkontrollraum betreten hatte. Soweit er wusste, hatten Roche und MacDonald sich meist im Materialversorgungsbereich aufgehalten. Das war das Schöne an Miguels Drogen: Wenn der Patient nicht zu stark sediert war, konnte man sich noch einigermaßen mit ihm unterhalten, auch wenn er sich später an nichts mehr erinnerte. Nightshade hatte Roche alles gefragt, was er über ihren Tagesablauf wissen musste. Außerdem hatte er zu seiner Zufriedenheit festgestellt, dass sie das gesamte Ausmaß der Operation bei Weitem nicht kannten und dass niemand bei der NCCU wusste, dass Roche und MacDonald jetzt im Lagerhaus festgehalten wurden.

Nach der notwendigen Code-Eingabe hatte er eine kleine Anpassung an der Firewall vorgenommen, die ihre Server schützte, sodass seine Kollegen aus der Ferne darauf zugreifen konnten. Anschließend hatte er kurz telefoniert und sich von den Angestellten in dem Raum verabschiedet. Nur wenige Minuten nach Betreten des Kraftwerks hatte er es wieder durch den Notausgang verlassen und war in der Dunkelheit verschwunden. Niemand sah, wie der Mann im dunklen Mantel das Gelände verließ, deshalb würde man – so hoffte Nightshade jedenfalls – auch davon ausgehen, dass Roche sich während der Explosion im Gebäude aufgehalten hatte. Roches auffälliger Mietwagen parkte günstigerweise direkt vor dem Turbinengebäude, was diese Annahme erhärtete.

Nightshade hatte dafür gesorgt, dass einer von Miguels Männern ihn nicht weit vom Kraftwerk entfernt in einer Nebenstraße abholte; dort hatten sie die Explosion abgewartet. Lächelnd stellte er fest, dass er ganze Arbeit geleistet hatte. Zwar musste er in dieser Nacht noch eine Menge erledigen, aber diesen Sieg konnte er schon mal feiern.

Kurz darauf jagte das erste Löschfahrzeug mit heulenden Sirenen an ihnen vorbei.

Nightshade signalisierte seinem Fahrer, dass es losgehen konnte.

Rebecca erwachte in einem dunklen Raum, in dem es nach Benzin und schaler Luft stank. Ihr Kopf tat weh, ihr Mund war trocken, und ihr Körper fühlte sich taub und schwer an.

Sie lag reglos da und versuchte verzweifelt, sich an das zu erinnern, was passiert war. Langsam stiegen die Erinnerungen aus den hintersten Winkeln ihres Verstandes empor, schlimmer als jeder Kater, den sie erlebt hatte. Ihr fiel wieder ein, wie der hässliche, glatzköpfige Mann sie gepackt und ins Lagerhaus geschleift hatte. Sie sah vor ihrem inneren Auge den Gang und erinnerte sich an den Geruch des Gebäudes, der nun von dem widerlichen Benzingestank überlagert wurde. Doch sosehr sie sich anstrengte, mehr wollte ihr nicht einfallen.

Sie versuchte, einen klaren Kopf zu bekommen – da musste doch noch mehr sein ...

Ja, sie hatte Roche gesehen, der auf zwei Stühlen an der Wand zusammengesunken war. Seine Nase hatte geblutet, und Rebecca wusste noch, dass sie bei seinem Anblick geschrien hatte. Der Mann hatte sie auf das Bett gestoßen, und sie hatte in dem schwachen Licht beobachtet, wie er irgendetwas von einem Tisch genommen hatte. Als sie die Nadel in seiner Hand gesehen hatte, hatte sie sich aufgebäumt und noch lauter geschrien, aber er hatte sie überwältigt und unter Drogen gesetzt. Darum fühlte sie sich jetzt so benommen.

Was zum Teufel geht hier vor sich?, fragte sie sich, blickte in die Dunkelheit und suchte nach Hinweisen darauf, dass auch Roche sich noch in diesem Raum aufhielt.

»Roche?«, flüsterte sie mit heiserer Stimme, hielt den Atem an, lauschte. Konnte sie da nicht jemanden atmen hören? Also war Roche noch hier.

»Roche?«, versuchte sie es noch einmal.

Sie bewegte sich ein wenig und versuchte, ihre Umgebung in Augenschein zu nehmen, als sie erneut die Fahrradklingel in der Ferne hörte, oder was immer das sein mochte. Als sie sich aufsetzen wollte, klingelte es erneut. Doch sie war zu schwach, um auch nur den Kopf zu heben, daher legte sie sich wieder hin und schloss die Augen. In ihrem Zustand konnte sie ohnehin nirgendwohin.

Sie schluckte schwer und versuchte, ihre Kehle zu befeuchten. Ihre Zunge fühlte sich dick und pelzig an, deshalb konzentrierte sie sich darauf, durch den Mund zu atmen, um so den üblen Gestank auszublenden. Sie wusste, dass sie sich noch im Lagerhaus aufhielt, da ihr dieser Geruch schon vorher aufgefallen war – der Geruch von zu vielen Menschen, die auf zu engem Raum zusammenlebten.

Es gelang Rebecca nicht, klaren Kopf zu bekommen. Auf Bitten ihres Vaters hatte sie in der freien Zeit zwischen Schule und Ausbildungsbeginn ein Verhaltens- und Gefahrentraining absolviert. Dort hatte sie gelernt, was man tun muss, wenn man als Geisel genommen oder fälschlich verhaftet wird. Damals war ihr das alles weit hergeholt vorgekommen, doch wenn sie alleine verreist war, hatte sie häufig auf diese Kenntnisse zurückgegriffen. Was hatte man ihr damals gleich beigebracht …? Lausche auf Geräusche aus der Außenwelt. Versuche herauszufinden, wo du bist. Schon ihr Leben lang hielt Rebecca Ausschau nach Mustern, und jetzt erkannte sie eins: dieses sich wiederholende Geräusch einer Fahrradklingel.

Sie lauschte angestrengt, versuchte, noch andere Klänge wahrzunehmen, und glaubte, durch die Wand hinter ihrem Kopf jemanden weinen zu hören. Es klang leise, hörte sich aber nach einer Frau oder einem Mädchen an. So weinte man, wenn man alleine war, nicht weil man Aufmerksamkeit erregen wollte. Kurz darauf wurde eine Tür zugeknallt. Eine Männerstimme sagte etwas, das Rebecca nicht verstehen konnte. Das Weinen verstummte. Erneut versuchte Rebecca, sich aufzusetzen. Sofort war wieder die Fahrradklingel zu hören. Jetzt stellten die Synapsen in ihrem Gehirn eine Verbindung her, und sie erkannte den Zusammenhang. Sie bewegte den Arm. Die Klingel ertönte. Sie hob den Kopf. Die Klingel ertönte. Sie wedelte mit Armen und Beinen. Die Klingel hörte gar nicht mehr auf. Dann lag sie regungslos – und sofort verstummte die Klingel.

Dafür hörte sie jetzt, wie Roche auf der anderen Seite des Raumes leise stöhnte. In der Dunkelheit konnte sie allerdings nichts erkennen.

»Roche?«, flüsterte sie noch einmal, doch auch diesmal bekam sie keine Antwort.

Draußen wurde eine Tür zugeknallt. Rebecca erstarrte. Schritte näherten sich. Das konnte nichts Gutes bedeuten.

»Roche! Wachen Sie auf«, rief sie und hörte ihn erneut stöhnen. Sie versuchte, sich aufzusetzen, und ignorierte die verdammte Fahrradklingel, aber sie war zu schwach. Außerdem war es bereits zu spät. Die Tür wurde aufgerissen, und der glatzköpfige Mann stürmte herein. Er schaltete das Licht ein. Rebecca kniff die Augen zu, als es gleißend hell wurde.

»Liegen Sie still«, knurrte der Mann.

Rebecca öffnete die Lider einen Spalt weit und sah, dass der Glatzkopf eine Spritze in der Hand hielt. Doch sie wollte nicht schon wieder unter Drogen gesetzt werden.

»Nein, bitte nicht!«, flehte sie inständig, als er auf sie zukam. Der Mann reagierte nicht. »Bitte«, sagte sie noch einmal und versuchte, ruhiger zu klingen, als sie war. »Sie können uns noch immer gehen lassen. Wir können uns doch einigen.«

Noch einmal versuchte sie, sich auf dem Bett aufzusetzen, und ihr Verstand zwang ihren Körper, auf die Kampf- oder Fluchtinstinkte zu reagieren, die sich in ihr regten. Sie sah Roche, der auf dem Stuhl zusammengesunken war und jetzt langsam die Augen öffnete. Er wirkte benommen und schien nicht ganz bei sich zu sein.

Der Glatzköpfige stand jetzt direkt neben Rebecca, legte eine kräftige Hand auf ihre Brust und drückte sie wieder aufs Bett. Er hielt sie mit dem Ellenbogen fest und bereitete die Spritze vor, um ihr deren Inhalt zu injizieren. Rebecca schrie, so laut sie konnte, und versuchte den Mann abzuwehren. Doch sie war nicht stark genug. Einen Augenblick später spürte sie, wie die Nadel in ihre Haut eindrang.

In diesem Moment sah sie, dass Roche auf unsicheren Beinen vorwärtsstürzte. Er streckte die gefesselten Hände vor sich aus und legte diese um den Hals des Mannes. Der unerwartete Angriff überrumpelte den Glatzkopf. Er ließ die Nadel fallen und packte Roches Hände.

Roche versuchte ihn abzuschütteln, konnte sich aber nicht wirkungsvoll wehren. Während Rebecca spürte, wie das Betäubungsmittel allmählich Wirkung zeigte, sah sie, dass der Mann Roche an dessen gefesselten Händen über die Schulter nach vorn zerrte. Nach einem heftigen Schlag ging Roche zu Boden, doch der Mann drosch weiter auf ihn ein, auch als Roche längst auf dem Steinboden lag.

Dann wurde um Rebecca herum alles schwarz. Wieder verlor sie das Bewusstsein.

Oscar Franklin, technischer Leiter der NCCU, goss sich ein großes Glas Scotch ein und ließ sich in seinen Lieblingsarmsessel sinken. Er war froh, nach Hause gefahren zu sein – er musste eine Weile aus dem Büro verschwinden, um klaren Kopf zu bekommen. Die Ereignisse der letzten Woche hatten ihm ziemlich zugesetzt, und er hatte schon den ganzen

Nachmittag das Bedürfnis verspürt, sich zurückzulehnen und über alles nachzudenken. Seitdem sie die Nachricht über den tödlichen Unfall von Anthony Prince, Chef einer der leitenden Sicherheitsfirmen des Landes, und den Diebstahl der Datenbank erhalten hatten, hatte er Vollgas gegeben. Nun musste er dringend ein bisschen zur Ruhe kommen.

Er hatte noch nie an Zufälle geglaubt, und in dieser Woche hatte es einfach zu viele gegeben. Jack Willis, der Forensiker, war der Ansicht, dass alles miteinander zu tun hatte, auf welche Weise auch immer – und Franklin war mehr und mehr geneigt, ihm zuzustimmen. Seit dem Augenblick, in dem er das Spiegelbild des Motorradfahrers im Rückfenster von Sheila Davies' Wagen gesehen hatte, nagte das Gefühl an ihm, dass ihr Unfall irgendwie mit ihren Ermittlungen gegen Prince zu tun haben musste. Er hatte nur keine Ahnung, wie alles miteinander zusammenhing. Vielleicht hatte Sheila etwas darüber herausgefunden, was Black Flag vorhatte. Aber warum hatte sie es dann nicht gemeldet? Sheila Davies war keine Agentin, die auf eigene Faust ermittelte.

Widerstrebend hatte Franklin seinen verhassten Kollegen Scott Mitchell, Sonderberater der NCCU, auf den Fall angesetzt, dann er war der Einzige aus dem Team, bei dem Franklin davon ausgehen konnte, dass er seine Zeit nicht mit Klatsch und Tratsch verbrachte und weder mit Kollegen noch mit der Presse darüber sprach. Als Franklin das Büro verlassen hatte, war Mitchell längst in seine Arbeit vertieft gewesen. Franklin konnte ihn zwar nicht besonders leiden, musste ihm aber zugestehen, dass er ein fleißiger Bursche war. Sie waren übereingekommen, dass Mitchell nur Franklin Bericht erstatten und sich sofort melden würde, wenn er Verbindungen zwischen Davies und Prince entdeckte oder etwas Neues über Black Flag herausfand. Sie konnten sich keine Skandale leisten, doch Franklin hatte das ungute Gefühl, dass ihnen genau das bevorstand.

Es war eine schreckliche Woche für die NCCU gewesen, und nach Davies' Tod musste Franklin das Team durch diese turbulenten Zeiten lenken. Obwohl er sich seit langer Zeit nach einer Beförderung gesehnt hatte, fand er diese Position momentan nicht gerade erstrebenswert. Die ganze Abteilung war in Aufruhr, denn streng vertrauliche Informationen waren von der kriminellen Hackergruppe Black Flag gestohlen worden, und Franklins Team wusste noch immer nicht genau, welche Gefahr diese Bande eigentlich darstellte. Darüber hinaus hatte Anthony Prince Informationen mit dem Feind ausgetauscht. Jetzt war Prince tot, augenscheinlich ermordet. Es war schon schlimm genug, dass mit Sheila Davies die Leiterin der NCCU bei einem Unfall ums Leben gekommen war, doch wenn sich jetzt herausstellte, dass auch sie ins Visier von Black Flag geraten war, würde die Öffentlichkeit schockiert reagieren.

Viel schlechtere Presse konnte diese Woche allerdings nicht mehr bringen. Es gab schon mehr als genug Leute, von Politikern bis hin zu Beamten, die nur darauf warteten, dass die National Crime Agency, der die NCCU als Unterabteilung angehörte, bei der Verbrechensbekämpfung versagte. Bei ihrer Gründung hatte die Presse die Agency als das »FBI Großbritanniens« bezeichnet und dabei auch alle negativen Assoziationen mit einbezogen. Franklin mochte diese Beschreibung nicht, aber irgendwie war sie hängengeblieben, und nun wurde jede ihrer Aktionen mit Argusaugen verfolgt, als würde man sie für korrupt oder unfähig halten.

Er hatte Sheila Davies nie besonders nahegestanden, und ihre Überheblichkeit hatte er stets verabscheut. Franklin war von jeher der Ansicht gewesen, dass Davies eher aus politischen als aus professionellen Gründen befördert worden war, und das hatte ihn stets gewurmt. Das bedeutete aber noch lange nicht, dass er ihr den Tod gewünscht hätte. Gleiches galt für die Mitarbeiter der NCCU. Sie hatten Davies gemocht. Und das Letzte, was Franklin jetzt gebrauchen konnte, war eine trauernde Abteilung. Stattdessen mussten die Agenten wachsam und konzentriert bleiben, wenn sie es mit Black Flag aufnehmen wollten. Dennoch: Er durfte die emotionalen Auswirkungen von Sheila Davies' Tod nicht außer Acht lassen.

Auch wenn er zuerst irritiert gewesen war, als Willis ihm eröffnet hatte, dass er nicht an einen Unfall glaube, musste Franklin nun einräumen, dass es eigentlich ein viel zu großer Zufall gewesen wäre. Als sie den Motorradfahrer im Fenster entdeckt hatten, zweifelte er nicht daran, dass er irgendwie in die Geschichte verwickelt war. Natürlich konnte es dennoch ein Unfall gewesen sein, aber sie mussten der Sache nachgehen. Er wusste, dass es jetzt nur auf Fakten ankam. Die National Crime Agency hatte den Ruf, Verbrecher zur Strecke zu bringen, die ihren Opfern in der Cyber-Unterwelt auflauerten. Franklin durfte nicht zulassen, dass dieser Ruf litt, solange er das Sagen hatte. Deshalb hatte er den Großteil des Tages damit zugebracht, seine nervösen Bosse bei der NCA zu beruhigen.

Er nahm die Fernbedienung in die Hand, ließ seinen Scotch im Glas kreisen, damit er das Eis benetzte, und schaltete den Fernseher ein. Die Zehnuhrnachrichten fingen gerade an. Es war eine Wohltat, mal einen Augenblick still zu sitzen und sich anzuschauen, was in der Welt so vor sich ging. Doch dieses angenehme Gefühl verflog rasch. Das erste Bild, das Franklin sah, zeigte das Drax-Kraftwerk, aus dem Rauch aufstieg. Ein besorgter Reporter stand vor dem dramatischen Hintergrund und sprach mit ebenso besorgter wie eindringlicher Stimme:

»Noch ist nicht bekannt, wie viele Personen sich zum Zeitpunkt der Explosion in dem Gebäude aufgehalten haben, aber erste Berichte lassen vermuten, dass der fragliche Bereich nahezu unbesetzt war. Es ist zu früh, um genaue Aussagen darüber zu machen, wodurch die Explosion in einem der Turbinengeneratoren verursacht wurde, und bislang haben wir noch keinen Mitarbeiter sprechen können.«

»Heilige Scheiße!«, rief Franklin, stellte sein Glas lautstark vor sich auf dem Tisch ab und starrte ungläubig auf den Fernseher.

Wie aus heiterem Himmel war die Lage noch sehr viel schlimmer geworden.

Mitchell glaubte, die Situation weitaus besser unter Kontrolle zu haben als noch an diesem Morgen. Alles lief nach Plan. Er hatte gute Fortschritte gemacht und Verbindungen zwischen Prince, Davies und Black Flag offengelegt. Bis zum Morgen würde er einen beachtlichen Ordner voller Beweise für Franklin zusammengestellt haben, aber er hatte noch nichts entdeckt, was es erforderlich machte, den Mann zu Hause anzurufen. Außerdem arbeitete Mitchell ohnehin lieber alleine und genoss es, noch im Büro zu sein, während fast alle anderen längst nach Hause gefahren waren. Gut, unten hielten sich immer ein paar Sicherheitsleute auf, aber Mitchell war der Einzige auf diesem Stockwerk, und die Ruhe war eine angenehme Abwechslung zu der aufgeladenen

Atmosphäre, die den ganzen Tag über im Büro geherrscht hatte.

Er öffnete den nächsten Energydrink und genoss den süßlichen Geruch, der ihm in die Nase stieg. Ihm war klar, dass das Zeug nicht gesund war, aber er brauchte das Koffein und musste konzentriert bleiben. Er hatte Prince' Laptop aus dem Käfig im »Schweinestall« geholt, wie man den kleinen Konferenzraum, in dem die Besprechungen der NCCU stattfanden, liebevoll-ironisch nannte. Von dort hatte er den Laptop mit in Sheila Davies' Büro genommen und seinen eigenen Rechner daran angeschlossen, sodass Princes' Computer jetzt als externe Festplatte fungierte. Neben den beiden Laptops stand Sheila Davies' Desktopcomputer, den Mitchell ebenfalls hochgefahren hatte. Außerdem befand sich hier noch ein vierter Rechner – der Laptop, der aus Davies' Wagen geborgen worden war. Mitchell hatte mehr als eine Stunde benötigt, um ihr Passwort zu knacken. Das war ziemlich beeindruckend, auch wenn es nicht anders zu erwarten gewesen war. Doch es hatte sich gelohnt, denn auf diese Weise hatte Mitchell Aufschluss über Davies' letzte Aktivitäten erhalten. Wenn er geschickt vorging, konnte er ihre Verbindungen zu Black Flag enthüllen und der Gruppe auch Davies' Unfall anhängen. Der Salesman würde es noch bedauern, ihn unterschätzt zu haben.

Es war Mitchell ganz recht, dass Willis und Franklin bereits der Ansicht waren, etwas oder jemand hätte Davies' Unfall verursacht. Noch konnten sie zwar keine Verbindung zwischen Davies' und Prince' Tod herstellen, aber Mitchell wusste, dass er letzten Endes genug Beweise dafür finden würde und Black Flag auch für Davies' Unfall verantwortlich machen konnte. Wenn es ihm gelang, genügend Informationen über die Aktivitäten von Black Flag unter den

Agenten bei der NCCU zu verbreiten, konnte die Agency tatsächlich einige von ihnen zur Strecke bringen. Die Notwendigkeit dafür war jedenfalls gegeben.

Aber er musste sich dennoch vorsehen, denn Nightshade und der Salesman gehörten ihm allein. Um diese beiden wollte Mitchell sich persönlich kümmern. Jetzt hieß es, er gegen sie, und er hatte die Absicht, ihnen das Leben so schwer wie möglich zu machen, während er sie jagte.

Das Team, das den Diebstahl der Datenbank bearbeitete, hatte an diesem Tag bereits ein Update von Roche erhalten, der die Arbeit im Kraftwerk zusammen mit Rebecca so gut wie abgeschlossen hatte und dann mit ihr zusammen zurückkehren würde. Mitchell hatte einen kurzen Blick darauf geworfen, aber nichts Alarmierendes gefunden. Die daran angehängten Dokumente wollte er später durchsehen. Aber er konnte auch genauso gut damit warten, bis er am nächsten Tag ihren Bericht hörte, denn dadurch wurde alles, was er im Laufe der Nacht fand, noch unterstützt. Hätten sie bereits etwas Konkretes entdeckt, wäre es in diesem Update enthalten gewesen.

Mitchell leerte den Energydrink und warf die Dose in den Abfalleimer neben dem Schreibtisch. Er hatte das Gefühl, langsam, aber stetig Fortschritte zu machen. Die Onlinetelefonate über Sheila Davies' Internettelefonnummer waren faszinierend. Sie hatte einen VoIP-Service benutzt und sich nicht abgemeldet, als sie den Laptop, offensichtlich in Eile, geschlossen hatte.

Mitchell machte sich daran, so viele Informationen wie möglich über ihre Kontakte herauszufinden. Die meisten Onlinetelefondienste zeichneten die Zeit und Dauer der Gespräche auf, und das war auch hier nicht anders. Allerdings sollte der Cache geleert werden, sobald der Dienst geschlossen wurde, um so alle Spuren des Anrufs zu löschen. Doch zu seiner Freude stellte Mitchell fest, dass Sheila Davies die Nummer, die sie um 5:13 Uhr angerufen hatte, bereits früher am Tag schon einmal gewählt hatte. Sie musste während des ersten Anrufs noch im Büro gewesen sein. Mitchell vermutete, dass dieser Anruf ungefähr zu der Zeit getätigt worden war, als er sich am gestrigen Nachmittag mit Prince' Laptop beschäftigt hatte.

Hatte Sheila Davies hier, direkt vor ihrer Nase, mit Black Flag kommuniziert? Einen Moment lang fragte sich Mitchell, ob er die Nummer des Salesman vor sich hatte. Er schrieb sie auf eine Liste, die er erstellte, um Querverweise zu den Telefonnummern herzustellen, die Prince vor seiner Abreise aus Paris angerufen hatte. Sein Finger schwebte über der Maustaste, und er hätte nur zu gern sofort dort angerufen. Was sollte er sagen? Würde alles auffliegen, wenn er den Kontakt jetzt herstellte?

Plötzlich wurde die Tür aufgerissen. Mitchell sprang erschrocken auf. Vor ihm stand Oscar Franklin. Er sah schrecklich aus.

»Sie sind noch da, Mitchell. Sehr gut. Kommen Sie sofort mit. Die Kacke ist so richtig am Dampfen.«

Mitchell hatte noch gar nicht begriffen, was los war, da stürmte Franklin bereits durch den Flur. Mitchell war so in seine Arbeit vertieft gewesen, dass er nicht mitbekommen hatte, wie jemand ins Gebäude gekommen war. Rasch klappte er die Laptops zu und stapelte sie aufeinander, um alle drei mit zum Schweinestall zu nehmen. Er würde sie auf keinen Fall unbewacht hier stehen lassen.

Als er auf den Gang trat, sah er den NCCU-Agenten Miller auf sich zukommen. Miller sah aus, als wäre er gerade aus dem Bett gefallen.

»Was ist los?«, erkundigte sich Mitchell.

»Das Kraftwerk. Eine schlimme Explosion, vor ungefähr zwei Stunden. Die anderen sind ebenfalls unterwegs.«

Mitchell ging neben Miller in Richtung Schweinestall, aber der NCCU-Mann sagte nichts mehr.

Mitchell stieß die Tür auf und war überrascht, dass es im Besprechungsraum bereits von Leuten wimmelte. Wann waren die alle hergekommen? Da waren uniformierte Polizisten, Agenten der NCCU und höherrangige Mitarbeiter der NCA. Franklin saß am Kopfende des Konferenztisches zwischen zwei sehr wichtig aussehenden Männern. Sie wandten den anderen den Rücken zu und schienen in eine Unterhaltung vertieft zu sein.

Mitchell schloss Prince' und Davies' Laptops wieder in den Käfig ein und setzte sich neben Miller an den Konferenztisch. Dort klappte er seinen eigenen Laptop auf und loggte sich ein. Die beiden Männer bei Franklin setzten sich. Alle anderen Anwesenden suchten sich ebenfalls einen Sitzplatz.

Franklin ließ den Blick über die Versammelten schweifen. »Danke, dass Sie alle so schnell gekommen sind. Für diejenigen unter Ihnen, die es noch nicht gehört haben: Das Drax-Kraftwerk wurde heute Nacht angegriffen. Laut einer ersten Diagnose gab es ein Problem mit den Turbinengeneratoren, woraufhin zwei der Turbinen explodiert sind. Da wir bereits der Möglichkeit eines Angriffs auf das Kraftwerk nachgegangen sind und einen Agenten vor Ort hatten, müssen wir davon ausgehen, dass es sich um einen terroristischen Akt handelt. Unsere Hauptverdächtigen sind natürlich die kriminellen Hacker von Black Flag. Bis jetzt hat noch niemand die Verantwortung für den Anschlag übernommen, und bis wir mehr wissen über das, was dort passiert ist, müssen wir mit weiteren Angriffen auf denselben oder andere Orte rechnen. Bis jetzt konnte ich Agent Roche und Rebecca MacDonald noch nicht erreichen. Als wir zuletzt von den beiden gehört haben, hielten sie sich noch im Kraftwerk auf. Leider sind wir uns nicht sicher, ob sie zum Zeitpunkt der Explosion noch dort waren.«

Erschrockenes Gemurmel ging durch den Raum. Franklin sah aus, als könnte er jeden Moment unter dem Druck zusammenbrechen.

»Das ist Officer Knox von der Abteilung für das organisierte Verbrechen«, sagte er. Der Mann zu seiner Rechten hob die Hand, als er vorgestellt wurde. »Er wird diesen Teil der Ermittlungen leiten und sich um alle taktischen Teams kümmern.« Knox war ein schlanker, athletischer Mann Ende vierzig mit kurzem dunklen Haar und kantigem Kinn.

»Für genau so etwas wurde die NCA gegründet, Leute«, fuhr Franklin fort. »Wir sind sicher, dass der Angriff noch viel schlimmer verlaufen wäre, hätten unsere Agenten nicht bereits einige Sicherheitsvorkehrungen getroffen. Natürlich werden jetzt alle Abteilungen der Agency zusammenarbeiten, um die Angreifer festzunehmen. Das NCCU-Team erstattet weiterhin mir Bericht, und ich gebe die Informationen weiter. Unsere Kollegen von der Polizei werden weiterhin Sheila Davies' Unfall und Anthony Prince' Flugzeugabsturz unter die Lupe nehmen, da es Verbindungen zwischen diesen beiden Fällen geben könnte. Mir ist klar, dass wir im Moment sehr viel zu tun haben, und ich weiß, dass Sie alle wegen der Ereignisse der vergangenen Tage schockiert und erschöpft sind, aber ich muss Sie dennoch bitten, Ihr Bestes zu geben.«

»Wollen Sie damit sagen, Davies' Unfall hängt mit alldem zusammen?«, hakte NCCU-Agent Squires nach.

»Offiziell sage ich gar nichts. Es sind allerdings Beweise ans Licht gekommen, die uns vermuten lassen, dass noch jemand anders in den Unfall verwickelt war. Doch bis jetzt gibt es außer dem schlechten Timing nichts, das den Unfall mit den anderen Ereignissen in Verbindung bringt. Ich wollte Sie nur darüber informieren, dass wir in diese Richtung ermitteln und möglicherweise auch Ihre Ressourcen benötigen werden. Mitchell geht bereits die Daten auf Prince' Laptop durch, und er wird Willis bei der forensischen Untersuchung von Davies' Computern unterstützen, wenn er damit fertig ist. Mitchell, benötigen Sie dabei Unterstützung?«

»Nein, ich komme zurecht. Ich kann Ihnen schon jetzt einige Dateien für eine weitere Spurensuche weiterleiten. Wie Sie wissen, war auf Prince' Laptop ein Keylogger installiert. In den Logdateien sind Gespräche mit Personen enthalten, bei denen es sich möglicherweise um Mitglieder von Black Flag handelt. Vielleicht wurden sogar einige der Header verändert, sodass Sie mit deren Überprüfung beginnen könnten.«

Bei einer Onlinekommunikation ließ sich der Standort eines Benutzers häufig im Header ablesen, der darüber Aufschluss gab, woher die Datenpakete stammten. Ein Header ließ sich natürlich fälschen, und oft wurden die Daten über so viele Proxies umgeleitet, dass sich nicht mehr herausfinden ließ, woher die Nachrichten kamen, doch Mitchell waren Dateien aufgefallen, die Prince aufgehoben und auf die er geantwortet hatte, deren Header ihm bekannt vorkamen. Diesen Spuren nachzugehen, konnte er Miller oder Squires überlassen.

»Übermitteln Sie uns alles, was uns zu einem Mitglied von Black Flag führen könnte«, fuhr Franklin fort. »Wir brauchen schnell ein paar Treffer. Wie viele von Ihnen haben einen aktiven Alias, der noch nicht aufgeflogen ist?«

Franklin musterte die Mitglieder seines Teams hoffnungsvoll. Einige Agenten hoben zögernd die Hände, Mitchell jedoch nicht. Die meisten Agenten der NCCU verfügten über wenigstens einen Alias, den sie als Undercover-Persönlichkeit entwickelt hatten und mit dem sie sich im Deep Web bewegen, mit anderen Usern chatten, Deals abschließen und versuchen konnten, die Rädelsführer ausfindig zu machen. Allerdings waren viele Agenten nicht gerade gründlich dabei gewesen, ihren Alias aktiv zu halten und sich täglich darum zu kümmern, sodass sie rasch aufflogen, wenn sie online gingen, um Fragen zu stellen. Mitchell war immer sehr vorsichtig, wenn er einen Alias verwendete. Er hatte zahlreiche solcher Undercover-Persönlichkeiten mit unterschiedlichen Leidenschaften und Interessen. Einige davon waren sogar noch älter als Strider. Bei vielen handelte es sich lediglich um Beobachter, die nie irgendeinen Streit in einem Forum angefangen hatten. Doch Mitchell hatte nicht vor, einen davon zu opfern, damit er im Auftrag der NCCU vernichtet werden konnte. Außerdem schien Franklin mit seinen Freiwilligen bereits zufrieden zu sein.

»Okay, dann gehen Sie online und sehen sich um«, sagte er. »Aber seien Sie vorsichtig, denn Sie müssen davon ausgehen, dass viel Unsinn geredet wird. Ich möchte wissen, was man so sagt. Jedes Detail, und mag es noch so unbedeutend erscheinen, könnte der wichtige Hinweis sein, den wir brauchen. Mitchell, geben Sie alle Informationen weiter, die Sie für bedeutsam halten, und machen Sie dann mit Ihrer Arbeit weiter. Falls es eine Verbindung gibt, möchte ich sie finden, bevor der Morgen anbricht. Die Nachrichten werden viele Menschen in Angst und Schrecken versetzen, und die Zeitungen werden sich in Spekulationen ergehen. Wir brauchen Antworten. Wer sind diese Leute? Was wollen sie? Und warum greifen sie uns auf eigenem Boden an? Bis wir Antworten auf eine dieser Fragen haben, reden wir mit niemandem. Ich wiederhole: mit niemandem. Die Presseleute rufen uns schon an, aber wir werden keinen Kommentar abgeben. Haben wir uns verstanden?«

Er schaute sich um.

»Habt ihr das verstanden?«, rief er. Sofort nickten alle.

»Gut. Ihnen werden ein paar neue Gesichter aufgefallen sein. Jeder hier hat die volle Sicherheitsfreigabe, und wir alle sind im selben Team. Ich möchte, dass wir zusammenarbeiten. Okay? Wir arbeiten alle auf dasselbe Ziel hin und sollten einander helfen. Sämtliche Daten werden auf den gemeinsamen Festplatten gespeichert, und Sie wissen, wie Sie wichtige Informationen markieren müssen. Es ist von entscheidender Bedeutung, dass wir keinen Bock schießen. Also los, an die Arbeit.«

Einige Agenten entfernten sich, begierig, mit der Arbeit zu beginnen. Mitchell sah, wie die beiden Männer bei Franklin aufstanden und sich mit ernster Miene leise mit ihm unterhielten. Sie schüttelten sich die Hand. Mitchell beobachtete, wie Franklins Schultern einsanken, als er die Männer zur Tür begleitete. Zum ersten Mal tat er Mitchell leid. Er hatte das Bedürfnis, Franklin Informationen zu geben, damit er das Gefühl bekam, sie würden Fortschritte machen, aber er war noch nicht bereit, seine Geheimnisse preiszugeben.

Mitchell war davon überzeugt, dass sie noch mehr von Black Flag hören würden, falls sie wirklich hinter diesem Anschlag steckten. Irgendwie ergab es für ihn keinen Sinn, dass Black Flag das Kraftwerk genau an dem Tag angegriffen hatte, an dem Roche und Rebecca sich dort aufhielten. Entweder war die Hackerbande ein großes Risiko eingegangen, oder sie zeigte der NCCU den Mittelfinger. Mitchell hatte eine Ahnung, was von beidem zutraf. Vielleicht hatten sie wegen der Dinge, die Roche und Rebecca herausgefunden hatten, schnell handeln müssen.

»Franklin«, rief Mitchell, bevor dieser den Raum verlassen konnte. »Warten Sie bitte kurz.« Schnell klappte er seinen Laptop zu und ging zur Tür, wo Franklin ungeduldig auf ihn wartete.

»Können wir uns kurz unterhalten?«, fragte Mitchell.

»Ja, sicher.« Franklin nickte. »Was gibt es denn?«

»Es geht um Roche und Rebecca MacDonald.«

»Wir wissen nicht, ob sie sich noch im Gebäude aufgehalten haben, Mitchell. Tut mir leid. Ich weiß auch nicht mehr als Sie.«

»Darum geht es nicht. Ich hatte an die Nachricht gedacht, die Roche gestern geschickt hat – sein Update. Ich habe sie mir nur kurz angesehen, aber er hat neue Hinweise erwähnt, die mit dem Kraftwerk zu tun haben. Ist dem jemand nachgegangen?«

»Nein, bisher nicht«, entgegnete Franklin.

»Kommt Ihnen der Zeitpunkt des Angriffs denn nicht seltsam vor?«

»Wieso? Black Flag hat die Datenbank vor Tagen gestohlen. Dank der Informationen, die an die Presse durchgesickert sind, wusste die Bande, dass uns bekannt ist, dass sie die Datenbank haben. Vermutlich hielten sie es für klüger, die Daten zu nutzen, bevor wir alle Löcher stopfen.«

»Das kann schon sein, aber es passt nicht zu ihnen. Ich kenne diese Leute, zumindest ein bisschen. Wäre die Mission in irgendeiner Weise gefährdet gewesen, hätten sie die Sache eher abgebrochen, statt übereilt zu handeln. Wir sind seit Jahren hinter ihnen her, und es ist uns nicht mal ansatzweise gelungen, ihnen gefährlich zu werden. Mir kommt das eher wie eine Kurzschlussreaktion vor, mit der sie auf etwas Größeres reagieren. Was meinen Sie?«

»Könnte sein«, erwiderte Franklin. »Fahren Sie fort.«

»Wenn wir die Theorie weiterverfolgen, dass Prince versucht hat, aus dem Deal mit Black Flag auszusteigen, können wir davon ausgehen, dass Black Flag auf dem falschen Fuß erwischt wurde, als sie versucht haben, die Datenbank zu stehlen. Dass sie durch die Hintertür eindringen mussten, hat ihnen ja schon gezeigt, dass wir Bescheid wussten. Das war ihr großes Problem. Danach haben wir begonnen, alle Löcher zu stopfen, und es ihnen dadurch fast unmöglich gemacht, einen effektiven Angriff zu führen. Mit dem Anschlag auf das Kraftwerk können sie nichts erreichen, erst recht nicht, wenn sie nicht die Verantwortung dafür übernehmen. Das ist eine Nummer zu klein für sie. In Roches Update klang es für mich eher so, als wären er und Rebecca mit der Arbeit im Kraftwerk fertig und wollten gerade aufbrechen.«

»Ja, stimmt, aber Roches Mietwagen stand noch auf dem Parkplatz, als die Turbine in die Luft flog. Die Polizei sagte, der Wagen sei etwa eine Stunde vor der Explosion wieder aufs Gelände gekommen. Vielleicht hatten sie noch etwas gefunden und haben versucht, es zu reparieren, als alles in die Luft geflogen ist.«

»Aber warum hat Roche dann nicht angerufen? Er hätte sich doch gemeldet, wenn er etwas Großes entdeckt hätte, oder nicht?«

Franklin blieb stehen und schaute ihn an, als würde er ihn zum ersten Mal richtig wahrnehmen.

»Ja«, antwortete er, als er sich plötzlich erinnerte. »Er hat mich angerufen, aber schon gegen Mittag. Er sagte, sie wären mit der Arbeit fertig und wollten aufbrechen. Dann wollte er mir noch erzählen, dass sie sich unterwegs irgendetwas genauer anschauen wollten, aber ich habe ihn unterbrochen und ihn über Sheilas Unfall informiert. Daraufhin sagte er, sie kämen sofort zurück. Seitdem habe ich nichts mehr von ihm gehört.«

»Ich finde, wir sollten uns die Sachen, die er geschickt hat, näher ansehen. Mein Bauchgefühl sagt mir, dass der Angriff auf das Kraftwerk weder groß noch kontrolliert genug ist, um den Aufwand zu rechtfertigen, den Black Flag bei der Beschaffung der Datenbank betrieben hat. Mir kommt es eher wie ein Ablenkungsmanöver vor. Vielleicht hat das, was Roche herausgefunden hat, Black Flag irgendwie zum Handeln gezwungen. Ich vermute, dass er auf etwas gestoßen ist, auf das sie schnell reagieren mussten.«

»Nicht groß genug?«, meinte Franklin ungläubig. »Mir kommt es verdammt groß vor, Mitchell. Sie haben ein ganzes Kraftwerk in die Luft gejagt.«

»Ich weiß, aber wenn sie das schon die ganze Zeit vorgehabt hätten, dann hätten sie alles gesprengt. Alle sechs Turbinen, meine ich.«

»Vielleicht haben wir einfach nur Glück gehabt«, mutmaßte Franklin. »Oder Roche und Rebecca ist es gelungen, einen Teil ihres großen Plans zu verhindern.«

»Oder sie haben noch rasch auf ein kniffliges Problem reagiert. Auf jeden Fall wussten sie, wie sie uns beschäftigen können. Mir kommt das Ganze merkwürdig vor.«

Mitchell bemerkte, dass seine Argumente bei Franklin auf fruchtbaren Boden fielen.

»Sie könnten recht haben, Mitchell. Diese ganze Woche verläuft schon sehr seltsam. Also gut, gehen Sie durch, was Roche geschickt hat, und informieren Sie mich über alles, was Sie finden. Danach besorgen Sie mir aber bitte ein paar Antworten über Sheila Davies. Die hohen Tiere scharren schon ungeduldig mit den Hufen.« Sie hatten Franklins Bürotür erreicht. Er nickte Mitchell kurz zu, bevor er öffnete. »Gut mitgedacht, Mitchell. Sehr gut.«

Mitchell stellte fest, dass Franklin ihm soeben zum ersten Mal für etwas gedankt hatte. Der Mann musste unter verdammt großem Druck stehen.

Regel Nr. 13: Der frühe Vogel fängt den Wurm

Wenn du einer Beute auflauerst, sorge dafür, dass du immer den ersten Schritt machst. Aktion ist besser als Reaktion.

Als er wieder am Schreibtisch saß, öffnete Mitchell die Nachricht, die Roche an das Team geschickt hatte. Es war eine kurze E-Mail. Im Anhang befand sich ein Ordner mit eingescannten Bildern und einem Dokument. Mitchell öffnete zuerst alles und ordnete die Fenster ordentlich auf dem Bildschirm an, bevor er sich die Nachricht genauer anschaute. Sie lautete:

An: NCCU-Team
Von: D. Roche
Betreff: Weitere Verbindungen – Drax

Ich habe eine Übereinstimmung gefunden zwischen Containernummern, die manuell aus dem Port of Tyne abgemeldet wurden, und Nummern, die mit dem Zug zurückkamen. Sie waren nicht in der Datenbank, nur in den Tordokumenten. Die Container gehören Bacchus. Züge und Lagerhaus werden von Prime verwaltet. Der Zug liefert Biomasse usw. an Drax. Verwendung? Versorgungskette? Verteilernetzwerk?

Mitchell wechselte zwischen den offenen Dokumenten hin und her und schaute sich die Scans der handgeschriebenen

Toraufzeichnungen für jeden der Container an, die von den Sicherheitsleuten an den Toren abgezeichnet worden waren. Es war immer dieselbe Containernummer, BCH U 709852 4, und der Container war jedes Mal innerhalb weniger Stunden nach dem Abladen vom Schiff aus dem Hafen transportiert worden.

Mitchell vergrößerte jedes der Dokumente und suchte nach allem, was ihm weiterhelfen konnte. Immer wieder sah er die Buchstaben RS-R3, die in den mit »TYP« markierten Kasten eingetragen worden waren. Er schrieb sie in sein Notizbuch und öffnete ein neues Fenster in seinem Browser. Nach kurzer Suche wusste er, dass mit »RS-R3« Thermalcontainer gemeint waren, die entweder mechanisch gekühlt oder erwärmt wurden. Mitchell schrieb auch diese Information auf seine Liste und wandte sich wieder der Datenbank zu. Alle anderen Container der Lieferung waren als allgemeines Trockengut deklariert.

Warum musste ein einziger Container gekühlt oder erhitzt werden? Mitchell schrieb sich diese Frage auf, sah sich noch einmal die Containerpapiere an und notierte sich die Daten von jedem der eingescannten Dokumente, auch die des neuesten, bei dem der Container den Hafen am letzten Montag in den frühen Morgenstunden verlassen hatte – zwei Tage nach Prince' Tod und dem Diebstahl der Datenbank. Ihm fiel auf, dass der Container noch nicht wieder in der Datenbank des Hafens auftauchte, was bedeutete, dass er noch unterwegs sein musste.

Nachdem Mitchell die Daten der älteren Dokumente mit der Datenbank verglichen hatte, erkannte er, dass der fragliche Container nie länger als zwei Wochen im Umlauf war und meist innerhalb von zehn Tagen in den Hafen zurückkehrte. Da der Container jetzt erst seit drei Tagen unterwegs war, befand er sich entweder noch im Lagerhaus oder würde bald dorthin gebracht werden. Mitchell war davon überzeugt, dass Roche etwas gefunden hatte – hier gab es eine Verbindung.

Waren Roche und Rebecca nach Verlassen des Kraftwerks zum Lagerhaus gefahren? Hatten sie etwas gefunden, das mit Drax zu tun hatte, und waren dorthin zurückgekehrt, um der Sache auf den Grund zu gehen? Vielleicht hatten sie herausgefunden, dass die Gruppe vorhatte, die Turbinen in die Luft zu sprengen.

Diese Verdachtsmomente reichten jedenfalls aus, um ein Team zum Lagerhaus zu schicken, denn dort ging definitiv irgendetwas vor sich.

Eigentlich hasste Brian Krankenhäuser. Er hasste die Gerüche und Geräusche. Doch heute machte ihm das alles nichts aus, denn er war froh, noch am Leben zu sein. Er hatte schlimme Schmerzen, auch wenn die Ärzte ihm starke Medikamente verabreicht hatten.

Seine Frau hatte die ganze Nacht bei ihm gesessen, seitdem er aus dem OP zurück war. Jetzt war sie in die Cafeteria gegangen, um sich einen Tee zu holen, da sein Zustand stabil war und kein Grund mehr zur Sorge bestand. So hatte Brian ein wenig Ruhe, um darüber nachzudenken, was passiert war.

Die Ärzte hatten ihm mitgeteilt, er habe schwere Verbrennungen im Gesicht und an den Händen davongetragen. Doch die schlimmste Verletzung hatte er am Rücken erlitten, wo die Feuersbrunst über ihn hinweggetobt war. Er lag auf dem Bauch, und sein Gesicht lugte durch ein Loch im Bett. Die Ärzte hatten ihm gesagt, er könne von Glück reden, überhaupt noch am Leben zu sein.

Das Gefühl habe ich auch, ging es Brian durch den Kopf. Er war sicher gewesen, sterben zu müssen. Alles hätte schlagartig vorbei sein können. Dieser Gedanke machte ihn wütend. Sein Gesicht war noch immer bandagiert, seine Augen mit Gaze bedeckt. Die Ärzte hatten ihm mitgeteilt, dass die Netzhäute verletzt seien, aber sie konnten ihm erst in einigen Tagen sagen, wie schwer die Verletzungen wirklich waren.

Denk positiv, sagte er sich.

Es klopfte leise an der Tür. Dann hörte Brian eine Männerstimme.

»Mr Phillips, hier ist Dr. Prosser. Wie fühlen Sie sich?«

»Etwas besser, danke, Doktor«, antwortete Brian mit heiserer Stimme.

»Die Polizei ist hier und würde gern mit Ihnen darüber reden, was passiert ist, falls Sie sich an irgendetwas erinnern. Ich kann den Leuten aber sagen, dass es Ihnen noch nicht gut genug geht, wenn Ihnen das lieber ist.«

»Nein, ist schon okay. Ich erinnere mich zwar nicht an viel, aber ich werde der Polizei helfen, so gut ich kann«, versicherte Brian dem Arzt. Schließlich war es sein Job, für die Sicherheit des Kraftwerks zu sorgen. Er wusste nicht, was passiert war, aber falls das Kraftwerk zerstört worden war, wollte er seinen Teil dazu beitragen, dass die Verantwortlichen zur Rechenschaft gezogen wurden.

Brian hörte Stimmen auf dem Flur. Dann wurde die Tür erneut geöffnet. Er spürte, dass jemand ins Zimmer kam, konnte aber nicht einschätzen, wie viele Personen. Schließlich sprach eine Frau ihn an.

»Danke, dass Sie Zeit für uns haben, Mr Phillips«, sagte sie.

Brian fand, dass sie eine angenehme Stimme hatte. Ein leichter Yorkshire-Akzent und ein sanfter, weicher Tonfall. Vielleicht gaben sie ihm nicht die Schuld für das, was passiert war.

»Ich bin Detective Sergeant Joyce. Detective Constable Stubbs ist ebenfalls hier«, stellte die Frau sich und ihren Kollegen vor und kam ein wenig näher.

»Hallo«, sagte eine Männerstimme, die vermutlich Stubbs gehörte.

»Was ist passiert?«, wollte Brian wissen.

»Es gab eine Explosion im Kraftwerk. Zwei der Turbinen sind in die Luft geflogen«, antwortete Joyce.

»Ja, ich weiß«, erwiderte Brian. »Wurden dabei viele Menschen verletzt?«

»Es hätte schlimmer kommen können.« Phillips fiel auf, dass sie seine Frage nicht beantwortet hatte. »Die Ärzte sagen, Sie könnten von Glück reden, noch am Leben zu sein.« Brian spürte, wie sie sich auf den Stuhl direkt neben seinem Bett setzte, auf dem seine Frau die ganze Nacht gesessen hatte. Dann hörte er Papier rascheln. Vermutlich blätterte sie in einem Notizbuch.

»Dürfen wir Ihnen ein paar Fragen über den Tag stellen, Mr Phillips?«, fragte sie schließlich. »Vielleicht können Sie sich ja an irgendetwas erinnern, was uns weiterhilft.«

»Ehrlich gesagt, ich weiß nicht mehr viel«, entgegnete Brian deprimiert. »Es war dunkel. Ich wollte gerade meine Runde drehen, da habe ich ein lautes Geräusch gehört, und dann brach um mich herum auch schon die Hölle los.«

»Verstehe«, erwiderte Joyce. »Nun, das war die eigentliche Explosion. Was ist zuvor an diesem Tag passiert? Erinnern Sie sich an die beiden Besucher von der NCCU?«

»Ja. Zwei Computerexperten. Die Frau war offenbar schon am Abend zuvor angekommen, aber da waren alle schon weg. Eine nette junge Dame. Höflich. Sie kam ganz früh am Morgen wieder und war schon da, als meine Schicht begonnen hat, aber ich habe sie während des Tages ein paar Mal gesehen. Hin und wieder kam sie auf den Parkplatz, um frische Luft zu schnappen. Sie war auch draußen, als ihr Freund kam. Der Kerl in dem albernen Auto.«

Wieder hörte er Papier rascheln und vermutete, dass sie seine Angaben mit seinen Besucherlisten verglich.

»Und dieser Agent Roche ist später eingetroffen als die Frau?«

»Ja, genau. Er kam später und hat sich dort mit ihr getroffen. Dann haben sie ein paar Stunden gearbeitet und sind zusammen wieder weggefahren.«

»Zusammen?«

»Ja, sie sind beide in seinem Wagen weggefahren. Sie hat mir beim Abschied noch gedankt. Ein nettes Mädchen, sehr hübsch.«

»Okay, Mr Phillips«, sagte Joyce. »Als der Wagen später noch einmal wiederkam, saßen dann wieder beide drin?«

»Nein, der Mann kam alleine zurück.«

Er hörte, wie die Frau sich vorbeugte.

»Er kam alleine? Sind Sie sicher?« Joyce klang irritiert.

»Ja, und er schien ziemlich schlechte Laune zu haben.«

»Hat er sich erneut angemeldet?«

»Ja, aber ich musste alles für ihn ausfüllen. Er hat nur seinen Namen eingetragen und den Rest frei gelassen, als wäre er zu wichtig, um Formulare auszufüllen.«

»Sie sagten, er hätte schlechte Laune gehabt. Woher wollen Sie das wissen? Hat er etwas zu Ihnen gesagt?« Dieses Mal stellte der Mann ihm die Fragen. Er hatte eine tiefe Stimme, daher ging Brian davon aus, dass er ziemlich groß und schwer war.

»Nein, das ist es ja. Er hat mich nicht mal begrüßt, obwohl er beim Wegfahren ziemlich freundlich gewesen war. Deshalb kam es mir so seltsam vor. Er hatte selbst im Wagen seinen Mantel an und die Kapuze aufgesetzt. Der Bursche sah aus, als wollte er die Sache nur zu Ende bringen und endlich nach Hause fahren. Also habe ich ihn reingelassen und den Rest für ihn ausgefüllt. Schließlich war er ja morgens schon mal da gewesen, sodass ich alles kopieren konnte.« So langsam hatte Brian das Gefühl, dass ihm irgendetwas entgangen war.

»Kam Ihnen an dem Mann sonst noch etwas seltsam vor?« Brian bemerkte, dass auch Stubbs näher gekommen war.

»Eigentlich nicht«, antwortete Brian, dem langsam mulmig wurde, weil er offenbar irgendetwas falsch gemacht hatte, auch wenn er nicht wusste, was das sein könnte. »Das heißt ... Augenblick mal, kann schon sein. Ich fand, er sah ... Ich weiß nicht, irgendwie massiger aus als vorher. Ich habe das auf den Mantel geschoben. Ich war ohnehin wütend auf ihn, schließlich hatte er an der Stelle geparkt, an der er nicht parken sollte. Direkt neben dem Gebäude. Die Geschäftsleitung mag es nicht, wenn Besucher dort parken. Ich weiß nicht, warum. Aber er war schon die Treppe rauf, bevor ich irgendetwas sagen konnte.«

Einen Moment herrschte Stille. Brian hörte, wie Joyce' Stift über das Papier kratzte.

»Um welche Uhrzeit ist er wieder gegangen?«, fragte sie dann.

»Er ist nicht wieder gegangen. Er war immer noch da, als ...« Brian hielt inne. Er begriff, dass der junge Mann tot sein musste.

»Sind Sie sicher, dass er nicht wieder rausgekommen ist?«, hakte Joyce nach.

»Dann hätte ich ihn auf jeden Fall gesehen. Ich wollte gerade rübergehen, um ihn zu fragen, wie lange er noch bleiben will. Sein Wagen stand immer noch auf dem Parkplatz.«

»Der gelbe Fiat?«, fragte Joyce.

»Ich weiß nicht, was für eine Marke es war, aber er war gelb. Sah aus wie ein Spielzeugauto.«

»Vielen Dank, Mr Phillips. Sie waren wirklich sehr hilfreich.«

Brian war zwar nicht überzeugt davon, freute sich aber über das Lob. Er hörte, wie die beiden Polizisten aufstanden.

»Eine letzte Sache noch, Mr Phillips«, sagte Stubbs. »Gibt es noch ein anderes Tor oder einen anderen Weg, um das Kraftwerk zu verlassen?«

»Nein, nur den Vordereingang. Man könnte natürlich über den Zaun klettern, aber bei dem vielen Stacheldraht dürfte das nicht so einfach sein. Warum fragen Sie? Glauben Sie, dass jemand eingebrochen ist? Da stehen überall Kameras, ich habe sie selbst gesehen.« Jetzt war Brian besorgt. Wenn jemand eingebrochen war, und er hatte es nicht mitbekommen, wäre das alles seine Schuld.

»Nein, wir wollen nur jede Möglichkeit ausschließen, Mr Phillips. Sie brauchen sich keine Sorgen zu machen«, entgegnete Joyce. »Werden Sie lieber schnell wieder gesund. Danke für Ihre Zeit.«

Aufgrund von Mitchells Erkenntnissen war die Einsatztruppe rings um das Lagerhaus in Bereitschaft. Von der Position am Ende der Straße sah die Vorderseite des Gebäudes ruhig aus. Ein Zug stand seit einer halben Stunde an der Ladeplattform hinter dem Gebäude, doch bislang waren keine Container bewegt worden. Das Gelände verhinderte ein verdecktes Vorrücken, weil das Lagerhaus isoliert stand und nur von Feldern und Straßen umgeben war.

Sie hatten auf jeder Seite des Gebäudes – mit Ausnahme der Gleise – ein Team postiert. Sämtliche Teams waren noch verborgen, konnten aber jederzeit zuschlagen. Der Großteil der Einsatztruppe saß in einem gepanzerten Fahrzeug, das als Minibus der Footballmannschaft einer Schule getarnt war. Der Bus parkte seit einiger Zeit in einer Haltebucht an der Hauptstraße, doch das Team sollte sich noch zurückhalten. Dank der getönten Fenster waren die Beamten nicht zu sehen, konnten das Tor des Geländes jedoch im Auge behalten. Seitdem sie sich dort aufhielten, war es kein einziges Mal geöffnet worden.

Sobald die NCCU Alarm geschlagen hatte, waren die bewaffneten Einheiten ausgerückt. Die Agency hatte einige Dateien ihres verschwundenen Agenten Roche entdeckt, die vermuten ließen, dass Roche und Rebecca MacDonald vom Kraftwerk aus zu diesem Lagerhaus gefahren waren. Der Besucherliste zufolge hatten sie das Kraftwerk verlassen und waren später, nur wenige Stunden vor dem Anschlag, zurückgekehrt. Joyce hatte soeben angerufen und mitgeteilt, der alte Wachmann, der zum Zeitpunkt der Explosion Dienst gehabt hatte, hätte bestätigt, dass Agent Roche und Rebecca MacDonald das Kraftwerkgelände früher am Tag verlassen hatten, und zwar ungefähr zu der Zeit, als sie bei der NCCU angerufen hatten. Der Mann hatte überdies ausgesagt, Roche sei später alleine zum Kraftwerk zurückgekehrt, sodass sie es zumindest mit einer verschwundenen Person zu tun hatten, da seitdem niemand etwas von Rebecca MacDonald gehört hatte. Man ging davon aus, dass Roche unter den Trümmern des Turbinenraums begraben lag.

Die Informationen hatten ausgereicht, um einen Durchsuchungsbefehl zu rechtfertigen und ein Einsatzteam zusammenzustellen. Im Bus war man der allgemeinen Meinung, je länger man dort draußen herumsaß, desto kleiner wäre ihr Vorteil. Die bewaffneten Beamten wollten das Gebäude stürmen und sehen, was darin vor sich ging.

Nach einem statischen Knistern im Funkgerät gab Knox' Stimme endlich den Einsatzbefehl.

»Team A, langsam vorrücken. Gehen Sie so nah ran, wie Sie können, ohne entdeckt zu werden. Team C, bereit machen, um Flüchtige aufzuhalten. Team B wartet auf mein Kommando.«

Aus dem Inneren des Busses konnten die Beamten sehen, wie ihre Kollegen aus Team A sich langsam der fensterlosen Seite des Lagerhauses näherten. Viel näher würden sie jedoch nicht herankommen, ohne von einer der zahlreichen Sicherheitskameras am Gebäude gesehen zu werden.

Schon nach wenigen Augenblicken trat ein großer Wachmann aus dem Häuschen am Tor und ging auf diese Seite des Gebäudes zu.

»Team B. Los! Los! Los!«

Der Motor des Busses heulte auf, und der Fahrer lenkte den Wagen aus der Haltebucht auf die Straße und raste auf das Tor zu. Sie konnten sehen, wie sich Team A dem Lagerhaus näherte und den Wachmann umzingelte, der die Hände in die Luft reckte. Ein Mitglied des Teams rannte zum Wachhäuschen und öffnete gerade noch rechtzeitig das Tor, als der

Bus davor hielt. Die Bustüren wurden aufgerissen, und Team B stürmte durch das offene Tor.

»Kommunikationskanäle offen halten. Waffen sichern. Wir haben keine Ahnung, was dadrin los ist, und wir wollen keine Zivilisten verletzen. Team B rückt bis zur Laderampe vor, Team A bringt den Wachmann dazu, die Seitentür zu öffnen. Team C hält die Position.« Knox koordinierte die Operation per Kamera vom Hauptquartier aus. Die Mitglieder jedes Teams hatten Infrarotkameras und Mikrofone an den Helmen, die alles direkt auf die Bildschirme im Kontrollraum übertrugen. Knox konnte mit jedem Mitglied des Teams einzeln oder auch mit der gesamten Einheit sprechen.

»Ganz ruhig«, sagte der Wachmann zu dem Mann aus Team A, der ihm gerade Handschellen anlegte. Team B schwärmte aus und verteilte sich mit gezückten Waffen auf der Laderampe. Eine Hand voll Männer in fluoreszierenden Jacken, die an einem kleinen Tisch gesessen hatten, sprangen auf und warfen ihre Teetassen um.

»Fesseln Sie diese Leute, und bringen Sie sie da raus«, ordnete Knox an. Die Männer sahen nicht aus, als würden sie eine Gefahr darstellen, aber es konnte immer passieren, dass jemand den Helden spielte. Zwei der Beamten näherten sich ihnen mit gezückten Waffen.

»Runter auf die Knie! Hände über den Kopf!«, brüllte einer von ihnen. Die Männer gehorchten.

Team A war bereits durch die Glastür ins Gebäude eingedrungen und drang nun durch einen dunklen Flur vor. Das erste Mitglied von Team B näherte sich derselben Position von hinten. Ihre Kameras gingen in den Nachtsichtmodus, um die dunkle Umgebung zu kompensieren. Team A marschierte paarweise durch den Gang und versuchte, jede Tür zu öffnen, trat sie dann jedoch ein, weil sie alle verschlossen waren. Die Männer durchsuchten jeden Raum und meldeten laut, wenn er gesichert war. Aber hier war nichts. Die Räume waren vollkommen leer.

Während sie weitersuchten, konnten sie hören, wie Knox zunehmend frustrierter wurde. »Meldung!«, rief er wütend.

»Hier ist nichts, Chef«, meldete einer seiner Leute. »Alles leer. Es stinkt allerdings gewaltig.«

Als auch die letzte Tür eingetreten worden war, rief ein anderer Mann: »Sauber. Alles gesichert. Hier ist Blut, Sarge.«

Der Sergeant lief zu seinen Männern und schaltete das Licht ein. Die Kamera flackerte, als es heller wurde. Auch der letzte Raum war leer, doch auf dem Boden neben der Tür befand sich eine Blutlache an der Stelle, an der seine Männer standen.

»Ja. Das ist Blut. Sieht noch frisch aus. Wer immer hier drin war, ist noch nicht lange weg. Und er war offenbar in keinem guten Zustand.«

»Okay. Alle raus da«, ordnete Knox an. »Versiegelt das Gebäude, das sollen sich die Forensiker ansehen. Ich komme rüber. Sucht nach Überlebenden. Und haltet diesen Wachmann und die anderen vier Kerle fest.«

Knox nahm sein Headset ab und warf es auf die Konsolen.

»Scheiße!«, brüllte er.

Rebecca war wieder bei Bewusstsein, als man ihr Bett aus dem Zimmer rollte, doch sie bewegte keinen Muskel. Sie wusste, dass sie noch ans Bett gefesselt war und ihren Entführern durch jede Bewegung zu erkennen geben würde, dass sie wach war. Deshalb wollte sie warten, bis sie wieder klaren Kopf und Gefühl in den Gliedmaßen hatte, ehe sie etwas unternahm, um herauszufinden, was hier vor sich ging.

Sie hatte einige Zeit regungslos in der Dunkelheit gelegen und verzweifelt versucht, sich auf die Geräusche im Gebäude zu konzentrieren. Um sie her war viel Bewegung, und sie hörte Stimmen, die einander Befehle zuriefen. Hin und wieder wurde eine Tür zugeknallt, oder Metall klirrte. Rebecca ging davon aus, dass sie sich noch im Lagerhaus mit den Containern befand. Wie lange sie wohl schon dort war?

Als sie aufgewacht war, hatte sie Roche nicht mehr gesehen, doch sie erinnerte sich, wie er mit dem Glatzkopf gekämpft hatte. Sie hätte Roche nie als Mann eingeschätzt, der um sein Leben kämpft. Jetzt hoffte sie, dass es ihm gut ging.

Sie hatte in der Dunkelheit gelegen und sich gefragt, was sie tun sollte, als die Tür aufging und zwei Männer hereinkamen, die sie nie zuvor gesehen hatte. Stumm überprüften sie, ob ihre Gefangene wach war und noch atmete. Rebecca hatte kurz überlegt, ob sie einen Fluchtversuch wagen sollte, doch ihr war klar, dass sie den beiden Kerlen nicht entkommen konnte. Außerdem ging es ihr viel zu schlecht. Also hatte sie still und mit geschlossenen Augen dagelegen, als die Männer sie mit Lederriemen ans Bett fesselten. Dabei hatte sie unauffällig tief Luft geholt und den Rücken durchgedrückt, um die Fesseln zu lockern. Wenn sie hier rauskommen wollte, würde sie den Platz brauchen.

Dann hatten die Männer sie auf den Gang geschoben. Rebecca hatte jede Unebenheit, jede Bodendelle gespürt, hatte aber die Augen zugekniffen und sich ganz still verhalten. Sie hoffte, dass es auf dem Gang immer noch so schummrig war.

Es wurde kälter, und sie spürte eine frische Brise. Anscheinend waren sie im Freien. Kurz darauf schaukelte das Bett ein wenig, und Rebecca spürte, dass es leicht aufwärtsging. Offenbar wurde sie eine Rampe hinaufgeschoben, denn schon kurz darauf ging es auf ebener Strecke weiter. Die Temperatur änderte sich erneut. Rebecca spürte, dass sie nicht mehr im Freien war.

Erst als sie ein metallisches Klirren hörte und wieder von völliger Dunkelheit umgeben war, öffnete sie die Augen. Sie wusste sofort, dass sie sich in einem Container befand. Vermutlich wollten die Männer sie von hier wegtransportieren, eine andere Erklärung gab es nicht.

Jetzt musste sie sich konzentrieren. Sie musste zu zählen anfangen, sobald sie sich in Bewegung setzten, dann würde sie später wissen, wie viele Minuten sie sich vom Lagerhaus entfernt hatte, falls sie sich befreien konnte und Hilfe fand.

Rebecca fragte sich, ob das Team bei der NCCU sich die Dateien bereits angesehen hatte, die Roche geschickt hatte. Hatte jemand schon die Zeit gefunden, dieselben Verbindungen herzustellen, und war ihnen hierher gefolgt?

Doch es war so oder so zu spät, da sie offensichtlich an einen anderen Ort gebracht wurde. Rebecca zermarterte sich das Hirn, als sie zu begreifen versuchte, was sie in dem Lagerhaus eigentlich entdeckt hatten. Diese Leute hatten jedenfalls keine Skrupel, Gefangene zu nehmen und sie zu betäuben.

Rebecca hatte bereits von mehreren Razzien in ähnlichen Unternehmen in ganz Großbritannien gelesen, bei denen Gruppen illegaler Einwanderer aufgeflogen waren, die unter schrecklichen Bedingungen hausten und für einen Hungerlohn schufteten. Erst vor Kurzem hatte es einen Fall gegeben, bei dem die Behörden eine Fabrik in Hull überprüft und eine Gruppe von Männern entdeckt hatten, die dort seit Jahren als Sklaven gehalten wurden. Es war unfassbar, dass die Verbrecherbanden so lange damit durchkamen, aber wenn die Behörden keinen Grund hatten, die Unternehmen unter die Lupe zu nehmen, fielen solche Dinge nicht so schnell auf.

Rebecca musste daran denken, wie abgelegen das Lagerhaus stand. Es war perfekt für so etwas. Aber warum hatten diese Leute so schnell auf ihre und Roches Ankunft reagiert? Hätten sie irgendetwas Wichtiges, Verräterisches entdecken können? Hatte Roche etwas herausgefunden?

Rebecca musste an ihn denken. In den Augenblicken, bevor sie erneut bewusstlos geworden war, hatte Roche versucht, sie zu retten. Was hatten diese Verbrecher mit ihm gemacht? Befand er sich ebenfalls in diesem Container? War er überhaupt noch am Leben?

Sie verdrängte diese Frage, da sie über die andere Möglichkeit lieber nicht nachdenken wollte.

Kurz darauf hörte sie, wie ein Motor angelassen wurde. Dann war um sie herum ein dumpfes Dröhnen zu vernehmen. Als sie gerade mit dem Zählen beginnen wollte, drang unvermittelt eine leise Stimme an ihr Ohr.

»Mommy?«

Rebecca erstarrte. In diesem Moment dämmerte ihr die schreckliche Wahrheit. Sie war nicht alleine in dem Container. Hier wurde außer ihr noch ein Kind festgehalten. Dem schmerzvollen Stöhnen nach ein kleines Mädchen.

War es *das*, was Roche und sie beinahe entdeckt hätten? Stand dieses Lagerhaus mit Prince' schrecklichem Pädophilennetzwerk in Verbindung?

Rebeccas Herz schlug schneller. Sie hatte sich auf einen

Fluchtversuch vorbereitet, aber wenn sich hier ein Kind befand – vielleicht sogar mehrere –, was konnte sie dann tun, um sie zu retten? Wie viel Zeit blieb ihr, bevor sie ihr Ziel erreichten?

»Mommy?«, wiederholte die leise Stimme, als könnte die Dunkelheit ihr antworten.

Rebecca hörte, wie das Motorgeräusch lauter wurde, und spürte, dass sie sich in Bewegung setzten.

»Pssst, ganz ruhig, meine Kleine«, flüsterte sie. »Lieg still. Dir passiert nichts, versprochen.«

Sie hatte keine Ahnung, wie sie das anstellen sollte. Dann merkte sie, wie der Wagen das Tor passierte und schneller wurde.

Es wurde Zeit, dass sie sich etwas einfallen ließ.

»Scheiße!«, fluchte Franklin und rammte den Hörer auf die Gabel. »Sie haben sie verpasst. Was immer da gewesen ist, es ist weg. Alles leer. Da waren nur noch ein Wachmann und vier Arbeiter, die den Zug beladen wollten.«

»Womit beladen?«, wollte Miller wissen.

»Offenbar mit leeren Containern«, antwortete Franklin. »Sonst ist da nichts.«

In seinem Magen breitete sich eine schmerzhafte Leere aus. Er konnte spüren, dass sie sehr nah am Ziel gewesen waren, und doch waren sie zu spät gekommen. Wie schafften es diese Leute, ihnen ständig einen Schritt voraus zu sein?

»Ist der verschwundene Container noch da?«, erkundigte sich Mitchell. »Der vom Hafen?«

Franklin schüttelte den Kopf. »Sie suchen noch, aber bis jetzt haben sie ihn nicht gefunden. Willis ist auf dem Weg dorthin, um mit den forensischen Untersuchungen zu beginnen. Wir werden mehr wissen, wenn er fertig ist. Aber wir haben sie verloren. Wir sind wieder ganz am Anfang. Verdammt!«

Frustriert warf er seinen Stift auf den Schreibtisch und starrte sein Team an. Er hatte sich darauf verlassen, dass diese Spur ihnen etwas brachte, denn das konnten sie dringend gebrauchen

Und nun dieser Fehlschlag.

»Wir kommen ihnen näher, Boss«, versicherte ihm Miller. »Wir haben noch immer einige Hinweise, denen wir nachgehen können. Die kriegen wir schon. Wir brauchen nur mehr Zeit.«

Franklin nickte. Miller hatte recht, sie hatten Hinweise, und sie waren offenbar nahe an etwas dran gewesen. Anscheinend stimmte Mitchells Theorie, dass Roche und Rebecca auf einer heißen Spur gewesen waren. Franklin fragte sich, wo Rebecca jetzt sein mochte. Es wurde allgemein angenommen, dass Roche im Kraftwerk ums Leben gekommen war, aber das musste noch von den Rettungsdiensten bestätigt werden. Bislang hatten keine Leichen aus dem zerstörten Gebäude geborgen werden können, aber mehrere Angestellte des Kraftwerks, die vor der Explosion Feierabend gemacht hatten, erinnerten sich, Roche im Turbinenraum gesehen zu haben.

»Okay, Leute, zurück auf Anfang«, sagte Franklin entschlossen. »Besprechung um siebzehn Uhr. Ich will von jedem einen Statusbericht. Ich habe das Gefühl, dass uns hier irgendwas entgeht. Wir müssen jedem noch so kleinen Hinweis nachgehen. Ich will diese Woche keine Überraschungen mehr erleben.«

Während sein Team das Büro verließ, lehnte Franklin sich auf seinem Stuhl zurück und starrte auf den auf stumm gestellten Fernseher an der Wand. Der Nachrichtensender berichtete seit der Explosion nonstop über das Kraftwerk. Er gab zahlreiche Vermutungen und wilde Spekulationen.

Auf einmal stach ihm der Nachrichtenticker am unteren Bildschirmrand ins Auge:

EILMELDUNG ... CYBERTERRORISTEN BESCHULDIGEN NCCU, KRAFTWERK GESPRENGT ZU HABEN ...

Franklin beugte sich vor und griff nach der Fernbedienung. Er stellte den Ton ein und hörte, wie der Sprecher mit eindringlicher Stimme sagte:

»... die Anschuldigung wurde vor einiger Zeit als Aufzeichnung an *The Sun* geschickt.«

Danach war auf dem Bildschirm ein Ausschnitt der Aufnahme zu sehen, auf die sich der Sprecher bezogen hatte. Das verpixelte Schwarz-Weiß-Bild einer Piratenflagge erschien. Eine roboterartige Computerstimme verlas dazu die Nachricht: »Wir sind Black Flag. Alles, was ihr habt, gehört uns. Die NCCU kann euch nicht retten. Sie wollen euch nur kontrollieren. Sie verkaufen euch Furcht und Lügen. Eure Anführer sind korrupt. Eure Beschützer sind korrupt. Black Flag ist die einzige Wahrheit.«

»Dreckskerle«, murmelte Franklin. Dann war wieder der Nachrichtensprecher im Bild.

»Das Video wurde per E-Mail an einen Journalisten dieser Zeitung geschickt, zusammen mit einigen Dokumenten, die den Black-Flag-Leuten zufolge beweisen, dass die Sicherheitsdienste auf höchster Ebene korrupt sind und dass die

Inkompetenz der NCCU zur Explosion im Kraftwerk geführt hat. Bis jetzt war die NCCU für einen Kommentar nicht zu erreichen.«

Franklin suchte in der Liste der verpassten Anrufe nach der Nummer des Journalisten von *The Sun*, da er sich erinnern konnte, dass er diese Nummer an diesem Tag schon gesehen hatte.

Der Nachrichtensprecher wälzte inzwischen dieselben Fakten aus, die bereits über Black Flag bekannt waren. Er nannte sie eine kriminelle Elite-Hackergruppe und die führenden Köpfe des organisierten Verbrechens in der Cyberwelt. Franklin verdrehte die Augen, weil die Medien so leicht machten. Die Black-Flag-Mitglieder waren keine »führenden Köpfe«, sie waren schlicht und einfach Verbrecher.

Endlich fand Franklin die Nummer. Er wollte sie gerade wählen, erstarrte dann aber, als er sein eigenes Gesicht im Fernseher sah.

»In einem Interview an dem Tag, an dem die neue Cyber-Verbrechenseinheit der National Crime Agency die Arbeit aufgenommen hat, hat der damalige stellvertretende Leiter Oscar Franklin geschworen, dem Cyber-Terrorismus in Großbritannien ein Ende zu bereiten.«

Nun wurde Franklins Rede abgespielt. Damals hatte er alle öffentlichen Ankündigungen im Namen der NCCU machen müssen, weil Sheila Davies nicht mit der Presse sprechen wollte. Ihr hatte der Anschluss an die NCA von Anfang an widerstrebt, denn ihre Abteilung dürfe nicht in den Dreck einer »politischen Prahlerei gezogen werden, die rein gar nichts erreicht«, wie sie sich ausgedrückt hatte. Auf diese Weise war Franklin anstelle von Davies das Aushängeschild und das Sprachrohr der NCCU geworden. Jetzt aber wurden ihm seine Worte von damals vorgehalten.

»Der heutige Tag kennzeichnet das Ende des organisierten Cyber-Verbrechens in Großbritannien«, hörte er sich nun sagen. Seine Stimme klang stolz und überzeugt, beinahe überheblich.

Franklin hasste es, Aufzeichnungen von sich selbst zu sehen, und dieses Interview hasste er ganz besonders. Teile davon wurden fast jedes Mal wiederholt, wenn der NCA etwas vorgeworfen wurde. »Ihr Verbrecher da draußen, die ihr euch hinter euren Computern versteckt, wir werden euch finden. Wir werden euch das Handwerk legen. Wir werden euch der Gerechtigkeit zuführen. Niemand ist wirklich anonym.«

Dann war wieder der Ansager zu sehen.

»Nun stellen sich diese Verbrecher als diejenigen heraus, die die Agency anklagen, die sie eigentlich unschädlich machen sollte. Wie auch immer die Wahrheit hinter der heutigen Explosion aussehen mag, es müssen auf jeden Fall Fragen hinsichtlich der Sicherheit unserer nationalen Infrastrukturen gestellt werden. Vor allem stellt sich die Frage, was die National Crime Agency eigentlich tut, um unser Volk zu schützen.«

»Scheiße!«, fluchte Franklin erneut und wählte die Nummer des Journalisten von *The Sun*.

Black Flag wollte die NCCU zum Narren halten, und es funktionierte. Sie wurden der Öffentlichkeit zum Fraß vorgeworfen, und alle, die der NCA negativ gegenüberstanden, bekamen die nötige Munition, um gegen die Agency vorzugehen.

Das würde er nicht zulassen.

Regel Nr. 14: Der Schein kann trügen

Urteile niemals voreilig.
Die Dinge sind nicht immer so, wie sie scheinen.

Willis war in Begleitung mehrerer Forensiker am Lagerhaus eingetroffen. Es hätte viel zu lange gedauert, alles alleine zu durchkämmen, und die Zeit drängte. Wenn das Einsatzteam recht hatte und das Lagerhaus erst vor Kurzem geräumt worden war, blieb ihnen möglicherweise nicht viel Zeit, bevor die Spur wieder kalt wurde. Es war Willis gelungen, ein Team aus zehn Ermittlern zusammenzustellen, die momentan im Lagerhaus nach Hinweisen suchten. Das Gelände war groß, und sie mussten methodisch vorgehen.

Er selbst nahm sich den letzten Raum am Ende des Gangs vor. Da es hier offenbar die meisten Beweise zu sichern gab, wollte er diese Aufgabe selbst übernehmen. Nun hockte Willis auf Händen und Knien auf dem kalten Betonboden und entnahm der Blutlache, die das Einsatzteam entdeckt hatte, eine Probe. Hoffentlich fanden sie auf diese Weise einen Namen heraus. Und zu Namen gehörten meist auch Adressen. Wenn sie definitiv wussten, dass sich eine bestimmte Person in diesem Lagerhaus aufgehalten hatte, wäre das ein guter Anfang.

Willis schob den Abstrich in ein Röhrchen, versiegelte es und verstaute es im Aluminiumkoffer, der neben ihm stand. Dann beugte er sich hinunter, so tief er konnte, ohne mit der Wange den Boden zu berühren, und betrachtete die Spur im

Blut. Sie schien von einem kleinen Rad zu stammen, das offenbar zur Hälfte mit Blut benetzt war. Die Spur war noch an mehreren anderen Stellen auf dem Boden zu sehen, wurde jedoch deutlich schwächer.

Weiterhin auf dem Betonboden hockend, zog Willis ein Maßband aus der Tasche, maß Breite und Länge der Spur und schrieb sich die Zahlen ins Notizbuch. Dann legte er einen kleinen gelben Plastikmarker neben die Blutlache, platzierte weitere neben den Reifenspuren und stand auf. Das Neonlicht im Raum war nicht stark genug, um bis in den Schatten in den Ecken vorzudringen, daher leuchtete Willis sie mit seiner Taschenlampe aus, während er sich durch den Raum voranbewegte. An der Seitenwand entdeckte er etwas. Er beugte sich vor, hob eine Plastikspritze auf und hielt sie ins Licht. Die Nadel war noch intakt, und in der Spritze befand sich ein klein wenig Flüssigkeit. Willis holte einen Beweisbeutel hervor und steckte die Spritze hinein. Sehr gut! Wer immer hier gewesen war, hatte offenbar hastig aufbrechen müssen.

Schon jetzt war offensichtlich, dass in diesen Räumen Menschen untergebracht gewesen waren oder zumindest geschlafen hatten. Nach seinem Eintreffen hatte das forensische Team eine kleine, aber zweckmäßige Küche entdeckt, in der mehrere benutzte Schüsseln standen, wie man sie aus Industrieküchen kannte. Sie hatten ein paar Fingerabdrücke genommen, die sie später in der Datenbank überprüfen wollten. Vielleicht konnten sie dem unbekannten Koch ja einen Namen zuweisen. Natürlich konnte die Küche auch für die Arbeiter im Lagerhaus gedacht sein, doch die vier Männer, die das Einsatzteam festgenommen hatte, wussten angeblich nichts darüber, was hinter diesen Türen vor sich ging. Doch Willis war überzeugt, dass die Beamten es aus diesen Burschen herausbekommen würden.

Er hatte den Tatort so gut untersucht, wie er konnte. Jetzt klappte er seinen Koffer zu und verließ den Raum. Im Türrahmen drehte er sich noch einmal um und musterte bedächtig jeden Zentimeter. Hatte er etwas übersehen? Nein, vermutlich nicht. Im Raum war nichts mehr zu sehen.

Doch als Willis sich umdrehte, um das Licht auszuschalten, bemerkte er einen kleinen Blutfleck auf der Außenseite des Türrahmens. Er nahm eine Probe, auch wenn er davon ausging, dass das Blut von der gleichen Person stammte wie das Blut auf dem Boden. Dann folgte er der Spur durch den Gang.

Als er an einer der anderen Türen vorbeikam, trat ein Ermittler heraus.

»Das sollten Sie sich ansehen, Sir«, sagte er und deutete hinter sich in den Raum. Willis folgte dem Mann hinein.

Auf dem Boden lag ein schwarzer Plastikmüllsack, der geöffnet worden war und in dem sich offenbar Lumpen befanden. Ein zweiter Ermittler fotografierte alles. Willis wartete, bis der Mann fertig war, bevor er in die Hocke ging und es sich näher ansah.

»Wow«, murmelte er. »Das ist ja großartig.«

Er zog eine Pinzette aus der Brusttasche, hob damit ein Stück Stoff aus dem Sack und hielt es hoch. Es war ein Mädchensommerkleid aus Baumwolle mit einem Erdbeermuster auf der Brust. Willis legte das Kleidungsstück neben den Haufen auf dem Boden. In der Nähe des Rocksaums konnte er ein grinsendes Cartoon-Eichhörnchen erkennen. Mithilfe der Pinzette breitete er das Kleid aus und sah sich das Etikett an.

»Fünf bis sechs Jahre«, sagte er leise.

Dann nahm er ein weiteres Stoffstück aus dem Haufen, ein rotes T-Shirt, und legte es neben das Kleid.

»Etwa sieben Jahre alt«, meinte er und las vor, was auf dem Etikett stand. »Für Jungen.«

Willis blieb neben dem Haufen in der Hocke und schaute zu dem Ermittler auf, der ihn in den Raum gebeten hatte.

»Kinderkleidung«, sagte Willis mit finsterer Miene. »Packen Sie alles ein, und lassen Sie es untersuchen. Wir werden jedes Teil fotografieren. Vielleicht gibt es Übereinstimmungen mit den Berichten über verschwundene Kinder.«

Der Ermittler nickte und zog sich Latexhandschuhe an, während Willis den Raum wieder verließ. Er ging weiter den Korridor entlang und trat durch die Glastür ins Freie, wo er tief die frische Luft einatmete. Man konnte ihn nicht gerade als zimperlichen Mann bezeichnen, aber bei der Kinderkleidung war es ihm eiskalt den Rücken heruntergelaufen. Er hatte selbst zwei kleine Töchter, und seitdem er Vater war, verspürte er in ruhigeren Augenblicken häufig eine panische Angst, die Kinder zu verlieren. Seine Frau behauptete immer, seine Arbeit würde ihn paranoid machen. Vielleicht hatte sie recht. Oder er war sich der Gefahren einfach nur besser bewusst. Wie dem auch sei – Willis' Tochter mochte das Cartoon-Eichhörnchen ebenfalls sehr. Das Kleid hätte genauso gut ihr gehören können.

Willis versuchte, diese Gedanken zu verdrängen, denn er musste klaren Kopf bewahren. Anhand der Beweise würden sie schon herausfinden, was passiert war. Aber bevor die Wahrheit ans Licht kam, mussten er und seine Leute sie suchen. Er durfte keine voreiligen Schlüsse ziehen. Vielleicht hatten die Lagerhausarbeiter hier bloß mit ihren Familien gelebt. Doch irgendetwas sagte Willis, dass mehr dahintersteckte. Aber er zwang sich, nur die Fakten zu sehen. Das Blut war ihre beste Spur, ihr würden sie als Erstes nachgehen.

Auf einmal machte sich Unruhe auf den Feldern neben

dem Lagerhaus breit, auf denen Männer des Einsatzteams nach Beweisen suchten.

»Wir haben eine Leiche gefunden«, rief einer der Beamten.

Willis lief zu den Männern hinüber. »Nicht anfassen«, rief er, als er näher kam. »Fassen Sie nichts an!«

Vorsichtig näherte er sich der Stelle. Die Beamten, die der Leiche am nächsten waren, standen regungslos da, um den Tatort nicht zu verunreinigen. Das Gesicht des Toten sah aus, als wäre er schrecklich verprügelt worden, und der Schädel war an einer Seite regelrecht pulverisiert, aber Willis erkannte den Mann dennoch auf Anhieb.

»Das ist Agent Roche von der NCCU«, teilte er den Beamten mit. »Er ist einer von uns.«

Mitchell hatte noch nie so viel Betriebsamkeit im Schweinestall gesehen wie an diesem Tag. Es war eine Menge los, und er sah viele Gesichter, die er nicht kannte. Die restlichen Mitglieder des NCCU-Teams hielten sich hier auf, mit Ausnahme von Roche, der noch immer unterwegs war. Hinzu kamen Mitglieder anderer Abteilungen, von denen Mitchell wusste, dass sie den Hinweisen nachgingen, die Miller und Squires aus den Black-Flag-Akten bezogen hatten. Einige uniformierte Beamte standen in der Nähe der Kaffeemaschine und unterhielten sich leise. Mitchell sah auch mehrere leitende Direktoren der NCA, die bereits am Tisch saßen und geduldig warteten. Sie alle wollten ihren Beitrag leisten.

Mitchell hatte alles, was er für diese Besprechung brauchte, auf seinen Laptop geladen und setzte sich jetzt wieder neben Miller an den Konferenztisch. Franklin ging am anderen Ende des Raumes auf und ab; er sah fix und fertig aus. Dennoch schien er es kaum abwarten zu können, dass die Besprechung anfing.

»Okay, sind alle da? Wer ist über Telefon zugeschaltet?«, rief er schließlich.

»Hier ist Knox, ich bin noch im Lagerhaus. Willis muss auch irgendwo sein, er wird später dazustoßen«, sagte Knox, dessen Stimme durch den Lautsprecher blechern klang.

»Gut, aber Sie müssen noch einen Moment warten, Knox. Ich möchte das der Reihe nach abhandeln. Hier geht alles drunter und drüber, und ich will nicht, dass wir irgendetwas übersehen. Ich werde erst im Raum herumgehen und mich auf den neuesten Stand bringen lassen, selbst wenn wir dabei bereits bekannte Information wiederholen. Gehen wir alles der Reihe nach durch. Prince' Unfall. Die Datenbank. Davies' Unfall. Den Anschlag. Das Lagerhaus. Okay? Ich weiß, dass einige von Ihnen Durchbrüche erzielt haben, die Sie uns nur zu gerne mitteilen möchten, aber wir müssen uns auf das Gesamtbild konzentrieren.«

Franklin blickte einen der leitenden Direktoren an, und der Mann nickte.

»Diese Dummköpfe haben uns heftige Anschuldigungen an den Kopf geworfen. Derzeit wartet alle Welt darauf, wie wir reagieren. Ich möchte eine kurze, knappe und entschiedene Aktion. Wir müssen uns zusammenreißen und dieser verdammten Sache auf den Grund gehen. Miller, teilen Sie uns alles mit, was wir über Prince wissen.«

Miller beugte sich auf seinem Stuhl vor.

»Anthony Prince starb bei einem Flugzeugabsturz, als er

am Freitag, den 19. April, seinen eigenen Firmenjet flog. Kommen wir als Erstes auf den Unfall zu sprechen. Die französische Flugsicherung hat die Maschine ohne Zwischenfall an ihre britischen Kollegen übergeben. Laut ihren Aufzeichnungen traf der Flieger zur korrekten Zeit in unserem Luftraum ein und wurde auf seiner Reise entlang der geplanten Flugroute beobachtet. Die Aufzeichnungen besagen auch, dass die Maschine schließlich der Bodenkontrolle in Biggin Hill übergeben wurde. Aber das ist offensichtlich *nicht* passiert, da Prince' Flugzeug an den Klippen zerschellt ist. Die britische Flugsicherung weiß jetzt, dass ihre Systeme gehackt wurden und dass sie nicht mit dem Piloten, sondern vermutlich mit dem Hacker kommuniziert hat. Momentan werden die Aufzeichnungen analysiert.«

»Diese Genies«, murmelte Squires. Widerwillige Bewunderung lag in seiner Stimme. Die anderen reagierten überrascht. Mitchell hingegen vernahm es mit Stolz. Es war ein exzellenter Hack gewesen.

»Die Cockpitaufzeichnungen aus Prince' Flugzeug erzählen eine ganz andere Geschichte«, fuhr Miller fort. »Darin ist zu hören, wie er sich bei den französischen Behörden verabschiedet und bei den britischen anmeldet, aber es ist eine andere Stimme – dieselbe Stimme, die die Briten für die von Prince gehalten haben. Also hat sich der Hacker offenbar dazwischengeschaltet und sich mit beiden Seiten unterhalten. Ein wenig später hören wir, wie Prince einen Notruf abgibt, ihn kurz danach aber wieder zurücknimmt. Er sagte der Flugsicherung: ›Alles okay, alles okay. Habe alles unter Kontrolle.‹« Miller las Prince' letzte Worte direkt von dem Zettel ab, den er in der Hand hielt. »Dann hören wir eine Antwort des Hackers: ›Gute Nacht, kleiner Prinz.‹ Das kranke Schwein hat sogar noch Witze gemacht.«

Miller musterte seine Kollegen. Offenbar hoffte er, dass sie ebenso angewidert waren wie er selbst. Doch er sah nur leichtes Erstaunen in den Gesichtern.

»Daher wissen wir«, fuhr Miller fort, »dass Prince mit voller Absicht von einem unbekannten Hacker ermordet wurde. Es war nicht gerade leicht, herauszufinden, wie dieser Unbekannte das angestellt hat, aber ich glaube, wir wissen es jetzt. Flughafenmitarbeiter berichten von einem Mechaniker, der Prince' Flugzeug während seines Aufenthalts in Paris gewartet hat. Doch die dafür zuständige Firma hat an diesem Tag gar keinen Techniker dorthin geschickt, obwohl es geplant gewesen war. Aber der Termin war telefonisch abgesagt worden. Wir gehen davon aus, dass es unser Gesuchter war, der anstelle des Mechanikers am Flughafen aufgetaucht ist. Dabei wurde ein Trojaner in das GPS-Modul der Maschine eingespeist, und der hat den Fernzugriff auf das System ermöglicht, was bedeutet, dass das GPS womöglich neu konfiguriert wurde und falsche Angaben angezeigt hat. Vermutlich hat die Nichtübereinstimmung zwischen den Angaben des GPS und des Autopiloten zum Absturz geführt. Das lässt sich unmöglich mit Bestimmtheit sagen, aber genauer werden wir die Absturzursache nicht benennen können. Es war ein riskanter Angriff, aber er wurde perfekt ausgeführt.« Miller klang fast so, als hätte er Respekt vor dem Hacker.

»*Fast* perfekt«, murmelte Mitchell.

»Wie bitte?« Miller drehte sich aggressiv zu ihm um, da er es nicht mochte, infrage gestellt zu werden, besonders nicht von Mitchell.

»Ich sagte, fast perfekt«, wiederholte Mitchell. »Wäre er perfekt ausgeführt worden, hätten wir das alles nie herausgefunden.«

Miller nickte widerwillig und gab nach. »Da haben Sie

recht, zumindest wenn wir davon ausgehen sollten, dass es ein Unfall war.«

»Okay, das ist ja alles gut und schön«, warf Franklin ein und kam wieder zum Thema zurück. »Aber wo führt uns das hin?«

»Nun, wir haben eine Sprachaufzeichnung unseres Hackers, mit der wir weitere Tests durchführen können, und eine Beschreibung des Mechanikers vom Flughafen. Diesen beiden Hinweisen können wir nachgehen.«

Mitchell war erleichtert. Keine der beiden Spuren würde auf ihn hindeuten, da er sich bestens geschützt hatte.

»Vor allem sollten wir uns den Code ansehen, mit dem das GPS-Modul gehackt wurde. Wir können es mit dem vergleichen, den wir online gefunden haben. Vielleicht gibt es Ähnlichkeiten und Korrelationen. Falls schon mal jemand einen ähnlichen Hack gepostet hat, können wir ihn mit unserem Code vergleichen und finden möglicherweise einen Namen. Schließlich stellt der Code gewissermaßen eine Signatur dar.«

Mitchells Erleichterung schwand. Das könnte knifflig werden.

»Gut«, sagte Franklin. »Was noch?«

Squires übernahm von seinem Kollegen. »Ich habe mir Prince' Bewegungen vor seiner Abreise aus Paris angesehen. Wie Mitchell bereits erwähnte, befindet sich ein Keylogger auf seinem Laptop, der alles aufgezeichnet und in einer Logdatei gespeichert hat. Daher wissen wir, auf welche Dateien er auf seinem Laptop zugegriffen hat. Seltsam ist, dass Lücken zwischen seinen verschiedenen Aktivitäten auftreten. Momentan sind wir uns noch nicht sicher, ob es in dieser Zeit keine Aktivität gab, oder ob Prince oder jemand anderes die fraglichen Dateien gelöscht hat. Wir haben uns auch seine

Telefonlisten aus dieser Zeit angesehen. Während zweier dieser ereignislosen Zeitspannen auf seinem Laptop hat er telefoniert, und zwar stets mit einer VoIP-Nummer. Wir haben versucht, sie aufzuspüren, aber bisher ist es uns noch nicht gelungen.«

»Wie lautet die Nummer?«, wollte Mitchell wissen, der sofort wachsam geworden war. Das konnte genau die Verbindung sein, die er brauchte.

Squires öffnete das Dokument und zeigte es Mitchell.

»Kennen Sie die Nummer?«, wollte Squires wissen.

Mitchell erkannte die Nummer sofort – und genau davon war er auch ausgegangen. Sheila Davies hatte dieselbe Nummer an ihrem letzten Nachmittag im Büro angerufen. Er musste es eigentlich nicht überprüfen, sah aber dennoch in seinen Unterlagen nach.

»Ja, hier steht sie ebenfalls.« Er tat so, als würde er sich vergewissern. »Dieselbe Nummer wurde Montagnachmittag über den VoIP-Client auf Sheila Davies' Laptop angerufen. Der Anruf dauerte zehn Minuten. Dienstagfrüh um kurz nach fünf rief sie erneut dort an. Das muss kurz vor Verlassen der Wohnung gewesen sein.«

Franklin blieb abrupt stehen.

»Ist es dieselbe Nummer? Ganz sicher?«, fragte er.

Mitchell und Squires nickten.

»Dann wollen Sie mir also sagen, dass sowohl Prince als auch Davies wenige Stunden vor ihrem Tod diese Nummer angerufen haben? Verdammt, das könnte unser Durchbruch sein! Wir müssen herausfinden, wem diese Nummer gehört.«

»Ich hab's versucht«, erklärte Mitchell. »Sie hat einen Tor-Chat-Client verwendet. Ich habe die Nummer nur entdeckt, weil das Programm nicht richtig runtergefahren worden war. Offensichtlich hatte sie es sehr eilig.«

»Dann bringt sie uns nichts?«, erkundigte sich Franklin. Seine Enttäuschung war nicht zu überhören.

»Nun ja, wir könnten sie einfach anrufen«, erwiderte Miller hoffnungsvoll.

»Nein«, warf Mitchell fast schon zu schnell ein. »Das könnte alles zunichtemachen. Die Nummer ist nicht so wichtig. Was zählt, ist die Tatsache, dass beide sie angerufen haben.« Miller machte ein finsteres Gesicht, als Franklin sich erneut Mitchell zuwandte. Mitchell hatte ihm bereits einen Überblick über die Dateien und Links gegeben, die er auf Sheila Davies' Laptop gefunden hatte. Er war davon ausgegangen, dass es Franklin den Rest geben würde, aber der hatte die Nachricht erstaunlich optimistisch aufgefasst, beinahe so, als hätte er bereits damit gerechnet.

»Fahren Sie fort, Mitchell«, forderte Franklin ihn auf. »Wir können auch gleich alle Karten auf den Tisch legen.«

»Ich habe leider noch andere Beweise gefunden«, erklärte Mitchell der Gruppe. »Sie bringen Sheila Davies mit Prince und Black Flag in Verbindung. Offenbar wurde Davies direkt nach der Gründung der NCA von Black Flag rekrutiert. Seit über einem Jahr hat sie für diese Hackerbande hier Augen und Ohren offen gehalten.«

Alle Anwesenden waren sichtlich geschockt. Mitchell hatte beschlossen, so viele Informationen über Black Flag weiterzugeben wie nur möglich. Er konnte es sich nicht leisten, etwas vor der NCCU zurückzuhalten, und er durfte keine Spielchen treiben. Black Flag war hinter Strider her, seinem Alter Ego, deshalb war es ihm nur recht, wenn sich möglichst viele Agenten auf die Jagd nach diesen Leuten machten. Manchmal brauchte man einen guten Schlachtruf, um eine Armee zu rekrutieren, und das war Mitchells Plan. Alleine konnte er es nicht mit Black Flag aufnehmen, aber wenn sich die NCCU ebenfalls betrogen und verraten fühlte, würden sie sich wehren, und dann wäre der Kampf gegen Black Flag zu einem gemeinsamen Unternehmen geworden.

»Das sind schreckliche Neuigkeiten. Sobald die Presse Wind davon bekommt, steht uns einiges bevor. Aber es ist gut, dass wir Bescheid wissen«, stellte Franklin fest. »Fassen wir zusammen: Prince wurde dank seiner Vorliebe für Kinderpornografie für Black Flag rekrutiert, und er beginnt, gegen Geld Sicherheitsdaten an Black Flag zu verkaufen, wodurch er eine Vielzahl nationaler Infrastrukturen in Gefahr bringt. Zur selben Zeit wird auch Davies rekrutiert, auch wenn wir nicht genau wissen, wie das vor sich gegangen ist. Aber wir gehen davon aus, dass ebenfalls große Geldsummen im Spiel waren. Mitchells Erkenntnissen zufolge hat Sheila Davies aktiv versucht, alle Ermittlungen, die mit Black Flag zu tun hatten, zu behindern und die NCCU zu untergraben. Daher wissen wir jetzt endlich, wie die Beweise im Teddybär-Fall verschwunden sind.«

Mitchell bemerkte, dass ihm einige Teammitglieder betretene Blicke zuwarfen. Sie hatten ihm die ganze Zeit die Schuld gegeben, auch wenn sie es nicht offen gesagt hatten. Jetzt wurde ihnen ihr Irrtum bewusst. Es war nur ein unbedeutender Sieg für Mitchell, aber er war trotzdem zufrieden.

»Das bedeutet, dass es hier einen massiven Sicherheitsverstoß gegeben hat. Wir müssen davon ausgehen, dass unsere Ermittlungen seit einiger Zeit von Black Flag überwacht wurden. Innerhalb des Schweinestalls ist alles sicher, doch alles außerhalb – persönliche Handys, Laptops, E-Mails – ist anfällig. In diesem Moment untersucht ein Team unsere Geräte auf Spyware. Sie alle werden noch heute Ersatzgeräte erhalten. Zumindest kann dies teilweise erklären, woher Black

Flag wusste, dass wir uns auf potenzielle Angriffe konzentrieren. Aber dazu kommen wir noch.« Franklin war jetzt in Fahrt. »Dann hat Sheila Davies also bereitwillig für Black Flag gearbeitet. Mitchell, würden Sie uns bitte von Ihrer Theorie erzählen?«

»Wie Sie ganz richtig sagen, ist es nur eine Theorie, aber ich vermute, Sheila Davies wollte aus der Sache raus, als sich das Netz um Prince allmählich zuzog. Sie muss irgendwann gemerkt haben, dass sie auffliegen würde oder dass sie zumindest keine Beweise mehr vernichten konnte. Die Anrufe scheinen das zu bestätigen. Wir gehen schon jetzt davon aus, dass Prince umgebracht wurde, weil er nicht mehr mitmachen wollte, und es ist gut möglich, dass Davies diese Anrufe aus demselben Grund gemacht hat. Das ist zwar nur ein Schuss ins Blaue, ergibt aber durchaus Sinn.«

»Außerdem kann Jack Willis beweisen, dass es zumindest einen Zeugen für Davies' Unfall gibt«, schaltete sich Franklin wieder ein. »Dank verschiedener Überwachungskameras kann er belegen, dass kurz vor Davies' Wagen ein Motorrad in den Tunnel gefahren ist und ihn einige Zeit später wieder verlassen hat, vermutlich erst nach dem Unfall. Die Nummernschilder waren gefälscht, versteht sich, und es gibt keine weiteren Zeugen, deshalb hilft uns das nicht wirklich dabei weiter, den wahren Mörder zu finden, aber ich gehe ohnehin davon aus, dass es sich um einen Auftragskiller gehandelt hat. Was uns wieder zu der Datenbank, dem Lagerhaus und dem Hier und Jetzt führt.«

Ernst musterte Franklin sein Team. Das wäre der Augenblick gewesen, in dem Roche sie auf den neuesten Stand hätte bringen sollen. Eine Sekunde schwiegen alle, dann ergriff Franklin erneut das Wort.

»Rebecca MacDonald hat eine Verbindung zwischen Prime

Logistics – dem Unternehmen, das für den Frachtverkehr zwischen dem Drax-Kraftwerk und dem Port of Tyne zuständig ist –, dem Kraftwerk selbst und den Einzahlungen großer Summen auf Prince' Konto entdeckt, woraufhin wir das Kraftwerk als potenzielles Ziel eingestuft haben. Ich habe sie dorthin geschickt, um die Sicherheitsmaßnahmen zu verbessern. Roche hat sich ihr später angeschlossen. Wir haben von Roche noch ein Update erhalten, in dem er andeutet, eine weitere Spur entdeckt zu haben. Mitchell?«

Mitchell sah von seinen Notizen auf. »Ja, genau. Roche hatte das SCADA-System am Port of Tyne gesichert. Dabei ist ihm aufgefallen, dass einige Prozesse noch immer manuell dupliziert werden, was wiederum zu unserem Vorteil war, da Black Flag offensichtlich nichts davon wusste. Die Wachleute am Tor führen noch immer eine Liste über alle Lkws, die rein- oder rausfahren. Roche hat eine Anomalie entdeckt, die sich wiederholt. Ein einzelner Container von Bacchus Enterprises, dem Speditionsunternehmen, wird an dem Tag, an dem die Lieferung im Hafen eintrifft, von einem Lkw abgeholt. Die Containernummer verschwindet plötzlich aus der Datenbank, sodass der Container beim Verladen der restlichen Ladung nicht vermisst wird. Sobald er mit dem Zug zurück in den Hafen gebracht wurde, taucht er wieder in der Datenbank auf. Mit diesem Zug werden auch Biomasse und andere Materialien zwischen dem Hafen, dem Drax-Kraftwerk und einem Lagerhaus von Prime Logistics bewegt.«

Mitchell nickte. »Es hat den Anschein, dass Roche und MacDonald sich das Lagerhaus auf dem Rückweg vom Kraftwerk ansehen wollten – und dort haben wir sie verloren. Bisher gehen wir davon aus, dass Roche später am Abend zum Kraftwerk zurückgekehrt ist, aber er war laut

Aussage des Wachmanns alleine. Seit der Explosion ist es uns nicht mehr gelungen, ihn oder Rebecca MacDonald zu erreichen. Wenn man sie auf dem Handy anruft, erreicht man nur die Mailbox.«

»Oscar? Hier Jack Willis«, drang unvermittelt die besorgte Stimme des Forensikers aus dem Lautsprecher.

»Was gibt es, Jack?«, erkundigte sich Franklin.

»Roche ist nie ins Kraftwerk zurückgekehrt. Er ist hier im Lagerhaus.«

»*Was?*«

»Es tut mir leid, Oscar, aber ich muss Ihnen leider mitteilen, dass Roche tot ist.«

Schweigen breitete sich aus. Mitchell hatte gesehen, wie in Franklin ein Hoffnungsschimmer aufgekeimt war. Nun war er genauso schockiert wie alle anderen.

»Wir sind zu spät gekommen«, fuhr Willis fort. »Was immer sich in diesem Lagerhaus befunden hat, es ist nicht mehr da. Ich glaube, Roche und Rebecca haben etwas entdeckt, das diese Leute dazu bewogen hat, die Zelte dort abzubrechen.«

»Was ist mit Rebecca? Ist sie …?« Franklin konnte die Frage nicht aussprechen.

»Wir wissen nicht, wo sie sich aufhält, aber wir haben noch nicht die gesamte Umgebung abgesucht«, antwortete Willis bedrückt. »In diesem Lagerhaus haben Menschen gehaust, Oscar. Wir müssen die Beweise noch auswerten, aber wir wissen, dass auch Kinder hier gewesen sind. Wir schicken Ihnen gleich Fotos von Kleidungsstücken, die wir gefunden haben. Sie scheinen von Jungen und Mädchen unterschiedlichen Alters zu stammen. Vergleichen Sie sie doch bitte mit den Beschreibungen in der Datenbank der vermissten Kinder. Meiner Ansicht nach könnte dies hier ein

Knotenpunkt für irgendeinen Warenhandel gewesen sein. Möglicherweise ein Zwischenlager. Ich könnte mir vorstellen, dass Sie einige dieser Kleidungsstücke in der Datenbank wiederfinden.«

»Großer Gott.« Franklin stöhnte auf.

»Ich wünschte, ich hätte bessere Neuigkeiten, Oscar. Es wird eine Weile dauern, bis wir alle Beweise durchgegangen sind, die wir gesichert haben, aber ich schicke Ihnen alles, das Ihnen weiterhelfen könnte. Das große Problem ist, dass wir nicht wissen, wie viele Kinder sich hier aufgehalten haben und wohin man sie gebracht hat.«

»Okay, Jack. Danke«, erwiderte Franklin und wollte das Gespräch schon beenden.

»Mir ist da noch etwas eingefallen. Wenn sich Roches Leiche hier befindet, kann er unmöglich zurück zum Kraftwerk gefahren sein. Das ist nur eine vage Vermutung, aber vielleicht finden wir in dem Mietwagen ja noch Spuren. Jemand ist mit diesem Auto dorthin gefahren, hat sich als Roche ausgegeben und das Kraftwerk betreten. Ich bin mir ziemlich sicher, dass es kein Selbstmordattentäter war, daher muss diese Person das Kraftwerk auch wieder verlassen haben. Und sie hat Roches Wagen stehen lassen, um uns auf eine falsche Fährte zu locken. Ich fahre dorthin, wenn ich hier fertig bin. Vielleicht finde ich ja noch irgendetwas heraus.«

»Okay«, sagte Franklin, dem offensichtlich die Befehle ausgegangen waren und der ziemlich erledigt wirkte. »Möchte sonst noch jemand etwas sagen?«

Doch offenbar waren alle Versammelten der Ansicht, dass es nichts mehr zu sagen gab. Sie wirkten wütend und niedergeschlagen.

»Ich würde gern noch etwas sagen …«, begann Mitchell vorsichtig.

Franklin nickte ihm auffordernd zu.

»Davies hat uns verraten, das wissen wir jetzt. Aber Roche hat nur seinen Job gemacht, und zwar gut. Diese Leute haben ihn umgebracht. Sie behaupten, für die Allgemeinheit zu sprechen und gegen die Korruption vorzugehen. Aber ich denke, sie selbst sind die Korruption, und Roche war Teil der Allgemeinheit. Wenn wir diesen Leuten nicht das Handwerk legen, ist Roche umsonst gestorben.« Mitchell war selbst erstaunt über seine leidenschaftlichen Worte. Er sah, dass das Team ihm beipflichtete und dass er Franklin den notwendigen Ansporn gegeben hatte.

»Sie haben recht, Mitchell. Wir haben Hinweise, wir haben Namen, wir haben Zahlen«, sagte Franklin, der jetzt wieder ganz bei der Sache war. »Schnappen wir uns diese Dreckskerle. Vergessen wir nicht, dass Rebecca noch immer irgendwo da draußen ist und unsere Hilfe braucht. Wenn diese Leute einen Kampf wollen, sollen sie ihn verdammt noch mal bekommen!«

Regel Nr. 15: Niemand ist eine Insel

Jeder Held braucht einen Gefährten. Auch Schurken arbeiten nicht alleine.

Rebecca konnte nicht abschätzen, wie viel Zeit vergangen war, seitdem der Lkw das Lagerhaus verlassen hatte. Es kam ihr wie Stunden vor, aber sie war sich nicht sicher. Zu Beginn der Fahrt hatte sie lange Zeit versucht, das Mädchen zu trösten. Schließlich hatte sie der Kleinen ein Lied vorgesungen, das ihre Mutter früher immer gesungen hatte, und sie hatte sich beruhigt.

»Kothbiro« war ein kenianisches Wiegenlied, das Rebeccas Mutter ihr sogar noch als Teenager vorgesungen hatte, wenn es ihr schlecht ging. Sie hatte sich dann immer auf den Schoß ihrer Mutter gesetzt, und diese hatte sie in den Arm genommen und ihr diese Melodie leise vorgesungen, bis sie sich wieder besser fühlte. Rebecca wusste, dass ihre Stimme bei Weitem nicht so beruhigend war wie die ihrer Mutter, aber etwas Besseres war ihr nicht eingefallen.

Sie lagen auf ihre Betten gefesselt in einem kalten Lkw und wurden quer durch das Land zu einem unbekannten Ort gebracht, daher beruhigte Rebeccas Gesang nicht nur das Mädchen, sondern auch sie selbst. Sie hatte das Lied mit leiser, gleichmäßiger Stimme mehrmals gesungen, bis das Kind mit einfiel, auch wenn es noch immer hin und wieder schluchzte. Es brach Rebecca schier das Herz.

Als das Mädchen sich schließlich so weit beruhigt hatte,

dass es reden konnte, hatte Rebecca ihr ein paar Fragen gestellt. Woher stammte sie? Wie hieß sie? Wie alt war sie? Sie tat es auf sanfte Weise, sprach in die Dunkelheit, drängte nicht auf Antworten und unterbrach ihre Fragen mit seltsamen Geschichten über ein Schwein namens Peppa und darüber, dass sie keine Erbsen mochte. Rebecca konnte gut mit Kindern umgehen, da sie in ihr oft eine Verbündete sahen.

Nach und nach bekam sie heraus, dass das Mädchen Sofiya hieß und sieben Jahre alt war. Sie hatte mit ihrer Schwester und ihrer Mutter Urlaub in Spanien gemacht; ihre Mutter hatte die Kinder schlafend im Hotelzimmer zurückgelassen, als sie nach unten zum Essen gegangen war. Das Mädchen wusste nicht genau, was dann passiert war, schien sich aber an die Hoffnung zu klammern, dass ihre Mutter sie retten würde.

Rebecca fragte sich, wie viele solcher Fälle es momentan wohl auf der Welt geben mochte – eine verzweifelte Mutter, die ihr Kind verloren hatte, und ein Kind, das nicht begreifen konnte, warum seine Mutter ihm nicht zu Hilfe eilte.

Erleichtert stellte Rebecca fest, dass die Kleine noch nicht lange dort war. Ganz vorsichtig fragte sie das Mädchen, ob es verletzt sei. Sie hatte Angst vor der Antwort und war beruhigt, als Sofiya ihr versicherte, dass sie zwar krank und verängstigt war, die Entführer ihr aber sonst nichts angetan hatten. Rebecca erzählte ihr, wer sie war und woher sie stammte, und sie versprach ihr erneut, dass alles gut werden würde.

Sofiya fragte, ob Rebecca ihre Schwester gesehen hatte, und war traurig und verzweifelt, als Rebecca dies verneinen musste. Obwohl das Mädchen erst sieben Jahre alt war, schien es sehr verantwortungsbewusst zu sein. Rebecca fragte sich, ob Sofiyas Schwester sich zusammen mit ihnen im Lkw befand. Sie konnte noch andere Menschen atmen hören, aber niemand sagte etwas.

Ob Roche wohl auch hier war?

Als sie schließlich spürte, dass der Lkw langsamer wurde und um ein paar Kurven fuhr, glaubte Rebecca, dass sie ihrem Ziel näher kamen. Sie hätte zu gern gewusst, wo sie sich gerade befanden.

»Sofiya?«, sagte sie in die Dunkelheit und versuchte, nicht allzu besorgt zu klingen. »Ich glaube, wir sind gleich da. Dann werden diese Männer wieder reinkommen und uns woanders hinbringen.«

»Nein, bitte nicht …« Das Mädchen klang, als würde sie jeden Moment in Panik geraten.

»Pssst, ganz ruhig. Du musst jetzt zuhören, okay? Wir spielen ein Spiel. Wie Verstecken. Das kennst du doch, oder?«

»Ja«, antwortete Sofiya leise.

»Gut. Unser Spiel läuft so ähnlich. Du weißt, wann du dich verstecken musst, und wenn der Suchende in deine Nähe kommt, versuchst du, nicht zu laut zu atmen und nicht zu kichern.«

»Genau.« Sofiya klang ganz und gar nicht so, als wäre ihr nach Kichern zumute.

»Okay. Wenn die Männer hier reinkommen, musst du die Augen schließen und darfst sie nicht aufmachen. Du musst so tun, als würdest du schlafen, verstehst du? Dann ist es so, als könnten sie dich nicht sehen.«

»Aber man wird nicht unsichtbar, nur weil man die Augen zumacht«, erwiderte Sofiya trotzig.

»Das weiß ich, Liebes«, sagte Rebecca. »Aber wenn die Männer glauben, dass du schläfst, geben sie dir keine Medizin mehr. Hast du verstanden?«

»Ja«, antwortete Sofiya tapfer. »Also gut. Ich tue so, als würde ich schlafen.«

»Fein. Wenn die Männer wieder weg sind, kannst du die Augen öffnen, aber beweg dich nicht. Sie werden eine Weile brauchen, bis sie alle hier rausgebracht haben. Ich komme zu dir, bevor sie damit fertig sind. Du musst aber bereit sein, sofort loszulaufen, okay? Kannst du laufen?«

»Ja«, antwortete Sofiya. »Ich kann sehr schnell laufen.«

»Du bist ein tapferes Mädchen«, meinte Rebecca. »Vergiss nicht, was ich dir gesagt habe: Lass die Augen zu, und beweg dich nicht.«

Sie spürte, wie der Lkw zum Stehen kam. Dann hörte sie draußen Stimmen, der Wagen fuhr weiter. Würde sie sehr weit laufen müssen, bis sie in Sicherheit war? Sie konnte sich die Entfernungen im Kopf einfach nicht vorstellen. Natürlich war ihr klar, dass ihr Vorhaben damit enden konnte, dass sie und das Mädchen umgebracht wurden. Ein Teil von ihr war sogar der Ansicht, dass das besser wäre als das Schicksal, was sie sonst erwartete.

Strider hatte noch nie Rachegelüste verspürt. Nun aber hatte er das überwältigende Verlangen, Roches Tod zu rächen. Er hatte seine Worte im Besprechungsraum ernst gemeint. Jetzt ging es nicht mehr alleine darum, sich selbst zu beschützen. Roche hatte nur seine Arbeit gemacht und es nicht verdient, zu sterben. Insbesondere nicht auf so eine brutale Weise – zu Tode geprügelt und einfach auf ein Feld geworfen.

Genau das war es, was Strider seiner Meinung nach von

Kriminellen wie Black Flag unterschied: Ihm bedeutete das Leben etwas. Die Freiheit zu leben war ein Vorrecht, und dieses Vorrecht hatten seine Zielpersonen verwirkt, als sie den Code gebrochen hatten. Trotz allem war ihr Tod angemessen gewesen. Roche jedoch hatte den Code nicht gebrochen – im Gegensatz zu denen, die ihn auf dem Gewissen hatten. Und diese Mörder waren jetzt da draußen und verspotteten ihn mit jedem Atemzug, den sie taten.

Eine Spur hatte Roche erst zu ihnen geführt, doch er hatte den Fehler begangen, seine Gegner zu unterschätzen. Nun, da die NCCU wusste, mit wem sie es zu tun hatte und wie weit diese Leute gehen würden, um ihre Interessen zu schützen, musste Mitchell nur noch eine neue Spur finden, die zu ihnen zurückführte. Es musste eine solche Spur geben, schließlich waren sie gezwungen gewesen, überstürzt zu handeln, und da machte man immer Fehler. Wenn er sie fand, wollte er am liebsten auf seine Weise mit ihnen abrechnen, doch wenn er die NCCU zu ihnen ließ, konnte er das nicht – aber er war bereit, dieses Opfer zu bringen.

Außerdem war es nicht Mitchells Hauptziel, Roches Tod zu rächen. Es ging ihm vor allem um den Schutz Striders, seines Alter Ego. Und Strider konnte er nur beschützen, indem er die Gefahr beseitigte, die der Salesman und Nightshade darstellten. Der Salesman hatte gesagt, Teddybärs Picknicknetzwerk wäre viel größer, als Strider sich vorstellen könne – und nach dem, was Willis im Lagerhaus entdeckt hatte, schienen sie sich nicht nur mit Kinderpornografie, sondern auch mit Menschenhandel zu beschäftigen. Mitchell fragte sich, ob sie sich dabei nur auf Kinder beschränkten. Wie groß war die ganze Sache?

Dank der wenigen Informationen, die Mitchell über den Schwarzhandel hatte, wusste er, dass die Kinder häufig auf

Bestellung entführt und über die ganze Welt transportiert wurden. Neben Drogen und Waffen war der Menschenhandel die drittgrößte Einnahmequelle im organisierten Verbrechen, und Mitchell wusste, dass das Deep Web den perfekten anonymen Marktplatz für den Verkauf und Austausch solcher Menschen darstellte. Ob sie nun in die Sklaverei verkauft, in der Sexindustrie eingesetzt oder für medizinische Experimente und den Organhandel genutzt wurden, immer ging es ums große Geld. Und es war offensichtlich ein Geschäftszweig, an dem Black Flag mitverdiente.

Jetzt, wo er darüber nachdachte, ergaben die Verbindungen, die Roche gefunden hatte, Sinn. Die effizientesten kriminellen Operationen geschahen immer hinter einer legitimen Fassade. Die Zugverbindung, der Vertrag über die Biomasselieferung, die Logistikfirma – hinter diesen legalen Fassaden verbarg sich eine üble kriminelle Organisation.

Plötzlich kam Mitchell der Gedanke, dass Black Flag die Datenbank nicht etwa gestohlen hatte, um jeden angreifen zu können, der darin gespeichert war – vielmehr wollten sie dafür sorgen, dass sie nach Prince' Tod nicht aufflogen. Hatten sie den Datenbankserver gar nicht hacken wollen? Das würde bedeuten, dass Strider sie durch den Mord an Prince gewissermaßen dazu gezwungen hatte. Vielleicht war auch gar nicht das der Auslöser gewesen, und die veränderten Passwörter hatten dazu geführt, dass Nightshade seine Logdateien nicht hatte löschen können. Erst diese Logdateien hatten Prince belastet und dazu geführt, dass die Ermittlungen gegen Teddybärs Picknicknetzwerk wieder aufgenommen worden waren. War Nightshade gezwungen gewesen, sich Zugriff auf die Datenbank zu verschaffen, um sie von Teddybärs Picknicknetzwerk abzulenken? Möglicherweise war ihnen Black Flag gar nicht immer einen Schritt voraus, sondern versuchte vielmehr, die eigenen Operationen zu schützen. Der Angriff auf das Kraftwerk war eine Kurzschlussreaktion gewesen, die sie der NCCU anlasten wollten, aber auf diese Weise war auch eine weitere Schwachstelle in der Panzerung von Black Flag zutage getreten. Nightshade war zwar ein hervorragender und erfindungsreicher Hacker, aber auch ein arroganter Hitzkopf, der unbedacht handelte.

Mitchell wusste jetzt, dass er ihn kriegen konnte.

Er fragte sich, ob Nightshade das Kraftwerk, getarnt als Roche, persönlich betreten und den Wurm eingepflanzt hatte. Das hätte zu ihm gepasst. Nightshade hatte den direkten Zugang schon immer bevorzugt, und er war sehr gut darin. Und er hatte die von ihm bewirkten Zerstörungen auch früher schon gerne mit eigenen Augen gesehen. Princes' Tod hatte Nightshade auch in jener Nacht dazu gezwungen, voreilig zu handeln. Mitchell ärgerte sich über sich selbst, weil ihm das nicht früher eingefallen war. Sie waren die ganze Zeit davon ausgegangen, dass man auf die Datenbank zugegriffen und diese gestohlen hatte. Aber das war zu offensichtlich – Nightshade hätte gewusst, dass man es entdecken würde.

Natürlich steckt da noch mehr dahinter, dachte Mitchell verärgert. *Ich hätte es gleich sehen müssen.*

Er war so überrascht gewesen, dass jemand anderes zur selben Zeit wie er auf Prince' Computer zugegriffen hatte, dass er nicht weitergedacht hatte. Das ganze Team hatte sich nur auf die Tatsache gestürzt, dass auf die Datenbank zugegriffen worden war, und sich mit der Frage beschäftigt, was Black Flag mit diesen Daten anstellen konnte. Dabei hatten sie gar keine Daten gestohlen, sondern nur Beweise beseitigt.

In diesem Augenblick wünschte sich Mitchell, Rebecca wäre bei ihm. Er hätte zu gerne einen raschen Blick in die Datenbank geworfen, um herauszufinden, ob einer der Klienten nach dem Hack von Black Flag verschwunden war. Rebecca hatte gesagt, dass die Firmenarchive jeden Tag gesichert wurden, was bedeutete, dass man sie sich genau in dem Zustand ansehen konnte, in dem sie sich zu einem ganz bestimmten Zeitpunkt befunden hatten. Auf diese Weise hatte sie auch den Fotoordner auf Prince' Desktop wiederhergestellt. Mitchell hätte zu gern gewusst, ob dasselbe auf den Datenbankserver zutraf. Er hatte nichts von diesem Archivierungssystem des Unternehmens gewusst, und er ging davon aus, dass es für Black Flag ebenfalls neu war. Wenn sie einen Klienten aus dieser Datenbank finden konnten, der nach dem Zugriff darauf gelöscht worden war, dann wussten sie, wo sie Black Flag und vermutlich auch Rebecca aufspüren konnten. Mitchell war überzeugt, auf der richtigen Spur zu sein.

Schnell sammelte er seine Unterlagen zusammen, ging zu Franklins Büro und klopfte an die Tür. Ohne auf eine Antwort zu warten, betrat er das Büro. Franklin saß am Schreibtisch, den Kopf in die Hände gestützt. Er sah schrecklich müde aus.

»Nicht jetzt, Mitchell. Geben Sie mir eine Minute, okay?«

»Es ist wichtig«, entgegnete Mitchell und schloss die Tür hinter sich. »Ich glaube, ich habe eine weitere Spur gefunden, aber wir brauchen eine archivierte Kopie der Datenbank, um sie zu überprüfen. Wir sollten mit Jack Taylor von PrinceSec sprechen. Weiß er schon, dass Rebecca vermisst wird?«

»Nein, ich muss ihn noch anrufen. Was haben Sie gefunden?«

Franklins Miene wurde deutlich optimistischer, als Mitchell ihm von seiner Theorie über die Datenbank erzählte.

»Das könnte genau der Durchbruch sein, den wir brauchen, Mitchell. Gut gemacht«, sagte er. Mitchell hatte das

Gefühl, dass er es wirklich so meinte. Franklin schaute ihn einen Moment ernst an; dann bedeutete er ihm, Platz zu nehmen.

»Könnten Sie sich kurz setzen, Mitchell? Wir können Taylor gleich anrufen.«

»Ja, sicher.« Mitchell ließ sich auf den Stuhl sinken und faltete die Hände auf dem Schoß. Er fand, dass Franklin sich merkwürdig benahm. Sonst konnte er ihn, Mitchell, doch gar nicht schnell genug loswerden.

»Ich möchte mich entschuldigen«, begann Franklin mit betretener Miene. »Ich weiß, dass ich Sie schlecht behandelt habe, seitdem Sie hier sind. Außerdem habe ich Sie unterschätzt.«

Mitchell zuckte mit den Achseln. Er wusste nicht, worauf sein Gegenüber hinauswollte.

»Ich habe Sie völlig falsch eingeschätzt, und das tut mir leid«, fuhr Franklin fort. Offensichtlich musste er sich einiges von der Seele reden. »Aber ich konnte nicht einfach darüber hinwegsehen, was Sie vorher getan haben.«

»Schon okay«, sagte Mitchell.

»Das soll nicht bedeuten, dass wir jetzt Freunde wären, aber ich musste das mal loswerden. Ich habe das Gefühl, Sie falsch eingeschätzt zu haben, und Sie sollen wissen, dass ich durchaus zu schätzen weiß, was Sie hier geleistet haben, insbesondere in der letzten Woche.«

Oh, du hast mich nicht falsch eingeschätzt, dachte Mitchell. *Ich glaube, deine Instinkte sind noch verdammt gut.*

»Danke«, erwiderte er unsicher.

»Das war eine schlimme Woche für uns alle, und sie ist noch lange nicht zu Ende. Ich versuche hier nicht, mich bei Ihnen einzuschleimen, aber ich hatte das Gefühl, Ihnen unrecht getan zu haben, was vermutlich vor allem daran lag, dass Sheila Davies immer für Sie eingetreten ist. Wenn wir zusammenarbeiten wollen, sollten wir über alles offen reden können, finden Sie nicht?«

Nicht über alles, dachte Mitchell, während er freundlich lächelte.

»Wie viel wissen Sie wirklich über diese Leute? Über Black Flag, meine ich. Sie sagten, Sie würden sie kennen.« Franklin stellte die Frage direkt und meinte sie nicht als Anschuldigung.

Mitchell beschloss, dass ein wenig Ehrlichkeit nicht schaden konnte. »Ich habe sie zu meiner Zeit kennengelernt«, antwortete er. »Sie haben versucht, mich zu rekrutieren, und ich habe ein paar einfache Jobs für sie gemacht. Nichts Großes. Doch ihre Arbeitsweise gefiel mir nicht.«

»Können Sie mir das genauer erklären?«

»Sie waren wütend und chaotisch.«

»Ich dachte, das wäre Sinn der Sache«, meinte Franklin schmunzelnd.

»Das mag schon sein, aber nicht für mich. Wir arbeiten schon seit mehreren Jahren nicht mehr zusammen.«

»Wissen diese Leute, wo Sie gelandet sind?«

»Ob sie wissen, dass ich hier arbeite? Nein, ich denke nicht. Ich nutze den Alias nicht mehr, den ich damals verwendet habe.«

»Was würde passieren, wenn Sie ihn wieder aktivieren?«

»Sie würden mich sofort entdecken«, antwortete Mitchell, der nicht einen Augenblick daran zweifelte. Doch er hatte eine Idee. »Es gibt noch einen anderen Alias, den ich im Notfall benutzen könnte, aber wenn ich das tue, muss ich auch einiges in der Hinterhand haben. Ich muss mir diese Datenbank ansehen. Wenn ich recht habe, können wir sie genau da erwischen, wo es wehtut.«

Franklin lehnte sich auf seinem Stuhl zurück und schaute Mitchell lächelnd an.

»Okay, dann wollen wir Taylor mal anrufen. Hoffentlich haben Sie auch dieses Mal recht.«

Rebecca hatte recht behalten. Es dauerte eine Weile, bis die Männer den Lkw entladen hatten. Der Motor war bestimmt schon vor einer Stunde abgestellt worden, und noch war nichts passiert. Rebecca hatte sich flüsternd mit Sofiya unterhalten und jedes Mal geschwiegen, wenn draußen Stimmen näher kamen. Auch wenn sie davon überzeugt war, dass man sie nicht hören konnte, wollte sie dem Mädchen eintrichtern, dass es mitspielen musste. Im Kopf war Rebecca verschiedene Fluchtszenarien durchgegangen, aber sobald sie Sofiya in ihre Pläne mit einbezog, wurde alles sehr viel komplizierter. Aber sie wusste, dass sie das Mädchen nicht zurücklassen konnte.

Zwar gehörte Rebecca nicht zur NCCU und hatte nicht jeden Tag mit diesen kriminellen Machenschaften zu tun, aber sie war klug genug, um zu begreifen, was hier vor sich ging. Roche und sie waren direkt in ein Zwischenlager von Menschenhändlern hineingeplatzt. Rebecca hatte in letzter Zeit so viel über den Menschenhandel gelesen, dass sie gar nicht daran denken mochte, was man mit ihr vorhatte.

Natürlich war ihr klar, dass man sie nur gefangen genommen hatte, weil Roche und sie unangemeldet aufgetaucht waren, aber Sofiya und vermutlich noch viele andere Kinder waren mit einer ganz bestimmten Absicht entführt worden.

Rebecca wusste nicht, wie groß die Organisation war, die dahintersteckte, aber sie verfügte offenbar über genug Geldmittel, um bei den ersten Anzeichen von Gefahr alles an einen anderen Ort verlegen zu können, einschließlich der Kinder. Inzwischen bedauerte sie ihr Verhalten. Sie hätte sich gegen Roche durchsetzen und ihm erklären sollen, dass es dumm war, das Lagerhaus auf eigene Faust unter die Lupe zu nehmen. Hätte sie das getan, wären sie jetzt beide in London und in Sicherheit. Andererseits wären sie so klug wie zuvor. Deshalb konnte sie es Roche nicht verdenken, dass er es versucht hatte. Sie selbst war ja ebenfalls neugierig gewesen. Jetzt musste sie darauf hoffen, dass es Roche gut ging, auch wenn sie nicht wirklich daran glauben konnte.

Rebecca erstarrte, als Metall klirrte und der Container geöffnet wurde.

»Was auch passiert, lieg ruhig und bleib leise«, flüsterte sie Sofiya in der Dunkelheit zu. »Ich komme zu dir und rette dich, versprochen.«

»Okay«, kam die leise Antwort einer verängstigten Stimme. Sie durfte das kleine Mädchen nicht enttäuschen.

Rebecca schloss die Augen, spürte jedoch, dass helles Licht in den Container fiel, als die Tür geöffnet wurde. Dieses Mal würde sie sich konzentrieren. Sie hörte, wie das erste Bett vom Container abgeladen wurde. Dann war das Knirschen von Kies zu hören, bevor das Bett wieder über glatten Asphalt rollte. Kurz darauf wurden auch das zweite und das dritte Bett ausgeladen.

Insgesamt verließen sechs Betten den Container, bevor Rebecca an der Reihe war. Sie spürte, wie die Räder ihres Betts zuerst über den Kies, dann wieder über Asphalt rollten. Da diese Leute auf keinen Fall merken sollten, dass sie wach war, hielt sie die Augen fest geschlossen und entspannte Hände und Körper. Vielleicht war das ihre einzige Möglichkeit zur Flucht.

Sie spürte, wie sich die Luft veränderte, als man sie in ein anderes Gebäude schob, aber zumindest roch es hier besser als in dem Lagerhaus. Sie versuchte herauszufinden, in welche Richtung man sie bewegte, und konzentrierte sich darauf, wie oft sie um eine Ecke geschoben wurde. Schließlich würde sie diesen Weg später schnell zurücklegen müssen.

Rebecca wartete geduldig, bis die Männer, die das Bett schoben, endlich stehen blieben. Jemand arretierte die Räder. Dann spürte sie zwei Finger an der Pulsader an ihrem Hals. Hoffentlich wollten diese Leute sich nur vergewissern, dass sie noch am Leben war, und merkten nicht, wie ihr Herz raste. Ihr Entführer schien zufrieden zu sein, dass sie noch atmete, und ging davon. Dann wurde das Licht ausgeschaltet. Rebecca spürte, wie es um sie herum dunkel wurde, als sich die Tür schloss. Sie hörte jedoch nicht, dass abgeschlossen wurde.

Vorsichtig schlug sie die Augen auf. Durch einen Schlitz unter der Tür fiel spärliches Licht in den Raum, sodass sie ein wenig erkennen konnte. Sie war noch immer auf die Trage gefesselt, hatte sich durch ihre Zappelei jedoch ein wenig Freiraum verschaffen können, sodass sie sich ein bisschen bewegen konnte. Während sie weiterhin so tat, als würde sie schlafen, bewegte sie vorsichtig Arme, Beine und Oberkörper und lauschte, ob die Fahrradklingel ihre Entführer alarmierte. Aber es war nichts zu hören, daher wagte es Rebecca, die Arme und Hände ein bisschen mehr zu bewegen. Immer noch kein Klingeln.

Da sie jetzt wusste, dass sie auf diese Weise keinen Alarm auslöste, begann sie, die Fesseln an ihrer Taille zu bearbeiten, indem sie die Hände in dem schmalen Zwischenraum zwischen den Gurten und ihrem Körper bewegte. Sie zog den Bauch ein und streckte die Finger, um die Schnalle zu lösen. Dabei verbog sie die Hand in einem fast unmöglichen Winkel, aber sie konnte spüren, wie sich die Schnalle bewegte. Sobald sie sich gelockert hatte, wurde die Sache leichter, und bald war die erste Fessel gelöst. Da ihre Unterarme nun frei waren, ließ die Schnalle auf ihrer Brust sich einfacher öffnen. Dann war Rebecca endlich frei und setzte sich vorsichtig auf. Sie hatte so lange Zeit gelegen und nichts gegessen, dass ihr vermutlich schwindlig wurde, wenn sie zu schnell aufstand.

Auf der Bettkante sitzend, lauschte sie. In der Nähe war nichts zu hören, also glitt sie vom Bett. Der Betonboden fühlte sich unter ihren nackten Füßen kalt an, und sie erschauderte. Sie fragte sich, was diese Leute mit ihrer Kleidung getan hatten. Im Moment trug sie nur noch ihre Unterwäsche und ein Baumwoll-T-Shirt. Aber das war jetzt ihre geringste Sorge – sie musste hier raus.

Langsam ging sie durch den Raum auf den Lichtschlitz zu und drückte das Ohr an die Tür. In der Ferne waren Bewegungen zu hören. Jetzt wurde es gefährlich. Doch sie durfte auf keinen Fall hier bleiben und diesen Leuten Zeit geben, sich neu zu organisieren, denn schon bald hätten sie alle wieder verdrahtet und würden sie überwachen. Jetzt bot sich ihr die einzige und vermutlich letzte Chance.

Rebecca öffnete die Tür einen Spalt weit und drückte den Griff ganz vorsichtig herunter. Im Flur war es schummrig, aber sie hatte so lange im Dunkeln gelegen, dass sie dennoch die Augen zusammenkniff. Behutsam zog sie die Tür ein Stück weiter auf. Draußen war nichts zu sehen. Sie versuchte, sich ein Bild von ihrer Umgebung zu machen.

An der Wand hing ein kleiner grüner Sticker, der zum nächsten Notausgang wies; vermutlich hatte man sie auf diesem Weg hier hereingebracht. Der Flur war kürzer und breiter als der im Lagerhaus, besser beleuchtet und sauber. Rebecca hatte keine Ahnung, in welchem Zimmer Sofiya festgehalten wurde, und sie konnte es nicht riskieren, jede Tür zu öffnen, da ihre Entführer sich in einem der Räume aufhalten mussten. Sie würde hinausschlüpfen, Hilfe holen und die Kinder auf diese Weise befreien. In dieser Nacht würde man sie wohl kaum ein zweites Mal verlegen. So konnte sie ihr Versprechen dennoch halten.

Niemand war zu sehen.

Jetzt oder nie, dachte sie.

Rebecca rannte über den Flur und auf die erste Biegung zu, wo sie sich gegen die kalte Wand presste und um die Ecke spähte. Auch dieser Gang war leer; die Feuertür am Ende stand offen. Sie konnte draußen Stimmen hören. Kamen sie gerade rein?

Rebecca überlegte, ob sie umkehren und sich einen anderen Weg aus dem Gebäude suchen sollte, als auf einmal eine Tür im Gang hinter ihr geöffnet wurde. Wenn sie hier stehen blieb, würde man sie sofort entdecken. Also rannte sie um die Ecke und auf die offene Feuertür zu. Falls da draußen jemand stand, musste sie darauf hoffen, dank des Überraschungsmoments genügend Zeit zur Flucht zu bekommen.

Sie konnte sich nicht überwinden, über die Schulter zu schauen, rechnete aber damit, jeden Augenblick eine Stimme hinter sich zu hören. Aber das geschah nicht.

Rebecca rannte durch die offene Tür in die Nacht hinaus – und blieb abrupt stehen, presste den Rücken gegen die Wand neben dem Notausgang und hielt die Luft an. In etwa zehn Metern Entfernung standen zwei Männer mit dem Rücken zur Tür und rauchten. Rebecca blickte nach rechts und stellte erleichtert fest, dass in der Nähe mehrere Container aufgestapelt waren. Langsam und vorsichtig schlüpfte sie in der Dunkelheit hinter diesen Stapel.

Sie hatte es fast geschafft. Das Schlimmste hatte sie hinter sich.

Sie ging um die Container herum und wartete, während sie versuchte, den schnellsten Weg in die Sicherheit zu finden. Dieses Gebäude lag nicht so abgelegen wie das Lagerhaus; es war von zwei identischen Bauwerken umgeben. Aber sie befanden sich dennoch mitten im Nichts. Hinter dem Drahtzaun konnte Rebecca eine unbeleuchtete Straße erkennen, auf der sich mehrere Lastwagen langsam vom Gelände entfernten. Sie versuchte, eine Lücke im Zaun zu entdecken. In regelmäßigen Abständen wurde er von Pfosten gestützt, doch man würde sie sofort entdecken, wenn sie versuchte, darüberzuklettern, und sie hatte nichts, womit sie den Zaun durchschneiden konnte.

Als sie schon in die andere Richtung blicken wollte, fielen ihr zwei Pfosten auf, die dicht nebeneinanderstanden. Aus der Entfernung und in der Dunkelheit war es schlecht zu erkennen, aber Rebecca hatte den Eindruck, dass zwischen den beiden Pfosten eine Lücke war. Ob sie hindurchpasste? Es gab nur einen Weg, das herauszufinden.

Geduckt huschte sie über die freie Fläche auf den Zaun zu. Die beiden Männer rührten sich nicht.

Rebecca jubelte innerlich. Sie hatte es tatsächlich geschafft, ohne entdeckt zu werden! Jetzt schützte sie die Dunkelheit. Zum ersten Mal glaubte sie wirklich daran, entkommen zu können.

Sie hatte recht behalten: Zwischen den Pfosten gab es tatsächlich eine Lücke. Rebecca drehte sich seitlich und versuchte, sich hindurchzuquetschen. Es war sehr eng, und sie biss die Zähne zusammen, als der Stacheldraht sich in ihre

Schulter bohrte, aber schließlich war sie auf der anderen Seite und lief auf die Straße zu, auch wenn sie sich auf dem rauen Boden die nackten Füße aufschnitt.

Sie war entkommen!

Jetzt würde sie einen Wagen anhalten und Hilfe holen. Alles würde wieder gut werden.

Die Straße war verlassen. Als Rebecca sie erreichte, hielt sie sich rechts, da sie glaubte, in dieser Richtung Licht zu erkennen. Während sie weiterlief, stellte sie sich vor, wie ihre Entführer bemerkten, dass sie entkommen war, und einen Suchtrupp zusammenstellten.

Sie musste zusehen, dass sie von hier wegkam!

In einiger Entfernung bog ein Wagen auf die Straße ein. Gott sei Dank. Rebecca blieb stehen, wedelte mit den Armen. Da der Wagen nicht langsamer wurde, machte sie einen Schritt auf die Straße. Vielleicht hatte der Fahrer sie nicht gesehen. Tatsächlich schien der Wagen ein wenig langsamer zu werden.

»Hilfe!«, rief Rebecca und winkte noch heftiger. »Bitte bleiben Sie stehen!«

Der Fahrer verlangsamte das Tempo noch mehr, rollte jedoch an ihr vorbei. Der junge Mann hinter dem Lenkrad schaute sie im Vorbeifahren verwundert an, blieb aber nicht stehen.

»Nein!«, rief Rebecca, drehte sich um und rannte hinter dem Wagen her. »Bitte, halten Sie an!«

Einen Augenblick später leuchteten die Bremslichter auf. Dann legte der Mann den Rückwärtsgang ein.

Rebecca fiel ein Stein vom Herzen.

Der Wagen rollte langsam, kam zurück und bremste. Rebecca ging mit müden Schritten darauf zu.

Der Fahrer beugte sich über den Beifahrersitz und öffnete die Tür.

»Vielen Dank«, sagte Rebecca erschöpft, nachdem sie sich gesetzt hatte. »Ich brauche Hilfe. Wir müssen die Polizei rufen.«

Sie blickte den jungen Mann flehentlich an. Der wirkte mit einem Mal besorgt. »Was ist denn passiert?«, wollte er wissen.

»Man hat mich gefangen gehalten. Sie halten dort auch Kinder fest. Wir müssen Hilfe holen. Bitte!«

Der Mann nickte mitfühlend.

Dann schmetterte er Rebecca die Faust gegen die Schläfe.

Augenblicklich verlor sie das Bewusstsein.

Fünftes Buch

Regel Nr. 16: Übernimm die Kontrolle

Deine gesamte Existenz basiert auf Trieben,
die du stets beherrschen musst. Lass niemals zu,
dass sie dich beherrschen.

Jack Willis, der Forensiker, hatte seine Arbeit im Lagerhaus abgeschlossen. Da er vermutete, dass Roches Killer mit dessen Wagen zum Kraftwerk zurückgekehrt war, fuhr Willis nach Drax. Dort wurde er von einem Wachmann in die Einsatzzentrale geführt. Nach der Explosion durfte sich niemand mehr ohne Begleitung auf dem Gelände aufhalten. Das Unternehmen hatte den Rettungsdiensten einen Kontrollraum zur Verfügung gestellt, wo sie ihre Einsätze koordinieren konnten, während sich die Angestellten des Kraftwerks darauf konzentrierten, den Betrieb wiederaufzunehmen.

Als Willis den Raum betrat, wurde er von dem Mann begrüßt, der hier das Sagen hatte.

»Dan Skinner«, stellte der Mann sich vor und reichte Willis die Hand.

»Jack Willis. Freut mich, Sie kennenzulernen. Und vielen Dank, dass ich mich hier umsehen darf.«

»Kein Problem, Jack. Wir tun, was wir können, um denjenigen zu fassen, der für diesen Mist verantwortlich ist. Habe ich das richtig verstanden, dass Sie bei dieser Sache mit der NCCU zusammenarbeiten? Dann wird man Sie hier allerdings nicht gerade mit offenen Armen empfangen.« Er lächelte Willis betreten an.

»Das kann ich mir vorstellen. Aber eigentlich ist das genau der Grund, aus dem ich hier bin. Der Agent, der angeblich direkt vor der Explosion hierher zurückgekehrt ist. Wir haben seine Leiche gerade bei einem Lagerhaus gefunden, bei dem wir im Zusammenhang mit diesem Fall eine Razzia durchgeführt haben. Wer immer letzte Nacht hierhergekommen ist, er war es nicht.«

»Tatsächlich?« Skinner zog eine Augenbraue hoch.

»Ich würde mir gerne seinen Wagen ansehen, falls das möglich ist.«

»Sicher«, sagte Skinner.

»Und falls jemand gesehen hat, wie diese Person gestern Abend hier angekommen ist, würde ich mich gerne mit dem Betreffenden unterhalten. Wir haben bereits eine Aussage Ihres Wachmanns, aber ich hatte gehofft, dass noch weitere Angestellte diesen Mann zu Gesicht bekommen haben, nachdem er das Gebäude betreten hatte.«

»Die Polizei hat bereits die Aussagen von Clarke und Bridges aufgenommen. Sie sind die Einzigen, die sich daran erinnern, jemanden von der NCCU in den Turbinenkontrollräumen gesehen zu haben. Sie können sich gerne mit ihnen unterhalten. Allerdings sind sie zurzeit nicht hier. Aber ich kann Ihnen schon mal eine Kopie ihrer Aussagen geben.«

»Das wäre sehr hilfreich«, entgegnete Willis.

Er wartete, während Skinner einen Ordner holte.

»Hoffentlich können Sie mehr damit anfangen als wir«, meinte Skinner, als er Willis die Papiere reichte. »Okay, jetzt bringe ich Sie zu dem Wagen. Wir mussten ihn bewegen, da er bei den Aufräumarbeiten im Weg stand. Zum Zeitpunkt der Explosion war er direkt vor dem Gebäude geparkt, deshalb ließ sich das nicht vermeiden. Tut mir sehr leid.«

»Kein Problem. Ich interessiere mich ohnehin hauptsächlich für das, was sich im Fahrzeug befindet«, sagte Willis und folgte Skinner zum Parkplatz. Dabei fiel ihm ein Loch in der Wand auf, das notdürftig mit Plane und Holzbalken abgedichtet worden war.

»Ist das Rettungsteam bereits fertig?«, erkundigte er sich.

»Ja«, bestätigte Skinner. »Wir hatten großes Glück, dass die meisten Angestellten bereits nach Hause gegangen waren. Hinzu kommt, dass die Turbinen sich fernsteuern lassen, sodass sich nur selten Personen in ihrer unmittelbaren Umgebung aufhalten müssen. In Turbinenhalle zwei befand sich zum Zeitpunkt der Explosion ein Ingenieur, der dabei leider ums Leben gekommen ist. Ansonsten sind nur ein paar Leichtverletzte zu beklagen, Gott sei Dank. Das Rettungsteam hat die meiste Zeit nach Ihrem Agenten gesucht. Die Leute werden sich freuen, wenn sie erfahren, dass er sich nie dort aufgehalten hat.«

»Der Agent nicht, eine andere Person jedoch schon. Es wurden also keine weiteren Leichen gefunden?«, hakte Willis nach.

»Nein, nur die des Ingenieurs.«

»Dann hat unser geheimnisvoller Gast anscheinend einen anderen Weg gefunden, das Gebäude zu verlassen, ohne bemerkt zu werden.«

»Sie glauben, dass einer der Hacker wirklich hierhergekommen ist? Warum sollten sie der NCCU dann die Schuld an der Explosion in die Schuhe schieben?«, fragte Skinner skeptisch.

»Vermutlich, um die Agency zu diskreditieren«, mutmaßte Willis. »Oder um sich selbst aus der Schusslinie zu nehmen.«

Sie bogen um eine Ecke und standen vor Roches Mietwagen, der schwer beschädigt worden war. Die Windschutzscheibe war zerbrochen; die Glassplitter lagen auf dem Fahrer- und Beifahrersitz. Außerdem sah das Fahrzeug so aus, als wäre etwas Schweres auf dem Wagendach gelandet.

Willis blieb neben dem Wrack stehen und setzte seinen Aluminiumkoffer auf dem Boden ab. Dann hockte er sich hin, klappte den Koffer auf und holte ein Paar Latexhandschuhe heraus, die er sich überstreifte. Anschließend verstaute er die Taschenlampe, die Pinzette, das Fingerabdruck-Kit und eine Schwarzlichtlampe in der Brusttasche. Zum Schluss nahm er noch einen kleinen Topf Fingerabdruckpulver, einen weichen Pinsel und einige Plastikmarkierungen heraus. Dann stand er auf und betrachtete das Autowrack. Dabei sah er aus wie ein Maler, der ein Porträt anfertigen wollte.

»Das wird eine Weile dauern, Sie müssen nicht unbedingt dabeibleiben«, sagte er zu Skinner, ohne ihn anzuschauen.

»Ich kann Sie hier draußen leider nicht alleine lassen.«

Willis zuckte mit den Achseln, trat auf den Wagen zu, hockte sich neben die Fahrertür und machte sich daran, den Türgriff nach Fingerabdrücken abzusuchen. Langsam und methodisch arbeitete er sich auf diese Weise um das gesamte Autowrack herum. Er ging davon aus, dass die Leihwagen zwischen den einzelnen Vermietungen gewaschen und gründlich gereinigt wurden, sodass er darauf hoffen konnte, nur Abdrücke von Roche, Rebecca und mit etwas Glück vielleicht auch dem geheimnisvollen Fahrer zu finden, der sich als Roche ausgegeben hatte. Vermutlich entdeckte er auch die Abdrücke der Person, die den Wagen im Auftrag des Kraftwerks an diese Stelle gebracht hatte, aber die würde er schnell ausschließen können.

Nachdem er jede Oberfläche an der Außenseite des Wagens gesichtet hatte, die für Fingerabdrücke infrage kam, brachte Willis die Plastikmarkierung zurück zum Koffer. Dann öffnete er die Beifahrertür.

Ihm fiel auf, dass Skinner sich weder für das, was er tat, noch für den Wagen selbst zu interessieren schien. Willis konnte es nur recht sein. Häufig musste er an einem Tatort dafür sorgen, dass allzu Neugierige ihm nicht zu nahe auf die Pelle rückten, damit er endlich in Ruhe arbeiten konnte. Er hatte auch nicht das Gefühl, dass Skinner ihn zur Eile antreiben wollte. Der Mann stand einfach nur da und starrte auf das notdürftig reparierte Gebäude, während die Plane im Wind flackerte.

Willis beugte sich über den Beifahrersitz und untersuchte den Fußraum auf der Fahrerseite. Er knipste die Taschenlampe an und hob mit der Pinzette kleine Erdkrumen auf, die er unter dem Pedal entdeckt hatte und die er in Beweismittelbeuteln aus Plastik verstaute. Danach richtete er sein Schwarzlicht auf die Pedale und entdeckte irgendetwas auf der Kupplung. Mit einem Wattestäbchen nahm er eine Probe davon, ging zu seinem Koffer zurück, holte eine Flasche Luminol heraus und sprühte ein wenig davon auf die Spitze des Wattestäbchens.

»Blut«, murmelte er, als das Mittel sich blau verfärbte.

Er steckte das Wattestäbchen in ein Plastikröhrchen. Dann holte er weitere dieser Röhrchen aus dem Koffer, außerdem eine kleine Digitalkamera. Er ging zum Wagen zurück und nahm mehrere saubere Proben aus dem Blutfleck, bevor er das Pedal mit Luminol einsprühte und ein paar Fotos des auf diese Weise entstandenen blauen Musters schoss. Da war ganz eindeutig der Teilabdruck einer Schuhsohle zu erkennen, auch wenn Willis bezweifelte, dass sich herausfinden ließ, um welche Art Schuh es sich handelte.

Er untersuchte den Sitz und sicherte mithilfe klebriger Plastikfäden mehrere winzige Fasern, die auf dem Stoff zu sehen waren. Er beleuchtete den gesamten vorderen Innenraum von oben bis unten und entdeckte dabei zwei einzelne blonde Haare an der Kopfstütze des Fahrersitzes. Da weder Roche noch Rebecca blond waren, musste man davon ausgehen, dass dic Haare einem der vorherigen Mieter des Wagens gehörten; zugleich aber bestand eine hohe Wahrscheinlichkeit, dass der letzte Fahrer des Wagens sie verloren hatte.

Ein wenig aufgeregt deponierte Willis die Haare mithilfe der Pinzette in einzelne Beutel. Er hatte schon früher Verbrecher mit weitaus weniger Beweisen überführen können.

Er untersuchte den Wagen noch eine weitere halbe Stunde gründlich, konnte aber nichts Aussagekräftiges mehr entdecken. So blieb ihm nur, darauf zu hoffen, dass die Haare und das Blut ihnen genug Hinweise geben würden.

Nightshade hielt den Wagen mit quietschenden Reifen vor dem Lagerhaus an und beugte sich zum Beifahrersitz hinüber, um sich zu vergewissern, dass Rebecca das Bewusstsein noch nicht wiedererlangt hatte.

Das würde Miguel, dieser verdammte Trottel, mit dem Leben bezahlen!

Wie, in aller Welt, hatte die Frau es geschafft, aus dem Lagerhaus zu kommen, ohne von den Wachleuten entdeckt zu werden – und das auch noch nur in Unterwäsche? Was wäre passiert, wenn sie ihm, Nightshade, nicht über den Weg gelaufen wäre? Dann wäre die ganze Sache aufgeflogen.

Nightshade bekam mehr und mehr den Eindruck, dass es ein Fehler gewesen war, Miguel und seine Leute hierher zu bringen, da er damit zu viele Risiken einging. Die Dinge gerieten ohnehin viel zu schnell außer Kontrolle.

Rebecca atmete schwer, aber gleichmäßig. Noch war sie bewusstlos, konnte aber jederzeit erwachen.

Nightshade stieg aus dem Wagen und ging zur Beifahrerseite. Er öffnete die Tür und hob Rebecca aus dem Auto. Er durfte sie nicht zurücklassen, schließlich bestand die Gefahr, dass sie zu sich kam, während er sich im Gebäude aufhielt, und einen weiteren Fluchtversuch unternahm. Sie war schwerer, als er vermutet hatte. Allerdings hatte Nightshade auch nicht gerade viel Erfahrung im Umgang mit Bewusstlosen, da er sein schmutziges Handwerk im Allgemeinen in der digitalen Welt verrichtete. Das alles hier war ihm ohnehin zu *wirklich*. Er fühlte sich ganz und gar nicht wohl dabei.

Er legte sich Rebecca über die Schulter und eilte über den Parkplatz. Eigentlich bestand keine Gefahr, dass sie von jemandem entdeckt wurden, der die Polizei benachrichtigen konnte, da das ganze Gelände von Black Flag geleitet wurde. Aber natürlich war ausgerechnet jetzt, wo er Hilfe gebraucht hätte, kein Mensch zu sehen. Nightshade war stocksauer. Das war das letzte Mal, dass Miguel Mist gebaut hatte! Solange Sheila Davies der Boss gewesen war, hatte sie ihn beschützt, aber jetzt hatte Nightshade das Sagen, und Miguel war entbehrlich.

»Miguel!«, rief er, als er durch den Notausgang in das Gebäude stürmte, wobei Rebeccas Hand schlaff gegen sein Bein prallte. »Miguel, du Stück Scheiße, komm sofort her!«

Er musste nicht weit über den Gang laufen, bis Miguel aus einem der Räume zum Vorschein kam und wie angewurzelt stehen blieb.

»Wie, zum Teufel …«

»Genau das wollte ich dich gerade fragen«, rief Nightshade und warf Rebecca grob in Miguels Arme, sodass der kleinere Mann unter ihrem Gewicht in die Knie ging und bedrohlich schwankte, bis er sich wieder gefangen hatte. »Kannst du mir erklären, wieso ich diese Frau auf der Straße getroffen habe, wo sie den Verkehr angehalten und um Hilfe gebeten hat?«

Miguel schluckte nur. Ihm schienen die Worte zu fehlen.

»Bring sie in ein Zimmer, setz sie unter Drogen, fessele sie, und schließ die Tür ab, kapiert?«, befahl Nightshade. »Ich rufe den Arzt. Er kann sich von jetzt an um sie und das neue Mädchen kümmern. Das war dein letzter Fehler, Miguel. Sie hätte alles ruinieren können.«

»Ich wusste doch nicht …«, setzte Miguel an, verstummte dann aber, denn ihm wollte keine Entschuldigung einfallen.

»Sie war draußen auf der *Straße*, du Idiot. In der Öffentlichkeit. Hat Autos angehalten. Es war pures Glück, dass ich sie entdeckt habe. Das darf nicht noch einmal passieren. Für solche Fehler bezahlen wir dich nicht.«

Nightshade fragte sich, wie lange er brauchen würde, bis er einen Ersatz für Miguel gefunden hatte. Am liebsten hätte er den Trottel auf der Stelle beseitigt, aber er wollte sich auch nicht selbst um alles kümmern müssen. Stattdessen folgte er Miguel in eine Arrestzelle und beobachtete, wie er Rebecca so fest auf ein Bett band, dass ihre Haut sich an den Stellen, an denen sich die Fesseln befanden, weiß verfärbte. Offensichtlich wollte Miguel sie dafür büßen lassen, dass er nun Schwierigkeiten bekam. Nightshade war das völlig egal. Für ihn war diese Frau bloß eine Ansammlung von Organen, die er schnellstmöglich an den Arzt weiterreichen wollte.

»Ich hole die Drogen«, murmelte Miguel und verließ den Raum.

Nightshade trat näher an Rebeccas Bett heran und blickte auf sie hinunter. Außerhalb der virtuellen Welt hatte er wenig Erfahrung mit Frauen, und er fragte sich, was er von ihr halten sollte. Sie sah hübsch aus. Sollte er sich von ihr angezogen fühlen? Er wusste nicht, ob er in dieser Hinsicht so war wie andere Menschen.

Langsam, vorsichtig strich er mit einer Hand über die glatte Haut an ihrem nackten Bein. Es fühlte sich gut an, weich und warm und prickelnd. Er ließ seine Hand noch eine Zeit lang dort liegen, ehe er sie weiter nach oben bewegte. Behutsam berührte er ihre Brust. Er hatte noch nie zuvor die Brust einer Frau berührt und war überrascht, dass es ihn erregte. Dieses Gefühl hatte etwas Unkontrolliertes, Berauschendes. Es gefiel ihm, machte ihn gleichzeitig aber auch unruhig.

Er beugte sich so nah an sie heran, dass seine Wange die ihre berührte. Seine Hand lag noch immer auf ihrer Brust, und er ließ sie dort liegen. Er verspürte das unbändige Verlangen, ihre Haut zu schmecken, also ließ er seine Zunge aus dem Mund schnellen wie eine Schlange, berührte damit ihren Hals und verzog das Gesicht. Ihre Haut schmeckte salzig und bitter, nach altem Parfüm und Schweiß.

»Ich kann Sie mit der Kleinen alleine lassen, wenn Sie möchten, Boss«, sagte Miguel hinter ihm in spöttischem Tonfall.

Hastig richtete Nightshade sich auf, drehte sich aber nicht um, da Miguel sein Gesicht nicht sehen sollte. Er starrte hasserfüllt auf Rebecca. Dieses Miststück hatte es doch tatsächlich geschafft, ihn in Verlegenheit zu bringen, obwohl sie noch gar nicht bei Bewusstsein war.

»Verpass ihr eine ordentliche Ladung. Ich will nicht, dass sie noch mal aufwacht.« Nightshades Befehl hatte hart und kalt klingen sollen, aber ihm war bewusst, dass Miguel sein Unbehagen spürte.

Verdammt, er musste hier raus! Das alles war viel zu real, viel zu *physisch*. Nightshade sehnte sich nach der kühlen, unpersönlichen Distanz, die seine virtuelle Welt ihm bot.

Scott Mitchell, Sonderberater der NCCU, hasste es, auf Informationen warten zu müssen, aber ihm blieb nichts anderes übrig. Nachdem er Jack Taylor, dem Sicherheitschef von PrinceSec, seine Theorie über die Datenbank dargelegt hatte, war Taylor einverstanden gewesen, auf den Servern von PrinceSec nach einer archivierten Version zu suchen und sie mit der aktuellen zu vergleichen. Mitchell war davon ausgegangen, dass das relativ schnell gehen würde, doch es hatte Stunden gedauert. Ungeduldig war er auf und ab gegangen wie ein Vater vor dem Kreißsaal und hatte auf Antwort von PrinceSec gewartet.

Jetzt war im Schweinestall, wie man den kleinen Konferenzraum nannte, in dem die Besprechungen der Abteilungsleiter der NCCU stattfanden, einiges an Elan und Aufregung zu spüren. Willis hatte die Fotos der Kinderkleidung geschickt, die sie im Lagerhaus gefunden hatten; das NCCU-Team verglich sie nun mit den Berichten über vermisste Kinder aus der nationalen Datenbank. Bei zwei Kleidungsstücken hatten sie bereits eine mögliche Übereinstimmung gefunden: Eine rote Jacke schien mit einem zwei Jahre alten Fall eines vermissten Jungen in Verbindung zu stehen, und ein Sommerkleid mit einem Cartoon-Eichhörnchen wurde in einem Bericht über ein junges Mädchen namens Sofiya Fernandez erwähnt, das erst letzte Woche aus ihrem Bett in einem Urlaubsort in Südspanien verschwunden war. Ihre Mutter und ihre Schwester hielten sich noch immer in Spanien auf und halfen den Behörden bei den Ermittlungen. Da Sofiya erst seit einer Woche verschwunden war, bestand noch Hoffnung, das Mädchen unversehrt retten zu können. Es war zweifelhaft, ob das NCCU-Team die Kinder dank dieser Hinweise schneller finden konnte, aber bei den Ermittlungen hinsichtlich der Umstände ihres Verschwindens konnte eine Verbindung zwischen den beiden Fällen vielleicht weiterhelfen.

Alle im Schweinestall erstarrten, als das Telefon klingelte.

Oscar Franklin, der technische Leiter der NCCU, nahm den Hörer ab. »Franklin«, meldete er sich angespannt.

»Oscar, hier ist Jack«, sagte Willis. »Ich sitze schon wieder im Wagen und bin auf dem Rückweg ins Labor.«

»Ich stelle Sie auf Lautsprecher.« Der Rest des Teams wandte sich dem Tisch zu, damit alle hören konnten, was Willis zu sagen hatte. »Okay, erzählen Sie.«

»Mir wurde gerade mitgeteilt«, berichtete Willis, »dass es einen Treffer für einen der Fingerabdrücke aus dem Lagerhaus gibt. Miguel Ribeiro. Er hat vor längerer Zeit drei Jahre wegen schwerem Raub gesessen. Seitdem war er untergetaucht. Ich habe meinen Leuten gesagt, sie sollen alles über diesen Mann an Sie weiterleiten.«

»Sehr gut. Wir gehen der Sache nach. Es muss etwas geben, das uns hilft, ihn aufzuspüren«, erwiderte Franklin und nickte Miller zu, einem der NCCA-Agenten, der den Namen sofort auf das Whiteboard schrieb und sich an seinen Rechner setzte.

»Das habe ich mir auch gedacht«, stimmte Willis ihm zu. »Die anderen Fingerabdrücke werden noch überprüft. Ich melde mich, wenn wir neue Informationen haben.«

»Was haben Sie noch rausgefunden, Jack?«

»Nichts Eindeutiges«, gab Willis zu. »Das Blut, das man

auf dem Boden des Lagerhauses gefunden hat, stammt von Roche. Also wissen wir jetzt wenigstens, wo er ermordet wurde. Der zweite Blutfleck passt nicht zu seiner DNA, aber wir konnten noch keine andere Übereinstimmung finden. Allerdings haben wir einen weiteren DNA-Treffer von der Nadel der Spritze, die ich gefunden habe. Die DNA stammt von Rebecca MacDonald.«

»Großer Gott«, murmelte Franklin.

»Was war in der Spritze?«, erkundigte sich Mitchell und beugte sich näher an das Telefon heran.

»Diazepam«, antwortete Willis.

In der Leitung und im Konferenzraum herrschte einen Moment Schweigen.

»Wenn sie die Frau sediert haben«, sagte Willis schließlich zaghaft in die Stille hinein, »besteht durchaus die Chance, dass sie noch am Leben ist.«

»Aber wir haben noch immer keine Ahnung, wo sie festgehalten wird«, murmelte Squires, einer der NCCA-Agenten.

Mitchell setzte sich wieder vor seinen Computer und überprüfte erneut den Posteingang. Er hatte keine neuen E-Mails erhalten.

»Mehr haben wir im Lagerhaus nicht herausgefunden«, fuhr Willis fort. »Aber ich habe in Roches Wagen einige Proben genommen, die uns weiterbringen könnten. Ich melde mich, sobald es Neues gibt.«

Franklin dankte ihm und legte auf.

Squires blickte ihn an und rief: »Bingo!«

»Was ist denn?«

»Miguel Ribeiro«, erklärte Squires. »Seine letzte bekannte Adresse ist eine Wohnung in Selby, Yorkshire, und zwar ganz in der Nähe des Lagerhauses. Das Haus gehört einem

Lucas Ribeiro, dessen Alter hier mit dreiundvierzig angegeben wird. Vermutlich sein Bruder.«

»Hervorragend«, erwiderte Franklin. »Wir schicken eine Einheit dorthin. Sie sollen jeden, den sie dort vorfinden, zum Verhör mitbringen.«

Squires setzte sich sofort ans Telefon. Endlich machten sie Fortschritte. Franklin ging derweil zum Whiteboard und schrieb die neuen Informationen neben Miguels Namen.

Mitchells Laptop piepte und informierte ihn darüber, dass er eine neue E-Mail erhalten hatte. Erregung erfasste ihn, als er seinen Posteingang überprüfte und feststellte, dass die Nachricht von Jack Taylor kam.

»Ich habe eine Antwort von Taylor«, rief er laut.

Im nächsten Moment stand Franklin auch schon neben ihm.

Von: Jack Taylor
An: S. Mitchell-NCCU
Betreff: Diskrepanzen

Scott,
ich habe zwei Stellen gefunden, die wie vermutet gelöscht wurden.

1. Prime Logistics. Lagerhaus außerhalb von Pollington, North Yorkshire. Der Kunde wurde 2010 von Prince angeworben und hat Cryptos-Version 3.02 installiert.
2. Callahan Scientific. Bondleigh, Devon. Der Kunde wurde 2012 von Prince angeworben. Installation ausstehend, noch nicht anberaumt.

Weitere Kundeninformationen in den angehängten Dateien.
Anbei außerdem eine Nachricht von der Buchhaltung in Bezug

auf Zahlungen von beiden Firmen. Eigentlich streng vertraulich, aber ich dachte, es würde Sie interessieren.

Mitchell öffnete beide Anhänge und sah sich die weiteren Informationen an. Bei dem Lagerhaus von Prime Logistics handelte es sich um das Gebäude, in dem sie die Razzia durchgeführt hatten. Obwohl die Informationen gelöscht worden waren, war es Roche dennoch gelungen, die Verbindung zu finden, da er am Hafen schlicht und einfach Glück gehabt und um die Ecke gedacht hatte. Wenn Mitchell früher erkannt hätte, was Black Flag tatsächlich mit der Datenbank vorgehabt hatte, wären sie in der Lage gewesen, die Razzia auf das Lagerhaus früher durchzuführen, und hätten Black Flag auf frischer Tat ertappt. Und Agent Roche wäre noch am Leben.

Er öffnete die Datei über Callahan Scientific. Franklin beugte sich vor und las laut mit.

»Callahan Scientific, Bondleigh, Devon ... Okay. Miller, Squires, an die Arbeit. Ich will alles wissen, was Sie über dieses Unternehmen herausfinden können.«

Franklin drückte Mitchells Schulter. Der zuckte innerlich zusammen. Er hasste es, angefasst zu werden.

»Gute Arbeit, Mitchell«, sagte Franklin. »Verdammt gute Arbeit.«

Mitchell lächelte grimmig und öffnete das letzte Dokument, die Nachricht aus der Buchhaltung von PrinceSec. Darin wurde eine Reihe von Überweisungen von Callahan Scientific auf die Konten von PrinceSec aufgeführt.

»Die haben verdammt viel Geld bezahlt für eine Software, die noch nicht mal installiert worden ist«, murmelte Mitchell.

»Möglicherweise Geldwäsche«, mutmaßte Franklin. »Vielleicht saß Prince viel tiefer im Dreck, als wir angenommen haben. Jedenfalls haben wir eine Adresse.«

Franklin nahm den Telefonhörer ab und wählte eine kurze interne Nummer.

»Knox, wir haben etwas«, sagte er nur.

Regel Nr. 17: Geheimnisse und Lügen

Es ist wichtig, dass du eine Geschichte zu erzählen hast. Wenn du nicht auffallen willst, erzähl den Leuten immer das, was sie hören wollen.

Nightshade schloss die Tür und schaltete das Licht ein. Er war unendlich froh, wieder zu Hause zu sein. Außerdem hatte ihm die Tatsache, dass Rebecca MacDonald beinahe geflohen wäre, schlimmer zugesetzt, als er sich eingestehen wollte. Anhand der wenigen Informationen, die er in der Zeit, die er die NCCU jetzt beobachtete, in Erfahrung gebracht hatte, hätte er Rebecca gar nicht zugetraut, so etwas Riskantes zu versuchen. Die ganze Operation war in Gefahr gewesen, wenngleich nur kurz. Er konnte nicht glauben, dass sein eigenes Schicksal in den Händen von Trotteln wie Miguel lag. Doch in gewisser Weise war Nightshade sogar dankbar dafür, dass er jetzt wusste, was für Leute für ihn arbeiteten. Es war viel zu einfach gewesen, die ganze Zeit in seinem Luxusapartment zu sitzen und sich vorzustellen, Teil einer großen, gut geölten Maschinerie zu sein, wo die Realität doch ganz anders aussah.

Er rief sich ins Gedächtnis, dass jedes System nur so effizient war wie seine Einzelteile, und er hatte in dieser Nacht gelernt, dass seine Leute weitaus weniger gut organisiert waren, als er sich je hätte vorstellen können.

Was hätte der Salesman wohl dazu gesagt, hätte er gewusst, dass Miguel um ein Haar alles ruiniert hätte? Nightshade vermutete, dass Blut geflossen wäre. Dummerweise wäre es vermutlich sein eigenes Blut gewesen, da er vorübergehend die ganze Operation leitete. Da war es besser, dass der Salesman nur so wenig wie möglich darüber erfuhr, was passiert war.

Nightshade war in dem Gebäude geblieben, bis er schließlich überzeugt war, dass man die Frau außer Gefecht gesetzt hatte und dass es keinen weiteren Fluchtversuch mehr geben würde. Das Überwachungssystem war wieder aktiviert worden, und er hatte sich vergewissert, dass die Alarme an den Notausgängen und sämtlichen Fenstern eingeschaltet waren. Auch Miguel war jetzt in höchster Alarmbereitschaft und würde seine Schützlinge in dieser Nacht nicht mehr aus den Augen lassen.

Der Arzt hatte versprochen, so schnell wie möglich zu kommen, um die Frau und das neue Mädchen abzuholen, sodass sie bald nicht mehr Nightshades Sorge sein würden. Was die anderen Kinder betraf, würde es anschließend so weiterlaufen wie üblich. Die Kunden hatten ohnehin schon viel zu lange gewartet. Nur noch ein paar Tage, dann konnte er, Nightshade, diese ganze Sache hinter sich lassen. Er tröstete sich mit dem Gedanken, dass es gute Arbeit gewesen war, sie alle unbemerkt aus dem Lagerhaus zu schaffen. Hätten sie noch etwas länger gewartet, wären sie erwischt worden. Es war natürlich nicht ideal, dass sich jetzt alles in einem Gebäude befand, aber er hatte keine andere Wahl gehabt. Außerdem würde sich das bald wieder ändern. Jedenfalls war er überzeugt, dass sie zumindest vorübergehend in Sicherheit waren. Falls die NCCU auch nur die leiseste Ahnung hatte, wohin sie die Kinder geschafft hatten, wäre sie längst dort aufgetaucht.

Nightshade musste allmählich lernen, auf sich selbst zu

vertrauen, schließlich hatte er was drauf. Der Salesman würde zufrieden sein.

Er holte eine Wasserflasche aus dem Kühlschrank und trank einen Schluck. Er spürte, wie die eiskalte Flüssigkeit ihm durch die Speiseröhre bis in den Magen rann. Nicht zum ersten Mal an diesem Tag wurde er daran erinnert, dass er ein Wesen aus Fleisch und Blut war. Aber damit wurde ihm auch die eigene Verletzlichkeit wieder bewusst. Anfangs hatte ihn die seltsame, grausame Lust irritiert, die er verspürt hatte, als er die Frau mit einem einzigen Hieb bewusstlos schlug. Er hatte sich überlegen gefühlt, mächtig, und das Gefühl, dass die Frau ihm nun hilflos ausgeliefert war, hatte ihn auf seltsame Weise fasziniert. Möglicherweise hatte es ihn deshalb so erregt, sie zu berühren.

Jetzt fragte er sich, ob er sie sich hätte nehmen sollen, als er die Gelegenheit dazu gehabt hatte. Wann würde er eine solche Chance jemals wieder bekommen?

Als er sich an die Berührung erinnerte, verspürte er erneut die prickelnde Erregung. Er wusste noch genau, wie sie sich angefühlt hatte, spürte noch immer die Wärme ihrer Haut. Bei diesem Gedanken schauderte er vor Lust – was ihn abrupt in die Gegenwart zurückbeförderte.

Nightshade fluchte leise vor sich hin. Es gefiel ihm ganz und gar nicht, sich so schwach zu fühlen.

Er setzte sich an seinen Schreibtisch, fuhr den Computer hoch und bereitete sich auf die vor ihm liegende Nacht vor. Als Erstes wollte er dafür sorgen, dass die Situation mit der NCCU unter Kontrolle war, damit er sich in dieser Nacht nicht mehr darum kümmern musste. Denn danach hatte er etwas Größeres im Sinn.

Es war Zeit, sich auf die Jagd nach Strider zu machen.

Ursprünglich hatte er vorgehabt, die Aufzeichnungen seiner Spyware zu verwenden, um herauszufinden, wie die NCCU mit der Vorstellung klarkam, dass der gute alte Agent Roche irgendwie für die Explosion im Kraftwerk verantwortlich war, doch er musste rasch feststellen, dass alle Handys und E-Mail-Konten, die er überwachte, bereits deaktiviert worden waren. Die letzte E-Mail, auf die er zugreifen konnte, war bereits mehrere Stunden alt. Jetzt musste er einen anderen Weg finden, um sie abzuhören.

Wieder einmal hatte er die Agency unterschätzt. Offensichtlich arbeiteten dort ein paar verdammt fähige Leute. Er musste wachsam bleiben.

Auf der Suche nach Hinweisen, ob sein Plan funktioniert hatte, ging Nightshade die Nachrichtenmeldungen durch. Überrascht stellte er fest, dass es der NCCU bereits gelungen war, die Geschichte zu ihren Gunsten auszulegen. Einem Bericht zufolge ließen neue Beweise vermuten, dass Terroristen das Kraftwerk angegriffen hätten, und es gab Gerüchte, die Leiche des Agenten wäre bei einer Razzia in einem Lagerhaus in der Nähe entdeckt worden.

Nightshade suchte hastig nach weiteren Details, fand aber nur noch eine kurze, schlichte Mitteilung an die Presse, dass man einen Agenten, der Hinweisen nachgegangen sei, tot aufgefunden habe. Es wurde angedeutet, dass sein Tod mit dem Angriff auf das Kraftwerk in Verbindung stehen könne, doch weitere Einzelheiten wurden in Hinsicht auf die laufenden Ermittlungen zurückgehalten. Doch Nightshade war auch so klar, dass sein Plan, Roche den Anschlag anzuhängen, gescheitert war. Nun würde niemand mehr glauben, dass Roche die Explosion im Kraftwerk verursacht hatte, wo er doch etwa zur selben Zeit an einem ganz anderen Ort ums Leben gekommen war.

Miguel!

Der Mistkerl hatte ihm, Nightshade, versichert, die Sache mit dem Agenten sei geregelt. Doch jemanden zu töten und die Leiche irgendwo zu entsorgen fiel Nightshades Meinung nach definitiv nicht unter »geregelt«.

Wieder einmal hatte Miguel Black Flag ins Rampenlicht gerückt.

Nightshade hörte das vertraute Geräusch einer eingehenden Instant-Messenger-Verbindung seines Chat-Clients. Nur drei Personen kannten diese ganz besondere ID, und zwei davon waren tot, daher konnte es nur der Salesman sein, der ihm eine Nachricht schickte.

Mit einem Kloß im Hals holte Nightshade tief Luft und öffnete das Chat-Fenster.

Mitchell spürte, wie ihn das Jagdfieber packte. Das war ein mutiger Schachzug, vielleicht sogar ein unbedachter, aber er musste es einfach versuchen. Sie hatten Black Flag auf dem falschen Fuß erwischt, und er hatte das Gefühl, dass er Nightshade erwischen konnte, wenn er jetzt zuschlug. Aber ihm war auch klar, dass er einen Köder brauchte, um Nightshade hervorzulocken, und dass Strider sich nun mal am besten dazu eignete.

Mitchell hatte den Schweinestall verlassen und war in die Abgeschiedenheit von Sheila Davies' altem Büro zurückgekehrt, da er diese Unterhaltung auf gar keinen Fall unter Beobachtung führen konnte. Der Rest des Teams bereitete unter Knox' Anleitung eine Razzia auf den Lagerhauskomplex von Callahan Scientific in Devon vor. Doch bei dieser

Operation war Mitchell keine Hilfe, da es ein taktischer Angriff war, und auf diesem Gebiet kannten Knox und sein Team sich nun mal am besten aus. Mitchell hatte Franklin mitgeteilt, er würde in Davies' Büro zurückkehren und die Arbeit dort beenden. Franklin hatte dem zugestimmt, da auch er diese Angelegenheit möglichst schnell abschließen wollte.

Mitchell leerte einen weiteren Energydrink. Er spürte, dass seine Hände vor Nervosität zitterten. Er war mit seiner Kraft fast am Ende und brauchte Schlaf, aber zuerst stand eine Jagd an. Es mussten ein paar Karten ausgespielt werden, und er hatte das Gefühl, gerade erst richtig am Tisch angekommen zu sein.

Er startete einen Tor-Messenger-Client und loggte sich als Strider ein. Nun war der Köder ausgelegt, und er wusste, dass Nightshade zuschnappen würde. Nach kurzer Überlegung gab er seine erste Nachricht ein und drückte die Enter-Taste.

Strider: Lust auf ein Spiel?

Er lehnte sich zurück und wartete. Falls Nightshade online war, würde er augenblicklich antworten.

Mitchell wurde nicht enttäuscht.

Nightshade: Sieh einer an. hab dich gesucht.

Mitchell grinste. *Darauf möchte ich wetten*, dachte er und erinnerte sich daran, dass Nightshade auch früher immer blitzschnell geantwortet hatte, als Mitchell, damals noch als »Mandroid«, kleinere Jobs für Black Flag erledigt hatte.

Obwohl Nightshade offensichtlich intelligent war, achtete er nie besonders auf Zeichensetzung oder Rechtschreibung, anders als Strider.

Strider: Hab ich gehört. Wie läuft's bei dir?

Wieder einmal überlegte Mitchell, ob er Nightshade auf

dem falschen Fuß erwischte und dadurch dazu brachte, Fehler zu machen. Vor Beginn der Unterhaltung hatte Mitchell ein Script hochgeladen, das er speziell zu dem Zweck geschrieben hatte, Tor-User aufzuspüren. Das Tor-Netzwerk versprach zwar Anonymität, aber es gab Schwachstellen, die man ausnutzen konnte – und genau das hatte Mitchell vor. Er hatte über ein Jahr an diesem Script gearbeitet, mit dem man die verborgenen Knoten, aus denen das Netzwerk bestand – die sogenannten Tor-Bridges, über die Benutzerdaten per Zufallsgenerator verschlüsselt wurden –, identifizieren und infizieren konnte. Sobald die Verbindung eine Tor-Bridge passierte, war es praktisch unmöglich, sie präzise nachzuvollziehen, daher glaubten die meisten Benutzer, man könne sie nicht aufspüren. Doch wer völlige Anonymität suchte, hatte Pech gehabt: Das System hatte Schwächen. Der letzte Knoten der Kette musste die Daten entschlüsseln, um sie an die Zielwebseite weiterzugeben. Diese letzten Knoten wurden auch »Ausgangsknoten« genannt; war man deren Besitzer, konnte man theoretisch sämtliche entschlüsselten Daten sehen, die hindurchgeleitet wurden.

Mitchell besaß nicht nur einige dieser Ausgangsknoten, er konnte mithilfe des Scripts, das er geschrieben hatte, noch einige andere Ausgangsknoten vorübergehend außer Betrieb nehmen, indem er einen DDoS-Angriff auf sie startete und den Traffic auf diese Weise über seine eigenen Knoten umleitete. Dank der Server-, Knoten- und Benutzerdaten, die sie bereits über Teddybärs Picknicknetzwerk besaßen, hatte Mitchell sein Script noch weiter verbessern können. Es war nicht gerade ein Kunstwerk und auch nicht immer genau, aber er konnte seine Zielpersonen damit effektiver aufspüren, als diese ahnten, und es hatte ihm in der Vergangenheit schon gute Dienste geleistet.

Natürlich war Nightshade ein weitaus besserer Hacker als die meisten von Mitchells vorherigen Zielen, und er war zweifellos auch besser geschützt, doch Mitchell musste sich auf das Überraschungsmoment verlassen. Nightshade hatte nicht damit gerechnet, dass Strider eine private Unterhaltung mit ihm beginnen würde. Die Chatroom-ID war höchstwahrscheinlich privat, und Nightshade musste sich fragen, wie Strider an sie herangekommen war.

Mitchell überlegte, wie lange er den Hacker wohl in eine Unterhaltung verwickeln konnte. Es ging nicht nur darum, das Script laufen zu lassen, es gab auch andere, unauffälligere Methoden, herauszufinden, wo sich sein Gesprächspartner aufhielt, ohne dass er ihre Verbindung überprüfen musste. Wenn er Nightshade lange genug aufhielt und ihn ein bisschen in Fahrt brachte, konnte es durchaus sein, dass dem Hacker ein Ausrutscher passierte.

Nightshade: gut. Mache Fortschritte. Hatte jedoch erwartet, dass du untertauchst.

Strider: Ich und weglaufen? Das ist leider nicht mein Stil.

Nightshade: haha, letztes Mal hast du's aber getan, Mandroid.

Mitchell war nicht überrascht, dass Nightshade die Verbindung zwischen den beiden Namen hergestellt hatte. Das konnte nicht allzu schwer gewesen sein, wenn er vom Salesman einige Informationen erhalten hatte, außerdem hatten sie in der Vergangenheit lange genug zusammengearbeitet, um den Programmierstil des anderen zu erkennen.

Strider: Sehr gut. Ich hatte mich schon gefragt, ob es dir auffällt. Du bist bestimmt sehr zufrieden mit dir. Hast du es alleine herausgefunden, oder hat dein Boss es dir verraten?

Natürlich ging Mitchell absichtlich so aggressiv vor. Nightshade hatte noch nie gut mit Kritik umgehen können, und Mitchell hoffte, ihn so auf diese Weise zu einer kleinen verbalen Auseinandersetzung zu bewegen, während sein Script sich den Weg durch die verschlüsselten Informationen bahnte, die Nightshades Computer verschickte.

Nightshade: Er ist auch dein Boss. Du hast die ganze Zeit für uns gearbeitet. Muss hart gewesen sein, das rauszufinden.

Da hatte er nicht ganz unrecht. Strider hatte unwissentlich für Black Flag gearbeitet, als er Aufträge für den Salesman ausgeführt hatte. Es schmerzte ihn, daran erinnert zu werden, und Mitchell tippte schon eine erbitterte Antwort, hielt dann jedoch inne und löschte sie wieder. Er wollte hier der Jäger sein und nicht Nightshade das Kommando überlassen. Er konnte es sich nicht erlauben, seinen Köder zu verspielen.

Strider: Ich muss zugeben, dass ich enttäuscht war.

Nightshade: Stinksauer! Hast du darum SD umgelegt? Um es ihm heimzuzahlen?

Strider: Nein. Sie hatte den Tod verdient.

Ihm war nicht danach, Nightshade seine Beweggründe zu erläutern.

Nightshade: Wer sagt das? Dein dämlicher Code? Welche Regel hatte sie denn gebrochen? Füttere sie nie nach Mitternacht?

Strider: Sie hat einen anderen Hacker verraten.

Nightshade: So wie du. Wie bist du übrigens an diese ID gekommen?

Mitchell konnte es nicht fassen. Er hatte keinen anderen Hacker verraten. Sheila Davies hatte ihn bewusst betrogen, um Black Flag zu retten. Er war ganz und gar nicht wie sie.

Er holte tief Luft, da er sich wieder viel zu sehr aufregte.

Nightshade spielte mit ihm. Es war Zeit, das Heft in die Hand zu nehmen.

Strider: Ihr scheint ja ziemlich in Panik zu geraten. Wichtige Führungspositionen ausgeschaltet. Die NCCU ist euch auf den Fersen. Wenn du momentan zu beschäftigt bist, können wir die Sache ein anderes Mal austragen. Ich hab's nicht eilig.

Er wartete auf die Antwort. Diesmal dauerte es einige Zeit.

Nightshade: Das könnte dir so passen. Keine Sorge, ich erledige den Job schon. Andererseits, mach dir ruhig Sorgen *g

Strider: Ich habe gehört, die NCCU hat ihren Mann in einem eurer Lagerhäuser gefunden. Das ist fast schon zu offensichtlich, was? Ich hätte euch für cleverer gehalten. Aber vermutlich geschieht so etwas, wenn die klugen Köpfe ausgeschaltet werden und man einen kleinen Jungen losschickt, um die Arbeit eines Mannes zu erledigen. Dann passieren Fehler. Du warst noch nie gut, wenn es um Details ging.

Wieder wartete er und tippte nervös mit den Fingern vor der Tastatur herum. Sein Script hatte bereits einige Informationen herausgefiltert und ihm Nightshade einen Schritt näher gebracht, aber er brauchte noch mehr. Vor allem interessierten ihn die Latenz- und Antwortzeiten. Daher versuchte er, an die Daten heranzukommen, die ihm das Script nicht liefern konnte.

Nightshade: Damit werd ich schon fertig.

Strider: Wirklich? Ich könnte mir vorstellen, dass es nicht leicht war, die ganze Operation so kurzfristig zu verlegen. Hoffentlich hast du nichts Wichtiges vergessen.

Nightshade: Woher weißt du so viel darüber? Bist du Agent?

Mitchell wollte nicht, dass Nightshade zu lange darüber nachdenken konnte, wie Strider an diese geheimen Informationen gekommen war.

Strider: Ich überwache die NCCU noch immer und höre sie ab. Das tut doch jeder. Offenbar geben sie dir die Schuld am Tod von Prince und SD, da sie jetzt wissen, dass sie zu Black Flag gehört hat. Du kannst nur hoffen, dass sie dich nicht auch erwischen.

Nightshade: Dafür sind die viel zu dämlich.

Mitchell spürte, dass er ganz nah dran war. Sein Script tat genau das, wofür er es geschrieben hatte: Es testete und pingte so lange, bis es die Antworten bekam, die es haben wollte.

Wenn er herausfinden konnte, wo sich Nightshade tatsächlich aufhielt – was würde er dann tun? Sollte er dorthin gehen und ihn ausschalten? Auch wenn es ein Akt der Selbsterhaltung wäre, Nightshade auszuschalten, und vom Code unterstützt wurde, so musste er sich trotzdem irgendwie Zutritt verschaffen.

Vielleicht gab es ja einen anderen Weg.

Strider: Stimmt. Da würden sie Hilfe brauchen.

Nightshade: ist das eine Drohung?

Strider: Natürlich.

Nightshade: trotzdem mache ich mir keine allzu großen Sorgen, schließlich suchen sie ja gerade nach dir.

Das hörte sich allerdings nach einer handfesten Drohung an, und das gefiel Mitchell gar nicht.

Strider: Was soll das heißen?

Nightshade: ich denk, du belauschst sie. Finde es doch selbst raus.

Mitchell starrte auf den Bildschirm, aber es war offensichtlich, dass Nightshade sich ausgeloggt hatte.

Er las die letzten Worte noch einmal. Was hatte Nightshade getan? Was *konnte* er tun? Es musste ein Bluff sein. Nightshade wollte, dass er, Strider, in Panik geriet. Doch er schob seine Angst beiseite und konzentrierte sich auf die

Daten, die sein Script gesammelt hatte. Nur war da nicht viel zusammengekommen. Er hatte nicht lange genug mit Nightshade gechattet, und sein Script hatte nichts Handfestes herausgefunden.

Frustriert schlug er mit der Hand auf den Schreibtisch. Er hatte den Köder vergeblich ausgeworfen, und zu allem Überfluss kam es ihm jetzt auch noch so vor, als hätte Nightshade letzten Endes die Oberhand gewonnen.

Als Mitchell hörte, wie die Bürotür geöffnet wurde, riss das Geräusch ihn in die Wirklichkeit zurück. Rasch drückte er ein paar Tasten, sodass das Interface des Messengers vom Bildschirm verschwand, stattdessen erschien eine Kopie der Datenbank.

»Was treiben Sie denn hier drin?«, fragte Miller verwundert.

»Ich versuche, in Ruhe den Davies-Fall abzuschließen«, erwiderte Mitchell. Er hoffte inständig, dass Miller die Veränderung auf dem Bildschirm nicht mitbekommen hatte.

Miller starrte ihn misstrauisch an. »Warum müssen Sie das hier drin machen?«, fragte er schließlich. »Gibt es da etwas, das wir nicht sehen sollen?«

»Franklin hat mich gebeten, es hier zu machen. Fragen Sie ihn«, erwiderte Mitchell selbstbewusst.

»Das werde ich, darauf können Sie sich verlassen«, entgegnete Miller. Er starrte Mitchell an, wartete auf eine Reaktion. Doch Mitchell hielt dem Blick stand. Er würde nicht klein beigeben. Schließlich war er der Einzige, der diese Ermittlungen vorwärtsbrachte.

»Sie glauben vermutlich, dass Sie aufgrund dieser Davies-Sache jetzt aus dem Schneider sind, aber das sind Sie nicht. Wir vertrauen Ihnen noch immer nicht, Mitchell. Im Moment mögen Sie ja Franklins kleiner Liebling sein, aber ich habe Sie durchschaut.«

Das bezweifle ich, dachte Mitchell.

»Sind Sie etwa eifersüchtig, Miller?«, fragte er und versuchte, seinen Kollegen aus der Reserve zu locken. »Haben Sie schon irgendwelche Hinweise gefunden? Oder verlassen Sie sich einfach darauf, dass ich hier die ganze Arbeit mache?«

Miller schloss die Tür hinter sich und trat an Mitchell heran. Es wirkte bedrohlich, sodass Mitchell keine andere Wahl blieb, als zu reagieren. Er stand auf und sah Miller ins Gesicht. Da Mitchell größer war als sein Gegenüber, umspielte ein herablassendes Lächeln seine Lippen.

»Mir ist nicht ganz klar, wie Sie all diese Durchbrüche erzielen konnten«, sagte Miller, »aber ich vertraue Ihnen nicht. Sie haben etwas Zwielichtiges an sich, Mitchell, und das ist uns allen sehr genau bewusst.«

Mitchell antwortete nicht, grinste weiter auf Miller hinunter. Er war daran gewöhnt, dass andere glaubten, ihn einschüchtern zu können, doch bis jetzt hatte sich noch jeder in ihm getäuscht.

»Wie konnten Sie so schnell so viel über Prince und Davies herausfinden, Mitchell?«, fuhr Miller fort und senkte leicht die Stimme. »Haben Sie mit ihnen zusammengearbeitet? Haben auch Sie diesem kleinen Kreis angehört und versuchen jetzt, Ihre Spuren zu verwischen? Ist es das, was Sie ganz allein hier drin treiben?«

Diese Frage schien Miller schon länger zu beschäftigen, und seine Instinkte trogen ihn nicht. Miller war ein guter Detective, fand Mitchell, aber es mangelte ihm an Überzeugungskraft.

»Vielleicht kann ich die Wahrheit einfach nur besser erkennen als Sie«, erwiderte Mitchell mit schiefem Grinsen.

»Das bezweifle ich«, sagte Miller leise. Dann nahm seine

Stimme einen bedrohlichen Unterton an, den Mitchell bisher noch nicht so offen gehört hatte. »Sie führen etwas im Schilde, Mitchell, das sehe ich doch. Irgendwie stecken Sie tiefer in dieser Sache drin, als Sie zugeben. Ich werde die Wahrheit ans Licht bringen, und danach werden Sie sehr lange Zeit ohne Computer in einem sehr kleinen Raum verbringen müssen. Wie würde Ihnen das gefallen?«

Miller hatte Mitchells größte Angst erkannt: ein Leben ohne Internet. Das war die schlimmste Folter für einen Hacker – nicht etwa, ins Gefängnis gesteckt zu werden, sondern keinen Zugriff auf Computer mehr zu haben.

Mit einem unheilvollen Lächeln auf den Lippen wandte Miller den Blick ab, drehte sich um und ging zur Tür. Über die Schulter sagte er: »Franklin will uns alle im Schweinestall sehen.« Er sprach in beiläufigem Tonfall, als wäre nichts zwischen ihnen vorgefallen. »Es gibt Neuigkeiten.«

Mitchell verspürte eine leichte Nervosität, als er den Raum betrat. Nur das Kernteam der NCCU war noch da. Er hatte das Gefühl, als würden alle ihn anstarren, als würden ihre durchdringenden, misstrauischen Blicke ihn durch den Raum verfolgen. Konnten sie alle vielleicht sehen, was Miller erkannt hatte? Dass mit ihm, Mitchell, etwas nicht stimmte? Dass er etwas im Schilde führte? Konnten sie den Killer unter der Oberfläche erkennen, oder sahen sie nur den ganz normalen Kollegen?

Mitchell dachte an den Code. Er solle ihm helfen, sich anzupassen, normal zu sein. Gleichzeitig sorgte er dafür, dass Strider, sein Alter Ego, die Freiheit hatte, zu schalten und zu walten, wie er wollte. Doch in letzter Zeit hatte Mitchell immer öfter das Gefühl, als würde der Code gegen ihn arbeiten und ihm nur noch Scherereien machen.

Dann traf es ihn wie ein Fausthieb.

Wie angewurzelt blieb er stehen und starrte erschrocken auf das Whiteboard, auf dem Franklin gerade einen Namen notiert hatte.

Seinen Namen.

Strider.

Ihm war, als würde die Welt um ihn herum sich zusammenziehen. Er spürte, wie Millers Blicke auf ihm ruhten, wie sie sich in seinen Schädel bohrten und die Geheimnisse zu ergründen versuchten, die sich darin verbargen. Es wollte Mitchell einfach nicht gelingen, den Blick vom Whiteboard abzuwenden. Er stand da wie erstarrt.

Das war es also. Sie hatten seinen Namen. Jetzt beruhte seine Sicherheit alleine darauf, dass es ihm weiterhin gelang, seine wahre Identität von Strider zu trennen. Doch in diesem Raum und unter so genauer Beobachtung konnte das nicht lange gut gehen.

»Mitchell. Schön, dass Sie da sind«, sagte Franklin mit emotionsloser Stimme. »Setzen Sie sich, dann können wir anfangen.«

Wie benommen ging Mitchell zum nächsten Stuhl und ließ sich darauf sinken. Sein Bauchgefühl riet ihm, davonzulaufen, aber das war unmöglich. Wollten sie ihn testen? Ihn dazu bringen, dass er zugab, wer er wirklich war? Alles um ihn her schien sich in Zeitlupe abzuspielen, mit Ausnahme der unzähligen katastrophalen Szenarien, die ihm durch den Kopf schossen.

Als er sich setzte, bemerkte er, dass Miller ihn weiterhin

anstarrte und misstrauisch die Augen verengte. Der Mann versuchte, hinter seine Maske zu schauen. Mitchell wandte den Blick ab und sah wieder zum Whiteboard hinüber, doch Miller starrte ihn weiterhin an.

Schließlich ergriff Franklin das Wort. »Knox nähert sich in diesem Moment mit seinem Team dem neuen Standort. Ich möchte im Kontrollraum sein, wenn sie diese Schweine auffliegen lassen, also bitte ich um schnelle Updates.« Als Ersten blickte er Squires an.

»Ich habe mit einem Polizisten aus Selby telefoniert«, berichtete dieser. »Sie haben die Adresse aufgesucht, unter der Miguel Ribeiro gemeldet ist. Sein Bruder sagt, er würde für Prime Logistics in dem Lagerhaus arbeiten, aber er weiß angeblich nichts über das, was sich dort abspielt. Er hat behauptet, dass Miguel seit einigen Tagen nicht nach Hause gekommen wäre und dass er nicht ans Telefon geht. Anfangs war er wohl ziemlich widerspenstig, aber letzten Endes hat er den Beamten Miguels Handynummer gegeben. Wir haben ihn an dem neuen Standort geortet und werden ihn da anscheinend auch erwischen.« Squires blickte zufrieden drein.

»Sehr gute Arbeit«, lobte Franklin. »Hoffentlich haben wir den Kerl bald in Gewahrsam. Ich werde Knox darüber informieren. Was gibt es sonst noch?«

»Es gibt ein paar Updates von Willis«, fuhr Squires beinahe schon desinteressiert fort. »Sie haben einen weiteren Teilabdruck aus dem Lagerhaus zuordnen können. Er gehört einem Doktor David Roberts. Angeblich war er Chirurg am Krankenhaus in Cleveland und wurde nach einem Kunstfehler entlassen. Sie suchen noch nach ihm.«

»Unterstützen Sie die Leute bei der Suche, Miller«, ordnete Franklin an. Miller nickte, und Squires las weiter aus seinem Notizblock vor.

Ich vermute allerdings, dass sie seine wahre Identität selbst nicht kennen und uns die ganze Arbeit machen lassen wollen.«

Also hatte Nightshade Strider bei seinem eigenen Spiel geschlagen. Es war Mitchells Plan gewesen, die ganze Macht der NCCU gegen Black Flag zu entfesseln, weil er darauf gehofft hatte, die unerwünschte Aufmerksamkeit würde die Hackergruppe aus der Reserve locken. Doch Nightshade hatte den Spieß jetzt umgedreht und alles weitergegeben, was Black Flag über Strider wusste. Damit war Mitchells Plan gescheitert. Indem er Nightshade damit beschäftigt hatte, die Vorstöße der NCCU abzuwehren, hatte er den Hacker gezwungen, Vergeltung zu üben. Also hatte Nightshade beschlossen, sie die ganze Arbeit machen zu lassen, und Strider hatte ihn erst auf diese Idee gebracht. Wenn die NCCU Strider erst einmal zur Strecke gebracht hatte, wäre nicht nur Mitchells Ruf ruiniert, er wäre außerdem ein leichtes Ziel für Black Flag. Dann wäre es ein Kinderspiel, ihn auszuschalten.

»›Sie werden mich nie kennenlernen, aber ich bringe Ihnen den Tod‹«, las Squires laut vor. »Was ist denn das für ein Bockmist?«

Mitchell wurde übel, als er seine Worte aus Squires' Mund hörte. Jetzt kam es drauf an. Er musste sich vorsehen. Zum Glück las Miller gerade das Dokument durch und beachtete ihn nicht.

»Das ähnelt dem kleinen Ritual, das unser Killer immer vollführt, um seine Opfer wissen zu lassen, dass ihre letzte Stunde geschlagen hat. Wir haben Willis und seinem Team eine Kopie davon geschickt, damit sie ein Profil erstellen können.«

»Das kann ich auf der Stelle tun, dazu brauche ich keine weiteren Informationen«, warf Miller arrogant ein. »Das ist ein wütender kleiner Hacker, der sich für den lieben Gott hält und mörderische Tendenzen zeigt.«

»Hört sich ganz nach Ihnen an, Miller«, witzelte Squires. Die beiden zogen einander ständig auf, und der Scherz lockerte die Anspannung im Raum ein wenig.

»Nur dass ich mir nicht nur einbilde, der liebe Gott zu sein«, erwiderte Miller dreist.

»Miller!«, rief Franklin scharf und beendete damit das Wortgefecht.

Mitchell hob den Blick und verbarg seine Verzweiflung und Panik hinter einer ausdruckslosen Miene.

»Ich möchte, dass Sie sich die Sache genauer ansehen«, fuhr Franklin fort und wedelte mit Dokumenten in der Luft herum.

»Das übernehme ich«, rief Miller schnell.

Mitchell warf ihm einen Blick zu. Miller lächelte ihn unfreundlich an. »Mitchell ist noch immer mit den Davies-Akten beschäftigt«, sagte er, »also werde ich mich darum kümmern.«

»Okay, aber ich möchte, dass Mitchell ebenfalls einen Blick darauf wirft. Nichts für ungut, Miller, ich würde Sie ja bitten, zusammenzuarbeiten, aber mir ist klar, dass Sie dazu nicht in der Lage sind. Also sehen Sie zu, dass Sie nicht gegeneinander arbeiten, klar? Wenn dieser Kerl uns durch die Lappen geht, nur weil Sie nicht miteinander auskommen, werde ich persönlich dafür sorgen, dass Sie beide hier kein Bein mehr auf die Erde bekommen.« Franklin meinte es todernst.

»Keine Sorge«, erwiderte Miller. »Das wird nicht passieren. Nicht wahr, Mitchell?«

Mitchell verzog die Lippen. Miller schien zu ahnen, dass es eine Verbindung gab. Auch wenn Mitchell es nicht mit

Bestimmtheit wusste – er konnte es sich nicht leisten, dass jemand in Striders Vergangenheit herumstocherte. Irgendwie musste er Miller loswerden. Natürlich konnte er ihn nicht umbringen, das ließ der Code nicht zu. Und obwohl er ihn hasste, war Miller im Grunde genommen unschuldig. Strider hatte den Code entwickelt, um niemals egoistisch zu handeln und stets eine Rechtfertigung zu haben. Aber der Code solle außerdem dafür sorgen, dass er nie erwischt wurde. Seitdem er vom Verrat des Salesman wusste, schien es bei seinem neuen Code vor allem um die Selbsterhaltung zu gehen, und dazu war es nun einmal unerlässlich, Miller loszuwerden.

In Mitchells Kopf entstand nach und nach ein Plan. Wenn so viel auf dem Spiel stand, wurde es Zeit, einen richtig guten Köder auszuwerfen.

Regel Nr. 18: Keine Verhandlungen

Ist die Entscheidung für einen Mord erst gefallen, sorg dafür, dass die Zielperson den Kopf nicht doch noch aus der Schlinge ziehen kann.

Dieses Mal überließ Knox nichts dem Zufall. Sobald Franklin die neuen Informationen über einen weiteren möglichen Standort übermittelt hatte, nutzte er sämtliche Ressourcen der NCCA, die ihm zur Verfügung standen. Er hatte großen Respekt vor Franklins Mitarbeitern; sie mochten zwar Geeks sein, aber ihr Verstand arbeitete auf geradezu magische Weise. Ihm war klar, dass er und sein Team nicht in dieser Position wären, wenn Franklins Leute nicht auf diese Weise Daten beschaffen konnten, dennoch bevorzugte Knox seine eigene Methode, die bösen Jungs zur Strecke zu bringen. Außerdem kam er der wahren Action heutzutage nicht mehr näher als in diesem Moment. Er vermisste es, im Außeneinsatz zu sein, aber die Leitung einer großen Operation wie dieser machte das mehr als wett.

Sie hatten ihren Kommandoposten im Gebäude der NCCA in London eingerichtet und wurden per Feed von verschiedenen Einheiten vor Ort informiert, die vor drei weiteren Gebäuden postiert waren. Neben den Einheiten, die sich in der Nähe der Eingänge in Position brachten, waren auch Teams mit Thermalbildkameras zugegen, die sämtliche Gebäude gescannt hatten. Sie hatten zweifelsfrei feststellen können, dass sich im größten Gebäude mehrere Kinder aufhielten. Außerdem wussten sie dank der Thermalscans, mit wie vielen Leuten sie es im Inneren zu tun bekommen würden, sodass Knox seine Einheiten optimal einsetzen konnte.

Das kleinste der drei Gebäude schien leer zu sein, und es hielten sich nur einige Männer vor der Nordosttür auf. Auf dem Scan des dritten Gebäudes waren zwei Räume zu erkennen, die an Schlafsäle erinnerten. Leuchtende Flecken wiesen auf mehrere Körper hin, die dicht nebeneinanderlagen. In beiden Räumen schien es relativ warm zu sein – offenbar wurden sie beheizt –, während die größere Fläche dahinter dunkler und kühl aussah und anscheinend Teil des Lagerbereichs war, der nachts nicht genutzt wurde. Außerdem waren auf den Gängen in den beiden größeren Gebäuden mehrere Gestalten zu erkennen, die sich hin und her bewegten.

Knox ging hinter den Mitarbeitern, die vor den Monitoren saßen und die Feeds steuerten, unruhig auf und ab. Er war über einen offenen Kanal mit jedem der Teamleiter verbunden, die auf seine nächsten Befehle warteten.

»Luftunterstützung, wie ist Ihr Status?«, fragte Knox.

»Wir sind zehn Meilen weiter östlich und rücken auf Befehl vor«, kam die Antwort über die Lautsprecher.

Knox konnte das Geräusch der Hubschrauberrotoren deutlich hören. Er wollte den Helikopter jedoch erst losschicken, wenn die Bodenteams sämtliche Türen gesichert hatten, um niemanden vorzeitig auf sie aufmerksam zu machen. Schließlich wollten sie jeden dieser Schweinehunde erwischen.

»Team Alpha, vorrücken auf Position eins. Sie haben zwei Personen vor Nordost, die Sie zuerst festsetzen müssen. Ich will nicht, dass Alarm geschlagen wird. Verstanden?«

»Verstanden«, erklang die Stimme über den Lautsprecher.

Knox beobachtete auf dem Thermalbild, wie drei seiner Leute näher an die beiden Männer heranrückten, die vor dem kleinsten der drei Lagerhäuser standen. Er wollte dafür sorgen, dass sich niemand mehr außerhalb der Gebäude aufhielt, der weglaufen oder, schlimmer noch, Alarm schlagen konnte. Die Kamera-Feeds der Einsatzkräfte übertrugen Ton und Bild, sodass Knox nicht nur sehen, sondern auch hören konnte, als die beiden Männer nun rasch und effizient ausgeschaltet wurden.

»Verdächtige verhaftet. Beide männlich«, kam die Bestätigung.

Die beiden Gefangenen gaben keinen Laut von sich, als man ihnen Handschellen anlegte und sie in einen umschlossenen Bereich in der Nähe des südlichen Zauns brachte.

Die Luft war rein. Sie konnten zuschlagen.

»Teams Bravo, Charlie und Delta – vorrücken! Los, los!«, rief Knox energisch.

Die Helmkameras der Teamanführer übertrugen die Bilder der voranstürmenden Einsatzkräfte, die sich den verschiedenen Türen näherten. Über die Lautsprecher waren die Bestätigungen über die Fortschritte der einzelnen Teams zu hören.

»Team Charlie, Eingang gesichert. Wir gehen rein.«

»Es kann losgehen, Luftunterstützung«, rief Knox.

»Verstanden«, kam die Bestätigung. »India-sieben-sieben geht auf Sichtkontakt.«

Dann hörten sie über Lautsprecher die ersten Schüsse aus dem größten Lagerhaus. Sie hatten mit einer bewaffneten Verteidigung gerechnet und waren darauf vorbereitet. Knox erkannte das unverwechselbare Geräusch von Rauchbomben, die in die Gebäude geworfen wurden.

Dieses Mal würde ihnen niemand entkommen.

Miguel setzte sich ruckartig auf, als er den ersten Schrei hörte. Er hatte noch nicht lange geschlafen, dennoch fiel es ihm schwer, klaren Kopf zu bekommen. Dieser Ort gefiel ihm nicht. Er war nicht daran gewöhnt und fühlte sich hier noch weitaus weniger wohl als im anderen Lagerhaus. Hier waren einfach zu viele andere Leute.

Das Geräusch war nicht aus dem Inneren des Gebäudes und somit von keinem der Kinder gekommen, aber es war ein Schrei, der andere aufmerksam machen sollte, tief und wütend. Irgendetwas ging nebenan vor sich.

Miguel stand auf, um der Sache auf den Grund zu gehen, und zog sich ein T-Shirt über den Kopf. Hier war es deutlich wärmer als im Lagerhaus. Wenigstens das war etwas Gutes. Miguel nahm seine Waffe, die auf dem Tisch neben dem Bett lag, und ging zur Tür, wo er stehen blieb und lauschte, bevor er vorsichtig öffnete und hinaus auf den Gang schlüpfte. Es hörte sich nicht so an, als würde sich in diesem Gebäude jemand aufhalten, der nicht hierher gehörte. Die Schreie kamen von nebenan.

Es war nicht genug Zeit, um die Kinder hinauszuschaffen. Miguel konnte nur noch dafür sorgen, dass die Türen verschlossen waren, und die Sache hier drin aussitzen. Er machte sich auf den Weg zum Haupteingang, erstarrte jedoch, als er den ersten Schuss hörte. Offenbar war er ganz in der Nähe abgefeuert worden. Instinktiv ging Miguel in die Hocke und drückte den Rücken an die Wand. Dummerweise wusste er nicht, wo sich hier die Lichtschalter befanden. Er erinnerte sich dunkel daran, sie irgendwo in der Nähe des Haupteingangs gesehen zu haben, aber das bedeutete, dass er den Korridor ganz entlanggehen musste, bevor er das Licht einschalten konnte.

Im Moment jedenfalls konnte er nichts sehen. Er hielt die

Waffe dicht vors Gesicht und ging langsam und vorsichtig weiter. Er konnte hören, wie die Türen geöffnet wurden, aber er hatte keine Ahnung, wie nah er ihnen schon war. Hielt sich irgendjemand bei den Kindern auf?

Als er an einer der Türen vorbeikam, hörte Miguel eine leise Stimme sagen: »Ich bin hier drin!«

Halt die Klappe, dachte er wütend. *Dich wird niemand retten.*

Er schlug mit der Faust gegen die Tür, und das Kind – ein Mädchen – begann zu schreien: »Ich bin hier! Ich bin hier!« Aber die Schreie des Mädchens wurden von weiteren Schüssen übertönt. Jetzt war auch das dumpfe Dröhnen eines sich nähernden Hubschraubers zu hören.

Sie wurden angegriffen!

Miguel wusste, dass er schnellstens hier rausmusste. Er hatte nicht vor, zusammen mit diesen Typen unterzugehen, also zog er den Kopf ein und rannte auf den Notausgang zu. Aus dem Gebäude nebenan waren weitere Schüsse und Schreie zu vernehmen. Wenn er es bis zum Notausgang schaffte, konnte er in der Dunkelheit verschwinden und abwarten, bis alles vorbei war. Miguel war kein mutiger Mann, was angesichts seines Jobs nicht weiter verwunderlich war, und hatte nicht vor, sein Leben für die Organisation zu opfern.

Als er noch ungefähr zehn Meter vom Notausgang entfernt war, sprang die Tür auf, und eine Horde Männer rannte brüllend auf ihn zu.

Nur die Männer, die im größten der drei Gebäude auf dem Korridor Wache hielten, hatten Widerstand geleistet. Wie vermutet, waren sie für die Sicherheit verantwortlich. Knox' Leute hatten das Überraschungsmoment auf ihrer Seite, trotzdem hatten die Wachen sich verbissen gewehrt. Offenbar hatten sie viel zu verlieren. In Knox' Team hatte es nur wenige Verletzte gegeben, da sie alle volle Kampfmontur trugen, aber auf den Thermalbildern war zu erkennen, dass einige der Wachleute nie mehr aufstehen würden.

Besser sie als meine Leute, dachte Knox, doch er fühlte dennoch mit den Männern, die er in die Gebäude geschickt hatte; es blieb nie ohne Konsequenzen, wenn es bei einem Einsatz Tote gab. Sie alle würden in den nächsten Tagen, wenn nicht Wochen, immer wieder verschiedene Szenarien durchgehen, die oftmals nicht so glimpflich ausgingen. Knox erinnerte sich noch gut an seine Zeit im aktiven Einsatz, an die einsamen Stunden, in denen man sich fragte, was passiert wäre, hätte man eine Sekunde später geschossen, hätte sich nur ein bisschen langsamer bewegt, oder wäre man als Erster und nicht erst als Fünfter durch diese Tür gegangen. Es war alles viel zu real.

Knox sah auf, als Franklin die Tür des Kontrollraums öffnete und den Kopf hineinsteckte.

»Hab ich's verpasst?«, fragte Franklin.

Knox winkte ihn herein. Ein Teil des Teams hatte gerade den Notausgang des mittleren Gebäudes geöffnet, und eine Zielperson lief direkt auf seine Männer zu.

»Ein Feindkontakt nähert sich, Team Bravo. Er kommt genau auf euch zu«, teilte der Mann direkt vor Knox dem Teamführer mit, der gerade die Tür aufgetreten hatte. Ein einzelner Schuss wurde abgefeuert, und das Bild der Helmkamera des Teamführers flackerte kurz. Dann gab auch der vorderste Mann des Bravo-Teams einen einzelnen Schuss ab. Einen Sekundenbruchteil später hörten sie einen Schrei, als der Getroffene zu Boden ging.

»Hab ihn erwischt«, meldete der Schütze mit ruhiger Stimme. Sie sahen auf dem Thermalbild, dass der Getroffene zu Boden gestürzt war und versuchte, in die andere Richtung davonzukriechen. Franklin stellte sich neben Knox und schaute zu, wie das Einsatzteam den Mann umzingelte und zu Boden drückte.

Knox blickte Franklin an. »Ich dachte mir, dass Sie das nicht verpassen wollen. Offenbar hatten Ihre Leute den richtigen Riecher.« Er grinste, erkennbar zufrieden mit dem Ablauf der Operation.

Franklin jedoch wirkte nachdenklich. »Ich hoffe«, sagte er, »sie lassen ein paar Verdächtige am Leben, damit wir sie verhören können.« Er betrachtete das Bild des Mannes, der zuckend am Boden lag.

Knox wandte sich wieder den Bildschirmen zu. »Sämtliche Zielpersonen, die in Bewegung waren, wurden festgesetzt«, sagte er. »Überprüft jetzt die Räume, Leute! Aber bleibt wachsam, es könnte dort noch mehr Widerstand geben. Allerdings sind kaum Bewegungen zu erkennen, daher vermute ich, dass dort einige Leute schlafen.«

Knox hatte bisher erst eine Razzia bei Menschenhändlern durchgeführt. Damals waren die Opfer mithilfe eines Drogencocktails außer Gefecht gesetzt worden; keines von ihnen hatte sich erinnern können, wie oder wann sie an diesem Ort eingetroffen waren oder wohin sie gebracht werden sollten. Sie waren wer weiß wie lange unter schrecklichen Bedingungen festgehalten worden und hatten kaum etwas zu essen bekommen. Es hatte Monate gedauert, bis die Behörden herausgefunden hatten, wer diese Leute waren und woher sie stammten. Deshalb ging Knox nun davon aus, hier etwas Ähnliches vorzufinden, nur in größerem Maßstab.

Das Licht im Korridor wurde eingeschaltet, und die gesamte Monitorbank leuchtete auf. Mit ruhiger, sachlicher Stimme fasste der Teamleiter die Situation zusammen.

»Der Verdächtige wurde festgenommen. Eine Schusswunde im unteren Bauchbereich«, meldete er und beugte sich vor, um den zuckenden Mann genauer in Augenschein zu nehmen. Der Mann schrie vor Schmerzen, doch als der Teamleiter auf die Wunde drückte, verlor er das Bewusstsein und verstummte.

»Sieht nach einem glatten Durchschuss aus«, stellte der Teamführer fest. »Er ist bewusstlos. Ruft die Sanitäter, sie sollen ihn sich ansehen.«

»Bringt alle Verletzten sofort in den sicheren Bereich«, ordnete Knox an.

»Verstanden«, erwiderte der Teamführer. »Wir rücken weiter vor.«

Knox und Franklin verlagerten ihr Gewicht unbewusst auf die Fußballen, als sie beobachteten, wie der Teamführer den Korridor entlangging. Auf dem Thermalbild war noch immer deutlich zu erkennen, wo die Kinder lagen. Ihre Körper waren noch warm, was Knox hoffen ließ. Doch als die Tür des ersten Raums geöffnet wurde, stockte ihm der Atem. Auf dem Monitor war die winzige Gestalt eines Jungen zu erkennen, der nur eine Windel trug und auf einem altmodischen Krankenhausbett lag. Er war so schrecklich abgemagert, dass es Knox beinahe das Herz brach.

»Großer Gott«, murmelte Franklin.

»Holt sofort die Ärzte her«, rief der Anführer des Bravo-Teams und ging weiter zum nächsten Raum.

Hinter jeder Tür kam ein weiteres Kind zum Vorschein.

Sie alle lagen bewusstlos auf Krankenhausbetten, waren an einen Tropf angeschlossen und trugen nichts als eine Windel. Alle sahen schrecklich dünn und leicht grünlich aus, doch Knox vermutete, dass Letzteres vom Neonlicht kam. Bisher hatten sie fünf Kinder gefunden, und es lagen noch zwei weitere Räume vor ihnen, doch in keinem war ein Thermalbild zu erkennen. Offenbar waren diese Räume leer.

Knox merkte, dass er den Atem anhielt. Er sah zu Franklin hinüber, der sich an der Stuhllehne des Mannes vor ihm festhielt. Er sah totenblass aus.

»Gesichert«, meldete der Teamanführer, nachdem er den ersten Raum überprüft hatte.

»Verdammt, Chef, das müssen Sie sich ansehen.« Knox musterte die Männer vor sich, um herauszufinden, wer diesen Kommentar abgegeben hatte.

»Das ist Team Charlie, Position drei«, rief einer von ihnen.

Knox beobachtete, wie sich das Licht dem Kamera-Feed des Charlie-Teams anpasste. Auf dem Thermalbild war zu erkennen, dass die Männer soeben den dunklen Bereich in der Mitte des größten Lagerhauses betreten hatten. Den Hitzesensoren zufolge befand sich hier nichts, doch als die Türen geöffnet wurden und Licht hineinfiel, erkannte Knox, dass sie sich geirrt hatten. In dem großen Raum standen mehrere hochmoderne Krankenhausbetten, jedes mit einer Reihe von Maschinen und Monitoren. Die Patienten, Männer wie Frauen, waren an die Geräte neben sich angeschlossen. Es sah aus wie eine Szene aus einem Science-Fiction-Film. Ein Mann in einem weißen Laborkittel, unter dem er Krankenhauskleidung trug, blickte auf und musterte das näher kommende Team. Eine Sekunde lang schien es, als wollte er fliehen, dann sah er ein, dass es aussichtslos war.

»Halten Sie die Hände so, dass wir sie sehen können«, rief einer aus dem Team und richtete die Waffe auf den Mann. Der gehorchte, legte sein Klemmbrett auf das Bett neben sich und streckte die Hände in die Höhe.

»Bewegung! Raus hier!«, befahl Knox' Mann und führte den Verdächtigen aus dem Raum.

Ungeduldig musterte Franklin die Gesichter der Personen auf den Betten, als die Männer daran vorbeigingen. Er hörte, wie der Teamanführer nach den Sanitätern rief.

»Was zum Teufel ist das für ein Ort?«, fragte Franklin niemanden im Besonderen.

»Gebiet gesichert, Sir«, meldete der Teamanführer über die Lautsprecher. »Diese Leute gehen nirgendwohin.«

»Sie ist nicht hier«, murmelte Franklin leise. »Aber sie muss da irgendwo sein.«

Knox legte seinem Kollegen eine Hand auf die Schulter.

»Wenn sie da ist, dann werden sie sie finden«, versicherte er ihm.

Mitchell wusste, dass er nur wenige Stunden hatte, um seinen Plan in die Tat umzusetzen. Die Razzia in dem Lagerhaus musste jetzt in vollem Gange sein, und alle konzentrierten sich darauf, die Sache nicht zu vermasseln. Er hatte Franklin informiert, dass er nach Hause fahren und sich eine Weile ausruhen würde, und sein Chef hatte ihm zugestimmt und erklärt, dass es ein guter Zeitpunkt sei, dem Team eine Pause zu gönnen. Sie hatten in den letzten achtundvierzig Stunden große Fortschritte gemacht und konnten im Moment nicht mehr viel ausrichten. Mitchell war der Einzige, der das Gebäude noch vor Beginn der Razzia verließ. Er ging davon aus, dass seine Kollegen noch bleiben würden, bis der ganze Zirkus vorbei war, aber das konnte nicht mehr lange dauern.

Zum ersten Mal in seinem Leben fühlte Mitchell einen Anflug von Schuld wegen dem, was er zu tun gedachte, auch wenn er es vor sich selbst rechtfertigen konnte. Wenn er diese Gelegenheit nicht nutzte und zwei Fliegen mit einer Klappe schlug, musste er damit leben, aufzufliegen, und dann würde alles vorbei sein. Hier ging es schlicht und allein um die Selbsterhaltung. Außerdem hatte er gar nicht vor, die Zielperson umzubringen, deshalb verstieß er im Grunde genommen auch gar nicht gegen den Code. Er versuchte nur, die Geschichte ein wenig umzuschreiben, sodass sie etwas ganz anderes erzählte. Trotz dieser Rechtfertigungen war er nicht stolz auf das, was er vorhatte, aber ihm blieb keine andere Wahl.

Okay, dachte er. *Jetzt oder nie.*

Wieder einmal sah er sich gezwungen, primitive Hacks einzusetzen, um in kurzer Zeit sein Ziel zu erreichen. Erleichtert stellte er fest, dass das Gebäude nur rudimentär gesichert war, was sein Risiko minimierte. Er hatte Willis' forensisches Labor bisher nur wenige Male betreten, aber das Gebäude war nicht sehr groß; war er erst einmal drin, würde er sich schon zurechtfinden.

In dieser Nacht hatte er sich als junger Laborassistent aus dem nahen King's College verkleidet, der einem der Spezialisten Proben bringen wollte. Er hatte in dem Café auf der anderen Straßenseite gesessen, den Server des Labors angezapft und etwa dreißig E-Mails abgefangen, doch nur in zwei dieser Mails war die Rede davon gewesen, dass jemand an diesem Abend vorbeikommen wollte. Deshalb war Mitchell die Entscheidung ziemlich leichtgefallen. Er hatte nur die

Wahl zwischen einem unscheinbaren Laborassistenten gehabt und einem Entomologieprofessor vom Imperial College, der um 17:30 Uhr einige Malariaproben abliefern wollte. Allerdings glaubte Mitchell nicht, dass er als Professor durchgehen würde.

Nun marschierte er selbstsicher zum Empfangsschalter. Mit den kleinen weißen Ohrstöpseln und der roten Baseballkappe sah er seiner Meinung nach durchaus wie ein Student aus. Er hatte darauf geachtet, seine Haare vollständig unter die Kappe zu stopfen, damit seine dunklen Locken nicht zu sehen waren. Der Wachmann las gerade eine der täglichen Gratiszeitungen und hob gelangweilt den Blick, als Mitchell vor ihm stand und sich räusperte.

»Ja?«, fragte der Wachmann und wartete, bis Mitchell die Ohrstöpsel umständlich herausgezogen hatte. Er wollte wie ein etwas unbeholfener Twen wirken, um sich nicht von dem nächsten Studenten zu unterscheiden, der hier auftauchte. Außerdem würde der Wachmann sich jetzt an die Ohrstöpsel und nicht an seine Augenfarbe erinnern. Das war ein klassischer Bluff bei sozialen Manipulationen: Man zeigte den Leuten das, woran sie sich erinnern sollten.

»Ich komme vom King's College«, sagte Mitchell und täuschte den Akzent des Londoner Umlands vor. »Ich bringe Proben für Doktor Verasami.« Mitchell sprach den Namen des Arztes absichtlich falsch aus. »Später sollen noch mehr gebracht werden«, fügte er hinzu.

»Bringst du sie nach oben?«

»Keine Ahnung. Glaub schon. Weiß nicht«, antwortete Mitchell und setzte eine unschuldige Miene auf.

Der Wachmann griff zum Telefon und tippte mit dem Finger schroff auf ein Plastikklemmbrett mit einem Anmeldeformular für Besucher.

»Trag dich da ein«, sagte er, während er darauf wartete, dass das Gespräch angenommen wurde.

Mitchell nahm den Stift in die Hand, der mit Isolierband und einem Faden am Klemmbrett befestigt war, und setzte eine unleserliche Unterschrift auf das Papier.

»Ich hab hier einen Jungen vom King's, der etwas für Sie hat«, murmelte der Wachmann. »Okay. Alles klar.«

Er riss einen Streifen vom Anmeldeformular ab, faltete ihn einmal und schob ihn in einen Plastikhalter. Diesen ließ er auf das Klemmbett fallen; dann sank er zurück auf den Stuhl.

»Dritter Stock«, erklärte er und drückte auf einen Knopf unter seinem Schreibtisch. Die Glastür öffnete sich, und Mitchell war im Gebäude. Er hatte gar nicht vor, in den dritten Stock zu fahren, und er beabsichtigte auch nicht, Doktor Verasami aufzusuchen, doch in seiner Schachtel befanden sich tatsächlich Proben.

Physikalische Beweise ließen sich genauso manipulieren wie Programmzeilen, um eine andere Version der Wahrheit zu erzählen – und genau das hatte Mitchell in dieser Nacht vor. Noch ehe er im zweiten Stock den Fahrstuhl verließ, hatte er sich bereits Latexhandschuhe übergestreift. Nachdem er sich vergewissert hatte, dass sich außer ihm niemand auf dem Korridor befand, ging er zu Willis' Labor. Er hatte zuvor gesehen, wie Willis nach Hause gegangen war, doch das bedeutete noch lange nicht, dass das Labor wirklich leer war. Aber niemand durfte ihn hier sehen.

Als Erstes brachte er eine kleine Klemme am Kabel der Überwachungskamera an und speiste den sich wiederholenden Feed ein, den er früher an diesem Tag in einem leeren Korridor aufgenommen hatte. Das war weder effizient noch besonders schön, aber es verschaffte ihm Zeit.

Da Mitchell nun sicher um die Kurve in den Hauptkorridor vordringen konnte, überprüfte er, ob die Luft rein war, und stellte sich dann vor das Tastenfeld, mit dem man die Tür zu Willis' Labor öffnete. Er hatte sich die Übertragung der Sicherheitskameras nur wenige Minuten lang ansehen müssen, um die Tastenkombination herauszufinden. Während Mitchell die Nummer eingab, fragte er sich, warum die Leute sich überhaupt die Mühe machten, ein solches Tastenfeld anzubringen, wenn sie eine derart einfache Kombination benutzten.

Die Tür ging mit einem Summen auf, und Mitchell betrat das Labor. Dort zog er sein Handy heraus und sah sich im Licht des beleuchteten Bildschirms um. Willis war wie erwartet ein methodischer Mann, und Mitchell hatte schon bei früheren Fällen gesehen, wie er die Beweise aufbewahrte. Diesmal würde er es nicht anders handhaben. Mitchell hockte sich hin und stellte das Paket, das er mitgebracht hatte, auf dem Boden ab. Er öffnete die Schachtel und nahm ein gefaltetes Blatt Papier heraus. Bei diesen Lichtverhältnissen war die Sache nicht ganz einfach, und Mitchell wollte die Beweise nicht fallen lassen, deshalb bewegte er sich besonders vorsichtig. Er legte das Papier auf Willis' stählerne Werkbank. In einem grauen Plastikkasten lagen sämtliche Beweisstücke, ordentlich in einzelne Tüten verpackt und sortiert, an denen Willis gerade arbeitete oder die er demnächst untersuchen wollte.

Mitchell sah die Tüten durch, indem er sie mit den Fingerspitzen bewegte, bis er auf eine stieß, die leer zu sein schien. Er leuchtete kurz mit seinem Handylicht darauf – es war die Tüte, nach der er gesucht hatte. Vorsichtig öffnete er den Verschluss und schüttelte den Inhalt heraus. Zwei blonde Haare fielen auf seinen Handschuh. Er legte sie behutsam auf das Blatt Papier, das er vorbereitet hatte. Dann ersetzte er sie durch die beiden Haare, die er zuvor im Schweinestall an sich gebracht hatte. Die Idee, Miller zu belasten, war ihm ganz spontan gekommen. Hätte Miller ihn nicht derart gepiesackt, wäre ihm so etwas vermutlich nie eingefallen. Doch Miller schien entschlossen zu sein, herauszufinden, was Mitchell vorhatte, und da Strider jetzt unter die Lupe genommen wurde und Miller die Beweise durchging, war Mitchell klar geworden, dass er zu drastischeren Maßnahmen greifen musste. Während er die beiden Haare, die er von Millers Jackenkragen entfernt hatte, vorsichtig in den Beutel beförderte, hatte er ein schlechtes Gewissen, weil er das Leben seines Kollegen ruinierte; gleichzeitig wusste er, dass es erforderlich war, um die eigene Sicherheit zu garantieren.

»Tut mir leid, Miller«, murmelte er, schloss den Beutel und steckte ihn an dieselbe Stelle zurück. Er war bereits Willis' E-Mails durchgegangen und hatte den Anhang vom Labor durch einen von ihm erstellten ausgetauscht. Darin hatte er nur Millers Informationen anstelle derjenigen eingetragen, die das Labor für die eigentlichen Haare ermittelt hatte. Millers DNA war ebenso wie die vieler anderer NCCA-Agenten in der Datenbank gespeichert, sodass es kein Problem gewesen war, heranzukommen. Diese Beweise würden ausreichen.

Mitchell hörte, wie auf dem Korridor eine Tür geöffnet und wieder geschlossen wurde. Schnell nahm er die Schachtel an sich und huschte zur Tür. Er durfte nicht in diesem Labor erwischt werden. Er drückte den Rücken an die Wand und beobachtete, wie die Person draußen an ihm vorbeiging. Wäre sie hereingekommen, hätte er den Raum verlassen müssen, ohne den Rest seines Plans auszuführen.

Als er das »Ping« des Fahrstuhls hörte, atmete er erleichtert auf. Er wartete noch ein paar Minuten. Als wieder alles ruhig war, huschte er zur Werkbank zurück und ging die restlichen Beweise durch, bis er den zweiten Beutel fand, den er gesucht hatte.

Er nahm einen der beiden Acetatbögen heraus, auf denen der Fußabdruck zu sehen war, den Willis auf dem Kupplungspedal gesichert hatte, und rollte das Acetat langsam zwischen den Handflächen. Auf diese Weise sorgte er dafür, dass die Blutreste, die von dem Acetat abfielen, direkt in der kleinen Glasschale landeten, die er daruntergestellt hatte. Er brauchte nicht sehr viel davon, nur genug, um eine verwässerte Probe herzustellen. Außerdem sorgte er dafür, dass auch auf dem Boden des Beutels ein staubiger Überrest verblieb, sodass es so aussah, als wäre es einfach im Beutel vom Acetat abgeblättert.

Nachdem er sich nicht einmal zehn Minuten im Labor aufgehalten hatte, war alles erledigt. Mitchell schloss den Deckel des Glasbehälters, in dem er die getrockneten Blutproben aufbewahrte, und schob ihn in seine Jackentasche. Dann stellte er die Beutel wieder zurück und sorgte dafür, dass sie leicht nach hinten geneigt waren, genau so, wie sie zuvor gestanden hatten.

Auf dem Weg zum Ausgang legte er die Schachtel flach, die er mitgebracht hatte, und drückte sie unter dem Kittel gegen seine Brust. Er behielt die Handschuhe an und zog die Baseballkappe tiefer über die Augen, als er durch die Vordertür ging.

»Wiedersehen«, rief er dem Wachmann zu, der nur kurz von seiner Zeitung aufblickte.

Als Mitchell in die Nacht hinausging, wurde ihm bewusst, dass er es immer mehr genoss, seine Begabungen auch in der wirklichen Welt einzusetzen. Das wirkliche Leben war letzten Endes auch nichts weiter als ein Hack. Doch er riss sich zusammen. Er durfte jetzt nicht übermütig werden. Er hatte in dieser Nacht noch einiges zu tun.

Regel Nr. 19: Der Spatz in der Hand

Niemand ist völlig unschuldig. Jeder hat ein dunkles Geheimnis, von dem die Welt nichts erfahren soll. Es ist dein Job, dieses Geheimnis zu ergründen.

Knox stürmte in den Verhörraum und stellte fest, dass der Wissenschaftler, den sie im provisorischen Krankensaal des Lagerhauses verhaftet hatten, noch immer seinen weißen Laborkittel und die Krankenhauskleidung trug. Man hatte ihm lediglich eine Decke um die Schultern gelegt. Er wirkte nervös und warf der Anwältin, die neben ihm saß, immer wieder unruhige Blicke zu. Michelle Frost war eine erfahrene Pflichtverteidigerin. Sie musterte Knox mit gleichgültiger Miene, als er sich auf einem Stuhl niederließ, auf die Uhr blickte und den Rekorder startete, der auf dem Tisch stand.

»Verhörbeginn 7 Uhr 31. Anwesend: Officer Knox, Daniel Meadows und Pflichtverteidigerin Michelle Frost.« Knox rückte ein wenig auf dem Stuhl herum und blickte den Mann mit ernster Miene an.

»Bitte nennen Sie Ihren vollständigen Namen, damit wir ihn auf Band haben«, fordert er ihn auf.

»Daniel John Meadows«, sagte der Arzt mit ruhiger Stimme.

»Gut. Bitte erklären Sie mir, Mr Meadows, wie genau Ihre Rolle bei Callahan Scientifics aussieht.« Knox wandte den Blick nicht vom Gesicht des Mannes ab. Er war angewidert von dem, was sie in den Lagerhäusern vorgefunden hatten, und wartete gespannt darauf, wie der Mann seine Taten rechtfertigen würde.

»Ich bin Forscher«, erwiderte Meadows ausdruckslos.

»Und was genau hat das zu bedeuten?«

»Ich erforsche wissenschaftliche Entwicklungen«, sagte der Arzt herablassend.

»Kommen Sie mir nicht auf die Tour, Mr Meadows«, warnte Knox. »Wir haben fünf Personen in Ihrer Obhut gefunden, auch wenn man es kaum so nennen kann. Waren sie Teil Ihrer wissenschaftlichen Forschungen?«

»Ja, wir benötigen für unsere Arbeit Testpersonen.« Meadows wirkte auf Knox, als würde er sich nicht im Geringsten für seine Arbeit schämen. Sie hatten alle »Testpersonen«, wie Meadows sie nannte, vor Ort in ein Krankenhaus gebracht. Dort hatte man festgestellt, dass ihnen allen vor Kurzem eine Niere entnommen worden war. Knox hatte schon Berichte darüber gehört, dass der Bedarf an illegal beschafften Organen auf dem Schwarzmarkt in Großbritannien drastisch gestiegen wäre, aber er hätte sich in seinen wildesten Träumen nicht vorstellen können, ein derartiges Unternehmen, wie sie es gerade ausgehoben hatten, auf britischem Boden vorzufinden.

»Den fünf Personen, die wir aus dem Gebäude geschafft haben, war vor Kurzem ein Organ entfernt worden. Können Sie mir das erklären, Mr Meadows?«, fragte Knox so ruhig er konnte.

»Wir erforschen ein Medikament, das die Genesung nach Operationen beschleunigen soll.«

»Haben Sie die Operationen durchgeführt?«

»Ich bin Wissenschaftler, kein Chirurg«, stellte Meadows klar.

»Wurden die Operationen in diesem Gebäude vorgenommen?«

»Nein, die Freiwilligen wurden erst nach der Operation in mein Labor gebracht.«

»Die Freiwilligen?«, hakte Knox nach.

»Ja, sie haben sich freiwillig gemeldet«, bestätigte Meadows. »Wir arbeiten nur mit Freiwilligen.«

»Kommt es Ihnen nicht auch seltsam vor, dass kein einziger Ihrer sogenannten Freiwilligen britischer Staatsangehöriger ist?«, fragte Knox.

»Ihre Herkunft ist mir völlig egal, mich interessiert nur, wie sie auf meine Behandlung reagieren.«

»Wo wurden die Operationen durchgeführt?«

»In einem Krankenhaus, nehme ich an. Das ist nun wirklich nicht meine Angelegenheit.« Meadows erwies sich nicht gerade als kooperativ.

»Meiner Ansicht nach sollten Sie es aber zu Ihrer Angelegenheit machen, Mr Meadows. Wir haben Grund zu der Annahme, dass Ihre ›Freiwilligen‹ zu dieser Organtransplantation gezwungen wurden, und ich gehe stark davon aus, dass Sie darüber informiert sind.« Knox sah die Pflichtverteidigerin an, weil ihn ihre Reaktion interessierte, aber sie schien ebenfalls sehr gespannt auf die Antwort zu sein.

»Ich weiß nicht, wovon Sie reden«, erwiderte Meadows, ohne zu zögern.

»Wie kommen die Patienten zu Ihnen? Ihr Labor ist nicht gerade zugänglich oder gut zu erreichen.«

»Sie werden vom Arzt hergebracht, sobald es ihr Zustand erlaubt, sie in meine Obhut zu entlassen.«

»Vom Arzt?« Knox schaute in seinen Aufzeichnungen nach. »Meinen Sie damit Doktor Roberts?«

»Genau.«

»Wo hält er sich jetzt auf?«, wollte Knox wissen.

»Das weiß ich nicht.« Entweder war Meadows in Bezug

auf seine Arbeit völlig gewissenlos, oder ihm war gar nicht bewusst, dass er illegal handelte. Knox glaubte keine Sekunde lang, dass dieser Mann medizinische Tests an diesen Patienten durchgeführt hatte, ohne ihren Hintergrund zu überprüfen. Daher beschloss er, der Sache noch weiter nachzugehen.

»Sie erwarten, dass ich glaube, Sie hätten diese Patienten übernommen, ohne etwas über ihre Vorgeschichte zu wissen oder darüber, wie sie ins Land gekommen sind? Oder wie sie auf dem Operationstisch gelandet sind? Sie müssen für Ihre Arbeit doch wenigstens die Krankenakte und die Zustimmung dieser Leute erhalten haben. War Ihnen überhaupt bekannt, dass Doktor Roberts seine Zulassung verloren hat?« Allmählich wurde Knox wütend.

»Sie können sich gewiss vorstellen, dass es nicht gerade einfach ist, Testpersonen für medizinische Tests zu finden. Es gibt viele Gründe, aus denen Menschen an klinischen Studien teilnehmen, aber im Allgemeinen lassen sie sich gut dafür bezahlen. Ich hatte nichts mit der Rekrutierung von Freiwilligen zu tun und auch nichts mit dem dazugehörigen Papierkram. Ich habe mich nur darum zu kümmern, dass die Versorgung und Verabreichung der Medikamente den Standards entspricht, die für unsere Forschungen unabdingbar sind. Schließlich wollen wir bestimmte Patente anmelden. Ich versuche nur, die Entwicklungen in der postoperativen Versorgung voranzutreiben.«

»Also gut, Mr Meadows, lassen Sie es mich anders ausdrücken. Bei der Razzia haben meine Beamten in Ihrem Labor genug Beweise gefunden, die widerlegen, dass Sie keine Ahnung von dem hatten, was dort vor sich ging. Sie haben dort auch Kinder behandelt, verdammt noch mal!«

»Damit hatte ich nichts zu tun. Ich habe nie irgendwelche Kinder gesehen«, konterte Meadows.

»Ich glaube Ihnen nicht, und es ist mir auch egal. Sie sind ein intelligenter Mann. Sie müssen gewusst haben, dass die Sache nicht astrein ist. Aber ich bezweifle, dass Sie dort das Sagen hatten. Wir wissen einiges über die Leute, die diese Operation geleitet haben, und uns ist auch bekannt, dass sie nicht vor Mord zurückschrecken. Sie wollen doch gewiss nicht den Kopf für diese Leute hinhalten, oder? Also nennen Sie mir Namen, Orte, Details – alles, was Sie über die Personen wissen, mit denen Sie zusammengearbeitet haben. Ich möchte wissen, wie sie aussehen, wie sie reden, wie sie dorthin gekommen sind, einfach alles.«

»Bekomme ich dafür Straffreiheit?«, erkundigte sich Meadows mit kalter, berechnender Stimme.

»Ich kann einen Deal für Sie aushandeln, aber es muss sich auch lohnen. Einige meiner Leute werden vermisst, und ich muss etwas unternehmen, und zwar schnell. Sollte ich das Gefühl bekommen, dass Sie mich zum Narren halten, müssen Sie mit allen rechtlichen Konsequenzen leben. Haben Sie das verstanden?«

Meadows blickte seine Anwältin an, und diese nickte.

»Okay«, sagte Meadows.

Zufrieden stellte Franklin fest, dass Miguel Ribeiros Krankenzimmer immer von wenigstens einem uniformierten Beamten bewacht wurde. Knox hatte ihm versprochen, dass der Gefangene unter ständiger Beobachtung blieb, war aber dennoch erleichtert, es mit eigenen Augen zu sehen. Seiner Meinung nach würde Black Flag alles tun, um dafür zu sorgen, dass niemand mit den Behörden über Einzelheiten ihrer Operationen sprach.

Aber dafür ist es jetzt zu spät, dachte Franklin. An diesem Morgen hatte er ein gutes Gefühl. Endlich hatten sie etwas gegen Black Flag in der Hand, und er hatte entscheidend dazu beigetragen. Unabhängig davon, welche Skandale über Sheila Davies noch ans Licht kommen würden, letzten Endes würden *sie* gewinnen.

Auf der geschlossenen Station war es relativ ruhig, da sie vom geschäftigeren Teil des Krankenhauses getrennt war. Ribeiro war in einem Hospital in Devon unweit des Geländes, auf dem die Razzia durchgeführt worden war, operiert worden. Anschließend hatte man ihn hierher verlegt, da man ihn hier besser überwachen und unerwünschte Besucher fernhalten konnte. Während der Fahrt war Ribeiro von Knox' Männern bewacht worden, im Londoner Krankenhaus hatten dann Polizisten diese Aufgabe übernommen.

Franklin hatte alle darüber informiert, dass der Aufenthaltsort des Gefangenen geheim zu halten war. Nicht einmal seine Bewacher wussten, wer er war und woher er kam. Sie wollten es Black Flag nicht unnötig leicht machen, den Mann zu finden, bevor er seine Aussage machen konnte. Die Ärzte hatten erklärt, die Befragung müsse warten, bis es Ribeiro etwas besser ging. Deshalb war Franklin bewusst, dass er hier zurzeit gar nichts ausrichten konnte, aber er wollte einfach nicht länger warten, da sie wertvolle Zeit verloren und Rebecca unbedingt finden mussten. Ribeiro war zwar angeschossen worden, aber die Kugel war aus dem Körper ausgetreten, ohne seine inneren Organe schwer zu beschädigen. Seine Verletzungen waren nicht lebensbedrohlich, aber noch hatten sie nicht die Erlaubnis erhalten, den Mann zu verhören.

Vermutlich hatte er starke Schmerzen, aber das war Franklin im Grunde egal.

»Haben Sie schon was von dadrin gehört?«, fragte er den Polizeibeamten, der vor der Tür Wache hielt.

»Ja, Sir. Er ist vor ungefähr einer halben Stunde aufgewacht«, antwortete der Mann und rieb mit einer feuchten Serviette an einem Fleck auf seinem Hemd.

»Was ist passiert?«

»Ach, ich hab nur ein bisschen Kaffee verschüttet, Sir. Nichts Weltbewegendes. In einer halben Stunde ist sowieso Schichtwechsel.«

»Hat irgendjemand das Krankenzimmer betreten?«

»Vor ein paar Minuten hat ein Arzt vorbeigeschaut, aber er ist nicht lange geblieben.«

»Gut«, meinte Franklin. »Vielleicht können wir dann ja bald mit dem Mann reden.« Er ging zur Tür von Miguels Krankenzimmer und schaute durchs Fenster. Der Mann sah friedlich aus, wie er auf den weißen Kissen lag und schlief. Es brachte Franklins Blut in Wallung, dass Ribeiro gepflegt und versorgt wurde, während Rebecca immer noch vermisst war und dieser Kerl vielleicht wusste, wo man sie festhielt. Franklin wollte schon nach dem Türgriff greifen, hielt jedoch inne, als er hinter sich eine Stimme hörte.

»Kann ich Ihnen helfen?«, fragte die Ärztin und musterte Franklin ernst, als er sich zu ihr umdrehte.

»Ich wollte noch mal nach dem Gefangenen sehen«, erwiderte er. »Wie geht es ihm?«

»Er ist noch in der Aufwachphase«, sagte die Ärztin in sachlichem Tonfall. »Und Sie sind?«

»Oscar Franklin, NCCU.« Er zog seine Dienstmarke aus der Tasche, um sie ihr zu zeigen.

»Schon wieder.« Sie stöhnte auf. »Hören Sie mir jetzt mal

gut zu. Wir werden den Mann frühestens in ein paar Stunden entlassen. Mir ist durchaus bewusst, dass Sie mit ihm sprechen müssen und dass die aktuelle Situation frustrierend für Sie ist, aber Sie müssen mich meine Arbeit machen lassen, damit ich Ihnen helfen kann, Ihre zu machen. Sie können gerne im Wartezimmer Platz nehmen, aber ich kann Ihre Leute hier auf der Station nicht gebrauchen. Haben Sie verstanden?« Sie streckte einen Arm aus, als wollte sie ihn von der Tür wegziehen.

Franklin mochte ihren Tonfall nicht, aber er wusste, dass es sinnlos war, sich mit ihr zu streiten, da sie hier alle Karten in der Hand hielt. Also ließ er sich von der Tür wegführen. Er bemerkte, wie die Ärztin sich ein wenig entspannte, als ihr klar wurde, dass er sich nicht widersetzen würde.

»Ich verspreche Ihnen, alles zu tun, dass Sie möglichst bald mit ihm reden können«, erklärte sie versöhnlich.

»Das Problem ist, dass eine unsere Mitarbeiterinnen vermisst wird. Und dieser Mann weiß vermutlich, wo sie sich befindet und in welcher Gefahr sie schwebt«, entgegnete Franklin, um ihr die Dringlichkeit der Lage deutlich zu machen.

»Ich weiß, aber Gesetz ist Gesetz«, erwiderte die Ärztin mit leichter Resignation in der Stimme. »Aber wie ich Ihrem Kollegen bereits erklärt habe, kann ich einer Befragung erst zustimmen, wenn ich es für richtig halte.«

Franklin blieb wie angewurzelt stehen, als ihm bewusst wurde, was sie da gerade gesagt hatte.

»Welchem Kollegen?«, wollte er wissen.

»So ein großer Kerl. Blond«, antwortete sie und runzelte die Stirn, als sie versuchte, sich an noch etwas zu erinnern. »Ich weiß seinen Namen nicht mehr.«

Franklin durchlief es eiskalt.

Sie hatten ihren Mann längst gefunden …

»Wann war das? Wie lange ist das her?« Noch während er diese Fragen stellte, drehte Franklin sich wieder zu Miguels Zimmer um. Die Ärztin spürte seine Angst und folgte ihm rasch.

Die größte Herausforderung für Strider war, in das Zimmer zu gelangen, ohne seine Tarnung auffliegen zu lassen. Er musste Miller ähnlich genug sehen, damit ihn jeder Augenzeuge bei der Gegenüberstellung identifizieren würde, und er hatte nicht viel Zeit, um sich vorzubereiten. Der Trick dabei war, etwas an sich zu haben, an das sie sich auf jeden Fall erinnern und das sie bei Miller wiedererkennen würden. Das war der letzte und komplizierteste Teil des heutigen Plans. Strider hatte hervorragende Ressourcen, wenn es darum ging, sich zu verkleiden, aber in diesem Fall musste er genau wie Miller aussehen, und das war weitaus komplizierter. Zum Glück hatte er genug Zeit mit dem Mann verbracht, um dessen zahlreiche unbewusste Macken in- und auswendig zu kennen, denn das war das Sahnehäubchen jeder guten Verkleidung.

Er hatte eine Kopie von Millers NCCU-Ausweis angefertigt und trug diesen an einem Band um den Hals, so wie Miller es immer tat. Außerdem trug er ein schlichtes Hemd und eine Stoffhose, wie es Millers Kleidungsstil entsprach. Den hauchdünnen Schnurrbart konnte er sich in der kurzen Zeit kaum wachsen lassen, aber der ließ sich überzeugend mit Make-up vortäuschen. Strider hatte eine seiner blonden

Perücken so zugeschnitten und frisiert, dass sie Millers Frisur entsprach, und trug gefärbte Kontaktlinsen, die aus seinen grünen Augen blaue machten.

Als er in den Spiegel blickte, war er ziemlich beeindruckt. Natürlich würde es nicht funktionieren, wenn Miller sich im selben Zimmer aufhielt, ansonsten aber sah er dem Mann verdammt ähnlich.

Das Hauptproblem war, dass er in seiner ohnehin erfundenen Geschichte etwas vortäuschen musste. Miller musste von anderen im Krankenhaus gesehen werden, aber sie mussten auch den Eindruck gewinnen, dass Miller eigentlich nicht gesehen werden *wollte*. Das war ein kniffliger Balanceakt, denn wenn Miller wirklich ins Krankenhaus gefahren wäre und die Absicht gehabt hätte, einen Mann umzubringen, hätte er das wohl kaum öffentlich bekannt gegeben. Also musste Strider dies alles mithilfe unauffälliger Gesten bewerkstelligen.

Nachdem er im Krankenhaus angekommen war, war er selbstsicher am Empfang vorbeigegangen und auf die Station marschiert, da er sich gar nicht erst mit übereifrigen Wachleuten beschäftigen wollte. Wenn man sich bewegte, als wüsste man genau, wohin man wollte, und als gehöre man dorthin, stellten einem nur sehr wenige Leute Fragen, wenn überhaupt.

Strider war natürlich klar gewesen, dass man einen Wachmann vor dem Zimmer postiert hatte, und er hatte einen Plan, um den Mann abzulenken und hoffentlich auch allen anderen aus dem Weg zu gehen. Doch die Ärztin hätte beinahe alles zum Scheitern gebracht. Sie hatte ihn genau in dem Moment entdeckt, als er die Station betreten wollte, und ihn aufgehalten. Da er Miller so früh noch nicht auffliegen lassen wollte, hatte er seinen Ausweis so demonstrativ umgedreht, dass die Ärztin es bemerken musste. Auf diese Weise erkannte sie unterbewusst, dass er etwas vor ihr verbergen wollte, gleichzeitig konnte sie das NCCU-Logo auf der Rückseite des Ausweises deutlich erkennen. Strider war schon immer sehr auf Details bedacht gewesen.

»Ich wollte Colin nur einen Kaffee bringen«, hatte er zu ihr gesagt und ihr den Pappbecher in seiner Hand gezeigt. Das stimmte auch, denn er hatte die Absicht, den Officer vor der Tür auf diese Weise abzulenken. Nun aber musste er rasch umdenken. Aber es funktionierte genauso gut, wenn nicht sogar besser, wenn die Ärztin ebenfalls Teil des Täuschungsmanövers war. »Natürlich können Sie ihm den Kaffee auch bringen, wenn Sie nicht wollen, dass ich da reingehe.« Zufrieden stellte er fest, dass er Millers träge Betonung überzeugend hinbekam. Da er es nicht übertreiben wollte, hatte er ihr den Kaffee in die Hand gedrückt und sich abgewandt.

»Sagen Sie einfach Bescheid, wenn wir zu ihm können«, hatte er im Weggehen selbstsicher hinzugefügt. Als er sich noch einmal nach ihr umdrehte, stellte er fest, dass sie ihn wütend anstarrte. Gut. Er hatte erreicht, was er wollte.

Er hörte, wie die Tür ins Schloss fiel, als sie auf den Flur hinaustrat. Den nächsten Teil seines Plans musste er sehr genau timen. Unbemerkt betrat er eines der Zimmer auf dem Gang und öffnete dort die Tasche, die er mitgebracht hatte. Als Miller, der NCCU-Agent, konnte er Miguels Zimmer nicht betreten, daher würde er es eben als Miller, der Arzt, tun. Ursprünglich hatte er vorgehabt, den weißen Kittel zu tragen, um beim Verlassen des Krankenhauses nicht aufzufallen, doch jetzt würde er ihn dazu benutzen, um an dem Wachmann vorbeizukommen.

Er wartete im Dunkeln, bis die Ärztin am Zimmer vorbei war und er hörte, dass die Tür am anderen Ende des Korridors geöffnet wurde. Jetzt musste er sich beeilen. Er schlüpfte aus dem Zimmer, öffnete die Tür der geschlossenen Station und ging selbstsicher hinein.

Der uniformierte Beamte sah auf, als Strider näher kam. Als er den weißen Kittel sah, entspannte er sich. Er hob den Kaffee an die Lippen und schrie leise auf, als die heiße Flüssigkeit vorn auf sein Hemd tropfte. Strider hatte den Becher direkt unter dem Deckel parallel zum Trinkloch aufgeschnitten, um genau das zu bewirken. Nun griff er in die Tasche und reichte dem Officer ein paar Taschentücher.

»Das kenne ich, diese Becher sind furchtbar«, sagte er mitfühlend. Während der Officer wütend an seinem Uniformhemd herumtupfte, betrat Strider Miguels Zimmer. Alles hatte reibungslos geklappt. Nun war keine Zeit für Spitzfindigkeiten oder ein Ritual – er musste das Zimmer schnell wieder verlassen, bevor jemand anders hereinkam. Genau so einen Angriff hatte Strider schon einmal geführt, nur dass es dieses Mal keine plärrenden Monitore geben würde, um die er sich Sorgen machen musste, da Miguels Zustand nicht mehr kritisch war. Das hier war schlicht und einfach eine soziale Manipulation.

»Wie geht es Ihnen, Miguel?«, erkundigte er sich, wobei es ihm irgendwie gelang, die Frage bösartig klingen zu lassen. Miguel murmelte etwas über starke Schmerzen, lag dann aber ruhig und beobachtete Strider, der eine Nadel in den Katheter an seinem Arm steckte. Das Thiopental zeigte augenblicklich Wirkung.

»Wo ist die Frau, Miguel?«, wollte Strider wissen. Er hatte nur Zeit für eine Frage, deshalb musste es die richtige sein.

»Der Arzt …«, begann Miguel. »Der Arzt … er …«

Seine Stimme verebbte, seine Augen wurde leer. Es war schon vorbei. Miguel war tot, und Strider musste verschwinden.

Schnell zog er die Nadel heraus, warf die Spritze in den Abfallbehälter in der Zimmerecke und ging durch die Tür.

»Er schläft wieder«, sagte er zu dem Officer, der noch immer an seinem Hemd herumwischte. Der Mann blickte nicht einmal auf, als Strider davonging. Es gelang ihm, die Station und das Krankenhaus zu durchqueren, ohne einem einzigen Menschen zu begegnen. Dank des weißen Kittels konnte er das Gebäude durch den Personalausgang verlassen, ohne jemandem aufzufallen. Es ärgerte ihn nur, dass er nicht genug Zeit gehabt hatte, um herauszufinden, was aus Rebecca geworden war, und dass Miguel so schnell gestorben war. Er überlegte, ob seine Gespräche mit der Ärztin und dem Officer an der Tür ausreichten, damit sie sich an Miller erinnerten. Egal. Mehr konnte er jetzt ohnehin nicht tun.

Als Strider um die Ecke bog, sah er gerade noch, wie Franklin das Krankenhaus durch den Haupteingang betrat. Das wäre beinahe in die Hose gegangen. Aber er hatte es geschafft und war ziemlich sicher, dass er damit durchkommen würde.

Franklin saß im Sicherheitsbüro des Krankenhauses und starrte frustriert auf die Aufzeichnungen der Sicherheitskameras, die vor ihm abliefen. Das Gesicht des Killers war auf keinem einzigen Bild deutlich zu erkennen. Der Mann schien genau zu wissen, wo sich jede Kamera befand, und hatte den Kopf stets weggedreht oder gesenkt, sodass es keine deutliche Aufnahme von ihm gab.

»Verdammt! Haben Sie irgendwas gefunden, was uns weiterhilft?«, fragte Franklin wütend. »Kann man sein Gesicht denn nirgends deutlich erkennen?«

Der Angestellte zuckte mit den Achseln und verzog betreten die Miene.

»Das ist alles, was wir haben. Es ist so, als wüsste er genau, in welchem Winkel die Kameras aufnehmen. Ein besseres Bild als das hier konnte ich nicht finden.« Er öffnete eine Aufnahme, auf der man das Gesicht des Mannes von der Seite erkennen konnte, doch es war eine Totale, bei der sich kaum Details ausmachen ließen. Franklin beugte sich vor und starrte auf das Bild. Irgendetwas an dem Mann kam ihm vertraut vor, doch die Aufnahme war viel zu verschwommen. Er konnte den Mann nicht genau erkennen.

»Können Sie das vergrößern?«, fragte er. »Können Sie sein Gesicht heranzoomen?«

Der Angestellte drückte ein paar Knöpfe und vergrößerte das Bild. Dadurch wurde es zwar noch körniger, aber als Franklin die Augen zusammenkniff, glaubte er es deutlicher zu sehen. Er starrte auf das Bild und war sich nicht sicher, ob er seinen Augen trauen konnte. Die Ärztin hatte den Fremden, mit dem sie gesprochen hatte, als großen blonden Mann mit dünnem Schnurrbart und blauen Augen beschrieben. Sie hatte gesagt, er hätte einen NCCU-Ausweis bei sich getragen, aber versucht, ihn vor ihr zu verbergen, als sie ihn angesprochen hatte. Ansonsten konnte sie sich nur daran erinnern, dass er ein ganz normales weißes Hemd und eine einfarbige Stoffhose getragen hatte, dazu grelle, moderne Turnschuhe.

Franklin war sofort aufgefallen, dass die Beschreibung genau auf Miller passte, aber er konnte sich einfach nicht vorstellen, dass der junge Agent etwas damit zu tun haben könnte. Außerdem sagte es ihm sein Bauchgefühl. Aber das Bild, das er jetzt vor sich hatte, sprach eine andere Sprache.

Franklin zuckte zusammen, als sein Handy klingelte. Es war Willis. »Was gibt es Neues, Jack?«, fragte er.

»Ich habe den DNA-Bericht bezüglich der blonden Haare aus Roches Wagen aus dem Labor bekommen, Oscar, und dachte, ich rufe Sie gleich an.«

»Bitte sagen Sie mir, dass Sie einen Namen haben«, erwiderte Franklin und hoffte wider besseres Wissen, dass sie endlich einen Durchbruch erzielten.

»Den habe ich«, erwiderte Willis. »Stephen Miller.«

Franklin wurde das Herz schwer. Er starrte auf das unscharfe Foto eines Mannes, der Miller sehr ähnlich sah, hatte gerade die Station im Krankenhaus verlassen, auf der vor Kurzem Miguel Ribeiro ermordet worden war, und jetzt bestätigte ihm Willis, dass sein Agent etwas mit dem Mord an Roche zu tun hatte.

»Was hat das zu bedeuten, Jack? Hat Miller das alles getan?« Franklin war völlig niedergeschlagen. Hatten seine Instinkte derart versagt? Erst Sheila Davies, und jetzt auch noch Miller?

»Ich weiß es nicht, Oscar. Es bedeutet auf jeden Fall, dass Miller aus irgendeinem Grund in der Nacht der Explosion in Roches Mietwagen gesessen hat, möglicherweise nach Roches Tod. Das hat noch lange nicht zu bedeuten, dass er ihn umgebracht hat, aber er hat definitiv zu irgendeinem Zeitpunkt in diesem Wagen gesessen. Wissen Sie, wo er sich gerade aufhält? Wir sollten uns mal mit ihm unterhalten.«

»Ich fürchte, dafür ist es viel zu spät, Jack. Ich bin zurzeit im Krankenhaus. Miguel Ribeiro wurde ermordet, und ich sehe mir gerade ein Foto von Miller an, wie er das Krankenhaus verlässt. Ich sollte der Sache wohl lieber offiziell nachgehen.«

»Das tut mir wirklich leid, Oscar.« Willis schien es sehr zu bedauern, der Überbringer schlechter Nachrichten zu sein.

Franklin beendete das Gespräch, ohne sich zu verabschieden. Er hielt sein Mobiltelefon noch in der Hand und starrte weiterhin das Bild auf dem Bildschirm an.

»Können Sie mir Kopien davon machen?«, fragte er den Angestellten des Krankenhauses.

»Kein Problem. Kennen Sie den Mann?«

»Das habe ich bis vor Kurzem zumindest geglaubt«, entgegnete Franklin. Er hatte Miller selbst rekrutiert und immer gedacht, es mangele dem jungen Mann an Ausstrahlung – ein Manko, das er jedoch durch seine Integrität und harte Arbeit wettmachen würde. Miller war einer der begabtesten Agenten, die für die NCCU arbeiteten, und einer der wenigen, die keine kriminelle Vergangenheit hatten. Zumindest war Franklin bisher immer davon ausgegangen.

Hatte der Mann ihm nur etwas vorgespielt? Das Profil, das Willis von diesem Strider angefertigt hatte, entsprach dem eines normalen Auftragskillers und passte so gar nicht zu dem, was er über Miller wusste. Soweit es Franklin betraf, war Miller ein ruhiger, hart arbeitender junger Mann, der einen gesunden Respekt für das Gesetz, für Autoritäten und für sein Team besaß – also bei Weitem kein soziopathischer Einzelgänger, der sich selbst als Racheengel sah. Franklin dachte an die Kopie der bedrohlichen Nachricht, die der Journalist ihm geschickt hatte. Waren das wirklich Millers Worte?

Falls es eine andere Erklärung für all das gab, wollte sie Franklin nicht einfallen. Miller war im Krankenhaus gewesen, und jetzt war Miguel tot. Miller hatte in Roches Mietwagen gesessen, und Roche war ebenfalls tot ...

Franklin erinnerte sich, wie beharrlich Miller darauf bestanden hatte, derjenige zu sein, der die neuen Beweise von dem Journalisten unter die Lupe nehmen durfte. Wollte er versuchen, seine Spuren zu verwischen? War dieser Strider in Wirklichkeit Stephen Miller?

Der Krankenhausangestellte riss ihn aus seinen Gedanken, als er ihm eine DVD reichte.

»Das ist alles, was wir haben, inklusive Zeitstempel und Standbildern«, sagte der Mann. »Ich hoffe, Sie kriegen den Kerl.«

»Das hoffe ich auch«, erwiderte Franklin und stand auf. Ihm war, als hätte er einen Schlag in die Magengrube bekommen. Sie mussten Miller zum Verhör holen. Und das bedeutete, dass jemand zu seinem Haus fahren und ihn verhaften musste. Franklin fragte sich, ob Miller überhaupt schon zu Hause war, schließlich hatte er sich vor einer Stunde noch im Krankenhaus aufgehalten.

Als er das Büro verließ, zog Franklin erneut sein Handy aus der Tasche.

Es wurde Zeit, die Sache zu melden.

Strider war die ganze Nacht ziemlich beschäftigt gewesen, und obwohl er eigentlich todmüde sein musste, war er viel zu aufgeregt, da alles so gut gelaufen war. Es fühlte sich gut an, die Kontrolle über die Lage zu übernehmen und sich zu wehren. Allerdings hätte er sich zu gerne vergewissert, dass auch wirklich alles nach Plan lief. Hatte er im Krankenhaus genug getan, damit es so aussah, als wäre Miller der geheimnisvolle Besucher gewesen? Und waren sie davon überzeugt, dass Miller versucht hatte, nicht aufzufallen? Es war ein kniffliger Balanceakt, aber er glaubte, alles richtig gemacht zu haben. Es gab noch ein paar kleine Details, um die er sich kümmern musste, und die Zeit war nicht mehr auf seiner Seite, doch falls sein Plan aufgegangen war, musste der Haftbefehl für Miller jeden Moment ausgestellt werden.

Einer der schwierigeren Aspekte war, dafür zu sorgen, dass Miller bereits seine Wohnung verlassen hatte, bevor jemand auftauchte, um ihn festzunehmen. Das hatte er minutiös planen müssen, da das Timing perfekt passen musste. Millers Freundin sollte schließlich aussagen, er habe das Haus früh genug verlassen, anderenfalls hätte er unmöglich zur rechten Zeit im Krankenhaus auftauchen können. Mitchell hatte am frühen Morgen aus einer Telefonzelle Millers Handy angerufen und behauptet, ein Informant von Black Flag zu sein und belastende Informationen gegen Strider zu haben, und dabei hatte er Miller genügend Details genannt, dass dieser anbeißen musste.

Er hatte Miller gesagt, er habe weitere Beweise, die er jedoch nicht per Telefon weitergeben könne, die der NCCU jedoch enthüllen würden, wer Strider wirklich war. Während des mehrere Minuten andauernden Gesprächs hatte Mitchell, der einen Stimmmodulator benutzte, Miller erklärt, Black Flag hätte all diese Schäden nicht geplant, und Strider wäre ein abtrünniges Mitglied, das sie loswerden wollten. Er hatte Millers Proteste abgewehrt, der die Meinung vertrat, sie gehörten ins Gefängnis. Schließlich wusste er, wie Black Flag auf einen solchen Kommentar reagieren würde, und es fiel ihm nicht schwer, Miller davon zu überzeugen, dass er tatsächlich dazugehörte.

Miller war so begierig darauf, zu beweisen, dass er diesen Fall lösen konnte, dass er sich problemlos dazu überreden ließ, sich mit dem Anrufer zu treffen. Sie vereinbarten, die Informationen über einen stillen Briefkasten auszutauschen, einen geheimen Ort, an dem eine Partei ein Gerät deponieren konnte, das die andere dann abholte. Strider sagte Miller, wo er das Päckchen finden würde, und sie verabredeten einen Zeitpunkt am frühen Morgen.

So war es Strider gelungen, Miller aus dem Haus und quer durch die Stadt in das Viertel zu locken, in dem sich auch das Krankenhaus befand. Da Miller stets öffentliche Transportmittel benutzte, würde sich dank seiner elektronischen Monatskarte beweisen lassen, wann er bei der U-Bahn-Station in der Nähe des Krankenhauses angekommen war und dass er noch genügend Zeit gehabt hatte, um genau dann in Miguels Krankenzimmer aufzutauchen, wie es aus den Aufzeichnungen der Sicherheitskameras hervorging.

Strider hatte das Päckchen für Miller schon Stunden, bevor er selbst ins Krankenhaus gefahren war, an dem vereinbarten Standpunkt deponiert. Die Entscheidung für diese Stelle hatte er vor allem deshalb getroffen, weil Miller ein ganzes Stück am Flussufer entlanggehen musste, um die Stelle zu erreichen, und deshalb entsprechend viel Zeit verstrich, bevor er seine Monatskarte erneut nutzte. In dem Päckchen befand sich ein USB-Stick mit Dateien, von denen Strider hoffte, dass sie Miller letzten Endes noch mehr belasten würden. Er verließ sich darauf, dass Miller das Paket sofort abholen und direkt ins Büro fahren würde, um es sich genauer anzuschauen. Miller arbeitete nie von zu Hause aus, das mochte er nicht. Sobald er den USB-Stick an einen der Arbeitscomputer anschloss, würde er das Programm aktivieren, das Strider zu diesem Zweck geschrieben hatte. Sollte es bis dahin noch Zweifel an Millers Schuld geben, würde das Programm sein Schicksal endgültig besiegeln.

Strider blickte auf die Uhr. Miller müsste in Kürze im Büro eintreffen, falls er nicht längst dort war. Strider hoffte nur, dass er bis dahin noch nichts ahnte. Er hörte, wie die Tür von Millers Haus geöffnet wurde, und verbarg sich tiefer im Schatten in der kleinen Gasse, die am Haus entlangführte. Dann beobachtete er, wie Millers Freundin das Haus verließ und in den Wagen stieg, der auf der Auffahrt geparkt war. Sie telefonierte und warf nicht einmal einen Blick in die Gasse. Strider hatte sich ohnehin hinter Mülltonnen versteckt und verharrte völlig reglos, bis die Frau verschwunden war.

Sobald der Wagen um die Ecke gebogen war, ging Strider weiter die Gasse entlang und entfernte sich von der Straße, um dann über den Zaun in Millers kleinen Garten zu springen. *Die Freundin muss einen guten Job haben*, dachte er, denn von seinem Gehalt konnte Miller sich dieses Haus unmöglich leisten.

Strider ging zur Hintertür und stellte fest, dass sie mit einem Einsteck- und einem Zapfenschloss gesichert war. Beide stellten für Strider kein Problem dar. Das Knacken von Schlössern war der simpelste Hack der Welt, den er schon als Kind draufgehabt hatte. Er hätte die Sicherheit seines Hauses auf keinen Fall so einfachen, ja primitiven mechanischen Mitteln anvertraut. Natürlich wusste Strider, dass Miller auch eine Alarmanlage besaß, aber auch darauf war er vorbereitet.

In dem Moment, als er die Tür öffnete, hörte er, wie der Countdown des Einbruchalarms begann. Er hatte bestenfalls sechzig Sekunden, um das Gerät zu finden und den Alarm zu deaktivieren, vermutlich eher fünfundvierzig. Mehr als genug Zeit. Anders als das Tastenfeld, das im Allgemeinen in der Nähe der Eingangstür angebracht war, befand sich die Steuerung der Alarmanlage meistens im Keller oder in der Nähe des Telefonanschlusses.

Strider wusste anhand der Baupläne, auf die er zugegriffen hatte, dass das Haus keinen Keller hatte, daher ging er direkt in den Flur, wo er den Telefonanschluss vermutete. Er fand ihn sofort und deaktivierte den Alarm mithilfe eines provisorischen elektromagnetischen Impulses. Dazu benutzte er eine Vorrichtung, die er aus einem kleinen Eisenrohr, ein paar Kupferdrähten und dem kleinen Kondensator zusammengebaut hatte, der zuvor als Energiequelle für den Blitz in einer Einwegkamera gedient hatte. Durch den Impuls wurde die gesamte Anlage deaktiviert; somit wurde es unmöglich, die Polizei zu benachrichtigen. Jetzt hatte Strider ein bisschen mehr Zeit zur Verfügung.

Als er durch den Flur ging, entdeckte er ein paar ausgelatschte Turnschuhe, die Miller gehören mussten. Er schob sie sich unter den Arm und tauschte sie gegen die Schuhe aus, die er selbst im Krankenhaus getragen hatte. Dann schlüpfte er wieder durch die Hintertür nach draußen und achtete darauf, die Schlösser wieder zu verriegeln. Anschließend hockte er sich direkt vor die Tür, nahm den linken Schuh und drehte ihn um. Er zog eine kleine Sprühflasche aus der Tasche und schüttelte sie kurz, um den Inhalt durchzumischen. In der Flasche befand sich das getrocknete Blut aus dem Labor, das er mit Wasser und etwas Spülmittel vermischt hatte.

Er streckte den Arm aus, besprühte die Schuhsohle gründlich und klopfte sie mit einem Papiertuch trocken, um die Rückstände in die Rillen zwischen den Fäden und den Stoff an der Schuhseite zu drücken. Bei einer Analyse würde es so aussehen, als hätte Miller versucht, das Blut von der Sohle abzuwaschen, bevor er die Schuhe weggeworfen hatte.

Als das erledigt war, band Strider die Schnürsenkel beider Schuhe zusammen und warf sie über den Zaun. Nachdem er selbst hinübergesprungen war, hob er die Schuhe wieder auf und marschierte los. Er vergewisserte sich, dass niemand in der Nähe war, warf die Schuhe in den Mülleimer am Eingang der Gasse und entfernte sich gemächlichen Schrittes von Millers Haus.

Natürlich konnte er nicht wissen, ob die Schuhe jemals gefunden wurden, aber er arbeitete schnell und gründlich und wollte dafür sorgen, dass die Hinweise, die er hinterließ, auch aussagekräftig genug waren, selbst wenn nicht alle gefunden wurden. Es sollte auf jeden Fall genug Beweise geben, dass Miller verhaftet werden konnte. Strider hätte zu gerne gewusst, ob Willis seine Erkenntnisse schon weitergegeben hatte. Die Haare konnten nur beweisen, dass Miller in Roches Wagen gesessen hatte. Das an sich sagte zwar gar nichts aus, doch er hatte sie ausgetauscht, um den Verdacht auf Miller zu lenken und dafür zu sorgen, dass man die Aufzeichnungen der Sicherheitskameras und die Beschreibungen aus dem Krankenhaus genauer unter die Lupe nahm. Ihm war klar, dass die Ausstattung im Krankenhaus nicht hochmodern war, aber er war sich nicht sicher, ob seine Verkleidung einer forensischen Untersuchung standhalten würde.

Lächelnd entfernte sich Strider vom Haus. Er hatte eine anstrengende Nacht hinter sich, doch er fühlte sich großartig.

Menschlichkeit

Rebecca lauschte dem hypnotischen Piepen der Geräte neben sich. Sie war in einer ihr völlig unbekannten Umgebung aufgewacht, die mehr an ein Krankenhaus erinnerte als alle Orte, an denen man sie vorher festgehalten hatte. Ihr war bewusst, dass sie alleine im Raum war, und alles roch sauber und steril und sah auch so aus. Einen Moment lang überlegte sie, ob man sie gefunden und gerettet hatte, aber als sie an ihrem Körper herunterschaute, sah sie, dass sie noch immer gefesselt war.

Wie lange war sie jetzt schon in der Gewalt dieser Leute? Sie hatte jegliches Zeitgefühl verloren und wusste beim besten Willen nicht, wie lange es her war, seitdem sie und Roche das Lagerhaus in Yorkshire aufgesucht hatten. Es konnten Tage, aber auch Wochen vergangen sein.

Rebecca hatte einen Bärenhunger und versuchte, sich darauf zu konzentrieren, denn so fühlte sie sich lebendig, menschlich. Sie konnte sich nicht erinnern, während ihrer Gefangenschaft etwas zu essen bekommen zu haben; offenbar hatte man ihr auf anderem Weg Nährstoffe zugeführt. Sie drehte den Kopf zur Seite und musterte den Schlauch, der vom Tropf zu ihrem Arm führte.

Wieder überlegte Rebecca, ob sie aus dem Bett fliehen sollte. Inzwischen konnte sie die Arme besser bewegen als zuvor, und sie schien auch nicht wieder an eine Glocke angeschlossen zu sein, die ihre Entführer alarmierte, sobald sie sich bewegte. Diesmal aber waren ihre Handgelenke an ihren Seiten gefesselt und nicht wie zuvor auf dem Bauch. Sie befühlte die Fesseln mit den Fingern der rechten Hand. Man hatte ihr einen Stoffstreifen um das Handgelenk gewickelt, sodass sie sich nicht selbst befreien konnte.

Als sie sich im Zimmer umsah, bemerkte sie, dass auf einem Rollwagen neben dem Bett ein Metalltablett stand. Darauf war ein blaues Papiertuch ausgebreitet, auf dem verschiedene chirurgische Instrumente lagen – Skalpelle, Zangen und andere Werkzeuge aus Metall und Plastik. Sie lagen neben einer nierenförmigen Schale, in der sich eine Nadel und eine Spritze befanden. Rebecca schauderte unwillkürlich. Was hatte man mit ihr vor? Was hatten die chirurgischen Instrumente zu bedeuten?

Sie blickte sich im Zimmer um und suchte nach möglichen Ausgängen. Die Tür ließ sich nur aufdrücken, und es war kein Schloss zu sehen, jedenfalls nicht von innen. Der Raum war fensterlos, also müsste sie wohl oder übel durch die Tür fliehen. Zwar konnte sie nirgendwo Kameras entdecken, aber die Monitore, die ihre Körperfunktionen überwachten, würden vermutlich Alarm schlagen, sobald sie die elektronischen Kontakte von ihrer Haut entfernte.

Rebecca ging ihre wenigen Möglichkeiten durch. Wenn es ihr gelang, eine Hand zu befreien und von dem Bett herunterzukommen, konnte sie sich eines der Skalpelle schnappen und jeden attackieren, der sich ihr in den Weg stellte. Es war ein gewaltiges Risiko, zumal sie nicht einmal wusste, was sich hinter der Tür befand, aber für Rebecca war es noch sehr viel beängstigender, hier untätig herumzuliegen und mit dem Schlimmsten zu rechnen.

Dann lieber kämpfend untergehen!

Vorsichtig zupfte sie an dem verknoteten Stoff, mit dem ihre rechte Hand gefesselt war, und bearbeitete den Knoten. Zuerst schien sie gar nichts zu bewirken. Verzweiflung erfasste sie, als sie einen Krampf in den Fingern bekam. Sie holte tief Luft, streckte die Hand aus und wackelte mit den Fingern, um es gleich darauf erneut zu probieren.

Draußen auf dem Gang klingelte ein Telefon. Rebecca fragte sich, wer sich dort aufhielt und mit was für einem Gegner sie zu rechnen hatte. Würden das Überraschungsmoment und ein Skalpell ausreichen, um mit ihm fertigzuwerden? Das klingelnde Telefon erinnerte sie daran, dass eine reale Welt mit Kommunikationsmöglichkeiten, mit Menschen aus Fleisch und Blut direkt hinter der Tür lag. Dieser Gedanke verlieh ihr neue Kraft. Erneut versuchte sie, den Knoten aufzubekommen, und spürte, dass er nachgab. Sie bearbeitete ihn energischer, bis sich eine kleine Schlaufe gelöst hatte, in die sie einen Finger schieben konnte.

Augenblicke später hatte Rebecca die erste Fessel gelöst, ihre rechte Hand war frei. Schnell befreite sie auch die linke, holte tief Luft, zog die Nadel aus dem Arm und drückte den Finger auf die Wunde, um die Blutung zu stoppen.

Sie glitt vom Bett, stand auf und schauderte, als ihre Füße die kalten Fliesen berührten. Wenigstens trug sie jetzt ein Krankenhaushemd und nicht nur ihre Unterwäsche. Die Kabel, mit denen sie an die Monitore angeschlossen war, dehnten sich, als sie zu dem stählernen Rollwagen hastete. Sie schnappte sich das größere der beiden Skalpelle. Kurz fragte sie sich, ob sie auch das andere mitnehmen sollte, entschied sich aber dagegen. Ihr Plan war auch so schon verzweifelt genug.

Vorsichtig nahm sie alle Kabel, die an die kleinen, auf ihrer

Haut klebenden Kontakte angeschlossen waren, in eine Hand. Dann atmete sie tief ein und zog alle gleichzeitig ab. Es brannte auf ihrer Haut, und auf dem Monitor erschien eine gleichförmige Linie.

Rebecca eilte zur Tür und stellte sich daneben. Das Skalpell fest in der rechten Hand, wartete sie. Sie glaubte, über das anhaltende Piepen der Monitore hinweg Schritte zu hören, die sich näherten. Tief holte sie Luft und wappnete sich. Ihr Herz raste, und ihre Haut war mit kaltem Schweiß bedeckt.

Die Schritte kamen näher, dann wurde die Tür geöffnet. Kaum hatte der Mann den Raum betreten, sprang Rebecca ihm auf den Rücken und stach mit dem Skalpell auf ihn ein. Entschlossen, den größtmöglichen Schmerz zu bewirken, trieb sie die Klinge tief in sein Fleisch. Der Mann schrie auf und versuchte, nach ihr zu greifen, doch sie ging mit dem Skalpell immer wieder auf seinen Hals los. Sie spürte, wie die Klinge in seinen Körper drang und wie sein warmes Blut über ihre Hand strömte. Offenbar hatte sie eine Arterie getroffen.

Mit einem würgenden Geräusch brach der Mann zusammen. Rebecca blickte auf ihn hinunter. Er war ein relativ alter Bursche in einem schäbigen grauen Anzug, der jetzt voller Blut war. Er lebte noch. Als er Rebecca anblickte, loderte Hass in seinen Augen. Dann wurde sein Blick leer. Rebecca beobachtete, wie das Leben aus ihm wich.

Das Skalpell noch in der Hand, drehte sie sich auf dem Absatz um und rannte aus dem Zimmer. Sie war entschlossen, von hier zu fliehen.

Und dieses Mal würde sie niemanden um Hilfe bitten.

Sechstes Buch

Regel Nr. 20: Die Straße ins Nichts

Manchmal ist der Weg klar, dann wieder nicht.
Bei jeder Biegung wird dein Richtungssinn aufs
Neue herausgefordert.

Das taktische Team näherte sich bereits der Klinik, in der laut Daniel Meadows' Worten der Arzt in Diensten von Black Flag operierte. Knox wartete im Kontrollraum darauf, dass der Angriff begann. Erst, als ihm Straffreiheit in Aussicht gestellt worden war, hatte Meadows sich kooperativ gezeigt und Knox alles über den Menschen- und Organhandel erzählt, an dem er beteiligt war. Wenngleich sich seine Forschung innerhalb der rechtlichen Rahmenbedingungen bewegte, war die Methode, mit der er an seine Testpersonen kam, illegal. Sie würden ihn auch nach Abschluss dieser Operation noch einige Zeit festhalten. Hinsichtlich der Informationen, die er ihnen über seine eigene Verwicklung mit Black Flag gegeben hatte, konnten sie später noch handeln. Jetzt war es erst einmal wichtig, Rebecca MacDonald aufzuspüren, die Angestellte von PrinceSec, die bereits seit einigen Tagen vermisst wurde, bevor ihr noch etwas zustieß. Knox konnte nur hoffen, dass sie nicht zu spät kamen.

Meadows hatte ihnen berichtet, dass sich der Arzt auf die Organentnahme spezialisiert hatte und dafür bekannt war, Personen über längere Zeit in der Klinik festzuhalten, während er den Markt nach Abnehmern für deren Organe durchforschte. Außerdem hatte Meadows angedeutet, dass nicht alle Patienten die Operation überlebten.

Knox wurde übel, wenn er nur daran dachte. Und noch eine weitere Sorge machte ihm zu schaffen. Meadows hatte ausgesagt, Rebecca sei am Tag vor der Razzia zusammen mit fünf Kindern zu Callahan Scientific gebracht worden. Angeblich hatte er dort zum ersten Mal Kinder auf dem Gelände gesehen; er behauptete, gar nicht erbaut darüber gewesen zu sein. Doch der Arzt hatte ihm erklärt, das ginge ihn nichts an, und die Frau und eines der Kinder gleich mitgenommen. Da man Meadows nicht aufgefordert hatte, für die beiden ein Bett vorzubereiten, war er nicht davon ausgegangen, sie nach der Operation wiederzusehen. Er hatte sich gesagt, dass der Arzt andere Pläne für sie habe, und hatte nicht weiter nachgefragt. Manche Dinge wollte man lieber nicht zu genau wissen.

Meadows sagte, er hätte nur mit den Nierenspendern zu tun gehabt, und die Medikamente, an denen sie arbeiteten und die sie diesen Leuten nach der Operation verabreichten, wären bahnbrechend. Außerdem hatte er sich mit dem Argument herauszureden versucht, man müsse für den Fortschritt nun mal Opfer bringen. Seiner Meinung nach leisteten sie gute Arbeit, die ihnen auf andere Weise nicht möglich gewesen wäre. Knox hatte daraufhin nur erwidert, das alles würde noch lange keine Entführung, Ausbeutung und Mord rechtfertigen.

Meadows' Worten zufolge war die Klinik ziemlich bescheiden und hatte wenige Angestellte. Aus diesem Grund hatte Knox beschlossen, nur ein kleines, bewaffnetes Team zusammenzustellen und rasch loszuschicken, anstatt eine komplette Operation auf die Beine zu stellen. Seine oberste Priorität war, Rebecca und das Kind in Sicherheit zu bringen und darüber hinaus jeden zu verhaften, bevor er vom Tatort fliehen konnte. Da die Einsatzteams blind ins Gebäude mussten, wollte Knox nicht auch noch eine Geiselnahme riskieren.

Das Telefon im Kontrollraum klingelte. Einer von Knox' Untergebenen nahm den Hörer ab und lauschte, bevor er sich zu ihm umdrehte.

»Chief, es ist jemand vom Notruf, der mit Franklin sprechen möchte. Er sagt, es geht um Rebecca MacDonald.«

»Stellen Sie ihn durch«, erwiderte Knox, der mit dem Schlimmsten rechnete.

Der Mann nickte und kam der Aufforderung nach.

»Hier ist Officer Knox von der NCCA. Ich spreche im Namen von Oscar Franklin. Was können wir für Sie tun?«, fragte er in schroffem, herrischem Tonfall.

»Wir haben gerade einen Notruf von einem Standort in Bristol erhalten. Die Anruferin hat sich als Rebecca MacDonald identifiziert und behauptet, sie werde gefangen gehalten und hätte es gerade geschafft, ihren Entführern zu entkommen. Aber sie kann das Gebäude nicht verlassen, in dem sie festgehalten wird. Wir können eine Einheit losschicken, aber wir erhielten bei der Eingabe des Namens eine Warnmeldung, dass vor jeglichem Handeln die NCCU anzurufen sei. Wie sollen wir weiter vorgehen?«

Knox war erleichtert. Sie kamen noch nicht zu spät. Die Frau würde überleben.

»Können Sie uns sagen, von wo aus Rebecca MacDonald angerufen hat? Wir haben gerade ein Team zu Einheit vier geschickt, Broadwater Estate. Passt das zu Ihren Informationen?«

»Ja, dorthin haben wir den Anruf zurückverfolgt«, lautete die Antwort.

»Schicken Sie in diesem Fall bitte uniformierte Beamte als Verstärkung. Ich habe eine bewaffnete Einheit vor Ort, die in den nächsten fünf Minuten dort eintreffen müsste. Ich werde jetzt den Einsatzbefehl erteilen.«

»Verstanden.« Dann war die Leitung tot.

»Wie ist Ihre Position?«, fragte Knox die mobile Einheit.

Es gab eine kurze Pause, ehe der Teamleiter antwortete, dessen Stimme über die Lautsprecher klar und deutlich zu hören war.

»Wir gehen gerade rings um den Einsatzort in Position. Ein Haupteingang, ein Notausgang. Gehe jetzt auf visuelle Kommunikation.«

»Okay. Wir haben ein Status-Update«, sagte Knox. »Es wurde bestätigt, dass sich Rebecca MacDonald in dieser Einheit aufhält. Sie hat den Notruf angerufen, da ihr die Flucht gelungen ist. Aber sie sitzt noch innerhalb des Gebäudes fest. Gehen Sie mit äußerster Vorsicht vor, verstanden? Schießen Sie nur, wenn es unbedingt erforderlich ist. Es befinden sich Unschuldige in dem Gebäude.«

»Verstanden, Sir«, erwiderte der Teamleiter.

Knox konnte über die Lautsprecher hören, wie er Befehle erteilte. Die Kamera zeigte ihm, dass das Team sich aufteilte und an beiden Türen in Position ging. Knox beobachtete, wie sie den Haupteingang erreichten und die Tür mit einem Rammbock einschlugen. Sie trafen auf keinen Widerstand. Knox konnte hören, wie sie tiefer ins Gebäude vordrangen. Auch dort stellte sich ihnen niemand in den Weg. Die Kameras zeigten eine klinisch saubere Umgebung, überall Edelstahl und polierte Kacheln. Das war ein extremer Kontrast zum Lagerhauskomplex, wirkte aber nicht weniger unheilvoll.

Knox hielt den Atem an. Er fürchtete sich vor dem, was hinter den Türen zum Vorschein kommen mochte.

Nachdem Rebecca den Mann überwältigt hatte, der sie bewachen sollte, schlich sie vorsichtig in den Eingangsbereich der Klinik, der jedoch völlig leer war. Offenbar hatte der Mann hier als Einziger Dienst geschoben. Sie behielt das blutige Skalpell fest in der Hand und verriegelte die Tür der Anlage, sodass sie darin eingesperrt war. Danach durchsuchte sie die unmittelbare Umgebung, um sich zu vergewissern, dass sich wirklich niemand dort aufhielt.

Als Rebecca überzeugt war, in diesem Bereich alleine zu sein und dass niemand sich aus dem Hinterhalt auf sie stürzen würde, ging sie zum Telefon, rief den Notruf an und verlangte, die Polizei zu sprechen. Als sie nach der Art des Notfalls gefragt wurde, schilderte sie ihre Lage so ruhig wie möglich.

»Mein Name ist Rebecca MacDonald. Ich wurde entführt. Ich weiß nicht, wo ich mich gerade befinde, aber ich werde gefangen gehalten. Bitte informieren Sie Oscar Franklin bei der NCCU, da die Agency Ermittlungen gegen die Gruppe durchführt, von der ich vermutlich entführt wurde.«

Man hatte Rebecca gebeten, in der Leitung zu bleiben, damit man den Anruf zurückverfolgen konnte. Daraufhin hatte sie eine gefühlte Ewigkeit gewartet. Dann endlich kam der Rückruf. Man wisse jetzt, wo sie sich aufhielte, wurde ihr mitgeteilt, und werde jemanden zu ihr schicken.

»Ist jemand bei Ihnen?«, hatte man sie gefragt.

»Hier war noch ein Mann, aber er wurde bei meinem Fluchtversuch verletzt. Ich fürchte, er tot«, erwiderte Rebecca aufrichtig. Sie war sich nicht sicher, ob sie tatsächlich alleine im Gebäude war. Vom Korridor gingen weitere Türen ab, hinter denen sich noch andere Personen befinden konnten, die vielleicht ebenso wie sie noch vor wenigen Minuten an ein Bett gefesselt waren und verängstigt auf irgendeine schaurige Operation warteten.

»Hier sind noch andere Räume«, berichtete sie. »Ich werde mal nachsehen.«

»Ich würde Ihnen raten, auf die Polizei zu warten, Ma'am«, sagte der Notrufmitarbeiter.

»Sie ist doch unterwegs, oder?«

»Ja«, kam die Bestätigung. »Die Beamten werden bald bei Ihnen sein.«

Rebecca legte auf. Plötzlich musste sie an das Mädchen namens Sofiya denken. Sie hatte der Kleinen versprochen, sie zu retten. War Sofiya überhaupt hier? Oder hatte man nur sie, Rebecca, hierher gebracht? Erwartete die Kinder ein anderes schreckliches Schicksal?

Das Skalpell fest in der Hand, ging Rebecca langsam und vorsichtig zur ersten Tür im Korridor. Sie drückte das Ohr dagegen, stellte jedoch fest, dass sie nur ihren Herzschlag deutlicher hören konnte. Im Raum hinter der Tür schien alles ruhig zu sein.

Also los, sagte sich Rebecca.

Sie holte tief Luft und riss die Tür auf, bereit, jeden Angreifer außer Gefecht zu setzen. Doch sie sah sofort, dass der Raum leer war. Also ging sie zum nächsten, der sich ebenfalls als leer erwies. Mit jedem leeren Raum wurde Rebecca ein wenig mutiger.

Aus dem fünften Zimmer schließlich hörte sie das vielsagende Piepen mehrerer Monitore. Offensichtlich wurde dort jemand festgehalten. Rebecca lauschte an der Tür, konnte jedoch nichts weiter hören. Behutsam drückte sie die Tür auf und sah genau das, was sie nicht hatte sehen wollen: Im Bett lag ein junges Mädchen, angeschlossen an Geräte und Monitore. Ihre dünnen Arme waren gefesselt, und auf ihrem Gesicht spiegelte sich Angst.

Rebecca wusste nicht, ob sie Sofiya vor sich hatte. Schließlich hatte sie das Mädchen nie gesehen; sie hatte nur in einem dunklen Container mit ihr gesprochen. Doch es machte keinen Unterschied, ob es Sofiya oder ein anderes Mädchen war. Rebecca musste sie hier rausschaffen.

Sie ging zum Bett und schnitt die Fesseln mit dem Skalpell durch, doch sie lagen weiterhin wie behelfsmäßige Bandagen um die Handgelenke des Mädchens. Die Kleine war noch immer bewusstlos. Vorsichtig hob Rebecca das Krankenhaushemd des Mädchens hoch und suchte nach Anzeichen von Verletzungen oder einer Operation, konnte aber nichts entdecken. Abgesehen vom Tropf waren keine Katheter oder andere Infusionen zu erkennen. Vermutlich hatte man das Mädchen unter Drogen gesetzt, um es ruhigzustellen.

Rebecca zog die Nadel heraus, mit der die Kleine an den Tropf angeschlossen war, und entfernte dann die elektronischen Kontakte von ihrer Haut. Dabei entdeckte sie eine kleine Narbe auf der Brust des Mädchens, die jedoch älter zu sein schien.

Behutsam hob sie die Kleine aus dem Bett. Sie war leichter, als Rebecca gedacht hatte. Als sie hochgehoben wurde, stieß sie ein leises Wimmern aus. Das Blut des alten Mannes klebte noch immer an Rebeccas Händen, und sie beobachtete schaudernd, dass sie das Mädchen nun damit beschmierte. Aber das musste sie im Kauf nehmen. Hauptsache, die Kleine kam wohlbehalten hier raus.

Irgendwo außerhalb des Gebäudes war ein metallisches Geräusch zu hören, gefolgt von lauten Stimmen. Rebecca konnte nur hoffen, dass es die Polizei war. Und wenn nicht, würde sie sich wehren, so gut es ging. Sie hatte jedenfalls nicht die Absicht, hier wie ein wehrloses Opfer herumzusitzen, falls es dem alten Mann irgendwie gelungen sein sollte, Verstärkung zu rufen, bevor er ihr Zimmer betreten hatte.

Rebecca drückte das Mädchen an sich und eilte aus dem Raum. In der Tür eines der Büros in der Nähe der Rezeption hatte ein Schlüssel im Schloss gesteckt; dort wollte sie sich und das Mädchen einschließen, bis sie wusste, wer da soeben gekommen war.

Doch sie schaffte es nicht einmal bis zum Eingangsbereich, da wurde die Tür schon aufgerissen, und eine Gruppe bewaffneter Beamter kam hereingestürmt. Rebecca stand mitten im Gang, blutbefleckt, ein bewusstloses Kind in den Armen. Sie weinte vor Erleichterung. Endlich war die Polizei da! Es war gut gegangen. Sie und das Mädchen waren in Sicherheit.

»Rebecca MacDonald?«, fragte einer der Männer.

»Ja«, sagte sie, während ihr Tränen über die Wangen liefen.

»Ganz ruhig, alles ist gut. Sie sind gerettet.«

Plötzlich wurden Rebecca die Knie weich, und sie sank zu Boden, während sie das Kind weiterhin umklammerte. Sie spürte, wie die Polizisten sie umringten, aber jetzt brauchte sie sich keine Sorgen mehr zu machen.

Vorsichtig lösten die Männer das Mädchen aus ihren Armen. Rebecca ließ es geschehen.

Sie hatte mehr als genug getan und war todmüde.

Miller war von der Stelle, an der er das Päckchen abgeholt hatte, direkt ins Büro gefahren. Er hatte sich wie ein richtiger Spion gefühlt, als er am Fluss entlang zum Übergabeort gelaufen war. Das alles war ziemlich aufregend. Aber ihm war natürlich auch bewusst, dass er sich vorsehen musste, schließlich konnte er die ganze Abteilung in Gefahr bringen, wenn er den USB-Stick einer bekannten Hackergruppe einfach an seinen Rechner anschloss.

Eigentlich hatte Miller gehofft, irgendwelche Papiere zu erhalten und keine elektronisch gesicherten Beweise, aber allein schon aufgrund der Tatsache, dass er überhaupt neue Beweise hatte, war er Mitchell einen Schritt voraus, und er genoss dieses Gefühl. Wer war jetzt der Clevere? Er grinste breit, als er sich Mitchells Gesichtsausdruck vorstellte, wenn dieser herausfand, dass es ihm, Miller, gelungen war, Striders Identität zu ermitteln.

Miller wusste nicht genau, was Mitchell an sich hatte, dass er dem Mann nicht über den Weg traute, aber der Kerl wirkte immer so, als würde er etwas im Schilde führen. Vielleicht lag es daran, dass er von Mitchells Vergangenheit wusste und nicht damit einverstanden war, dass die NCCA ehemalige Kriminelle als Berater einstellte und bei Ermittlungen hinzuzog, die die nationale Sicherheit betrafen. Wer konnte schon sagen, ob diese Leute Informationen an den Feind weitergaben?

Miller musste an Sheila Davies denken. Sie hatte seit über einem Jahr für den Feind gearbeitet, und es war niemandem aufgefallen. Es irritierte ihn noch immer, dass Mitchell diese Informationen so schnell auf Davies' Laptop gefunden hatte. War sie wirklich so unvorsichtig gewesen? Oder hatte Mitchell schon etwas gewusst, bevor er sich auf die Suche nach Beweisen gemacht hatte?

Jedenfalls freute sich Miller, dass der Informant von Black Flag ihn und nicht Mitchell oder jemand anderen aus der NCCU angerufen hatte. Möglicherweise waren auch die Hacker der Ansicht, dass man jemandem nicht trauen konnte, der zur anderen Seite übergelaufen war. Er hatte all die üblichen Fragen darüber gestellt, woher der Anrufer wusste, wer er war, aber der hatte nur gelacht und erwidert, sie hätten Mittel und Wege, alles herauszufinden, was sie wissen wollten. Miller hatte versucht, den harten Mann zu spielen und ein paar Grundregeln für die Verständigung zwischen ihnen festzulegen, aber der Anrufer hatte ihm klipp und klar gesagt, wie die Sache abzulaufen hatte, und letzten Endes hatte Miller die Anweisungen befolgt.

Nun scannte er den USB-Stick und stellte fest, dass er virenfrei war. Als weitere Vorsichtsmaßnahme sorgte er dafür, dass sein Computer nicht mehr ans Netzwerk angeschlossen war. Dann entfernte er alle externen Laufwerke und Geräte, auf die Malware zugreifen konnte. Er wusste, dass jede der Dateien als eine Art trojanisches Pferd fungieren konnte, und er wollte auf keinen Fall das NCCU-Netzwerk kompromittieren. Außerdem konnte er auf diese Weise verhindern, dass Mitchell Wind von dem bekam, was er hier tat.

Miller schloss den USB-Stick an seinen Rechner an und wartete ungeduldig, bis er darauf zugreifen konnte. Vielleicht erlebte er gerade einen entscheidenden Moment seiner Karriere. Falls er diesen Fall lösen konnte, wurde er womöglich befördert, da die Abteilung ohnehin umbesetzt werden musste.

Als das Verbindungssymbol endlich auf dem Monitor erschien, öffnete er den Inhalt des USB-Sticks mit einem Doppelklick. Bei den Dateien handelte es sich um eine bunte Mischung aus Codefragmenten, Dokumenten und Chat-Logs. Miller begann, sich von oben nach unten durchzuarbeiten. Er ging stets methodisch vor. Obwohl er sich am liebsten zuerst den Code angesehen hätte, wollte er alles in der Reihenfolge durchgehen, in der die Dateien vorlagen.

Bei dem ersten Dokument handelte es sich um eine Kopie der Nachricht, die sie von dem Journalisten erhalten hatten. Miller kannte sie bereits, doch da er jetzt ein digitales Dokument vor sich hatte, konnte er – anders als bei dem Screenshot – weitere Metadaten auswerten.

Als Miller auf den Bildschirm blickte, spürte er mehr und mehr, wie ihn das Jagdfieber packte. Er suchte vor allem nach etwas, das er »PII« nannte – persönliche identifizierbare Informationen, also Daten, die ihm verrieten, von wem und wann das Dokument erstellt worden war. Aber auch E-Mail-Header, Verbindungsdaten und Dokumenten-Server-Details wären hilfreich für ihn. Aber das, was Miller im ersten Dokument entdeckte, verwirrte ihn nur noch mehr. Rasch öffnete ein anderes Fenster und rief seine eigenen Systemeinstellungen auf.

Das kann nur ein Glitch sein, dachte er. Die Metadaten des Dokuments schienen auszusagen, dass es auf seinem eigenen Computer erstellt worden war, aber das war unmöglich. Es musste ein Fehler beim Inspektionsprogramm vorliegen; vermutlich wurde die Information falsch ausgelesen. Miller versuchte es erneut mit dem zweiten Dokument.

»Verdammt!«, rief er verärgert, als er dasselbe Ergebnis erhielt. War das Laufwerk von seinem System beeinflusst worden? Ohne präzise Metadaten waren die Dokumente nutzlos, da er so niemanden identifizieren konnte. Vielleicht ließen sich noch kleinere Details in den Daten finden, aber die wichtigen, offensichtlichen Informationen waren ruiniert.

Er versuchte es noch einmal bei mehreren anderen Dokumenten, doch sie wiesen dieselben Informationen auf: Alle schienen auf seinem Rechner erstellt worden zu sein. Wenn Miller es mit derartigen Fehlern zu tun bekam, entwickelte er manchmal einen regelrechten Hass auf Computer.

Er fand es seltsam, dass das Erstellungsdatum sämtlicher Dokumente nicht verändert worden war. Wenn der Fehler den Ersteller veränderte, wieso dann nicht auch das Datum? Das begriff er nicht. Vielleicht hatte es mit seinem Computer zu tun, und er musste es auf einem anderen Gerät versuchen. Doch als Miller das Laufwerk auswerfen wollte, erschien eine Warnmeldung auf dem Bildschirm, dass es noch in Verwendung sei. Er vergewisserte sich, dass er alle offenen Dateien geschlossen hatte, und versuchte es noch einmal, doch bevor er den Stick abziehen konnte, wurde die Tür seines Büros aufgerissen, und Franklin kam zusammen mit zwei uniformierten Polizeibeamten herein.

Miller sah auf und lächelte.

»Verschwinden Sie von diesem Computer, Miller«, sagte Franklin drohend. »Rühren Sie nichts mehr an.«

»Was ist los?«, erkundigte Miller sich verwirrt.

Bevor er reagieren konnte, traten die beiden Polizisten vor. Der Größere der beiden nahm ein Paar Handschellen vom Gürtel und packte Millers linken Arm. Während er Miller die Handschellen anlegte, las er ihm seine Rechte vor.

»Stephen Miller, ich verhaftete Sie wegen Verdachts des Mordes an Miguel Ribeiro …«

»Was reden Sie da?«, rief Miller, doch der Officer las ihm ungerührt weiter seine Rechte vor und ließ sich nicht beirren.

»Wie konnten Sie so etwas tun, Miller?«, fragte Franklin mit vor Zorn bebender Stimme.

»Sie verstehen das falsch! Ich habe überhaupt nichts getan!«, entgegnete Miller, stieß jedoch auf taube Ohren.

»Ihre eigene Leute haben Sie verraten«, fuhr Franklin fort. »Und diesmal sitzen Sie wie Judas mitten zwischen Ihren Feinden. Am liebsten würde ich Ihnen den Hals umdrehen!«

»Ich war es nicht!«, rechtfertigte sich Miller. Inzwischen war er völlig verzweifelt und versuchte, sich aus dem Griff der Beamten zu befreien.

»Mitchell, kommen Sie rein!«, rief Franklin.

Fassungslos musste Miller mit ansehen, wie Mitchell den Raum betrat.

»Untersuchen Sie diesen Rechner«, wies Franklin ihn an. »Ich möchte genau wissen, was der Kerl getan hat.«

Miller sah den Ausdruck in Mitchells Augen, als dieser an ihm vorbeiging. In diesem Moment wusste er, dass der verdammte Hacker irgendetwas mit alldem zu tun hatte.

Aber was? Und warum?

»Sie verdammter Mistkerl!«, fauchte Miller, als er nach draußen geführt wurde. Er hätte Mitchell, der ihn mit ausdrucksloser Miene musterte, in Stücke reißen können. »Er war es! Sehen Sie das denn nicht? Er hat das alles getan!«, brüllte Miller, aber dann wurde er auch schon nach draußen gezerrt. Er sah nur noch, wie Mitchell sich vor seinen Computer setzte.

Ihm war sofort klar, wonach es aussehen würde, wenn sie die Dateien öffneten.

Franklin beobachtete, wie Miller von den beiden uniformierten Beamten weggebracht wurde. Er war stocksauer. Wie konnte der Junge glauben, mit dem Mord an einem wichtigen Zeugen in ihrem größten Fall davonzukommen und einfach bei der Arbeit aufzutauchen, als wäre nichts geschehen? Diese Arroganz brachte sein Blut zum Kochen.

Franklin war gar nichts anderes übrig geblieben, als Haftbefehl gegen Miller zu beantragen. Die Bilder der Sicherheitskameras aus dem Krankenhaus, die bereits vermuten ließen, dass Miller der Mörder Miguel Ribeiros war, sowie die forensischen Beweise, die Willis gefunden hatten und die nachwiesen, dass Miller sich sowohl am Kraftwerk aufgehalten hatte als auch in dem Raum, in dem Roche zusammengeschlagen worden war, sprachen eine zu deutliche Sprache. Außerdem war Miller früh genug aus Southampton aufgebrochen, sodass er Roche noch rechtzeitig im Kraftwerk hätte abfangen können. Und seine Freundin war eine Woche lang verreist gewesen und konnte nicht bestätigen, dass er direkt nach seiner Reise nach Hause gekommen war.

Franklin konnte noch immer nicht glauben, dass Miller das alles getan hatte, aber die Fakten waren eindeutig, und er hatte genug Beweise, um Miller für lange Zeit hinter Gitter zu stecken.

Als Mitchell dann mit weiteren Beweisen auftauchte, war Millers Schicksal besiegelt. Mitchell sagte, er habe Miller ebenfalls in Verdacht gehabt, da er so versessen darauf gewesen sei, sich die Beweise anzusehen. Nach dem Verlust der Beweise gegen Teddybärs Picknicknetzwerk war Mitchell übervorsichtig geworden und hatte beschlossen, sich immer alles als Erster anzuschauen. Diesmal hatte sich diese übertriebene Vorsicht ausgezahlt. Mitchell berichtete Franklin, er habe Programmzeilen aus dem Code des GPS-Wurms im Flugzeug gefunden – Zeilen, die ihm bekannt vorgekommen seien. Nach weiteren Nachforschungen habe er festgestellt, dass die Zeilen genau Millers Programmierstil entsprachen. An diesem Tag war er früh ins Büro gekommen, weil er hoffte, mit Miller sprechen zu können, ohne ihn gleich öffentlich beschuldigen zu müssen – nur um dann festzustellen, dass

Miller auch schon da war, seinen Computer vom Netzwerk getrennt hatte und allein in einem der Privatbüros arbeitete. Mitchell behauptete, er wäre besorgt gewesen, dass Miller versuchen würde, Beweise zu löschen.

Franklin war bereits auf dem Weg zur NCCU gewesen, als er Mitchells Anruf erhalten hatte. Er hatte den Haftbefehl für Miller beantragt und nach ihrem Gespräch die Einheit von Millers Haus abziehen und zur NCCU schicken können. Als sie im Büro eintrafen, arbeitete Miller immer noch alleine. Franklin hoffte, dass Mitchell recht hatte und dass sie Miller auf frischer Tat ertappten. Die letzten Worte, die Mitchell bei dem Telefongespräch zu Franklin gesagt hatte, lauteten: »Ich glaube, Miller ist dieser Strider, Sir, und ich kann es beweisen.« Er hatte hinzugefügt, er habe Beweise gefunden, die Miller mit Prince' Tod und Davies' Unfall in Verbindung brachten.

»Und?«, fragte Franklin ihn jetzt, wandte sich von der Tür ab und schaute auf den Bildschirm, vor dem Mitchell saß.

»Mir ist schleierhaft, warum er das alles hier getan hat«, erwiderte Mitchell ungläubig. »Hat er geglaubt, dass niemand es bemerkt?«

Doch Franklin hatte noch immer Millers Protest in den Ohren, als dieser abgeführt worden war. Er legte Mitchell eine Hand auf die Schulter.

»Was haben wir hier?«, wollte er wissen. »Was befindet sich auf dem Laufwerk?«

»Es ist fast so etwas wie eine Fallakte«, antwortete Mitchell und tat überrascht. »Es scheint eine Art Leitfaden für den Mord an Prince zu sein.«

»Gibt es irgendwelche Beweise, dass die Dateien tatsächlich Miller gehören?« Franklin zweifelte kaum noch daran, dass Miller vom Weg abgekommen war, aber er musste wissen, ob sie handfeste Beweise hatten. Miller würde jede Beteiligung leugnen, deshalb wollte Franklin sicherstellen, dass sie genug für eine Verurteilung in der Hand hatten.

»Nimmt man alles zusammen, was wir bis jetzt wissen, besteht kein Zweifel mehr«, erwiderte Mitchell.

»Okay. Stellen Sie so schnell wie möglich alles für mich zusammen, Mitchell. Und sorgen Sie dafür, dass uns nichts entgeht. Sollte auch nur die geringste Möglichkeit bestehen, dass wir uns irren, was Miller betrifft, muss ich es wissen.«

Franklin musste noch sämtliche Dateien durchgehen, die Mitchells Behauptungen zufolge auf Striders Identität hingewiesen hatten, aber in letzter Zeit hatte sein Untergebener in vielen Dingen recht behalten. Außerdem ließ sich gegen Willis' Beweise nichts einwenden, und die reichten schon für eine Verhaftung. Aber wenn sie Miller verhörten, wollte Franklin über alles Bescheid wissen.

Regel Nr. 21: Nicht verstecken, weglaufen!

Kampf oder Flucht, diese Entscheidung ist Teil unserer animalischen Instinkte. Man muss wissen, wann man bleibt und kämpft und wann man lieber das Weite suchen sollte.

Nightshade blickte im schwachen Licht seiner Wohnung auf den Bildschirm. In den letzten vierundzwanzig Stunden war alles den Bach runtergegangen. Am liebsten hätte er alles Strider in die Schuhe geschoben, aber – so ungern er es auch zugab – die NCCU hatte irgendwie die Oberhand gegen Black Flag gewonnen, und er hatte nicht die leiseste Ahnung, wie ihr das gelungen war.

Die Operation bei Callahan Scientific lief schon seit zwei Jahren, ohne dass sie je Besuch oder auch nur einen Anruf erhalten hätten. Wie hatte die NCCU es geschafft, diesen Ort so schnell nach der ersten Razzia zu finden? Hatten sie etwa von der Vereinbarung erfahren, die Black Flag mit Prince getroffen hatte? Nein, das konnte nicht sein, denn er, Nightshade, persönlich hatte alle Verbindungen zu Callahan Scientific von den Servern von PrinceSec gelöscht.

Ohne Sheila Davies bei der NCCU und ohne seine Abhörgeräte wusste er nicht, wie nahe die Verfolger waren. Konnten sie herausfinden, wer Black Flag war und von wo aus sie operierten? Möglich. Allein in dieser Woche hatte die NCCU zwei wichtige Einrichtungen ihres Netzwerks ausgeschaltet. Was wussten sie sonst noch alles?

Er hatte ihnen Strider als Köder hingeworfen, in der Hoffnung, sie würden sich darauf konzentrieren und herauszufinden versuchen, wer Prince und Sheila Davies ermordet hatte, aber für diese Ablenkung war es offensichtlich zu spät gewesen. Hätte Miguel ihren Agenten doch nur nicht so übereilt festgesetzt! Hätte der Blödmann sich einfach geweigert, die Fragen zu beantworten, und den Agenten und die Frau wieder fortgeschickt, hätten sie die gesamte Operation jetzt noch verlegen können, bevor jemand mit einem Durchsuchungsbefehl vor der Tür stand. Wie hatte Davies nur all die Jahre mit diesem Trottel zusammenarbeiten können?

Miguel hatte den NCCU-Agenten gefangen genommen und schließlich ermordet, wodurch Nightshade überhaupt erst dazu gezwungen gewesen war, sich einen anderen Standort zu suchen. Überdies hatte Miguel die Frau, die den Agenten begleitet hatte, unter Drogen gesetzt und dann auch noch zugelassen, dass sie aus dem Gebäude floh. Schließlich war Miguel von der NCCA gefangen genommen worden und hatte ihnen vermutlich längst alles verraten.

Aber jetzt war Miguel tot. Nightshade hatte jemanden losgeschickt, um den Dummkopf zum Schweigen zu bringen, bevor er an die NCCA ausgeliefert wurde. Allerdings hatte sein Mann ihm soeben gemeldet, dass der Gefangene im Krankenhaus gestorben war, offensichtlich aufgrund einer unerwünschten Reaktion auf das Narkosemittel. Egal. Auf diese Weise hatte Nightshade eine Sorge weniger.

Nun wartete er auf einen Anruf vom Salesman. Er freute sich nicht gerade auf diese Unterhaltung. Das alles war eindeutig nicht seine Schuld, aber der Salesman gab sich nicht mit etwas derart Trivialem wie Schuldzuweisungen ab. Falls das Unternehmen auf irgendeine Weise in Gefahr gebracht worden war, würden Köpfe rollen. Nightshade konnte nur hoffen, dass seiner nicht dazugehörte. Er hatte noch nicht die

Gelegenheit bekommen, mit Strider abzurechnen, aber er wollte verdammt sein, wenn ihm die Schreibtischhengste von der NCCU auch in dieser Sache zuvorkamen.

Dann fiel ihm ein, dass er vor einiger Zeit eine Nachricht von diesem Journalisten von der *Sun* erhalten hatte, die er noch lesen wollte. Seitdem Nightshade dem Mann Informationen über die Drax-Explosion zugespielt hatte, wollte der Kerl immer mehr. Obwohl er nicht intelligent genug war, um ihm echte Informationen anzuvertrauen, bot er Nightshade derzeit die einzige Möglichkeit, sich schnell und sicher an die Öffentlichkeit zu wenden. Und wenn sie dieses Chaos hinter sich lassen wollten, mussten sie schnellstmöglich massive Falschinformationen verbreiten.

Während Nightshade auf den Anruf vom Salesman wartete, öffnete er die Nachricht. Er musste grinsen, als er sie las:

MGoss: Eine Quelle behauptet, die NCCU habe einen ihrer Mitarbeiter als euren Mann enttarnt. Können Sie das bestätigen?

Nightshade wollte gerade eine Antwort schreiben und nach weiteren Details fragen, als sein Telefon klingelte. Seufzend nahm er den Anruf entgegen.

»Hallo, Boss.«

»Erklär mir das mit Callahan«, sagte eine vertraute, computermanipulierte Stimme.

»Ich weiß leider nicht, wie sie das Gebäude gefunden haben. Das versuche ich gerade herauszufinden.«

»Lass es. Es spielt keine Rolle, wie sie es gefunden haben. Wir können die Operationen im Moment nicht fortführen. Miguel ist tot, der Doktor ebenfalls, und …«

»Was?« Normalerweise würde Nightshade den Salesman niemals unterbrechen, aber diese Nachricht schockierte ihn so sehr, dass er das Wort ausgesprochen hatte, bevor er wusste, was er tat.

»Erzähl mir jetzt nicht, du hast noch nichts davon gehört? Wofür zum Geier bezahle ich dich eigentlich?« Der Verzerrer schien kurz an seine Grenzen zu stoßen, da der Salesman offenbar so laut sprach, dass das Gerät es nicht mehr verarbeiten konnte. »Ein SWAT-Team ist in die Klinik eingedrungen und hat die Frau von PrinceSec und das Mädchen gerettet. Der Arzt war zu dem Zeitpunkt bereits tot.«

»Wie haben sie sie gefunden?« Nightshade konnte nicht fassen, dass der NCCU ein derartiger Schlag gegen sie gelungen war.

»Dieser Wissenschaftler, Meadows. Er hat alles ausgeplaudert.«

»Alles?«

»Alles, was er wusste – und das war mehr als genug. Wir machen das Netzwerk in Großbritannien dicht, bis Gras über die Sache gewachsen ist, klar? Ich will, dass du die Operationen abschließt und alles an das Team auf dem europäischen Festland übergibst. Meinst du, du schaffst das, ohne dass noch jemand umgebracht wird?«

»Ich soll alles aus der Hand geben?«, fragte Nightshade betroffen. Das bedeutete, dass er nicht mehr in alles eingebunden sein würde. Er wurde ausrangiert.

»Wenn noch jemand von meinen Leuten stirbt, mache ich dich persönlich dafür verantwortlich, hast du verstanden? Verlege alles! Verdeck deine Spuren und verschwinde!«

»Was ist mit Strider?«, wollte Nightshade wissen. »Soll ich ihn noch immer umlegen?«

»Sorg dafür, dass es das Letzte ist, was du tust«, sagte der Salesman und legte auf.

Aus irgendeinem Grund wusste Nightshade, dass sie lange Zeit nicht mehr miteinander sprechen würden. Jetzt mussten sie untertauchen, und er, Nightshade, hatte Mist gebaut. Die

Aussicht, von nun an nicht mehr über alles im Bilde zu sein, deprimierte ihn.

Was sollte er tun?

Strider umlegen. Genau das ist der nächste logische Schritt, dachte er grimmig.

Mitchell saß neben Squires und ein paar anderen Kollegen im Kontrollraum und blickte auf den Monitor, auf dem der Verhörraum zu sehen war, in dem Miller momentan neben einem Mann saß, bei dem es sich vermutlich um seinen Anwalt handelte. Es hatte nicht lange gedauert, bis Mitchell bewiesen hatte, dass die Dokumente auf dem USB-Stick auf Millers Computer erstellt worden waren und dass Miller versucht hatte, sie zu löschen. Beide Elemente dieses sogenannten Beweises wurden ihm von dem kleinen Programmcode ermöglicht, den er in das erste Dokument eingebettet hatte, wo es wartete, bis Miller das Inspektionsprogramm der NCCU hochfuhr, um die verborgenen Metadaten der Datei aufzuspüren.

Nach dem Start dieses Programms war Mitchells Code aktiviert worden und hatte zwei Dinge bewirkt: Es hatte sämtliche Erstellungsdaten so manipuliert, als wären alle Dateien auf Millers Rechner entstanden, und es hatte eine Kopie der Dateien auf Millers Festplatte angelegt, damit es so aussah, als hätte er versucht, sie von seinem Computer zu löschen, und wäre dabei erwischt worden.

Irritierenderweise hatte Mitchell Schuldgefühle. Er fragte sich, ob es eine Möglichkeit gab, Miller vor dem Schicksal zu retten, das ihn seinetwegen erwartete. Doch er bezweifelte es und hatte deshalb irgendwie das Gefühl, gegen seinen eigenen Code zu verstoßen. Miller hatte eigentlich nichts falsch gemacht, er hatte nur gedroht, Strider zu enttarnen. Aber jetzt saß er hier und musste nicht nur den Preis für Striders, sondern auch für Nightshades Fehler bezahlen. Hatte er das verdient? Mitchell war sich nicht sicher, aber vielleicht konnte er ihm irgendwie helfen, wenn die Luft wieder rein war. Er würde sein altes Leben zwar nie mehr zurückbekommen, aber das ging ihnen schließlich allen so.

Insgeheim hatte Mitchell dem Journalisten von der *Sun* eine Nachricht zukommen lassen und diesem enthüllt, dass Strider verhaftet worden war und dass es sich bei ihm um einen Mitarbeiter der NCCU handelte. Er hoffte, Nightshade auf diese Weise schneller zu Gesicht zu bekommen. Seiner Meinung nach war es Nightshades Plan gewesen, die NCCU die ganze Arbeit machen zu lassen, aber sobald Strider in Haft war, würde Nightshade schon einen Weg finden, um ihn zu töten. Mitchell wollte nicht, dass Miller ermordet wurde, aber brauchte auch einen vernünftigen Köder, um Nightshade hervorzulocken. Wenn sie Miller hierbehielten, musste Nightshade sich verdammt große Mühe geben, um an ihn heranzukommen. Mitchell war entschlossen, darauf zu warten, dass er es tat. Möglicherweise musste Strider in dieser Nacht sterben, aber Mitchell würde weiterleben, und er hoffte, dass auch Miller davonkam. Aber das würde man sehen, wenn die Zeit gekommen war.

Mitchell beobachtete, wie Franklin in Begleitung von Knox den Raum betrat. Miller konnte sich auf einiges gefasst machen, und je energischer er seine Beteiligung leugnete, desto schwerer würde Franklin es ihm machen.

»Die Vernehmung wird geleitet von Agent Oscar Franklin. Bei mir sind Officer Knox von der Abteilung für organisiertes Verbrechen, der Verdächtige, Stephen Miller, sowie sein Pflichtverteidiger Ben Morgan.« Franklin sprach mit gleichmäßiger Stimme, die er sich für Verhöre und offizielle Besprechungen aufsparte.

Knox drehte einen Stuhl herum, sodass er mit der Rückenlehne zum Tisch stand, setzte sich darauf und stützte die Arme auf die Lehne. Es wirkte irgendwie machohaft, sollte Miller an Knox' Ruf erinnern und ihm gleichzeitig zeigen, dass er unterlegen war. Daraufhin nahm Miller seine mit Handschellen gefesselten Hände vom Tisch und legte sie in seinen Schoß. Es war eher eine defensive als eine unterwürfige Geste; es wirkte, als versuchte er, seine Verletzlichkeit vor Knox zu verbergen.

»Also dann«, sagte Franklin sachlich. »Können wir uns den Mist sparen oder muss ich wirklich jedes einzelne Beweisstück durchgehen, das Sie mit Black Flag in Verbindung bringt?«

»Mein Mandant möchte derzeit keine Aussage machen«, erwiderte der Pflichtverteidiger an Millers statt.

Franklin seufzte und begann, die Beweise aus dem Ordner zu holen, der vor ihm auf dem Tisch lag.

Mitchell stand auf. Er wollte das alles nicht mit ansehen, da er ohnehin wusste, wie es enden würde. Miller würde keine Frage beantworten; sie würden sämtliche belastenden Beweise aufführen, und er würde kein Geständnis ablegen. Dann wären sie gezwungen, das Verhör zu beenden, und Miller würde bis zur Kautionsverhandlung in eine Arrestzelle gebracht. Höchstwahrscheinlich aber würde er nicht auf Kaution freikommen, sondern bis zum Prozess im Gefängnis bleiben, da Fluchtgefahr bestand.

Mitchell fragte sich, wann Black Flag versuchen würde, an

ihn heranzukommen. Wenn er Glück hatte, würden sie es eher früher als später tun. Je länger Miller im Gefängnis saß, desto geringer wurde die Wahrscheinlichkeit, dass Strider ihn beschützen konnte.

»Wo wollen Sie denn hin, Mitchell?«, fragte Squires, den diese Enthüllung offensichtlich sehr mitgenommen hatte, da er in letzter Zeit eng mit Miller zusammengearbeitet hatte. Dennoch verfolgte er, genau wie die anderen, fasziniert das Verhör.

»Ich kann es nicht ertragen, das mit anzusehen«, gestand Mitchell.

»Weichei«, meinte Squires abfällig, als Mitchell den Raum verließ.

Mitchell war das egal. Er hatte gar kein so großes Problem damit, Millers Verhör zu verfolgen, nur war ihm plötzlich bewusst geworden, dass es jederzeit zu einem Angriff kommen konnte, und er musste sich darauf vorbereiten. Wenn er Nightshades Wut richtig eingeschätzt hatte, würde der Hacker übereilt wieder in Aktion treten, sobald er von Striders Verhaftung hörte. Da ihm außerdem klar war, dass der Journalist keinerlei Skrupel kannte, müsste Nightshade inzwischen längst davon erfahren haben. Deshalb musste Mitchell etwas unternehmen.

Draußen auf dem Gang drückte er den Rufknopf und wartete auf den Fahrstuhl. Das *Ping*, das die Ankunft des Lifts ankündigte, hallte laut durch den leeren Flur. Als die Fahrstuhltüren sich öffneten, starrte Mitchell sein Gegenüber erstaunt an: In der Kabine stand Rebecca MacDonald neben einem von Knox' Captains und lächelte ihn müde an.

»Was machen Sie denn hier?«, fragte Mitchell ehrlich überrascht.

»Man hat mich zu einer Nachbesprechung hergebeten«,

antwortete Rebecca und verließ nach dem Beamten den Fahrstuhl.

»Sollten Sie nicht im Krankenhaus sein?«, erkundigte sich Mitchell.

»Ich habe vorerst genug von Krankenhäusern«, gestand sie. »Ist Franklin da? Ich würde die Sache gerne hinter mich bringen und nach Hause fahren.«

»Er verhört gerade einen Verdächtigen«, erklärte Mitchell. »Ich befürchte, das wird noch eine Weile dauern. Die anderen sitzen im Schweinestall und sehen ihm zu.« Mitchell wurde klar, dass sie nichts über die Ereignisse der vergangenen Tage wissen konnte. »Sie können mir gerne Gesellschaft leisten, solange Sie warten, dann kann ich Ihnen alles erzählen, was Sie verpasst haben«, fuhr er fort. »Ich brauche ohnehin eine Pause von diesem ganzen Zirkus und wollte mir gerade einen Kaffee holen.« Ihm war bewusst, dass er eigentlich auf eine Regung von Black Flag warten sollte, aber er hatte das Gefühl, Rebecca dies nach allem, was sie durchgemacht hatte, schuldig zu sein. Außerdem war Miller vorerst in Sicherheit, solange er von so vielen Menschen beobachtet wurde.

Rebecca nickte zustimmend und schaute den Captain an, der sie hierher begleitet hatte.

»Ich werde Bescheid sagen, dass Sie hier sind«, meinte der Mann mit sanfter Stimme.

»Wir gehen in die Kantine. Franklin kann mich anrufen, wenn sie fertig sind. Dann bringe ich sie wieder nach oben«, erklärte Mitchell.

Der Captain nickte und ging den Korridor entlang.

Mitchell und Rebecca betraten den Fahrstuhl und standen schweigend da, bis die Türen sich geschlossen hatten und sie sich langsam nach unten bewegten. Mitchell wusste nicht, was er sagen oder wie er überhaupt beginnen sollte.

»Es tut mir leid«, sagte er schließlich. »Es tut mir schrecklich leid, dass Sie in diese Sache verwickelt wurden.«

Er spürte, dass sie ihn ansah, konnte ihren Blick aber nicht erwidern.

»Das ist nicht Ihre Schuld«, erwiderte sie, doch er fühlte sich trotzdem schuldig. Vielleicht wäre all das gar nicht passiert, hätte er sich nicht Prince als Zielperson auserkoren. Aber so durfte er das nicht sehen. Prince hatte gegen den Code verstoßen und den Tod verdient. Es war allein die Schuld von Black Flag. Mitchell spürte neue Entschlossenheit, denn er hatte nun einmal nichts falsch gemacht.

Im Erdgeschoss folgte sie ihm in die Kantine, und er bestellte für sie beide Kaffee. Dann setzten sie sich auf die harten Plastikstühle, und er berichtete ihr, was seit ihrem Verschwinden alles passiert war, angefangen mit Sheila Davies' Tod, den Verbindungen zu Black Flag, dem Anschlag auf das Kraftwerk, der Razzia im ersten Lagerhaus und der Erkenntnis, warum Black Flag überhaupt auf die Datenbank zugegriffen hatte.

»Es tut mir leid, dass ich so lange gebraucht habe, um das herauszufinden«, sagte Mitchell, worauf Rebecca lächelte. Die letzte Information teilte er ihr nur sehr ungern mit. Es kam ihm vor, als würde er sie anlügen, und er wog jedes Wort genau ab, damit er sich besser fühlte.

Sag einfach, wie es ist, und lass die Lüge sich selbst entfalten, dachte er schließlich.

»Sie haben Miller verhaftet«, berichtete er. »Sie glauben, er gehört zu Black Flag und hätte etwas mit Roches Tod zu tun gehabt.«

Mitchell fiel auf, dass Rebecca zusammenzuckte, als er Roche erwähnte. Fühlte sie sich irgendwie schuldig?

»Er hat versucht, mich zu retten«, sagte sie leise. »Ich habe geahnt, dass man ihn deswegen umgebracht hat, aber ich wollte es nicht glauben. Ich habe die ganze Zeit gehofft, dass wir ihn in einem der Räume finden.«

Mitchell sah, dass die Erinnerung an diesen Ort sie schmerzte, und litt mit ihr. Er wusste nicht, was er sagen sollte.

»Es tut mir leid«, brachte er schließlich hervor, auch wenn er wusste, dass er es schon viel zu oft gesagt hatte.

»Warum glauben sie, dass Miller in die Sache verwickelt ist?«, wollte Rebecca wissen.

»Sie haben DNA-Beweise in Roches Mietwagen und in Millers Haus gefunden. Obendrein einen Berg belastender Dateien auf seinem Computer. Außerdem nehmen sie an, dass er Prince und Sheila Davies umgebracht hat«, sagte Mitchell nur. Die Fakten stimmten: Sie hatten Beweise gefunden und verdächtigten ihn jetzt all dieser Dinge. Die Wahrheit war nun mal eine Grauzone.

»Er scheint gar nicht der Typ zu sein, finden Sie nicht?«, fragte Rebecca.

»Ich bin mir nicht sicher, wie der Typ dafür aussieht«, erwiderte Mitchell und fragte sich dabei, ob sie *ihn* für den richtigen Typ halten würde.

Rebecca trank einen Schluck Kaffee und blickte durch das Fenster auf die Straße. Von dort, wo sie saßen, konnten sie den Haupteingang des Gebäudes sehen. Rebecca beobachtete, wie ein Lieferant eine Sackkarre durch die Tür schob. Der Mann schien sie zu faszinieren, wie Mitchell erstaunt bemerkte. Als der Lieferant draußen an ihnen vorbeiging, musterte er sein Spiegelbild im Fenster. Die Fenster waren von außen abgedunkelt, sodass man nicht in die Kantine hineinschauen konnte; stattdessen spiegelte sich alles auf dem getönten Glas. Mitchell beobachtete die Leute gerne dabei, wie sie sich selbst betrachteten, ohne zu wissen, dass jemand auf der anderen Seite der Scheibe saß und sie sehen konnte.

»Das war er!« Rebecca sprang auf, warf dabei ihre Kaffeetasse um und rannte auf das Fenster zu. Sie drehte sich zu Mitchell um, blickte ihn eindringlich an. »Das war er, Mitchell! Das war der Mann, der mich im Lagerhaus wieder eingefangen hat! Ich bin mir ganz sicher! O Gott!« Sie stand wie erstarrt da, mit zitternden Händen.

Mitchell holte seinen Sicherheitsausweis hervor und rannte auf die Straße. Rebecca blieb ihm dicht auf den Fersen. Doch als sie draußen ankamen, war der Mann nicht mehr zu sehen. Mitchell lief um die Ecke und schaute in beide Richtungen, aber die Straße war leer. Ein weißer Lieferwagen fuhr gerade um die Kurve. Der Mann war entkommen.

Mitchell ging zurück zu der Stelle, an der Rebecca auf ihn wartete. »Haben Sie den Mann erkannt? Sind Sie ganz sicher?«, wollte er wissen.

Sie nickte. »Ja, ich bin mir sicher.«

Mitchell lief zurück zum Gebäude und hielt direkt auf den Empfangstresen zu.

»Was hat der Mann eben gebracht?«, fragte er den Wachmann. Der schaute auf seine Liste, während Mitchell ungeduldig wartete.

»Hier steht nur was von IT-Ausrüstung«, erklärte der Wachmann schließlich. »Das Zeug steht da drüben.« Er deutete auf eine kleine Pappschachtel in der Ecke, die nicht verschlossen zu sein schien. Mitchell ging darauf zu.

»Seien Sie vorsichtig, Mitchell«, rief Rebecca. Sie tat gut daran, sich Sorgen zu machen, doch Mitchell wusste instinktiv, dass es keine Bombe war. Das wäre viel zu derb für Black Flag gewesen, viel zu primitiv und unpräzise. Falls es sich bei dem Mann, den Rebecca gesehen hatte, tatsächlich um Nightshade handelte, war diese Lieferung bloß ein Ablenkungsmanöver.

Mitchell blickte in die Schachtel. Er hatte recht behalten, es war nichts darin.

»Sie ist leer«, erklärte er und hob die Schachtel hoch. Sie war weiß, ohne irgendwelche Markierungen oder Aufkleber. Mitchell ließ die Schachtel achtlos fallen und ging zurück zum Tresen.

»Hat der Mann sonst noch etwas getan?«, wollte er wissen.

»Ja«, erwiderte der Wachmann mit besorgter Miene. »Er ist da vorne auf die Toilette gegangen.«

»Verdammt!«, fluchte Mitchell und lief den Korridor entlang. Er hatte die Toilettentür schon fast erreicht, als das Licht flackerte. Dann wurde es im ganzen Gebäude stockdunkel.

Für ungefähr eine Sekunde flammten die Lichter wieder auf, und Franklin und Knox blickten einander an. Doch ebenso schnell war es wieder dunkel. Dann heulte irgendwo im Gebäude ein Alarm los.

»Verdammt!«, rief Knox. Da es im Keller keine Fenster gab, war es so finster, dass man die Hand vor Augen nicht sehen konnte. Knox stand auf, zog sein Handy aus der Tasche und bahnte sich im spärlichen Licht des Displays den Weg zur Tür. Er zog seinen Ausweis über das Lesegerät und hörte, wie die Tür entriegelt wurde. Dann steckte er den Kopf nach draußen, wo eine Stimme über den Alarm hinweg verkündete, das Gebäude müsse evakuiert werden.

Knox zog den Kopf wieder zurück. »Klingt nach einer Evakuierung«, sagte er.

»Verdammt!«, rief Franklin und stand auf. »Das ist nicht bloß eine Übung?«

»Hört sich nicht danach an. Alle laufen nach draußen. Na los, auf die Beine, Miller. Wir nehmen Sie zwischen uns. Oscar, Sie gehen voraus.« Knox reichte Franklin sein Handy, damit er Licht hatte.

Franklin betrat als Erster den Korridor, gefolgt von Miller und dessen Anwalt, während Knox die Nachhut bildete. Schwache, in den Boden eingebettete Lichtstreifen pulsierten in Richtung des nächsten Notausgangs. Franklin öffnete die Feuerschutztür zur Treppe und ging voran, während er das Handylicht nach vorne hielt. Er führte die Gruppe die Treppe hinauf und auf den Flur, über den man zum Haupteingang gelangte. Sie wollten durch die Vordertür hinaus, aber Franklin hatte die Absicht zu warten, bis sich ihnen andere Angestellte angeschlossen hatten. Ihm gefiel der Gedanke nicht, dass nur er und Knox draußen im Freien auf Miller aufpassen mussten, denn er wusste, dass der Mann jederzeit einen Fluchtversuch wagen konnte. Franklin fragte sich sogar, ob Miller diesen Alarm irgendwie selbst ausgelöst hatte, um zu fliehen. Aber wie hätte er das anstellen sollen? Er war seit Stunden eingesperrt gewesen.

Franklin zog seinen Sicherheitsausweis über das Lesegerät und wollte die Tür vor sich aufdrücken, doch sie ließ sich nicht öffnen. Er zog den Ausweis ein zweites Mal durch, aber auch diesmal tat sich nichts.

»Ist ja super«, meinte er und stöhnte auf. »Die Tür ist verschlossen.«

»Lassen Sie mich mal versuchen.« Knox drängte sich an Franklin vorbei, zog seine Karte durch und drückte gegen die Tür. Nichts. »Tja, die Sicherheit geht wohl vor«, meinte er sarkastisch. »Kommen Sie, wir können wieder nach unten und durch den Seiteneingang nach draußen. Da ist ein Notausgang, der auf die George Street führt. Das dauert zwar ein bisschen länger, aber wenigstens wissen wir, dass die Türen da unten funktionieren.«

Sie drehten sich um und folgten Knox, der sie die Treppe hinunter und in einen anderen Korridor führte. Als sie den Gang betraten, gingen die Lichter wieder an.

»Okay. Gut«, sagte Knox und drehte sich um, um sich zu vergewissern, dass noch alle bei ihm waren. »Wenigstens können wir jetzt etwas sehen.« Der Alarm gellte noch immer in ihren Ohren und wurde lauter, als Knox eine weitere Tür öffnete. Kaum hatten Knox und Miller die Tür passiert, ging das Sprinklersystem an und durchnässte Franklin und den Anwalt, die daraufhin erschrocken zurücksprangen. Die Tür zwischen ihnen knallte zu. Fluchend drückte Franklin dagegen, aber sie schien jetzt verschlossen zu sein, und er und der Anwalt wurden weiter durchnässt.

»Scheiße!«, fluchte Franklin. »Knox, versuchen Sie es von Ihrer Seite«, rief er durch die Tür.

Knox versuchte es, aber die Tür blieb fest verschlossen.

»Dieser verdammte Bau!«, schimpfte Knox. »Die Tür rührt sich nicht. Ich hole Hilfe. Kommen Sie, Miller.« Er packte Millers Arm und zog ihn mit sich. Miller hatte gar keine andere Wahl, als ihm zu folgen.

Es war wie das beste Computerspiel, das er je gespielt hatte. Nightshade nutzte die Steuerung des Gebäudeverwaltungssystems, um Strider von den NCCU-Agenten zu trennen. Er hoffte, den Hacker alleine zu erwischen, damit er seine Aufgabe beenden konnte. Bislang ging sein Plan auf.

Als sein falsches Päckchen abgeliefert worden war, hatte er den Wachmann gebeten, die Toilette benutzen zu dürfen. Er wusste, dass es im Erdgeschoss ein Besucher-WC gab und dass sich direkt dahinter ein Notausgang befand, der zu einer Treppe führte. Ein kurzer Telefonanruf am Empfang hatte den Wachmann lange genug abgelenkt, dass Nightshade unbemerkt durch die Tür schlüpfen konnte. Dann rannte er zum Kontrollraum der Gebäudewartung. Es war zwar weniger ein Raum, eher ein Schrank, doch hier befand sich der wichtigste Teil seines Plans: ein einzelner Computer, der das Gehirn des Gebäudeverwaltungssystems darstellte. Sobald er Zugriff auf diesen Rechner hatte, wäre Nightshade in der Lage, sämtliche Funktionen des Gebäudes zu kontrollieren, von den Lampen und Türschlössern über die Fahrstühle bis hin zur Klimaanlage. Es wäre sein eigenes virtuelles Puppenhaus, und die NCCU-Leute wären seine Spielzeuge.

Hätte er ein bisschen mehr Zeit für diesen Anschlag gehabt, hätte er das Gebäude gar nicht betreten müssen, sondern sich über ein verlässliches Netzwerk Zugriff auf die Steuerung verschafft. Dafür musste nur ein einziger Arbeiter eine E-Mail öffnen, während er an eben dieses Netzwerk angeschlossen war, und schon konnte sich Nightshade den Weg hineinbahnen.

Aber dafür war keine Zeit. Er musste schnell handeln. Die NCCU hatte Strider gefangen genommen und hielt ihn in ihrem Gebäude fest. Nightshade wusste nicht, wie lange er dort bleiben würde, aber ihm war klar, dass er als einer der Größten in die Geschichte eingehen würde, wenn es ihm gelang, die NCCA in ihrer eigenen Festung in die Knie zu zwingen und dabei obendrein noch Strider umzubringen.

Dann würde er den Salesman nicht mehr brauchen. Nach Striders Tod war Nightshades Aufgabe erledigt, und er war entschlossen, das im Gebäude der NCCU zu tun, während sie ihm alle hilflos zuschauen mussten.

Er hatte einen USB-Stick mit einem von ihm geschriebenen Script an den Rechner angeschlossen, das ihm den Fernzugriff auf diesen Computer ermöglichte. Für den unwahrscheinlichen Fall, dass in den zehn Minuten, die er brauchte, um zu seinem Laptop zu gelangen, jemand vorbeikam, um diesen perfekt funktionierenden Rechner zu überprüfen, verschob er die Fenster auf dem Monitor so, dass sein Kontrollprogramm nicht zu sehen war. Es war nur ein einfacher Hack, den man sofort entdecken würde, wenn die NCCU wieder online war, aber bis dahin wäre er längst über alle Berge.

Außerdem hatte er dafür gesorgt, dass die externen Telefonanschlüsse nicht funktionierten, damit man keine Hilfe von außen anfordern konnte, um das System neu zu starten. Obendrein hatte er das Schloss des Gebäudewartungsraums so manipuliert, dass es von außen nicht mehr geöffnet werden konnte. Zu guter Letzt hatte er noch einen Störsender für GSM-, 3G- und 4G-Signale zurückgelassen, um sämtliche Handys zu deaktivieren. Als dann noch alle Netzwerkverbindungen innerhalb der IT-Reichweite des Netzwerks blockiert waren, war er zufrieden, denn damit hatte er ihnen die Möglichkeit genommen, E-Mails zu verschicken.

Nach Verlassen des Gebäudes war Nightshade um die Ecke in eines der Gemeinschaftsbüros gegangen, in dem er für eine Stunde einen Besprechungsraum gemietet hatte. Länger würde er nicht brauchen, und hier konnte ihn niemand stören. Das Büro lag sogar im selben Gebäudetrakt wie die NCCU, war jedoch an eine andere Infrastruktur angeschlossen. So hatte er etwas mehr Arbeit, aber ihm gelang der Zugriff dennoch ohne größere Schwierigkeiten.

Nightshade hatte den Großteil des NCCU-Teams auf dem obersten Stockwerk festsetzen können. Sie hatten sich fast alle in einem großen Raum aufgehalten, sodass es für ihn kein Problem gewesen war, die Türen zu verschließen. Da sich die Schlösser nicht manuell öffnen ließen, würden diese Leute nun so lange dort festsitzen, bis Nightshade beschloss, sie wieder herauszulassen. Amüsiert beobachtete er über die Sicherheitskameras ihre Reaktionen auf sein kleines Spiel. Er fühlte sich wie ein Gott, der Schach mit echten Menschen als Figuren spielte, durfte sich aber nicht ablenken lassen. Es war ein sehr riskantes Spiel, bei dem er klar und weit genug vorausdenken musste. In der Vergangenheit hatte er die NCCU schon zu oft unterschätzt, das würde ihm mit Sicherheit nicht noch einmal passieren.

Nightshade wandte seine Aufmerksamkeit wieder dem Steuerinterface zu, dessen schlichte Effizienz ihm ausgesprochen gut gefiel: Ein Klick, und die Sprinkler waren eingeschaltet; ein Klick, und die Türen waren verschlossen. Jedes Mal, wenn er das tat, hätte er am liebsten laut aufgelacht, aber er wollte nicht wie ein Irrer wirken, der kichernd alleine in einem Besprechungsraum saß. Also verdrängte er seine Vorstellung, ein Bond-Bösewicht zu sein, und konzentrierte sich auf die vor ihm liegende Aufgabe. Strider wurde noch immer von einem der Agenten durch das Gebäude geführt. Nightshade überlegte, wie er diesen Mann loswerden und Strider isolieren konnte. Er beobachtete, wie der Agent verzweifelt versuchte, die Tür wieder zu öffnen, hinter der sich seine Kollegen befanden, doch es gelang ihm nicht. Vor allem wunderte sich Nightshade, dass Strider die Gelegenheit nicht nutzte, den Agenten auszuschalten und zu fliehen. Vermutlich ahnte er längst, dass Nightshade der Grund für die Gebäudeprobleme war. Schließlich hatte er ihn gewarnt, er käme ihn sich holen.

Jetzt sah Nightshade sich erst einmal nach den anderen Agenten im Gebäude um. Erstaunt hatte er festgestellt, dass diese Schlampe von PrinceSec bereits hier war. Der Salesman hatte ihm mitgeteilt, dass sie den Arzt ausgeschaltet und die Polizei in die Klinik gerufen hatte. Vielleicht hatte er noch die Gelegenheit, ihr mit einer kleinen Überraschung aufzuwarten, solange er hier die Macht hatte. Momentan stand sie im Foyer und unterhielt sich mit einem dünnen jungen Mann. Zweifellos planten sie irgendetwas.

Viel Glück dabei, dachte Nightshade gehässig.

Er beobachtete, wie sie niedergeschlagen zum Empfangstresen ging und sich auf dem Stuhl des Wachmanns niederließ. Sie legte einen Arm auf den Schreibtisch und ließ den Kopf darauf sinken. Nightshade lächelte, als er sah, wie der Mann versuchte, sie aufzuheitern. Da er offenbar den Macho spielen wollte, nahm er einen Feuerlöscher in die Hand und versuchte, mit dem stählernen Boden des Löschers eine der Türen zu zertrümmern, die ins Hauptgebäude führten. Der Wachmann eilte ihm zu Hilfe und rammte seine Schulter gegen die Tür.

Sie alle hatten sich bereits im Eingangsbereich aufgehalten, als Nightshade den Alarm aktiviert hatte, und hätten Zeit genug gehabt, das Gebäude zu verlassen, bevor die Türen verriegelt worden waren. Nightshade gefiel es gar nicht, dass sie jetzt versuchten, sich gegen ihn zu wehren. Es entsprach der Natur der Menschen, bei einem Feueralarm zu fliehen, doch dieser Kerl versuchte stattdessen, der Sache auf den Grund zu gehen. Aber Nightshade war froh, dass die Frau anscheinend aufgegeben hatte, denn er wusste, wie viel Ärger sie machen konnte. Es gefiel ihm, wenn Menschen erkannten, dass sie besiegt waren.

Ihm schoss der Gedanke durch den Kopf, ob es eine Möglichkeit gab, einen der Prozesse des Gebäudes gegen diese Gruppe zu richten, damit sie sich nicht mehr einmischten, und gleichzeitig Strider auszuschalten. Doch alles, was ihm einfiel, war ebenso unbefriedigend wie zufällig. Er konnte ein elektrisches Feuer auslösen, doch dabei gab es keine Garantie, dass sein Opfer auch tatsächlich ums Leben kam. Er konnte das Ventilationssystem umschalten, sodass die Klimaanlage Kohlenmonoxid in die Luft pumpte, aber das Gebäude war viel zu groß und weitläufig, als dass man jemanden in kurzer Zeit darin vergiften konnte.

Deshalb beschloss er, die Menschen im Foyer vorerst zu ignorieren und sich auf die wichtigste Aufgabe zu konzentrieren: Strider musste sterben. Alles andere war nur ein Bonus.

Er schaltete den Alarm aus, da er sein Ziel erreicht und den Hacker aus dem Verhörraum gelockt hatte. Da der sich jetzt auf dem Gang aufhielt, standen Nightshade effektivere Prozesse zur Verfügung. Außerdem machte ein Alarm die Außenwelt nur darauf aufmerksam, dass etwas nicht stimmte, und das sollte so schnell noch nicht passieren. Er wollte Strider alleine in einem dieser Kellerräume erwischen. Und wenn er dafür noch einen der Agenten ausschalten musste, war das eben so. Ihm blieb jetzt keine Zeit für Finesse, daher musste er wohl oder übel mit Kollateralschäden leben.

Nightshade klickte auf einen anderen Bereich auf dem Steuerbildschirm und öffnete die Schlösser der nächsten Türen entlang des Korridors in der Hoffnung, dass der Agent versuchen würde, Strider aus dem Gebäude zu schaffen. Er musste doch inzwischen ahnen, dass Strider die Zielperson war.

Sind diese NCCU-Leute denn total bescheuert?, wunderte sich Nightshade.

Regel Nr. 22: Mit Geduld und Spucke

Bei jedem Kontakt hinterlässt man eine Spur.
Jeder Gegenstand und jeder Mensch, den wir berühren,
wird auf irgendeine Weise verändert.

In dem Moment, in dem alle Lichter erloschen, wusste Mitchell, dass er zu spät kam.

Er war so in die Unterhaltung mit Rebecca vertieft gewesen, dass er vergessen hatte, mit dem Angriff von Black Flag zu rechnen. Allerdings hatte er auch nicht erwartet, dass Nightshade so schnell reagieren oder gleich das gesamte Gebäude angreifen würde. Ihm wurde schlecht bei der Vorstellung, dass Nightshade sich zusammen mit ihnen hier drin aufgehalten hatte, ohne dass es ihm aufgefallen war. Wie hatte er sich nur derart ablenken lassen können?

Die Lichter waren gerade wieder aufgeflammt, aber sie saßen noch immer im Foyer fest, und Mitchell spürte, dass die Luft aus der Klimaanlage immer wärmer wurde. Was hatte er vor? Wollte er sie hier drin bei lebendigem Leibe kochen? Mitchell musste unbedingt nach unten zu den Verhörräumen und Miller in Sicherheit bringen. Dieser Kampf war weitaus größer und öffentlicher geworden, als er vorgehabt hatte, aber jetzt musste er da durch. Er durfte nicht zulassen, dass Nightshade Miller umbrachte, das war ihm während der Unterhaltung mit Rebecca in der Kantine klar geworden. Es waren schon jetzt zu viele Unschuldige gestorben, und das stand definitiv nicht im Einklang mit dem Code.

»Rebecca? Gibt es eine Möglichkeit, Cryptos zu deaktivieren? Können wir irgendwie auf den manuellen Betrieb umschalten?«

»Dazu müsste man an den Hauptrechner«, antwortete sie. »Es gibt keine Softwarelösung, um das System zu überbrücken. Wenn ich mich an einen Computer setze, könnte ich etwas unternehmen, aber von hier aus gibt es nichts, was wir tun können.«

Mitchell führte sie am Ellenbogen weg von dem Wachmann, sodass sie sich ungestört unterhalten konnten.

»Wir müssen wieder die Kontrolle über das Gebäude bekommen. Das sind diese Hacker, Rebecca. Black Flag. Wir wissen nicht, wer mit ihnen zusammenarbeitet.«

Rebecca blickte den Wachmann über Mitchells Schulter hinweg an. Sie schien zu verstehen, was er sagen wollte: *Vertraue niemandem.*

»Ich denke, sie sind hinter Miller her«, fuhr Mitchell fort. »Wenn sie glauben, dass er Informationen besitzt, die uns zu ihnen führen könnten, werden sie versuchen, ihn umzubringen. So etwas habe ich früher schon erlebt.«

»Hier?«, fragte Rebecca und blickte ihn erschrocken an.

Er wusste nicht genau, ob sie sich um ihre eigene Sicherheit Sorgen machte oder um Millers.

»Ja, sie können ihn mithilfe der Gebäudesteuerung isolieren, sodass sie ihn leicht ausschalten können.«

»Großer Gott«, murmelte sie. Doch als sie ihn anschaute, sah er, wie die Furcht aus ihrer Miene verschwand, und wie sie mit einem Mal nachdenklich wirkte. »Es gibt einen Weg, wie wir von draußen reinkommen können«, sagte sie schließlich. »Aber die Aussicht, dass es klappt, ist sehr gering.«

»Reden Sie weiter«, forderte er sie auf. »Eine winzige Chance ist besser als gar keine.«

»Das Sicherheitssystem läuft in einem separaten Netzwerk. Das wurde durch den Patch ausgelöst, den wir aufgespielt haben, nachdem wir herausgefunden hatten, dass Black Flag die Datenbank an sich gebracht hat. Auf diese Weise haben die Sicherheitsleute noch immer die Möglichkeit, Hilfe zu rufen, wenn einer der Prozesse angegriffen wird.«

»Gut, wir können seinen Rechner also nutzen, um Hilfe zu rufen«, erkannte Mitchell und deutete auf den Wachmann. Allerdings hatte er etwas ganz anderes im Sinn.

»Haben Sie Ihr Handy dabei?«, fragte Rebecca.

»Ja, aber wir haben hier kein Signal. Offensichtlich stören sie die Frequenz«, erklärte er. Bis jetzt war ihm schleierhaft, was sie vorhatte.

»Sie haben doch eine lokale Version der gemeinsamen Festplatte auf dem Handy, nicht wahr?«, wollte sie dann wissen. »Auf der die Ermittlungsergebnisse gespeichert werden?«

»Ja«, bestätigte er und wollte sein Handy schon hervorholen, aber sie hielt ihn davon ab.

»Warten Sie, wo sind hier die Kameras? Ich will nicht, dass diese Leute sehen, wie Sie Ihr Handy herausholen.« Sie folgte ihm, als er sich unauffällig etwas anders hinstellte, damit die Sicherheitskameras im Foyer nicht mehr festhalten konnten, was er tat.

»Die Datenbank befindet sich doch noch auf dem Laufwerk, oder? Wenn ich darauf zugreifen kann, selbst auf die Originalversion, kann ich vielleicht auch von außen in den Steuercomputer gelangen. Das hängt natürlich davon ab, wie sie darauf zugreifen. Zuerst muss ich überprüfen, ob ich von hier aus überhaupt eine Verbindung herstellen kann. Dazu brauchen wir allerdings ein Ablenkungsmanöver.« Sie schien fast ein wenig aufgeregt zu sein. Mitchell staunte über die Veränderung, die mit ihr vorging, denn auf einmal wirkte sie voller Entschlossenheit. »Geben Sie mir unauffällig das Handy. Danach müssen Sie auf dieser Seite des Raums irgendwas Auffälliges anstellen. Versuchen Sie, die Tür einzuschlagen, okay? Wenn Sie den Wachmann dazu bringen können, Sie dabei zu unterstützen, wäre das sogar noch besser.«

Er reichte ihr das Handy.

»Neunzehn vierundachtzig«, sagte er leise. »Der Zugangscode.«

»Oh, ein Fan von George Orwell«, scherzte sie und zwinkerte ihm zu, als sie das Handy entgegennahm. »Wird schon schiefgehen.«

Rebecca wandte sich von ihm ab. Mitchell sah, wie sie in sich zusammensackte. Als sie langsam zurück zum Schreibtisch ging, wirkte sie, als wäre sie am Boden zerstört. Sie ließ sich auf dem Stuhl des Wachmanns nieder, legte einen Arm auf den Tisch und bettete den Kopf darauf.

Mitchell war beeindruckt. Jetzt musste er seinen Beitrag leisten. Er nahm den Feuerlöscher von der Wand, ging zur Korridortür und hämmerte den Löscher dagegen. Das würde vermutlich nicht funktionieren, wäre aber eine gute Ablenkung.

»Wollen Sie mir nicht helfen?«, rief er dem Wachmann zu. »Wir müssen die Leute da rausholen!«

Der Wachmann blickte ihn skeptisch an. Dann kam er zu ihm und rammte entschlossen die Schulter gegen die Tür.

Die Sicherheitskamera hinter dem Schreibtisch war so angebracht, dass man die Personen sehen konnte, die das Gebäude betraten, und nicht etwa den Wachmann. Indem Rebecca den Kopf auf den linken Arm legte, war sie nicht nur vor der Kamera abgeschirmt, sie konnte überdies mit der rechten Hand Mitchells Passcode eingeben und sein Handy entsperren. Schnell rief sie die Ordnerliste des Laufwerks auf. Sie wusste, dass alle Agenten eine lokale Kopie davon auf ihren Handys hatten, damit sie auch unterwegs immer damit arbeiten konnten. Das hatte sie bei Agent Roche im Kraftwerk gesehen.

Nach kurzer Zeit sah sie die Datenbank vor sich auf dem Bildschirm und konnte auf die Informationen zugreifen, die sie brauchte, um sich Zugriff auf den Gebäudeverwaltungscomputer zu verschaffen. Die Sicherheitssoftware Cryptos war so entwickelt worden, dass ein Berater von PrinceSec, der Herstellerfirma, im Notfall durch ein eigenes Portal darauf zugreifen und Hilfe leisten konnte. Rebecca hoffte, dass sie sich jetzt mithilfe ihres PrinceSec-Fernzugrifftools anmelden und den Steuercomputer übernehmen konnte. Während sie den Kopf weiterhin gesenkt hielt, überlegte sie, wie sie den Computer hier am Schreibtisch hochfahren konnte, ohne dass jemand mitbekam, dass sie Zugriff auf das Internet hatte.

Mitchell leistete mit seinem Ablenkungsmanöver ganze Arbeit. Für einen so schlanken Mann legte er viel Kraft in seine Schläge. Rebecca war sicher, dass es ihm zusammen mit dem Wachmann tatsächlich gelingen konnte, die Tür aufzubrechen. Sie tat so, als würde sie zu den beiden Männern hinüberschauen, warf stattdessen aber einen raschen Blick zur Kamera. Sie konnte zwar nicht erkennen, wie weit der Aufnahmebereich reichte, aber es machte nicht den Anschein, als würde der Schreibtisch mit erfasst werden.

Rebecca beschloss, den Monitor zur Sicherheit ganz an den Rand des Schreibtisches zu schieben. Zentimeter für Zentimeter bewegte sie den Bildschirm im Einklang mit Mitchells Schlägen an der Tür nach vorn. Dann setzte sie sich auf und schob mit einer raschen Bewegung ihren Stuhl ganz nach hinten an die Wand, wobei sie die Tastatur mit sich zog. So konnte sie auf ihrem Schoß tippen, ohne dass die Kamera über ihrem Kopf ihre Hände erfasste. Sie legte die Beine auf den Tisch und täuschte für die Kamera am anderen Ende des Foyers, die auf sie gerichtet war, Resignation vor. Hoffentlich sah es aus diesem Blickwinkel so aus, als würde sie darauf warten, dass Hilfe kam.

Dann legte sie den Kopf nach hinten, den sie vom Monitor abwandte, sodass sie beinahe schon die Augen verdrehen musste. Jetzt war sie bereit. Sie öffnete den Browser und sah, dass sie in der Tat mit dem Internet verbunden war. Aus dem Gedächtnis gab sie die Adresse für den PrinceSec-Fernzugriff ein, die sie von unterwegs schon häufig genutzt hatte. Nachdem sie ihren Benutzernamen und das Passwort eingetippt hatte, sah sie erleichtert, wie das vertraute Interface geladen wurde.

Als sie aus dem Augenwinkel bemerkte, dass Mitchell ihr verstohlene Blicke zuwarf, nickte sie kaum merklich. Sie hatte es noch nicht geschafft und konnte noch immer scheitern, aber sie hatte das Gefühl, ihm versichern zu müssen, dass sie auf dem richtigen Weg war.

Nightshade überlegte, wie er Strider am besten dahin bekam, wo er ihn haben wollte. Der Mann war bereits auf dem Weg in den Keller, und das war perfekt, doch Nightshade wollte ihn näher an den Heizungsräumen haben. Das war nicht einfach, aber er musste einen Weg finden. Vielleicht war es ganz gut, dass sich der andere Agent noch bei Strider aufhielt, denn er schien der Einzige zu sein, der versuchte, aus dem Gebäude rauszukommen.

Nightshade war enttäuscht, dass Strider sich offenbar mit seinem Schicksal abgefunden hatte. Wäre er selbst in dieser Lage gewesen, hätte er eher den Tod riskiert, als die Aussicht auf ein Leben ohne Internetzugang zu ertragen.

Der Kellerbereich bot den Vorteil, dass die Luftzufuhr hier über ein Ventilationssystem erfolgte, über das Nightshade jetzt die Kontrolle hatte. Er hatte die Temperatur bereits so hoch gestellt, wie er nur konnte, damit seine Opfer unter der Hitze und der Luftfeuchtigkeit zu leiden hatten. Selbst bei einem gesunden Erwachsenen trat erstaunlich schnell eine Überhitzung des Körpers ein; wenn der Betreffende sich dann auch noch körperlich anstrengte, geschah es umso schneller. Nightshade war verärgert, dass Strider sich nicht zu verausgaben schien, war zugleich aber auch erleichtert. Der Mann wirkte zäh und würde vermutlich längst das Bewusstsein verloren haben, wenn Nightshade zur Tat schritt, was ihm gut in den Kram passte, denn Nightshade hoffte darauf, dass Strider und jeder, der bei ihm war, sich nicht mehr wehren konnte, wenn er dort auftauchte. Ihm fiel kein anderer Weg ein als der direkte Zugang, um sicherzustellen, dass Strider tatsächlich starb, aber er würde damit warten, bis ihm der Sieg sicher war. Strider war ein zäher Brocken, er würde sich nicht einfach hinlegen und darauf warten, umgebracht zu werden.

Nightshade grinste. Wie nicht anders zu erwarten, hatte der Agent bei Strider gerade entdeckt, dass die Türen vor ihm nicht verschlossen waren. Nun schob er Strider hindurch. Dabei ging der Mann ziemlich grob mit seinem ehemaligen Kollegen um. Offenbar betrachtete er es als tödliche Beleidigung, dass Strider gegen die NCCU gearbeitet hatte. Nightshade hätte zu gerne gewusst, ob der Agent mit dem Gedanken spielte, Strider zurückzulassen, damit er leiden musste, oder ob er versuchte, ihn aus dem Gebäude zu schaffen, damit er vor Gericht gestellt werden konnte. Wie würde es ihm wohl gefallen, neben einem Mann zu sterben, von dem er wusste, dass er ihn verraten hatte?

Sobald die Männer durch die Türen waren, verriegelte Nightshade sie wieder. Er wollte eine möglichst große Distanz zwischen sie und die anderen Agenten bringen und sie außerdem in Richtung der Kesselräume treiben. Der Agent würde versuchen, den Seiteneingang zu erreichen, der hinter den Kesselräumen lag. Wenn alles so lief, wie Nightshade es plante, würden sie es nicht bis dorthin schaffen, aber nahe genug sein, dass er direkt an Strider herankommen konnte.

Es konnte nicht mehr lange dauern, bis sie aufgrund der Hitze die ersten Anzeichen von Erschöpfung spürten. Und wenn er sie weiter in Richtung der Kesselräume scheuchte, hatte er sie bald in einem Bereich, den er vollständig abriegeln konnte. Dort würden sie in der Falle sitzen.

Während die Männer den Korridor entlangeilten, wandte Nightshade seine Aufmerksamkeit wieder der Frau von PrinceSec zu. Ihr dünner kleiner Freund und der Wachmann hatten die Tür fast schon aus den Angeln gehoben und würden den Durchbruch in Kürze geschafft haben. Aber das bereitete Nightshade keine großen Sorgen, da sie schon nach fünfzehn Metern vor der nächsten verschlossenen Tür stehen würden.

Er konnte erkennen, dass der Mann der Frau, die immer noch am Schreibtisch saß, irgendetwas zurief. Dummerweise übertrugen die Kameras keine Audiosignale, sodass er nicht hören konnte, was sie sagten. Doch er hätte wetten können, dass sie einen Plan ausheckten.

Ein Anflug von Furcht überkam ihn. Würde diese Schlampe erneut seine Pläne durchkreuzen? Nein, das war völlig unmöglich, versuchte er sich zu beruhigen. Er hatte die Lage unter Kontrolle.

Die Kamera hinter dem Schreibtisch verriet ihm nicht, was die Frau tat, aber aus dem anderen Blickwinkel sah es so aus, als hätte sie irgendetwas auf dem Schoß. Sie verbarg etwas. Nightshade erkannte deutlich, dass sich ihre Schultern und ihre rechte Hand bewegten. Es sah fast so aus, als würde sie eine Maus benutzen. Versuchte sie etwa, sich von dort aus Zugriff auf den Gebäudeverwaltungscomputer zu verschaffen? Na, das würde ihr nicht gelingen, da er, Nightshade, die Netzwerkverbindung gekappt hatte. Er suchte auf dem Steuerungsinterface nach dem Sicherheitscomputer und überlegte, dass es ganz witzig wäre, ihr eine Nachricht zu schicken.

Dann aber musste er enttäuscht feststellen, dass er den Empfangscomputer nicht finden konnte. Er hatte Zugriff auf sämtliche Rechner auf allen Stockwerken, aber den Computer, an dem die Frau saß, entdeckte er nicht. Sie musste an ein anderes Netzwerk angeschlossen sein.

In dem Moment, als Nightshade dies klar wurde, brach der dünne Kerl durch die Tür, auf die er eingeschlagen hatte. Nightshade sah, wie er nach vorne stürzte und dann wieder ins Foyer zurückgerannt kam, wo er die Frau direkt ansah. Sie rief ihm etwas zu, woraufhin er sich vorbeugte und irgendetwas in den Computer eingab.

Was machten sie da? Was immer es war, es gefiel Nightshade ganz und gar nicht.

Er musste ihrem kleinen Spielchen ein Ende bereiten.

»Ich bin drin«, rief Rebecca, behielt ihre lässige Haltung jedoch bei.

»Großartig«, erwiderte Mitchell, der vor Anstrengung keuchte. »Was können Sie von hier aus erreichen? Können Sie erkennen, woher die Verbindung kommt?«

»Soll ich die Türen öffnen und die Leute rauslassen?«, fragte sie und wollte den Befehl schon eingeben.

»Nein!«, rief er. »Warten Sie! Er weiß noch nicht, dass uns der Zugriff gelungen ist. Wenn wir ihn aus seinem Versteck locken, können wir ihn vielleicht aufhalten. Indem wir ihn einfach rausschmeißen, riskieren wir, ihn ganz zu verlieren.«

Rebecca wusste, dass Mitchell recht hatte; zugleich verspürte sie den Wunsch, die Menschen in dem Gebäude zu schützen.

»Ich sehe mal nach, ob ich was finde«, sagte sie, navigierte zum IT-Bereich und schaute sich die Verbindungen an. Sie konnte ihre eigene und eine weitere erkennen. Also wählte sie die andere Verbindung aus und versuchte, deren Ursprung herauszufinden. Einen Moment lang passierte gar nichts, während das Administratorportal seine Fühler ausstreckte.

Rebecca beobachtete, wie Mitchell weiter auf die Tür einschlug. In dem Moment, als er sie aufbrach, bekam sie eine Antwort.

»Regus-Gast-Netzwerk!«, rief sie laut.

Sofort kam Mitchell zurück in den Raum. »Was?«, fragte er, keuchend vor Anstrengung.

»Er ist in einem Regus, und es muss hier ganz in der Nähe sein. Er benutzt den Gastzugang.«

»Verdammt, er ist hier im Gebäude«, erkannte Mitchell. »Das heißt, im Grunde auch wieder nicht.« Er lief auf Rebecca zu. »Können Sie mir den Haupteingang öffnen?«

»Wollen Sie ihn suchen?«

»Wir haben keine andere Wahl.«

Rebecca schaltete die Türsteuerung um, und Mitchell lief los, sobald die Eingangstür aufglitt.

»Sichern Sie den Rest des Gebäudes«, rief er ihr über die Schulter hinweg zu, als er die Tür erreicht hatte. »Sorgen Sie dafür, dass niemand rein- oder rauskommt.«

Er war schon fast durch die Tür, als erneut der Strom ausfiel. Mitchell gelang es gerade noch, sich durch den Türspalt zu quetschen, bevor die Tür sich krachend schloss.

»Scheiße!«, fluchte Rebecca. »Er muss uns gesehen haben.«

Der Wachmann zog eine Taschenlampe aus dem Gürtel und leuchtete zu ihr hinüber.

»Ich muss irgendwie versuchen, zum Kontrollraum des Gebäudes zu gelangen. Wie stark fühlen Sie sich?«, fragte sie.

Es ärgerte Rebecca, dass sie Black Flag erneut in die Falle getappt war. Sie hätte etwas unternehmen müssen, um ihnen die Kontrolle zu entziehen. Jetzt konnte sie nur hoffen, dass es Mitchell gelang, sie zu erreichen, bevor ihnen klar wurde, dass er hinter ihnen her war. Sie mussten auf den Kamerabildern gesehen haben, dass er auf die Tür zulief, aber wegen des Stromausfalls hatten sie offenbar nicht mitbekommen, dass er es bis nach draußen geschafft hatte. Es bestand nur wenig Hoffnung, aber in der Zeit, die Mitchell brauchte, um das Gebäude zu umrunden, konnten sie nicht weit kommen.

Regel Nr. 23: Irgendwann ist jeder Spaß vorbei

Bei einem Katz-und-Maus-Spiel kann weder die Katze noch die Maus gewinnen. Also spiel nicht mit deiner Beute.

Mitchell war in dem Moment losgerannt, als der Strom ausgefallen war. Es gelang ihm, das Gebäude zu verlassen, kurz bevor sich die elektronischen Türen wieder schlossen.

Er konnte es nicht fassen. Gerade, als sie geglaubt hatten, die Oberhand zu haben, hatte Nightshade die Stromversorgung unterbrochen. Also wusste der Kerl, dass er, Mitchell, und Rebecca ihm auf der Spur waren. Zum Glück hatte Nightshade es erst so spät herausgefunden, dass Rebecca Mitchell den nötigen Vorsprung verschaffen konnte.

Das Regus-Büro lag in einer kleinen Ecke des NCCU-Gebäudes, war jedoch in Bezug auf das Netzwerk, die Stromversorgung und andere Anlagen gänzlich unabhängig. Die Büros lagen unter demselben Dach und grenzten stellenweise aneinander, stellten jedoch separate Einheiten dar. Es gab in ganz London ähnliche Büroplätze, die man stundenweise mieten konnte. Auch Strider hatte sie schon genutzt, da sie eine gewisse Privatsphäre und Anonymität gewährleisteten. Allerdings war er nie so dumm gewesen, sich in einem Büro einzunisten, das direkt neben seinem Ziel lag, aber Nightshade war vermutlich davon ausgegangen, das Gebäude vollständig abgeriegelt zu haben.

Als Mitchell sich umdrehte, sah er, wie der Wachmann Rebecca mit der Taschenlampe anleuchtete. Da sie von drinnen jetzt nichts mehr unternehmen konnten, lag nun alles ganz bei ihm, Mitchell. Er rannte los. Falls Nightshade wusste, dass er das Gebäude verlassen hatte, würde er davon ausgehen, dass Mitchell hinter ihm her war. Jetzt kam es darauf an.

Mitchell rannte um die Ecke und zum Eingang der Regus-Büros. Es ärgerte ihn, dass er nicht früher daran gedacht hatte. Er war einfach davon ausgegangen, dass Nightshade in den weißen Lieferwagen gestiegen war, den sie gesehen hatten. Er wäre nie im Traum darauf gekommen, dass der Mann durch eine Tür gegangen war, an der er, Mitchell, tagtäglich vorbeikam.

Er rannte durch die Tür und zum Empfangsschalter, wo er der Rezeptionistin seine NCCU-Dienstmarke hinhielt.

»Ich muss wissen, wer im Moment Ihre Besprechungsräume gemietet hat«, fragte er energisch.

»Haben Sie einen Termin?«

Erneut hielt Mitchell ihr seine Dienstmarke vor das Gesicht.

»Hier geht es um die nationale Sicherheit«, sagte er. »Ein Verbrecher greift das Gebäude der NCCU an und benutzt dafür Ihr Netzwerk. Wer hält sich zurzeit in Ihren Besprechungsräumen auf?«

Die Rezeptionistin tippte auf der Tastatur. »Im Moment sind zwei Besprechungsräume belegt. Wonach suchen Sie genau?«

»Ist eine der Personen alleine?« Mitchell verzweifelte allmählich, auch wenn er wusste, dass es keinen schnelleren Weg gab, der Frau die gewünschten Informationen zu entlocken. Er konnte nur hoffen, dass ihr die Dringlichkeit der Lage bewusst war.

»Besprechungsraum B«, sagte sie schließlich.

»Rufen Sie die Polizei!« Mitchell war bereits wieder losgerannt. Er hastete die Treppe hinauf, wobei er immer zwei Stufen auf einmal nahm. Erst als er im zweiten Stock war, fragte er sich, was er eigentlich tun sollte, wenn er Nightshade gegenüberstand. Was, wenn der Mann ihn erwartete? Wenn er bewaffnet war? Mitchell hatte nichts bei sich, womit er sich verteidigen konnte. Doch er hatte keine andere Wahl, als weiterzulaufen. Er konnte nur hoffen, dass Nightshade schwächer war als er und dass ihm, Mitchell, das Überraschungsmoment zugutekam.

Am Ende der Treppe entdeckte er ein Hinweisschild, das den Weg zu Besprechungsraum B wies. Er ging über den Flur, bewegte sich jetzt vorsichtiger und lauschte, ob aus dem Raum etwas zu hören war. Nichts. Mitchell drückte den Rücken gegen die Wand neben der Tür und horchte erneut. Nein, von drinnen war nichts zu hören.

Langsam drückte er die Tür nach innen. Auf dem Schreibtisch stand ein aufgeklappter Laptop, aber es war niemand zu sehen. Mitchell vermutete, dass Nightshade hinter der Tür lauerte und nur darauf wartete, dass er das Zimmer betrat, deshalb ließ er die Tür zufallen, stieß sie einen Augenblick später ganz auf und sprang in den Raum.

Er hatte sich geirrt. Hier war niemand. Die Tür fiel hinter ihm ins Schloss.

Mitchell schaute sich um. In diesem Besprechungsraum konnte man sich höchstens unter einem Tisch verstecken. Er ging auf die Knie und schaute nach. Da war niemand; er war alleine. Rasch lief er zu dem Laptop hinüber, auf dessen Bildschirm noch die Steueranzeige des NCCU-Gebäudes zu sehen war. Mitchell wusste, dass er sich am richtigen Ort befand, aber Nightshade war ihm entwischt.

Mitchell eilte wieder nach draußen und sah sich um. Wohin war Nightshade verschwunden?

Er entdeckte einen Sticker, der darauf hinwies, dass der Notausgang sich um die Ecke befand, und lief erneut los. Als er sah, dass die Tür noch ein Stück weit geöffnet war, wurde er noch schneller. Vorsichtig stieß er die Tür auf und ging hindurch. Vor ihm führte eine Metalltreppe nach unten.

Mitchell machte sich an den Abstieg, wobei er auf jedes Geräusch lauschte. Als er ungefähr auf der Mitte der Treppe war, hörte er einen Knall und zuckte zusammen. Augenblicke später erklang das leise Geräusch einer Tür, die ins Schloss fiel.

Nachdem er sich davon überzeugt hatte, dass er nicht beschossen wurde, ging Mitchell vorsichtig weiter. Die letzten Treppenstufen betrat er mit äußerster Vorsicht. Nightshade musste irgendwo hier unten sein. Mitchells Richtungssinn war zwar ein wenig durcheinander, aber er hätte schwören können, dass sie sich im Keller unter dem NCCU-Gebäude befanden, denn in einiger Entfernung war das Summen der Heizanlage zu hören.

Am Fuß der Treppe befand sich eine Tür in der Wand. Der Türgriff baumelte herunter – das musste der Knall gewesen sein, den Mitchell gehört hatte. Er stellte sich dicht vor die Tür und lauschte. Auf der anderen Seite waren Stimmen zu hören, die jedoch ein Stück weit weg zu sein schienen. Mitchell ging in die Kellerecke, in der einige Reinigungsgeräte standen, nahm einen Besen und drehte den Stiel ab. Er wog den Holzstab in der Hand. Das war besser als nichts.

Langsam und vorsichtig ging er auf die Tür zu.

Nightshade gelangte im dritten Anlauf durch die Sicherheitstür, die die beiden Gebäudeteile miteinander verband. Er hatte seinen Laptop im Besprechungsraum stehen lassen, da sich darauf ohnehin nur das Steuerungsprogramm befand. Er brauchte den Laptop nicht mehr. Falls er später Zeit hatte, konnte er ihn immer noch holen.

Vor Verlassen des Besprechungsraums hatte er außerdem die Kellertüren geöffnet, durch die er musste, alle anderen jedoch verschlossen gelassen. Er wollte die Stelle, an der Strider sich aufhielt, schnell erreichen können und das Gebäude danach noch schneller wieder verlassen.

In dem Moment, als er sah, dass der dünne Kerl auf die Tür zurannte, war Nightshade klar geworden, dass er in Schwierigkeiten steckte. Eigentlich hatte er warten wollen, bis Strider aufgrund der Hitze und Feuchtigkeit in den beengten Kellerräumen das Bewusstsein verlor, um dann durch den Notausgang hineinzuschlüpfen und ihn zu erledigen. Er hatte sich ganz bewusst für dieses Büro entschieden und seinen Plan rund um diesen gemeinsamen Notausgang aufgebaut.

Noch blieb genug Zeit. Sie konnten nicht in den Keller gelangen, ohne zuvor sämtliche Türen auf dem Weg dorthin zu entriegeln, was jedoch auf manuelle Weise geschehen musste. Soweit er wusste, war die Stromzufuhr ihres Computers ausgefallen, und sie würden erst zwei Türen einschlagen müssen, bevor sie den Steuerungscomputer erreichten. Selbst wenn ihnen das sehr schnell gelang, mussten sie noch immer die Einstellungen überschreiben und dazu seinen Code knacken. Er hatte sich also ein wenig Zeit verschafft. Mehr konnte er nicht tun, was das anging.

Doch jetzt kam das Brutalste: der direkte Zugang. Nightshade zog die Pistole aus dem Holster. Er wollte auf alles vorbereitet sein.

Im nächsten Gang waren Stimmen zu hören. Wenn er alles richtig berechnet hatte, mussten es Strider und der Agent sein, der versuchte, ihn in Sicherheit zu bringen. Nightshade musste den großen Mann zuerst ausschalten. Anschließend wollte er sich ein wenig mit Strider unterhalten, bevor er ihn umbrachte.

Er näherte sich der Tür zum nächsten Korridor, in dem er seine Beute bereits hören konnte, und drückte sie auf. Obwohl er im Besprechungsraum dafür gesorgt hatte, dass die Kellertüren offen waren, bestand das geringe Risiko, dass einer der Männer den Rückweg antrat, sodass er ihnen den ganzen Weg bis zur Treppe folgen musste. Nach oben wären sie allerdings nicht gekommen, und Nightshade hatte auch vor, ihnen den Weg zum Notausgang zu versperren.

Doch in diesem Moment kamen sie direkt auf ihn zu. Nightshade wartete hinter der Tür, bis er ein Klicken hörte. Er vermutete, dass der Agent als Erstes auftauchen würde.

Als der Mann im Türrahmen erschien, schnellte Nightshade aus der Dunkelheit hervor und schlug ihm mit beiden Fäusten in den Nacken. Er spürte, wie der Lauf der Waffe auf den Schädel des Mannes prallte. Der Agent brach zusammen und fiel wie ein nasser Sack zu Boden. Nightshade riss die Tür auf, trat in den schwach beleuchteten Korridor. Und da stand Strider. Er drehte sich gerade um, wollte in die andere Richtung rennen.

»Weglaufen bringt jetzt auch nichts mehr«, sagte Nightshade in dem schaurigsten Tonfall, den er zustande brachte.

Strider wirbelte herum und blickte ihn an, um dann wie erstarrt dazustehen, während Nightshade in den Korridor schlenderte und die Waffe vor sich hielt. Er fühlte sich wie ein Cowboy und fragte sich, ob es sich im richtigen Leben wohl anders anfühlte als in einem Spiel, jemanden zu töten.

Bisher hatte er nur auf Zielscheiben geschossen, aber er wusste, dass er ein hervorragender Schütze war. So nah hatte er noch nie vor einem seiner Opfer gestanden. Normalerweise heuerte er Leute an, die diese Arbeit für ihn erledigten. Er hatte sogar schon Strider für sich töten lassen. Und nun stand er hier, um Strider zu beseitigen. Was für eine Ironie.

»Ich bin nicht der, für den Sie mich halten«, sagte Strider und hob die Hände, als er Nightshades Waffe erblickte.

Nightshade lachte. »Das gilt wohl für uns beide, was?« Er ging mit ausgestreckter Waffe weiter.

»Ich bin nicht Strider. Sie müssen mir glauben«, beharrte der Mann und wich mit erhobenen Händen zurück, als könne er sich durch Reden aus der misslichen Lage befreien.

»Ich *muss* Ihnen glauben? Okay, in Ordnung. Ich glaube Ihnen. Tut mir sehr leid, dass ich Sie belästigt habe. Dann werde ich jetzt wohl lieber verschwinden.« Mit jedem Wort ging Nightshade schneller auf Strider zu. Jetzt waren sie nur noch einen Meter voneinander entfernt. Nightshade konnte die Waffe fast schon an die Stirn seines Gegners drücken.

»Dir hat es wohl die Sprache verschlagen, was, Strider?«, meinte er und grinste sein Gegenüber verschlagen an.

Er sah, wie Striders Augen sich weiteten, und wie sein Blick nach rechts huschte. Es hatte ganz den Anschein, als wollte er einen Fluchtversuch wagen, aber Nightshade hatte den Ausgang versperrt.

»Mach dir gar nicht erst die Mühe«, sagte er. »Du kannst nirgendwohin. Wir hatten dir doch versprochen, dass wir dich holen kommen. Jetzt ist es so weit.« Nightshade hielt inne und dachte über seine Worte nach. »Nein, eigentlich habe *ich* es dir versprochen«, fügte er hinzu.

»Lass ihn gehen, Simon«, sagte eine ruhige Stimme hinter ihm. »Er ist nicht der, den du suchst.«

Nightshade erstarrte. Wer war das, und woher kannte er seinen Namen?

Er wirbelte gerade noch rechtzeitig herum, um zu sehen, wie der dünne Kerl aus dem Foyer mit einem Stock auf ihn losging. Nightshade duckte sich, sodass das Holz nur seine Schläfe streifte. Dennoch schoss der Schmerz ihm durch den Schädel, und er schrie gellend auf.

Nightshade riss die Waffe genau in dem Moment hoch, als der Mann erneut auf ihn losgehen wollte. »Keine Bewegung!«, rief er, entsicherte die Pistole und visierte seinen Gegner über den Lauf hinweg an. Verärgert stellte er fest, dass seine Hand zitterte, und er fragte sich, ob man dies als Furcht auslegen würde. »Misch dich nicht ein. Das hat nichts mit dir zu tun!«

Der Mann kam langsam auf ihn zu.

»Was machen Sie, Mitchell?«, hörte er Strider hinter sich fragen. Nightshade wurde bewusst, dass er seinem gefährlicheren Gegner den Rücken zuwandte. Rasch trat er einen Schritt zur Seite, hielt die Waffe aber weiterhin auf den Mann mit dem Stock gerichtet, während er Strider zu verstehen gab, nach vorne zu kommen.

»Geh da rüber, wo ich dich sehen kann. Stellt euch beide dicht nebeneinander.« Er hatte nicht die Absicht, beide Männer zu erschießen, denn so war die Sache nicht geplant gewesen. Eigentlich wollte er sich nur ein wenig mit Strider unterhalten, ihm dann eine Kugel in den Kopf jagen und verschwinden. Das sollte sein Markenzeichen werden. Ein schneller, sauberer Abgang.

Aber jetzt hatte er auf einmal zwei Männer vor sich. Nightshade wusste nicht, mit wem er es zuerst aufnehmen sollte. Wenn er auf Strider losging, versuchte der dünne Kerl vielleicht noch einmal, den Helden zu spielen. Und wenn er sich zuerst mit dem Dünnen beschäftigte, konnte Strider ausnutzen, dass er abgelenkt war, und sich auf ihn stürzen.

Nightshade zögerte, blickte von einem Mann zum anderen. Die Waffe in seiner Hand zitterte immer heftiger.

»Lass ihn laufen, Simon«, sagte der Mann.

»Woher kennst du meinen Namen?«, wollte Nightshade wissen.

»Ich habe es mir zur Aufgabe gemacht, alles über meine Feinde in Erfahrung zu bringen«, erwiderte der Kerl mit süffisanter Miene. »Außerdem hast du deine DNA in Roches Wagen hinterlassen, und die ist wegen deiner Jugendstrafe noch in der Datenbank gespeichert. An deiner Stelle hätte ich diese Akten längst gelöscht, das sollte für dich doch ein Kinderspiel sein. Allein schon als Vorsichtsmaßnahme. Aber du hattest noch nie ein gutes Auge für Details, nicht wahr, Nightshade?«

Nightshade spürte, wie es ihm vor Panik die Kehle zuschnürte. Wieder kam der Mann näher und nahm den Stock fester in die Hand.

»Sie?«, hörte er Strider fragen.

»Tut mir wirklich leid, Miller«, erwiderte der Mann. »Ich musste sie dazu bringen, zu glauben, dass Sie Strider sind, um ihn aus seinem Versteck zu locken. Aber ich verspreche Ihnen, dass ich Ihren Namen wieder reinwaschen werde.«

Was ging hier vor sich? Was redete der Bursche da?

»Sie haben mich ins Messer laufen lassen, um mich als Köder zu benutzen?«, fragte Strider ungläubig. Vielleicht war er auch gar nicht Strider. Was hatte der Mann damit gemeint, dass sie ihn nur für Strider halten sollten?

»Ja, aber jetzt bin ich hier, um Sie zu retten.« Dann stürzte er sich mit erhobenem Stock auf Nightshade.

Nightshade erkannte zu spät, was der andere vorhatte. Er

feuerte. Er hörte, wie der Mann aufstöhnte, aber er blieb nicht stehen, sondern schlug mit dem Stock so fest auf Nightshades Handgelenk, dass ihm die Waffe aus der Hand flog. Es fühlte sich an, als wäre ihm das Handgelenk zertrümmert worden, und er schrie vor Schmerz. Die Waffe fiel auf den Boden. Einen Moment starrte Nightshade darauf, während sie sich auf den Kacheln drehte, dann blickte er auf den Mann. Er hatte den Kerl getroffen, aber der stand noch immer. Offenbar hatte die Kugel den Arm nur gestreift.

Dann sah er, dass der Mann, den er für Strider gehalten hatte, die Waffe aufheben wollte, und stürzte sich ebenfalls darauf. Beide Männer rangen verbissen; jeder versuchte, die Waffe an sich zu bringen. Obwohl er starke Schmerzen im Handgelenk hatte, war Nightshade im Vorteil, da er beide Hände frei hatte, während die seines Gegners mit Handschellen gefesselt waren. Dennoch gelang es dem Mann, Nightshades Kopf mit Wucht nach hinten zu drücken, sodass er auf die Fliesen prallte. Grelle Wut packte Nightshade. In einem wilden Ausbruch von Zorn entriss er seinem Gegner die Waffe und jagte ihm eine Kugel in den Hals. Er sah den Schock in den Augen seines Gegners und beobachtete, wie das Licht darin erlosch.

Nightshade schob die Leiche von sich herunter und rappelte sich auf. Seine Ohren klingelten von der Schussdetonation, dennoch hörte er den Mann mit dem Stock wild aufschreien. Er stürzte sich auf Nightshade, schlug erneut zu. Nightshade hatte keine Zeit zu reagieren, sodass der Stock ihn mit Wucht am Hals traf. Wieder ließ er die Waffe fallen. Im gleichen Moment stürzte der Mann mit dem Stock sich auf sie, drehte sich in einer geschmeidigen Bewegung um die eigene Achse und richtete die Waffe auf Nightshade.

Es war vorbei.

»Auf die Knie!«, befahl der Mann, doch Nightshade hatte nicht vor, dieser Aufforderung Folge zu leisten.

»Du kannst mich mal«, erwiderte er, wandte dem Mann den Rücken zu und ging langsam zum Notausgang. Es war ihm völlig egal, ob der Kerl auf ihn schoss oder nicht, schließlich hatte er seine Aufgabe erledigt. Er hatte gewonnen. Strider war tot.

»Das war nicht Strider, das ist dir doch klar, oder? Du hast den Falschen umgelegt.«

Nightshade blieb abrupt stehen. Der Kerl log doch. Er wollte sich nicht umdrehen, aber er musste dem Typen ins Gesicht sehen.

»Doch, ja«, sagte der Kerl und grinste Nightshade breit an. »Du bist hierhergekommen, um Strider umzulegen, stattdessen wird er dich töten. Ich hab dich doch gewarnt, dass du keinen Jungen schicken sollst, um die Arbeit eines Mannes zu erledigen.«

In Nightshade stieg ein fast schon animalischer Zorn auf, und er stürzte vorwärts. Der erste Schuss ließ ihn nicht einmal langsamer werden, doch die zweite Kugel traf ihn voll in die Brust. Er spürte, wie er sich einmal um die eigene Achse drehte, dann sah er den Boden auf sich zukommen. Er fiel auf den Bauch und beobachtete durch seine trüb werdenden Augen, wie der Mann sich neben ihn hockte.

Nightshade spürte, wie Eiseskälte in seine Glieder kroch.

»Du hättest lernen sollen, nach dem Code zu leben, Nightshade«, sagte sein Bezwinger. »Du hättest viel Gutes bewirken können.«

»Strider?«, fragte er und versuchte, mit hastigen Atemzügen Luft in seine zerfetzte Lunge zu bekommen.

Er sah den anderen nicken. »Tut mir leid, du hast verloren«, meinte Strider noch, doch Nightshade schloss bereits die Augen.

Für immer.

Mitchell sah, wie das Licht in Nightshades Augen erlosch. Er bedauerte, dass Miller ebenfalls ums Leben gekommen war. Der Mann hatte eigentlich nicht sterben sollen, aber letzten Endes war es besser so. Und sehr viel sauberer. Man konnte Miller die Schuld für die Morde an Prince und Davies und für den Anschlag auf das Kraftwerk in die Schuhe schieben – möglicherweise sogar für Roches Tod. Das Wichtigste aber war, dass Strider in den Augen der Öffentlichkeit tot war, was wiederum bedeutete, dass Mitchell alle Sorgen los war. Zumindest fast alle.

Konzentration auf Details – das war seine Stärke, und genau das hatte zu Nightshades Untergang geführt.

Doch Mitchell musste noch eine letzte Sache erledigen, bevor alles vorbei war.

Er stand auf, eilte zur Tür, rannte die Metalltreppe wieder nach oben und stürzte in den Besprechungsraum, in dem noch immer Nightshades Laptop stand. Mitchell rief die Steuerung der Sicherheitskameras auf und deaktivierte die Aufzeichnungen der Kameras im Erdgeschoss und im Keller. Dann öffnete er einen Archivordner und löschte sämtliche Dateien, die seit dem Stromausfall in beiden Etagen aufgenommen worden waren. Jetzt würde es so aussehen, als hätten die Kameras nicht funktioniert, und es gab keine weiteren Zeugen, sodass er die Geschichte neu schreiben konnte. Seine Version würde die einzige sein, die Gewicht hatte: Er würde behaupten, er wäre zu spät gekommen, um zu verhindern, dass der Eindringling Strider umbringen konnte, hätte es jedoch geschafft, den Killer an der Flucht zu hindern, ihn zu entwaffnen und die Waffe gegen ihn zu richten, um sich zu verteidigen.

Zufrieden, wie perfekt letzten Endes alles gelaufen war, stieg Mitchell die Treppe wieder hinunter.

Knox kam langsam zu sich und murmelte Unverständliches vor sich hin. Mitchell ging zu ihm und stellte fest, dass der Mann noch nicht wieder ganz bei Sinnen war. Dann beugte er sich über Miller und strich dem Toten die Augen zu.

»Tut mir wirklich leid, Miller«, murmelte er und setzte sich neben ihn, um auf ihre Retter zu warten. Das Licht flackerte einmal, und er hörte, wie die Klimaanlage wieder ansprang. Rebecca hatte die Kontrolle über das Gebäude wiederhergestellt. Es war vorbei. Ein kaum merkliches Grinsen umspielte Mitchells Lippen.

»Leb wohl, Strider«, murmelte er reumütig.

Neustart

Franklin dankte den versammelten Reportern und verließ das Podium. Er hatte eine schwere Pressekonferenz hinter sich. Korruptionsgerüchte zogen diese Geier jedes Mal magisch an, vor allem, wenn die Korruption sich innerhalb der Behörden abspielte, die eigentlich das Verbrechen bekämpfen sollten.

Die Nachricht, dass sowohl Sheila Davies als auch Miller gegen die Agency gearbeitet hatten, war ein schwerer Schlag gewesen, und Franklin hatte zahlreiche Fragen über Skrupel, die Rekrutierung neuer Agenten, die Überwachung von Mitarbeitern und ähnliche Dinge beantworten müssen. Doch dank Mitchells Geistesgegenwart und verrückter Tapferkeit konnten sie jetzt endlich bestätigen, dass einer der Übeltäter ausgeschaltet worden war. Darüber hinaus war es ihnen gelungen, weitere Mitglieder aus dem Netzwerk von Black Flag zu verhaften.

Teddybärs Picknicknetzwerk existierte nicht mehr, und drei weitere hohe Tiere sollten in Kürze vor Gericht gestellt werden. Die geretteten Kinder befanden sich bereits wieder bei ihren Eltern. Obwohl sie aufgrund der Entführung und Isolation traumatisiert waren, hatte keines der Kinder weitere Schäden davongetragen.

Franklin rief den Pressevertretern ins Gedächtnis, dass

diese Kinder nur dank der schnellen Reaktion seines Teams vor einem schrecklichen Schicksal bewahrt worden waren und dass die NCCU gleichzeitig einen gefährlichen Menschenhändlerring ausgehoben hatte. Natürlich hatte ihre weiße Weste ein paar Flecken abbekommen, aber Franklin hatte ihre Erfolge nutzen können, um die Bedeutung einer Agency wie der NCCU zu untermauern. Außerdem war es ihm gelungen, die Fragen auf die Sicherung der Zukunft zu lenken, anstatt noch länger bei den Verfehlungen in der Vergangenheit zu verweilen.

Ihm war aufgefallen, dass Mitchell in einer der hinteren Stuhlreihen Platz genommen hatte. Er trug einen Arm in einer Schlinge, sah ansonsten aber entspannt aus und lächelte während der ganzen Pressekonferenz. Franklin freute sich, dass Mitchell erschienen war, da er der Presse jenen Mann präsentieren wollte, der das alles ermöglicht hatte, doch als Franklin die Aufmerksamkeit auf Mitchell lenken wollte, war dieser unauffällig verschwunden, und sein Stuhl war leer, als hätte er geahnt, was Franklin vorhatte.

Wieder einmal ging es Franklin durch den Kopf, dass er sein Team und insbesondere Mitchell völlig falsch eingeschätzt hatte.

Von jetzt an würde er sie alle mit anderen Augen sehen.

Rebecca lächelte, als sie sah, wie Mitchell leise den Korridor betrat.

»Schleichen Sie sich etwa raus?«, fragte sie.

Er zuckte zusammen.

Sie lachte auf. »Was ist los? Haben Sie Angst, dass er Sie zu sich auf die Bühne bittet?« Es belustigte Rebecca, dass Mitchell jetzt so schüchtern war. Dabei war er im Eifer des Gefechts doch sehr entschlossen und energisch vorgegangen.

»So etwas in der Art«, gab er zu. »Kaffee?«

»Gerne«, antwortete sie und ging neben ihm her. »Fällt Ihnen etwas an mir auf?«

Er runzelte die Stirn und schaute sie fragend an. »Haben Sie plötzlich Locken bekommen?«

Sie schlug ihm auf den Arm, und er zuckte zusammen.

»Au!« Sie hatte versehentlich seine Schusswunden getroffen.

»Oh, tut mir leid«, sagte sie, hielt den NCCU-Ausweis hoch, den sie an einem Band um den Hals trug, und wedelte damit in der Luft.

»He!«, stieß Mitchell hervor. »Sind Sie übergelaufen?«

»Ja«, bestätigte sie strahlend. »Es ist offiziell. Ich bin jetzt eine von Ihnen.«

»Nein«, korrigierte er sie. »Sie sind eine von *Ihnen*. Ich werde immer ein freier Mitarbeiter bleiben.«

Bei diesen Worten musste Rebecca lächeln. Sie hatte sich gesagt, dass es definitiv der richtige Job für sie sei, für die NCCA zu arbeiten, auch wenn sie die Gefahren für Leib und Leben nicht unterschätzte. Deshalb hatte sie mit Jack Taylor von PrinceSec gesprochen, der sie jedoch sehr gut verstehen konnte. Er hatte gesagt, dass die Agency aufgrund des Schlamassels, den Prince hinterlassen hatte, zu einer Umstrukturierung gezwungen sei, dass bei PrinceSec jedoch immer ein Platz für Rebecca wäre, falls sie jemals ihre Meinung ändern würde. Und er war so freundlich gewesen, nicht auf eine formelle Kündigung zu bestehen.

»Sie sind ja verrückt, dass Sie nach allem, was Sie durchgemacht haben, überhaupt noch mit der NCCU zu tun haben wollen«, sagte Mitchell. »Ihnen muss doch klar sein, dass Sie mit Ihren Fähigkeiten im Privatsektor ein Vermögen verdienen könnten.«

»Danke«, erwiderte Rebecca. »Aber irgendwie finde ich es ganz reizvoll, es mit den Bösen aufzunehmen und sie aus dem Verkehr zu ziehen.«

»Da haben Sie nicht ganz unrecht. Aber was mich angeht, *ich* brauche mal eine längere Pause.«

»Sie nehmen sich frei?« Überrascht stellte sie fest, dass sie bei der Vorstellung, Mitchell längere Zeit nicht zu sehen, enttäuscht, beinahe sogar traurig war.

»Ja, ich muss mich um persönliche Angelegenheiten kümmern und mal ein bisschen auf andere Gedanken kommen.«

Einen Moment gingen sie schweigend nebeneinanderher auf die Kantine zu. Rebecca hätte zu gerne gewusst, von welchen persönlichen Angelegenheiten Mitchell redete, und ihr wurde klar, dass sie sich auf seltsame Weise zu ihm hingezogen fühlte, obwohl sie nur sehr wenig über diesen Mann wusste.

»Schade«, sagte sie schließlich. »Ich finde, dass wir beide ein gutes Team abgeben. Und ich hatte mich schon so darauf gefreut, mir ein paar von Ihren Fähigkeiten abzugucken.« Sie lächelte ihn an und versuchte, nicht den Anschein zu erwecken, als würde sie mit ihm flirten.

Wird er etwa rot?, fragte sie sich.

»Wir bekommen bestimmt noch die Gelegenheit, ein weiteres Mal zusammenzuarbeiten«, sagte Mitchell zuversichtlich. »Die Welt ist bekanntlich klein, selbst in den riesigen Weiten des Internets.«

Auch wenn sie überzeugt war, dass er damit recht hatte, war Rebecca traurig, weil es noch eine Weile dauern konnte.

Phoenix dankte der Kellnerin, die ihm seinen Kaffee gebracht hatte. Er saß jetzt seit über einer Stunde in diesem Café, und sie hatte ihn nicht bedrängt, eine weitere Tasse zu bestellen. So etwas gefiel ihm. Die Leute hatten es heutzutage einfach viel zu eilig. Er war nicht so, er hatte alle Zeit der Welt.

Momentan war er dabei, sein Leben wieder in den Griff zu bekommen, und er wusste, dass er dabei nicht überhastet vorgehen durfte. Es sollte keine Parallelen zwischen seiner alten Identität und seiner neuen geben. Deshalb hatte er sich auch für den Namen Phoenix entschieden, da ihm dessen mythologische Geschichte gefiel. In vieler Hinsicht kam ihm seine Wiedergeburt wie ein zyklischer Wandel vor, den er wieder und wieder durchlaufen musste – aber möglicherweise war das auch der Preis für wahre Anonymität.

Er hatte als Mandroid begonnen und war zu Strider geworden. Jetzt musste er sich erneut verändern, seine Identität neu definieren. Strider war tot, deshalb stellten der Salesman und Black Flag auch keine Gefahr mehr für ihn dar. Doch es gab noch immer Dinge, die geregelt werden mussten.

Erneut blickte er auf den Laptop, der vor ihm auf dem Tisch stand. Er war erst seit sehr kurzer Zeit hinter seiner Zielperson her, und es würde noch eine ganze Weile dauern, bis er überhaupt wusste, ob er diese Person ausschalten wollte. Noch suchte er sämtliche Informationen zusammen, die er brauchte, um sicherzustellen, dass er keinen Fehler beging. Wenn ihm das gelang, hätte er den Code völlig neu definiert. Man hatte ihn einmal gewarnt: Indem er der Hydra einen Kopf abschlug, hatte man ihm gesagt, bewirke er nur, dass zwei neue nachwuchsen. Doch jetzt hatte er sich schlaugemacht und wusste, dass man die Hydra besiegte, wenn man den einen, den unsterblichen Kopf abtrennte. Phoenix hatte es sich zur Aufgabe gemacht, diesen unsterblichen Kopf zu finden und abzuschlagen.

Er trank einen Schluck Kaffee und blickte über den Rand der Tasse hinweg zu dem gut aussehenden Mann, der am Fenster saß. Er war beeindruckend und strahlte Macht aus, aber Phoenix hatte nichts anderes erwartet. Er genoss es, seiner Zielperson so nahe zu sein, zumal er wusste, dass es noch Monate dauern konnte, bis er sie ausschaltete. Allerdings wusste er nicht, ob er dann das Gefühl der Endgültigkeit verspüren und sicher sein würde, dass die Angelegenheit tatsächlich abgeschlossen war.

Er fragte sich, ob er jemals Frieden finden würde. Möglicherweise kam er vorübergehend zur Ruhe, wenn er diese letzte Mission beendet hatte. Vielleicht konnte er dann zur NCCU zurück und ein normales Leben führen, vielleicht sogar eine Beziehung beginnen.

Aber Phoenix wusste auch, dass er selbst niemals »normal« sein würde, und ihm war klar, dass er nur eine vorübergehende Erleichterung verspüren würde, wenn er den Salesman endlich eliminiert hatte. Dieses Monster mochte keine weiteren Köpfe haben, doch es gab noch andere, die gejagt und vernichtet werden mussten.

Phoenix beobachtete, wie der Salesman aufstand und das Café verließ. Als er am Fenster vorbeiging, trafen sich ihre Blicke.

Phoenix lächelte.

Sie werden mich niemals kennenlernen, mein Freund, dachte er, *aber ich bringe Ihnen den Tod.*